KB143702

근대 미디어와
문학의 혼종

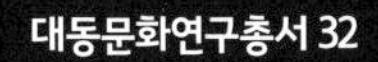

근대 미디어와 문학의 혼종

박현수 지음

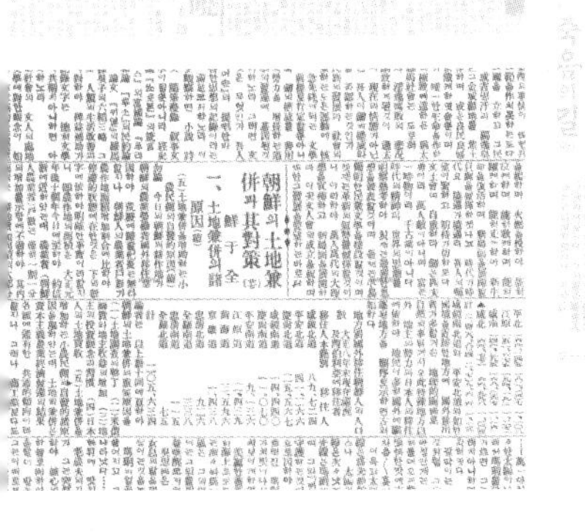
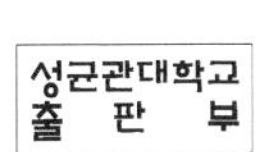

서문

늦게서야 책을 내게 되었다. 굳이 공부한 걸 책으로 만들 필요가 있나 하였다. 회색에도 못 미치는 글로 애먼 초록을 벨 수 있느냐는 핑계도 댔다. 그런데 어쩌면 늘 거짓 미룸을 해 왔는지도 모르겠다. 기왕에 안 냈으면 모르거니와 이제야 내는 심사는 우둔함이라고밖에 못 하겠다.

얼마 전 꿈을 꾸었다. 젊은 나를 만나는 거였는데, 꿈치고는 무척이나 생생했다. 꿈에서 나는 망설임 없이 젊은 나에게 공부를 하려거든 정신을 차리고 하라고 했다. 처음 꾸는 꿈인데 거침없이 나무란 걸 보면 어리석고 둔해서 그간이 벅찼나 보다. 자면서 꾸는 꿈이 '몽매(夢寐)'인데 어리석고 사리에 어둡다는 '몽매(蒙昧)'와 같이 들린다. 둘을 견주어 보면 나에게는 '몽매(蒙昧)'가 어울리는 거 같다.

제목을 정할 때는 '혼종'이라는 단어 때문에 힘들었다. 문학과 미디어, 서로 호의적이지 않았다고 생각했다. 문학이 미디어라는 낯선 존재에 그랬고, 미디어 역시 탐탁지 못한 문학에 그랬던 것 같다. 그래서 교섭이나 길항이 아니라 '혼종(混種)'이라는 제목을 택했다.

숨기려 아등거렸으나 책의 체계도 엉성하다. 1부에서는 1920년대 전반기 문학의 근간이 되었던 제도와 담론에 대해 살펴보았다. 당시 문화론은 인격이라는 매개를 거쳐 민족을 조형하는 역할을 했는데, 그것은 1930년대에 이르러 어렵지 않게 대동아공영의 이데올로기로 전용되었다. 또 1922년, 1923년 무렵에는 필화사건, 문인 회합, '문인회' 결성 등의 움직임 등이 겹쳐서 나타났다. 미디어와 문학의 드문 교차라고 할 수 있었는데, 우연한 조우는 그 이상으로 나아가지는 못했다.

2부에서는 김동인을 중심으로 소설의 에크리튀르가 등장하는 과정과 의미를 검토하는 한편 작가 스스로 '동인미'라고 칭했던 유미주의의 실체를 해명하려 했다. 과거시제와 3인칭대명사는 「약한者의슬픔」에서 중심에 놓였는데, 둘은 '그럴듯함'을 만들어 냈지만 사실을 억압하고 소외시키는 역할도 했다. 또 김동인은 「감자」에서 '복녀'가 훔치는 것을 감자가 아니라 고구마로 구상했다고 한다. 언뜻 단순한 혼동으로 보이는 오류는 작가가 소설을 쓴 본래의 의도를 드러낸다.

3부에서는 「墓地」에서 「萬歲前」으로의 개작 과정을 살펴보고 '문인회' 결성의 무산된 의도를 환기하려 했다. 텍스트로서 「萬歲前」은 균열을 지녔는데, 그 균열은 이미 「墓地」를 「萬歲前」으로 개작하는 과정에서 배태되고 있었다. 기관지 발행, 문사극 공연 등 '문인회'가 추진했던 사업이 제대로 이루어지지 못했던 데는 당시 문인들이 문학과 자본의 관계를 설정하는 데 미숙했다는 이유가 놓여 있었다.

4부에서는 현진건을 중심으로 문인-기자의 존재 방식과 체험을 사실로 여기는 규약의 이면에 대해 살펴보았다. 『조선일보』, 『동명』, 『시대일보』 등에서 기자로 일했던 현진건이 해당 미디어에 발표한 작품이 드물었던 것은 미디어의 근대문학에 대한 인식과 경제적인 상황이 작용하고 있었다. 또 「貧妻」, 「술勸하는社會」, 「墮落者」 등에서 체험과 사실의 숨 막히는 동일시 속에서 자명한 존재로 받아들여져 왔던 '나'는 실제 타자의 부정적 표상을 통해 주조된 산물이었다. 이어 3장에서는 「曉霧」에서 『개벽』 연재본 「지새는안개」, 그리고 단행본 『지새는안개』에 이르는 도정과 세 가지 판본의 의미에 대해서 가늠하고자 했다.

5부에서는 1920년대 전반기『동아일보』,『개벽』등에서 활동한 나도향을 통해 당시 문학 장의 변화에 대해 살펴보았다. 1920년대 전반기에 나타났던『동아일보』의 문학에 대한 관심은 필진의 개방으로 집약되는『개벽』의 변화와 관련되어 있었다. 요절이라는 전기적 사실과 결부되어 흔히 낭만적으로 여겨지는 결핵이 나도향에게 미친 실상에 대해서도 다루었다. 결핵과 열악한 식민지 조선의 상황, 그리고 죽음에 대한 예견은 낭만적인 것이 아니라 오히려 엄정한 삶의 질서를 깨닫는 계기로 작용했다.

6부에서는 새롭게 발굴한 자료를 소개하고 그 위상을 구명하려 했다. 한국에서 근대문학이 등장한 것이 100년 남짓 전이며 작품의 숫자 역시 많지 않다는 점을 고려하면 애착이 가는 부분이다. 발굴, 소개한 자료는 1921년 5월『조선일보』에 연재된「曉霧」, 1922년 11월에 발행된『신생활』10호, 그리고 1921년 7월부터 8월까지『조선일보』1면에 개설된 '문예란' 등이다.「曉霧」는 현진건의 소설로, 세 개의 판본을 지닌『지새는안개』의 첫 번째 그것이다.『신생활』10호가 지니는 무게는 신문지법에 의해 처음 발행되었다는 점, 필화사건의 흔적을 찾을 수 있다는 점 등에서 가볍지 않다.『조선일보』의 '문예란'은 38회 개설되었으며, 모두 26편의 작품이 실렸다.『조선일보』를 비롯해『동아일보』,『매일신보』등 신문 미디어에 같은 성격의 지면이 존재하지 않았다는 점은 '문예란'의 위상을 두드러지게 한다.

책으로 묶고 보니 새로운 얘기가 없음을 알게 되었다. 이 책에서 다룬 문인들은 한국전쟁 당시 세상을 떠나거나, 신문사 해직 후 거듭 사업에 실패하거나, 20대 중반의 나이로 요절하기까지 했다. 예순 너머까지 언론사에서 일하면서 창작을 이어가기도 했지만 그 삶도 순탄하지는 못했다. 책이 다룬 시기에는 더욱 호락하지 않았을 터인데 문학을 업으로 삼았다는 사실은 많은 것을 생각하게 했다. 새로운 얘기는 없지만 거짓도 없고 게으르지도 않았다는 것이 오히려 그분들에게 걸맞지 않을까 변명을 해 본다.

책을 내려니 감사드릴 분들이 많다. 먼저 자식 놈의 몽매함을 나무라지 않으신 부모님들께 감사드린다. 그 부담을 당신의 몫으로 품어주신 어머니에게 더욱 그렇다. 남편의 깜냥을 알면서도 묵묵히 견뎌준 처에게도 고맙다. 안과 밖 두루 변변하지 못했던 아버지를 그냥 넘겨준 아이들에게도 마찬가지다. 오랜 시간을 알며 지낸 혹은 둘러 만난 친구들에게도 그렇다.

미루어 왔던 동학들에 대해 얘기하려 한다. 일찍 처를 잃고 남들과 다른 어려움을 겪었다. 그것을 핑계로 멈칫거릴 때마다 동학들 덕분에 버틸 수 있었다. 선생님으로 여기는 선배부터 제자 같은 후배까지, 고마움은 다르지 않다. 아등거려 얘기해도 헤아릴 수 없음도 알고 있다. 다만 그분들 덕분에 여기에라도 있다는 얘기는 하고 싶다. 마음이 바랄까 한 분씩 이름을 새기는 것도 삼가려 한다.

마지막으로 이 책은 대동문화연구총서로 발간하게 되었다. 발간을 격려해 주신 안대회 전 대동문화연구원 원장님, 간행에 많은 도움을 주신 정우택 현 원장님, 또 실무 관계자분들께 감사드린다. 거칠고 엉성한 원고를 꼼꼼하게 챙겨주신 성균관대학교 출판부 관계자 여러분께도 감사드린다.

꿈에서 예전의 나는 대답하지 않았다. 지금의 나는, 익숙한 몽매함에, '역시' 하고 생각했던 것 같다.

2021년 3월

박 현 수

차 례

〈일러두기〉

1. 인용문의 경우 원문의 표기법을 따르되, 띄어쓰기는 현대식으로 바꾸는 것을 원칙으로 했다. 문장부호, 기호나 약물 등은 원문 그대로를 따랐다.
2. 원문이 파손되거나 뭉개져서 판독이 불가능한 경우, 'ㅇ'를 글자 수만큼 입력했다.
3. 판본 비교나 발굴 논문의 경우 인용문은 표기법, 띄어쓰기 모두를 원문 그대로 했다.
4. 발굴 자료의 경우에는 표기법, 띄어쓰기 모두를 원문대로 했다. 문장부호, 기호나 약물 등도 마찬가지이다.
5. 신문의 간기는 연월일과 면수를 밝혔고, 잡지의 간기는 연월과 쪽수를 밝혔다.

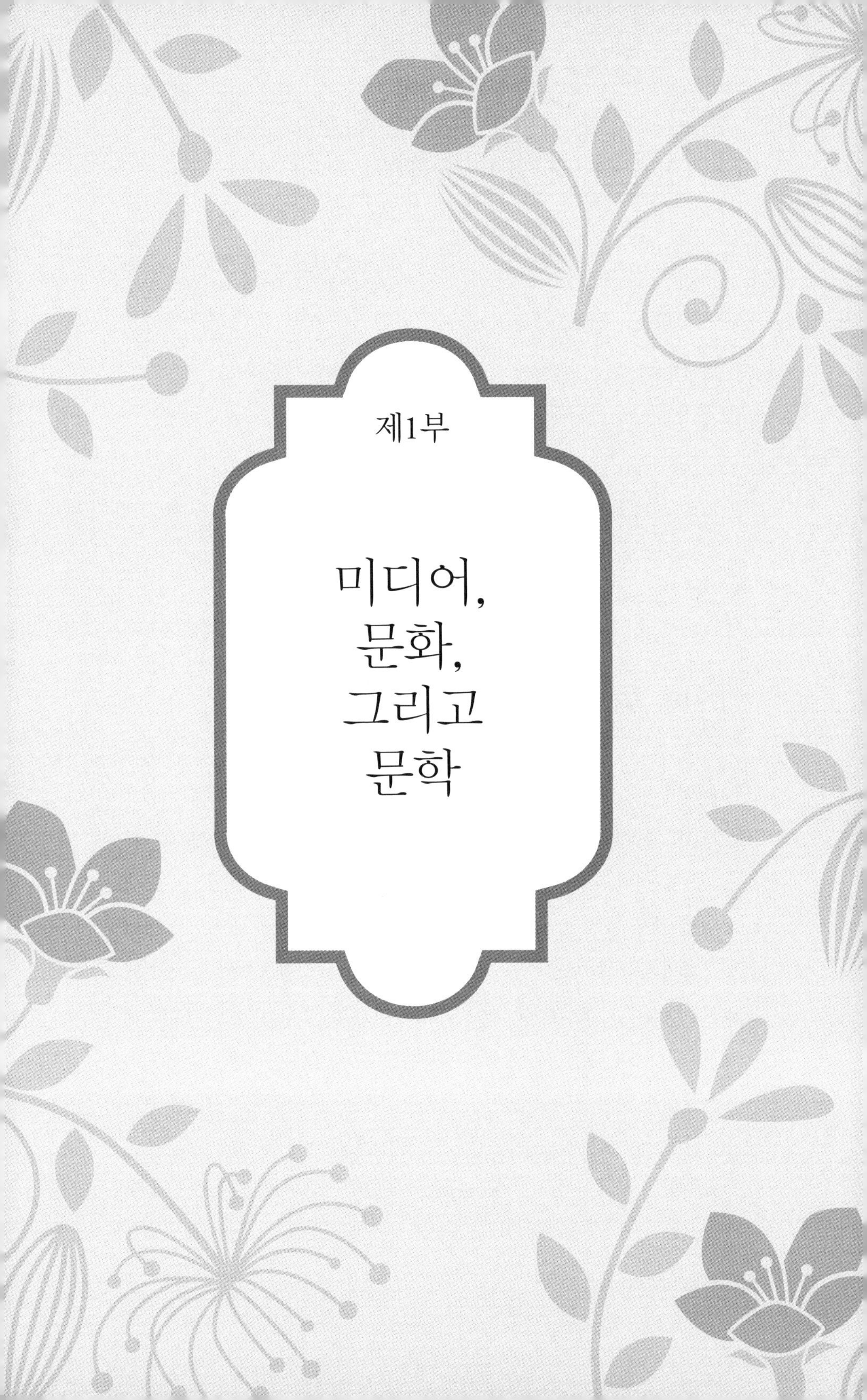

제1부

미디어, 문화, 그리고 문학

1장 동일시와 차별화의 이중 회로, 1920년대 전반기 문화론

일본에서 문화론은 1910년대 말에서 1920년대 전반에 걸쳐 제기되었다. 그것은 문화에 관한 것이었지만 1930년대 후반에 이르러 일본을 맹주로 하는 대동아공영의 이데올로기를 정당화시키는 데 전용될 수 있는 것이었다. 1920년대 조선에서 이루어진 문화에 대한 논의 역시 거기에서 자유롭지 못했다.

1. 사유, 지식, 그리고 미디어

1920년대에 들어서 일본은 '文化の暢達, 民力の充實'이라는 구호 아래 식민정책을 무단정치에서 문화정치로 전환한다. 이를 계기로 총독부 관제 개편, 헌병 경찰제도 폐지, 조선인 관리의 임용 및 대우 개선, 학제 개편 등과 함께 언론·출판의 자유를 표방하게 된다.[1] 일제의 언론·출판의 자유 표방은 이후 "「東亞」, 「朝鮮」, 「時事」 等 一二 三의 새 新聞의 創建과 新聞條例에 依한 開闢의 創刊과 曙光, 서울, 新靑年 等 一言論雜誌이며 勞動問題에 對한 共濟이며 女子問題에 關한 新女子이며 學生界에 對한 學生雜誌이며 文藝에 關한 創造, 廢墟 等의 並立"[2] 등 많은 인쇄 미디어의 등장으로 가시화되었다.

베네딕트 앤더슨(Benedict Anderson)은 인쇄 미디어의 등장을 민족의 상상과 연결시켜 파악했다. 민족이 고대로부터 존재해 온 원초적 실체가 아니라 근대와 더불어 나타난 상상의 공동체라면, 그것은 진공에서 나타난 것이 아니라 일정한 동인에 의해 구성된 조형물이라는 것이다. 앤더슨은 그 동인으로 경제 변동, 발견, 그리고 가일층 빨라진 커뮤니케이션의 발달 등을 들지만 무엇보다 인쇄 미디어를 중시한다. 인쇄 미디어는 빠른 속도로 늘어나는 사람들로 하여금 새로운 방식으로 그들 자신에 대해 생각하고 또 그들 자신을 다른 사람들과 연결시켜 특정한 사회적 실재를 구성하게 만들었기 때문이다.[3]

이렇게 볼 때 1920년대 전반기에 나타난 『동아일보』, 『조선일보』, 『시사신문』 등의 신문과 『개벽』, 『서광』, 『서울』, 『신청년』, 『공제』, 『신여자』 등의 잡지는 새로운 사유방식의 창안과 유포를 통해 특정한 사회적 실재를 구성하게 했던 존재라고 볼 수 있다. 이 글의 관심이 놓이는 부분도 여기이다. 이 시기 조선에서 본격적으로 등장했던 신문, 잡지 등의 인쇄 미디어가 어떤 사유방식 혹은 지식체계를 주조해 나갔으며, 또 그 과정을 통해 어떠한 사회적 실재를 구성했는지를 해명하고자 한다.

이와 같은 논의는 이 시기 문학의 온전한 모습을 밝히는 데도 도움을 줄 것이다. 문학사라는 입장에서 볼 때 1920년대 전반기는 이광수에 이어 동인지 문학이 중심에 위치한 시기로 파악된다. 동인지 문학은 문학을 다른 가치 영역들과 고립된 초월의 공간에 위치시키고 그것 자체를 문학의 존재 이유로 파악했다. 문제는 이들이 추구한 고립과 초월의 제대로 된 의미이다. 당시 문학은 근대적 유통 구조 내에서 상품으로 경쟁력을 지니지 못했음에도 불구하고,[4] 많은 지식인들이 문학에 투신하고 전문적인 작가가 되고자 했다. 이는 환경과 유리되어 문학의 가치를 고양시킨 또 다른 상징적인 지식체계가 작동하고 있었음을 의미하며, 동인지 문학이 추구한 고립과 초월 역시 이러한 자장 속에 위치하고 있다. 따라서 동인지 문학 나아가 이 시기 문학의 성격을 제대로 구명하기 위해서는 당시 인쇄 미디어가 주조한 지식체계나 사회적 실제에 대한 접근이 요구된다. 특히 동인지 문학이 지향한 고립과 초월이 이후 한국 문학에 뿌리내린 유미주의나 미적 자율성의 출발로 파악된다는 데서, 이와 같은 논의는 유미주의나 미적 자율성의 의미를 되묻는 작업과도 연결될 것이다.

2. 문화의 대두와 그 파장

흥미로운 것은 1920년대 전반기에 등장한 신문, 잡지 등 인쇄 미디어의 대부분이 '문화'를 하나의 화두처럼 내세우고 있다는 점이다. 먼저 『동아일보』는 창간사인 「主旨를宣明하노라」에서부터 '문화주의의 제창'을 세 가지 주지 가운데 하나로 분명히 하고 있다. 당시 일대 광명을 보고 부활한 조선에서 민중의 의사와 전도를 인도하기 위해 『동아일보』가 창간되었다고 하고, 이어 "㈠ 朝鮮 民衆의 表現機關으로 自任하노라, ㈡ 民主主義를 支持하노라" 등과 함께 세 번째 주지로 '문화주의의 제창'을 천명한다. 그리고 그 내용을 "朝鮮 民衆으로 하야곰 世界文明에 貢獻케 하며 朝鮮 江山으로 하야곰 文化의 樂園이 되게"[5] 하는 것이라고 했다.

『개벽』 역시 당시 부각되고 있던 문화에 대해 다음과 같이 언급하고 있다.

> 近來 一世界를 通하야 嶄新한 興味로써 人類의 刺戟을 與하는 者는 文化라 云한 新熟語이니 世界의 新思潮는 文化의 目標를 理

想으로 하고 漸次 -그에 向하야 거름을 옮기게 되겠다 그러면 文化라 함은 何를 指稱함인가 吾人은 此를 一言 하야써 世界思潮와 共히 同浮同沉함이 거의 우리 今日의 責任이라 할 수 잇다[6]

근래 세계 인류의 주목을 끄는 새로운 용어로 문화를 들고, 점차 세계의 신사조가 문화를 이상으로 해 전개된다고 했다. 『개벽』의 다른 글에서는 이와 같은 문화가 "世界의 一인 왼 朝鮮을 通하여 起했다"고 하고, 그 성격을 "사람으로의 內包를 完全히 發揮하야 完全한 사람으로 살겟다는 運動"[7]으로 규정하고 있다. 문화가 세계의 새로운 흐름으로

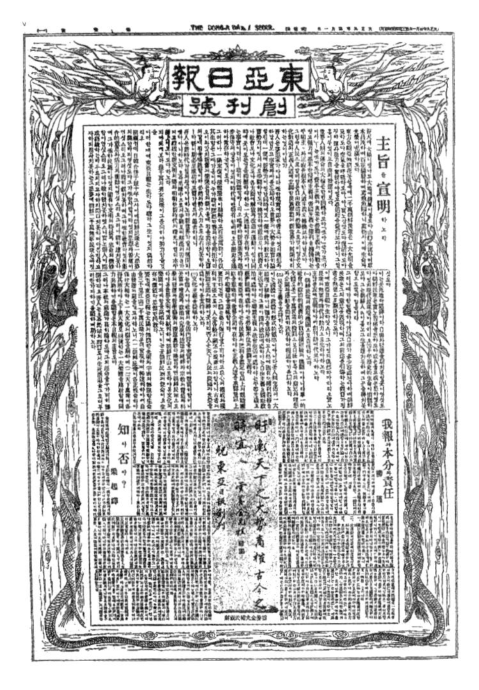
東亞日報
創刊號
主旨를 宣明하노라
我報의 本分과 責任

1920년 4월 1일 『동아일보』 창간호 1면이다. 「主旨를宣明하노라」라는 사설에는 '문화주의의 제창'과 함께 『동아일보』의 세 가지 주지가 제시되어 있다.

제기되었을 뿐 아니라 당시 조선에도 파급되었음을 나타내고 있다. 문화에 대한 강조는 『조선일보』에서도 나타난다.

> 社會 改造는 窮極 文화的 意義를 有치 안이ᄒᆞ면 不可ᄒᆞ다 主張홀 뿐이오 今日의 社會 改造가 當然 又 必然的으로 文화 意義를 ○함은 思치 안이한다 今日의 社會 改造에 文화的 意義가 備치 안이ᄒᆞ면 안 될 것은 明白ᄒᆞ다 此가 當然 又 必然的으로 文화史上○ 最深ᄒᆞᆫ 意味가 有ᄒᆞᄃᆞ[8]

『조선일보』의 사설 「社會改造의文化的意義」의 한 부분이다. 당시 제기되었던 개조론이 문화적 의의를 지녀야 한다고 주장할 뿐 그 이유에 대한 해명이 없음을 비판한 부분이다. 이어 이 글은 독일을 예로 들어 개조가 지닌 의의를 문화가 역사적으로 대두되는 과정을 통해 확인하고자 한다. 이를 통해 새롭게 정착되는 사회는 문화를 위해 존재하고 문화의 발달이 당면 과제라는 점을 재차 강조한 것이다.[9]

당시 문화가 하나의 화두처럼 내세워지게 된 것은 일정한 인식에 기반을 두고 있는 것으로 보인다. 앞선 『조선일보』에서의 인용은 여기에 관한 접근의 실마리 역시 제공한다. 금일의 사회 개조에 문화적 의의가 갖추어지지 않으면 안 될 것이라는 언급은 문화가 사회 개조를 위한 매개로 제기되었음을 시사하고 있다. 이에 관한 보다 엄밀한 접근은 『개벽』 창간호에 실린 「世界를알라」에 나타나 있다. 「世界를알라」에서는, 당대가 개인, 민족, 국가가 세계와 직접 연결되는 시기로 세계의 흐름을 고려해야 한다는 전제 아래, 당대의 상황을 가장 적실히 나타내는 말을 개조라고 한다. 이어 개조를 다음과 같이 정의한다.

改造 改造 그 무엇을 意味함인가 世界라 云하는 이 活動의 機械를 쓰더고쳐야 하겟다 함이로다 過去 여러 가지 矛盾이며 여러 가지 不合理 不公平 不徹底 不適當한 機械를 修繕하야 圓滿한 活動을 얻고저 努力하는 중이엇다[10)]

인용은 개조를 과거 여러 문제를 드러낸 세계를 수선해 원만한 활동을 성취하려는 움직임으로 보고 있다. 개조를 파열되고 유형된 인류가 현재의 대액운을 근본적으로 해결하려는 절규로 규정하는 것 역시 이와 크게 다르지 않다. 요컨대 개조란 당시 세계 혹은 인류가 안고 있는 모순이나 문제를 근본적으로 해결하려는 것으로 볼 수 있다.

이와 같은 상황 인식은 "大觀하건대 自然界에 봄이 圖來함과 갓치 人間 世上에 또한 春光이 來照하얏스니 그는 무엇인고 곳 宇內에 漲溢한 改革의 氣運이며 改造의 努力"[11)]이라는『동아일보』사설이나, "世界的 大戰이 終結을 告ᄒᆞ야 和議가 成立ᄒᆞᄂᆞᆫ 同○에 各戒 社會로브터 改造의 聲이 高調되고 其 運動도 不斷"하며 "世계의 民族은 何族을 勿論ᄒᆞ고 改造에 汲汲ᄒᆞ야 日夜兼行으로 苦心進行"[12)] 한다는『조선일보』사설의 주장과도 궤를 같이 하고 있다.

이렇듯 1920년대 전반기에 문화가 대두된 데는 개조라는 공통된 인식이 작용하고 있다. 실제 개조 혹은 개조론이란 1910년대 1차세계대전의 종전을 즈음한 세계사적 흐름과 관련되는 것이다. 이는 전쟁을 제국주의 열강에 의한 세계 지배체제, 나아가 진화론적 세계관에 기반을 둔 전제주의에 기인한 것으로 보고, 그것의 극복을 위해 국가 사회적인 재건을 모색한 흐름을 가리킨다. 보다 근원적으로 개조론은 19세기 후반부터 나타났던 근대 이성에 대한 회의와 맞닿아 있다. 근대라는 기획의 중심에 위치한 이성 혹은 문명의 궁극적인 결과물이 전

제주의나 제국주의 또 전쟁이라는 데 따른 부르주아적 반성의 산물이 개조론인 것이다.[13]

당시 개조라는 "二十世紀의 世界的 風潮가 私情업시 우리 朝鮮에도 북바쳐 들어오게" 된 데는, 세계사적 흐름을 고려해야 한다는 더 정확히는 "남의 나라보다 十倍나 百倍의 速度로 받아들이지 않으면 도저히 追及치 못할 것"이라는, 근대 이래의 강박 역시 작용하고 있었다. 또 그 강박은 "過去의 모든 것이 참으로 우리 것이 아니고 참으로 우리가 밟을 길이 아닌 줄 알게 되는 전도"[14]와 맞물려 있었다. 물론 당시 조선에서 문화가 부각된 것이 개조론이라는 세계사적 흐름을 곧바로 받아들인 것으로 보기는 힘들다. 그것은 조선에 있어 근대라는 파고가 굴절되는 매개이자 또 하나의 근간으로 작용했던 일본을 거쳐야 했기 때문이다. 뒤에서 상론하겠지만 조선에서 문화라는 용어는 또 하나 중역의 산물이라는 것이다. 하지만 문제는 개조론, 보다 정확히는 그것에 기반을 둔 문화의 대두가 조선에서 어떻게 구체화되었으며, 어떤 의미를 지녔는가 하는 점이었다.

3. 정신과 인격, 그 연원과 변용

문화의 개념에 관한 접근이 문화의 중요성에 대한 부각이 있고서야 나타난 것은 앞서 살펴본 것처럼 조선에 문화가 강박의 하나로 유입된 데 기인하는 바 크다. 또 문화의 중요성을 강조한 글에 비해 문화의 개념에 접근한 글이 드문 것 역시 같은 이유에 따른 것으로 보인다. 문화의 개념을 문제 삼고 있는 글은 현철의 「文化事業의急先務로民衆劇을提唱하노라」와 백두산인의 「文化主義와人格上平等」 두 글 정도이다.

현철은 당시에 제기된 문화를 "『컬트아(Cultre)』卽 敎化·敎養·德育·文化의 意味이나 그러치 아니하면『엔리州텐멘트(Enlightenment)』敎化·啓明·開明·開發·光照·照明·文化의 意味"에 가까운 것이라고 했다. 하지만 보다 정확히는 "獨逸의『쿠르투르(Kultur)』의 意味"를 가진 것으로 본다.[15] 그리고 지멜(Georg Simmel)의 논의를 끌어들여 "『쿠르투르』의 成立에는 箇箇의 人格이라는 文化되는 것과 또 藝術·科學·道德·宗敎 등 모든 精神的 産物인 文化하는 것 두 가지가 업지 아니치 못할 것"이라고 한다. 그리고 "客觀 文化를 器具로 하여 個性의 本質을 쌀아서 人格을 助長하며 完成하는 것이 文化를 意味하는 것"이라고 했다.[16]

백두산인은 문화의 개념을 두 가지 대타항을 통해 설명하고자 한다. 그 하나는 자연이고 다른 하나는 현실이다. 곧 문화는 "自然에 人工을 加하야써 價値를 生케 했다는 데서 自然과 對蹠的인 者"이며, 또 "理想이 伴隨하엿다는 점에서 現實的 事實과 對立하는 者"라는 것이다. 여기에서 두 가지 대타항과 구분되는 문화의 특징을 가치와 이상이라고 할 때, 둘은 정신 작용으로 집약된다. 논의는 문화 발전의 법칙에 관해 언급하며 인격의 문제를 끌어오는 것으로 이어진다.

> 文化는 한갓 變遷하야 가는 것이 아니라 어썬 一定의 法則에 依하야 必然的으로 發達하야 가는 것이다. 然이나 그 一側面에는 또 如何한 事일지라도 得爲하리라 할 만한 人의 能力이 結合하야 잇나니 此 能力이야말로 人의 人되는 特色이엇다. ……중 략…… 그 人된 本性이라 함은 卽 人格이엇다 故로 文化는 人格과 密接不離한 關係를 가지고 잇는 것이엇다.[17]

인용은 문화가 일정한 법칙에 따라 발전하는데, 그것이 의지의 자유를 지닌 존재 곧 인격과 관계됨을 나타내고 있다. 이어지는 논의에서 문화나 개조는 먼저 인격의 존재를 예상한다고 하고, 인격이 전제되었을 때 평등이 따른다고 했다. 그리고 평등은 평범주의나 무차별 평등 관념과는 다르다는 주장으로 글을 맺고 있다.[18)]

이와 같은 두 논의에서 먼저 두드러진 점은 정신에 대한 강조이다. 전자가 문화를 정신적 산물을 통해 인격을 완성시키는 것으로 보고, 후자가 문화를 자연, 현실 등과 대립적인 것으로 파악한다고 할 때, 둘 모두 정신을 문화의 중심에 위치시키고 있음을 알 수 있다. 그리고 정신에 대한 강조는 문화의 개념을 다룬 두 논의에만 한정되지 않는다. 『동아일보』는 「內的生活의解放」이라는 사설에서 세계는 속박에서 해방으로 나아가고 있다고 하고 해방을 내부적인 것과 외부적인 것으로 나누어 주장을 이어간다. 내부적인 정신, 이성, 감정 등의 해방이 외부적인 교육, 계급, 종교, 사회 등의 그것보다 더욱 중요하다는 것이다.[19)] 또 신식 역시 「文化의發展及其運動과新文明」에서 문화의 성격에 관해 언급한 후 문화운동의 과정에서 "內的 精神文明이 確立되지 못하고 外的 物質文明이 樹立된다 하면 그는 持續力이 업슬 것"[20)]이라고 해 물질적인 것에 비해 정신적인 것이 중요한 것임을 강조한다.

앞서 살펴본 현철과 백두산인의 논의에서 눈에 띄는 다른 하나의 논지는 인격에 대한 강조다. 두 사람의 논의는 비슷한 맥락에서 읽히지만 일정한 차이를 지닌다. 전자가 문화를 예술·과학·도덕·종교 등 정신적 산물을 통해 인격을 완성시키는 것으로 보고 있다면, 후자는 문화가 인격의 존재를 예상한다고 해 인격을 문화의 전제로 위치시키고 있다. 하지만 목적이든, 전제든 인격이 논의의 중심에 위치하고 있다는 사실은 다르지 않다.

그리고 인격에 대한 강조 역시 두 글에 한정되지 않는다.

> 이 世界에 이 사람으로 生하야 스스로 一單位가 되지 못하고 一性格에 列치 못하야 自己 自身이 結하여야 할 天賦의 그 實을 結하지 못하고 徒히 大多數 中의 百千人 中의 黨與 中의 異勢力 中의 一 寄生되어 補石이 되어 안이 弄絡品이 되어 敗退者가 되어 北이라 南이라는 地理的으로 吾人의 意見이 豫言되며 强이라 弱이라는 理不當에 吾人의 天賦가 瞑目한다 하면 是 一一大恥辱이 안일가.[21]

『개벽』에 실린「日惡라是何言也」란 글에서의 인용이다. 스스로 하나의 단위나 성격이 되지 못하고 다수의 무리에 얽히거나 기생하는 것을 치욕으로 파악하고 있다. 여기에서 하나의 단위나 성격이 되는 것이 천부의 결실을 취하는 것이라고 할 때, 이는 인격의 다른 표현이라고 할 수 있다. 사람에게 있어 "尺度로 測할 수 없고 金銀으로 償할 수 없는 絕代 價値"를 인격으로 보고 "人格은 如何한 境遇를 莫論하고 犧牲치 아니하는 것"[22]이라고 한『동아일보』사설이나 "我의 精神을 傳統의 囚的 圈界로부터 解放"시키기 위해 "獨立된 人格과 自己의 情神을 要求"[23] 한다는『조선일보』사설의 논지 역시 여기에서 크게 벗어나지 않는다.

이렇듯 정신과 인격에 대한 강조는 1920년대 전반기 문화론의 중심에 위치하고 있다. 그렇다면 정신과 인격에 대한 강조는 어떤 의미를 지니고 있을까? 먼저 정신에 관한 강조는 당시 문화가 대두된 이유와 연결된 것으로 보인다. 앞서 문화가 대두된 것이 이성을 근간으로 한 문명의 궁극적인 귀결이 전제주의나 제국주의라는 데 대한 반성인 개조론의 일환이었음을 언급한 바 있다. 일정한 굴절을 감안한다면, 당시 조선에 유입된 문화 개념은 독일의 신칸트주의(Neukantianisimus)에 기원을 두고 있었다. 특히 『조선일보』 사설인 「社會主義와文化主義」에 '릿겔도', '윈델빠' 등의 이론이 소개되어 있는 것으로 보아, 리케르트(Rickert Heinrich)나 빈델반트(Windelband Wilhelm)를 중심으로 하는 서남학파의 영향을 받은 것으로 보인다. 리케르트와 빈델반트는 19세기 말에서 1차세계대전에 이르기까지 현실의 모순을 물질문명에서 기인한 것으로 보고 그 탈출구를 개별화된 주체의 정신 영역에서 찾고자 했다. 문화과학을 자연과학과 분리시켜, 그 특징을 개별자나 특수자를 대상을 한다고 규정한 것 역시 이와 연결된다. 이는 당시 사회에 위협으로까지 확대된 상대주의와 마르크시즘에 대한 일정한 대응이기도 했다.[24]

이러한 특징은 조선에 문화라는 개념이 유입되는 데 또 하나의 매개이자 연원이 되었던 일본에서도 다르지 않았다. 소다 기이치로(左右田喜一郞), 쿠와키 겐요쿠(桑木嚴翼) 등은 문화를 타락한 물질의 대타적 개념으로 정의했으며, 나아가 정신을 중심에 둔 창조적인 자기실현을 주장했다. 물론 이를 독일 신칸트주의의 무매개적 수용으로 보기는 힘들다. 일본에서 정신에 대한 강조는 "당대 독일 지식인의 가치 이념을 이입한 것인 동시에, 메이지 40년 이후 전개된 인격 본위의 실천주의가 도달한 결론이며, 그것은 일본 지식인의 자율에 대한 이념이기도 했기"[25] 때문이다.

이렇듯 정신에 대한 강조는 신칸트주의의 물질문명에 대한 반발이 일본이라는 매개를 거쳐 유입된 것이었다. 그런데 여기에서 간과해서 안 될 부분은 오히려 일본에 의해 이루어진 변용이라고 할 수 있다. 그것은 문화가 조선에서 그때까지 문명 혹은 서구의 이름으로 자리 잡은 근대의 또 다른 미끄러짐을 만들었던 계기로 작용했기 때문이다. 이러한 점을 고려할 때 일본에 의한 굴절이 보다 잘 드러나는 것은 당시 문화 개념을 이루었던 또 다른 요소인 인격이다. 신칸트주의에서 중심을 이루는 것은 인격이 아니라 문화였다. 이는 신칸트주의의 근간을 이루는 칸트주의와도 차이를 지닌다. 칸트는 실천의 문제를 다루면서 선험적 규범인 도덕률의 입법자, 곧 개별자가 산재된 세계에 의미 있는 규칙을 부여하는 존재로 인격을 끌어들인다. 그런데 신칸트주의에서는 인격의 자리에 문화가 놓이게 되어, 인식, 윤리, 감정 등의 발현과 그것을 통한 주체의 확충은 문화를 통해서만 가능하게 된다.[26)]

이와는 달리 일본에서 문화라는 개념의 중심에는 인격이 위치하고 있다. 문화를 문학의 인격주의로 연결시킨 아베 지로(阿部次郎)의 논의는 이를 잘 나타낸다.

> 인격주의란 무엇인가? 그것은 인격의 성장과 발전이 지상 최고의 가치를 이룬다는 것을 전제로 해 다른 여러 가치의 의의와 등급을 정하고자 하는 것이다. 인격을 대신하는 가치로서 다른 사물을 받아들이지 않음과 동시에 인격의 가치에 봉사하는 것을 기준으로 다른 사물의 가치를 평가하는 것이다.[27)]

흔히 『三次郎の日記』로 잘 알려진 아베 지로는 먼저 인격을 물질과 구별되는 정신적인 것, 자아 그 자체, 나누어질 수 없는 존재, 예지적 성격을 지니는 것 등으로 규정하고, 나아가 그것을 최고의 가치라고 해 모든 가치 판단의 중심에 위치시킨다.[28)] 그런데 여기에서 간과해서는 안 될 점은 이렇듯 문화라는 가치 개념을 인격의 차원으로 용해시켜 인격의 발현을 궁극적인 가치로 상정하는 것이 일본의 전통과 연

결된다는 점이다. 그것은 도쿠가와 시대의 도덕적 이상주의를 원류로 하는 것으로, 나카에 도쥬(中江藤樹), 쿠마자와 반잔(熊沢蕃山)의 양명학 전통, 또 오시오 헤이하치로(大塩平八郎)의 반골적 개성 등과 연결되는 것이었다.[29] 일본의 문학사가인 이토 세이(伊藤整)의 다음과 같은 언급 역시 이와 관련해 시사하는 바가 크다.

> 일본 사회에서, 확립된 자유로운 에고를 보존하며 그 보고를 작품으로 결정시킨다고 하는 곤란한 조작을 하기 위해서는, 빈약한 자원과 악질적 사회제도 속에서 서로 경쟁하면서 사는 현세를 탈출하여, 현세의 권력과 반드시 연결되어 있는 문화적 사회를 버리고, 유랑하거나 방랑하다가 종문(宗門)에 숨어살든지 산야에 파묻히는 길 이외에는 없다. 조메이는 산야에 안주하려고 수년을 전전하며 지냈고, 사이교는 고야나 이세에서 숨어 살았고, 바쇼는 같은 직업에 종사하는 속인들을 의지하며 여기저기 떠돌아 다녔다.[30]

도망을 통해 현세의 자기 입장을 무에 가까운 것으로 둠으로써 행하는 생의 비판이 강력한 일본적 양식임을 언급한 부분이다. 여기에서 도망이 자기 입장을 무에 가까운 데 두는 것을 통해 에고를 보존하기 위함임을 고려할 때, 위의 인용은 인격을 지키기 위해 현세를 탈출하는 것을 일본적 전통으로 파악하고 있음을 말해준다.

4. 민족의 조형과 굴절

그런데 신칸트주의의 일본적 변용이라고 할 수 있는 인격은 논의의 전개 과정에서 변화를 보이고 있어 유의할 필요가 있다. 변화는 사회 개조의 근본 의의를 정신이나 인심의 개조로 보는 내적 개조론에 대한 재고로부터 출발한다. 곧 "社會 制度에 엇더한 重大한 缺陷을 發見하고 그것을 改造하는 前提로 爲先 人心의 改造를 高調하며 主張한다 할 것 갓흐면 論者 自身의 努力이 結局은 다만 徒勞에 歸할 쑨"[31]이라는 것이다. 그리고 이와 같은 회의는 다음과 같은 주장으로 연결된다.

> 個人이 箇箇로 分離하면 조흔 社會를 造成치 못하나니 짜라 個人은 個體의 完成을 得치 못할지오 個體가 完成이 되지 못하나니 짜라 그 價値를 發揮치 못할지라 그럼으로 個人이 完成하랴면 몬저 社會의 完成을 圖하여야 할지오 社會를 完成하랴면 個人이 그 生活을 社會的으로 營作치 아니치 못할지로다. 道德의 必要도 社會 生活에 在하며 法律의 必要도 社會 生活에 在하고 政治의 必要도 社會 生活에 在하나니[32]

개인이 분리되어 사회를 이루지 못할 경우 개인 역시 완성을 얻지 못해 가치를 발휘하지 못할 것이라는 지적이다. 개인의 완성 혹은 가치를 위해서는 먼저 사회의 완성이 전제되어야 함을 강조한 것이다. 논의는 자연스럽게 도덕, 법률, 정치 등의 필요 역시 사회에 있다는 것으로 나아간다. 그리고 이후 논의는 "사람이 적어도 社會의 一員으로 社會的 生活을 하는 以上에는 社會를 爲하랴는 公平한 道德性을 가지지 아니하야서는"[33] 안 되며, "大概 어쩌한 民族을 勿論하고 各 民族에는 반듯이 民族性이라는 者가 잇나니 民族性은 곳 朝鮮 民族의 社會性이라 이 點에서 朝鮮人으로써 社會性을 完全케 하랴면 먼저 民族性의 向上을 圖"[34]해야 한다는 주장에 이르게 된다. 논지의 중심이 인격에서 사회를 옮겨간 후 다시 민족으로 나아간 것을 알 수 있다. 그 근간에는 다음과 같은 논리가 작용하고 있다.

> 곳 吾人 一 個人의 身體가 無數 有機體的 細胞로 됨과 가티 吾人의 社會도 쏘한 無數 有機體的인 個人으로 組織되어 一種의 有機的 發達을 遂하는 것이라 하엿다. ……중 략…… 如斯한 意味에서 社會性과 個性은 恒常 竝行 發展하나니 個性의 向上은 문득 社會의 發達을 促하는 것이요 社會의 發達은 돌이켜 個性의 向上을 促進케 하는 것이라 할지라.[35]

개인의 신체가 많은 세포로 이루어진 유기체인 것처럼 사회 또한 각각의 개인으로 구성된 유기체라는 것이다. 유기체의 속성에 따라 개인의 향상이 사회의 발달을 촉구하기도 하지만 사회의 발달 역시 개성의 향상을 가능하게 한다는 주장이다. 이렇듯 인격이 사회, 민족으로 나아간 것은 "人生은 成長 發達이 有하여야 그 生命이 有한 것과 如히 社會는 變化하며 進化하는 流動이 有하여야 이에 비로소 그 生命이 存한다는, 곧 社會는 活的 流動體"[36]라는 유기체론에 기반하고 있다.

그런데 유기체론을 빌려오지 않더라도 당시 인격이 사회나 민족으로 나아간 것은 논지의 전개 과정에서 피할 수 없었던 귀결로 보인다. 여기에 대한 이해를 위해서는 다시 한 번 1920년대 전반기 조선에 유입된 문화 개념을 환기할 필요가 있다. 도덕, 예술, 종교 등 정신적 매개를 통해 인격을 완성시키고자 했던 것이 그것이라고 할 때, 이는 출발부터 실현 가능성이 차단된 것이었다. 앞선 지향은 문화 가치의 체득을 통해 각각의 개인들을 보편성과 내적 통일을 지닌 인격으로 발전시키는 일이었음에도 불구하고,[37] 당시의 논의 속에 위치했던 인격은 식민지라는 굴레를 짊어진 조선에서 외부에의 고려가 사상된 관념적인 것이었기 때문이다. 따라서 문화가 지닌 가치를 타당한 것이라고 인정하는 특정한 공동체가 필요했으며, 사회를 거쳐 민족으로 나아가는 도정은 그 필요에 답했던 것이다.

이와 같은 집단주의로의 도정은 당시 문화론의 근원적 기반이었던 신칸트주의에서도 나타나지만,[38] 여기에서도 당시 조선과의 관계를 고려할 때 더욱 중요한 의미를 지녔던 것은 일본이었다. 일본이 문화의 중심에 인격을 위치시켰던 것은 독일 철학의 흐름을 스스로의 전통과 연결시키고자 한 데 따른 것임은 이미 살펴본 바 있다. 그런데 절대적 전체성의 자기실현운동이 인격이라는 발상법은 원시적 생명감에 기반을 둔 소박하고 강인한 것이었지만, 타자를 인식함으로써 시작되는 다원적인 사회의식, 시민의식, 정치의 논리적 조화를 의식한 생활과는 결합되기 힘들었다.[39] 이러한 한계에서 벗어나기 위해서 일본은 개별성과 보편성을 매개하는 존재를 필요로 했으며, 그 계기는 개별성과 보편성의 통일이 시간뿐만 아니라 공간의 구조를 통해 이루어진다는 환기를 통해서 얻어졌다. 시간을 역사와 연결시키는 것처럼 공간을 환경과 연결시켜 세계사의 의의를 전후 계기의 질서만이 아니라 병존의 질서까지 감안해서 파악하고자 했던 것이다. 여기에서 등장했던 것이 문화의 객관성이었으며, 그 의도는 일본 문화의 자율적 체계화를 지향하는 데 놓여 있었다. 그리고 문화의 특수성에 관한 천

착은 곧바로 일본 자체의 독자성이나 고유성에 대한 강조로 나아갔던 것이었다.[40]

흥미로운 것은 조선에서 문화는 이와는 상반되는 역할을 했다는 것이다. 유기체론을 통해 인격이 사회를 거쳐 민족으로 나아가게 되자, 문화는 인격을 완성하는 것이 아니라 민족을 조형하는 역할을 부여받게 된다. 그런데 민족을 조형하는 역할을 맡은 문화는 조선 민족의 고유성이나 독자성이 아니라 그 반대편을 드러내는 데 사로잡히게 된다. 먼저 "民族과 民族의 間에 對立할 만한 精神的 或은 性質的 特性이 固有케된다"[41]고 해 민족성의 문제를 끌어들인 후, "朝鮮人의 個性으로 가장 힘잇게 憧憬하는 裸面의 理想을 安逸, 名譽, 權勢라는 三大觀念"[42]이라고 했다. 또 "朝鮮 民族의 精神的·性質的 特徵을 名譽心, 權利心, 黨爭心, 拜金熱, 今日主義와 自我主義"[43]으로 본다. 안일, 명예, 권세 등을 조선 민족이 동경하는 것으로 보고, 그것에 기반을 둔 명예심, 권리심, 당쟁심, 배금열, 금일주의, 자아주의 등을 민족의 특징으로 규정한 것이다. 이렇게 볼 때 앞서 조선에서 인격이 사회를 거쳐 민족으로 나아간 것은 먼저 "朝鮮의 共通的 缺陷은 朝鮮人된 個性의 잘못이 아니오 個性의 背後에 個性을 支配하는 社會的 偉力이 薄弱한 故라"[44]는 결함의 원인을 찾는 과정에서 이루어졌다고 볼 수 있다.

열등이나 병폐에 대한 지적은 그 원인에 대한 천착으로 이어졌다. 열등과 병폐에 대한 지적이 장황한 데 반해 원인은 단순하다. "오늘날에 이르러는 무엇이라 할 수 업는 在來의 原始的 思想과 佛教와 儒教로부터 어더진 因習的 觀念"[45]이 그것이다. 전통 사상과 재래 종교를 조선 민족의 성격을 열등과 병폐로 얼룩지게 한 원인으로 파악한 것이다. 과거 전통을 민족의 열등이나 병폐를 주조한 것으로 파악했다는 데서, 앞서 살펴본 문화의 일반적인 역할과는 어긋나 있음을 알 수 있다. 여기에서도 간과해서는 안 될 점은 문화에 대한 논의가 이루어지고 나서 그것을 계기로 민족성의 얼룩들이 발견되었다는 점일 것이다.

논리의 연장선상에서 문화에게 요구될 역할 역시 제기된다. "朝鮮民族 二千 各自가 自己 心性의 改造로써 重生하고 自己 環境의 轉換으로써 復活할 自覺"[46]을 가져야 하며, "現在의 人을 精神上으로부터 救活해 完全한 人物을 造成케"[47] 해야 한다는 것이다. 부정성이라는 굴레에서 벗어나기 위해서는 심성과 환경을 개조해 부활하거나 정신적으로 구활해야 한다는 주장이다. 이와 같은 논의는 결국 "民族을 向上케 하랴면 民族的 道德性을 根本的으로 改造치 아니하면 不可타"[48] 하는 데 도달하게 된다. 요컨대 조선 민족이 앞선 열등과 병폐로부터 벗어나기 위해서는 민족적 도덕성을 근본적으로 개조해야 한다는 것이다.[49]

그리고 이 과정에서 문화는 민족을 조형하는 역할을 넘어서 스스로 민족으로 치환되기도 한다. "民族性의 形成은 그 天賦한 才能에 起因하는 바는 勿論이어니와 그 歷史와 地理的 環境의 影響을 受하기"에 "各 個人의 生活과 創作에 獨特한 趣味가 잇는 것처럼 各個 民族에도 獨特한 文化와 藝術이 存在"하며, 따라서 "文化와 藝術을 稱하야 그 民族 生活의 結晶이라 함이 엇지 過言"[50]이겠느냐는 것이다. 각 개인에게 독특한 취미가 있는 것처럼 각 민족에게도 독특한 문화와 예술이 있으니, 그 문화와 예술을 민족 생활의 결정이라고 할 수 있다는 것이다.

5. 동일시와 차별화의 이중 회로

그렇다면 민족으로 치환된 문화가 조선 민족의 도덕성을 근본적으로 개조하기 위해서는 어떤 성격을 지녀야 했을까? 그것이 민족 전통의 고유성이나 독자성을 강조하는 일반적인 성격에서 벗어나 있음은 앞서 확인한 바 있다. 질문에 접근하기 위해서 다음과 같은 글의 도움을 받을 필요가 있다.

> 一國의 階級的 爭鬪와 世界의 國家的 反目을 勿論하고 此는 요컨대 文化 程度 差異에 基因함이니 萬一 全人類나 全國民이 同一程度의 教育을 受케 되면 吾人의 希望하는 바 平和는 반듯이 實現할 것이라 ……중 략…… 同一 程度의 文化를 有한 者는 그 國籍의 相異를 不拘하고 親密한 交際를 相結케 되니 由此觀之면 今日의 國家的 境界線은 決코 往時와 如히 嚴格한 者가 안이로다 上述함과 如히 文化의 程度가 同一한 者 間에는 篤厚한 同情心이 有할 뿐 不○라[51]

인용문은 당시 『동아일보』에 실린 와세다(早稻田) 대학 교수 아베 이소(安部磯雄)의 글이다.[52] 한 나라의 계급적 쟁투나 국가 간의 반목의 원인을 문화 정도의 차이에서 찾고 있다. 특히 국가 간의 반목에서 "小國이 決然 憤氣하야 大國에 抵抗함이 반듯이 賢良한 방법은 안이라고" 해, 무엇보다 필요한 것이 '동일 정도의 문화'를 지니는 것임을 강조하고 있다. 여기에서 당시 조선에 요구되었던 문화가 국가나 다른 것을 차치한 채 친밀한 교제나 온후한 동정심을 만들어 내는 데 충실한 '동일 정도의 문화'였음을 알 수 있다. 문제는 당시 조선에서 이와 같은 주장이 적극적으로 수용되었다는 점이다.

> 이제 吾人이 希望하는 바는 實노 極東의 百年大計로서 絶唱하는 바는「文化主義의 徹底」이니 ……중 략…… 이와 갓치 朝鮮人의 實地의 「幸福」이 增進되고 朝鮮人의 完全한 「自由」가 確認된 後에 이에 비로소 朝鮮人의「心情」이 實地에 和하며 싸라 東洋 全體를 爲하야 實노 日本人과 朝鮮人이 手에 手를 握하고 心에 心을 協하야 步를 進할지니 그 如此할진대 東洋을 爲하야 恐怖할 바이 무엇이며 서로 猜忌와 反目을 爲事할 必要가 무엇이리요[53)]

인용문은 「後繼內閣과吾人의希望」이라는 『동아일보』의 사설로, 앞선 아베 이소의 글보다 약 1년 반 후에 발표된 것이다. 당시 조선의 희망이 조선인의 행복과 자유를 확인하고 일본인과 조선인이 하나가 되어 동양 전체를 위하는 것이라는 주장이다. 이를 위해 극동의 백년대계로서 절창해야 하는 것이 '문화주의의 철저'라고 한다. 이는 조선 역시 앞서 언급했던 '동일 정도의 문화'를 적극적으로 받아들이려 했음을 말해준다.

논지의 연장선상에서 앞서 민족으로 치환된 문화의 성격에 접근할 수 있다. 그것은 조선이 일본과의 국가적 반목에서 벗어나 손에 손을 잡고 마음과 마음을 합칠 수 있는 '동일 정도의 문화'이다. 나아가 그것이 동양 전체를 위한 백년대계로 언급되고 있다는 점 역시 주목을 필요로 하는데, 그 의미에 관해서는 뒤에서 상론하겠다. 당시 문화가 조선이 스스로를 일본과 동일시하는 매개로 제기되었음을 알 수 있는데, 문화의 역할은 동일시의 매개로만 한정되지는 않았다.

문화가 전통을 중심으로 한 민족 성격의 열등과 병폐를 부각시켰음

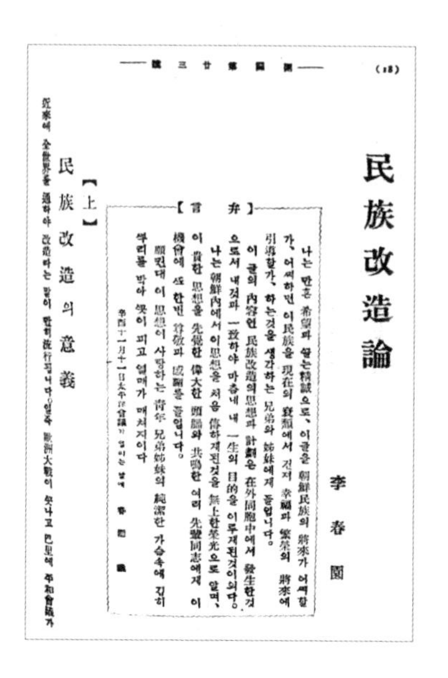
開闢 第廿三號 (18)

民族改造論

李春園

【弁言】

나는 만흔 希望과 끗는 精誠으로, 이글을 朝鮮民族의 將來가 어쩌할가, 어쩌하면 이民族을 現在의 衰頹에서 건저 幸福과 繁榮의 將來에 引導할가, 하는것을 생각하는 兄弟와 姉妹에게 들입니다。

이 글의 內容인 民族改造의思想과 計劃은 在外同胞中에서 發生한것으로서 내것과 一致하야 마츰내 내 一生의 目的을 이루게된것이외다。

나는 朝鮮內에서 이思想을 처음 傳하게된것을 無上한榮光으로 알며, 이 貴한 思想을 先覺한 偉大한 頭腦와 共鳴한 여러 先輩同志에게 이 機會에 또 한번 尊敬과 感謝를 들입니다。

願컨대 이 思想이 사랑하는 靑年 兄弟姉妹의 純潔한 가슴속에 깁히 뿌리를 박아 꼿이 피고 열매가 매쳐지이다

辛酉十一月十一日太平洋會議가 열니는 날에 春園 識

【上】

民族改造의 意義

近來에 全世界를 通하야 改造라는 말이 만히 流行됩니다。일즉 歐洲大戰이 끗나고 巴里에 平和會議가

1922년 5월 『개벽』 23호에 실린 이광수의 「民族改造論」의 서두 부분이다. 민족적 도덕성을 근본적으로 개조하기 위해 일본과 동일 정도의 문화를 확립해야 함을 강조했지만, 그것은 출발부터 실현 가능성이 차단된 것이었다.

을 언급한 바 있다. 이와 같은 열등과 병폐에 대한 환기는 문화를 매개로 한 일본과의 동일시 과정 속에서 계속 환기되었다. “四方으로부터 모여든 幾多雜多의 思想과 主義(모다 斷片的인 것)가 어즈러히 사괴어써 어물어물하는 途中에서 時日을 送迎하고 말”[54]아, “從來의 歷史的 黨爭心, 或은 動物性 利己心을 復演코저 하거나 또 或은 平素의 憾情이나 一時的 敵愾心을 拽盡코저”[55] 한다는 언급은 이를 말해준다. 이는 “볼지어다 社會의 現象을. 殺伐이 아니면 爭奪이오 爭奪이 아니면 猜忌이오 猜忌가 아니면 反目”[56]이라는 주장을 거쳐, 결국에는 “朝鮮 民族은 넘우도 뒤썰어졋고, 넘우도 疲弊하야 民族의 將來는 오즉 衰頹 又 衰退로 漸漸 썰어저 가다가 마츰내 滅亡에 빠질 길이 잇슬 뿐”[57]이

라는 개탄으로 나아가고 만다.

실제 이는 논지의 전개 과정에서 당시 문화론이 다다를 수밖에 없었던 막다른 곳이기도 했다. 도덕, 예술, 종교 등 정신적 매개를 통해 민족을 조형한다는 목표, 또 그 구체적 방법이라고 할 수 있는 충성, 지능, 품성, 체력 등의 개발이라는 항목은 식민지라는 토대 속에서 끊임없이 개량화될 수밖에 없는 기획이었다. 특히 그것이 "政治的이나 宗教的의 어느 主義와도 상관이 업어야 한다"[58]고 할 때, 논의가 지닌 한계는 더욱 뚜렷이 드러난다. 실제 1922년경부터 문화운동의 실천적 움직임으로 추진되었던 청년회 사업, 농촌 개량, 교육 개량 등의 사업들은 개량화되거나 사실상 와해되는 상태에 이르게 된다. 요컨대 민족적 도덕성을 근본적으로 개조하기 위해 일본과 '동일 정도의 문화'를 확립하려 하지만, 이는 그 출발부터 실현 가능성이 차단된 것이었으며, 그 원인을 다시 조선의 고유한 속성으로 규정된 열등과 병폐로부터 찾게 된 것이다. 여기에서 당시 문화가 조선인에게 열등과 병폐를 깨닫게 해 스스로를 타자화시키는 매개이기도 했음을 알 수 있다.

문화의 의미를 보다 온전히 파악하기 위해서는 다시 한 번 문화론에 영향을 주었던 더 정확히 말해 문화론을 강제했던 일본의 논의를 살펴볼 필요가 제기된다. 일본에서 문화에 관한 논의가 '인격'이라는 개념을 통해 '전통'과 연결되었으며, 또 그것이 '객관적 문화'라는 매개를 거쳐 '일본'으로 나아갔음은 확인한 바 있다. 이와 같은 논의의 흐름은 일정한 존재를 상정하는 데서 배태되었는데, 서양과의 관계가 그것이다. 일본에게 서양은 근대 이전 중국이 그랬듯이 스스로의 사유와 행동에 관한 이론을 부여하는 타자로서 상정되었으며, 일본은 서양의 이미지를 고정시키면서 그것과 대립되는 무엇인가를 창안하고자 했다. 정신을 중심에 둔 문화를 타락한 문명의 대타적 개념으로 부

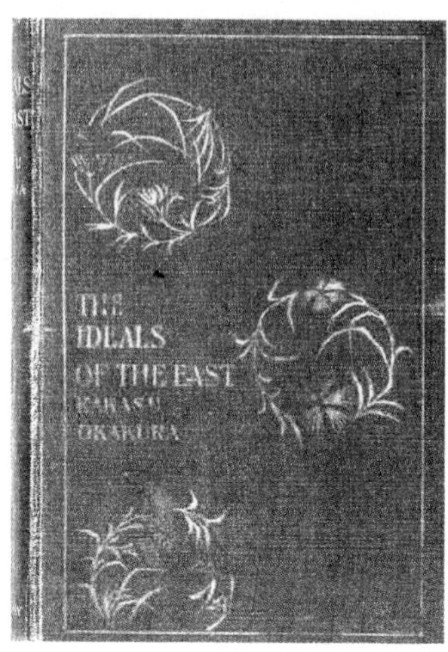

오른쪽부터 1902년 오카쿠라 텐신이 간행한 『東洋の理想』의 초판본과 『日本美術史』 표지이다. 오카쿠라 텐신은 미술을 대상으로 동양의 동일성을 주장하면서 그 가운데 일본을 위치시키려 했다. 이미지의 출처는 타이토구 문화 탐방 아카이브(www.culture.city.taito.lg.jp)이다.

각시킨 것 역시 이와 깊은 관련을 지니며 논의는 자연스럽게 전통을 거쳐 일본 스스로의 창조적인 자기실현으로 나가게 된다.

일본은 타자로 상정된 서양과의 관계 속에서 두 가지 지향을 문화에 담게 된다. 오카쿠라 텐신(岡倉天心)이 1902년에 발표한 『東洋の理想』에는 이미 그 두 가지 지향의 편린이 엿보인다. 하나는 동양은 하나라는 주장이다. 오카쿠라 텐신은 미술을 대상으로 동양 민족 모두의 공통된 사상적 유산으로 사랑을 들고 동양을 하나의 범주로 연결시키려 했다. 다른 내셔널리스트가 일본의 독자성을 강조한 데 비해, 오카쿠라 텐신은 문화적 평등에 기반을 둔 동양의 동일성을 통해 서양 열강의 헤게모니 요구에 대응하려 했던 것이다. 다른 하나는 동양 속에서 일본의 특권화였다. 오카쿠라 텐신은 동양의 이상을 강조하는

가운데 일본이 줄지어 부딪혀온 동방사상의 물결 하나 하나가 국민적 의식과 맞부딪쳐 모래사장에 자국을 남기고 간 해변이라는 언급을 통해 일본이 동양의 모든 이상의 일치를 보여줄 위대한 특권을 지녔음을 강조하는 것 역시 잊지 않았다. 이렇듯 오카쿠라 텐신은 동양의 동일성을 주장하면서 그 가운데 일본을 위치시켰다. 이는 비록 미술을 중심으로 한 것이지만 일본의 공간에 동양의 역사를 구성하고 있는 것으로 형태를 바꾼 '일본주의'를 보여준 것이라고 할 수 있다.[59)]

일본에서 1910년대 말부터 1920년대 초에 걸쳐 이루어진 문화에 관한 논의는 이와 같은 논리의 연장선상에 위치한다. 인격을 중심으로 했던 문화가 객관적 문화를 거쳐 일본으로 나아가는 도정은 여기에서 그 온전한 의미를 획득한다. 그리고 조선에서 문화가 동일시와 차별화라는 이중 회로로서 역할했다는 앞선 언급 역시 마찬가지다. 일본에서 문화에 관한 논의는 1930년대에 이르면 특정한 문화 계승의 긍정적 역할이라는 논리를 통해 국민문화를 중심으로 하는 문화적 배타주의로 현현된다. 여기에서 일본은 세계를 무대로 해 동양의 휴머니즘과 서양의 합리주의를 통합시킬 역할을 맡게 되고, 또 그것을 새로운 단계로 이양되는 거대한 역사적 운동의 창조적 계기로 바라본다. 그리고 논의는 1930년대 말 대동아공영권이라는 현실로 전화하게 된다.[60)] 이렇게 볼 때 일본에서 1910년대 말부터 1920년대 초에 걸쳐 이루어진 논의는 비록 문화에 관한 것이었지만 1930년대 후반 일본을 맹주로 하는 대동아공영권의 이데올로기를 정당화시키는 데 손쉽게 전용될 수 있는 것이었음을 알 수 있다. 그리고 1920년대 전반기 조선에서의 문화에 관한 논의 역시 여기에서 자유롭지는 못 할 것이다.

6. 문화의 적자, 문학

흥미로운 것은 문학 혹은 예술이 문화의 중심 영역으로 부각된 때가 이를 전후로 해서라는 점이다. 문학이나 예술의 중요성은 그전에도 "人生의 價値를 生의 擴充에 잇다 할진대", "人生의 美感을 創造性에 依하야 表現하거나 人生의 創造性을 發揮하야 모든 것을 美化하는 藝術이 中心에 놓여야"[61]한다는 언급 등을 통해 선언적으로 환기되어 왔다. 그런데 1921년 후반에 이르면 "藝術은 사람의 肉體 及 精神의 苦痛과 衝突을 藝術的 情緖로써 內部의 平和를 圖케 하는 高尙한 方法으로 今日로부터 우리의 更新의 道는 藝術의 復興으로써 朝鮮 改造의 曙光을 삼지 아니함이 不可하다"[62]거나 "우리 朝鮮에 在한 改造事業도 또한 文學的 革新을 待치 아니하고는 根本的 革新을 期待치 못할 것[63]이라는 주장이 등장한다. 문학이나 예술에 민족을 근본적으로 개조하기 위한 혹은 문화를 근본적으로 실현하기 위한 중심적인 역할이 부여된 것이었다.

문학이나 예술이 문화의 중심 영역으로 제기된 데는 그것들이 문화의 본질적 속성에 가장 부합된다는 점이 작용하고 있었다. 문화가 문명의 대타항으로 등장해 문명이 지닌 유용이나 수단과 대립되는 본질적 가치나 자율적 이상을 표방한다고 했을 때, 문학이나 예술은 이와 같은 가치나 목적을 가장 잘 드러내는 영역이었기 때문이다. 한편 이와 같은 본질적 속성은 문학이나 예술이 개인으로 하여금 기존의 세계를 유지하면서도 자기실현을 가능케 하는 영역, 곧 문학이나 예술의 이중적인 속성과도 관련되어 있었다. 앞서 확인한 것처럼 조선에서 문학이나 예술이 부각된 것은 "남들이 하는 方法만으로 남들을 쌀아가기가 어려운 處地에 잇스니 現在 잇는 대로의 狀態로는 文化 事

業도 하여갈 수가 업스리 만큼 朝鮮 民族은 衰弱했다"[64]는 인식, 곧 다른 영역에서의 실패와 좌절과 맞물린 것이었다. 이와 같은 상황 속에서 필요했던 것은 기존의 삶을 개선하지 않으면서도 민족의 성격을 근본적으로 개조하는 것이었다. 특히 문화를 통해 개조를 논하는 데 "帝國主義者가 되든지, 民主主義者가 되든지, 또는 資本主義者가 되든지 勞農主義者가 되든지를 勿問해야"[65] 한다는 것을 고려하면, 그것이 가능했던 영역은 더욱 협소해진다.

이와 관련해 서구에서 문학이나 예술이 문화의 중심 영역으로 부각된 시점을 살펴보는 것은 흥미롭다. 18세기에 이르러 계급의 분화가 가시화되고 그에 따른 소외가 심화되어 갈 때, 소외의 그늘 속에 위치했던 사람들은 현실 세계를 부르주아에게 넘겨주는 대신 영혼에서의 만족을 얻으려 했다. 여기에서 문학이나 예술은 철학이나 종교와는 달리 가상적 현실성을 눈앞에 제시해 현실 속에서 허용된 진리와 행복을 가장 잘 표현할 수 있는 최상의 위치에 자리 잡게 되었던 것이다. 하지만 이는 역으로 문학이나 예술의 부각이 불평등과 갈등으로 가득 찬 현실 세계의 생활 조건들을 긍정하거나 은폐하는 것을 대가로 했음을 뜻하는 것이기도 했다.[66]

1920년대 전반기 조선에서 문학이나 예술이 문화의 중심 영역에 자리 잡게 되는 것 역시 특정한 현실 맥락에서의 일탈과 맞물리는 것이었다. 하지만 문화에게 부가되었던 두 가지 역할, 곧 동일시와 차별화를 통해 민족을 조형하는 역할은 문학과 예술에도 어김없이 부가되었다. 문학과 예술은 '미'를 매개로 해 스스로에게 맡겨진 역할을 수행하고자 했는데, 그 출발은 이광수로부터 시작되었다. 1910년대에 개인으로 하여금 '미'라는 매개를 통해 민족의 일원이 될 것을 주장했던 이광수는 1920년대가 되자 '미'를 도덕을 포괄하는 궁극적인 가치에 위치시킨다. '미'를 사회의 구조와 연결시키고 현실의 문제를 심미적인 것으로 파악해 문예와 민족을 하나로 파악하는 것 역시 같은 논리의 연장선상에 있었다. 요컨대 1920년대 이광수에게 있어 문예를 통한 '미'의 구현은 그것이 한편으로 은폐하면서 다른 한편으로 내포하게 된 민족의 개조와 맞물리는 것이었다.[67]

그런데 이광수의 논리에는 부재한 것이 있었다. 어떻게 문예를 통해 미를 구현할 수 있는가 하는 점으로, 이는 민족의 개조 나아가 완성을 이루는 방법과 연결되는 문제였다. 실제 이광수가 주장했던 문예를 통한 미의 구현은 문학이나 예술의 특수성에 관한 논구를 통해 해결될 수 있는 문제였으며 이는 궁극적으로 양식적 질서를 비롯한 형식의 문제로 귀결되는 것이다. 고립과 초월을 표방했던 1920년대 동인지 문학이 이후 문학사의 중심에 자리 잡을 가능성이 열리는 곳은 바로 여기였다. 그리고 그 고립과 초월이 심미성이란 이름을 통해 역설적으로 자율적 비판의 거리를 망각하고 앞선 문화의 두 가지 역할을 수행할 가능성이 열리는 장소 역시 다르지 않았다. 1920년대 전반기 문학에 대한 연구가 온전한 의미를 지니기 위해 주목해야 할 지점 역시 동일할 것이다.

2장 1920년대 전반기 미디어와 문학의 교차

1922년 12월 28일 『동아일보』 1면과 3면에 '문인회'에 관한 사설과 '필화사건' 기사가 동시에 실린 것은 공교롭다. 그런데 1922년 말에서 1923년 초에 거듭 겹쳐져 나타난 사건들은 이들을 공교로움만으로 받아들이기 힘들게 한다.

1. 1922년 12월 28일, 『동아일보』

1922년 12월 28일 『동아일보』 1면에는 「文人會 -革新의旗를擧하라」는 글이 실렸다. 나흘 전인 12월 24일 문인 10여 명이 모여 '문인회'를 조직했는데, 『동아일보』의 입장에서 '문인회'의 역할을 환기한 사설이었다. 그런데 같은 신문 3면에는 잡지 『신생활』 필화사건의 공판과 관련된 기사가 게재되어 있다. 당시 『신생활』은 두 차례에 걸친 발매금지와 미디어 관계자들에 대한 구금이 있었는데, 거기에 이어진 공판이었다. 같은 날짜의 신문에 '문인회'에 대한 사설과 '필화사건'을 다룬 기사가 동시에 게재되었다는 것인데, 이 글의 관심은 여기에서 시작되었다.

「文人會 -革新의旗를擧하라」는 무력, 재력과의 관계 속에서 문학의 역할을 환기하는 것으로 시작한다. "人類의 生活改善과 幸福增進에 對하여 裨益 補助가 될 만한 記錄文字는 摠히 文學의 範圍 中에 共稱"된다고 했다. "民族의 發展과 社會의 振興을 策하는 모든 運動에 核心이 되며 急先鋒이 되"기 때문에 문학에는 '劍의 權威'나 '富의 勢力'도 인정된다는 주장은 여기에 근거를 둔다. 글은 이어 이전 문인과 문학에 대한 관념과의 비교 속에서 '문인회'의 역할을 다음과 같이 환기하고 있다.

> 우리는 思索하여야 할 것이며 또한 思索한 결과 最善最良한 藝術과 理法을 文學이라는 形式으로 表現할 것이라 ……중 략…… 時代의 精神과 世界의 思潮를 明察 熟考하여 첫째는 最善한 思想을 發表할 것이며 둘째는 平易 簡明한 民衆文學을 建設할 것이며 셋재는 革新의 氣勢를 發揮할 것이니[1)]

사색의 결과를 문학으로 표현해서 생활을 개선하는 한편 그것을 후세에 전하는 것이 '문인회'의 역할이라는 것이다. 「文人會 – 革新의旗를擧하라」는 생활개선과 행복증진을 문학의 역할로, 또 거기에 도움이 되는 기록문자 모두를 문학으로 파악하고 있다는 데서, 근대적인 개념에서 문학을 규정하고 있지는 않다. 하지만 '尋章摘句'나 '消遣遊戲' 등 이전의 문인과 문학에 대한 관습적 인식에서 벗어나야 함을 주장하고 있는 점에서 당시 미디어의 '문인회'에 대한 관심을 읽을 수 있다.

같은 날짜 『동아일보』 3면에는 『신생활』 필화사건의 공판 기사가 실려 있다. 기사는 『신생활』 필화사건과 관련해 1922년 12월 27일 있었던 신일용, 유진희, 김사민, 이시우 등의 공판 내용을 전한다.[2)] 전날 신문에서 박희도, 김명식 등에 대한 공판 내용을 다루었는데 거기에

東亞日報

THE DONG-A DAILY, SEOUL

文人會

朝鮮의土地兼併과其對策

流暢한辛氏의答辯

新生活事件第一回公判(續)

無產者同盟의幹部

脅迫狀과警察活動

自由勞働大會

趣旨書의印刷

格鬪後에

1922년 12월 28일자 『동아일보』 1면과 3면이다. 1면에는 「文人會 –革新의旗를擧하라」는 사설이 실려 있고, 3면에는 「流暢한辛氏의答辯 –新生活事件第一回公判(續)」이라는 『신생활』 공판 기사가 게재되어 있다.

이어지는 기사였다.[3] 『신생활』 11호, 12호는 1922년 11월 13일, 11월 18일에 발행되었는데, 발행 직후 발매금지 처분을 받았다. 식민지 시대에 미디어가 발매금지나 압수 처분을 받는 것은 흔한 일이었다.[4] 필화사건으로 불리는 이유는 발매금지, 압수 등 행정처분이 아니라 관계자에 대한 구금, 징역 등 사법적인 그것으로 이어졌기 때문이다.[5]

그런데 『신생활』 필화사건이 일어나기 직전 잡지 『신천지』와 관련된 필화가 먼저 일어났다. 『신천지』 6호는 1922년 11월 4일 발행 직후 발매금지 처분을 당한다. 11월 20일에는 '신천지사' 주간 백대진과 영업부장 장재흡이 연행되고, 이틀 뒤에는 사장 오상은도 소환됐다.[6] 이어 12월 4일에는 기자인 유병기와 박제호도 취조를 받았다.[7] 흔히 『신천지』, 『신생활』 필화사건이라고 불리는 것은 이러한 이유 때문이다. 11월 22일부터 '신생활사' 관계자들에 대한 소환이 이루어졌으니, 거의 비슷한 시기에 '신천지사'와 '신생활사'에 사법적인 처분이 행해졌음을 알 수 있다.

1922년 11월 26일, 29일 신문은 『신천지』, 『신생활』 필화사건에 대한 미디어의 동향을 전한다. "신생활사와 신천지사 필화사건에 대하여" "朝鮮之光社, 開闢社, 東明社, 時事評論社, 朝鮮日報社, 東亞日報社"[8] 등의 언론사 관계자가 11월 25일 모임을 갖고 대책을 협의했다고 보도했다. 이어 11월 29일에는 「言論의擁護를決議」라는 제목으로 11월 27일 언론계와 법조계의 관계자가 모여 다음과 같은 결의를 했음 전하고 있다.

決議文

> 言論 取締에 屬한 新天地社와 新生活社의 筆禍事件에 對한 當局의 處置가 太히 苛酷함으로 認함 吾輩는 言論 自由를 擁護하기 爲하여 協同 努力함을 期함[9]

인용된 부분에 이어 언론계에서 모임에 참석한 관계자를 밝혔는데 『동아일보』의 송진우, 『조선일보』의 최국현, 『개벽』의 이재현, 『시사평론』의 남태희, 『신생활』의 김원벽, 『신천지』의 오상은, 그리고 『동명』의 염상섭 등이 그들이다. 이 글의 관심과 관련해 『동명』을 대표해서 염상섭이 결의에 참여했음은 기억해 둘 필요가 있다. 한편 법조계에서 참석한 관계자는 박승빈, 최진, 허헌, 김찬영, 변영만 등이라고 밝혔다.[10)]

'문인회'가 결성된 것은 이러한 즈음이었다. '문인회'의 입장에서 보면, 『신천지』, 『신생활』 필화사건으로 두 언론사의 집필진, 운영진 등이 연행되고 공판이 진행되는 상황 속에서, 결성의 움직임을 가졌다는 것이다. 그런데 이 즈음에 일어난 일은 '필화사건'과 '문인회'의 결성에 한정되지 않는다. 문학계와 관련된 일로 1922년 12월 19일 '동아일보사'에서 처음으로 문인들의 회합을 주최한 데 이어 1923년 1월에는 '개벽사'에서도 문인들의 모임 자리를 마련했다. 또 『동아일보』, 『개벽』, 『동명』 등의 미디어는 신년호를 '문예특집'이나 거기에 가깝게 꾸미는 한편 실린 글에 원고료를 지급했다.

1922년 12월 28일 『동아일보』 1면과 3면에 '문인회'와 '필화사건'에 관한 글이 동시에 실린 것은 공교롭다. 그런데 1922년 말에서 1923년 초에 거듭 겹쳐져 나타난 사건들은 이들의 공교로움을 그것만으로 받아들이기 힘들게 한다. 더욱 그러한 것은 '문예특집'이나 원고료 지급이 이후 지속적으로 이어지지 않고 그때만 시행되었다는 사실이다. 하지만 공교로움에 대한 해명은 비슷한 시기에 일어난 여러 사건들의 실상과 관계를 검토하고 그 의미를 가늠하는 작업을 통해서 이루어질 수 있을 것이다.

이 글이 관심을 지닌 『신천지』, 『신생활』 필화사건이나 '문인회' 등 각각에 대한 논의는 개진되어 왔다. 문제가 된 백대진의 「日本爲政者에게 與하노라」에 초점을 맞추어 『신천지』 필화사건의 전개와 의미를 해명한 논의,[11)] 『신생활』의 발행 상황, 운영진 및 집필진, 조직 등에 실증적으로 밝히거나, 관계자들에 대한 구금과 수색, 공판 과정 등을 통해 필화사건의 실상을 해명하려 한 연구 등이 그것이다.[12] '문인회'에 관해서는 그 결성을 문단의 헤게모니와 관련해 해명하거나,[13] 염상섭에 초점을 맞추어 '문인회' 결성이 추진된 본래의 의도에 주목한 논의가 개진된 바 있다.[14] 하지만 비슷한 시기 『동아일보』, 『개벽』, 『동명』 등이 마련한 문인들의 모임이나 1923년 신년호의 '문예특집'에 주목한 연구는 찾기 힘들다. 또 '문예특집'에 게재된 글에 지급된 원고료에 대한 논의 역시 마찬가지다. 문인 회합, '문예특집', 원고료 등의 문제를 다룬 논의가 드문 데서 알 수 있듯이, 이들과 『신천지』, 『신생활』 필화사건 혹은 '문인회' 결성의 관계에 주목한 논의는 개진된 바 없다. 앞선 사건들은 모두 1922년 11월부터 1923년 1월 사이에 이루어졌다. 우연이라고 보기에는 지나친 공교로움임에도 거기에 대한 논의가 부재하다는 것 역시 이 글이 관심을 가지게 된 이유 가운데 하나이다.

이 글은 먼저 1922년 11월 4일 『신천지』 6호의 발매금지로 시작되어 사법적인 처분으로 이어진 『신천지』, 『신생활』 필화사건에 주목하는 것으로 논의를 출발하려 한다. 『신천지』, 『신생활』 필화사건의 전개 과정에 대한 천착을 통해 그것이 당시 신문, 잡지 미디어에 미친 영향을 가늠해 보려는 것이다. 이어 필화사건이 전개되는 과정에서 이루어진 문인들의 회합, '문예특집', 또 원고료 지급 등도 검토하고, 또 1922년 12월 말에 추진된 '문인회' 결성의 움직임에 대해서도 주목하려 한다. 그것은 추정에 머물지라도 『신천지』, 『신생활』 필화사건, 문인들의 회합과 '문예특집', 그리고 '문인회' 결성의 관계를 되짚어 보는 것으로 나아가게 될 것이다. 이러한 작업이 흔히 문학사에서 '침체기', '동면기' 등으로 규정되는 이 시기의 문학을 온전히 조명하는 논의가 되길 기대해 본다.

2. 필화사건과 그 파장

1922년 11월 22일 『매일신보』는 『신천지』 필화사건과 관련된 백대진과 장재흡의 구금 상황을 다음과 같이 전한다.

> 신천지(新天地)라는 잡지(雜誌)의 주간 되는 백대진(白大鎭) 씨를 동서로 인치하야 오는 동시에 또한 그 잡지의 영업부장 겸 인쇄인 되는 시내 옥동(玉洞) 칠십이 번지 장재흡(張在洽) 씨도 인치하야 경찰서 안에 유치하였다가 오후 두 시쯤 하여 검사국으로 압송하였는데 ……중 략…… 필화로 인하야 검거까지 된 것은 조선에서 출판허가가 있는 언론기관으로서는 처음 있는 사실이라[15]

11월 20일 경성지방법원 검사국에서 종로경찰서에 명령을 내려 『신천지』 주간 백대진, 영업부장 장재흡 등을 검사국으로 압송하였다고 했다. 인용문에 이어서는 검사의 취조 후 두 사람이 서대문형무소로 송치되었다는 것, 또 사장 오상은 역시 소환해 취조했다는 언급이 실려 있다.[16] 이어 12월 7일 검사국은 백대진을 신문지법과 제령 위반으로 기소하고, 장재흡을 기소유예로 처리한다. 기소 내용은 「日本爲政者에게 與하노라」라는 글이 조선독립의 사상을 고취하여 정치의 변혁을 선전했다는 것이었다. 인용문의 마지막 부분처럼 미디어의 운영진이나 집필진에 대한 사법적인 처분은 조선에서 처음 있는 일이었다.

필화사건의 대상이 된 것은 1922년 11월 4일에 발행된 『신천지』 6호였다. 『신천지』는 1922년 9월 『신생활』, 『개벽』, 『조선지광』 등의 잡지와 함께 신문지법에 의한 발행을 허가 받았다. 신문지법의 제4조에 있는 보증금 3백 원을 조선총독부에 지불하고 정치, 시사 등을 게재할 수 있게 되었다. “新聞紙法에 依하여 第一聲을 發한 月刊 政治時事 雜誌 『新天地』 拾壹月號”[17]라는 것처럼 『신천지』 6호는 신문지법에 의해 발행된 첫 번째 호였다. 그런데 11월 12일 기사는 『신천지』 6호가 당국의 기휘를 촉하여 10일자로 발매금지를 당했음을 전하고 있다.[18]

『신천지』가 창간된 것은 1921년 7월이었다. 백대진은 편집인과 발행인을 겸해 『신천지』의 발행, 운영 등에서 핵심적인 역할을 했다. 그는 『신문계』, 『반도시론』 등의 잡지에서 기자로 일했으며, 1919년 6월에는 『매일신보』에 들어가 사회과장과 편집부장 등을 역임했다. 백대진 외에 『신천지』에 글을 발표한 사람들 역시 대부분 『매일신보』 기자이거나 그 지면을 통해 활동했던 인물들이었다.[19] 백대진과 다른 필자들이 당시 총독부의 기관지로 불리던 『매일신보』와 관련된 인물들임을 고려하면,[20] 『신천지』가 필화사건의 대상이었다는 사실은 다소 의아하게 느껴진다.

사건에 대한 1, 2차 공판은 각각 1922년 12월 18일, 12월 22일 경성지방법원에서 열렸다. 1차 공판에서는 노무라(野村) 판사의 심문은 「日本爲政者에게 與하노라」에 있는 참정권 이상의 무엇을 요구한다는 부분에 집중되었다. 2차 공판에서는 오하라(大原) 검사의 심문이 이어졌다. 오하라 검사는 「日本爲政者에게 與하노라」에서 나타난 주장에 백대진 역시 동조하고 있다는 이유로 징역 1년을 구형했다.[21] 12월 25일에 있었던 판결 언도에서 노무라 판사는 백대진에게 조헌문란 등 신문지법 위반, 제령 제7호 위반 등을 이유로 징역 6개월을 선고했다.[22]

뒤에서 살펴볼 『신생활』과는 달리 『신천지』는 필화사건 이후 1922년 12월부터 1923년 8월까지 잡지의 발행을 순조롭게 이어갔다. 그런데 『신천지』는 1923년 9월 다시 필화사건에 휘말리게 된다. ‘조선 귀족계급 몰락호’라는 제목으로 1923년 9월호가 발행되자 경성지방법원

검사국은 '신천지사'의 사장 오상은, 기자 박제호, 유병기, 인쇄인 박영진 등을 연행한다. 오상은, 박영진은 방면되었지만 박제호, 유병기는 서대문형무소에 수감되었다. 11월 9일에 열린 공판에서 심문은 기사를 집필하고 게재한 담당자, 기사의 불온성 여부 등에 집중되었다.[23] 박제호, 유병기에게 징역 1년이 구형되었는데, 뒤에서 다루겠지만 박제호는 복역 중 건강이 악화되어 1924년 6월 23일 가출옥했으나 며칠 후 사망하게 된다.

두 번에 걸친 필화사건 이후『신천지』는 잡지를 이어가기 위한 노력을 기울였다. 1923년 10월, 1924년 5월 등에 백대진의 단독 경영으로 발행 준비 중이라거나 잡지의 성격을 문예잡지로 바꿔 속간할 것 등의 기사는 이를 말해준다.[24] '문예잡지로 바꾸어 속간하려 했다는 것'은 필화사건으로 인한 문학의 위상 변화와 관련해 주목할 필요가 있다. 하지만 발행을 이어가기 위한 노력은 제대로 성과를 거두지 못해『신천지』는 1923년 9월호의 압수를 계기로 잡지로서 자신의 생명을 마감하게 된다.

『신생활』 필화사건으로 인한 사법 처분은 1922년 11월 22일 '신생활사' 사장인 박희도, 인쇄인인 노기정을 소환한 후 서대문형무소에 구금하는 것으로 시작된다.[25] 사흘 후에는 기자인 김명식, 유진희, 신일용 등도 소환, 취조 후 종로재판소 내에 있는 유치감에 구금되었다.『신천지』 필화사건과 달리『신생활』의 그것은 관계자의 가택에 대한 수색과 압수도 이루어졌다. 11월 24일 경성지방법원의 오하라 검사, 나라이(奈良井) 검사가 각각 '신생활사', 박희도, 박광희, 이시우 등의 집을 대상으로 했던 대규모의 수색이 그것이었다.[26]

'신생활사' 구성원들의 소환과 구금, 그리고 공판에서 문제로 적시되었던 글을 고려하면 필화사건의 대상이 되었던 대상은『신생활』 11

호와 12호였다. 1922년 11월 13일 '로국 혁명 오주년 기념호'라는 부제를 달고 발행된 『신생활』 11호는 다음날 발매금지 처분을 받는다.[27)]『신생활』 12호는 1922년 11월 18일 발행되지만 역시 발행 직후 발매금지가 되었다.[28)] 11호에서는 게재된 글 가운데 「露國革命五週年記念」과 「五年前今日을回顧함」이 문제가 되었고, 12호에서는 「民族運動과無產階級의戰術」과 「自由勞動趣旨書」 등이 필화사건의 원인이 되었다.

『신생활』이 발매금지나 압수 등 행정적인 처분을 받았던 것은 11호, 12호에서 처음이 아니었다. 1922년 3월 15일 발행된 창간호가 발매금지 처분을 받았고, 4월 11일 발행되었던 4호는 압수를 당했으며, 또 6월 1일 발행된 6호 역시 발매금지 처분을 당했다. 1922년 10월 22일 신문에는 『신생활』 10호의 발행을 미루어 10월이 아니라 11월에 발행할 예정이라는 광고가 실렸다.[29)] 『신생활』 역시 당시 다른 세 잡지들과 함께 신문지법에 의한 발행이 허가되었는데, 시사, 정치 기사를 실을 수 있게 되자 기사를 준비하느라 발행이 한 달 가까이 늦어진 것이다.

『신생활』 필화사건에 대한 1차 공판과 2차 공판은 각각 1922년 12월 26일, 다음 해 1월 8일 경성지방법원에서 노무라 판사와 오하라 검사의 주재 아래 열렸다.[30)] 박희도, 김명식, 신일용, 유진희 등은 '신생활사'의 운영진과 기자들이었고, 김사민, 이시우 등은 「自由勞動趣旨書」를 집필하고 배포한 것과 관련된 '자유노동조합' 구성원이었다.[31)] 공판 과정을 다룬 기사를 보면 1차, 2차 공판에서 심문은 크게 두 가지에 집중되었음을 추정할 수 있다. 먼저는 「露國革命五週年記念」, 「民族運動과無產階級의戰術」 등의 문제가 된 기사와 관련된 것으로, 기사를 집필하고 게재한 인물을 확인하려 했다. 다른 하나 심문의 대상은 '자유노동조합'의 집회의 취지와 주최자를 밝힌 「自由勞動趣旨書」와 관련된 것이었다. 김사민, 이시우 등에 대한 심문은 주로 '자유노동조합'에서 개최한 집회의 주최자와 취지서의 작성자 등에 집중되었다.

1923년 1월 16일 경성지방법원에서 선고 공판이 열렸다. 박희도, 이시우는 신문지법, 제령 등을 위반에다가 누범 가중의 원칙에 의해 2년 6개월이 선고되었다. 김명식, 김사민은 제령, 출판법 등을 위반하였다는 이유로 2년을 선고 받는다. 신일용, 유진희는 제령, 신문지법 등의 위반했다는 명목으로 1년 6개월이 선고되었다.[32] 피고들은 병 때문에 1923년 7월 26일 형이 집행정지 되어 가석방된 김명식을 제외하고는 모두 만기출소를 했다.[33]

『신생활』은 운영진, 기자진 등이 구속된 어려운 상황에서도 잡지를 발행하기 위한 노력을 계속했다. 13호가 1922년 11월 28일에 발행되지만 발매금지 처분을 받았으며, 또 14호를 12월 13일에 발행하지만 압수 처분을 받았다.[34] 『신생활』 15호는 별다른 문제없이 발행되었지만 8면에 불과한 분량으로 제대로 된 잡지의 모습을 갖추지 못했다. 발행을 계속하기 위한 노력에도 불구하고 『신생활』 16호는 발행 자체가 금지되는 발행금지 처분을 받았다. 이후에도 『신사회』로 제명을 바꾸거나 출판사를 블라디보스토크의 '선봉사'로 옮겨 발행하려는 움직임은 지속되었지만 『신생활』은 필화사건을 계기로 결국 자신의 짧은 생명을 마치게 된다.

3. 문인 회합과 원고료 지급

1922년 12월 19일 '동아일보사'에서는 문인들을 초대해 모임 자리를 마련한다. 『신천지』, 『신생활』 필화사건이 일어난 지 한 달 정도 되었을 때였고, 거기에 따른 공판이 이어지고 있었다.

> 동아일보사에서 문사를 초대한다고 청첩이 왔다. 조선에서 문인을 초대하는 회합은 이번이 효시라 하겠다. ……중 략…… 동아일보 사장 송진우 군의 예사(禮辭)가 있은 후에 내빈을 대표해서 염상섭 군이 답사를 했다. 출석한 사람들의 면면을 보면 빙허 현진건, 백화 양건식, 수주 변영로, 석송 김형원, 춘성 노자영, 소파 방정환, 이일, 횡보 염상섭, 현철, 하몽 이상협, 종석 유광열, 도향 나빈, 회월 박영희, 석영 안석주 그리고 주인 격인 송진우 등이었다.[35]

『동아일보』에서 문인들을 초청해 모임을 가졌는데, 그것이 조선에서 문인을 초대한 회합의 효시였다고 했다. 회합의 의미는 처음 문인들을 초대한 자리라는 것에 한정되지 않는데, 거기에 대해서는 뒤에서 상론하겠다. 당시 '동아일보사' 사장이었던 송진우의 '예사'에 답을 한 문인이 염상섭이라는 사실은 기억해 둘 필요가 있다.[36]

회합을 주최한 데 이어 '동아일보사'에서는 1923년 신년호 『동아일보』를 '문예특집'으로 꾸몄다. 1월 1일은 모두 20면이 발행되었는데, 13면에서 15면까지가 문예면이었다. 평론으로 염상섭의 「文人會組織에關하야」, 현철의 「劇界에對한所望」, 황석우의 「新年文壇에바람」 등이 발표되었다. 시로는 오상순의 「放浪의한페지(故南宮璧兄의무덤압헤)」, 박종화의 「당신이무르시면」, 「幌馬車타고가랴한다」, 홍사용의 「노래는灰色나는쏘울다」, 박영희의 「어둠의寶幕」, 김낭운의 「무덤의誘引」, 「現實」, 이동원의 「다시못오는그때를차저서」, 유월양의 「자장의마을」, 「눈물의거리」, 「겨울은왓는가」 등이 실렸다. 현진건의 소설 「郵便局에서」,

大正十二年一月一日 (月曜日) 東亞日報 第八百五十六號 (四의三)

新童話 옥희와금붕어

고한승

[illegible]

당신이 무르시면

[illegible]

放浪의 한페지

吳相淳

[illegible]

『동아일보』는 1923년 1월 1일, 1월 3일 등 신년호를 '문예특집'으로 꾸몄다. 1월 1일은 모두 20면이 발행되었는데, 위의 이미지는 15면에 해당된다. 이들 외에도 13면에서 15면까지를 문예면에 할애했다. 1월 3일에는 8면이 발행되었는데, 4면과 5면이 문예면이었다.

고한승의 동화「옥희와금붕어」, 양백화의 수필「창피!」, 홍난파의 수필「사라가는法」 등도 게재되었다. 1월 3일에는 8면이 발행되었는데, 나도향의 수필「알숭달숭수노흔돗자리」가 4면에, 방정환의 번역동화「天使」가 5면에 실렸다.[37] 『동아일보』가 신년호에 '문예특집'을 마련한 것을 관례로 생각할 수도 있지만 1921년 신년호는 정간으로 발행되지 못했고 1922년 신년호에는 '문예특집'에 해당되는 지면이 없었다.[38]

또 한 가지 간과해서 안 될 사실은 앞선 회합에 참석한 문인들 가운데 변영로를 제외하고는 모두 '문예특집'에 글을 실었다는 것이다. "연말 초대를 계기로 해서 동아일보사에서는 신년호에 나에게 시를 청했다"는 박종화의 언급을 고려하면 회합은 '문예특집'의 취지를 설명하고 원고를 청탁하기 위해 마련된 것으로 보인다.[39] 하지만 이 회합이 지니는 의미는 '문예특집'의 원고를 청탁하는 데 한정되지 않았다. 제대로 주목받지는 못했지만, 이 회합은 당시 문인으로 칭해졌던 사람들이 처음으로 서로를 확인하는 자리였다. 그런 의미에서 회합은 조선에서 처음으로 '문인'이라는 '카테고리'를 만든 모임이기도 했다. '카테고리'는 당시에는 어렴풋했지만 점차 분명한 모습을 이루어 나가 '문단'이라는 경계를 만들었다는 점에 그 온전한 의미가 놓인다.

'동아일보사'에서 모임을 주최한 후 『개벽』에서도 문인들의 회합 자리를 마련한다. '개벽사'가 주최한 모임에 대해서 김기진은 변영로와 처음 조우한 자리로 기억하고 있다.

> 雜誌「開闢」社에서 베풀었던 忘年會 席上에서 나는 처음으로 樹州 卞榮魯 氏와 인사를 하였다. ……중 략…… 이날 밤 그 자리에서 「白潮」와 「廢墟」의 同人들 간에 조그만 衝突이 있었다 洪露雀과 玄憑虛 두 사람이 橫步와 또 누구인가 지금 記憶이 안나는 文友와 입씨름을 하다가 그것이 커져서 마침내 나는 그 싸움에 주먹질을 하기까지 했는데 그때 樹州는 始終 靜觀하고 가만히 있었다.[40]

'개벽사'에서 주최한 모임에서 처음 변영로와 인사를 했는데, 그 모임에서 『백조』 동인들과 『폐허』 동인들 간에 다툼이 있었다는 것이다. 이전까지 동인지를 중심으로 교류했던 동인들이 함께 모인 데서 일어난 일로 보이는데, 이 역시 당시 전체 문인들의 회합이 생소한 것이었음을 말해준다. 박종화는 이 모임에 대해 "동아일보사에서 문인들의 초대하니 개벽사에서도 글쓰는 사람들을 명월관으로 초대했다"고 한다. 참석자로는 "주최 측으로 김기전과 박달성이 나오고 내빈 측으로는 회월·도향·춘원·팔봉·노작·횡보·김억·현철·수주·김운정·소파와 나(박종화; 인용자)"[41]였다는 것이다. 비슷한 시기에 『동아일보』와 『개벽』에서 이전까지 없었던 문인들의 회합을 마련했다는 공교로움이 시사하는 바는 크다.

'동아일보사'에서 신년호에 '문예특집'을 마련했던 것처럼 역시 회합을 주최했던 『개벽』 역시 1923년 1월호를 '문예특집'으로 꾸몄다. 시로 김억의 「흰눈」, 「배」, 「냇물」, 「갈매기」, 박영희의 「僧女」, 「祈願」, 노자영의 「未知의나라에」, 변영로의 「雪上逍遙」 등을 실었다. 소설로 김동인의 「이盞을」, 나도향의 「十七圓五十錢」, 錄情의 「넉들이」 등을, 수필로 김석송의 「잠을쇠」, 편집부의 「文壇風聞」을 게재했다. 또 평론으로 박종화의 「文壇의一年을追憶하야」, 방정환의 「새로開拓되는「童話」에關하야」, 김운정의 「演劇의起源과希臘劇의考察」, 홍난파의 「歌劇의이약이」, 박종홍의 「百濟時代의彫刻」 등을 실었다. 또 안석주의 그림 「香+毒=?」, 「旋律」 등도 게재되었다. 『개벽』 역시 같은 신년호라도 1921년, 1922년의 그것과는 차이가 있었다. 1921년이나 1922년의 신년호도 다른 호에 비해 문예 작품의 숫자는 많았다. 하지만 작가는 현철, 김석송, 김억, 방정환, 현진건 등 기존의 작가에 한정되어 한 필자가 여러 편의 작품을 싣는 양상을 보였다.

『동명』에서는 당시 송년회 등 문인들의 회합을 마련한 흔적은 보이지 않지만 역시 1923년 첫 호를 '문예특집'에 가깝게 발행했다. 1923년 1월 1일자 『동명』 2권 1호는 13면부터 22면까지를 문예 작품에 할애했다. 시로는 주요한의 「아츰황포강에서」, 박영희의 「倦怠」, 「밤하늘은내마음」, 「가을의愛人」, 김명순의 「鄕愁」, 김억의 「雪夜」, 박종화의 「紫金의내울음은」, 오상순의 「放浪의마음」 등이 게재되었다. 또 변영만이 예이츠의 시를 번역한 「蓬萊方丈으로」, 태산이라는 필자의 한시 「奇昌吉」 등도 실렸다. 소설로는 변영로의 「어쩐中學敎師의私記」, 나도향의 「銀貨·白銅貨」, 양백화의 「도야지주둥이」, 김일엽의 「L孃에게」 등이 실렸다. 그리고 나혜석의 수필 「母된感想記」과 김운정의 평론 「思想運動과演劇」 등도 게재되었다.

1923년 신년호가 지니는 특징은 『동명』의 미디어적 성격을 고려할 때 보다 두드러진다.[42] 일반적인 생각과는 달리 『동명』은 문학 작품의 발표 공간으로 보기는 어려웠다. 『동명』에 게재된 소설들 중 창작으로 볼 수 있는 것은 김동인의 「笞刑」, 염상섭의 「E先生」과 「죽음과그그림자」 등 3편에 불과했다. 시는 변영로, 김억, 오상순, 변영만, 진학문 등의 작품이 게재되었지만 변영로를 제외하고는 1, 2회 게재하는 데 그쳤다. 문학 작품에서 번역이 차지하는 비중이 큰 것도 『동명』의 성격과 연결이 된다. 1923년 1월에 나온 2권 4호 이후에 게재된 소설은 모두 번역이었으며, 그 대개는 원작자 등을 밝히지 않은 흥미 위주의 읽을거리였다. 이런 점을 고려하면 1923년 1월 1일 '문예특집'에 가깝게 발행된 『동명』의 이채로움은 눈에 띈다.

'동아일보사'에서 주최한 회합에 참석하고 『동아일보』 신년호에 글을 실었던 박종화는 흥미로운 언급을 한다. 그는 「당신이무르시면」, 「幌馬車타고가랴한다」 등 시 두 편를 싣고 한 편 당 5원씩 10원을 받았다며, 그것이 조선에서 원고료가 지급된 효시라고도 했다.[43] 박종화의 언급에는 맞는 부분과 그렇지 않은 부분 둘 다 있는 것으로 보인다. 시 한 편 당 5원씩 10원을 원고료로 받았다는 것은 사실로 보이는데, 당시 쌀 한가마니가 10원, 설렁탕이 10전 정도였고, 교사, 공무원의 월급이 30~40원 정도였음을 감안하면 10원은 적지 않은 돈이었음을 알 수 있다.[44] 하지만 이 글이 주목하는 부분은 '동아일보사'의 이례적인 행보에 관해서이다. 이 시기 '처음'으로 문인들의 회합과 '문예특집'을 마련하고 높은 수준의 원고료를 지불했다는 것이 그것이다.

'동아일보사'에서 주최한 모임이 있은 후 '개벽사'에서도 회합 자리를 마련했음을 확인했다. 박종화는 『개벽』 역시 신년호에 실은 글에 대해 원고료를 지급했음을 언급한 바 있다. "원고료는 동아일보사에서 보내는 것보다 개벽사가 후"해서 "시 한 편에는 10원, 산문 1장에는 1원으로 계산해 보냈다"[45]는 것이다. 시로만 한정하면 '동아일보사'의 원고료가 5원인데 반해 '개벽사'의 원고료가 10원이니 두 배에 해당되는 금액이었다. 박종화가 1923년 1월호 『개벽』에 발표한 글은 평론이었으니, 산문 1장에 원고료가 1원이었음도 사실이었을 것이다.

그런데 『동아일보』와는 달리 『개벽』이 원고료를 지급한 것은 이때가 처음은 아니었다. 박영희는 『개벽』이 1920년대 전반 경영 상황이 좋았을 때 시 1편에 5원, 산문 원고지(23자 10행) 4매에 2원 50전 정도를 원고료로 지급했다고 한다. 1920년대 중반에 이르러 원고료를 인하했는데, 1924년에는 산문은 230자 원고지 1매에 50전으로 감액되었다가 1925년에는 40전 이하까지 더 내려갔다고 했다.[46] '개벽사'에서 이전부터 원고료를 지급했더라도 박종화가 원고료를 받은 것은 처음 글을 실은 1923년 1월호에서였다. 앞서 박종화의 언급에는 맞는 부분과 그렇지 않은 부분이 있다고 한 것은 이를 가리킨다.

그리고 어쩌면 『개벽』이 원고료를 본격적으로 지불한 것은 1923년 1월부터라고 보는 것이 정당할지도 모른다. 1920년 6월 창간 이후 1922년 중반까지 문예면의 필자는 대부분 '개벽사'와 관계되거나 거기에서 일을 했던 인물이었기 때문이다. 창간부터 1922년 중반까지 『개벽』의 희곡은 현철이, 시는 김석송, 김억 등이 담당했다. 또 평론을 썼던 주된 필자도 김억과 현철이었다. 소설은 방정환이 주로 담당했다.[47] 『개벽』의 문예를 외부 필자에게 개방하는 등 집필진의 변화가 일어난 것은 1922년 하반기부터였다. 변영로, 주요한, 주요섭 등이 시, 소설, 수필, 동화 등을 발표하기 시작했다.[48] 외부 필자에게의 개방을 상징적으로 보여주는 것은 1923년 신년호에서 15편의 문예를 실은 것이었다. '개벽사'에서 일을 하거나 관계된 사람에게 급여 외에 원고료가 따로 지급되었을 가능성에 대해 고려해 보면, 『개벽』의 원고료가 본격적으로 지급된 것은 1923년 1월부터로 볼 수 있다는 것이다.[49]

당시 『동명』 역시 '문예특집'에 대한 원고료를 지불했다. 『동명』은 "고료를 주는 데 가장 박한 곳"이어서 원고료는 『동아일보』, 『개벽』보다 훨씬 적어 "시 한 편에 3원, 단편소설 한 편에 5원"을 보냈다고 한다. 그것도 "동명사에서는 자진해서 고료를 내는 일이 한 번도 없"어 "마지못해서 고료를 내"[50] 줬다고 한다. 하지만 이 글의 관심과 관련해서 간과해서는 안 되는 것은 원고료의 많고 적음을 떠나 『동명』 역시 원고료를 지급했다는 사실이다.[51]

1923년 초 『동아일보』, 『개벽』, 『동명』 등에서 원고료를 지불했음을 확인할 수 있는 또 한 가지 사실은 1923년 신년연에 관한 것이다. 1923년 초 홍사용, 박종화, 나도향, 박영희, 현진건, 안석주 등은 종로에 있었던 '식도원'에서 신년연을 연다.[52] 이들은 신년연의 비용을 "개벽사에서 받은 원고료, 동아일보사에서 받은 원고료, 동명에서 받은 원고료, 그 중에서 각기 15원씩"[53] 내어서 마련했다고 한다. 실제 이러한 일화는 당시 문인들의 낭만적 기질이나 호탕한 풍취가 드러난 것으로 언급되는데, 뒤에서 다루겠지만 기질이나 풍취의 이면에는 당시 문인들의 문학에 대한 이해 역시 자리하고 있음을 간과하면 안 된다.

4. '문인회' 결성의 움직임

'문인회'라는 이름이 처음 미디어에 거론된 것은 『동아일보』 사설에서 다루기 이틀 전의「文藝運動의第一聲」이라는 글에서였다. "이십사일 오후 네 시부터 이병도(李丙燾) 염상섭(廉想涉) 오상순(吳相淳) 황석우(黃錫禹) 변영로(卞榮魯) 씨등의 발기"에 의해 "문예에 종사하는 문사 십여 명이 모여 문인회(文人會)라는 단체를 조직"[54]했다고 한다. 문인 10여 명이 모여 '문인회'를 조직한 1922년 12월 24일은 '동아일보사'에서는 문인들의 회합을 주최한 며칠 뒤였으며,『신천지』,『신생활』필화사건이 일어난 지 한 달 정도 지나서였다.

'문인회'의 두 번째 모임은 "오일 하오 오시에 시내 돈의동 명월관(明月館)에서 신년간친회"[55]의 형식으로 열렸다. 두 번째 모임에서는 먼저 이름을 "『조선』이라는 두 자를 붙여『조선문인회』"라고 하고 "기관잡지『루네산쓰』(文藝復興)를 삼월 일일에 창간하기로" 한다. 또 "회원 추천에 관한 일을 의논하였는데 이 문제는 매우 중대한 문제임으로 여러 가지 의논이 있"었으며, 논란 끝에 "『일 년에 한 번씩 최종 월례회에서 회원 반 수 이상의 추천』으로 입회케 하자고"[56] 결정되었다.

두 번째 모임에서 이름, 기관지 발행 등에 대한 논의와 함께 회원 추천 및 기준에 대한 논란이 있었다는 것이다. 그런데 첫 번째 모임에 참석한 사람이 10여 명이었으며 그나마 임의로 추천한 회원을 더해도 37명밖에 안 되었던 당시 '문인회'에서 회원 기준에 대한 논란이 있었다는 사실은 주목을 끈다.[57] "〈동아일보〉의 장덕수(張德秀)·송진우(宋鎭禹), 〈동명〉의 최남선(崔南善)·진학문(秦學文)" 등이 회원 명단에 올라가 있자 "문인회는 순수한 문인만이 모여야"[58] 한다는 반론이 있었다고 했다. 이를 고려하면 앞선 회원 기준에 대한 논란은 송진우, 장덕수, 최남선, 진학문 등과 관련된 것임을 알 수 있다. 여기에서 한 가지 간과해서 안 될 점은 논란을 예상하면서까지 앞선 인물들을 회원으로 추천했던 '문인회'의 의중이 무엇이었나 하는 것이다.

'문인회'는 두 번째 모임의 결정보다 한 달 정도 늦은 1923년 4월 1일에 『뢰내쌍쓰』라는 이름의 기관지를 발행했다. 1923년 3월 31일 『매일신보』는 "문인회(文人會)에서는 『루네싼스』(文藝復興)라는 기관 잡지를 발간"하였는데, "사월 일일부터는 쓸쓸한 조선 문단에 새로운 빛을 나타내리라"[59]는 기사를 실었다. 『동아일보』도 1923년 4월 4일 기사를 게재했는데, 앞선 『매일신보』의 그것과는 조금 다르다. "회원의 근소한 의연금으로 경영하는" 것이라서 "『페이지』 수도 만치 못하며 체제도 훌륭하지 못하"며 "정가는 매부에 겨우 십전"[60]이라고 했다.

『뢰내쌍쓰』는 현재까지 실제 잡지를 확인할 수 없다. 앞선 『동아일보』의 언급은 『뢰내쌍쓰』가 체제, 분량 등에서 문제를 지니고 발행되었다는 것을 말해준다. "신문지 4절인 타블로이드판의 초라한 기관지"[61]였다는 회고 역시 이와 관련된다. 앞선 언급과 10전이라는 가격을 통해 당대 동인지들과의 비교를 통해 『뢰내쌍쓰』의 얼개를 그려볼 수는 있다. 1919년 2월부터 1921년 5월까지 간행된 『창조』, 1920년 7월부터 1921년 1월까지 나온 『폐허』 등은 가격이 30전에서 50전 정도였다. 『뢰내쌍쓰』와 비슷한 시기에 발행된 『백조』는 60전에서 70전이었다. 10전이라는 가격을 감안하면 『뢰내쌍쓰』가 동인지의 1/5 정도의 분량으로 4, 5편 정도의 글이 채워졌음을 추정할 수 있다.[62]

염상섭은 이후 『廢墟以後』에 발표한 글을 통해 기관지가 제대로 발행되지 못 했던 사정에 대해 언급한 바 있다. 염상섭은 "무슨 일을 始作하든지" 중요한 것은 "돈과 誠意" "두 가지 問題밖에 없다"고 한다. 그런데 '문인회'에는 "두 가지가 다 없었다"고 했다. "爲先 雜誌 하고, 서둘렀으나, 만들어 내놓은 것은 「뢰네쌍쓰」"였는데 "붓대 드는 사람의 誠意, 經營하여 갈 資力, 이 두 가지가 없"어서 "內容이 貧弱하"고 "非難이 빗발치듯하였다"[63]는 것이다. 염상섭의 언급은 『뢰내쌍쓰』가 문인들의 성의와 비용 등이 부족한 상태로 발행되어 거기에 대한 비난도 적지 않았음을 말해준다.

기관지 『뢰내쌍쓰』를 발행한 후 '문인회'의 활동에 대해서는 "文士劇을 上演하야 볼 豫定으로" "次次 交涉이 進行"[64]되어 갔다는 언급이 있다. 하지만 문사극의 공연은 끝내 실행되지 못 했다.[65] 「經過의大略」에서는 문사극이 공연되지 못한 이유를 "女優를 어들 道理가 업"었다고 했다. 하지만 주된 이유는 "내남직할 것 없이 밥벌이에 매달린 사람들이라, 到底히 一致한 行動을 取할 수 없"[66]었던 데 따른 것으로 보인다. 『뢰내쌍쓰』가 체제, 분량 등에 문제를 지닌 채 발행된 이유는 '발행 비용'과 함께 문인들의 '성의'가 부족했기 때문이었다. 각자가 글을 써내는 것에도 어려움을 겪었음을 고려하면 대본, 연습, 공연 등 모여서만 추진될 수 있는 문사극의 공연은 더욱 어려운 작업이었을 것이다.

1923년 12월 31일자 신문 미디어들은 '문인회'에서 『廢墟以後』를 발행하게 되었다는 기사를 싣고 있다. "『뢰내쌍쓰』는 사정에 인하야 폐간되고" "『폐허이후(廢墟以後)』라는 잡지를 문인 회원의 집필로 금일에 신년호 겸 창간호를 발행할" 것이라며 잡지가 이전과 달리 "내용이 충실하고 재정도 튼튼"[67]하다고 했다. 『뢰내쌍쓰』에 이어지는 것이지만 재정도 튼튼하고 내용도 충실해 『뢰내쌍쓰』와는 다른 성격을 지닌다는 것이다. 그런데 앞선 기사에는 『廢墟以後』가 '문인회'의 '기관지'가 아니라 '문인 회원의 집필'이라고 언급되어 있다. 염상섭 역시 "이 잡지를 문인회의 기관지"가 아니고 "문인회의 과반수를 동인으로 한 폐허이후사로 하기로" 했다고 언급한다. 이를 고려하면 『廢墟以後』를 『뢰네쌍쓰』를 전신으로 한 '문인회' 기관지로 볼 수 있는지는 보다 신중한 접근이 요구된다고 할 수 있다.[68]

『廢墟以後』가 발행된 것은 '문인회'가 처음 만들어진 지 1년 정도 지

大正[illegible]年十二月廿一日 印刷
大正十三年 一月 一日 發行

編輯人 廉 尙 燮
京城府公平洞六十六番地

發行人 英國人 아ㅣ놀드
京城府貞洞三番地

印刷人 金 丙 益
京城府公平洞六十六番地

印刷所 大東印刷株式會社
京城府公平洞五十五番地

發行所 廢墟以後社
京城府公平洞六十六番地 中央書林內

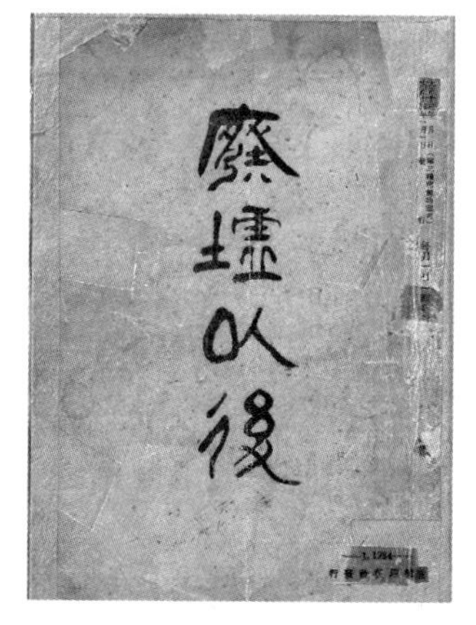

오른쪽부터 『廢墟以後』의 표지와 판권간기이다. 판권간기에 편집인이 염상섭으로 되어 있는 것이 흥미롭다. 이미지의 출처는 〈아단문고〉이다.

나서였으며 1923년 4월 1일 간행된 『뢰내쌍쓰』와도 8개월 정도의 시간적 거리를 지닌다. 그 사이에 문사극을 꾸미려 했던 시도를 제외하면 '문인회'의 활동을 찾기는 힘들다. 활동이 부진했던 이유에 대해서는 『廢墟以後』에 실린 「同人記」를 통해 대략의 접근이 가능하다. 염상섭은 '문인회'의 문제를 "事實을 事實대로 放任하거나 또는 籠絡되깃는(되는 것의 오기임; 인용자)" 때문이자 "「自己」를 側面으로 睨視하고 嘲笑로써 觀하는"[69] 것에서 기인했다고 한다. 조명희도 같은 글에서 "우리는 우리 自身에 對하여서나 남에게 對하여서나 너무도 生活의 責任感이 不足하여 왔"[70]다고 했다. 생활에 대한 책임감이 부족한 채 사실을 사실대로 방임했기 때문이라는 것인데, 여기에 대해서는 '문인회'의 결성 의도를 짚어보면서 상론하겠다.

이후 '문인회' 소식은 1924년 12월 8일자 신문을 통해 전해진다. 『동아일보』, 『조선일보』, 『시대일보』 등은 같은 날짜의 지면에 "오랫동안 中

止 狀態에 빠져 있던 朝鮮文人會는" "구일 오후 칠시에" "광교식당(廣橋食堂)에서 모인다는데 모두 참석하기를 바란다"[71]는 기사를 싣는다. 이어 같은 해 12월 11일자 기사에는 "기관 잡지 『문예부흥』의 발행과 선언서를 작성과 강연회 주최, 원고료협정(原稿料協定) 등을 토의 질정하"였다고 했다. 또 이사로 "白基萬, 元鐘麟, 黃錫禹(常務)" 등을, 편집위원으로 "卞榮魯, 梁白華"[72] 등을 선정했다는 것이다.

그런데 1924년 12월 22일자 『조선일보』, 12월 29일자 『동아일보』 등은 변영로와 양백화가 '문인회'의 편집위원을 사임했다는 기사를 싣고 있다.[73] 또 1925년 1월 『개벽』에 실린 「文藝雜記」는 "1년이나 終息되었던 朝鮮文人會는" "모이기로 하였다는데" "出席人이 缺席人 빼놓고는 1人도 없었다"며, 회합에 참석한 회원들이 거의 없었다는 것을 밝히고 있다. 이를 보면 1924년 12월 9일 열린 모임에는 참석한 회원들이 거의 없었으며 편집위원을 맡은 인물들 역시 곧 고사를 했다는 사실을 알 수 있다. '문인회'는 1924년 1월 『廢墟以後』를 발행한 후 별다른 활동을 못 하다가 1924년 12월 9일 회합을 가지려 했지만 그 역시 제대로 이루어지지 못했다는 것이다.

5. 무산된 의도의 행간

1919년 2월 1일 창간된 『창조』는 동인지 문학 시대의 출발을 알렸다. 김동인, 주요한, 전영택, 최승만, 김환 등을 동인으로 했던 『창조』는 1921년 5월 30일 9호를 마지막으로 폐간되었다. 『폐허』는 염상섭, 남궁벽, 오상순, 황석우, 민태원, 나혜석, 김원주 등을 동인으로 1920년 7월 25일 창간호를 발행했다. 『창조』가 나온 지 1년 반 정도 뒤였는데, 1921년 1월 20일에 발행된 2호를 끝으로 반 년 남짓한 짧은 생을 마감한다. 『백조』는 1922년 1월 1일 창간되었으며, 박종화, 홍사용, 현진건, 나도향, 박영희, 이상화, 노자영, 안석주 등을 동인으로 했다. 『백조』는 1922년 5월 25일 2호를 출간하고 3호를 발행하려고 했지만 발행 비용 때문에 어려움을 겪고 있었다.

이 글이 관심을 가진 1922년 후반기에서 1923년 전반기는 동인지 문학 시대가 일단의 막을 내린 시기라고 할 수 있다. 또 김기진이 『개벽』에 「Promeneade Sentimental」, 「클라르테運動의 世界化」 등 일련의 글을 통해 프로문학의 싹을 발아시킨 것이 1923년 7월부터였음을 고려하면 당시는 '새로운 경향'의 문학이 등장하기는 전이었다. 그렇다면 동인지를 통해 문학 활동을 시작해 조선에서 문학의 씨를 발아시키려 했던 작가들은 어떤 지면에서 활동을 하고 있었을까? 문화정치가 시행되는 것과 함께 등장했던 많은 잡지 미디어는 "대개는 한두 호 하다가" "길어야 삼사 호 출판하다가 폐간되"[74]었던 상황이었다. 그렇다면 당시 창간된 신문 미디어가 이들 작가들이 활동을 했던 공간이었을 수도 있을 것이다.

창간 초기 『동아일보』가 문학에 할애한 지면은 4면의 '연재소설란'이었다.[75] 연재소설의 제목 옆에는 '閔牛步', '千里駒譯' 등의 표기가 부기되어 있었는데, 둘은 민태원, 김동성의 필명이었다.[76] 『동아일보』의 연재소설은 원작자나 원작소설 등은 밝히지 않았는데, 거기에는 연재소설에 대한 미디어의 인식이 작용하고 있다. 민태원이 창간 당시 『동아일보』의 동경통신원이었고, 김동성 역시 조사부 소속의 기자였음에도 주목할 필요가 있다.[77] 1921년 2월 21일 정간이 해제된 이후에는 '연재소설란' 외에 투고란인 '독자문단'이라는 지면이 개설되었지만, 둘 다 이 글이 관심을 가진 문인들이 활동을 할 수 있는 공간이라고 보기는 어려웠다.[78] '독자문단'이 폐지된 1921년 11월 이후부터는 연재소설을 제외하고는 문학이 실릴 수 있는 지면 자체를 발견하기 힘들다.

『조선일보』 역시 4면의 상단에 연재소설을 실었다. 연재소설의 제목 아래에는 필자인지 역자인지 알기 힘든 이름이 적혀 있거나 아무 것도 부기되어 있지 않았다. 그 이유는 직접 밝히고 있듯이 이들 소설이 창작도, 번역도, 번안도 아닌 '이상야릇한 무엇'이었기 때문이다.[79] 『조선일보』는 1면에도 소설이 연재되었는데, 여기에는 원작자, 번역자 등이 밝혀져 있다는 점에서 4면 연재소설과는 차이가 있었다.[80] 하지만 이 경우에도 소설의 연재 이유가 1면에 걸맞은 대상이었다는 점, 또 기자에 의한 번역이었다는 점 역시 고려되어야 한다.[81] 『조선일보』에서 이들 외에 '문학'의 흔적을 찾을 수 있는 공간은 4면의 '기서란', '기고란'이었다. 논설이나 서간 등과 함께 구투를 주로 하는 전통적인 시가와 신시 등이 게재되었다는 점에서 이들을 앞선 문인들의 발표 지면으로 보는 것 역시 힘들다.[82]

『신천지』, 『신생활』 필화사건이 일어난 것은 이러한 즈음이었다. 『신천지』는 6호가 발매금지되고 「日本爲政者에게與하노라」를 쓴 백대진은 징역 6개월의 사법처분을 받았다. 『신생활』은 필화사건을 통해 11호에서 14호까지 발매금지가 되고 16호는 발행 자체가 금지되는 행정처분을 받았다. 또 박희도, 김명식, 신일용, 유진희, 김사민, 이사우 등은 2년 6개월부터 1년 6개월 등의 징역형을 선고받고 복역했다. 그런데 주목해야 할 점은 언론계에 미친 충격이, 관계자 가택에 대한 수색, 압수 등에 이어 모두 6명이 사법처분을 받았던 『신생활』 필화사건보다, 『신천지』의 그것이 더 컸을지도 모른다는 사실이다.

시기가 겹친다는 이유로 묶어서 '필화사건'이라고 부르지만 『신천지』의 필화사건은 『신생활』과는 차이를 지닌다. 『신생활』은 과격한 기사로 필화사건 전후 거듭된 발매금지나 압수 처분을 받았으며 결국 16호부터는 발행을 못 하게 된다. 이에 반해 『신천지』는 사건 이전 행정처분을 받은 적이 없으며 이후에도 1923년 8월호까지 순조롭게 발행을 이어갔다. 또 발행과 운영에서 백대진의 역할, 집필진의 성격 등을 고려하면 『신천지』는 당시 총독부 기관지라고 불렸던 『매일신보』와 관련되어 있었으며, 「日本爲政者에게與하노라」의 주장 역시 독립에 대한 그것으로 보기는 힘들다. 그럼에도 『신천지』는 두 번에 걸친 필화사건에 의해 거듭 사법처분을 받고 결국 폐간되고 말았다.

1923년 9월 『신천지』의 두 번째 필화사건 당시 미디어는 공판에서 박제호, 유병기 등의 모습을 다음과 같이 전하고 있다.

> 피고 박제호(朴濟鎬) 류병긔(兪炳璣) 량인이 출뎡하고 다시 산근(山根) 판사와 평산(平山) 검사가 림석한 후 공판이 시작되얏는대 **피고 두 사람은 처음으로 감옥의 맛을 보는 어린 아씨 가튼 사람들이라 쓰리고 차듸찬 감옥 바람에 살이 싹이고 피가 말낫는지 얼굴은 초쵀할 대로 초쵀하야 그 모양은 보는 사람으로 하야금 놀나지 안을 수가 업엇다**[83](강조는 인용자)

인용은 1923년 11월 9일 열린 1차 공판에 대해 언급하며, 피고인 박제호, 유병기 등이 살이 깎이고 피가 말라 초췌해 보인다고 했다. '처음으로 감옥의 맛을 보는 어린 아씨'라는 표현은 두 사람이 구금될 정도로 위험한 사상의 소유자가 아님을 나타내고 있는데, 이는 앞서 확인한 『신천지』의 성격과도 연결이 된다. 그런데 인용된 부분의 행간은 위험한 사상의 소유자가 아니라도 기사가 문제가 될 경우 감옥에 들어가 심한 고초를 당할 수 있다는 사실 역시 전하고 있다. 공포에 질려 초

줘한 박제호, 유병기의 모습은 미디어 담당자들에게 검열에 의해 그 자리에 설 수도 있다는 생각을 떠오르게 했을지도 모른다. 박제호가 복역 중 건강이 악화되어 결국 사망하게 된 것은 앞서 확인한 바 있다.

3·1 운동에 이은 문화정치의 시행과 맞물려 등장한 수많은 미디어의 담당자들은 이러한 상황을 어떻게 대처하려 했을까?『동아일보』는 검열 문제에 대해 "최근 당국자의 태도는 비상히 엄중하여"져서, "자유로 출판한 잡지는 대개 첫 호부터 압수"를 당한다고 상황의 위중함을 전한다. 그런데 이어 "시사의 평론도 아니고 정치관계도 아닌 문예(文藝)나 과학(科學)에 관한 서적까지 검열이라는 괴로운 수속을 거치게 함은 조선 문화 발전을 위하야 매우 좋지 못한 정책"[84]임을 주장한다. 기사가 말하는 것은 문예, 과학까지 엄격하게 검열하는 것은 조선 문화의 발전에 좋지 않은 정책이라는 것이지만, 이 글이 주목하는 점은 검열에서 문예를 정치, 시사와는 다른 영역으로 인식하고 있다는 것이다.

비슷한 시기 잡지 미디어의 발행 동향에 대한 미디어의 반응 역시 시사하는 바가 크다. "일찍이 삼사 년 전에 잡지가 많이 생겼"던 것처럼 당시 "새로운 잡지가 많이 쏟아져 나오게 되었다"고 한다. 그리고 "새로이 발간된 잡지의 이름을 적어보면 新世紀, 愛, 金星, 廢墟以後, 産業界 등"이고 "발간 준비에 있는 것으로 混沌, 新文藝 외 수종이 있다"[85]고 했다. 흥미로운 점은 이들 가운데『신세기』,『산업계』등을 제외한『애』,『금성』,『폐허이후』,『신문예』등은 모두 문예잡지라는 것이다. 심지어 당시 기사 제목이「文藝雜誌又出現」이라는 것까지 있을 정도로 문예잡지의 발행이 성행했다는 것이다.[86] 두 번의 필화를 겪고 폐간의 위기에 놓여 있던『신천지』가 잡지의 성격을 문예잡지로 바꿔 속간하려고 했던 것 역시 같은 이유에서로 보인다.

1922년 12월『동아일보』는 처음으로 문인들의 회합을 마련한다. 1923년 1월에는『개벽』역시 문인들의 모임을 주최했다. 또『동아일보』,『개벽』,『동명』등은 1923년 신년호를 '문예특집'이나 거기에 가깝게 꾸몄다.『동아일보』,『개벽』등이 이전 신년호에 '문예특집'을 마련한 적이 없다는 것, 또『동명』의 미디어적 성격이 문학 작품의 발표 공간으로 보기는 힘들었다는 것 등을 고려하면, '문예특집'의 의미는 간과되기 힘든 것으로 보인다.[87)]『동아일보』,『개벽』,『동명』등은 1923년 신년호에 실린 글에 대해 원고료를 지급하는데,『동아일보』,『동명』등이 원고료를 지급한 것도 당시가 처음이었다.

'문인회' 결성의 움직임이 이루어진 시기 역시 이러한 즈음이었다.「文人會組織에關하여」에서 염상섭은 문학에는 "浮薄한 遊戲的 分子가 介在"해서는 안 되며, 문인은 스스로를 "社會的 異端者거나 生命의 遊戲者로 看做"해서는 안 된다고 했다. 문인은 "누구보다도 全的으로 살려고 努力하는 者요", "內的 生活의 白兵戰에 從軍하는 鬪士"여야 한다는 주장이다. '문인회'의 필요 역시 "世間에서 誤解하며 文人 自身도 스스로 거기에 빠지기 쉬운 遊戲的 態度"를 "驅際하고 서로 鞭撻"해 "自己 自身을 擁護하고 向上케 하여서 朝鮮 文壇의 確立을 꾀하는 데"[88)] 있다는 것이었다.

『廢墟以後』의「同人記」에서 '문인회'의 활동이 부진했던 이유를 환기하는 것 역시 이와 연결된다. "知慧와 膽力과 手腕으로" "現象을 바꾸려 하다가 失敗한다면 그것은 더 큰 悲劇을 演出하"겠지만 "그곳에는 生命이 있기 때문"에 "오히려 悲壯하고 痛烈한 맛과 빛"이 있다고 했다. 이와는 반대로 '문인회'의 부진은 "事實을 事實대로 放任하거나 혹은 籠絡되는 것"이며 "「自己」를 側面으로 睨視하고 嘲笑로써 觀"[89)] 했기 때문이라는 것이다. 같은 글에 있는 조명희의 주장은 '문인회' 활동이 부진했던 이유뿐만 아니라 염상섭이 언급한 '전적으로 살려는 자', '내적 생활의 투사' 등의 함의에 접근할 수 있게 해 준다.[90] 조명희는 문인들이 "自身에 對해서나 남에게 對해서나 너무도 生活의 責任感이 不足하여 왔"다며 "責任感이 부족하다 함은 곧 生活에 忠實하지 못하다는 意味"라고 했다. "남들과 가티 賣名心이 없으며 志操가 높다고 글"을 "내지 않는다고 하지 말고" "한 걸음 더 나가서 사라져가는 싹을 북돋아 일으키려는 誠心을 가져야"[91] 한다는 것이다.

필화사건으로 인해 엄격해진 검열에서 문학은 시사, 정치, 사회 등과는 다른 영역으로 받아들여졌다. 문인 회합, '문예특집', 원고료 지급 등『동아일보』,『개벽』,『동명』등 미디어의 움직임이 일어난 것 역시 비슷한 시기였다. 이런 상황 속에서 문인들에게는 필요했던 것은 먼저 "藝術이나 文學이라는 것은 遊戱요, 娛樂"[92]이나 "粉紅빛 아지랑이 속에 쌓여있는 꿈같은 世界"[93]로 받아들이는 데서 벗어나는 일이었다. 그래야만 이름이나 지조를 판다고 글을 발표하기 꺼리는 데서 벗어나 문학과 생활의 정당한 관계에 대한 고민의 계기를 마련할 수 있기 때문이었다. 나아가 문인이 생활의 책임을 회피하는 데서 벗어나 글을 쓰는 일을 통해 경제적 대가를 얻는 것, 곧 자신이 쓴 시나 산문을 신문, 잡지 미디어 등에 발표하고 원고료나 인세를 받는 것을 정당하게 받아들일 수 있었을 것이다.[94]

앞서 1923년 1월 몇몇 문인들이 참석했던 신년연에 대해 살펴본 바 있다. '식도원'에서 신년연을 열고『동아일보』,『개벽』,『동명』등에서 받은 원고료로 그 비용을 충당했다는 것이었다. 문인들의 호탕한 풍취나 낭만적 기질로 운위되지만, 그것이 문학에는 '부박한 유희적 분자가 개재'해서는 안 되며, 문인들은 '생활에 대한 책임감'을 지녀야 한다는 주장의 반대편에 위치하고 있음도 사실이다. 문필이라는 노동의 대가를 신년연의 비용으로 써 버리는 풍취나 낭만 속에서는 문학과 생활의 긴장이 제대로 견지될 수 없기 때문이다.[95)]

1922년, 1923년 즈음 문인들은 시나 산문 등을 써도 발표할 수 있는 공간이 드문 상태였다. 문학 작품을 발표하고 경제적인 대가를 얻을 수 있는 곳은 당시 예외적인 경우였던 『개벽』을 빼면 더욱 그랬다. 문인의 지위를 옹호하고 향상하기 위해 글을 쓰는 행위에 대한 정당한 대가를 받을 수 있는 원고료, 인세 등의 제도적 장치가 필요하다는 주장은 이와 관련이 된다. 『창조』, 『폐허』, 『백조』 등 동인지의 단명이 경영상의 문제였다는 점, 『동아일보』, 『조선일보』 등에 문학을 실을 수 있는 지면이 존재하지 않았다는 점 역시 앞서 확인한 바 있다. '원고료 협정'의 문제가 논의 안건에서 빠지지 않았던 것은 '문인회'가 '원고료 따위나 논하던 이익 집단'이었기 때문이 아니라,[96)] 원고료나 저작권의 문제가 글을 쓴다는 노동 행위를 통해 정당한 대가를 얻을 수 있는 가장 먼저의 제도적 장치였기 때문이었다.[97)]

이 글이 관심을 가지고 있는 시기에 염상섭의 예사롭지 않은 행적 역시 간과해서는 안 된다. 『신천지』, 『신생활』 필화사건이 일어난 후 언론계와 법조계의 관계자가 모여 언론의 자유를 옹호하기 위한 결의를 하는데, 염상섭은 당시 『동명』의 대표로 결의에 참여했다. 또 그는 1922년 말, 1923년 초 '동아일보사'와 '개벽사'가 주최한 문인 회합에 참석했는데, '동아일보사'가 주최한 모임에서는 거기에 모인 문인들을 대표해 답사를 하기도 했다. 회합에 참석하고 나서 염상섭은 1923년 『동아일보』 신년호의 '문예특집'에 글을 싣고, 또 자신이 일하는 『동명』의 신년호 역시 '문예특집'에 가깝게 꾸몄다. 그리고 염상섭이 제대로 이루어지지는 못했지만 기관지 발행, 문사극 추진 등 '문인회'의 중심에 위치해 활동을 했다는 것 역시 기억해야 한다.

6. 사건 이후

1923년 후반기 이후 『동아일보』에서 문학에 할애된 공간은 어떠했을까? 『동아일보』에는 1923년 이후 연재소설 외에는 문인들이 문학 작품을 실을 수 있는 공간을 찾기 힘들다. 연재소설란을 주도한 인물은 이광수였다. 이광수는 「佳實」 연재를 계기로 해 1923년 5월 『동아일보』의 촉탁기자가 되고 또 같은 해 12월에는 정식 기자가 된다. 1924년 4월 『동아일보』 기자들이 경영진 퇴진 운동을 벌이자 김성수, 송진우와 함께 '동아일보사'를 사직하기도 했다. 하지만 6개월 후 김성수, 송진우의 복귀와 함께 이광수는 문예뿐만 아니라 『동아일보』의 실제적인 편집자의 위치에 오르게 된다.[98)]

연재소설 외에는 1923년 6월부터 일요일자 신문 5면에서 8면까지를 '일요호'로 해 그 일부를 문예에 할애했다.[99)] '일요호'의 문예는 성격이 두 가지로 나뉘는데, 하나는 김석송, 유광렬, 이서구 등 『동아일보』의 기자들이 쓴 것이며, 나머지 하나는 독자의 투고로 꾸며지는 것이었다. 1923년 12월 『동아일보』의 지면 혁신과 더불어 '일요호'가 월요일자 4면의 '월요란'으로 변화되는데, 문예는 전자의 비중이 늘어나는 것 외에는 '일요호'와 큰 변화가 없었다. '일요호'에 실린 문예의 성격 역시 크게 달라지지 않았는데, 거기에는 경영과 관련된 원고료의 문제가 작용했을 것으로 보인다.[100)]

『동명』의 1923년 신년호는 '문예특집'에 유사하게 꾸며졌다. 하지만 이후 문학에 대한 관심은 지속되지 않았다. 염상섭의 「죽음과그그림자」가 1923년 1월에 게재되었을 뿐이다. 「E先生」은 이미 1922년에 연재를 마친 상태였다. 김동인의 「笞刑」도 작가의 사정에 따라 늦게 발표된 5회 연재분을 제외하면 1922년 12월에서 1923년 1월까지 연재되었다. 이를 제외하면 1923년 이후 소설은 모두 번역으로 메워졌다. 특히 번역 특집으로 간행된 2권 14호를 빼면 번역의 대부분은 원작자, 번역자를 부기하지 않은 흥미 중심의 서사물이었다. 흥미 중심의 서사물을 기자가 아닌 외부의 문인에게 맡겼을 가능성은 거의 없으며 원고료를 지급했을 가능성 역시 마찬가지다.

『동아일보』나 『동명』과는 달리 『개벽』의 문학에 대한 관심은 계속 이어졌다. 『개벽』에서 문예면의 필진에서 변화가 이루어진 것은 1922년 후반기였음은 확인한 바 있다. 이전까지 '개벽사'의 사원이거나 그와 관계되는 인물들이 맡았던 문예면에 1922년 후반기에 이르러 변영로, 주요한, 주요섭 등의 외부 필자가 등장하게 된다. 외부 필자에게의 개방을 상징적으로 보여주는 것이 1923년 신년호에서 15편의 문예를 실은 것이었다. 하지만 그 개방이 한정적이었음은 1923년 『개벽』에 소설을 게재한 문인이 현진건(9회 연재), 김동인(4회 연재), 이광수(2회 연재)뿐이었음을 통해 알 수 있다. 이후 1925년 1월 『개벽』의 문예부 주임이 된 박영희는 필진의 정립과 '이광수론', '계급문학시비론' 등의 특집을 통해 『개벽』만의 문학적 색채를 분명히 하려 했다. 하지만 박영희가 문예부 주임이 되고 나서 필자는 거의 김기진, 이익상, 이상화, 조명희 등과 박영희로 한정되었으며, 1925년 말부터 최서해, 최승일 등이 활동했을 뿐이다.

앞서 김기진의 「Promeneade Sentimental」을 『개벽』에 발표한 것이 1923년 7월이었음을 확인했다. 이 글을 계기로 김기진은 『개벽』의 주요 필자가 되어 「클라르테運動의世界化」, 「빠르쀼스對로맨로란間의爭論」, 「또다시「클라르테」에대해서 ―빠르쀼스硏究의一片―」 등 일련의 글을 발표한다. 김기진의 문학적 진로는 문학을 통해 현실에 뿌리박은 모순을 해결하려 하는 등 조선에 '새로운 경향'의 문학을 싹틔우는 과정과 맞물리는 것이었다.[101] 그런데 김기진은 얼마 지나지 않아 발표한 「幻滅期의朝鮮을넘어서」에서 자신의 주장이 환멸, 혐오 등에 빠지게 되었음을 시인한 바 있다. "머릿속에서 뽑아내 놓은 높다란 로직은 높게 오르면 오를수록 나의 발바닥은 아래로 아래로 내려갔다"며, "上昇하는 精神과 下降하는 肉體를 훌륭하게 操縱하지 못하고 均衡을 잃었었다"는 것이다. "屈曲 잇는 戰術을 取하지 않"으면 "朝鮮과 같은 環境 안에서는 아무 일도 못 한다"며 "妥協도 戰術이 되는 것"[102]이라는 토로 역시 거기에 이어진 것이었다. 현실 변혁의 도구로서의 문학을 반복적으로 주장하였음에도 김기진이 조선에서는 아무 일도 못 한다는 환멸이나 혐오에 이르게 된 것이 무엇을 함의하는지 여기에서 다루기는 힘들다. 하지만 그 환멸이나 혐오 속에서 다시 한 번 문학이 생활과 정당한 관계를 맺어야 한다는 '문인회'의 주장은 아쉬움으로 떠오르게 된다.

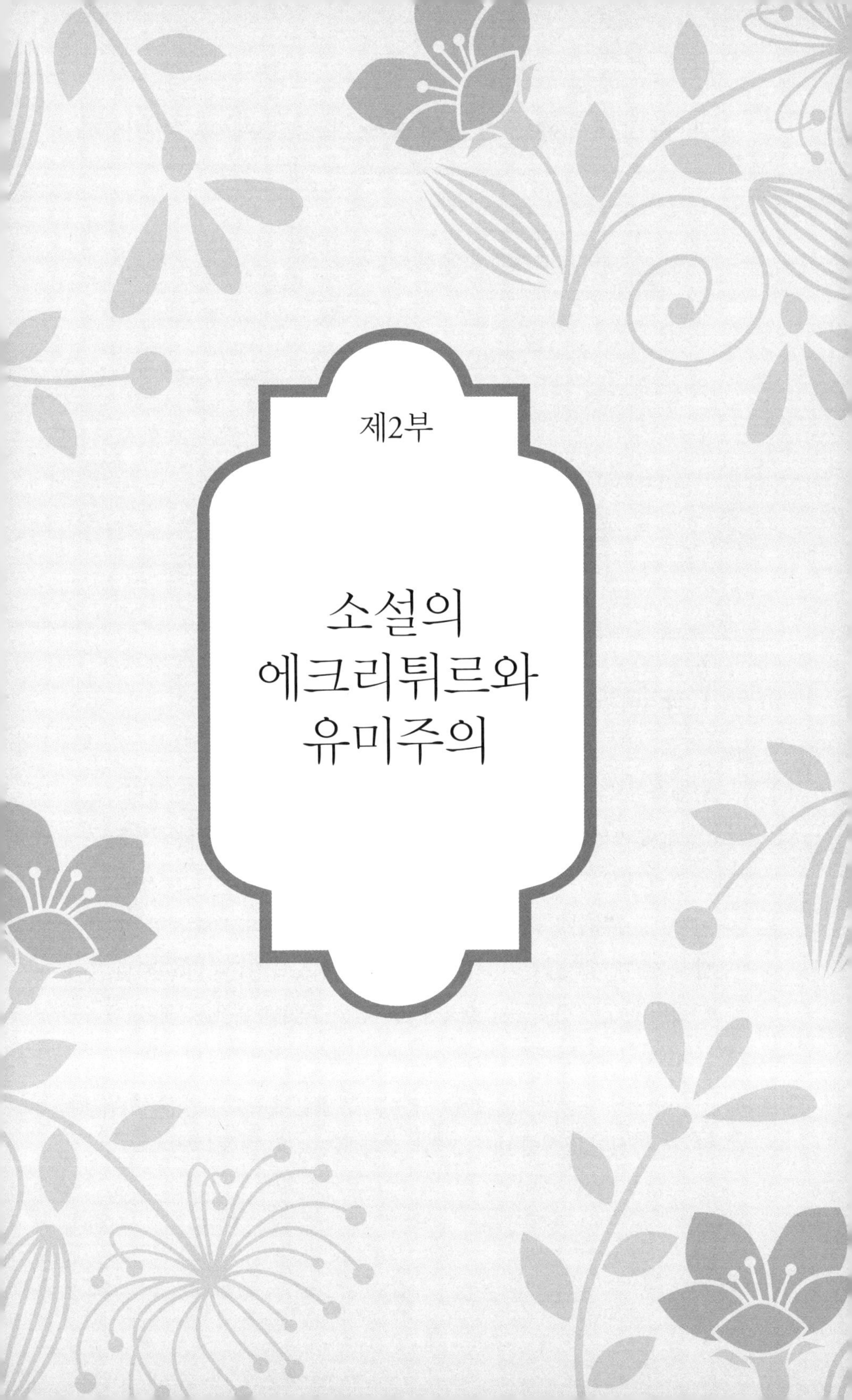

제2부

소설의 에크리튀르와 유미주의

1장 과거시제와 3인칭대명사의 등장과 그 의미

과거시제와 3인칭대명사는 'Larvatus prodeo', 곧 작가가 자신의 마스크를 손가락으로 가리키는 숙명적인 제스처이다. 이는 믿을 수 있는 허위라는 이중성을 만들어내는 형식적 기제라는 점에서 소설적 에크리튀르라고 할 수 있다.
(R. 바르트의 『영도의 에크리튀르』 중에서)

1. 과거시제와 3인칭대명사라는 에크리튀르

근대소설사의 전개에서 김동인은 근대소설의 개척자 혹은 확립자로 자리 잡고 있다. 이광수의 뒤를 이어 등장해 최초의 동인지 『창조』를 창간하고 본격적인 근대소설의 진로를 개척했다는 데 따른 규정이다. 그런데 김동인은 작가뿐만 아니라 비평가나 문학사가로도 활동하면서, 소설에 못지않은 비평과 문학사적 서술을 산출하기도 했다. 1920년대 말 신문학운동이 펼쳐진 10년간의 소설적 변천을 살펴보겠다는 취지 아래 쓰인 「朝鮮近代小說考」도 그 하나다. 김동인은 이 글에서 이인직에서 출발해 이광수, 염상섭, 현진건 등의 소설에 대해 서술한 후, 자신의 소설에 대해 논의하면서 흥미로운 얘기를 한다.

> 이러한 만흔『한다』『이라』『-인다』등의 現在法 敍事體는 近代人의 날카로운 心理와 情緖는 表現할 수 업는 바를 깨다럿다. 現在法을 使用하면 主體와 客體의 區別의 明瞭치 못함을 깨다럿다. ……중 략…… 讀者는 여긔서 徹底히『그』라는 代名詞로 변한 것을 보는 동시에 또한 在來의 現在詞를 쓰든 곳이 完全히 過去詞로 변한 것을 發見할 수 잇다.[1)]

『창조』1, 2호에 연재된「약한者의슬픔」에서 자신이 처음으로 과거시제와 3인칭대명사를 사용했다는 주장이다. 이광수에 이르기까지 소설에는 현재시제가 사용됐으나, 현재시제는 근대인의 날카로운 심리와 정서를 표현하지 못할 뿐만 아니라 주체와 객체의 구별이 명료하지 못하기 때문에, 자신은 과거시제를 사용했다고 한다. 또 당시에는 He와 She에 해당하는 조선말조차 없었으나, He와 She 모두를 '그'로 하여 소설 전반에 걸쳐 사용했음도 강조했다.[2)]

이와 같은 김동인의 언급은 이후 문학사가들에게 큰 이견 없이 인정이 되었다. 김동인의 시도를 진지하고도 혁신적인 신문장운동으로 평가한다든지,[3)] 또 이후 각종 문학 집단에 그대로 답습·추진되어 근대문장의 양식을 확립하는 데로 발전되었다든지 하는[4)] 등이 그 예다. 실제 김동인이 근대소설의 개척자나 확립자로 평가되는 것 역시 여기에 기대고 있는 바 크다. 그 반대편의 폄하 역시 존재했다. 소설에서 과거시제가 일반적으로 사용되어야 할 이유는 없으며 김동인 스스로도 철저히 사용하지 못했다는 점, 또 3인칭대명사는 이미 이광수가 사용했다는 지적 등이 대표적인 것이다.[5)]

이러한 논의 가운데는 사상된 부분 역시 존재한다. 소설에서 과거시제와 3인칭대명사의 의미에 관한 것이다. 김동인은 근대인의 심리를 드러내거나 주체와 객체의 구별을 명료하게 하려고 과거시제가 필요하다고 했고, 여기에 대해 소설에서 과거시제가 일반적으로 사용되어야 할 이유는 없다고 비판했지만, 모두 제대로 된 논의와는 거리를 지닌다. 논란이 된 누가 소설에서 과거시제와 3인칭대명사를 처음으로 사용했는가 하는 것 역시, 과거시제와 3인칭대명사의 의미가 해명된다면 그리 어렵지 않게 해결될 수 있는 문제다. 오히려 중요한 것은 소설에서 과거시제와 3인칭대명사의 의미, 나아가 그 역할이라고 할 수 있다. 이후의 논의는, 김동인 소설이 보인 형식주의나 유미주의로의 경도에 대한 평가에 집중되어, 이 문제의 해결은 답보 상태에 머무르고 있다.

안석주가 그린 김동인의 모습이다. 1933년 1월 12일 『조선일보』에 게재되었다.

실제 과거시제와 3인칭대명사는 소설을 이루는 여러 형식적 기제들 중 하나에 한정되지 않는다. 둘은 소설 양식의 근간을 이루고 있다. 과거시제와 3인칭대명사를 소설의 기초이자 관습으로 보고, 이들이 없으면 소설로서 힘을 잃거나 스스로의 양식적 질서를 파괴할 의도가 있는 것이라는 언급 역시 이를 뒷받침한다.[6] 이미 관습화되어 제대로 느낄 수는 없지만, 현재에도 과거시제와 3인칭대명사는 대부분의 소설에 견고히 자리 잡고 있다. 과거시제와 3인칭대명사가 일정한 시기에 등장해 소설이라는 양식에 통일성과 질서를 부여하는 기제로 자리 잡았다고 할 때, 기제가 만들어지고 의미화 되는 과정에 관한 천착의 중요성은 부정될 수 없을 것이다. 이 글의 관심은 여기에 놓인다. 소설에서 과거시제와 3인칭대명사가 등장하는 지점에 초점을 맞추고, 등장 전후의 변모 양상에 대한 접근을 통해, 과거시제와 3인칭대명사의 의미와 역할을 구명하고자 한다. 다시 말해 과거시제와 3인칭대명사가 등장하는 과정에 대한 천착을 통해 그것이 어떻게 가능했으며 또 어떠한 경계의 설정을 통해 다른 질서들과 차별화되어 나갔는가를 밝히고자 하는 것이다.

과거시제와 3인칭대명사에 관한 논의는, 이들이 소설의 질서를 만들어낸 기제라는 점에서, 소설 양식의 근간을 해명하는 일과도 연결이 될 것이다. 또 근대문학의 전개 과정에서 소설 양식의 질서를 조형하는 것이 문학의 하위 범주로서 소설의 자율성을 획득하는 일이었다는 점에서, 논의는 흔히 유미주의, 예술지상주의 등 김동인 문학을 규정하는 경향을 재조명하는 작업이기도 하다. 그리고 근대의 출발과 함께 요원해진 인간과 세계의 조화를 인물과 환경의 관계를 통해 재구하고자 한다는 데서 소설이 근대문학의 적자임을 고려하면, 과거시제와 3인칭대명사에 관한 논의가 문학에서 근대성 문제를 재고하는 데도 도움이 되길 기대한다.

2. 작도의 기호, 과거시제

먼저 논란부터 정리하면 과거시제가 중심에 놓인 최초의 소설은 김동인의 「약한者의슬픔」이다.[7] 이전 소설에서도 과거시제는 사용되었다. 이광수는 『無情』이나 「尹光浩」에서 영채의 내력을 이야기하는 부분이나 윤광호의 선배인 준원이 과거를 떠올리는 부분 등에서 과거시제를 정확하게 구사한다. 또 양건식의 「슯흔矛盾」에서도 과거시제는 사용되었다. 문제는 소설의 중심 시제가 현재라는 점이다. 현재시제를 중심으로 소설이 전개되다가 회상 부분에서만 과거시제가 등장한다. 이와는 달리 「약한者의슬픔」에서는 부분적으로 시제가 흔들리기도 하지만 과거시제가 소설의 중심에 자리 잡고 있다.

> 우선은 형식을 보고 눈을 씀적ᄒᆞᆫ다. 형식은 일부러 안 보ᄂᆞᆫ 체ᄒᆞᆫ다. 우선은 ᄯᅩ 한 번 눈읈 굼적ᄒᆞᆫ다. 형식은 안 보ᄂᆞᆫ 체ᄒᆞ면서도 그것을 다 보앗다. 그러고 다시 고ᄀᆡ를 숙였다. 더 붓그럽고 더 머리가 혼란ᄒᆞ다. 우선의 눉 금젹ᄒᆞᄂᆞᆫ 뜻을 ᄒᆡ셕히 본다.[8]

> ᄒᆞᄌᆞ 어느덧 그 푸른 煙氣가 龍트림을 ᄒᆞ야 朦朦하게 房中에 자욱ᄒᆞ야 漸漸 더 머리ᄅᆞᆯ ᄂᆡ려 누르ᄂᆞᆫ 것 갓힛셔 견딜 수 업다. 暫間 일어셔셔 窓틈으로 밧게ᄅᆞᆯ ᄂᆡ혀다 보니 晴朗ᄒᆞᆫ 하ᄂᆞᆯ이 븨힌다. 다시 고ᄀᆡᄅᆞᆯ 돌니ᄂᆞᆫ 바ᄅᆞᆷ에 西便壁에 걸니여 잇ᄂᆞᆫ 肖像畵 -勞動服을 입은 露國 文豪 ᄆᆡᆨ심·콜키의 半身像이 눈에 번듯 쩨인다.[9]

> 가정교사 姜엘니자벳트는 가르침을 씃내인 다음에 自己 房으로 돌라왓다. 도라오기는 하엿지만 이잿것 快活한 兒孩들과 마조 愉快히 지난 그는 샘샘하고 갑갑한 自己 房에 도라와서는 無限한 寂寞을 쌔다랏다.[10]

첫 번째와 두 번째 인용은 『無情』과 「슯흔矛盾」의 일부이고, 마지막 인용은 「약한者의슬픔」의 서두이다. 앞선 두 소설에 현재시제가 사용된 데 반해 「약한者의슬픔」에서는 과거시제가 중심에 놓여 있음을 알 수 있다.

그런데 소설에서 과거시제는 단순히 과거만을 의미하지 않는다.[11] 소설에서 시제는 일상 경험에 관한 의미에서 시간이라고 부르는 것과 자율적인 관계에 있다. 특히 「약한者의슬픔」과 같이 등장인물이 화자의 역할을 하는 경우, 과거시제는 경험적인 시간과 일치하지 않는다. 그렇지만 완전히 단절되는 것도 아니다. 소설에서 시제는 살아 있는 경험의 시간과 거리를 지니지만 완전히 단절되지는 않으며, 그 이중적인 관계가 소설의 질서를 만들어낸다. 소설에서 과거시제는 오늘과는 단절된, 그러나 더 멀어지지 않는 과거를 지칭한다는 언급 역시 이를 가리킨다.[12]

「약한者의슬픔」은 김동인이 처음으로 발표한 소설이다. 자기로서 살지는 못하고 누리에 비친 그림자로서 살고 강해 보여도 약한 그의 슬픔과 자각을 그린 소설[13]이라는 작가의 말에서 드러나듯, 소설의 중심은 엘니자벳트가 겪는 시련과 그에 따른 고뇌에 놓여 있다. 그런데 고뇌는 소설의 전개와는 무관하게 반복되어, 선행 논의에서 부정적인 평가의 근거가 되기도 했다. 감상적 공상에 사로잡힌 성격파산자라는 규정, 심리묘사가 아니라 심리유희라는 지적, 또 끝없는 권태와 속물적 망상만이 반복되고 있다는 비판 등이 그것이다.[14] 대개 그 원인은 「약한者의슬픔」이 채 스무 살이 되지 않은 김동인이 처음 쓴 소설이라는 점에서 습작기적 미숙성으로 파악된다. 물론 이와 같은 부정적인 평가는 일정 부분 타당성을 지닌다. 하지만 평가를 소설 전체로 확대할 경우 「약한者의슬픔」이 지닌 제대로 된 의미마저 사상되고 만다. 긍정적이든 부정정이든 소설이 지닌 의미를 고려하면 조금 더 섬세한 독법이 요구된다고 할 수 있다.

「약한者의슬픔」은 엘니자벳트가 겪는 경험이나 시련을 따라 전개된다. 따라서 소설의 흐름은 크게 경험적 시간의 흐름과 같은 방향을 보

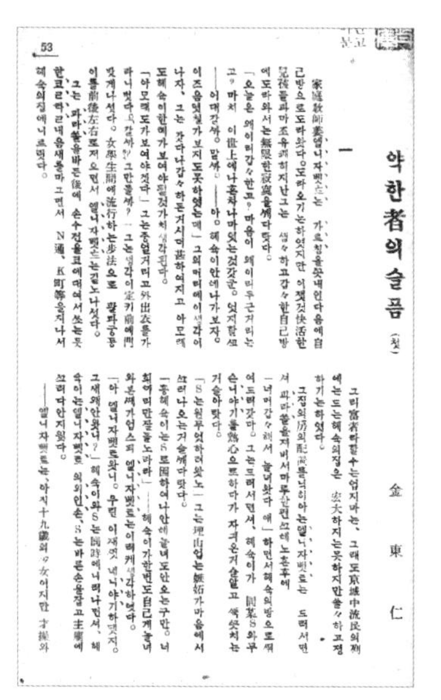

약한者의슬픔 (첫)

金 東 仁

創造

二月號

創刊

■內容■

불노리

黃昏

神秘의幕

悲善의死

약한者의슬픔 …… 東仁

日本近代詩抄

오른쪽부터 『창조』 창간호의 표지와 거기에 실린 「약한者의슬픔」 1회의 처음 부분이다. 원문 이미지의 출처는 〈아단문고〉이다.

인다. 시간의 흐름에서 이탈하는 경우도 있는데, 대표적인 것이 엘니자벳트의 '회상(retrospection)'이다. 회상은 소설의 사건이 스토리의 사건과 '순서(order)'에서 불일치를 보이는 서사적 유형의 하나다.[15] 소설의 처음 부분에서 혜숙이 S와 함께 이환에 관해 이야기했다고 하자, 엘니자벳트는 혜숙에게 이환을 좋아한다고 말했던 것을 떠올린다. 잠자리에 들기 전에는 남작의 새벽에야 들어오겠다는 말을 회상하며 나체가 되어 잠이 든다. 또 임신을 한 후 왜 다른 길로 등교하느냐는 혜숙의 말을 떠올리며 이환 역시 자신에게 감정을 지니고 있음을 깨닫는다. 병원 대기실에서 4년 전 분홍빛을 열렬히 탄미하던 처녀 때를 떠올리는 것 역시 회상의 하나다.

중요한 점은 회상이 소설의 전개에 따라 그 필요에 답하고 있다는 것이다. 앞선 언급 중 처음의 회상은 엘니자벳트가 이환을 좋아하고 있음을 드러낸다. 두 번째는 작위성이 느껴지지만 남작과의 육체적 관계를 용이하게 만드는 역할을 한다. 세 번째의 이환도 자신을 좋아하고 있음을 깨닫는 회상은, 임신했음을 밝히자 남작이 귀찮은 듯이 나가버린 후에 이루어져, 자신의 사랑이 원치 않는 임신에 의해 깨어졌음을 분명히 한다. 그리고 마지막의 순진한 처녀였을 때의 기억 역시 임신을 한 엘니자벳트의 처지를 부각시키는 역할을 한다.

「약한者의슬픔」에서 시간과 관련해 또 하나 살펴보아야 할 서사적 기제로 '지속(duration)'이 있다. 지속이란 각각의 사건들이 소설에서 어떤 비중을 차지하고 있는가를 따지는 개념이다. 이 역시 스토리의 시간과 소설의 시간이 불일치를 보이는 양상의 하나이다.[16] 「약한者의슬픔」은 약 80일 정도의 스토리 시간을 중편 분량의 길이에서 다룬다. 혜숙의 집에 놀러 가는 것, 남작과 자의 반 타의 반으로 관계를 맺는 것, 남작에게 임신했음을 말하는 것, 남작의 집에서 쫓겨나는 것, 재판에서 패하는 것, 유산을 하는 것 등에서는 시간의 흐름이 더뎌져 '장면(scene)'으로 제시된다. 소설의 길이에 비해 시간의 흐름이 빨라지거나 건너뛰는 '요약(summary)'과 '생략(ellipsis)'도 이루어지는데, 남작의 방문을 받은 후 5주가 지나가는 것, 병원에 다녀온 후 5, 6일이 흐르는 것, 재판을 신청하고 한 달이 지나가는 것 등이 그것이다.

「약한者의슬픔」에서 지속이라는 서사적 기제 역시 소설의 전개와 긴밀히 관련된다. 소설의 전개에서 중심을 이루는 사건들은 장면으로 제시되며, 각각의 장면과 장면은 요약이나 생략으로 연결되어 있다. 남작과 관계를 맺은 후 5주가 지나가는 것은 임신을 깨달을 수 있는 시간이며, 병원을 다녀온 후 5, 6일이 흐르는 것은 약이 낙태제가 아니라 영양제임을 알 수 있는 시간이다. 또 재판을 신청한 후 한 달이 지나갔음은 재판이 성립되기까지의 시간이다. 장면으로 드러난 중심 사건들이 요약이나 생략으로 제시된 부분들의 도움을 받아 소설은 하나의 짜임새를 갖추게 된다.

이렇듯 「약한者의슬픔」에 나타난 소설의 시간은 순서와 지속에서 스토리의 시간과 불일치를 보인다. 회상이라는 순서상의 불일치는 남작과 관계를 맺거나 또 자신의 사랑이 깨어졌음을 깨닫는 등 뒤에 이어지는 사건을 자연스럽게 만든다. 또 장면, 요약, 생략 등 지속상의 불일치는 남작과 관계를 맺고, 원치 않는 임신을 하고, 재판에서 패하고, 유산을 하는 등 중심사건을 부각시키고 나머지 사건을 음영화한다. 요컨대 순서와 지속이라는 시간적 불일치를 통해 화자의 의도를 효과적으로 드러내고 있다는 것이다. 이와 같은 불일치가 스토리의 사건을 소설로 옮기는 과정의 결과물이라고 할 때, 「약한者의슬픔」에서 나타나는 시간 구조의 특징은 스토리의 사건 가운데 몇몇이 선택되고 재단되어 소설의 사건으로 배치되었음을 의미한다. 다시 말해 인위적 작도의 산물이라는 것인데, 이는 이전 시기 소설과의 비교에서 잘 드러난다.

『無情』에서도 회상은 등장하며, 또 중요한 역할을 한다. 회상을 통해 이형식의 과거가 이야기되며 박영채의 내력이 밝혀진다. 오히려 『無情』에서 회상은 「약한者의슬픔」보다 더욱 빈번하게 등장한다. 그런데 문제는 회상이 중심 스토리의 전개를 위한 것이 아니라 또 하나의 스토리로 자리 잡고 있다는 것이다. 또 회상이 만들어낸 스토리를 지배하는 원리 역시 흥미에 기울어져 있다. 지속의 측면에서 접근할 때도 『無情』은 별다른 배치의 흔적을 발견하기 어렵다. 전반부는 4일이라는 시간이 장면으로 메워졌고, 한 달이라는 시간을 다루는 후반부에서는 시간의 흐름이 급격하게 이완된다.[17] 특히 후반부의 사건들은 '하루는'이

1917년 1월 1일자 『매일신보』에 실린 『無情』의 1회 연재분이다. 『無情』은 『매일신보』에 같은 해 6월 14일까지 모두 126회 연재되었다.

라는 도입어가 반복되는 데서 알 수 있듯이, 소설에서 시간 의식은 거의 사라지고 만다.

이는 흔히 전지적 시점이라고 불리는 『無情』의 주석적 서술 방식과 연결된다. 전지(omniscience)라는 개념에서 드러나듯이 『無情』에서 화자는 작중 인물의 내면이나 감정을 알고 있고, 과거와 현재와 미래를 알고 있으며, 다른 작중 인물이 갈 수 없는 장소에도 갈 수 있고, 여러 군데 동시에 일어나는 일도 알 수 있다. 굳이 사건들을 재단하고 배치할 필요가 없다. 하지만 미리 재단하거나 배치하지 않고 사건들을 하나씩 전개한다는 점에서 우연성은 피할 수 없다. 형식과 영채의 재회, 영채와 병욱의 만남, 병국과 형식의 관계나 병욱과 선형의 관계 등 흔히 『無情』의 한계로 언급되는 우연성은 이와 관련을 지닌다.

『無情』의 한편에는 흔히 1910년대 단편으로 불리는 「逼迫」, 「슯흔矛盾」 등이 있다. 처음으로 1인칭을 소설에 끌어들인 현상윤의 「逼迫」은 '나'라는 지식인이 주위의 시선에서 느끼는 정신적인 고뇌를 그린 소설이다.[18] 짧은 단편이지만 전체가 6장으로 나누어져 있는데, 이들 중 1, 2, 6장은 인물의 고뇌 속에 갇혀 있어 시간을 의식하기는 힘들다. 3, 4, 5장은 한나절 정도의 시간을 다루는데, 실제 소설에서 시간의 흐름을 감지하기는 어렵다. 다시 말해 「逼迫」에서는 시간 자체가 의식되지 않아, 순서나 지속에서 시간 배치의 흔적을 발견하기 힘들다는 것이다.

양건식의 「슯흔矛盾」 역시 '나'라는 지식인의 불안과 번민을 다룬 소설이다.[19] 무작정 전차를 타고 내린다든지, 가식적인 여자에 대한 혐오를 드러낸다든지, 막벌이꾼이 순사보에게 혼나는 장면을 본다든지 하는 소설적 장치를 마련하고 있어 나의 불안과 고뇌는 「逼迫」보다는 뚜렷하게 전달된다. 하지만 시간을 준거로 할 때 「슯흔矛盾」은 「逼迫」과 그리 멀리 있지 않다. 앞서 언급한 사건들이 장면을 통해 하루라는 시간을 메우고 있어, 시간의 순서나 지속에 별다른 배치의 결과를 찾기는 어렵다. 「逼迫」이나 「슯흔矛盾」 모두 중심인물의 심리를 드러내는 사건이 장소의 이동을 계기로 하는 것 역시 시간에 대한 의식이 제대로 이루어지지 않았음을 반증한다.

이렇듯 『無情』이나 「逼迫」, 「슯흔矛盾」 등에서 사건들이 선택되고 배치되고 의미화된 작도의 흔적을 발견하기는 힘들다. 소설에서 시간의 변조, 곧 스토리 시간과 소설 시간의 불일치는 「약한者의슬픔」에서 처음으로 나타났다. 이를 통해 중심 사건들은 두드러지고 나머지 사건들은 음영화되며 또 소설은 자연스러운 선조적인 흐름을 보이게 된다. 단순·통일·연락 등을 통해 장면마다 사건마다 물이 낮은 데로 흐르는 것과 같이 종결의 장면을 향하여 흘러가야 한다는 김동인의 주장은 처녀작인 「약한者의슬픔」에서부터 시도되고 있었다.[20] 그것을 가능하게 한 것이 과거시제였는데, 소설에서 과거시제의 역할은 과거를 지시하는 것이 아니라 스토리를 재단하고, 배치하고, 의미화시키는 데 있다.

과거시제의 사용은 화자의 위치와 관련이 된다. 과거시제가 소설의 중심에 놓인다는 것은 스토리가 서술을 선행할 때 가능하다. 바꾸어 말해 서술이 스토리 이후에 이루어진다는 사후서술(ulter narration)을 행할 때의 시제이다. 이를 가능하게 하는 새로운 서술 지점은 공간적으로 스토리 바깥에 또 시간적으로 스토리 이후에 위치한다. 스토리 외부에 또 스토리 이후에 위치한 화자가 자유롭게 사건들을 선택하고, 재단하고, 배치하게 되는 것이다.

그런데 스토리를 작도의 공간에 위치시키기 위해서는 시간을 계량하고, 미분하고, 적분할 수 있어야 한다. 여기에는 시간에 대한 새로운 인식이 전제된다. 인간이 의도를 가지고 행동하고자 하는 한, 어떤 시대에도 시간 의식은 존재한다. 태양의 운행과 계절의 순환에 기초했던 이전의 순환적인 시간은 근대에 이르러 직선적인 것으로 바뀐다. 그 중요한 계기는 기독교였는데, 기독교에서 시간은 신에 의한 세계의 창조라는 명확한 출발을 갖고 또 원죄와 타락으로 오염된 그 세계는 최후의 심판이라고 하는 종말을 향해서 달린다. 이를 통해 시간은 분명한 시작과 끝을 갖는 직선시간이 되는 것이다. 또 시계는 측정을 통해 직선을 등분 가능하게 했고, 시간을 등질적인 양으로 변환시켰다. 시계를 통해 시간은 분할이 가능하게 되고, 나아가 누적 역시 가능하게 되었다.[21] 이렇듯 근대에 이르러 시간은 과거-현재-미래라는 직선 위에 놓이게 되었으며, 계량하고, 미분하고, 적분할 수 있는 대상이 된다. 소설에 있어 스토리의 재단이나 배치 혹은 의미화 역시 이와 같은 시간 의식을 기반으로 한다.

3. 소거된 화자의 그림자, 3인칭대명사

「약한者의슬픔」은 김동인의 언급대로 3인칭대명사 '그'가 보편적으로 사용된 최초의 소설이기도 하다. 물론 그의 말대로 'He', 'She'나 'カレ', 'カノ女' 등 영어나 일어를 '그'로 번역한 정도는 아니었다.[22] 이전에도 사용되었지만 '그'가 소설의 중심에 놓인 것 역시 「약한者의슬픔」이 처음이었다.

> 自己 방에 드러서셔 책보를 내여던지고 안즈려 하다가 그는 또 한 번 쏫쏫이 섯다. 四肢가 쏫쏫하여지는 거슬 깨다랏다. 十여 초 동안 이와 가치 쏫쏫이 섯든 그는, 그 자리에 쏙구러졋다. 그의 가슴에서는 무슨 덩어리가 뭉쳐서 나오다가, 목에서 잠깐 회면하다가 그 덩어리가 코와 입으로 폭발하곳 한다.[23]

엘니자벳트가 두 달 동안 생리가 없었음을 알고 남작의 아기를 가졌음을 깨닫는 부분이다. 짧은 인용문에서도 '그'의 사용은 눈에 띈다. '그'가 소설의 중심에 놓이기 위해서는 3인칭, 곧 엘니자벳트가 소설의 중심인물이어야 하지만 이것만으로는 부족하다. 「약한者의슬픔」 이전의 모든 주석적 서술에서 3인칭이 중심인물로 등장했음에도 '그'라는 대명사가 아닌 '고유명사'가 사용되었다. 소설의 중심에 놓이기 위해서는 '그'가 행위의 중심일 뿐 아니라 서술의 중심이기도 해야 한다. 더 정확히 말해 중심인물일 뿐 아니라 초점화자(focilizer)이기도 해야 한다는 것이다. 초점화자는, 소설에서 누가 보느냐와 누가 말하느냐 곧 인식의 주체와 서술의 주체는 반드시 일치하지 않는다는 전제 아래, 인식의 주체를 가리키는 용어로 제기된 것이다.[24]

> 한참 자다가, 열한시 씀, 자기를 흔드는 사람이 잇는 고로 그는 눈을 번쩍 썻다. 뎐등 아래, 의관을 한 男爵이 그를 듸리다 보고 이섯다. 엘니자벳트는 갑자기 잠이 수千 里 밧게 退散하는 거슬 깨다랏다. 그는, 男爵의 自己를 듸리다 보는 눈으로, 男爵의 要求를 깨다랏다.[25)]

인용문에서 남작이 들여다보고 있는 것을 느끼고, 또 요구를 깨닫는 사람은 엘니자벳트다. 「약한者의슬픔」에서 보고 느끼는 초점화자의 역할이 엘니자벳트에게 맡겨져 있다는 것이다. 이처럼 중심인물이 보고 느끼는 역할을 담당하게 되자 비로소 3인칭대명사 '그'는 소설의 중심에 위치하게 된다. 서사 이론에서 이와 같은 서술방식은 등장인물이 초점화자의 역할을 하고 있다고 해 흔히 등장인물 서술로 지칭된다.[26)] 김동인 스스로는 '일원묘사'라고 하고, 다음과 같이 설명한다.

> 一元描寫라는 것은, 景致던 情緖던 心理던 作中 主要人物의 눈에 비최인 것에 限하여 作者가 쓸 權利가 잇자, -主要人物의 눈에 버서난 일은 아무런 것이라도 쓸 권리가 업는- 그런 形式의 描寫이다. ……중 략…… 간절하고 明료한 뎜은 다른 방식보다 나앗다 할지나, 主要人物 以外의 人物 行動이며 心理를 쓸 필요가 잇슬 때에는, 그 行動이며 心理를 主要人物의 示點 圈內에 끄으러드러야 하니까, 저절로, 얼마간의 矛盾이 생기지 안을수 업다.[27)]

일원묘사를 작중 주요인물의 눈에 비친 것에 한정되어 쓸 권리가 있는 형식으로 보고, 다른 서술방식보다 간결하고 명료한 점은 좋지만 주요인물 이외의 행동이나 심리를 묘사하는 데는 어려움이 있다고 했다.[28)]

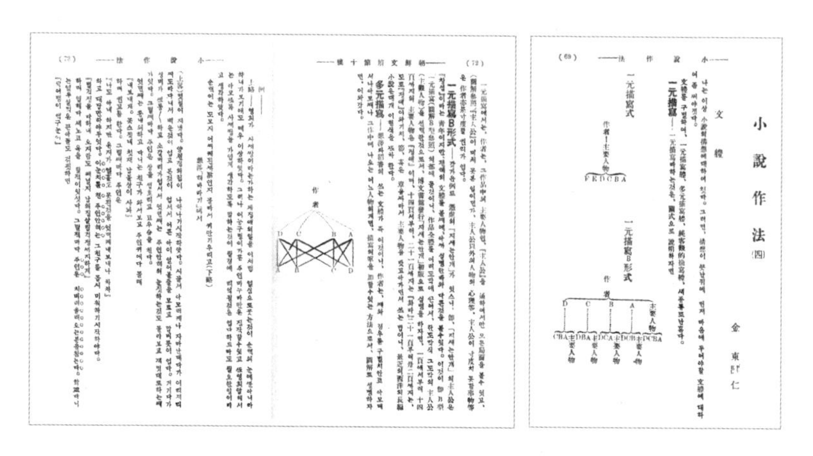

(69) 小說作法

小說作法 (四)

金東仁

文體

一元描寫式

一元描寫B形式

1925년 7월 『조선문단』 10호에 실린 「小說作法」 네 번째 연재분이다. 일원묘사를 '일원묘사식'과 '일원묘사 B형식'으로 나누어 그 특징을 설명하고 있다.

물론 「약한者의슬픔」에서 일원묘사 혹은 등장인물 서술이 확립되었다고 보기는 힘들다. 소설이 전개되어 나가면서 등장인물 서술은 주석적 서술과 교차되는 등 흔들림을 보인다. 특히 엘니자벳트가 자각을 하는 결말 부분에서는 화자의 말이 엘니자벳트를 거치지 않고 직접 표출된다. 하지만 소설 전체로 볼 때 초점화자의 역할이 엘니자벳트에게 맡겨져 있는 것은 부정할 수 없다.

그런데 등장인물인 엘니자벳트가 초점화자의 역할을 담당하는 것, 곧 등장인물 서술의 중요성은 소설에서 화자가 소거된다는 데 있다. 소설이 엘니자벳트의 눈과 입을 빌려 전개되어 나가자 화자는 소설에서 사라지게 된다. 물론 초점화자와 다른 화자는 존재하지만, 초점화자인 엘니자벳트의 생각이나 느낌을 옮기는 역할만을 담당하게 되어 화자의 존재가 희미해지게 된다는 것이다. 「약한者의슬픔」에서 3인칭 대명사가 처음으로 중심에 놓였다는 의미는 여기에서 조금 더 분명해진다. 『無情』에 이르기까지 모든 소설은 화자를 통해서만 소설에 다가

설 수 있는 주석적 서술을 공통된 특징으로 했다.

> 경셩학교 영어교사 리형식은 오후 두시 사년급 영어 시간을 마츠고 나려쏘이ᄂᆞᆫ 륙월 볏헤 쌈을 흘리면서 안동 김장로의 집으로 간다. ……중 략…… 리형식은 아직 독신이라 남의 녀ᄌᆞ와 갓가히 교제ᄒᆞ야 본 적이 업고 이러케 슌결ᄒᆞᆫ 청년이 흔히 그러ᄒᆞᆫ 모양으로 젊은 녀ᄌᆞ를 ᄃᆡᄒᆞ면 ᄌᆞ연 수졉은 ᄉᆡᆼ각이 나셔 얼골이 확확 달며 고ᄀᆡ가 져절로 슉여진다. 남ᄌᆞ로 ᄉᆡᆼ겨나셔 이리ᄒᆞᆷ이 못 ᄉᆡᆼ겻다면 못 ᄉᆡᆼ겻다고도 ᄒᆞ려니와 져 녀ᄌᆞ를 보면 아모러ᄒᆞᆫ 핑계를 어더셔라도 갓가이 가려 ᄒᆞ고 말 ᄒᆞᆫ마ᄃᆡ라도 ᄒᆞ여 보려ᄒᆞᄂᆞᆫ 잘난 사ᄅᆞᆷ들보다ᄂᆞᆫ 나으니라[29)]

인용문은 『無情』의 처음 부분으로, 이형식이 김선형에게 영어교습을 하러 가는 장면이다. 이형식은 여자와 교제해 본 적이 없는 독신이며 다른 순결한 청년들이 그렇듯 젊은 여자를 보면 고개가 숙여지는 인물로 그려지고 있다. 뒤를 이어 여자를 보면 어떤 핑계를 통해서라도 가까이 가려는 사람보다 낫다는 주석이 덧붙여져 있다. 장황한 주석은 『無情』을 비롯한 주석적 서술방식의 두드러진 특징 가운데 하나인데, 이는 스스로의 목소리를 지닌 화자의 존재를 전제로 한다. 스토리에 관해 모든 것을 알고 있는 또 서술에서 자신의 존재를 분명히 하는 화자가 존재하는 한, 스토리의 직접적인 전달은 불가능하다.

「약한者의슬픔」의 중심에 위치한 '그'가 이전 소설들에 등장한 고유명사들과 다른 점 역시 여기에 있다. 고유명사들은 이야기에 대한 모든 내용을 알고 전달하는 화자의 서술을 통해 모습을 드러낸다. 이와 달리 「약한者의슬픔」에서는 화자가 소거되고 스토리는 이야기라는 굴레에서 벗어나 실제 사실과 같이 독자들 눈앞에 펼쳐진다. 부정적인 평가에 짓눌려 있긴 하지만 진자운동을 하는 내면 역시 화자의 소거가 가능하게 만든 산물의 하나다. 그런데 간과해서는 안 될 점은 화자는 소거에도 불구하고 더욱 철저히 스토리를 지배한다는 점이다. 「약한者의슬픔」에서 화자는 스토리 외부에 위치해 자신의 모습을 드러내지 않지만 등장인물이자 초점화자로 소설의 중심에 위치한 엘니자벳트를 통해 은밀하게 스토리를 지배한다.

이에 관한 이해는 원근법의 도움을 받을 수 있다. 원근법은 하나의 소실점을 정하고, 가까운 것은 크게 그리고 먼 것은 작게 그려, 평면에 깊이를 부여하는 방법이다. 원근법에서 소실점은 공간을 통일시키는 존재인데, 그림 바깥에는 소실점에 대응하는 또 다른 점이 존재한다. 그 점이 투시점이며 이는 실제 소실점과 일치한다. 따라서 투시점은 보이지는 않지만 대상을 정확하게 영유할 수 있는 특권적인 위치라고 할 수 있다.[30] 여기에서 투시점과 소실점에 각각 화자와 엘니자벳트를 대응시킬 수 있다. 소거된 화자는 등장인물이자 초점화자인 엘니자벳트를 지배하는 특권적인 위치에 서게 된다. 화자는 자신과 스토리 사이의 거리를 창출하면서 동시에 스토리 내부의 엘니자벳트를 영유함으로써 그 거리를 제거하게 되는데, 거리의 창출과 제거의 매개로는 내면이 사용된다. 이렇듯 「약한者의슬픔」은 화자의 소거를 통해 스토리가 직접 제시되는 듯한 느낌을 주지만, 스토리는 보다 철저한 화자의 지배를 받고 있다.

그런데 등장인물이 초점화자가 되는 것은 「약한者의슬픔」이 처음은 아니다. 이는 1인칭 서술에서도 가능하다. 주지하다시피 1인칭 서술에서 '나'는 등장인물이자 화자다. 또 대개의 1인칭 서술에서 등장인물인 '나'는 화자인 '나'와 시간적 거리를 지닌다. 전자를 경험적 자아 또 후자를 서술적 자아라고 할 때 현재의 서술적 자아가 과거의 경험적 자아를 회상을 통해 서술하는 것이 1인칭 서술의 일반적인 특징이다. 이렇게 볼 때 경험적 자아는 서술적 자아와 분리된 등장인물이자 초점화자의 역할을 하게 된다.[31] 하지만 1인칭 서술을 특징으로 하는 「逼迫」과 「흔矛盾」에서 '나'라는 경험적 자아는 서술적 자아와 분리되지 않은 모습을 보인다. 따라서 화자의 멍에 역시 벗어버리기 힘든데, 이는 두 소설의 중심 시제가 현재인 것과 맞물리는 것이다.

오히려 「逼迫」이나 「흔矛盾」 등 1인칭 서술의 의미는 소설에서 서술어의 어미를 '-더라'에서 '-다'로 바꾼 데서 찾을 수 있다. '-더라'라는 어미는 초월적 서술 어법과 어울리는 동시에 들은 말을 옮길 때 사용하는 어미다. 따라서 '-더라'는 소설이라는 영역에 직접 등장해 자신의 이야기를 하는 1인칭 화자와는 어울리지 않는다. 처음으로 소설에 1인칭을 끌어들인 「逼迫」은 '-다'라는 어미를 일관되게 사용한 소설이기도 하다.[32] 「逼迫」을 계기로 화자가 전해들은 이야기라는 것을 드러냈던 어미 '-더라'는 점차 소설에서 사라지게 된다. 하지만 화자가 완전히 소거되어 스토리를 직접 제시하는 듯한 느낌을 부여하는 것은 3인칭대명사만이 할 수 있는 일이었다.

이는 3인칭대명사의 고유한 속성에 기인하는 것이다. 실제 3인칭 '그'는 비인칭이다. 발화행위에서 1인칭대명사 '나'는 상대인 '너'의 대칭적 정의를 지닌 발화행위의 주체로서 주관성을 표현한다. 이에 반해 3인칭대명사 '그'는 모든 주관성이 배제된 객관적 대용에 해당된다. 곧 3인칭대명사 '그'는 나와 너 사이의 의사소통에 관여하지 않는 추상성과 거리감에 대한 객관적인 표현이다. 따라서 소설에서 역시 '그'는 복잡한 인격을 구하지 않고 관심 있는 특징만을 구현하게 해주며, 도덕적 밀도와 스스로의 움직임을 절약하도록 해준다. '그'라는 대명사는 소설이

라는 작도상의 배치에 가장 적절한 매개라는 것이다.[33)]

또 하나 간과해서는 안 될 문제는 과거시제와 3인칭대명사의 관계다. 앞에서 과거시제가 화자가 스토리 바깥에 위치하는 것을 통해 등장했음을 확인한 바 있다. 그런데 3인칭대명사가 소설의 중심에 위치하는 것 역시 화자가 소거되는 데 따른 것이었다. 이를 고려하면 과거시제와 3인칭대명사는 마치 같은 뿌리를 지닌 두 개의 가지라고 할 수 있다. 그 뿌리는 화자가 스토리 외부에 위치하는 것, 다시 말해 화자가 소거되는 것이다. 이를 통해 스토리를 선택하고 재단하고 배치하여 직접 제시하는 일이 가능해졌다.

4. 질서와 억압의 간극

앞서 살펴본 것처럼 「약한者의슬픔」에서 과거시제는 스토리 바깥에 위치한 화자가 스토리를 앞뒤가 보이도록 작도하는 과정에서 등장했는데, 작도의 중심원리는 인과율에 따라 사건들을 연결시키는 것이었다. 그것은 많은 경험들로부터 몇몇의 행위를 선택하는 데서 시작되는데, 엘니자벳트가 남작에게 정조를 빼앗기고, 임신을 하고, 집에서 쫓겨나고, 재판에서 패하고, 유산을 하는 것 등이 그것이다. 이들은 원인에서 결과로 서로 연결되어 있으며, 결과가 다시 다른 결과의 원인으로 작용하는 일이 마지막까지 이어진다. 정조를 빼앗겨 임신을 하게 되고, 임신을 해 쫓겨나고, 쫓겨나고 나서 소송을 하는 등 앞선 행위들은 뒤따르는 행위의 원인으로 작용하는 동시에 의미를 지니게 된다. 인과의 사슬을 통해 연결된 사건들은 중복이 없는 긴밀한 위계를 이루며, 이를 통해 사건들은 불합리하지도 신비롭지도 않으며 분명하고 친숙한 것이 된다. 일련의 지속적인 사건들은 하나의 의미 있는 전체를 구축하게 되고, 이는 삶의 다른 행동이나 과정과 연결되고 나아가 세계의 흐름에 다가가는 것이다.[34)]

인과율에 따라 연결된 사건들은 3인칭대명사 '그'의 도움을 받아 직접 제시되는 듯한 느낌을 획득한다. 화자가 소설이라는 무대를 떠나자 시련과 고뇌는 엘니자벳트의 연기를 통해 직접 독자들에게 전달되어야 했다. 이야기 속의 사건은 직접성의 외관으로 위장하고 나타나는 극적 환상(dramatic illusion)을 만들어낸다. 그 결과 독자들은 엘니자벳트의 고뇌나 행위를 직접 보고 있다고 느끼며, 이를 통해 처음에는 엘니자벳트와 일정한 거리를 지니고 있던 독자들이 점차 엘니자벳트의 입장에 동화되어 그녀의 감정과 행동을 공유하는 경험을 하게 된다.[35)] 이러한 역할은 화자의 소거를 통해 처음으로 소설에 직접 등장하게 된 내면에 기대고 있는 바가 크다. 물론 소설의 전개를 통해 끊임없이 동일한 궤적을 반복하는 엘니자벳트의 내면은 인과 연쇄나 직접 제시를 통한 독자들의 공유를 방해하는 요소로 작용한 것도 사실인데, 여기에 관해서는 다음 절에서 상론하겠다.

「약한者의슬픔」에서 과거시제를 통해 선택되고 배열된 일련의 사건들은 3인칭대명사의 힘을 빌려 직접 제시되는 것과 같이 드러났다. 그 결과 독자들은 마치 인과율로 집약되는 실제 삶의 흐름을 그대로 보고 있다는 인상을 받게 된다. 이야기가 서술되고 있는 것이 아니라 사실이 묘사되고 있다는 생각은 독자들로부터 신뢰감과 설득력을 끌어낸다. 여기에서 「약한者의슬픔」에서 과거시제와 3인칭대명사가 '그럴듯함(vraisemblance)'을 만들어내는 기제로 역할하고 있음을 알 수 있다.

하지만 그럴듯함이 행위를 선택하고, 재단하고, 배치하는 또 화자를 소거시키는 작도의 산물이라는 점 역시 간과되어서는 안 된다. 「약한者의슬픔」에 나타난 일련의 행위들은 인과 연쇄와 직접 제시를 통해 마치 사실처럼 드러났지만 사실은 아니다. 독자들이 사실이라고 생각하는 것은 실제 사실감의 환상(illusion of reality)에 불과하며, 이와 같은 환상이나 느낌은 치밀한 조작에 의해 만들어진다. 단지 그 반대편에서 이루어진 사건들이 아무런 조작 없이 우연하게 드러났다는 인상을 만들어내기 위한 자연화(naturalness)의 노력에 의해 작도의 흔적이 은폐되어 있을 뿐이다. 나아가 자연화로 위장된 조작은 하나의 관습(convention)이 되어 점차 독자들에게 자연스럽고 익숙한 것으로 받아들여진다.[36]

「약한者의슬픔」에서 그럴듯함은 과거시제와 3인칭대명사에 의해 만들어졌다. 그리고 과거시제와 3인칭대명사는 이후 김동인 소설에서 하나의 관습으로 자리 잡게 된다. 지금은 이미 정착이라는 과정을 통해 익숙해져 느끼기조차 힘들지만, 그 익숙함을 만들어낸 출발이 「약한者의슬픔」에서였다. 물론 이후 모든 소설이 과거를 시제로 취하거나 등장인물 서술을 서술방식으로 택하고 있지는 않다. 하지만 과거시제가 스토리를 선택하고 재단하고 배열하는 기제이며 또 3인칭대명사가 직접 제시의 매개라는 점에서, 이들을 소설의 양식적 관습이나 질서로 규정할 수 있을 것이다. 앞서 과거시제와 3인칭대명사가 소설의 기초이자 관습이며 이들이 없으면 스스로의 양식적 질서를 파괴할 의도가 있는 것이라는 바르트의 언급은 여기에서 그 온전한 의미를 얻게 된다.[37]

실제 이는 김동인의 지향과도 멀리 떨어져 있지 않다. 김동인은 이 시기 「자긔의創造한世界−톨스토이와 떠스터예쯰스키−를 比較하여」, 「사람의사른참模樣」 등의 비평을 통해 자신의 문학관을 피력한다. 먼저 자연의 창조물과 인간의 창조물을 비교하며, 사람의 힘이 작용했다는 점에서 아무리 작은 인간의 창조물도 자연의 숭엄함보다 위대하다고 주장한다. 사람의 힘을 통한 창조물이라는 준거는 예술의 위대성을 가늠하는 데로 나아간다. 예술의 위대성은 사람이 스스로 지배할 세계를 만들어 놓았다는 데 있으며, 따라서 위대한 예술가란 한 개의 세계를 창조하여 자기 손바닥 위에서 자유롭게 놀릴 만한 능력이 있는 인물이라는 것이다.[38]

김동인의 문학관이 지닌 핵심은 작품에 대한 작가의 의식적 개입이나 지배라고 할 수 있으며, 관심은 지배나 조작의 매개를 찾는 데로 나아간다.[39] 과거시제와 3인칭대명사가 소설에서 찾아낸 지배와 조작의 매개였음은 앞서 확인한 바 있다. 지배와 조작의 매개를 찾는 것이 소설 나름의 양식적 질서를 모색하는 것이라는 점에서, 또 그 궁극적인 목적이 작품의 완결성 혹은 완미성을 추구하는 일이라는 데서, 모색은 흔히 미를 독자적인 것으로 상정하고 그 완성을 꾀하는 유미주의로의 도정과도 맞물린다.

여기에서 김동인 소설에 관한 문학사적 규정에 대한 재고의 여지 역시 마련된다. 김동인에 관한 소설사나 문학사의 관심은 「배따락이」에서 시작되어 「감자」, 「狂畵師」, 「狂炎소나타」 등에 집중되어 있다. 그 이유는 「배따락이」를 계기로 습작기적 미숙성에서 벗어나 이후 소설들에서 김동인 나름의 소설적 완결성을 구축했다는 데 있다. 하지만 그 완결성으로 나아가는 두 가지 관습, 과거시제와 3인칭대명사는 이미 「약한者의슬픔」에서 등장했다. 「배따락이」나 「감자」에 이르러 구축되었던 형식적 정체성의 두 가지 요소가 서술방식과 플롯이었으며, 이들이 3인칭대명사나 과거시제와 동전의 양면임을 고려한다면 더욱 그러하다.

그런데 미에 대한 갈망은 김동인 개인에 한정되지 않는 1920년대 전반기 문학의 일반적인 지향이었다. 흔히 동인지 문학으로 규정되는 이 시기 문학의 지향 역시 유미주의로 집약된다.[40] 이들은 문학을 과학, 도덕 등 다른 근대의 가치 영역들과 분리시키고 그 분리 자체를 문학의 존재 이유로 파악한다. 문학을 다른 영역들의 상위에 위치시키고 모든 가치와 의미를 포괄하는 자족적이고 초월적인 영역으로 규정하는 것도 이와 연결된다. 동인지 문학과 이광수로 대표되는 1910년대 문학의 변별점 역시 같은 지점에 위치한다. 이광수는 지·정·의 영역의 분화를 전제로 정에 기반을 두고 문학의 개념을 정초한다. 하지만 자발적 만족이나 쾌락을 의미하는 정은 도덕이라는 매개를 거쳐 민족이나 국가에의 투사로 연결된다. 곧 다른 근대의 가치 영역들과 대타적인 존재로 정립되었던 문학이 전체의 기획에 종사하게 되었다는 것이다.[41] 이에 반해 김동인으로 대표되는 동인지 문학은 문학을 다른 영역과는 고립된 초월의 공간 속에 위치시켰다.

그런데 이 글의 관심과 관련해 제기되는 의문 하나는 그들이 추구했던 고립과 초월이 제대로 이루어졌는가에 대한 것이다. 김동인이 정초한 소설적 관습이 과거시제와 3인칭대명사라고 할 때, 이는 문학의 하위 범주로서 소설의 양식적 질서라는 점에서 고립과 초월의 매개라고 할 수 있을 것이다. 그렇다면 의문은 과거시제와 3인칭대명사의 또 다른 의미를 짚어보는 데서 해결의 실마리를 얻을 수 있을지도 모른다. 실제 그럴듯함에 대한 천착은 사실에 대한 인식이 불가능해진 상황과 맞물린다.

근대에 이르러 인간은 스스로 사유하고 행동한다는 주체성의 원리를 분명히 하는데, 이후 사실에 관한 모색은 대상과 실제의 일치를 보장받기 위한 일련의 기제를 만들어내는 과정과 연결된다. 그런데 사실 또 그것들의 추상화라고 할 수 있는 현실은 일정한 기제에 의해 해석될 만큼 단순하지 않다. 각각의 기제들은 시기에 조응해 사실이라고 받아들이게 만드는 관습일 뿐이었다. 그럴듯함 역시 부르주아 사회가 파급한 보편성의 신화와 함께 서구예술 일반에서 사실을 보장하는 기제로 사용되었다는 것이다.[42] 그럴듯함은 관습에 기대어 사실이라는 형식적 보증을 하지만, 형식적 보증은 역으로 사실이 아니기 때문에 필요한 것이다.

또 다른 문제는 관습 역시 하나의 질서이며, 질서는 사실의 의도적인 억압과 소외를 행하게 된다. 과거시제를 통한 사실의 억압과 소외는 선택에서부터 출발된다. 앞서 「약한者의슬픔」의 일련의 행위들은 인과율에 의해 선택된 것임을 언급했는데, 선택은 자연스럽게 배제와 연결되었다. 인과율이란 원인과 결과를 연결시키는 원리이며, 여기에 걸맞지 않은 행위들은 배제시키는 원리이기도 하다. 그런데 많은 삶과 사건들 가운데 그 원인을 명백하게 증명할 수 있는 것은 드물다.[43] 조작을 통해 엘니자벳트의 행위는 실존의 불투명성이나 불합리성을 벗어 던지고 위계를 통해 이해 가능한 것이 되었다. 하지만 그것은 다른 가능성의 억압이나 제거를 통해 사건의 모호한 연결에 결말이라는 느낌을 부여하는 과정이기도 했다.[44]

3인칭대명사를 통한 직접 제시의 효과 역시 이와 다르지 않다. 화자가 소거되고 중심인물인 엘니자벳트가 초점화자가 되자, 엘니자벳트의 생각과 행동은 독자들 앞에 직접 제시되게 된다. 하지만 이 역시 관습일 뿐이며, 화자는 스토리 외부에 존재하면서 더욱 철저히 엘니자벳트를 지배한다. 독자들이 직접 본다는 관습을 통해 사실로 받아들이는 것 역시 철저히 화자에 의해 제시된 것이다. 화자는 보이지 않지만 모든 것을 영유하고 지배하는 특권적인 위치에 서서 독자들에게 직접 제시의 외피를 쓴 자신의 의지를 투영하게 된다. 특히 독자들은 엘니자벳트의 생각과 행동에 공감하는 과정을 통해 스스로 깨닫지 못하는 사이에 화자의 의도를 자기화하게 되는 것이다.

그럴듯함을 만들어내는 인과 연쇄와 직접 제시는 거리화나 허구화의 기제였다. 이들은 재단과 배치 또 직접 제시를 통해 사실이라는 형식적인 보증을 하지만, 실제 삶을 교묘히 억압하고 소외시키기는 거짓이다. 이렇게 볼 때 과거시제와 3인칭대명사는 'Larvatus prodeo', 곧 작가가 자신의 마스크를 손가락으로 가리키는 숙명적인 제스처라고 할 수 있다. 또 이는 믿을 수 있는 허위라는 이중성을 만들어내는 형식적 기제라는 점에서 소설적 에크리튀르라고 할 수 있을 것이다.[45]

여기에서 김동인을 비롯한 동인지 문학이 지향한 고립과 초월의 의미에 관한 질문을 환기할 필요가 있다. 지금까지 살펴본 바와 같이 김동인은 과거시제와 3인칭대명사를 통해 그럴듯함을 가능하게 하는 소설적인 질서를 정초했다. 또 이를 통해 형식적 정제성이나 완결성으로 대표되는 완미한 소설을 추구한다. 하지만 소설적인 질서라고 생각했던 인과 연쇄와 직접 제시는 스스로의 논리를 통해 사실을 소외시키고 다른 가능성을 억압하기도 했다. 실제 인과 연쇄와 직접 제시는 인과율과 원근법의 다른 이름이며, 이들은 근대적 시공간을 규정하는 두 가지 기제다. 여기에서 과거시제와 3인칭대명사라는 소설적 관습이 스스로의 질서를 통해 은밀한 방식으로 계몽으로 집약되는 근대적 논리에 종사하고 있음도 부정할 수 없다. 이렇게 볼 때 김동인을 비롯한 동인지 문학의 성격을 계몽으로 집약되는 1910년대 문학과 변별되는 미의 독자성에 대한 추구로 규정하는 데 조금 더 신중할 필요가 있다.

5. 남은 문제

「약한者의슬픔」에 관한 선행 논의가 엘니자벳트의 내면적 갈등에 관한 부정적인 평가에 집중되어 있음을 확인한 바 있다. 성격파산, 심리유희, 권태와 망상 등이 그것을 지적하는 용어들이었다. 실제 소설에서 엘니자벳트는 혜숙에게 놀러가려 할 때, 남작에게 정조를 잃고 배신당했을 때, 또 재판에 패소했을 때, 모두 내면적인 갈등을 보인다. 엘니자벳트의 갈등은 혜숙에게 놀러가야 할지 말아야 할지, 남작이 고운지 미운지 등 같은 궤적만을 진자운동하고 있어, 결말에 나타나는 각성 역시 설득력을 지니기보다 관념적인 독백에 머무르고 만다. 따라서 앞선 논의들의 부정적인 평가는 타당한 듯 보인다. 이를 고려하면 이 글에서 소설의 그럴듯함을 만들어냈던 기제의 하나로 규정했던 인과율은 그 타당성을 의심받게 된다.

하지만 이는 다른 시각에서 접근할 필요가 있다. 「약한者의슬픔」에서 소설적 성취를 훼손하고 있는 내면은 징후로서 읽을 필요가 있다. 먼저 소설에서 엘니자벳트의 내면을 다룬 부분만을 따로 떼어내 보자. 남는 부분들은 엘니자벳트가 남작에게 정조를 빼앗기고, 임신을 하고, 쫓겨나고, 재판에서 패하고, 유산을 하는 것 등인데, 이들은 정확히 인과의 고리 속에서 연결된다. 이를 가능하게 한 것이 스토리를 선택하고, 배치하고, 의미화하는 조작이었음은 앞서 밝힌 바 있다. 다시 말해 소설에서 엘니자벳트의 내면을 제거하게 되면, 인과 연쇄의 흐름은 의심할 바 없이 구축되었다는 것이다. 그렇다면 의문은 왜 인과 연쇄를 핵심으로 하는 중심 스토리와 달리 동일한 궤적만을 왕복하는 내면이 드러나게 되었는가에 맞추어져야 할 것이다.

내면이 동일한 궤적을 왕복하며, 또 작위적이라는 평가는 하나의 사고를 전제로 한다. 내면이 미리 존재하며 그 내면의 표현은 인과적으로 이루어져야 한다는 생각이 그것인데, 이는 전도된 접근으로 보인다. 흔히 표현해야 할 내면이 표현에 앞서 존재한다고 생각하지만 내면은 오히려 표현의 형식적 기제를 통해 만들어진다.[46] 내면이 인과 연쇄를 이루는 것은 그 후의 일이다. 그렇다면 앞선 평가는 바로 이 시기에 만들어진, 또 이후 인과 연쇄를 이루게 될 내면을 준거로 한 평가라고 할 수 있다.

「약한者의슬픔」에서 스토리의 흐름과는 유리된 채 동일한 궤적을 반복하는 엘니자벳트의 내면은 그것이 만들어져 가는 과정으로 읽어야 한다. 소설에서 내면을 드러내는 고백이 소설의 상당 분량을 차지하고 있음에도 그 성격상 전달이나 소통에 목적을 둔 것이라기보다 고백한다는 표현의 층위에 머물러 있다는 지적 역시 이와 연결된다.[47] 내면은 화자가 소거되고 작중 인물이 화자의 역할을 담당하는 「약한者의슬픔」에 이르러서야 처음으로 직접 등장할 수 있었다. 김동인이 이 시기를 회고하면서 '-ヲ感ジタ', '-ヲ覺エタ' 등의 일본어를 '-을 느꼈다', '-을 깨달았다' 등으로 번역하는 데 많은 시간을 소비하는 등 창작 못지않게 용어에서 고심을 했다는 토로 역시 여기에 따른 것이다.[48] 내면이 처음 등장했기에 느끼고, 깨닫는 등 허구적 주체의 내면을 드러내는 번역어를 찾는 데 고심을 해야 했던 것이다.

내면에 대한 '낯섦'은 이후 소설에서도 어렵지 않게 찾을 수 있다. 「약한者의슬픔」에 이어 발표된 「마음이여튼者여」에서는 내면을 드러내는, 곧 고백의 직접적인 기제들이 등장한다. 「마음이여튼者여」는 크게 K의 연애를 다룬 전반부와 금강산 여행을 다룬 후반부로 나누어지는데, 소설의 전반부는 대부분 편지로 이루어져 있다. 그런데 편지 안에는 과거사의 요약, 일기 등이 있으며, 일기 안에 친구인 C로부터 온 편지,

유서 등이 들어 있다. 하나의 스토리로 접근할 때 정리되지 못한 느낌이 뚜렷한데, 중요한 것은 편지, 일기, 유서 등은 모두가 내면을 직접 드러내는 기제라는 점이다. 이는 김동인이 「약한者의슬픔」에서 엘니자벳트라는 소거된 화자의 그림자를 빌려 내면을 드러내는 데 어려움을 겪었음을 반증하는 것이기도 하다.

이전 서사물과 다른 소설의 특징이 인물의 내면으로부터 스토리의 인과 연쇄를 끌어내는 것임은 분명하다. 소설에서 중요한 것이 작중인물을 사고하고, 느끼고, 행동하는 인물, 다시 말해 서술된 이야기가 담고 있는 사고·감정·행동의 허구적 원점으로 창조해야 한다는 언급은 이를 가리킨다.[49] 하지만 「약한者의슬픔」이 발표될 당시 조선에서 작중 인물을 허구적 원점으로 창조하는 것은 어려운 일이었던 것 같다. 그리고 인물의 내면으로부터 인과율에 의해 스토리를 이어가는 일은 번역을 통해 과거시제와 3인칭대명사를 조선에 끌어들였던 김동인이 감당하기에는 벅찬 과제였을지도 모른다.

2장 감자와 고구마의 거리

김동인은 「감자」를 쓸 때 복녀가 훔치는 것을 감자가 아니라 고구마로 구상했다고 한다. 언뜻 단순한 혼동으로 보이는 오류는 작가가 소설을 쓴 의도를 드러낸다. 「감자」는 가난이나 빈곤을 다룬 소설로 파악되지만 복녀가 고구마를 훔친 것은 배고픔 때문이 아니었다. 복녀에 대한 처벌의 과격성은 작가 자신의 것이기도 했던 부정성을 거짓 부정하는 과정과 맞물린 것이었다.

1. 논의의 대상, 「감자」 혹은 '감자'

김동인은 1925년 1월 『조선문단』에 「감자」를 발표했다. 같은 시기 연재하던 「遺書」의 마지막 회를 『영대』에 실었으며, 또 『개벽』에 「明文」을 발표했다. 1925년 1월 1일자 『동아일보』에 「X氏」를 쓴 것까지 포함하면, 거의 동시에 네 소설을 발표한 것이 된다. 이 시기 작가의 과작을 고려하면 흔치 않은 일이었다. 이때를 전후로 김동인에게 두 번의 문학적 공백이 있었다는 사실 역시 흥미로운 점이다. 김동인은 1921년 여름부터 1922년 겨울에 이르기까지 소설, 비평 등 모든 문학 활동을 중단한 바 있다. 또 1925년 7월 『조선문단』에 연재하던 「小說作法」을 마무리한 후 1927년 3월까지 거의 2년 가까이 문학적 공백을 반복했다.

김기진은 「감자」가 발표된 다음 달 『개벽』의 월평에서 "作者는 이 作에서 人生의 醜陋한 暗黑面을 讀者에게 보히여('보여'의 오기로 보임; 인용자) 주고자 하얏다"며 "어느 程度까지 이 作者의 良心의 움즈김을 본다"고 했다. 하지만 소설이 "이와 가튼 테-마를 못 잡고서" "不過 한 개의 스켓취에 떠러저버리고"[1] 말았다는 점 역시 지적하고 있다. 김동인 역시 「감자」를 발표하고 "프로레타리아의 비참함을 如實히 그린 名作이다", "이 小市民 作家가 左傾하여 오는 것은 기쁜 현상이다", "作家가 左傾하려고 퍽그나 애를 쓴 모양"이지만 "根性이 小市民이라 아직 完全한 境에 못 이르렀다"[2] 등의 평들을 들었음을 밝힌 바 있다. 앞선 평가들은 그 내용에서 크게 둘로 나뉜다. 하나는 「감자」가 프롤레타리아의 비참함을 그린 소설로 작가가 좌경화한 증거라는 것이고, 다른 하나는 그럼에도 소시민 작가로서의 한계를 벗어나지 못했다는 것이다. 그런데 두 가지 평가 모두 「감자」가 이전 소설에서와는 달리 변화를 시도했음을 인정하는 점에서는 겹쳐지고 있다.

앞선 언급의 얼개는 문학사적 접근 등 이후 김동인 소설의 전개에서 「감자」의 위상을 평가하는 일과 연결이 되었다. 논의의 한편에 위치하고 있는 것은 김동인의 소설을 반역사주의적이거나 현실과 동떨어진 것으로 규정하는 것이다. 그 선편에 위치한 논의는 김동인이 인형조종술을 통해 한국 단편소설의 패턴을 확립시켰지만 그것을 위해 소설을 현실과 무관한 진공관의 실험이나 추상적 관념의 유희로 치환시켰다고 했다. 패배할 수밖에 없음을 깨닫고 고의로 현실을 회피했다고 하더라도 그것이 반역사주의라는 멍에에서 자유로울 수는 없다는 것이다. 소설에서 나타나는 극단적인 인물과 사건 해결 방식을 작가의식과 창작방법 간의 괴리에 의한 것으로 파악하거나 김동인 스스로 선구적 업적으로 강조한 것들을 실증적으로 비판하는 논의 역시 이와 연결된다. 근래의 한 문학사는 김동인을 소설 영역에서는 아예 다루지 않고 평론에서 예술지상주의적 성격이라고 간단히 언급하고 넘어가는데, 그 근간에도 앞선 인식이 자리하고 있다.[3)]

평가의 다른 한편에는 김동인 소설을 유미주의라는 준거로 가늠하려는 논의들이 위치하고 있다.[4)] 김동인의 지향을 낭만적 주체의 그것과 연결시켜 미에 대한 탐구를 자아를 절대화하려는 노력으로 파악하는 논의가 그 중심에 위치한다. 일상에서 벗어난 경험의 순간에 대한 자각이 상상적 세계를 만들어내려는 욕망과 의지로 나아갔다는 점에서 소설의 발견과 실험은 낭만적 주체가 창조적 이상을 실현할 문학 형식의 모색이라는 것이다. 김동인의 미에 대한 경도나 순문학적 지향이 일상적 삶의 질서와 맞서는 데서 비롯되었다거나 혹은 근대적 논리가 지니는 맹점에 대한 인식에 기반해 그것이 은폐한 리얼리티를 문학적으로 재현했다는 논의 역시 개진된 바 있다.[5)]

유의해야 할 점은 「감자」가 앞선 두 가지 규정에서 어느 정도 비껴나 있다는 것이다. 이는, 21년에 걸친 복녀의 고단한 삶을 좇고 있다는 데서, 「감자」가 작가의 여느 소설과 다르다고 했던 당대의 평가와 무관하지 않다. 이와 관련해 김동인 스스로는 「감자」를 강렬한 '동인미'를 표현한 소설로 언급하고 있는 점 역시 흥미롭다. 뒤에서 상론하겠지만 김동인은 당시 한 줄만 읽고도 자신의 소설임을 알 수 있을 만한 '동인미'의 구현을 갈망했다고 한다. 그러던 중 「遺書」를 쓰다가 우연히 자신만의 독특한 문체와 표현방식을 발견했다는 것이다. 이후 「明文」과 함께 '동인미'에 대한 완전한 긍지와 의식을 가지고 쓴 소설이 「감자」라고 했다.[6)]

이 글은 「감자」에 대해 주목하고자 한다. 그것은 「감자」가 작가 스스로 '동인미'가 드러난 소설이라고 해서이거나 김동인 소설에 대한 두 가지 규정에서 벗어나 있어서는 아니다. 오히려 「감자」가 김동인 스스로의 언급과 기존 논의가 만들어내는 미끄러짐을 해명할 수 있는 대상이라는 생각에서이다. 이 글은 그것을 위해 소설의 제목이자 제재인 '감자'에 초점을 맞추려 한다. 다음 절에서 상론하겠지만 김동인은 「감자」라는 소설을 쓸 때 복녀가 훔치는 것을 감자가 아닌 고구마로 구상했다고 한다. 이 글의 문제의식은 김동인이 소설에서 고구마를 감자라고 쓴 것, 또 오류를 알고도 그것을 바로잡지 않았다는 사실 등이 단순한 오류가 아니라는 데 연원하고 있다. 언뜻 둘에 대한 단순한 혼동으로 보이지만, 오류는 예기치 않게 작가가 소설을 쓴 본래의 의도를 드러내고 있다. 따라서 '감자'에 주목하는 일은 작가 스스로 강조했던 '동인미'의 실제에 접근하는 길이자 또 반역사주의와 유미주의라는 두 가지 평가의 간극을 온전히 해명하는 데도 기여하는 작업이 될 것이다.

이 글이 소설의 제목이자 제재인 '감자'를 논의의 대상으로 하는 이유는 여기에 있다. 이를 위해서는 몇 가지 번거로움을 감내해야 한다. 먼저 실제 작가가 복녀가 훔치는 것을 감자가 아니라 고구마로 구상했는지에 대한 확인이 필요하다. 또 감자, 고구마 등을 지칭하는 용어 등에 대한 검토를 통해 고구마를 감자로 쓴 1차적 이유에도 접근해야 할 것이다. 이어 서사적 질서에 대한 분석을 통해 감자와 고구마 사이에 보다 은밀히 존재하는 혼동의 실제를 구명해야 한다. 이 글이 고구마, 감자 등의 시대적, 사회적 맥락에 천착하는 것 역시 마찬가지의 이유에서이다.

2. 묵인된 오독

이 글의 관심과 관련해 근래 「감자」에 대한 흥미로운 논의가 개진된 바 있다. 하타노 세쓰코(波田野節子)의 「김동인의 단편소설 「감자」에 대하여」라는 논문이 그것이다. 하타노 세쓰코는 김동인의 「감자」를 일본어로 번역하던 도중 석연치 않은 부분을 발견했다고 한다. 소설에는 복녀가 감자와 함께 배추를 훔치는 것으로 그려졌는데, 실제 감자의 수확 시기는 6월 무렵인데 반해 배추의 수확 시기는 10월이라는 것이다. 그것을 계기로 '감자'라는 단어의 쓰임을 조사했는데, 당시 '감자'는 지역에 따라 감자나 고구마 둘 다를 지칭하는 방언으로 사용되었다고 했다.

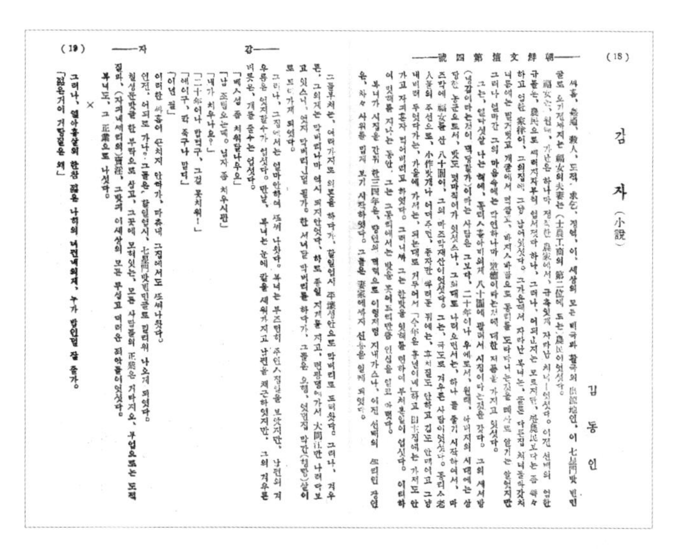
(18) ——朝鮮文壇第四號——

감 자 (小說)

김 동 인

싸홈, 姦通, 殺人, 도적, 求乞, 징역, 이, 세상의 모든 비극과 활극의 出張所인, 이 七星門밧 빈민굴로 오기전까지는 福女의夫妻는 (士農工商의 第二位에 드는) 農民이엇섯다。

福女는, 원래, 가난은 하나마 정직한 農家에서, 규측잇게 자라난 처녀-엇섯다。이전 선배의 엄한 규률은, 農民으로 떠러지자부터 업서젓다 하나, 그러나, 어듸인지는 모르지만, 졈잔은 農民보다는 좀 쌕々하고 엄한 家律이, 그의집에 그냥 남어잇섯다。그가운데서 자라난 복녀는, 물론 다른집 처녀들과갓치 녀름에는 벌거벗고 개울에서 멱감고, 바지ㅅ바람으로 동리를 돌아다니는것을 예사로 알기는 알엇지만 그러나 얼마간 그의 마음속에는 막연하나마 道德이라는것에 대한 자품을 가지고 잇섯다。

그는, 열다섯살 나는 해에, 동리ㅅ홀아비의게 八十圓에 팔려서 시집이라는것을 갓다。그의 새서방(영감이라는것이 맛당할가)이라는 사람은 그보다, 二十年이나 우에로서, 원래, 아버지의 시대에는 상당한 농군으로서, 밧도 몃마지기가 잇섯스나, 그의대로 나려오면서는, 하나 둘 줄기 시작하여서, 마즈막에 福女를 산 八十圓이, 그의 마즈막재산이엇섯다。그는, 극도로 게으른 사람이엇섯다。동리ㅅ老人들의 주선으로, 小作밧개나 어더주면, 종자만 뿌려둔 뒤에는, 후치질도 안하고 김도 안매어코 그냥 내버려 두엇다가는, 가을에 가서는, 되는대로 거두어서 「수年은 흉년이네」하고 田主집에는 가저도 안가고 자긔혼자 먹어버리고 하엿다。그러니깨 그는 한밧을 잇해를 련하여 부처본일이 업섯다。이리하여 몃해를 지나는 동안. 그는 그동리에서는 밧을 못어드리만큼 인심을 일코 마럿다。

복녀가 시집을 간뒤 한三四年은, 장인의 덕택으로 이렁저렁 지내가스나, 이전 선배의 꼬리인 장인은, 차々 사위를 밉게 보기 시작하엿다。그들은 處家에서지 신용을 일케 되엇다。

(19) 감——자

그들부처는, 여러가지로 의론을 하다가, 할일업시 平壤성안으로 막버리로 드러왓다。그러나, 게으른, 그의게는 막버리나마 역시 되지안엇다。하로 종일 지게를 지고, 련광뎡에가서 大同江만 나려다보고 잇스니, 어지 막버리니들 될가。한 서너달 막버리를 하다가, 그들은 요행, 어떤집 막간(행랑)살이로 드러가게 되엇다。

그러나, 그집에서는 얼마안하여 쪼껴 나왓다。복녀는 부즈런히 주인ㅅ집일을 보앗지만, 남편의 게으름은 어지할수가 업섯다。매일, 복녀는 눈에 칼을 세워가지고 남편을 채근하엿지만, 그의 게으른 버릇은, 개를 줄수는 업섯다。

「벳ㅅ섬 좀 치워달나우요」

「남 조름오는데。남자 좀 치우시관」

「내가 치우나요?」

「二十年이나 밥먹구, 그걸 못치워!」

「에이구, 칵 죽구나 말디」

「이년 뭘」

이러한 싸홈이 끈치지 안타가, 마츰내 그집에서도 쪼껴나왓다。

인전, 어듸로 가나。그들은, 할일업시, 七星門밧빈민굴로 밀리워 나오게 되엿다。

칠성문밧글 한 부락으로 삼고, 그곳에 모혀잇는, 모든 사람들의 正業은 거라지오, 부업으로는 도적질과, (자긔네끼리의)賣淫, 그밧귀 이세상의 모든 무섭고 더러운 죄악들이엇섯다。

복녀도, 그 正業으로 나섯다。

×

그러나, 열아홉살의 한참 점은 나히의 녀편네의게, 누가 밥인덜 잘 줄가。

「젊은거이 거랑질은 왜」

1925년 1월 『조선문단』 4호에 실린 「감자」의 서두 부분이다. 여기에서는 '감자'와 '고구마'의 병기가 나타나지 않는데, 김동인은 '감자'를 실제 '고구마'를 지칭하는 용어로 사용했음을 밝힌 바 있다.

그녀는 1975년 일본 '高麗書林'에서 '韓國語對譯叢書'의 하나로 발행한 『金東仁短篇集』에 실린 조 쇼키치(長璋吉)의 언급에도 주목했다. 조 쇼키치가 각주에서 김동인 스스로 '감자는 평안도 방언으로 고구마를 가리킨다'고 강조했다는 것이다.[7] 작가 자신이 직접 밝혔다는 데서 소설에서 등장한 감자는 고구마로 볼 수 있다고 했다. 또 1983년 발행된 단편집 『배따라기』에 수록된 「감자」의 본문에 "감자(고구마)"라고 감자와 함께 고구마가 병기되어 있는 것 역시 그것을 뒷받침한다는 것이다.[8] 하타노 세쓰코는 이를 고려해 자신이 일본어로 옮긴 소설에서 감자를 'いも(甘薦)'로 번역했다고 했다.[9]

하타노 세쓰코는 김동인 소설 「감자」가 수용되는 데서 나타난 실증적인 오류를 밝히고 있다. 소설에서 고구마의 평안도 방언인 '감자'가 이후 감자를 지칭하는 것으로 잘못 받아들여졌다는 것이다. 이는 오류에 대한 해명이라는 점에서, 특히 소설이 발표된 이후 90년 가까이 본격적으로 제기된 적이 없는 질문이라는 점에서, 충분히 의의를 지닌다. 하지만 해명이 온전한 의미를 지니기 위해서는 몇 가지 질문이 더해져야 할 것으로 보인다. 거칠게 정리하면 왜 김동인은 고구마를 감자로 썼을까? 하타노 세쓰코나 조 쇼키치의 논의처럼 단지 그 지역에서 쓰는 방언이라는 이유 때문이었을까? 그렇다면 고구마가 감자로 오독되고 있음을 알았을 때 바로잡아야 하지 않았을까? 등이 그것이다.

조 쇼키치가 김동인 스스로 '감자는 평안도 방언으로 고구마를 가리킨다'고 했다는 언급은 「朝鮮文壇と私の歩んだ道」라는 글에서였다. 「朝鮮文壇と私の歩んだ道」는 김동인이 『창조』에 「弱한자의슬픔」을 발표할 때부터 당시까지 자신의 문학적 역정에 대해 쓴 글로, 1941년 11월에 발행된 『國民文學』 창간호에 게재되었다.

> 이렇게 하여 조선에서도 문단이라는 것이 형성되었다. 바로 그때 소련에서 발명된 이데올로기－문학이 일본에 수입되었고 이후 '공식문학'이라고 불리게 되는 존재가 출현했으며 또 그것이 박영희 등에 의해 조선에 이입되었다. ……중 략…… 그리고 '동반자'를 찾기에 바빴던 그들(카프)은 세상의 흐름에도 관심이 없이 초연하게 있는 나의 이해할 수 없는 완미함에 어이없어하거나, 혹은 **나의 작품 「サツマ芋」**(어떤 역자가 'じゃが芋'라고 한 것은 틀린 것이다) 등을 단순히 주인공이 빈민이라는 점을 들어 나를 '동반자'라고 하며 기뻐하거나 혹은 내가 중산 계급이나 인텔리 계급의 인물을 주인공으로 하는 작품을 쓰면 나를 '세상을 모르는 소경'이라고 비판하거나 2, 3개월만 작품 활동을 하지 않으면 '청산했다'고 부르짖고 또 **내가 빈민 주제의 소설을 쓴 것이 아니라 프롤레타리아의 무지를 조소한 것이라고 해도** 전향을 했다고 만세를 부르는 동안, 나는 묵묵히 나의 길을 걸었다.[10](번역 및 강조는 인용자)

인용은 「감자」를 발표했던 때의 상황을 당시 문단의 중심에 위치했던 '카프'와 관련해 언급한 부분이다. '카프'는 자신을 세상의 움직임에서 동떨어진 존재로 여기거나 소설에 등장한 인물이 빈민이라고 해 동반자 작가로 생각했다고 했다. 그 과정에서, 논의의 흐름과는 직접적인 관련이 없지만, 자신의 작품을 어떤 번역자가 'じゃが芋'라고 했는데 그것은 잘못이고 'サツマ芋'가 맞다고 밝히고 있다. 조 쇼키치의 언급처럼 '감자는 평안도 방언으로 고구마를 가리킨다'고 하지는 않았지만 자신의 작품이 '감자'가 아니라 '고구마'라는 점은 분명히 한 것이다.

하타노 세쓰코는 김동인의 소설을 'じゃが芋'로 번역한 '어떤 역자'를 이수창이라고 했는데, 1941년까지 소설의 번역 · 출판 상황을 고려하면 이수창이 맞는 것으로 보인다. 이수창은 1928년 10월 『文章俱樂部』 제13권 10호에 '金東仁 作 李壽昌 譯'이라고 해, 「감자」를 「馬鈴薯」, 곧 '감자'라는 제목으로 번역해 발표했다. 소설 앞에는 이수창이 작가와 작품에 대해 개괄한 「原作者と「馬鈴薯」に就いて」라는 글 역시 실려 있는데, 김동인을 현실적 관찰과 감각적 필치가 타의 추종을 불허할 만한 순수 단편작가로 소개하고 있다.[11] 이수창은 당시 작가 겸 번역자로 활동을 한 인물이었는데, 1928년에는 「감자」뿐만 아니라 이광수의 『無情』, 「血書」를, 다음 해에는 나도향의 「벙어리三龍이」를 일본어로 번역해 발표하기도 했다.

「감자」가 「馬鈴薯」라는 제목으로 실린 『文章俱樂部』는 1916년 5월 일본 '신초사(新潮社)'에서 창간해 1929년 4월 통권 156호까지 발행된 문예 잡지이자 투고 잡지였다. 「감자」가 번역되기 이전인 1925년 9월에는 채순병이 현진건의 단편 「불」을 「火事」라는 제목으로 번역, 발표한 바 있다. 채순병은 『文章俱樂部』 같은 호인 10권 9호에 「朝鮮の近世文學と現代文學」이라는 평론 역시 게재했는데, 이 글은 '조선 근대문학을 동시대 문학으로서 일본에 본격적으로 소개한 최초의 평론'으로 파악된다.[12]

김동인은 이수창이 「감자」를 「馬鈴薯」라고 옮긴 것을 떠올리고 자신의 소설을 'じゃが芋'라고 번역했는데 'サツマ芋'가 맞다고 밝혔다는 것이다. 작가 자신이 언급한 만큼 김동인이 「감자」를 집필할 때 복녀가 훔치는 것을 감자가 아니라 고구마로 구상한 것은 틀림없다고 할 수 있다. 김동인이 이수창의 번역을 언제 보게 되었는지 확인하기는 힘들지만 소설의 제목이나 제재가 고구마가 아니라 감자로 오독되고 있음을 알게 된 것은 「朝鮮文壇と私の歩んだ道」가 발표된 때보다 이전이었음도 분명하다. 하타노 세쓰코는 소설의 본문에 '감자(고구마)'라

는 설명이 덧붙여져 있었던 것이 1983년 출간된 단편집에 실린 「감자」에서라고 했다. 하지만 실제 작가가 감자와 함께 고구마를 병기한 것은 이미 1935년 '한성도서주식회사'에서 출간한 단편집 『감자』에서였다.

'한성도서주식회사'에서 단편집 『감자』를 발행한 것은 1935년 2월이었다. 『감자』의 출간은 1936년부터 시리즈로 기획된 '현대 조선 장편소설 전집'과 같은 형태는 아니었다. "1930년대 문학 서적을 연속적으로 간행하고 총판으로서 문학 서적 보급에 기여하"여 "일제강점기 근대 출판시장에서 주도적인 역할을 수행하였다"[13]는 논의처럼 당시 '한성도서주식회사'가 문학 서적을 출간하던 일환으로 보인다. '한성도서주식회사'는 이미 1929년에서 1933년까지 이광수의 『一說春香傳』, 『革命家의안해』, 『흙』 등을, 또 1934년에서 1935에 걸쳐서 한인택의 『旋風時代』, 이태준의 『달밤』, 김억의 역시집 『忘憂草』, 심훈의 『永遠의微笑』 등을 간행한 바 있었다. 당시의 신문 기사 등을 고려하면 『감자』는 1934년 5월 발행될 예정이었으나 미루어져 1935년 2월에 출간되었음을 알 수 있는데, 그 정확한 이유를 알기는 힘들다.[14]

1925년 1월 『조선문단』에 발표된 「감자」와 1935년 2월 '한성도서주식회사'에서 출간한 단편집에 실린 「감자」를 비교해 보자.

> 가을이 되엿다.
> 칠성문 맛 빈민굴의 녀인들은, 가을이 되면, 칠성문 밧게 있는, 支那人의 채마밧에, 감자며 배채를 도적질하려 밤에 바구니를 가지고 간다.[15]

> 가을이 되었다.
> 칠성문 밖 빈민굴의 녀인들은 가을이 되면 칠성문 밖에 있는 중국

인의 채마밭에 감자(고구마)며 배추를 도적질하려 밤에 바구니를
가지고 간다.[16]

전자는 『조선문단』에 실린 것이고 후자는 '한성도서주식회사'에서 출간한 단편집 『감자』에서 인용한 것이다. 둘은 단어나 쉼표 사용 등에서 일정한 차이를 보이고 있다. 하지만 이 글의 관심은 『조선문단』에 게재된 「감자」에는 '감자'라고 되어 있던 것이 단편집 『감자』에서는 '감자(고구마)'로 바뀐 데 있다. 이는 '한성도서주식회사'에서 단편집을 출간하기 이전 이미 김동인이 복녀가 훔친 것이 독자들에게 잘못 받아들여지고 있음을 알았다는 것을 뜻한다.

1935년 간행된 단행본의 본문에 감자와 함께 고구마라는 말을 병기했다는 점, 그것이 1925년 처음 발표 당시 없었던 것을 굳이 밝히려고 했다는 점 등에 천착했다면, 소설 집필 당시 작가의 구상에 접근할 수 있었을 것이다. 발표 이후 90년 가까이 「감자」가 작가의 의도와 어긋나게 오독되어 왔던 것이 연구자들의 정치하지 못한 독해와 분석에 기인하고 있음은 부정하기 힘들다. 그것을 감안하더라도 작가가 발표 당시 왜 고구마를 감자라고 썼을까 하는 의문은 사라지지 않는다. 조쇼키치의 언급처럼 평안도 방언이라는 이유 때문이었다면 앞선 질문 대신 이미 1935년 이전 소설이 오독되고 있음을 알고도 왜 그것을 바꾸지 않았는가라는 의문이 제기될 수 있다. 연구자들의 정치하지 못함을 감안하더라도 독자들이 지금까지도 복녀의 바구니 속에 든 것을 감자로 잘못 알고 있는 주된 이유는 거기에 있을 것이다.[17]

3. 겹쳐짐과 엇갈림

당시 고구마나 감자의 명칭 문제에 도움을 줄 수 있는 자료로는 조선총독부가 편찬한『朝鮮語辭典』이 있다.『朝鮮語辭典』은 1920년 3월 발행되었지만 편찬에 착수한 것은 그보다 일찍이었다. 착수는 1911년 4월 조선총독부 취조국에서 시작되었으며 사전의 초고가 나온 것은 5차에 걸쳐 심사를 거친 1917년이었다. 이후에도 '어휘의 가제(加除), 해설의 정정(訂正), 검열' 등의 과정을 거친 후 1919년 10월 인쇄에 착수해 1920년 3월 발행되었다.[18] 모두 58,639개의 항목을 포함한 983면의 분량이었으며, 거의 10년이라는 시간이 편찬에 소요되었다.

「朝鮮語辭典編纂事務終了報告」에는『朝鮮語辭典』의 편찬 목적이 "今日 正確히 典據가 될 만한 辭典을 編纂해 둠에 있어서는 將來 文

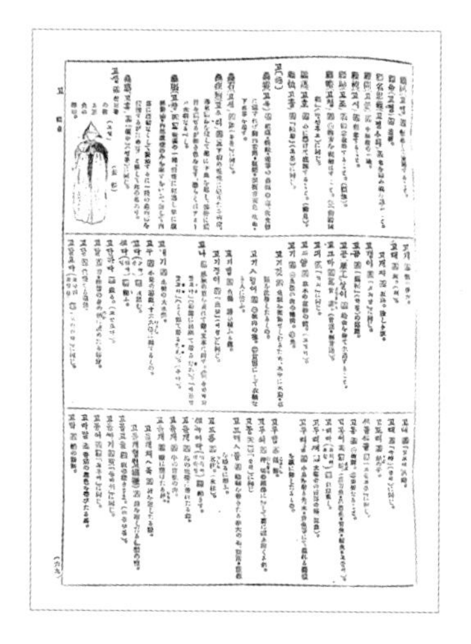

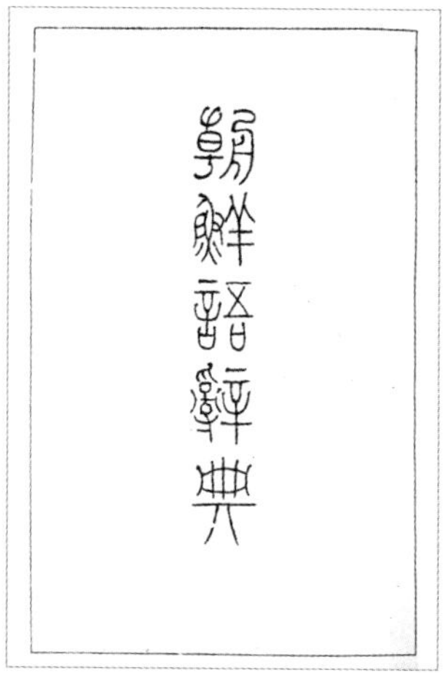

오른쪽부터 조선총독부가 편찬한『朝鮮語辭典』의 표지와 고구마 부분이다. '고그마'는 '甘藷さつまいも', 곧 '감져'라고 되어 있음을 알 수 있다.

書를 보는 경우에 대단한 不便을 느낄 뿐 아니라 內地人으로 朝鮮語를 배우려는 者의 苦痛이 甚大하여"[19]서라고 되어 있다. 하지만 편찬의 실제 목적은 "일본인들의 文書檢閱과 '朝鮮語敎育'에 도움이 되고, 많은 漢字語 이외에 특히 吏讀를 넣음으로서 舊慣 · 制度를 이해함에 도움이 되려 했던 것"[20]이었다. 이를 고려하면『朝鮮語辭典』이 효율적인 식민 통치를 위해 조사, 정리, 편찬되었지만 당시 어휘의 쓰임에 접근할 수 있는 드문 자료라는 점은 부정하기 힘들다.

『朝鮮語辭典』에는 당시 조선에서 사용되던 '甘藷', '고그마', '馬鈴薯' 등이 아래와 같이 서술되어 있다.

> 甘藷(감져) 名 植「고그마」に同じ.(16면)
>
> 南甘藷(남감져) 名 植「고그마」に同じ.(159면)
>
> 고그마 名 植 甘藷さつまいも(甘藷·南甘藷).(69면)
>
> 馬鈴薯(마령셔) 名 植 馬鈴薯じゃがいも.(288면)
>
> 北甘藷(북감져) 名 馬鈴薯じゃがタラいも(蕃薯).(410면)[21]

먼저 '甘藷(감져)', '南甘藷(남감져)'는 '고그마'와 같다고 되어 있다. 또 '고그마'는 '甘藷さつまいも'라고 설명되어 '甘藷', '南甘藷'를 가리킨다고 되어 있다. 이렇게 볼 때 '甘藷(감져)', '南甘藷(남감져)', '고그마' 모두 당시 고구마를 가리키는 용어로 사용되었음을 알 수 있다. 이에 반해 '馬鈴薯(마령셔)', '北甘藷(북감져)'는 'じゃがいも', 'じゃがタラいも'라고 되어 있다. 감자를 가리키는 말로는 '馬鈴薯(마령셔)', '北甘藷(북감져)' 등이 사용되었다는 것이다.

정리하면 당시 '고그마'뿐 아니라 '甘藷(감져)', '南甘藷(남감져)' 등도 'さ

つまいも', 곧 고구마를 가리키는 말로 사용되었다는 것이다.[22] 하타노 세쓰코나 조 쇼키치는 「감자」에서 고구마를 '감자'로 쓴 이유를 지방에서 그렇게 부른 데 따른 것으로 보았지만 『朝鮮語辭典』은 당시 고구마를 '감자'로 지칭한 것이 일부 방언에 한정되지 않았음을 말해준다.

'甘藷(감져)'가 고구마를 가리키는 말로 사용되었음은 당시 미디어의 기사에서도 나타난다. 1924년 9월 25일자 『동아일보』에 게재된 「安城郡農産額」이라는 기사는 안성 지방의 농업 수확량을 보도하고 있다. 기사는 쌀, 보리, 콩, 밤 등의 생산량을 적시한 후 "▲甘藷(고구마) 一〇, 二五三 貫, ▲馬鈴薯(감자) 四二, 〇六七 貫"[23] 등이라고 표시하고 있다. 이 기사에는 '甘藷'와 '고구마'가, 또 '馬鈴薯'와 '감자'가 병기되어 있음을 확인할 수 있다. 여기서 기억해 둘 사실은 1924년 안성 지방의 감자 수확량이 고구마 수확량의 4배가 넘는다는 것이다.

1925년 1월 21일, 1930년 3월 23일자 『매일신보』에도 감자를 '馬鈴薯'로, 고구마를 '甘藷'로 기술하고 있다. 먼저 1925년 1월 21일자 「馬鈴薯栽培奬勵」라는 기사에는 "全羅北道에서ᄂᆞᆫ 一般 農民의 代用食物에 供케 할 趣旨로 十四年度부터 馬鈴薯 栽培를 奬勵하기로 하"[24]였다고 되어 있다. 감자를 가리키는 말로 '馬鈴薯'를 사용했는데, 전라북도에서 1925년부터 대용식물로 감자 재배를 장려했다는 기사 내용 역시 유의해야 할 부분이다. 또 1930년 3월 23일자 「甘藷馬鈴薯種子共同購入」이라는 기사에는 "京畿道農會에서 各郡 農會 學校 及 農場 等으로부터 種子用 甘藷 馬鈴薯의 共同購入의 申込을 都聚中"[25]이라고 밝히고 있다. 경기도 농회가 각 군의 농회, 학교, 농장 등에서 종자용 고구마, 감자 등을 공동구입한다는 것인데, 여기에서도 고구마를 '甘藷'로 또 감자를 '馬鈴薯'로 부르고 있다.

하지만 고구마, 감자 등을 '甘藷', '馬鈴薯' 등의 용어로 표현하는 것이 일반적이었던 것 같지는 않다. 1924년 4월 20일자 『동아일보』에는 인천에서 팔린 채소를 보도하는 기사가 실렸다. 거기에서는 무, 조선배추, 중국배추, 파 등과 함께 "▲감자 삼십이만근에 오천칠백육십원", "▲고구마 삼만오천근에 삼백오심원"[26]이라고 보도하고 있다. 이 기사에서는 '馬鈴薯'나 '甘藷'가 아니라 '감자', '고구마' 등의 용어가 사용되었다. 이 기사의 내용에서도 당시 인천에서 팔린 감자가 고구마의 9배가 넘는다는 사실은 기억해 두어야 한다. 같은 신문 1925년 3월 23일자에 실린 「봄 채소심는 여러가지방법」, 또 1925년 12월 12일에 게재된 「고구마」라는 기사에서도 '甘藷'가 아니라 '고구마'라는 용어가 사용되었다.[27] 또 '馬鈴薯'가 아니라 '감자'라는 용어를 사용한 기사 역시 눈에 띈다. 1925년 8월 12일자 『조선일보』에 실린 「감자만먹는火田民 平南에만十萬餘名」이 그것인데,[28] 이 기사는 뒤에서 감자의 의미를 다루면서 상론하겠다.

당시 고구마, 감자 등을 지칭하는 용어를 보다 분명히 보여주는 것은 오구라 신페이(小倉進平)가 쓴 『朝鮮語方言の研究』이다. 1920~1930년대 조선의 방언을 수집, 정리, 연구한 『朝鮮語方言の研究』는 상권, 하권 등 두 권으로 되어 있다. 자료편인 상권은 1944년 6월 16일에, 연구편인 하권은 같은 해 9월 10일에 각각 발행되었다. 상권은 저자가 수집한 조선의 방언 자료를 '天文', '時候', '地理', '河海', '方位', '菜蔬' 등의 항목으로 나누고, 그 아래 각 어휘의 지리적 분포를 표시했다. 고구마, 감자 등은 '甘藷', '馬鈴薯' 등의 명칭으로 '菜蔬' 항목에 들어 있다. 하권은 상권의 자료를 기초로 한 연구를 실은 것인데, 특히 어학적으로 중요한 의의를 지녔다고 판단한 각론 32편을 게재했다고 되어 있다. 고구마에 관련된 것은 '甘藷'라는 명칭으로 하권 연구편에 15번째로 실려 있다.[29]

『朝鮮語方言の研究』 하권에 실린 '甘藷'에 관련된 연구에서 오구라 신페이는 당시 조선에서 고구마를 가리키는 말을 모두 10개의 계통으로 나누어 설명했다. 1) 감자 계통의 말, 2) 감자 앞에 '唐'을 겹쳐 쓴 말, 3) 감자 앞에 '日本', '倭' 등을 겹쳐 쓴 말, 4) 감자 앞에 '胡'를 겹쳐 쓴 말, 5) 감자 앞에 '洋'을 겹쳐 쓴 말, 6) 감자 앞에 '砂糖'을 겹쳐 쓴 말, 7) 감자 앞에 '大根'을 겹쳐 쓴 말, 8) 감자 앞에 'ʧi-ʤu'를 겹쳐 쓴 말, 9) '地瓜'라고 부르는 말, 10) 고구마 계통의 말 등이 그것이다.[30)]

오구라 신페이의 조사와 분류는 크게 세 가지 정도로 정리할 수 있다. 첫 번째는 고구마를 '감자'라고 부른 지역이다. 대정, 서귀포, 성산, 영암, 나주, 장성, 담양, 순창, 정읍, 김제 등 제주, 전남, 전북 등의 일부 지역에서 그렇게 불렀다고 했다. 두 번째는 왜감자, 장감자, 일본감자 등 '○○감자'라고 해 감자에 다른 말을 붙여 쓴 경우이다. 전남의 남원, 충남의 공주, 홍성, 황해도의 해주, 옹진, 함북의 회령, 종성, 평북의 박천 등이다. 오구라 신페이에 따르면 「감자」의 공간적인 배경이었던 평양 역시 '왜감자', '호감자' 등으로 부른 지역으로 분류된다. 세 번째는 '고구마'라는 명칭을 쓴 지역이다. 앞서 고구마를 '감자'라고 부르거나 '○○감자'라고 부른 지역 등을 제외한 대부분의 지역에서 그렇게 불렀다.

여기에서 한 가지 간과해서 안 될 사항이 있다. 첫 번째 경우인 고구마를 '감자'라고 부른 지역에서도 '고구마'를 '감자'와 같이 사용한 지역이 많다는 것이 그것이다. 더욱이 두 번째 경우인 '○○감자' 등 감자에 다른 말을 붙여 쓴 지역의 경우, 대부분 '고구마'라는 명칭도 같이 사용했다. 앞서 평양에서도 '왜감자', '호감자' 등으로 불렀다고 했지만, 역시 '고구마'라는 이름을 같이 사용했다. '고구마'라고 불린 세 번째 경우뿐만 아니라 첫 번째, 두 번째의 경우에도 '감자', '○○감자'

등과 함께 '고구마'라는 명칭이 사용되었다는 것이다.

이렇듯 당시 고구마를 '감자'로 지칭했다는 것, 특히 평양에서는 '왜감자', '호감자' 등으로 불렀다는 것 등을 고려하면 김동인이 「감자」에서 고구마를 가리키는 말로 '감자'를 사용한 것도 가능했다고 할 수 있다. 그럼에도 김동인이 「감자」에서 왜 고구마를 가리키는 말로 '감자'를 썼는지, 특히 그것을 독자들이 잘못 받아들이고 있다는 사실을 알고 나서도 왜 바로잡지 않았는지 등의 질문은 여전히 유효하다. 그것은, 당시 대부분의 지역에서 '고구마'라는 용어를 사용했고, '감자'나 '○○감자'로 부르는 지역에서도 '고구마'라는 명칭을 함께 사용했으며, 그리고 소설의 배경이 된 평양 역시 그랬기 때문이다.

4. 정착되지 못한 작물

고구마가 조선에 전해진 것은 18세기 후반이었다. 1763년 10월 김인경, 성대중 등과 함께 통신사의 정사로 일본을 방문하던 조엄이 쓰시마섬(對馬島)에서 고구마 종자를 들여온 것이 그것이었다. 1764년 봄 부산진 첨사 이응혁은 조엄이 보낸 고구마 종자를 절영도의 조도 맞은편 야산에서 재배했는데, 이것이 조선에서 고구마를 재배한 첫 번째 시도라고 한다. 이후 일부 남부 지역이나 제주도 등에서 농민들이 고구마를 경작해 나가기 시작했다.[31] 도입된 이후 고구마의 보급과 정착을 위한 지식인들의 노력 역시 계속되었다. 박제가는 1778년 발행한 『北學議』에서 관이 주도해 둔전관을 시켜 고구마를 재배하고 또 한강 근처에서 백성들 스스로 심게 하면 많은 양을 수확할 수 있을 것이라고 했다.[32] 또 1794년 호남에 위유사로 파견된 서영보는 "고구마 종자가 우리나라에 들어온 것은 甲申年(1764)이나 乙酉年(1765) 즈음이었"으며 "그동안 沿海 지역의 백성들은 서로 傳하여 심은 자가 자못 많았"[33]다고 고구마의 보급에 관심을 표했다.

그들은 도입 이전부터 서광계가 집필한 『農政全書』 등을 통해 구황 작물로서의 고구마의 특성을 알고 있었다. 중국 명말 정치가이자 학자로 활동했던 서광계는 『農政全書』의 '樹藝', '蘿部' 등에서 고구마가 구황이 유익한 식물임을 밝힌 바 있으며 황제에게 「甘薯訴」를 올려 재배의 필요성을 피력하기도 했다.

> 감저(고구마)는 본래 해외의 산물인데 근래에 중국 땅에 들어온 것입니다. 이 식물은 아주 손쉽게 자라고 종자는 적게 들면서도 수확량은 많은 물건입니다. 그리고 농사에 방해되지도 않고 가뭄이나 황충(蝗蟲)의 피해도 전혀 받지도 않으며, 그 맛 또한 오곡과 같으면서도 그 고용은 배나 됩니다. 그러므로 풍흉은 아울러 구제할 수 있는 바, 이는 바로 천하의 지극한 보물입니다.[34]

인용은 서광계가 고구마의 전래, 속성, 쓰임 등에 대해 밝힌 부분이다. 손쉽게 자라고 수확량도 많아 풍년과 흉년을 아울러 구제할 수 있는 천하의 보물이라고 강조하고 있다. 도입 이후 18세기 후반 서호수가 쓴 『海東農書』 '甘藷條'에도 흉년이 들더라도 재해를 입지 않아 구황에 매우 유용하다는 등 고구마를 이점이 많은 작물로 소개하고 있다.[35] 그런데 지식인들의 노력에도 고구마의 파급 과정이 순조롭게 진행된 것 같지는 않다.

고구마의 정착에 관심을 가졌던 서영보는 조선에 들어온 지 30년이 지났음에도 고구마를 "단지 맛있는 군것질거리로만 여기고 있을 뿐 식량을 대신해서 흉년을 구제하지는 못하"[36]는 것을 안타까워했다. 고구마 경작을 활성화시키기 위해 직접 구체적인 재배법을 제시한 것도 이와 관련되어 있었다. 이런 상황은 19세기에 들어서도 마찬가지였다. 19세기 초 정부가 간행, 보급한 『種藷方』은 "모든 생업과 관계된 것은 비록 큰 이익이 생기는 일이라도" "시도하기 전에는 반드시 권과(勸課)를 기다"려야 하는데 "지금 남쪽 끝 한두 고을(강진, 해남)에 고구마를 심는 백성이 있지만 아직도 여러 고을에 두루 미치지 못하는 것은 전적으로 권과가 미치지 못했기 때문"[37]이라고 했다.

『種藷方』에서의 언급은 고구마가 널리 보급되지 못한 이유를 말해준다. 서영보가 거듭 고구마를 구황작물로 재배하자는 주장을 피력하자 여기에 대해 비변사는 관의 토색질을 엄금하고 농민에게 연역을 감해주라는 등의 지시를 내린다. 그런데 지시 이후에 이루어진 이제화의 「農政建義」에도 『農政全書』를 보급하고 고구마를 전국에 전파해야 한다는 주장이 반복되고 있다.[38] 1765년 동래부사 강필리가 비변사에 먹으면 요기가 된다는 의견과 함께 고구마를 진상했을 때 영조는 구황에 좋겠다는 사견을 밝혔을 뿐이다. 정조 역시 해당 관리에게 고구마 재배에 효과를 거둘 방도를 마련하라는 지시를 내렸지만 고구마 종자를 확보하거나 재배법을 새로이 반포하는 것은 중앙정부의 일이 아님을 분명히 했다.[39]

이와 더불어 고구마를 재배하는 데 대한 과도한 세금을 부과한 것 역시 눈에 띈다. 정조 18년, 곧 1794년 12월 『正祖實錄』에는 아래와 같은 기록이 실려 있다.

> 얼마 되지 않아 營邑의 가렴주구가 뒤따르고, 悍吏가 문에 이르러 고함을 치며 빼앗았다. 官에서 백포기를 요구하고, 吏는 한 이랑

씩 차지해버렸다. 이리하여 고구마를 재배한 사람이 관란을 당하게 되고 아직 재배하지 않은 자들은 서로 짓지 말자고 경계하게 되었다. 결국 고구마를 심고 가꾸는 부지런함이 줄어들어 처음과 같지 못하게 되었으니 지금은 지극히 희귀해졌다.[40]

고구마를 재배했지만 관의 과도한 세금 수탈로 손해를 입게 되자 농민들이 아예 고구마 농사를 짓지 말자고 경계했다고 한다. 이후 고구마를 재배하려는 농민들이 줄어들어 당시에는 희귀할 정도라는 것이다. 당시 관에서 고구마에 높은 세금을 매긴 것은 기존 작물의 재배나 수확에 영향을 줄 것이라고 생각했기 때문이었다고 한다.

하지만 정착이 어려웠던 주된 이유는 기후에 민감하고 재배법이 까다롭다는 고구마의 특성 때문이었다. 고구마는 얼거나 조금이라도 습기가 있으면 상하게 되며 한랭한 기후에서는 종자 보관도 어려운 품종이었다. 또 비옥한 토양보다는 성긴 토양에서 잘 자라는 등 재배법 또한 복잡하고 까다로웠다고 한다.[41] 이와 더불어 고구마의 맛 또한 대용작물로 파급되는 데 장애가 되었다. 서영보는 고구마가 널리 퍼지지 못한 이유를 언급하면서 사람들이 단맛의 고구마를 군것질거리로만 여길 뿐 곡물 대용으로 삼지 않는다고 했다. 여기에는 단맛 식품을 주식으로 삼기를 꺼렸던 당시의 풍속이 작용했던 것으로 보인다.[42] 뒤에서 상론하겠지만 고구마가 정착에 어려움을 겪었던 것은 당시 널리 보급되기 시작했던 감자와 비교할 때 더욱 분명해진다. 감자 역시 도입 초기 과도한 세금이 부과되는 등 도입을 위한 중앙정부의 노력은 미비했다. 그럼에도 얼마 지나지 않아 조선 전역으로 파급되었다는 사실은 고구마가 정착되지 못한 이유에 접근하는 데 도움을 준다.

일부 지역에서 고구마가 구황작물보다는 상품작물로 경작된 것 역시 이와 관련된다. 정약용은 고구마를 연초, 삼, 모시, 생강, 지황 등과 같은 특정 지역의 특산물로 거론하며 최고 등급의 벼와 비교해도 10배 이상의 이익을 얻는다고 했다.[43] 19세기 중반 용남공(榕南公)이 편찬한 『山林經濟補遺』는 고구마를 담배나 차와 같은 비중의 상품작물로 취급한다. 그는 평소 물대기가 어려운 논을 밭으로 바꾸어 고구마나 차를 심으면 소출이 애초 벼의 소출보다 월등히 많게 될 것이라고 했다.[44] 고구마 재배를 위한 농지 확보가 어려웠던 상황에서 고구마가 상품작물로 여겨지자 종자의 가격까지 비싸져 일반인들은 종자를 구하기도 힘들었다는 것이다.

감자는 고구마와 달리 빠른 시간에 조선 대부분의 지역으로 파급되는 과정을 거쳤다. 감자가 조선에 들어온 것은 1824년으로 고구마의 도입보다 60년 정도 지나서였다. 도입 초기 '북저', '북감저', '토감저' 등으로 불리다가 서경창의 『甘藷耕藏說』 등 이후 '감저'로 기록된 것 역시 도입 시기와 관련된 것으로 보인다. 「감자」가 발표될 당시까지 '감자'가 고구마를 가리키는 말로 사용된 것 역시 마찬가지 이유에서였을 것이다. 감자 역시 도입 초기에는 중앙정부가 농민들이 기존 곡물들의 재배를 등한시한다는 이유로 적극적으로 재배를 권장하지 않아 정착하는 데 어려움을 겪었다. 하지만 농민들은 감자의 여러 가지 이점을 알고 관에 알리지 않고 재배를 하기 시작해 얼마 지나지 않아 널리 퍼져나가게 된다.[45]

이규경은 『五洲衍文長箋散稿』에서 보급된 지 얼마 지나지 않았는데도 곳곳에서 감자를 심는 농민들이 늘어 흉년에 기아도 면하는 한편 경제적인 이익도 얻게 되었다고 했다. 함경도 촌락 등과 같이 감자만 심어 주식으로 삼는 지역까지 등장했다는 것이다. 당시 감자는 줄기만 꽂아도 살아나는 등 재배가 쉽고 조건도 까다롭지 않아 백성을 구제할 수 있는 기이한 것으로 평가되기까지 했다고 한다. 이규경이 감자의 경작에 대한 반응이 좋아 얼마 있지 않아 감자가 흥하고 고구마가 쇠하게 될 것이라는 우려를 하게 된 것도 이와 관련된 것이었다.[46)]

앞선 검토처럼 감자와 달리 고구마는 19세기에 이르기까지 구황작물로서 자리를 잡지 못했다. 거기에는 무엇보다 기후에 민감하고 재배법이 까다롭다는 속성과 주식으로 삼기를 꺼렸던 단맛 등이 작용하고 있었다. 「감자」의 시간적 배경이 되었던 1920년대 중반에는 어땠을까? 앞에서 감자, 고구마 등의 명칭을 살펴보면서 1924년 안성 지방의 감자 수확량이 고구마 수확량의 4배가 넘었다는 것, 인천에서 팔린 감자가 고구마의 9배가 넘었다는 사실 등을 확인한 바 있다. 이러한 기사를 통해서 1920년대 중반 당시에도 고구마에 비해 감자의 재배나 유통이 훨씬 많았음을 알 수 있다.

1924년 2월 22일 평남 지역의 채소 수확량을 조사, 보고한 「平南蔬菜作況」 역시 주목할 필요가 있다. 기사는 "大正 十二年(1923년; 인용자) 平安南道 內의 菜蔬 作付高 及 收穫高"는 다음과 같다며 배추, 오이, 미나리 등과 함께 고구마, 감자의 재배 면적과 수확량을 보도하고 있다. 기사에 따르면 고구마는 "四百七町 七反步"의 면적에서 "九十萬 九千六百五十八 貫" 수확되었고, 감자는 "二千七百四十七町 一反"의 면적에서 "四百十一萬 九千九百 貫"[47)] 수확되었다. 「감자」의 공간적 배경이었던 평남 지역 역시 감자가 고구마에 비해 재배 면적은 4배 정도 넓고, 수확은 4.5배 정도 많았다는 것이다.

또 하나 유의해야 할 것은 복녀가 고구마를 훔친 것이 중국인 왕서방이 소작하는 밭이라는 점이다. 여기에 대해서는 1924년 11월 14일자 신문에 실린 「中國人의蔬菜業」이라는 기사의 도움을 받을 수 있다. 기사는 조선에서 채소 재배에 전념하는 중국인이 등장한 것은 30여 년 전부터였으며 7, 8년 전부터 급격히 증가하게 되었다고 한다. 이어지는 부분에서는 조선인, 일본인, 중국인 등의 채소 농사짓는 상황에 대해 다음과 같이 언급하고 있다. "일본사람은 비교뎍 광대한 면적에 마령서 생산을 하고 조선사람은 녜전과 가치 무, 배채 외에 몃 가지를 재배할 뿐"인 데 반해 "중국사람은 집냑뎍(集約的)으로 적은 면적을 리용하야 가진각색의 소채를 재배"[48]한다는 것이다. 다양한 채소를 재배한다는 기사의 내용은 중국인이 채소를 재배하는 지역에서도 고구마를 주된 작물이었다고 보기 힘들다는 것을 말하고 있다.

5. '도적질'의 진짜 이유

김동인이 「감자」를 쓸 때 복녀가 훔치는 것을 고구마로 구상했음은 2장에서 확인한 바 있다. 그런데 그는 적어도 1935년 이전 동료 문인을 비롯한 독자들이 자신의 구상과는 어긋나게 소설을 읽고 있음을 알게 된다. 그랬다면 단지 감자와 함께 고구마를 병기할 것이 아니라 소설 속에 등장한 감자를 고구마로 바꾸었어야 하지 않았을까? 소설의 배경이 된 평양을 비롯한 대부분의 지역에서 고구마를 가리키는 용어로 '감자', '○○감자'보다 '고구마'가 일반적으로 사용되었음을 고려하면 더욱 그렇다. 이미 독자들에게 감자로 받아들여진 데다가 어느 정도의 시간이 흘렀다면 다시 고구마로 수정하는 데 어려움이 따랐을지도 모른다. 하지만 감자를 제재 정도가 아니라 소설의 성격을 규정하는 제목으로까지 사용했다면 무리를 고려하더라도 바꿔야 했을 것이다. 당시 이미 발표한 소설의 제목을 바꾸는 것이 흔하지는 않았지만 『萬歲前』, 『지새는안개』 등 없었던 것도 아니었다.

1절에서 검토한 것처럼 김동인 문학의 전개에서 「감자」는 이례적인 소설로 평가된다. 소작, 막벌이, 행랑살이 등을 전전하다가 칠성문 밖 빈민굴로 밀려드는 일, 송충이 잡이를 나가 작업 감독과 관계를 맺은 후 거지들에게 몸을 파는 것, 그리고 중국인 왕서방과 관계를 갖는 일 등 복녀의 삶에는 고단함이 묻어난다. 소설의 이례성은 복녀의 고단함을 뒤좇는 데서 드러나듯이 작가의 시선이 당시 하층민의 삶을 향해 있다는 데 기인한다. 「감자」를 "불리한 환경으로 특징 지워지는 세계의 도전 앞에서 자아가 무력하다는 것을 더욱 냉혹하게 살핀" 소설로 보고 "김동인의 소설 가운데 빈곤의 문제만을 다룬 「감자」와 같은 작품이 씌어졌다는 것은 기이한 일"[49]이라고 평가한 것 역시 이를 가리킨다. 그런데 「감자」를 빈곤이나 기아 등 불리한 환경에 처한 자아의 무력함을 그린 소설로 파악하는 데는 조금 더 신중한 태도가 요구된다.

이를 위해 1920년대 중반 고구마, 감자 등의 사회적 의미를 다시 한

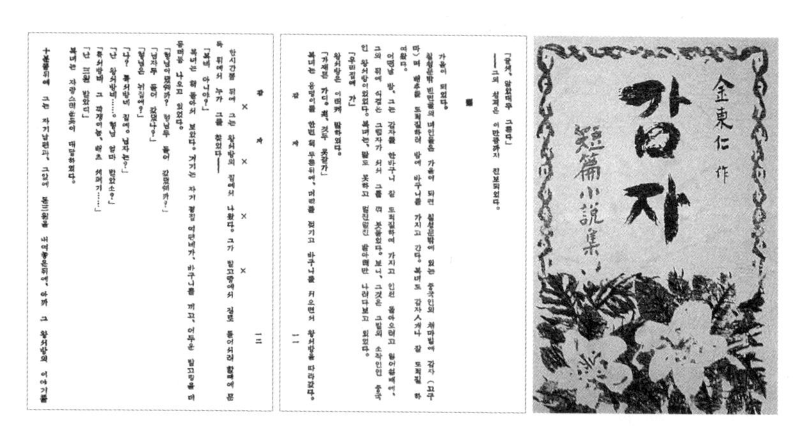

오른쪽부터 1935년 '한성도서주식회사'에서 나온 『감자』 단행본의 표지와 소설이다. 여기에는 '감자(고구마)'라고 해 감자와 고구마가 병기되어 있다.

번 환기해 보자. 계속된 노력에도 기후에 민감하고 재배법이 까다롭다는 속성, 또 그것이 지닌 단맛 때문에 고구마가 구황작물로서 정착되는 데 어려움을 겪었음은 확인한 바 있다. 일부 지역에서 상품작물로 여겨졌던 고구마는 1920년대 중반에도 간식거리나 군것질거리에서 크게 벗어나지 못했던 것으로 보인다. "녀름 긴- 낫에 『아이스크림』 장사를 싱각한다 하면 겨울 긴- 밤에는 먼저 가도에셔 쪄는 고구마 장사를 련상하게 된다"[50]는 당시 신문 기사는 여름의 대표 간식이었던 아이스크림처럼 고구마가 겨울의 대표 간식이었음을 말해준다. "길거리에 나가보면 고구마를 납작납작하게 썰어서 구어가지고 파는 『기리야찌』니 쏘는 쪄서 파는 찐고구마가 어린이들의 식욕을 자아"[51] 낸다는 기사 역시 마찬가지다. 당시에도 고구마는 "외국인이나 조선인이나 학싱이나 어린이나 어른이나 여자이나 겨울밤 갑싼 밤찬거리가 훌융히 되는"[52] 음식으로 받아들여졌다는 것이다.

한편 1920년대 중반 감자라는 용어가 사용된 용례를 검토하면서 1925년 8월 12일자 『조선일보』 기사를 예로 든 바 있다. 그 기사에는 "평안남도(平安南道) 일원 내 산재한 화뎐(火田)민의 수효만 하야도 실로 십만"이 넘는다며 "그들은 평디 옥토에서 다만 한 때라도 기름진 밥술을 어더먹지 못하고 오즉 산비탈 모래바닥 위에서 『감자』를 깨물고 『갈랑이』를 씹을 짜름"[53]이라고 되어 있다. 10만 명에 이르는 평안남도의 화전민이 산비탈 모래바닥에서 옥수수와 함께 감자로 끼니를 이어가고 있다는 것이다. 1926년 8월 19일자 『동아일보』에 실린 기사에는 "甘藷는 從來 朝鮮에 生産地가 殆無하고 南鮮 一部地에서 品質 劣等한 것을 謹히 栽培함에 不過"하다고 했다. 이에 반해 "馬鈴薯는 全朝鮮 各地에 栽培하고 特히 北鮮 地方에 普及되는 바 此는 모다 農家食糧用으로 適當하고 쏘 栽培가 容易하야 一定한 面積의 生産量이 比較的

多量임으로 總督府에서는 增産을 奬勵"한다는 것이다. 고구마가 남부 지방의 일부 지역에서 열등한 품종이 재배되는 데 반해 감자는 전국 각지에 보급되었으며 특히 일부 지역에서 재배되는 것은 농가의 식량용으로 사용된다는 것이다. 인용에 이어지는 부분에는 조선에서 1911년에서 1924년까지 감자의 생산량이 10배 증가한 데 반해 고구마의 생산은 2배가 된 데 불과하다는 언급이 있다.

김동인이 「감자」에서 빈곤이나 기아 등 불리한 환경이 초래한 비극을 그리고자 했다면 복녀는 군것질거리인 고구마가 아니라 대용작물인 감자를 훔쳐야 했을 것이다. 그렇다면 왜 작가는 소설을 쓸 때 복녀가 고구마를 훔치는 것으로 구상했을까? 이 질문은 자신의 소설이 독자들에게 오독되고 있음을 알고도 감자를 고구마로 바꾸지 않은 이유를 묻는 질문과도 연결된다. 나아가 작가가 소설을 구상할 때 복녀가 몰락하는 이유를 무엇으로 상정했는가라는 문제와도 긴밀하게 관련되어 있다. 「감자」에서 고구마의 역할을 온전히 파악하기 위해서는 복녀가 고구마를 훔치다가 발각된 후의 장면에 주목할 필요가 있다.

> 엇던 날 밤, 그는 감자를 한 바구니 잘 도적질하여 가지고, 인전 도라오려고 니러설 때에, 그의 뒤에 식검은 그림자가 니러서면서, 그를 썩 붓드럿다. 그것은 그 밧의 小作人인 支那人 王서방이엇섯다.
> 복녀는 말도 못 하고 멀진 멀진 발 아레만 나려다보고 잇섯다.
> 「우리집에 가」
> 王서방은 이러케 말하엿다.
> 「가재믄 가디 훤, 것도 못 갈가」
> 복녀는, 응덩이를 한 번 홱 두른 뒤에, 머리를 젓기고, 바구니를 저으면서 王서방을 짜라갓다.[54]

고구마를 훔치다 왕서방에게 붙잡힌 복녀는 '멀진 멀진 발 아래만 내려보다가' 자기 집으로 가자는 왕서방의 말에 '가자면 가지, 그것도 못 갈까'라며 '엉덩이를 홱 두른 뒤에 머리를 젓히고 바구니를 저으며' 따라간다. 「감자」를 꼼꼼히 읽어보면 소설은 이미 복녀가 고구마를 훔친 것이 배고픔을 면하기 위해서가 아니었음을 말하고 있다는 것을 알 수 있다. 소설의 전개에서 복녀가 고구마를 훔치는 장면은 빈민굴의 거지들에게 매춘하는 것 다음에 놓여 있다. 복녀 부처는 거지들에게 몸을 판 이후 처세의 비결이 순탄하게 진행되면서 더 이상 궁핍하게 지내지 않게 되었다. 복녀는 중국인의 채마밭에 고구마를 훔치러 갈 때부터 배가 고프지 않았던 것이다.

앞에서 김동인이 「감자」를 발표하고 들었던 평들에 대한 언급을 확인했는데, 그 글은 1939년 2월 『박문』에 게재된 「群盲撫象」이었다. 그는 '군맹무상', 곧 소경 여럿이 코끼리를 만진다는 다소 상징적인 제목의 글에서 당시에 대해 회고한다. 김동인은 그때를 "左翼思想 擡頭 時代로, 아직 創作的 力量이 不足한 左翼 文藝家들은 모다 評筆을 잡았"던 시기라고 했다. 그들에게 「감자」가 '프롤레타리아의 비참함을 사실적으로 그린 소설', '소시민 작가가 좌경한 것을 보여주는 현상' 등의 평가를 받았는데, 김동인은 그것이야말로 '군맹무상'에 걸맞은 평가라고 조소한다. 그 이유는 「감자」가 빈곤에 의한 비극을 그린 것이 아니라 "「無智」의 비극을 그린 것", "무지하기 때문에 생겨난 悲劇"[55]을 다룬 소설이기 때문이라는 것이다.

「群盲撫象」에서 언급한 '무지'의 의미에 접근하기 위해서는 기자묘로 송충이 잡이를 나갔다가 작업 감독과 관계를 맺은 뒤 복녀의 술회를 들어 볼 필요가 있다.

> 복녀의 道德觀, 乃至 人生觀은, 그때부터 변하였다. ……중략…… 사람인 자긔도 그런 일을, 한 것을 보면, 그것은 결코 사람으로 못 할 일이 아니엇섯다. 게다가, 일 안 하고도, 돈 더 밧고, 긴장된 유쾌가 잇고, 비러먹는 것보다 점잔코……. 日本말로 하자면 三拍子 가즌 조흔 일은, 이것뿐이엇섯다. 이것이야말로, 삶의 비결이 아닐가. 쁜만 아니라, 이 일이 잇슨 뒤부터, 그는, 처음으로 한 개 사람이 된 것 가튼 자신까지 어덧다.[56]

복녀는 작업 감독과 관계를 가진 것이 돈을 더 받고, 유쾌가 있고, 구걸보다 점잖은 등 삼박자를 갖춘 삶의 비결이라고 한다. 또 그것을 통해 사람이 된 것 같은 자신까지 얻어 그때부터 도덕관, 인생관이 변했다는 것이다. 작가가 「群盲撫象」에서 비극을 야기한 원인으로 지칭한 '무지'는 이를 가리킨다. 작가에게 작업 감독과 관계를 가지는 것은 결코 사람으로 해서는 안 될 일임에도 복녀는 그것을 삼박자를 갖춘 삶의 비결로 아는 데다가 그 일을 계기로 사람이 된 것 같은 자신까지 느꼈다는 것이다.

김동인이 여성의 성적인 욕망을 무지와 연결시킨 것은 「감자」에 한정되지 않는다. 「遺書」는 O의 아내와 그녀의 육촌오빠인 A의 부정을 알게 된 O의 번민을 그린 소설이다. 소설에서는 "O의 안해와 가튼 녀편네가, O의 센티멘탈한 부드러운 품에서, 이 힘 잇고 의지할 만한 巨人(A; 인용자)의 굿세인 품으로 도라오는 것은 결코 이상한 일이 아니"[57]라고 한다. 그것은 '센티멘털한' 남편인 O를 버리고 '굳센 품'을 지닌 A와 부정을 저지르는 O의 아내가 '바보 –천치에 가깝고', '천치에 가까운', '바보인 듯한' 인물로 그려져 있기 때문이다. 「金姸實傳」에서 김연실 역시 "인간 만사에 감동과 흥분을 느낄 줄을 모르"는 반면 "부끄럼에 대한 감수성은 적게 타고"[58]난 무지한 여성으로 표상되고 있다. 또 같은 소설에 등장하는 신여성인 최명애, 송안나 등도 김연실과 뭉뚱그려져 '정신'을 가진 사람이 아니라고 취급되고 있다.[59]

여성의 성적 욕망을 부정적인 것으로 규정하고 다시 그 부정성에 무지하기조차 하다는 폄하를 덧붙이는 것은 "生理學上 자긔네 身體構造는 생각지 안코, 參政權을 다고 어찌 ᄒᆞ여라 덤"비기만 하는 "계집의 령혼의 存在를" "절대로 否認한다"[60]는 김동인의 여성관에서 비롯된 것으로 보인다. 생리학적 신체구조를 이유로 여성을 영혼을 지니지 못한 무지한 존재로 파악하고 있는데 그것은 성적 욕망을 생물학적 차이에 따른 생리적이고 본질적인 것으로 규정한 당대의 논의를 근간으로 한다. 논의는 여성은 성적 욕망에 의해 특유의 부정적이고 열등한 심리적 특성을 지니는 데 반해 남성은 긍정적인 삶의 에너지를 지닌 창조적이고 이지적인 특성을 지닌다고 했는데, 위계적 이분법에 기초한 규정의 목적은 분명해 보인다.[61]

여기에서 무엇이 복녀를 파멸에 이은 죽음으로 몰고 갔는지에 대한 대답 역시 분명해진다. 복녀는 작업 감독과 관계를 가지고 나서 처세의 비결을 깨닫고 사람이 된 것 같은 자신까지 얻는다. 또 그 일을 계기로 얼굴에 분을 바르기 시작했다. 이후 교태를 보이며 빈민굴의 거지들에게 매춘을 하며 처세의 비결을 순탄하게 진행시킨다. 복녀가 고구마를 훔치다가 왕서방에게 들켜 관계를 가지게 된 것은 그때였다. 그 일이 있고나서 복녀는 왕서방이 자신의 집을 찾지 않으면 스스로 왕서방의 집으로 향했다. 왕서방이 마누라를 들인다는 소문이 돌자 복녀는 두고 보자며 질투를 감추지 않는다. 왕서방의 결혼식 날 낫을 휘두르다가 죽음을 맞이한 복녀의 얼굴에도 분이 '하-얀케' 발라져 있었다.[62]

소설에서 복녀가 파국에 이르게 된 것은 가난, 빈곤 등 불리한 환경

때문이 아니었다. 그것은 작업 감독, 빈민굴의 거지들, 왕서방 등으로 이어지는 성적 욕망과 타락 때문이었으며, 특히 그럼에도 그것이 지닌 부정성을 알지 못한 무지 때문이었다. 고구마를 훔치는 일은 죽음을 향한 복녀의 몰락을 추동하는 역할을 했지만 그 추동은 빈곤이 아니라 그릇된 성적 욕망에 기인한 것이었다. 작가가 복녀가 훔치는 것을 당시 간식거리나 군것질거리였던 고구마로 구상했던 것 역시 도적질의 이유가 빈곤이나 기아에 있지 않았기 때문이다. 또 동료 문인을 비롯한 독자들이 복녀가 훔친 것을 자신의 구상과 다르게 받아들이고 있음을 알게 된 후에도 굳이 그것을 바로잡으려 하지 않았던 이유 역시 시간이 지나 바로잡는 데 무리가 따랐기보다 바꾸지 않아도 되었기 때문이었다.

필요 없는 논의일지도 모르지만 김동인이 소설에서 가난이나 빈곤 등이 초래한 비극을 그리고자 했다면 복녀는 감자를 훔쳐야 했을 것이다. 그러기 위해서는 계절적 배경을 바꿔야 했겠지만 21년의 시간을 다루고 있는 소설에서 그것이 어려운 문제는 아니었을 것이다. 그랬다면 애초부터 작가의 구상과 독자들의 수용 사이에서 갈등은 일어나지 않았을지도 모른다. 그리고 '감자'라는 제목은 작가가 말하고자 하는 바와 호응하는 제목이 되었을 것이다. 「群盲撫象」에서 김동인은 「감자」에 대한 당시 평론가들의 비평에 대해 '군맹무상'에 걸맞은 평가라고 비난한 후 "코끼리의 꼬리를 만져 본 盲人이" "코끼리를 경멸할지라도 코끼리는 아모 通痒(痛症의 오기로 보임; 인용자)을 느끼지 않을 것"[63]이라고 했다. 그런데 통증을 느끼지 않더라도 김동인 역시 자신이 언급한 무지에서는 자유로울 수 없는데, 김동인 또한 감자, 고구마 등이 지니는 당대적, 사회적 의미에 대한 '군맹' 중 하나였기 때문이다.

6. 묵인 혹은 외면, 그리고 동인미

김동인은 1929년 7월 28일부터 8월 16일까지 『조선일보』에 「朝鮮近代小說考」를 연재했다. 신문학운동이 펼쳐진 10년간의 소설적 변천을 살펴보겠다는 취지 아래 이인직에서 출발해 이광수, 염상섭, 현진건 등의 소설에 대해 다루었다. 이어 자신의 소설에 대한 논의를 이어갔는데, 앞서 「감자」를 강렬한 '동인미'를 표현한 소설로 언급했다는 것 역시 여기에서였다.

> 全作의 任意의 一行을 읽고라도 『이는 東仁의 作이며 東仁만의 作』이라고 認識할 수 잇슬 만한 强烈한 東仁美가 잇는 獨特한 文體와 表現方式을 發明치 안코는 滿足할 수가 업섯다. ……중략…… 나는 엇던 째에 偶然히 그 『遺書』 가운데서 强烈한 東仁美를 發見하엿다. 지금 보기 실흔 作品이다. 그러나 오래ㅅ동안 計劃하든 일이 無意識 中에 發芽生長한 意味로 『遺書』는 결코 내게는 닛지 못할 作品이다. 나는 마츰내 東仁만의 文體 表現方式을 發明하엿다. 그러고 거기 대한 完全한 矜持와 意識下에 『明文』과 『감자』를 發表하엿다.[64]

인용은 한 줄만 읽고도 자신의 소설임을 알 수 있을 만한 문체와 표현방식을 갈망하던 중 「遺書」를 쓰다가 우연히 강렬한 '동인미'를 발견했음을 말하고 있다. 이후 「감자」는 「明文」과 더불어 '동인미'에 대한 완전한 긍지와 의식을 가지고 쓴 소설이라는 것이다.

김동인은 「小說作法」에서 소설의 플롯을 "複雜한 世相(世上의 오기로 보임; 인용자)에서 統一된 連絡 잇는 엇던 事件을 집어내여" "目的地를

향하여 곁눈질 안 하고, 똑바로 나아가는 것"[65]이라고 했다. 「감자」의 플롯은 그의 언급처럼 장면마다 사건마다 물이 낮은 데로 흐르는 것같이 종결의 장면을 향해 곁눈질하지 않고 똑바로 나아간다. 짧은 단편임에도 소작, 막벌이, 행랑살이 등을 전전하다가 빈민굴로 밀려들어 매춘을 하는 등 21년에 걸친 복녀의 삶이 군더더기 없이 그려져 있는 것 역시 거기에 힘입은 바 크다. 실제 '목적지를 향해 곁눈질 안 하고 똑바로 나아간' 플롯은 화자와 작중 인물의 관계, 곧 서술방식과 관련되어 있다.

「감자」의 서술은, 「弱한자의 슬픔」이나 「마음이여튼者여」 등의 초기작이 엘니자벳트, K 등 작중인물에게 초점화자의 역할을 맡긴 것과 달리, 스토리 바깥에 위치한 화자에 의해 이루어진다. 「감자」의 화자는 작중 인물의 내부를 향한 접근을 피하고 외부에서 지각하는 방식만을 사용한다. 작중 인물들을 조감할 수 있는 위치에 서서, 스토리의 모든 시간과 공간을 자유롭게 지배하며 지식의 제한 역시 뛰어넘는다.[66] 작가 자신의 말을 빌리면 인형을 놀리듯 작중 인물을 자기 손바닥 위에 올려놓고 자유자재로 놀렸던 것이다. 이를 통해 「감자」는 초기작에서 작가 자신이 작중 인물의 고뇌와 번민 속에 빠져 어쩔 줄 모르고 헤맸던 데서 벗어나게 된다. 자신이 창조한 세계를 자기 손바닥 위에 올려놓고 마음대로 조종할 수 있게 되었는데, 김동인은 이를 가리켜 '동인미'라고 지칭했다.[67]

「감자」에서 복녀는 송충이 잡이를 나갔다가 작업 감독과 관계를 가지고 이후 빈민굴의 거지들에게 몸을 판다. 고구마를 훔치는 부분은 여기에 이어지는데, 그 장면은 복녀가 왕서방에게 매춘을 하게 되는 계기로 작용한다. 곧 복녀가 고구마를 훔치는 것 역시 장면마다 사건마다 물이 낮은 데로 흐르는 것처럼 거침없이 전개되는 플롯에 종사하고 있다는 것이다. 그것은 스토리의 시간과 공간을 지배하고 작중 인물을 인형처럼 자유자재로 조종하는 화자, 나아가 작가에 의해 이루어졌다. 그렇다면 소설에서 복녀가 고구마를 도적질하는 장면 역시 화자에 의해 군더더기 없는 플롯이 만들어지는 데, 곧 '동인미'가 구축되는 데 기여했다고 할 수 있다

그런데 여기에서 복녀가 훔친 것이 감자가 아니라 고구마였다는 사실을 다시 한 번 환기할 필요가 있다. 화자 나아가 작가가 복녀에게 당시 구황작물로 널리 파급되었던 감자가 아니라 군것질거리였던 고구마를 훔치게 했던 것은 기아를 면하게 하기 위해서가 아니라 왕서방에게 몸을 파는 계기를 마련하기 위해서였다. 이는 「감자」에서 동인미가 구축되는 과정이 복녀가 작업 감독, 거지들, 왕서방 등에게 매춘을 하는 것, 곧 무지로 인해 자신의 잘못을 깨닫지 못한 채 성적 타락을 거듭하는 과정과 겹쳐진다는 것을 뜻한다. 그리고 '목적지를 향해 곁눈질 안 하고 똑바로 나아간' 소설의 플롯은 결국 서사적 질서를 통해 복녀를 죽음에 이르게 만든다.

소설의 결말에서 왕서방이 마누라를 들인다는 소문이 돌자 복녀는 두고 보자며 질투를 감추지 않는다. 왕서방이 결혼하는 날 찾아간 복녀는 무서운 눈으로 왕서방을 흘겨보면서 자기 집으로 가자고 조른다. 거절당하자 낫을 휘두르다가 오히려 자신이 낫에 찔려 죽게 된다. 복녀는 죽어서도 무덤으로 가지 못 하다가 사흘 후 30원의 몸값을 받고서야 공동묘지에 묻혔다. 이렇게 볼 때 복녀의 죽음은 성적 타락과 그것에 대한 무지에 상응하는 처벌을 받은 것이라고 할 수 있다. 김동인 소설에서 성적 타락과 무지에 의해 처벌을 받은 것은 복녀만은 아니다. 「遺書」에서 O의 아내는 '나'가 시키는 대로 진심을 보여주기 위해 죽는다는 가짜 유서를 쓴다. 하지만 유서를 끝맺자마자 '나'의 손에 교

살되어 유서는 오히려 스스로의 부정을 입증하는 것이 된다. 김연실 역시 방종한 여자로 소문이 나 모두가 상종을 꺼리게 되고 생계 때문에 전당포를 드나드는 신세로 전락하고 만다.

소설에서는 성적인 타락과 거기에 대한 무지가 더해짐에 따라 처벌의 수위 역시 상승한다. 이 시기 김동인 소설의 작중 인물이 "작가가 계획한 플롯에 종사하고 있지만, 심장의 파동(波動)이나 생명의 비밀이 존재하지 않"[68]으며 그 결말이 "드라이한 터치로 이루어진 고압적 완결"[69]이라는 평가를 받는 것 역시 이와 관련된다. 하지만 소설에서 처벌이 과격하게 나타나는 온전한 이유는, 복녀, O의 아내, 김연실 등 부정적 타자를 상정하고 성적 욕망과 타락을 그들의 속성으로 투사했지만, 실제 그것이 작가 자신의 것이기도 하다는 것을 인식하고 있었다는 데 있다. 곧 그 부정성이 자신을 비롯한 피식민자의 속성임을 무의식적으로 느끼는 가운데 그것을 의식적으로 부정하려는 노력이었기 때문이라는 것이다.[70] 1장에서 「감자」를 발표한 시기 전후로 김동인에게 두 번의 문학적 공백이 있었음을 언급한 바 있다. 그것을 메우고 있었던 것이 김옥엽, 기무라 요코와의 관계, 또 그 관계와 함께했던 요릿집, 술, 놀이 등이라는 점 역시 이와 관련해 시사하는 바가 크다.[71]

「감자」에서는 장면마다 사건마다 물이 낮은 데로 거침없이 흐르는 것과 같은 플롯이 확립되었다. 또 초기작에서 나타났던 작중 인물과의 내면적인 겹침이나 의도했던 결말과의 어긋남 등에서도 벗어났다. 하지만 그것이 부정적 타자를 상정하고 처벌하는 과정을 통해 구축되었으며, 그 과정이 자신의 것이기도 했던 피식민자의 부정성을 거짓 부정하는 일과 맞물려 있었다는 점 역시 간과되어서는 안 된다. 그것은 김동인의 유미주의를 일상에서 벗어난 경험의 순간에 대한 자각을 통해 자아를 절대화하려는 노력으로 보는 데 쉽게 수긍하기 힘든 이유와도 연결된다. 김동인은 「감자」를 통해 '동인미'를 구축하려 했을 때 복녀가 훔치는 것이 감자가 아니라 고구마라도 상관이 없다고 생각했을 것이다. 하지만 그것을 위해서는 억지로 외면해야 하는 것이 있었다. 감자와 고구마의 거리가 그것이며, 더 근원적으로는 당대 식민지 하층민이 겪어야만 했던 빈곤과 기아의 실제였다. 이렇게 볼 때 감자든 고구마든 상관이 없다는 작가의 생각 역시 또 하나의 거짓 부정이었을 것이다. 그리고 혹시 '동인미'나 유미주의가 구현될 수 있는 가능성이 존재했다고 한다면, 그것은 앞선 외면이나 거짓 부정에서 벗어날 때 그랬을 것이다.

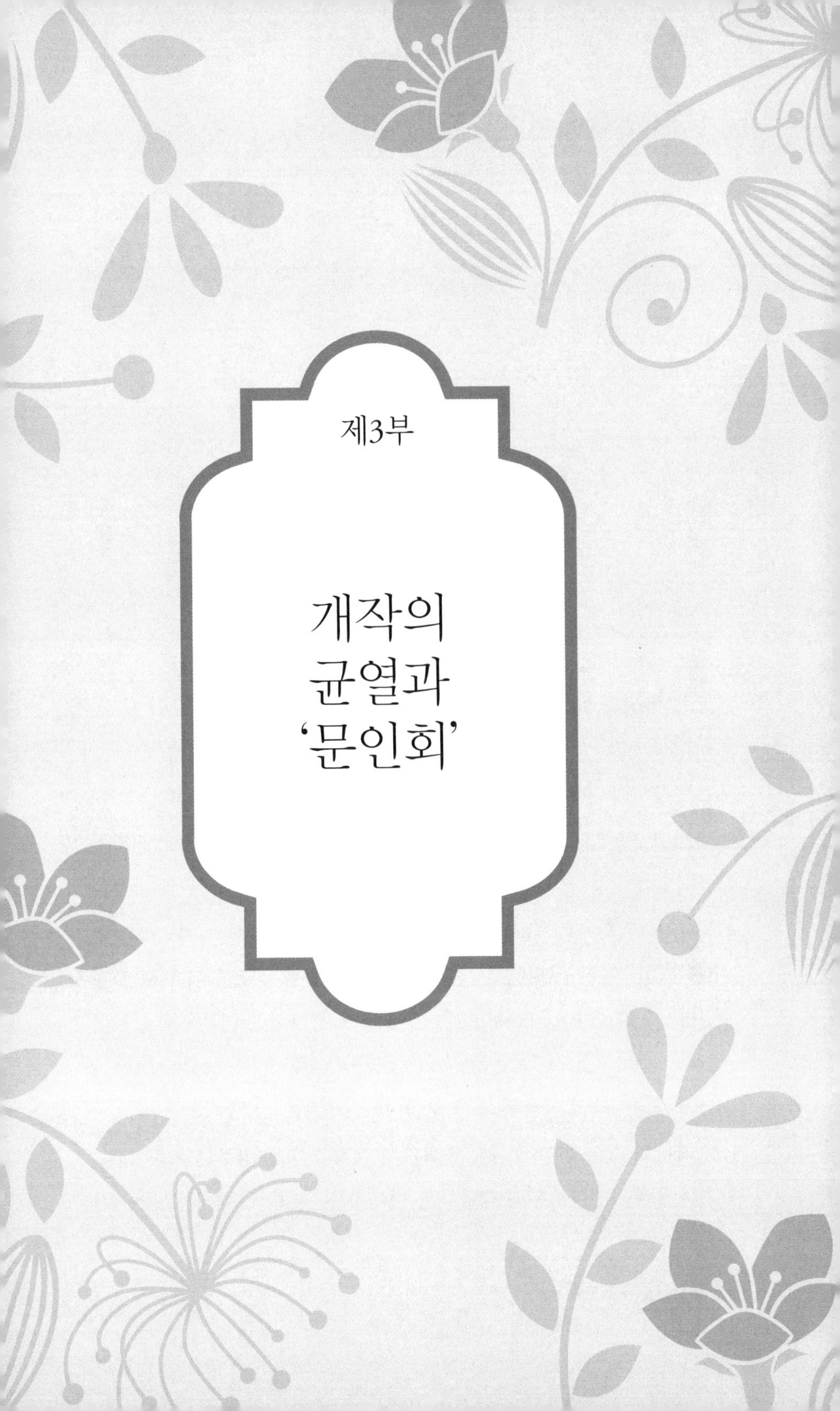

제3부

개작의 균열과 '문인회'

1장 '묘지'에서 '만세전'으로

「萬歲前」의 성취에 대한 엇갈린 평가가 텍스트가 지닌 균열에 근간을 두고 있다면 그 균열은 이미 「墓地」를 「萬歲前」으로 개작하는 과정에서 배태되고 있었다.

1. 개작과 텍스트

염상섭의 소설 「萬歲前」은 여러 개의 판본을 지니고 있다. 먼저 1922년 7월부터 9월까지 「墓地」라는 제목으로 『신생활』에 3회에 걸쳐 연재되다가 중단된 것이 첫 번째 판본이다. 1924년 4월 6일부터 같은 해 6월 4일까지는 「萬歲前」이라는 제목으로 『시대일보』에 총 59회 연재되었다. 이어 1924년 8월 '고려공사'에서 단행본 「萬歲前」으로 출간된다. 또 해방 후인 1948년 2월 '수선사'에서 다시 단행본으로 간행되었다. 이렇게 볼 때 「萬歲前」은 『신생활』에 연재되다가 중단된 미완본까지 모두 4개의 판본을 지닌 소설이라고 할 수 있다.

하나의 소설을 여러 차례 반복해서 개작을 하는 경우는 드문 일로, 거기에는 식민지로부터 해방으로 이어지는 시대적 상황과 맞물린 작품에 대한 작가의 애착이 아로새겨져 있는 것으로 보인다. 실제 「萬歲前」의 개작에 관한 실증적 논의들 역시 이러한 점에 주목하고 있다.[1] 그런데 개작 양상에 관한 논의들은 주로 그 초점을 '고려공사' 판본과 '수선사' 판본의 비교에 위치시키고 있다. 『신생활』과 『시대일보』에 연재된 소설과 '고려공사' 판본의 「萬歲前」은 수정 양상이 "어휘의 대치나 문맥적인 맥락의 정돈 정도에 국한되어 있"[2]거나, "몇 군데 조사나 자구의 수정이 엿보이나 별 차이를 발견할 수 없"기 때문에 "정확히 읽기의 핵심은 수선사본과 고려공사본의 개작에 대한 세밀한 비교 검증과 의미 찾기에 있다"[3]고 했다. 해방 후에 발간된 '수선사' 판본에서 많은 수정이 이루어졌으며, 따라서 '고려공사' 판본과 '수선사' 판본의 비교가 「萬歲前」 판본 연구의 주된 과제라는 것이다.

그런데 '고려공사' 판본과 '수선사' 판본의 간극이 크다는 사실을 인정하더라도, 『신생활』에 실린 「墓地」와 『시대일보』, '고려공사' 판본의 「萬歲前」의 차이가 몇 군데 조사나 자구의 수정 혹은 문맥적인 맥락의 정돈 정도에 머무는 것일까? 필자는 이들 판본을 비교한 결과 어휘나 문맥 정도의 수정이라고 볼 수 없는 차이를 발견할 수 있었다. 이 글의 관심이 놓이는 첫 번째 지점은 여기이다. 『신생활』에 연재된 「墓地」와 그것을 개작한 '고려공사' 판본 「萬歲前」이 지니는 차이의 실상과 의미를 논구하려는 것이다.[4] 스토리의 층위에서라면 『신생활』 판본과 '고려공사' 판본의 차이는 '고려공사' 판본과 '수선사' 판본의 그것에 비해 두드러지지 않는다고 할 수 있다. 하지만 그 스토리를 소설화하는 서술방식의 층위에서 접근한다면 『신생활』에 실린 「墓地」와 '고려공사' 판본 「萬歲前」은 그저 간과해서는 안 될 중요한 차이를 지니고 있다.[5] 특히 이들 소설이 발표된 1920년대 전반기가 조선에서 근대소설이 일정한 경계의 설정을 통해 다른 담론들과 차별화되는 양식적 질서를 조

오른쪽은 염상섭의 사진이고 왼쪽은 안석주가 그린 염상섭의 모습이다. 그림은 1933년 3월 『삼천리』에 실려 있다. 그림 속의 염상섭은 선술집의 목로 앞에서 막걸리를 마시고 있는데, 안석주는 염상섭의 소탈한 모습을 그리려 했던 것으로 보인다.

형해 나갔던 시기라는 점을 고려한다면 더욱 그렇다.

근래 『신생활』에 실린 「墓地」와 '고려공사' 판본 「萬歲前」의 차이에 주목한 논의 역시 이러한 문제의식을 담고 있다.[6] 이들 논의의 초점은 『신생활』 판본 「墓地」와 '고려공사' 판본 「萬歲前」의 후반부와의 비교에 맞추어져 있다. 전자에서 빈번하게 노출되던 서술자가 후자에서는 사라졌다거나, 전자에서는 타인의 시선을 의식하면서 초월적 자아가 현실적 자아로 변모했지만 후자에서는 이러한 분열이 나타나지 않는다는 등이, 비교의 결과이다. 그런데 논의의 초점이 『신생활』에 실린 「墓地」와 '고려공사' 판본 「萬歲前」의 후반부에 놓임에 따라, 정작 「墓地」와 「萬歲前」에서 「墓地」 부분의 차이와 그것이 지니는 의미는 제대로 된 조명을 받지 못했다.

실제 「墓地」와 「萬歲前」에서 「墓地」 부분의 차이는 「萬歲前」 전반부와 후반부의 균열로도 이어진다. 이와 관련해 필자가 주목하는 점은 그러한 균열이 「萬歲前」의 성취에 관한 엇갈린 평가를 배태하지 않았는가 하는 것이다. 곧 식민지 현실에 대한 핍진한 재현이라는 고평과 모순의 본질로부터 비껴섬, 더 나아가 식민주의적 시선의 내면화라는 폄하가 평가의 엇갈림을 이루는 것이라고 할 때[7], 그것이 「萬歲前」 텍스트가 지닌 균열에 근간을 두고 있지는 않은가 하는 점이다. 이 글은 그 균열이 이미 「墓地」를 「萬歲前」으로 개작하는 과정에서 싹트고 있었다고 본다. 이 글의 관심이 놓이는 두 번째 지점은 여기이다.

이러한 문제의식에 기반을 두고 이 글은 먼저 『신생활』에 연재된 「墓地」(이하에서는 「墓地」로 칭함)에서 '고려공사' 판본 「萬歲前」(이하에서는 「萬歲前」으로 칭함)으로의 개작 양상과 그 중심에 대해 살펴볼 것이다. 또 「墓地」를 개작한 「萬歲前」의 전반부와 뒤에 이어지는 후반부의 균열과 근간에 관해서 논구하려 한다. 그리고 마지막으로 「墓地」에서 「萬歲前」으로의 개작과 「萬歲前」의 전반부와 후반부의 균열이 교차하는 지점의 의미를 구명하려 한다. 그것이 「萬歲前」의 성취에 관한 엇갈린 평가, 곧 고평과 폄하를 넘어선 제대로 된 평가에 이르는 작업이 되길 기대한다.

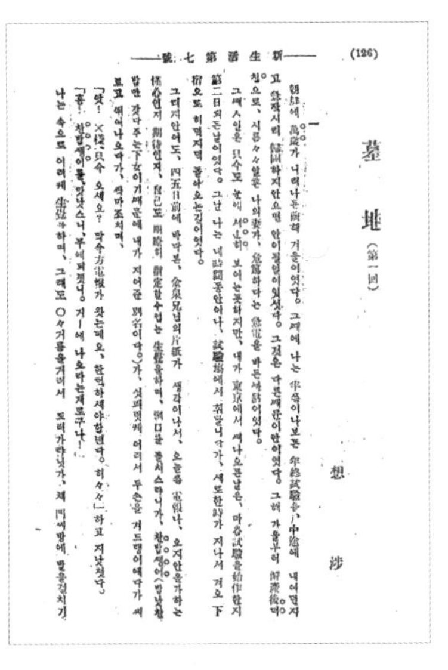
(126) ——新生活第七號——

墓地 (第一回)

想涉

一

朝鮮에 萬歲가 니러나든 前해 겨울이엿다. 그때에 나는 學年이나보든 年終試驗을, 中途에 내어던지고 急작시리 歸國하지안으면 안이될일이잇섯다. 그것은 다른때문이안이엿다. 그해 가을부터 解産後더침으로, 시름시름알튼 나의妻가, 危篤하다는 急電을 바든싸닭이엿다.

그때시일은 只今도 눈에 서언히 보이는듯하지만, 내가 東京에서 써나오든날은, 마츰試驗을始作한지 第二日되든날이엿다. 그날 나는 네時間동안이나, 試驗場에서 쥐알니다가, 새로한時가 지나서 겨오 下宿으로 허덕지덕 돌아오는길이엿다.

그러지안어도, 四五日前에 바다본, 金泉兄님의片紙가 생각이나서, 오늘쯤 電報나, 오지안을가하는 懷疑인지 期待인지, 自己도 明瞭히 判定할수업는 生覺을하며, 洞口를 쑥시스랴니까, 찬밥셋이(밥나른밥만 갓다주는下女이기때문에 내가 지어준 別名이다)가, 섯퇴맛케 어려서 두손을 거드댕이에다가 씨르고 뛰어나오다가, 깜짝조치며,

「앗! ×樣(只今 오세요? 막今方電報가 왓는데오. 한턱하세야합넨다. 히々々」하고 지낫첫다.

「흥! 찬밥셋이들, 맛낫스니, 무에되겟니. 거-에 나오라는게로구나!」

나는 속으로 이러케 生覺을하며, 그래도 ○々거름을거러서 또리가라낫가, 제 미세방에 발을걸치기

『신생활』에 세 차례에 걸쳐 연재된 「墓地」의 처음 부분이다. 『신생활』 7호에 게재되어 있다.

2. 개작의 양상과 그 중심

1) 개작의 실제 양상

먼저 「墓地」에서 「萬歲前」으로의 개작 양상, 곧 『신생활』에 연재된 「墓地」와 '고려공사' 판본 「萬歲前」의 차이를 정리하면 다음과 같다.

① 인명이다. 「墓地」의 인명은 영어 이니셜(initial)로 되어있는데 반해, 「萬歲前」에는 이름이 부여되어 있다. X樣·X氏 → 李樣·이樣·李先生·당신·李寅華, S子 → 靜子, N子 → 乙羅, H → 柄華 등이 그것이다. 여기에서 주의해야 할 것은 李寅華로 바뀐 것이 '나'가 아니라 X樣, X氏라는 점이다. 곧 「萬歲前」 역시 「墓地」처럼 1인칭 서술을 유지하고 있으며, 단 '나'가 찬밥쩽이, P子, 靜子, 乙羅 등 다른 사람에 의해 호명될 때 명칭이 X樣, X氏에서 李寅華, 李樣, 이樣, 李先生 등으로 바뀌었다는 것이다.

② 장의 변화이다. 「墓地」는 『신생활』에 3회 연재될 때, 1회가 1장, 2회가 2, 3장, 3회가 4장으로 되어 있었다. '고려공사' 판본 「萬歲前」에는 「墓地」의 1, 2장이 1장으로, 3, 4장이 2장으로 합쳐졌다. 『시대일보』에 연재된 「萬歲前」의 경우 장별 배치는 '고려공사' 판본의 「萬歲前」과 같다. 단 신문에 연재됨에 따라 각 장이 연재 순서에 따라 '一, 一-二, 一-三……, 二, 二-二, 二-三……' 등으로 나뉘어져 있다.

③ 문어체 문장을 자연스럽게 고친 것이다. 그 예는 다음과 같다. 明瞭히 指定할수업는[8] → 알수업는 漠然한[9], 내妻에게對함과가티(제7호, 131) → 내妻에게對하는것처럼(8), 人間답은愛着과 性的要求 이 두가지의憂鬱한內的苦鬪(제7호, 133) → 人間답은愛着이

며 性的要求에서니러나는 憂鬱한內的苦鬪(12), 全人間界의共通性(제8호, 146) → 사람의共通한性質(24), 戀愛의形式을 具備한것일지라도(제8호, 151) → 戀愛에끌리어들려간다할지라도(32), 自己의生活을煩惱하게하고 無意味한 苦勞를하야가며(제8호, 151) → 自己의生活에 波蘭을니르키고, 空然한苦生을 버러가며(26), 無邪氣한(제9호, 140) → 純潔한어린마음(53), 一人募集에對하야(제9호, 143) → 한사람募集하는데에(58), 調査아니라 주리난장을하기로서니(제9호, 151) → 實行이 업는다음에야 調査하기로(71) 등.

④ 한자 표기를 한글 표기로 바꾸어 놓거나 한자어를 고유어로 바꾼 것이다. 그 예는 다음과 같다. 懂心 → 근심, 人事 → 인사, 生覺 → 생각, 通奇 → 통긔, 外에 → 밧게, 惶々히 → 황々히, 再促 → 재촉, 楪匙 → 접시, 模樣 → 모양, 細音 → 세음, 貴君 → 당신, 廊下 → 좁은마루, 幻影 → 그림자, 人間 → 사람, 他人 → 다른사람, 又一層 → 한층더, 愛 → 사랑, 希求한다 → 바란다, 一人 → 한사람, 二十二三歲의 → 스물두셋쯤된 등이 그 예이다. 그런데 거꾸로 소와말 → 牛馬처럼 고유어를 한자어로 바꾼 것도 있다.

⑤ 용어의 문제이다. 먼저 일본식 한자 표기를 당시 쓰이던 용어로 바꾼 것이 있다. 그 예는 다음과 같다. 彼女 → 主婦·이계집애·이계집·계집·靜子·그애, 內子 → 마누라, 彼等 → 그들 등이 그 예이다. 이 경우에도 거꾸로 이先生 → 厥者처럼 당시 쓰이던 용어를 일본식 한자 표기로 바꾸어 놓은 것도 있다. 다음으로 외래어를 한자어나 고유어로 바꾼 것이 있다. 폭케트 → 양복주머니, 스토-프 → 煖爐, 여행용곱부 → 여행용물盞, 테-불 → 食卓 등이 그 예이다.

⑥ 문맥상 잘못된 부분을 바로 잡은 것이다. 그 예는 다음과 같다.

萬一에 엇에싸지든지 **追求할**것가트면(제7호, 131) → 萬一에 엇에싸지든지 **캐어무를**것가트면(9), 그리구 그뒤에서는 **S子상**의 이런눈이 반짝이구(제7호, 132)…… → 그리구 그뒤에서는 **P子상**의 이런눈이 반짝이구……(11), 來日午後부터는 자유니싸 **이야기할것도업고**, 구경도 식혀드릴게……(제8호, 159) → 來日午後부터는 자유니싸 **이야기할것도잇고**, 구경도 식혀드릴게……(44), 이때ㅅ것—亡國民族의一分子가된지, 벌서**八年동안**이나되는(제9호, 140) → 이때ㅅ것—亡國民族의一分子가된지, 벌서**七年동안**이나되는(52), ……여기선 **昌皮하실가봐** 그리는것입니다(제9호, 148) → ……여기선 **猖披하실가봐** 그리는것입니다(65)(강조는 인용자)

⑦『신생활』에 연재된「墓地」에는 없으나 '고려공사' 판본「萬歲前」에서 삽입된 부분이다. 그 예는 다음과 같다. 오든차에 그런소리를 듯고보니, 가슴이 뜻금하면서도 잘〃못간에 일이 탁방이 난것같타야서, 실업시 안심이되지 안을수업섯다(2),「아즉 죽지는 안은게로군……」하는 생각이 나서(3), 나도 뒤짜라섯다(6), 나의 한일은 점잔치는못하얏스나, 物件을주엇느니 바닷느니하는것을, 알리우기실흔나는, 그리하는수밧게업섯다(15), 나는, 어느틈에 정숙한말씨로 변하얏다(16), 쌀〃한바람이 홱씨치엇다(27), 이거 웬일애요. 참(40), 그러나 내가 불쑥온것이 무슨意味나 업지나안은가하는 一種의期待가 잇는듯도하다(47) 등이다.

⑧『신생활』에 연재된「墓地」에는 있었으나 '고려공사' 판본「萬歲前」에서는 빠진 부분이다. 그 예는 다음과 같다. 事實 그때의 나의心理狀態에는 그마큼한矛盾이잇섯다.(제7호, 130~131) 彼女의 눈은, 그입술과가치 溫情과微笑에 채운것을 나는精神업시보고안젓다.(제7호, 134) 그러나 웃는얼골에도, 좀어색하야하는빗이

잇는것을보고, 아마 내일음을 몰으는지 「×樣」이라고만 씨웟섯 다(제8호, 151), 이것이 큰問題다.……(제9호, 146) 등이다.

⑨ 서술방식의 문제이다.

⑩ 스토리의 배치 문제이다.

⑪ 시제의 문제이다.

「墓地」에서 「萬歲前」으로의 개작 양상 중 이 글의 초점이 놓이는 부분은 ⑨ 서술방식의 문제, ⑩ 스토리의 배치 문제, ⑪ 시제 문제 등이다. 이 세 가지 양상은 개작 과정 가운데 작가의 관심이 집중된 곳이기도 하다. 다음 절에서는 이러한 세 가지 양상을 구체적으로 살펴보면서 「墓地」에서 「萬歲前」으로의 개작이 지닌 의미에 대해 논구해 보겠다.

2) 개작의 중심과 그 의미

(가) P子의푹은〱한얼골은 언제 보아도 반갑엇다. 억개동을 쓰더노흔지가,(日本의兒孩의衣服은, 억개를 집어넛는다.) 며츨안이되는, **彼女의潤色잇는눈에는 모든것이 異常하고 우습어보히엿다.** 瞑想的이요 神經質인S子에比하면, 아즉 철이 덜나고 연삽〻하지는못하야보이나, 아모 不平도업고 不滿도업시, 男性이라는 未知의世界를 希望에채운눈으로 기웃거리는것이, 나의눈에는 더업시貴엽엇다.[10](강조는 인용자)

(나) P子의푹은〱한얼골은 언제보아도 반갑엇다. 瞑想的이요 神經質일뿐안이라, 아즉 純潔한맛이 남아잇는 靜子에比하면, P子는 이러한생애에 달코달아서, 되지안케 약은톄를하면서

도 常스럽고 賤한구석이잇지만, 그래도 나는 이러한 녀자에
게 興味를늣긴다.[11])

(가)는『신생활』에 실린「墓地」의 한 부분이고, (나)는 '고려공사' 판본「萬歲前」에서 인용한 것이다. 아내가 위독하다는 전보를 받고도 'K町'을 배회하던 '나'가 'M軒'에 가 S子(靜子)와 P子를 불러 술을 마시면서 자신의 생각을 피력한 부분이다. (가)와 (나)는 어떤 차이를 지니고 있을까? 먼저 눈에 띄는 것은 P子의 성격이 변화한 것이다.「墓地」에서 P子는 '아즉 철이 덜나고 연삽々하지' 못한 어린 여자로 그려진 데인데 반해,「萬歲前」에서 P子는 '이러한 생애에 달코 달아서, 되지 안케 약은 톄를 하면서도 常스럽고 賤한 구석이 잇'는 인물로 묘사되어 있다. 이러한 개작은 '瞑想的이요 神經質인' S子(靜子)를 부각시키기 위해 P子에게 S子(靜子)와는 상반되는 성격을 부여하기 위해서로 보인다.

하지만 (가)에서 (나)로의 개작이 지니는 보다 중요한 지점은 서술 방식과 관련되어 있다.「墓地」는 1인칭 서술로 되어 있다. 또「萬歲前」역시 1인칭 서술을 유지하고 있다. 앞서 개작을 통해 李寅華로 바뀐 것은 X樣, X氏이지 '나'가 아님을 확인한 바 있다. 두 소설은 서술 시점에 위치한 '나'가 '萬歲가 니러나든前해ㅅ겨울' '나'에게 있었던 일을 서술하는 방식을 취하고 있다. 슈탄첼은 전자를 서술적 자아, 후자를 체험적 자아라고 해, "서술적 자아가 회고담 속에서 자기의 옛 자아, 즉 체험적 자아에 대해서 갖게 되는 그러한 아주 독특한 관계"[12])가 드러나는 것을 1인칭 서술의 특징으로 파악한다. 그런데 인용문처럼 체험적 자아를 중심으로 사건이 전개될 경우, 체험적 자아 '나'는 중심인물의 역할뿐 아니라 초점화자(focalizer)의 역할 역시 담당하게 된다.[13])
그럴 경우 'P子의 푹은〲한 얼골'과 '瞑想的이요 神經質인 S子'는 체험

적 자아 '나'의 시선을 통해서만 드러날 수 있다. 따라서 (가) 인용문에서 강조된 '彼女의潤色잇는눈에는 모든것이 異常하고 우습어보히엇다'는 소설의 서술방식에서 어긋남을 알 수 있다. 이러한 점은 다음과 같은 부분에서도 나타난다.

(가) N子는 이러케한마듸하고 악가 나러오든 層階를지나서, 셸고드러가다가. 暫間섯스라고하고, 누구의房인지 쒸여드러가서, 한참 재셸∧하더니, 생글∧우스며 二層으로 나를 데리고올너갓다.(8호, 157)

(나) 乙羅는 이러케한마듸하고 아싸 나려오든 層階를지나서, 쓸고드러가다가, 暫間섯스라고하고 누구의房인지 쒸어드러갓다. **房門을 여러노은채 쑤려안저서, 무어라고** 한참 재셸∧하더니, 생글생글우스며 나와서 二層으로 나를 데리고올너갓다.(41. 강조는 인용자)

'나'가 연락선을 타기 위해 '下關'으로 가던 도중 '神戶'의 C음악학교 기숙사로 N子(乙羅)를 찾아간 장면이다. (나)에는 (가)와는 달리 '房門을 여러노은채 쑤려안저서, 무어라고'라는 서술이 삽입되어 있다. 이렇게 고친 것 역시 초점화자에 대한 고려라고 할 수 있다. '房門을 여러노은 채'가 아니라면 방 밖에 있는 초점화자 '나'는 N子(乙羅)가 누군가와 '무어라고 한참 재셸∧하'는 것을 알 수 없기 때문이다. 이러한 초점화자에 대한 고려는, 귀국 허락을 받기 위해 학교에 가서 H교수를 만났을 때 교무실로 들어가는 교수를 따라 "나도 뒤싸라섯다"(13)는 것을 삽입한 부분, 이발소에 갔을 때 '나'가 뒤에 선 '理髮匠이'를 보는 것에서 '理髮匠이'가 "머리ㅅ뒤를 살금살금빗기면서, 이러케 무럿다"(14)로 고친 부분 등, 개작의 많은 부분에서 찾을 수 있다.

그런데 다음과 같은 부분 역시 이와 동일한 기반에서 이루어지고 있어 주목을 필요로 한다.

> (가) 彼女는 거기에 對答도안이하고, 마즌便出札口로, 총々거름을거러갓다.…… 「**언제 오세요**」 R君이 자리를잡으랴고 앞서드러간뒤에, 맨읏트로, 둘이나란히서々거르며, S子는 입을버렷다. ……중 략…… **S子가 窓으로 데미는것을, 褓子째주며,** 只今 펴볼것업다하기에, 그대로바더서 선반에 언질새도업시, 車는 움즉이기始作하얏다.(8호, 149~150. 강조는 인용자)

> (나) 靜子는 거기에는 對答도안이하고, 마즌便出札口로, 총々거름을거러갓다.…… ×君이 자리를잡으랴고 앞서드러간뒤에, **靜子는 入場券을 사가지고와서,** 맨읏트로, 둘이나란히서々거르며, 입을버렷다. 「**오래되실모양이얘요?**」 ……중 략…… **靜子가 무엇인지 褓子에싼채 窓으로 데밀며,** 只今 펴볼것업다하기에, 나는 그대로바더서 선반에 언질새도업시, 車는 움직이기始作하얏다.(29~30, 강조는 인용자)

인용문은 '나'가 '下關'으로 가는 기차를 타러 '東京驛'에 가서 배웅 나온 S子(靜子)를 만나는 부분이다. (나)에는 (가)와 달리 靜子가 '나'를 배웅하러 出札口를 통과하기 위해 '入場券을 사가지고' 오는 부분이 덧붙여져 있다. 또 (가)의 '창으로 데미는 것을, 褓子째 주며'라는 앞뒤가 맞지 않는 S子(靜子)의 행위는 (나)에서 '무엇인지 褓子에 싼 채 窓으로 데미는' 행위로 정리되어 나타난다. S子(靜子)의 질문 역시 '언제 오느냐'에서 '오래 있을 거냐'로 바뀌었다. '언제 오느냐'는 질문은 이미 'M軒'에서 했기 때문이다.

'出札口'를 통과하기 위해 입장권을 사는 것, '褓子'에 싼 채 창문으로 건네는 행위를 정리하는 것, 질문의 내용을 바꾼 것 등은 스토리를 소설로 바꾸는 서술과정에서 나타난 것이다. 그리고 그 서술과정은 스토리를 인과율에 의해 배치하는 과정과 맞물린다. 실제 이러한 배치는 '下關'에서 연락선을 타는 장면을 삽입한 데서도 드러난다. 「墓地」에는 연락선을 타는 장면이 빠져 있었는데, 「萬歲前」에는 "乘客들은 욱을욱을하며 배에 걸어노은 층층다리 압헤 一列로 느러"서자 '나'도 "틈을비집고 그속에씨엇다"(35)는 장면을 삽입하고 있다. 또 '學生服에 만도를둘은' 사람에 의해 검문을 받기 위해 배에서 내리는 부분이 "옷을 주섬々々입기始作하얏다. 엇더케될지 사람의일을몰라서, 아조 衣冠짜지하고"(제9호, 148)에서 "옷저고리를 집어입고나서, 엇더케될지 사람의일을몰라서, 아싸 사가지고드러온 변쏘ㅅ그릇짜지가지고"(43)로 바뀌는 것도 이와 연결이 된다. 옷은 이미 목욕탕에서 나올 때 입었으므로 '옷저고리를 집어 입거나' '변쏘ㅅ그릇을 가지고 나오는' 것으로 바꾼 것이다.

그런데 「墓地」에서 「萬歲前」으로의 개작 과정에는 또 하나 흥미로운 부분이 있다.

> (가) 彼女의精氣가 모다 그눈에 모히엇다고도할만하지만 恒常모든 것을 警戒하는 눈치가 **歷々하엿다**. 間은或 無心쿠 고개를 돌릴만치 차듸차고 매情스럽을째도 **잇섯다**. 그러나 어느째든지 생긋웃는 그입술에는, 졂은生命이求愛하는바一切를

아모리하야도 감출수가업섯다.(7호, 133. 강조는 인용자)

(나) 이계집의精氣가 모다 그눈에 모히엇다고도할만하지만 恒常모든 것을 警戒하는눈치가 **歷々하다.** 或間은 無心쿠 고개를돌릴만치 차듸차고 매情스럽을때도**잇다.** 그러나 어느때든지 생긋웃는 그입술에는, 졂은生命이慾求하는 모든것을 아모리하야도 감촐수가업섯다.(12. 강조는 인용자)

'M軒'에 가서 S子(靜子)를 만난 '나'가 S子(靜子)의 인상을 피력한 부분이다. 그런데 (가)에서 '歷々하엿다', '잇섯다' 등 과거시제로 되어 있던 부분이 (나)에서는 '歷々하다', '잇다' 등 현재시제로 되어 있다. 다른 부분이 바뀌지 않은 반면 시제 부분만이 정확히 과거에서 현재로 고쳐져 있다는 점에서, 이는 의식적인 것으로 보인다. 실제 이러한 점은 「墓地」가 내적 독백(interior monologue)을 제외한 대부분의 시제가 과거시제로 되어 있는 데 반해[14] 「墓地」를 개작한 「萬歲前」의 전반부나 그 뒤에 이어지는 후반부에서 현재시제가 자주 눈에 띄는 것과도 연결된다. 한편 여기에서 「墓地」를 「萬歲前」으로 개작하는 과정에서 작가의 관심이 어디에 놓여 있었는지를 알 수 있다. 그것은 스토리보다는 스토리를 어떻게 소설화시키는가 하는 점, 곧 서술방식의 문제였다. 서술방식의 문제가 지니는 의미에 대해서는 뒤에서 확인해 보겠다.

3. 「萬歲前」이 지닌 균열

개작과 관련해 또 하나 흥미로운 점은 '고려공사' 판본 「萬歲前」에서

「墓地」 부분과 그 뒤에 이어지는 부분이 일정한 차이를 보인다는 것이다.[15] 선행 논의에서는 「墓地」와 「萬歲前」의 후반부를 비교하면서, 전자에서 자주 등장하던 서술자가 후자에서는 모습을 감추었다거나, 전자에서 나타났던 서술자의 분열된 모습이 후자에서는 사라졌다고 했다.[16] 이 글의 관심은 「萬歲前」의 전반부와 후반부의 간극이 「墓地」에서 「萬歲前」으로의 개작 과정에서 싹트지 않았는가 하는 데 놓인다. 우선 여기에서는 「萬歲前」의 전반부와 후반부의 균열을 분명히 하는 데 초점을 맞추겠다.

앞서 「墓地」와 「萬歲前」의 차이를 검토하면서 확인한 바 있듯이 「萬歲前」에서 '나'의 발걸음은 아내가 위독하다는 전보를 받고도 무척이나 더디다. 'K町'으로 가 이것저것 뒤적거리며 쇼핑을 하다가 머리치장이 하고 싶은 생각이 나서 이발소에 들리기도 한다. 그런데 이렇듯 '나'의 발걸음이 '급전(急電)'을 받은 사람에 걸맞지 않게 더딘 것은 다음과 같은 생각 때문이다.

> 夫婦間에 서로 밋는다는것은, 結局 사랑한다는말이지만, 사랑한다는것도 極端에가서는, 남이 나를 사랑하거나 말거나, 저혼자의ㅅ일이다. ……중 략…… 그와反對로 사랑치안는것도 自由다. 絶對自由다. 사람에게는 사랑할權利도잇거니와 사랑을 밧지안을權利도 잇다. 夫婦間이라고 반듯이 사랑하여야한다는法이 어데잇슬새[17]

'K町'을 배회하던 '나'가 'M軒'에 가서 술을 마시며 밝힌 생각이다. 주장의 핵심은 부부간에 사랑하는 것도 사랑하지 않는 것도 '절대자유'라는 것이다. "내가 가기로, 죽은사람이 사라날理도업고, 己爲죽엇다할地境이면, 내가안이간다고 감쟝할사람이야업슬가(15)”하는 생각 역시 이러한 주장과 연결되어 있으며, ‘나’의 발걸음이 한없이 더뎌지는 것 역시 같은 이유에서이다. 이렇듯 자신의 생각을 절대 자유로 파악하는 개성론은 낯설지 않는데, 그 이유는 비슷한 시기 작가의 평론인 「個性과藝術」, 「至上善을爲하야」 등에서도 거듭 강조된 바이기 때문이다.

그런데 ‘나’의 마음 한편에는 다음과 같은 생각도 자리하고 있다.

> 나는 이가티 對答을하고나서 싹지안어도조흘 머리짜지 싹그랴는 只今의自己가, 瞥眼間 野卑하게 생각되는것을 깨닫고, 압헤세운體鏡속을 멀건히 드려다보다가, 혼자 픽우서버렷다. …… 가만히 눈을감고 잡바저서도, **이처럼餘裕잇고 느러진 自己의心理를 疑心스러운눈으로 드려다보지안을수업섯다.**(7. 강조는 인용자)

이발소에 간 ‘나’가 거울 속의 ‘나’를 바라보며 하는 생각이다. 머리 깎을 때가 안 되었다는 ‘理髮匠이’의 말에 깎지 않아도 될 머리까지 깎으려는 자신의 마음을 ‘疑心스러운 눈’으로 드려다 보고 있다. ‘疑心스러운 눈’은 이어 “실튼조튼 如何間, 近 六七年間이나, 所謂夫婦란일홈을쎄우고 지내왓는데……, 當場 숨을 몬다는 急電을밧고나서도, 아모 생각도 머리에 들지안는(14)” 자신에 대한 회의로 이어진다. 그리고 회의는 앞선 ‘나’의 주장, 곧 부부간에 사랑하고 안 하고는 ‘절대자유’라는 생각을 재고하게 만드는 역할을 한다.

이와 같은 회의는 靜子와의 관계에서도 마찬가지다. ‘下關’으로 가는 기차를 타기 위해 ‘東京驛’에 간 ‘나’는 靜子에게 편지가 든 ‘褓子’를 받는다. 편지를 읽고 난 ‘나’는 다음과 같은 기분을 느낀다.

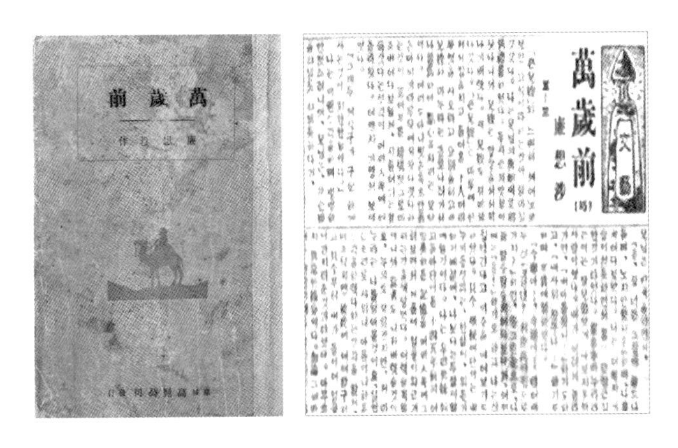

오른쪽부터 『시대일보』에 연재된 「萬歲前」, 그리고 '고려공사'에서 발행한 단행본 「萬歲前」의 표지이다.

> 엇더케하야서든지 헤어나오랴는自覺과 眞實되히 自己의生活을 引導하랴는努力그-것을 생각할제, 나는 感傷的으로 그애를爲하야 울고십헛다. 엽헤안젓슬地境이면, 그대로 담삭씨어안고, 네눈(四眼)에서 흘너나오는 쓴눈물을 갓치맛보고십헛다.(34)

'나'는 편지 속에서 어떻게든 자신의 처지를 벗어나서 진실된 생활을 하려는 靜子의 마음을 알고 공감하게 된다. 또 '나'는 편지에 나타나 있는 자신의 위선적 태도에 대한 靜子의 예리한 비판과 공격에도 수긍한다. 그리고 이러한 공감과 수긍은 스스로에 대한 질문으로 이어진다. 곧 "무슨까닭에, 自己는 굿세고놉게 살니겟다하면서, 可憐한一個女性을 弄絡하랴하"며 "그런더럽은心理는, 娼婦보다 낫다하면, 얼마나나"은지, "自己에게 娼婦的根性이잇기때문에 사람을娼婦視하는것이안인가(28)"라고 반문하게 된다. 여기에서 靜子의 편지는 '나'로 하여금 스스로의 생각과 행위를 되돌아보게 하는 계기가 되고 있다.

그런데 「萬歲前」의 후반부에서는 더 이상 이러한 회의나 반성은 등장하지 않는다.

> 나는 무어라고대ㅅ구를하여야조흘지 망단하얏다. 죽어가면서도 子息생각을하는 것이 불상하기도하고 웃읍기도하얏다. 오래안젓스면 뎜々더울것갓고, 또事實 더안젓기도실키에 나는 울지말라고 달래면서, 안房으로 건너와서, 알에목에 ㅆ라노앗든 朝鮮옷과 가라입엇다.(153)

> 두사람이 도로 안으로드러간뒤에, 나는짐을말(꽁)이 ㅅ려노코, 가방속에서 나온 靜子의편지를 다시한번 펴보고 쪽々찌저서 아궁지에 내다버렷다. 초상中에온것을 暫間보고 느어두엇든 것이지만, 다시仔細히보니ㅆ 암만해도 學費를 대어달라거나 어ㅆ케 갓치사라보앗스면하는意思를 은근히비치엇다.(182)

앞의 인용문은 '京城'의 집에 도착해 병석에 누워있는 아내를 대면하는 장면이다. 자식만은 잘 맡아달라는 아내의 부탁에 '나'는 오래 앉아있으면 더울 것 같은데다가 더 앉아있기도 싫어서 아내를 외면한다. 뒤의 인용문은 아내의 장례를 치르고 나서 靜子에게 온 편지를 찢어 아궁이에 버리는 장면이다. 두 인용문에서 나타나듯 소설 후반부에서 아내와 靜子에 대한 '나'의 태도는 전반부의 그것과 큰 차이를 보인다. 아내는 '어서 숫장이나 낫스면!'하는 표현에서 드러나듯 빨리 벗어나고 싶은 존재일 뿐이고, 靜子는 돈을 달라든지 같이 살자든지 하는 귀찮은 부탁을 하는 대상에 한정된다. 소설 전반부에서 이들에 대한 갈등으로부터 야기되었던 자신에 대한 회의나 반성이 사라진 것 역시 같은 이유에서이다.

하지만 「萬歲前」의 전반부와 후반부가 지니는 차이를 가장 분명히 보여주는 것은 '나'의 눈에 비친 조선의 모습이다. 소설에 그려진 조선의 모습은 기존 논의에서 식민지 현실에 대한 핍진한 재현과 식민주의적 시선의 내면화라는 상반된 평가가 겹쳐진 지점이기도 하다.

> 實上은 쉬운일이애요. 나도 이番가서 해오면, 세番(째)나되오만은, 內地의各會社와聯絡하야가지고, 요보들을 붓드러오는것인데 …… 卽朝鮮쿠리(苦力)말슴이애요. 勞動者요. 그런데 그것은 大概慶尙南北道나 그러치안으면 咸鏡 江原, 그다음에는 平安道에서 募集을하여야하지만, 그中에도 慶尙南道가 第一쉽습넨다. 하々々(56~57)

인용문은 '나'가 '下關'에서 부산으로 오는 연락선의 목욕탕에서 우연히 듣게 되는 일본인 사이의 대화이다. 조선의 농촌노동자를 갖은 감언이설로 꾀어내어 일본의 탄광과 방직공장으로 팔아 넘겨 이익을 남긴 것을 떠들어대고 있다. 이는 당시 일본 제국주의에 의해 노동력 착취가 이루어지는 조선의 식민지적 실상을 잘 드러내고 있다. 그런데 이와 같은 사실은 "스물두셋쯤된 冊床島섞任님인 그때의ㅅ나로서는, 이러한이야기를듯고 놀라지안을수업섯"으며, 자신의 공부가 "結局은배가불너서, 飽滿의悲哀를呼訴함일다름이요, 實人生實社會의 裏面의裏面 眞相의眞相과는 아모關係도 連絡도 업(40)"었다는 자각으로 이어진다. 이 역시 식민지 조선의 참혹한 실상에 대한 깨달음이 자신의 삶이나 공부에 대한 회의로 이어지는 계기가 되고 있음을 나타낸다. 그런데 소설의 후반부에서 '나'의 눈에 비친 조선의 모습은 이와는 일정한 차이를 지닌다.

> 朝鮮사람은外國人에게對하야 아무것도 보여주지안엇스나, 다만 날만새이면, 자리ㅅ속에서부터 담배를 피어문다는것, 아츰부터 술집이奔走하다는것, ……중 략……… 하기때문에 그들이 朝鮮에 오래잇다는것은 그들이 우리를 輕蔑할수잇다는 理由와原因을 만히蒐集하얏다는 意味밧게안이되는것이다.(94)

> 생각하면, 朝鮮사람이란 무엇에써먹을人種인지모를것갓다. 아츰에도 한盞, 낮에도 한盞, 저녁에도 한盞, 잇는놈은 잇서한盞 업는놈은 업서한盞이다. 그들이 刹那的現實에서 벗어나는것은 그들에게무엇보다도 價値잇는努力이요, 그리하자면 술盞以外에 다른方途와 手段이업다. 그들은 사는것이안이라 산다는事實에 끌리는것이다.(168~169)

앞의 인용은 조선에 와 있는 외국인이 온 지가 오래될수록 '조선 사람'을 멸시하고 오만한 태도를 지니게 되는 이유를 '나'의 입을 빌려 나타낸 것이다. 두 번째 인용은 술에만 의지하여 사는 것이 아니라 산다는 사실에 끌려가는 '조선 사람'을 비판한 대목이다. 두 인용 모두에서 당대 조선의 부정성이 적나라하게 토로되고 있다. 특히 그 부정성이 '조선 사람'이라는 지칭을 통해 조선인 전체의 습속이나 속성으로 규정되고 있다. 간과해서 안 될 점은 '나'는 이러한 비판과 모멸 속에서 비껴서 있다는 사실이다. 더 정확히 말하자면 '조선 사람'에 대한 비판이나 모멸의 반대편에 '나'가 위치하고 있으며, 그 비판이나 모멸은 '나'의 지향이라는 거울에 비친 것이라는 점이다. 소설의 결말 부분에 있는 '겨오

무덤 속에서 빠져나가는데요?'라는 '나'의 반문도 이와 연결된다. 소설의 후반부에서, 전반부와는 달리, 조선의 부정성에 대한 언급이 스스로에 대한 반성이나 회의의 계기가 되지 못하는 것 역시 같은 이유에서이다.

「萬歲前」의 「墓地」 부분과 그 뒤에 이어지는 부분을 비교할 때 또 한 가지 눈에 띄는 양상은 시제의 문제다. 앞에서 개작의 중심 양상 가운데 하나가 시제임을 확인한 바 있다. 곧 「墓地」에서 과거시제로 되어 있던 부분이 「萬歲前」에서는 현재시제로 고쳐져 있었다. 그런데 이렇듯 현재시제가 더욱 자주 등장하는 것은 「萬歲前」의 후반부이다.

> 火爐에 불을쏘다노코 火著ㅅ가락으로 재를그러모으며안젓든계집애는, 저싸락을든손을 잠간 쉬이며, 「어듸싸지 가세요.」하고 나를 **치어다본다**. 넓은兩眉間이 을크러저서 陰沈하기도하고 이마ㅅ전이유난히넓기때문에 여모저보이지는안으나, 그래도 햇금으레한 얍브장스런**相이다**. ……중 략…… 뭇는말에는 對答을안이하고 이런소리를**한다**.(91. 강조는 인용자)

연락선에서 내린 '나'가 아침을 먹기 위해 부산의 국숫집에 들어가 종업원과 이야기하는 부분이다. 인용문의 강조한 부분에서 나타나듯 시제가 현재로 되어 있다. 「墓地」에서 비슷한 상황인 '나'가 M軒에서 S子, P子와 이야기하는 부분과 비교해 볼 때, 시제의 차이는 두드러진다. 이외에도 소설의 후반부에서는 『신생활』에 연재된 「墓地」에서 발견하기 힘든 현재시제가 빈번하게 등장한다.

「萬歲前」의 후반부에서 서술적 자아의 것으로 보이는 주석이나 논평이 자주 등장하는 사실 역시 이와 연결되어 있다.

苟且한놈이 물에빠지면 먼저 뜰것은, 무러보지안어도 주머니뿐이다. 運이조아야 한달三十日에 二十九日을 제처노코, 마즈막날 하로만은 三代주린놈이 밥한술쓰니만큼 부푸는것이 苟且한놈의 주머니다. ……중 략…… 어쪄튼 自己도모르는中에 흐지부지 싸불리고나서 안탁가워하는것이 苟且한놈의 갸륵한八字라는것이다.(83~84)

인용문은 「萬歲前」의 4장이 시작되는 부분으로, 연락선에서 내려 부산을 구경하기 위해 나선 '나'의 술회이다. 위와 같은 술회는 장황하게 이어지다가 결국 '釜山의 八字가 朝鮮의 八字'라는 데로 나아간다. 이 부분을 체험적 자아의 내적 독백으로 파악하기에는 무리가 따른다. 오히려 팔자라는 문제를 한 사람으로부터 조선 전체의 것으로 일반화시키고 있다는 측면에서 일반화(generalization)라는 주석이나 논평의 형식으로 볼 수 있을 것이다.[18]

4. 개작의 논리와 텍스트의 균열

앞서 「萬歲前」의 전반부에서 '나'의 주된 지향이 자아 혹은 개성의 발현으로 집약된다는 것을 확인한 바 있다. 하지만 이러한 지향은 사경을 헤매고 있는 아내에 대한 상념과 자신의 처지를 벗어나기 위해 애쓰는 '靜子'에 대한 생각을 통해 반성의 대상이 되기도 한다. 또 연락선에서 얻게 되는 조선의 식민지적 참상에 대한 깨달음 역시 포만의 비애를 호소하는 데 불과한 자신의 삶에 대한 회의로 이어진다.

이렇듯 「萬歲前」의 전반부에서 나타나는 반성과 회의는 먼저 1인칭 서술이라는 「萬歲前」의 서술 상황에 기반을 둔 것으로 보인다. 곧 서술 시점에 위치한 서술적 자아 '나'와 '萬歲가 니러나든 前해ㅅ겨울'에 위치한 체험적 자아 '나'의 갈등이 반성과 회의를 가능하게 했다는 것이다. 물론 서술적 자아와 체험적 자아가 갈등을 보이는 것은 1인칭 서술에만 한정된 것은 아니다. 주석적 서술에서도 서술자와 작중 인물, 곧 가치체계가 정연한 서술자와 복잡한 세계 속에 놓인 작중 인물 사이에서도 발생할 수 있다. 하지만 1인칭 서술에서는 주석적 서술과는 달리 갈등이 서술자와 작중 인물이라는 두 개의 분리된 세계 영역으로 나누어져 있는 것이 아니라 동일한 실존적 공간에 위치한 1인칭 존재의 의식과 행위 속에서 직접 마주 대하게 된다.[19]

「萬歲前」 전반부의 서술적 자아와 체험적 자아 역시 같은 존재의 의식과 행위 속에서 서로를 마주보고 있다. 서술의 중심적 역할은 서술적 자아에게 맡겨져 있지만 서술적 자아 '나'는 체험적 자아 '나'의 무게에서 자유롭지 못하다. 서술적 자아의 서술은 '萬歲가 니러나든 前해ㅅ겨울'에 위치한 체험적 자아의 의식과 행위를 끊임없이 되뇌는 과정을 통해서 이루어진다. 역으로 체험적 자아 '나'의 생각과 행위는 서술 시점의 서술적 자아 '나'의 매개를 통해서만 드러날 수 있어 서술적 자아의 음영으로부터 벗어날 수 없다. 요컨대 「萬歲前」의 전반부에서 나타나는 '나'의 반성과 회의는 단일한 목소리가 아니라 서술적 자아와 체험적 자아의 의식과 행위, 또 그 목소리를 병치시키는 과정 속에서 나온 것이라는 점이다.[20]

그런데 「萬歲前」의 후반부에서 '나'의 반성과 회의는 계속되지 않는다. 더 이상 서술적 자아 '나'와 체험적 자아 '나'의 긴장이나 갈등이 유지되지 않기 때문이다. 여기에서 「萬歲前」 전반부와 후반부의 균열이 지니는 의미를 정당하게 해명하기 위해 다시 한 번 「墓地」에서 「萬歲

前」으로의 개작에 주목할 필요가 있다. 앞서 「墓地」에서 「萬歲前」으로의 개작의 양상에 대해 검토한 바 있다. 개작의 중심은 초점화자의 위치를 분명히 하면서 거기에서 어긋난 서술방식을 바로잡거나 스토리를 배치하는 데 놓여 있었다.

초점화자는 체험적 자아가 초점화, 곧 소설 속에서 보고 듣는 역할을 맡게 됨에 따라 나타난 존재였다. 「萬歲前」에서 '萬歲가 니러나든 前해ㅅ겨울'에 위치한 체험적 자아가 초점화자로 역할하게 되자 서술시점에 위치한 서술적 자아는 스토리 속에서 사라지게 된다. 초점화자와 다른 서술적 자아는 존재하지만, 체험적 자아의 생각이나 느낌을 옮기는 역할만을 하게 되어 그 존재는 희미해지고 만다. 이렇듯 서술적 자아가 스토리 바깥에 위치하게 되자, 갈등과 고뇌가 체험적 자아의 의식과 행위를 통해 직접 독자들에게 전달되는 것 같은 느낌을 준다. 주석적 서술에서 스토리는 그것에 관해 모든 것을 알고 있는, 또 서술에서 자신의 존재를 분명히 하는 서술적 자아를 통해서만 전달될 수 있다.

인과율에 의한 스토리의 배치 역시 서술적 자아가 스토리 바깥에 위치할 때 가능한 것이었다. 서술적 자아가 스토리와 동일한 시간이나 공간에 위치해서는 스토리가 배치될 수 없기 때문이다. 따라서 스토리의 배치가 일어났다는 것은 서술적 자아와 체험적 자아가 다른 공간 속에 위치하고 있음을 의미하는 것이기도 하다. 인과율에 의해 스토리를 배치하게 되자, 중심 사건들은 두드러지고 나머지 사건들은 음영화 되었다. 또 '出札口'를 통과하기 위해 입장권을 사거나, 연락선을 타는 장면 등을 삽입해 소설은 자연스러운 선조적 흐름을 보이게 된다. 곧 스토리의 배치를 통해 사건들은 원인과 결과로 서로 연결되게 되며, 결과가 다시 다른 결과의 원인으로 작용하는 일이 마지막까지 이어지게 된 것이다. 유의해야 할 것은 인과율에 의해 스토리의 배치가 이루어지는 서술적 자아의 위치가 초점화자의 등장과 맞물려 서술적 자아가 존재하게 된 곳과 같은 지점이라는 것이다. 앞서 스토리를 인과적으로 배치하는 것이 초점화자의 위치를 분명히 하는 것과 동일한 기반을 지닌다는 언급은 이과 관련된다.

그런데 「墓地」에서 「萬歲前」으로의 개작 과정, 곧 초점화자의 위치를 분명히 하거나 스토리를 인과적으로 배치하는 것의 정당한 의미에 대해서는 보다 엄밀한 접근이 요구된다. 먼저 체험적 자아가 초점화자의 역할을 맡게 되어 서술적 자아가 스토리에서 사라지게 되는 부분에 주목해 보자. 여기에서 서술적 자아가 사라진다는 것이 지닌 제대로 된 의미는 그것이 사라졌음에도 불구하고 더욱 철저히 스토리를 지배한다는 데 있다. 곧 스토리 밖에 위치한 서술적 자아는 스토리 안에 있는 체험적 자아의 의식과 행위를 통해 은밀하게 자신의 의지를 관철시킨다.

이에 대한 이해는 원근법적 체계의 도움을 받을 수 있다. 원근법에서 소실점은 공간을 통일시키는 존재인데, 공간 바깥에는 소실점에 대응하는 또 다른 위치가 존재한다. 그 위치가 투시점이며 이는 실제 소실점과 일치한다. 여기에서 소실점과 투시점에 각각 「萬歲前」의 체험적 자아 '나'와 서술적 자아 '나'를 대응시킬 수 있다. 서술적 자아 '나'는 체험적 자아 '나'를 지배하는 특권적인 위치에 서서, 자신과 스토리 사이의 거리를 창출하면서 동시에 스토리 내부의 체험적 자아를 영유함으로써 그 거리를 제거하게 된다. 여기에서 간과해서는 안 될 것이 투시점은 그 유일한 위치라는 점을 통해 다른 사고나 시선을 하나로 변용시키는 기제라는 점이다.[21]

개작을 통해 나타난 인과율에 의한 스토리의 배치 역시 동일한 기반을 지니고 있다. '出札口'를 통과하기 위해 입장권을 사거나, 앞뒤가 맞지 않는 靜子의 행위를 정리하거나, 연락선을 타는 장면을 삽입하는 등 인과의 사슬을 통해 연결된 사건들은 중복이 없는 긴밀한 위계를 이루게 되며, 이를 통해 사건들은 불합리하지도 신비롭지도 않으며 분명하고 친숙하게 된다. 또 일련의 지속적인 사건들은 하나의 의미 있는 전체를 구축하게 되고, 이는 삶의 다른 행동이나 과정과 연결되고 나아가 세계의 흐름에 다가가게 되는 것이다. 하지만 이 역시 유기적인 세계상을 양적인 구성물로 변환시키는 조작이라 할 수 있으며, 그 결과 삶은 더욱 얇아지고 투명해져 그 자체의 밀도, 양, 전개는 사라지고 만다.

그런데 이와 같은 「墓地」에서 「萬歲前」으로의 개작은 바르트(R. Barthes)가 언급한 근대소설의 에크리튀르를 확립하는 과정과도 맞물려 있다. 바르트는 사고가 존재하고 글쓰기가 이어진다는 환원론적 발상에서 벗어나, 어떤 방식 속에서 말하고 있으며, 어떤 방식 속에서 쓰고 있는지를 문제시한다. 그 연장선상에서 근대소설이라는 글쓰기가 어떤 방식 속에서 행해지고 있는가에 주목하는데, 그것이 바로 근대소설의 에크리튀르이다. 물론 바르트가 근대소설의 에크리튀르로 들고 있는 것은 3인칭대명사와 과거시제이다.[22] 하지만 3인칭대명사가 소설의 중심에 위치하기 위해서는 등장인물이 초점화자가 되어 서술자가 사라져야 한다는 점, 소설에서 과거시제는 과거를 뜻하는 것이 아니라 스토리가 계량되고, 선택되고, 배치되었음을 의미한다는 점 등에서 앞서 살펴본 개작의 양상이 이들과 연결되어 있음을 알 수 있다.

여기에서 「萬歲前」의 전반부와 후반부의 균열과 「墓地」에서 「萬歲前」으로의 개작이 맞물리는 지점을 발견할 수 있다. 물론 앞에서 검토한 바와 같이 개작의 흔적은 「萬歲前」의 전반부에서도 나타난다. 하지만 「墓地」에서 「萬歲前」에 이르는 개작의 주된 초점은 스토리의 층위가 아니라 서술방식의 층위에 놓여 있었다. 바꾸어 말하자면 「墓地」를 「萬歲前」으로 개작했던 부분에서는 작가가 서술방식을 가다듬으면서도 그것을 스토리의 층위까지는 연결시키지 못했다는 것이다. '나'의 반성과 회의, 또 그것을 가능하게 한 서술적 자아와 체험적 자아의 긴장 등 「萬歲前」의 전반부에서 나타나는 특징은 여기에서 기인한 것이다. 개작의 논리가 전면화 되어 나타나게 되는 것은 서술방식과 스토리가 결합되어 서술된 「萬歲前」의 후반부이다.

「萬歲前」의 후반부에서는 '나'의 반성과 회의를 발견하기 힘들다. 서술적 자아 '나'와 체험적 자아 '나'가 더 이상 동일한 실존적 공간에 위치하지 않기 때문이다. 체험적 자아와 서술적 자아가 같은 실존적 공간 속에 위치한다는 것은 소실점과 투시점이 동일한 공간 속에 위치하고 있음을 의미한다. 동일한 공간 속에 위치한 소실점과 투시점을 통해 원근법적 체계를 구축하는 것은 불가능하다. 원근법적 체계가 구축되기 위해서는 체험적 자아가 초점화자의 역할을 하고 서술적 자아가 모습을 감추어야 했는데, 이는 개작의 논리와 맞물리는 것이었다.

시제의 변화 역시 이러한 변화를 통해 드러나게 된 것이다. 소설에서 시제는 일상 경험에 관한 의미에서 시간이라고 부르는 것과 자율적인 관계에 있다. 소설에서 시제는 살아있는 경험의 시간과 거리를 지니지만 완전히 단절되지는 않으며, 그 이중적인 관계가 소설의 질서를 만들어낸다. 이를 가장 잘 나타내는 것은 흔히 '서사적 과거'라고 불리는 과거시제이다. 앞에서 언급했듯이 소설에서 과거시제는 과거를 의미하는 것이 아니라 서술자에 의해 스토리가 계량되고, 선택되고, 배치되었음을 의미한다는 것이다.

그런데 1인칭 서술에서 시제는 이와는 다른 성격을 지닌다. 1인칭 서술에서 과거시제는 과거를 의미하는데, 그것 역시 서술적 자아와 체험적 자아와의 관계 때문이다. 곧 과거에 있었던 일에 대한 서술을 담당하는 서술적 자아가 체험적 자아와 동일한 공간에 위치함에 따라 과거시제는 체험적 자아의 과거를 가리키게 되는 것이다.[23] 여기에서 「萬歲前」의 전반부와는 달리 후반부에서 현재시제가 빈번하게 등장했음을 환기할 필요가 있다. 이러한 현재시제는 체험적 자아 '나'가 이미 서술적 자아 '나'를 의식하지 않게 되었음을 의미하는 것이다. 「墓地」에서 「萬歲前」으로 개작의 양상을 살펴보면서 과거시제를 의식적으로 현재시제로 바꾼 것을 확인한 바 있는데, 그것의 의미 역시 이와 연결된다.

흥미로운 것은 체험적 자아가 서술적 자아의 의식하지 않는 것과 맞물려, 서술적 자아 역시 체험적 자아의 무게로부터 벗어난다는 점이다. 앞서 「萬歲前」의 후반부에서 주석이나 논평 등 일반화의 양상 역시 자주 나타남을 고찰한 바 있다. 서술적 자아의 목소리가 직접 전달되는 주석이나 논평은 서술적 자아가 체험적 자아를 의식하지 않을 때 등장한다. 따라서 주석이나 논평이 빈번하게 사용되었다는 것은 소설의 후반부에서 두 개의 자아가 견지했던 긴장과 갈등이 흐트러졌음을 뜻한다.

실제 이는 체험적 자아를 초점화자로 위치시키지 않고 서술적 자아가 직접 자신의 목소리를 드러내는 것을 의미한다. 이미 서술적 자아는 원근법적 체계의 투시점에 위치했던 존재라는 점에서 더 이상 경험적 자아와의 긴장 관계를 견지할 수 없다. 그리고 이 역시 소설의 후반부에서 '나'의 회의나 반성이 사라지게 되는 원인의 하나로 작용한다. 이렇게 볼 때 「萬歲前」의 전반부와 후반부의 균열은 이미 「墓地」에서 「萬歲前」으로의 개작 과정에서 싹트고 있었음을 알 수 있다. 그리고 그것은 원근법과 인과율이라는 근대적 시공간의 논리를 소설 속에 이식하는 것이었다는 점에서, 한국 근대소설이 에크리튀르를 조형해 가는 과정과 맞물리는 것이었다고 할 수 있다.

5. 남은 문제들

이상에서 「墓地」에서 「萬歲前」으로의 개작 양상과 그 의미에 대해 살펴보았다. 또 그것이 「萬歲前」의 「墓地」 부분과 그 뒤에 이어지는 부분의 균열과 어떤 관련을 지니는지에 관해서도 논구해 보았다. 이 장에서는 거칠게나마 각 단락에서 언급했던 논지들을 정리하고 남은 문제를 확인하는 것으로 결론에 갈음하고자 한다.

2절에서는 먼저 「墓地」에서 「萬歲前」으로의 개작의 실제 양상에 대해 살펴보았다. 그것을 통해 개작의 중심이 어디에 있었는지도 확인할 수 있었다. 「墓地」에서 「萬歲前」으로의 개작의 중심은 초점화자의 위치를 분명히 하면서 거기에서 어긋난 서술방식을 바로잡거나 스토리를 배치하는 데 놓여 있었다. 개작을 통해 체험적 자아 '나'가 초점화자의 역할을 함에 따라 서술적 자아 '나'의 존재는 희미해지게 되었다. 이에 따라 소설에서 보고 듣는 역할은 체험적 자아 '나'에게 맡겨졌다. 또 인과율에 의해 스토리를 배치하는 과정 역시 이루어졌다. 그런데 스토리의 배치 역시, 스토리 바깥에 위치한 서술적 자아에 의해 가능하게 되었다는 점에서, 앞선 초점화자의 위치를 분명히 하는 과정과 동일한 기반을 지니는 일이었다.

3절에서는 「萬歲前」의 전반부와 후반부가 지니는 균열에 대해 검토해 보았다. 소설의 전반부에서 '나'의 주된 지향은 자아 혹은 개성의 발현으로 집약된다. 하지만 이러한 지향은 아내에 대한 상념이나 靜子와의 관계를 통해 회의의 대상이 되기도 했다. 조선의 식민지적 참상에 대한 접근 역시 마찬가지였다. 연락선에서 알게 된 조선의 식민지적 참상에 대한 깨달음은 '나'의 삶에 대한 반성의 계기로 작용한다. 하지만 소설의 후반부에서는 '나'의 회의나 반성은 더 이상 계속되지 않는다. 또 「萬歲前」의 후반부에서는 현재시제가 빈번하게 등장하며 논평이나 주석 등도 자주 나타났다.

4절에서는 「墓地」에서 「萬歲前」으로의 개작과 소설의 전반부와 후반부가 지니는 균열이 교차하는 지점에 대해 논의했다. 「萬歲前」의 전반부에서 '나'의 반성이 나타났던 것은 서술적 자아와 체험적 자아가 동일한 공간에 위치한다는 서술 상황에 기반을 두고 있었다. 그런데 소설의 후반부에서는 서술적 자아와 체험적 자아의 긴장이나 갈등이 사라진다. 이러한 변화는 「墓地」에서 「萬歲前」으로의 개작과 관련된 것으로 파악된다. 체험적 자아가 초점화자의 역할을 함에 따라 서술적 자아는 스토리에서 사라지게 되었으며, 둘의 긴장이나 갈등 역시 불가능하게 된 것이다. 소설의 후반부에서 현재시제와 논평, 주석 등이 자주 등장하는 것 역시 체험적 자아가 서술적 자아를 의식하지 않거나 서술적 자아가 체험적 자아의 무게에서 벗어났음을 의미한다. 그런데 「墓地」에서 「萬歲前」으로의 개작 과정은 근대소설의 에크리튀르를 확립하는 과정, 나아가 소설이라는 장에 원근법과 인과율이라는 체계를 구축하는 것이었다는 점에서 주목을 필요로 한다.

이렇듯 「萬歲前」의 전반부와 후반부가 지니는 균열은 「墓地」에서 「萬歲前」으로의 개작 과정에서부터 싹트고 있었다. 텍스트라는 측면에서 볼 때 「萬歲前」은 두 가지 균열을 지닌 존재라고 할 수 있다. 첫번째 균열은 「萬歲前」 전반부에서 나타나는 것으로, 개작 전의 스토리와 개작 후의 서술방식이 만들어내는 균열이다. 이는 개작이 스토리 층위가 아니라 서술방식의 층위에서 이루어졌기 때문으로 보인다. 두 번째 균열은 「萬歲前」이라는 텍스트에서 나타나는 것으로, 소설의 전반부와 후반부의 간극이 빚어내는 균열이다. 이 역시 개작의 층위와 관련된 문제로서, 소설의 전반부에 각인되어 있는 개작 이전의 흔적 때문이다.

1948년 2월에 '수선사'에서 발행한 「萬歲前」의 표지이다.

이러한 균열은 「萬歲前」에 관한 평가와 관련해 시사하는 바가 크다. 균열의 한쪽 면만을 확대해, 식민지 현실을 뛰어나게 재현했다고 고평하거나 혹은 모순의 본질로부터 비껴서 있다고 폄하하기보다는, 균열을 균열로서 읽어내려는 태도가 필요하다고 생각한다. 특히 그 균열이 「墓地」에서 「萬歲前」으로의 개작 과정에서 배태되어 「萬歲前」이라는 텍스트에 각인된 것임을 고려할 때, 더욱 그렇다고 할 수 있다. 한편 이는 염상섭 소설의 전개 과정에서 「萬歲前」의 위치를 상정하는 작업과도 관련이 된다. 「萬歲前」의 위치를 「墓地」가 처음 발표된 시점을 중시해 1922년으로 할 것인지, 완성된 시점을 중시해 1924년으로 할 것인지 하는 문제이다. 이 문제 역시 개작의 의미와 그것이 야기한 균열에 대해 살펴본 이 글의 논지를 통해 부족하나마 해명이 되었으리라고 생각한다. 「萬歲前」은 해방을 계기로 1948년 2월 '수선사'에서 다시 단행본으로 간행된다. '수선사' 판본 「萬歲前」에서는 기존 논의에서도 언급되듯이 서술방식뿐만 아니라 스토리에서도 많은 부분의 개작이 이루어졌다. 따라서 하나의 텍스트로서

「萬歲前」을 정당하게 평가하기 위해서는 '수선사' 판본 「萬歲前」에 대한 검토 역시 이루어져야 할 것이다. 곧 이전의 판본들과 '수선사' 판본 「萬歲前」의 실증적 차이와 그 의미에 대한 고찰 역시 필요하다는 것이다. 한편 「墓地」에서 「萬歲前」으로의 개작이 근대소설의 에크리튀르를 확립해 나가는 과정이기도 했다는 점에서, 그것은 당시 다른 작가들의 소설이 자신의 질서를 조형해 나가는 과정과 맞물리는 것이기도 했다. 실제 이러한 도정은 근대소설이 일정한 경계의 설정을 통해 다른 담론들과 차별화되는 관습을 만들어 나갔던 과정과도 겹쳐지는 것이었다. 따라서 「墓地」에서 「萬歲前」으로의 개작이 지니는 정당한 의미를 구명하기 위해서는 같은 시기 소설들이 양식적 질서를 구축해 가는 과정들에 대한 접근 역시 필요할 것이다. 다른 하나의 문제는 「墓地」에서 「萬歲前」으로의 개작의 근간에 놓여 있는 것이다. 곧 무엇이 「墓地」에서 「萬歲前」으로의 개작을 추동했는가 하는 문제이다. 물론 이는 거칠게 보면 한국 근대소설이 자신의 양식적 질서를 구축해나가는 과정과 맞물리는 과정일 것이다. 하지만 개작의 한편에는 염상섭 개인의 음영 역시 아로새겨져 있다. 곧 개작의 온전한 의미를 해명하기 위해서는 「墓地」를 연재할 1922년과 「萬歲前」을 발표할 1924년 두 시기 염상섭의 행적과 사상 역시 검토할 필요가 있다는 것이다. 이 역시 앞에서 제기한 문제들과 함께 다음의 과제로 남기고자 한다.

2장 '문인회'의 결성과 염상섭

문인은 연소되는 생명과 영혼의 화염에 비치는 것을 그리는 사람이며 누구보다 전적으로 살기 위해 노력하는 존재이자 내적 생활의 백병전에 종군하는 투사여야 한다.

(염상섭의 「문인회 조직에 관하여」에서)

1. 빛바랜 흔적, '문인회'

'문인회'[1]라는 이름이 신문, 잡지 등에 처음 거론된 것은 1922년 12월 26일 『동아일보』의 「文藝運動의第一聲」에서였다. 기사는 1922년 12월 24일에 있었던 '문인회'의 첫 번째 회합에 참석한 문인, 추진 사업, 사무소 개설 등에 대한 소식을 전하고 있다.[2] 이어 12월 28일 『동아일보』의 사설, 1923년 1월 1일 같은 신문에 실린 염상섭의 「文人會組織에關하야」 등에서도 '문인회'에 대한 신문 미디어의 요구나 '문인회' 결성의 취지 등이 다루어진다. 이 시기 '문인회'에 대한 미디어의 관심은 1923년 1월 4일, 1월 7일 2차 회합을 다룬 기사로 이어졌다.

필자가 확인한 바로는 1925년 2월 『개벽』에 실린 「文壇의暗面〈文壇時評〉」이 '문인회'의 흔적을 확인할 수 있는 마지막 글이다. 'WW生'이라는 필명으로 발표된 이 글에는 당시 '문인회' 기관지의 편집을 담당했던 'C.B.L.'에게 연하장을 받은 소감, 문인의 위상에 대한 숙고의 필요성 등이 나타나 있다.[3] 「文壇의暗面〈文壇時評〉」은 앞선 글들이 발표된 시기와 2년 남짓한 거리를 지니고 있다. 실제 그 기간에도 '문인회'에 대한 소식은 기관지 발행, 『폐허이후』 간행 등으로 간간이 전해지고 있었다.

'문인회'는 명칭에서 드러나듯이 '문인'의 이해를 대변하기 위해 결성된 조직이었는데, 조선에서는 처음으로 이루어진 것이었다. 이전까지는 『창조』, 『신청년』, 『폐허』, 『백조』 등 동인을 중심으로 한 문학 집단이 있었을 뿐이다. 그런데 '문인회'는 처음 결성을 추진하는 과정부터 삐걱거렸으며 이후의 활동 역시 활발하지 못했다. "〈뢰내쌍쓰〉라는 신문지 4절인 타블로이드판의 초라한 기관지를 한 호 내고 그대로 잠잠했다"가 "1년이 지난 후에 〈폐허이후〉를 문인회 기관지로 내고" "또 다시 종간이 되었다"[4]는 언급 역시 이를 방증한다. 당시 신문, 잡지 등의 미디어에서 '문인회'의 소식을 간헐적으로밖에 발견할 수 없는 주된 이유도 여기에 있을 것이다. 또 후대의 연구자들에게 '문인회'가 관심을 받지 못한 것 역시 1차적으로는 여기에 기인하는 것으로 보인다.

그런데 '문인회'를 추진하던 당시의 부정적 입장이나 후대 연구자들의 무관심에는 또 다른 이유 역시 작용하고 있는 것으로 보인다. 문학을 현실과 동떨어진 초월적 존재로 파악하는 시각이 그것이다. 문학은 근대에 들어 생산(작가), 유통(언론사·출판사), 소비(독자) 등으로 구성되는 메커니즘 속에 위치하게 되며 문인은 작품을 생산, 유통시켜 경제적 대가를 획득하지 못할 경우 문인으로서의 삶을 지속하기 힘들었다. 실제 앞선 시각 역시 문학이 열악한 조건 속에서 내적 위계화를 통해 상징 이익을 꾀하기 위해 정치 · 경제적인 것과 결별하고 초월, 고립 등을 내세운 것과 연결된다. 이를 고려하면 오히려 문학과 자본의 위태로운 긴장에 주목하는 것이 열악한 경제 조건과 상품 시장 속에 위치하면서도 문인들이 견지하고자 했던 작가 의식이나 존재 양태를 온전히 해명하는 데 도움이 될 것임을 알 수 있다.

드물게 '문인회'의 존재에 주목했던 김윤식은 '문인회'의 결성이 문학적 공백기에 조응해 문단의 헤게모니를 쥐고자 하는 욕망에 따른 것이라고 파악했다. 그런데 조직을 추진하는 과정에서 문사와 기자를 구별하지 못하고 회원을 섭외함에 따라 『백조』 동인을 중심으로 한 문인들의 반대에 부딪혔다는 것이다. '문인회'의 활동이 미미했던 것 역시 이러한 상황에서 비롯된 것으로 파악했다.[5] 김병익 역시 『폐허』 파를 중심으로 '문인회'의 결성이 추진되었으나 의욕만큼의 자금과 능력이 없었고 또 회원의 기준이 마련되지 않아 실패로 돌아가고 말았다고 평가했다.[6] 이들 논의는 '문인회'의 결성이 실패로 돌아간 이유에 초점이 맞추어져 있으며 결성의 목적 역시 문단의 헤게모니를 쥐기 위한 것으로 폄하하고 있다. 근래 제기된 박헌호의 논의는 '문인회'의 결성이 추진된 본래의 의도에 주목하고 있다는 점에서 앞선 논의들의 문제점을 적확하게 드러내고 있다. 논의는 '문인회'의 중심에 위치했던 염상섭에 초점을 맞추어, '문인회'의 결성 취지가 염상섭의 현실 인식과 노동관과 연결되어 있었다는 점, 나아가 그것이 아나키즘적 문학관의 실천적 발현이라는 점 등을 논구했다.[7]

이 글은 '문인회'의 결성이 실패로 돌아갔다고 속단하거나 그 목적을 피상적으로 파악하는 데서 벗어나려 한다. '문인회'의 결성이나 활동이 삐걱거렸던 이유를 『폐허』나 『백조』 동인들 간의 갈등 때문이라고 보는 입장에도 거리를 두려 한다. 요컨대 '문인회' 결성의 현장으로 돌아가 그들이 추진했던 입장이나 취지를 온전히 주목하는 데서 논의를 출발하려 한다. 그런데 이를 위해서는 먼저 '문인회' 활동의 실상에 엄밀하게 접근하는 작업이 필요하다고 생각한다. 기관지 『뢰내쌍쓰』의 발행, 문사극의 공연, 『廢墟以後』의 압수 등 그나마 드문 '문인회'의 활동들 역시 제대로 조명을 받아본 적이 없기 때문이다. 이 글은 문인회가 처음 조직되는 때인 1922년 12월부터 와해되는 1925년 초까지를 시기적 대상으로 해, 활동의 실상과 의미에 주목하고자 한다. 그 경과에 대한 실증적 재구를 목적으로 하는 이 글의 문제의식은 단순히 문인회가 결성을 추진했다가 사산되었다는 과정을 확인하는 것이 아니라 그것이 어떻게 꾀해졌으며 왜 사산되었는가라는 질문과 맞닿아 있다.

또 하나 이 글이 주목하는 것은 '문인회'의 결성이 추진되었던 1922년 말, 1923년 초라는 시기이다. 왜 '문인회' 결성을 추진했던 시점이 1922년 말, 1923년 초였을까 하는 점이다. 실제 이 시기가 문학사적 서술의 관심을 받았던 적은 없다. 대부분의 문학사에서는 이 시기는 동인지 문학이 일단의 종언을 고하고 근대문학의 전개가 침체에 빠져든 시기로 파악된다. 곧 『창조』, 『폐허』 등의 동인지가 폐간되고, 『백조』 역시 2호 이후 발행에 어려움을 겪던 시기였다는 것이다. 그런데 뒤에서 상론하겠지만 '문인회'가 결성된 시기는 『동아일보』, 『동명』 등에서 처음으로 원고료를 지급한 시기와 겹쳐진다. 이는 '문인회'의 결성과 활동 등의 움직임이 미디어와 문학이 조우하는 장과 긴밀하게 연결되어 있음을 말해준다. 따라서 '문인회'가 결성된 1922년 말, 1923년 초라는 시기의 의미에 온전히 접근하기 위해서는 당시 미디어와 문학의 관계에 대해 주목할 필요가 있다.

2. '문인회'의 결성과 논란

'문인회'라는 이름이 처음 거론된 것이 「文藝運動의第一聲」에서였음은 앞서 확인한 바 있다. 글은 "재작 이십사일 오후 네 시부터 리병도(李丙燾) 렴상섭(廉想涉) 오상순(吳相淳) 황석우(黃錫禹) 변영로(卞榮魯) 씨등의 발긔로부터" "문예에 종사하는 문사 십여 명이 모여 문인회(文人會)라는 단톄를 조직"했다고 했다. 또 "사무소는 부내 재동(齋洞) 구십팔번디에 두고" "때々로 례회를 열 일과 또는 사업의 첫거름으로 합작집(合作集)을 출판할 일 등을 결뎡하얏"[8]음을 알린다. 1922년 12월 24일 이병도, 염상섭, 오상순, 황석우, 변영로 등 문인 10여 명이 모여 '문인회'를 조직했으며, 사무실을 두고 정기적으로 모임을 갖는 한편 '합작집'을 출판하기로 했다는 것이다.

앞선 기사가 실린 이틀 뒤인 1922년 12월 28일 같은 신문 1면에는 「文人會 -革新의旗를擧하라」는 사설이 발표되었다. 이 글은 신문 미디어가 '문학'이나 '문인회'를 어떻게 인식하고 있는지를 확인할 수 있다는 점에서 주목을 필요로 한다. 글은 무력(劒), 재력(富)과의 관계 속에서 문학의 위상을 환기하는 것으로 시작한다. 이어 문학의 정의, 문인의 위상, 그리고 문인회의 임무 등에 대해 언술하고 있다. 실제 「文人會 -革新의旗를 擧하라」의 중심이 놓인 곳은 문인의 위상과 '문인회'의 세 가지 임무 등을 언급한 부분이다. 그런데 오히려 흥미로운 부분은 "人類의 生活改善과 幸福增進에 對하야 裨益補助가 될 만한 記錄文字는 摠히 文學의 範圍 中에 共稱치 아니하면 아니 될 것"[9]이라는 문학의 정의에 대한 것이다. 서두에서 문학이 "民族의 發展과 社會의 振興을 策하는 모든 運動에 核心이 되며 急先鋒이 되"기 때문에 그것을 전제로 '劒의 權威'와 '富의 勢力'도 시인될 수 있다는 주장 역시 여기에 근거를 둔다. 당시 미디어가 생활 개선과 행복 증진에 도움이 되는 기록 문자는 모두 문학으로 파악하고 있는 것은 기억해 둘 필요가 있다.

1923년 1월 1일 『동아일보』 신년호에는 염상섭이 쓴 「文人會組織에關하야」라는 글이 발표된다. 『동아일보』는 1923년 신년호를 '문예특집'에 가깝게 꾸민다. 1월 1일자 신문은 모두 20면이 발행되었는데, 13면에서 15면까지가 문예면이었다. 또 1월 3일자 신문은 모두 8면이 발행되었는데, 4, 5면을 문예면으로 했다.[10] 신년호를 발행하기 직전인 1922년 12월 19일 전후 『동아일보』에서는 문인들을 초대해 회합 자리를 마련한다. 모임에 초대된 문인들 중 변영로를 제외하고는 모두 글을 실었던 것을 볼 때, 회합의 성격은 '문예특집'의 취지를 설명하고 원고를 청탁하는 성격을 지녔던 것으로 보인다.[11] 그렇다면 염상섭의 「文人會組織에關하야」는 『동아일보』 신년호의 '문예특집'이라는 지면을

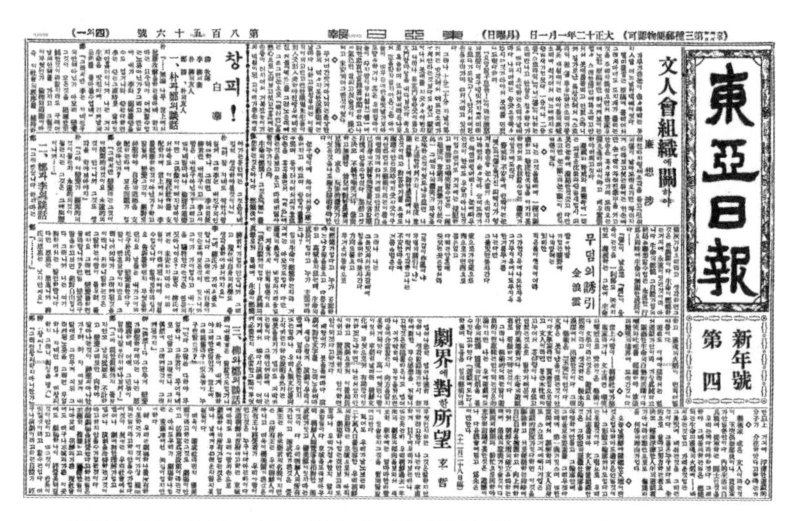
大正十二年一月一日 (月曜日) 東亞日報 第八百五十六號 (四)

東亞日報

新年號 第四

文人會組織에關하야 廉想涉

무덤의誘引

劇界에對한所望 玄哲

창피! 白華

1923년 1월 1일 『동아일보』 신년호에 실린 염상섭의 「文人會組織에關하야」이다. 염상섭은 이 글에서 '문인회'의 취지, 위상 등을 밝히고 있다.

통해 '문인회'의 존재, 위상 등을 분명히 하기 위한 글임을 알 수 있다.

「文人會組織에關하야」는 다소 엉뚱하게 "原稿에 몰리어서" "컴々스레한 房안에 쭉으리고 안저" 있던 염상섭이 아이들이 '쎄스쏠'을 하는 것을 보고 미소를 짓는 것으로 시작된다. 염상섭은 아이들이 "凝視와 警戒와 周密 속에" "조고만 눈(眼)과 눈(眼)이 반작"이며 '쎄스쏠'을 하는 데는 "侵犯하고 冒瀆하고 嘲笑할 수 업는 一種의 敬虔과 尊嚴과 眞摯가 잇"다고 했다. 그때 '쎄스쏠'은 "그 自體가 임의 終局을 聯想할 수 업는 永遠한 行爲요 同時에 生命의 無限한 成長"인 '生命의 燃燒'라는 것이다.

이어 염상섭은 "遊戱도 이에 이르러서는 벌서 遊戱가 안이라 가장 眞純하고 嚴肅한 生命의 白熱的 活躍"이라며, 자신이 하고자 했던 본래의 말을 꺼낸다. "遊戱에도 生命의 燃燒 靈魂의 紅焰을 볼 수 잇"는데 문학은 "일음을 임의 藝術이라 한 以上 거기에 浮薄한 遊戱的 分子가 介在"할 수 없다고 했다. 염상섭은 "藝術이나 文學이라는 것은 遊戱요 娛樂이라고 생각"하며, 문인을 "社會的 異端者거나 生命의 遊戱者로 看做"하는 데 거부감을 드러낸다. 곧 문인은 "燃燒되는 生命과 靈魂의 火焰에" "가리운 것 업는 그 불빗에 비취는 것을 그리"는 자이며, "누구보다도 全的으로 살랴고 努力하는 者요" "內的 生活의 白兵戰에 從軍하는 鬪士"[12]라는 것이다.

이러한 염상섭의 언술에 대해 박헌호는 염상섭이 문인을 삶과 세계에 대한 내면의 성찰을 부단히 하며 그 성찰을 문학 창작과 그것을 둘러싼 여러 실천을 실현시키면서 자신의 생과 존재의 사회적 의미를 극대화하는 존재로 파악했던 것이라고 했다.[13] 논지의 연장선상에서 염상섭은 '문인회'의 역할을 "世間에서 誤解하며 文人 自身도 스스로 거긔에 빠지기 쉽은 遊戱的 態度"를 "驅除하고 서로 鞭撻"해 "自己 自

身을 擁護하고 向上케 하야써 朝鮮 文壇의 確立을 꾀하는 데"[14] 있다고 보았다.

그런데 『동아일보』에 앞선 글들이 게재되기 며칠 전인 1922년 12월 21일 박종화의 일기에 다음과 같은 내용이 있다.

> 염상섭, 오상순, 변영로, 황석우의 연명으로 '문인회(文人會)'를 조직하겠으니 참석하여 달라는 통지가 왔다. 조선에 이 현상에 있어 '문인회' 과연 그것이 성립될는지 의문이다. 동명사(東明社)의 염(廉)에게 가지 못하겠다는 편지를 부치다.[15]

인용은 1922년 12월 21일을 전후로 '문인회'에 참석해달라는 통지가 있었음을 말해준다. 박종화는 '문인회'가 성립될지 의구심을 지녔다는 것인데, 실제 박종화는 12월 24일의 모임에 가지 않았으며 '문인회'의 2차 모임에도 참석하지 않았다. 박종화가 '문인회'의 결성에 부정적인 태도를 보였던 이유는 2차 모임에 관한 글들을 통해 접근할 수 있다.

1923년 1월 4일, 7일 등의 『동아일보』를 참조하면 2차 모임은 "오일 하오 오시에 시내 돈의동 명월관(明月館)에서 신년간친회"[16] 형식으로 열렸다. 2차 모임에서는 "장차 외국의 동지와도 교섭이 잇슬 터임으로 『조선』이라는 두 자를 붓치어 『조선문인회』"라고 하고 "긔관잡지 『루네산쓰』(文藝復興)를 삼월 일々에 창간하기로" 했다는 것이다. 주목해야 할 부분은 "회원 추천에 관한 일을 의론하얏는대 이 문뎨는 매우 중단한 문뎨임으로 여러 가지 의론이 잇"었으며, 논란 끝에 "『일 년에 한 번식 최종 월례회에서 회원 반 수 이상의 추천』으로 입회케 하자"[17]는 것으로 마무리되었다는 것이다.

1차 모임에 참석한 사람이 10여 명이었고 그나마 임의대로 추천한 회원을 합해도 37명밖에 되지 않았던 당시 '문인회'의 입장에서 입회 기준에 대한 논란이 있었다는 사실은 다소 의아하다.[18] 이와 관련해 박종화는 "〈동아일보〉의 장덕수(張德秀)·송진우(宋鎭禹), 〈동명〉의 최남선(崔南善)·진학문(秦學文)" 등이 "문인회에 입회한 회원 명단"에 있다는 말을 듣고 "문인회는 순수한 문인만이 모여야 하지 않느냐"[19]라고 반문했다고 했다. 이를 고려하면 앞선 입회 기준에 대한 논란은 장덕수, 송진우, 최남선, 진학문 등을 '문인회' 회원으로 할 수 있는가와 관련된 것임을 추정할 수 있다. 여기에서 필요한 것은 오히려 논란을 예상하면서까지 이들을 회원으로 입회시키려고 했던 의도가 무엇이었을까 하는 데 주목하는 시각일 것이다.

3.『뢰내쌍쓰』의 발행과 문사극 추진

'문인회'는 1923년 4월 1일 기관지『뢰내쌍쓰』를 발행했다.[20] 1923년 3월 31일『매일신보』는 기관지 발행 소식을 전한다. "문인회(文人會)에셔는『루네싼스』(文藝復興)이라는 긔관잡지를 발간"했는데, "사월 일일부터는 쓸々한 됴션문단에 싀로운 빗을 낫타닉리라더라"[21]고 했다.『동아일보』역시 1923년 4월 4일『뢰내쌍쓰』의 발행 소식을 전하며 "일반회원의 근소한 의연금으로 경영하는 바"라서 "『폐이지』수도 만치 못하며 톄제도 훌륭하지 못하나" "뎡가는 매부에 겨우 십전이라" "조선 문인의 대부분이 모히어 의무뎍으로 경영하는 이 잡지를 반드시 볼 의무가 잇"[22]다고 했다.

'문인회'의 기관지『뢰내쌍쓰』에 대해 가장 충실한 정보를 제공하고 있는 것은 『동명』에 실린 광고이다. 당시 염상섭이 '동명사'의 기자로 일하고 있었음을 고려하면 『뢰내쌍쓰』의 광고에도 관계를 했을 것으로 추정된다. 1923년 4월 1일과 4월 8일 두 번 광고가 게재되었는데, 첫 번째 광고는 다음과 같다.

> 朝鮮文人會月刊雜誌
>
> 뢰내쌍쓰
>
> 創刊號今日出來
>
> 每月一回·定價金拾錢
>
> 우리는 完全한 自己의 解放으로써 새 生命에 거듭나는 同時에 新文壇을 樹立하랴는 徵表으로 이 젹은 선물을 諸君 압헤 爲先 드리나이다.[23]

인용된 광고에서 주목해야 할 것은 "우리는 完全한 自己의 解放으로써 새 生命에 거듭나는 同時에 新文壇을 樹立하랴는 徵表으로 이 젹은 선물을 諸君 압헤 爲先 드리나이다"는 부분이다. 이러한 기관지 발행의 취지는 문인을 생명과 영혼을 화염에 연소시키면서 전적으로 살려고 노력하는 자로 규정했던 「文人會組織에關하야」에 나타난 염상섭의 주장과 연결되고 있다. 1주일 후인 4월 8일의 광고는 '創刊號 再版出來'라고 해 재판이 나왔음과 발매소가 '경성부, 평양부, 대구부, 개성군, 진남포' 등 다섯 곳임을 밝히고 있다.[24]

『뢰내쌍쓰』는 아직까지 실제 잡지를 확인할 수 없다. 앞선 『동아일보』의 기사를 고려하면 문인회의 기관지는 분량, 체제 등에서 문제를 지닌 채 발행된 것으로 보인다. 박종화는 『뢰내쌍쓰』에 대해 "신문지 4절인 타블로이드판의 초라한 기관지"[25]라고 회고하고 있다. 10전이라는 가격을 기준으로 당대 동인지 등과의 비교하면 거칠게나마 기관지의 얼개를 그려볼 수 있다. 1919년 2월에서 1921년 5월까지 발행된 『창조』가 30전에서 50전이었고, 1920년 7월에서 1921년 1월까지 발행된 『폐허』 1호는 45전, 2호는 50전이었다. 『뢰내쌍쓰』와 비슷한 시기에 세 차례 발행된 『백조』의 가격은 각각 60전, 70전, 60전이었다. 10전이라는 가격을 고려하면 『뢰내쌍쓰』가 동인지의 1/5에서 1/6 정도의 분량이었음과 4, 5편 안팎의 글이 실렸음을 추정할 수 있다.

염상섭은 1923년 12월 『개벽』 42호에 발표한 「올해의小說界〈文壇의今年〉」에서 1923년에 발표된 소설을 다루며 홍영후의 「寒夜」에 대해 언급한다. "料理代金의 計算書를 보는 것밧게 아니 된다고 생각하"며 "더 말할 餘地가 업"[26]다고 혹평하는데, 이 글의 관심은 소설의 출전을 『뢰내쌍쓰』라고 밝힌 부분에 있다. 이를 통해 『뢰내쌍쓰』에 홍영후의 소설 「寒夜」이 실렸음을 알 수 있다. 또 염상섭이 1년간의 소설을 총평하는 글에서 『뢰내쌍쓰』에 실린 다른 소설을 언급하지 않는다는 것을 통해 『뢰내쌍쓰』에 실린 소설은 홍영후의 「寒夜」뿐임도 추정할 수 있다.

『동아일보』에 실린 「文人會의第一事業 雜誌『文藝復興』창간」에서는 『뢰내쌍쓰』를 "『조선문인회』라는 것이 잇다 하는 표뎍"으로 "처음으로 드리는 조그마한 선물에 지나지 못"[27]한다고 했다. 염상섭은 이후 『뢰내쌍쓰』가 온전한 체제로 발행되지 못했던 이유에 대해 언급한 바 있다. 염상섭은 먼저 "무슨 일을 始作하든지" "돈과 誠意" "두 가지 問題밧게 업다"고 전제를 한다. 그런데 '문인회'에는 "두 가지가 다— 업섯다"고 했다. "爲先 雜誌— 하고, 서둘럿스나, 맨드러 내노흔 것은 「뢰네쌍쓰」"였으나 "붓대 드는 사람의 誠意, 經營하야 갈 資力, 이 두 가지가 업"어서 "內容이 貧弱하"고 "非難이 빗발치 듯하얏다"[28]는 것이다.

염상섭의 언급처럼 『뢰내쌍쓰』가 분량, 체제 등에서 문제를 지녔던 1차적인 이유 중 하나는 발행 비용의 문제였던 것으로 파악된다. 박영희는 『백조』를 발행하던 때를 회고하면서 "화려하게 내자는 동인들의 의견이 일치되어" "일백오십 페지의 책을 내었"는데 "매호 근 천원의 비용이 낫다"[29]고 했다. 김동인은 『창조』 창간호를 발행하기 위해 평양의 집에 연락해 이백 원을 받아 자금의 용도 때문에 경찰에 취조를 받기도 했다.[30] 『백조』 3호는 홍사용이 자신의 토지 전부를 은행에 저당해 놓고 받은 돈으로 발행했다. 『백조』 1호와 2호의 발간 비용은 수원의 지주였던 홍사중이 담당했는데 그는 홍사용의 사촌형이었다.[31] 『창조』의 발행 비용이 김동인 개인의 출자에 의해 이루어졌음을 잘 알려진 사실이다. 『폐허』의 발행 역시 어려움을 겪기는 마찬가지로 「想餘」에서 "發行에 關한 모든 費用은, 廣益書館 主人 高敬商 君이 全部 出金하기로 하엿다"[32]며 광익서관의 고경상에게 감사를 표하고 있다. 이러한 예들은 당시 동인지 등 잡지가 판매 대금을 회수해 다음 호를 발행한 것이 아니라는 것을 말해준다. 당시 쌀 80kg 한 가마니가 10원, 설렁탕 한 그릇이 10전 정도였고, 공무원, 교사의 월급이 30~40원 정도였다.[33] 몇백 원이라는 발행 비용은 당시 공무원이나 교사의 연봉에 해당하는 금액으로 '문인회' 회원들의 회비로 해결될 수 있는 크기가 아니었다는 것이다.

'문인회'의 추진 경과에 대해 염상섭이 쓴 글에는 기관지 『뢰내쌍쓰』를 발행한 후 "文士劇을 上演하야 볼 豫定으로 東奔西走하야" "次々交涉이 進行"[34]되어갔다는 언급이 있다. 문사극을 추진하는 데도 염상섭이 깊이 관여하고 있었음을 나타내는 글은 1923년 1월 21일 『동명』에 발표한 「나도한마듸 天道敎少年會 童話劇을보고」이다.[35] 천도교소년회가 주최한 동화극을 본 염상섭은 "普通 劇場에서 보는 것 가튼 野

卑한 맛이 업느니 만치 滋味잇는 中에도 高雅한 맛이 잇섯다"고 높이 평가한다. 이어 "非○樂的 演藝會가 間或 實演되어 朝鮮 劇界의 發達을 도앗으면 하는 생각이 懇切"했다며 "爲先 日本에서도 試驗해 보는『文人劇』가튼 것을 計劃하야 보는 것도 조흘 것 갓다"[36]라고 했다. 여기에서 이미 1923년 1월부터 염상섭에게 문인회 사업의 하나로 문사극을 추진할 생각이 있었음을 알 수 있다.

실제 문사극의 공연은 이루어지지 못했다.「經過의大略」에서는 "女優를 어들 道理가 업"었으며 "내남직할 것 업시 밥버리에 매달린 사람들이라, 到底히 一致한 行動을 取할 수 업"[37]었다고 했다. 1923년 당시 여자 배우를 구하기 힘들었음은 '토월회'의 구성원으로 활동했던 김기진의 언급을 통해서도 알 수 있다. '토월회'의 창립 멤버였던 김기진은 1923년 5월 일본에서 유학 생활을 하던 중 연극에 출연할 여자 배우를 구하기 위해 경성으로 돌아온다. 박승희, 이서구 등과 함께 여자 배우를 물색했지만 번번이 실패로 돌아가 어쩔 수 없이 섭외했던 것이 당시 신파극에 출연하던 이월화였다고 했다.[38]

하지만 '문인회'의 문사극이 공연되지 못한 보다 주된 이유는 회원들의 참여가 저조했던 데 따른 것으로 보인다. 문인들 모두 밥벌이에 매달린 사람들이라서 행동의 일치를 구하기가 힘들었다는 것이다. 앞서 기관지『뢰내쌍쓰』가 분량, 체제 등에서 문제를 지니게 된 이유가 발행 비용의 문제와 함께 회원들의 '성의'가 부족했던 데 따른 것임을 확인한 바 있다. 각자가 글을 써서 내는 데도 어려움을 겪었음을 고려하면 기획, 연습, 공연 등 모임을 통해서만 추진될 수 있는 연극 공연은 더욱 힘든 일이었을 것이다.

공연이 이루어지지는 못했지만 문사극의 얼개를 확인할 수 있는 글은 있다. 1923년 7월『개벽』37호에 게재된「『씌오게네쓰』의誘惑」이 그

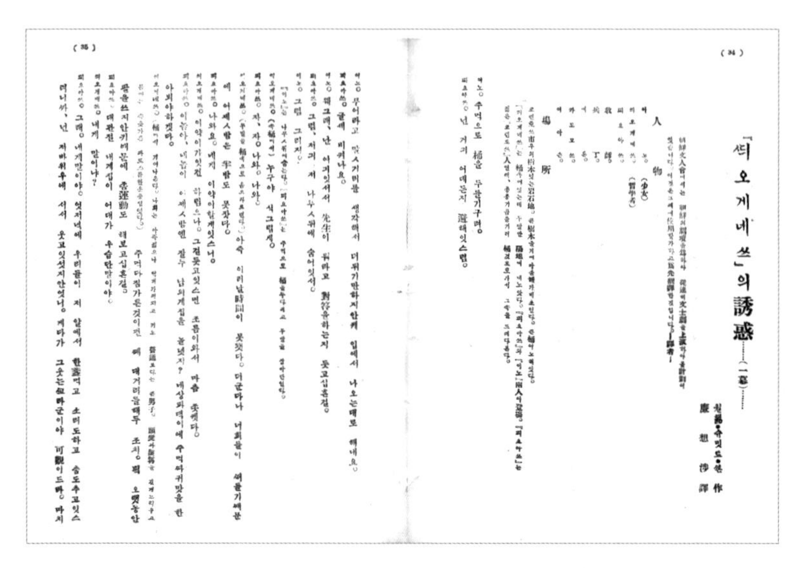
「띄오게네쓰」의誘惑……(一幕)……

윌헬름·슈밋트·뽄 作
廉想涉 譯

1923년 7월 『개벽』 37호에 있는 「『띄오게네쓰』의誘惑」이다. 원작자는 '윌헬름·슈밋트·뽄'으로, 번역자는 염상섭으로 되어 있다. 글의 서두에는 '조선문인회'에서 문사극을 상연할 계획이 있어서 번역한 것이라는 부기가 있다.

것이다. 원작자는 '윌헮·슈밋트·뽄'으로, 번역자는 염상섭으로 되어 있다.[39] 글의 서두에는 "朝鮮文人會에서는 朝鮮의 劇壇을 爲하야 從速히 文士劇을 上演하야 볼 計劃이 잇"어 "이것은 그때에 使用할가 하고 爲先 飜譯한 것"[40]이라는 부기가 있다. 이를 고려하면 '문인회'의 문사극은 염상섭의 번역을 대본으로 1923년 7, 8월 정도에 공연하려 했음을 알 수 있다.

「『띄오게네쓰』의誘惑」은 독일의 소설가이자 극작가인 빌헬름 슈미트폰(Wilhelm Schmidtbonn)의 희곡 중 1막을 번역한 것이었다. 희곡에서는 '피요아쓰'가 그의 동료 '이아손', '에톤' 등과 함께 자신의 여인인 '이노'를 미끼로 '띄오게네쓰'에게 망신을 주고자 한다. '띄오게네쓰'는 '이노'의 유혹에 넘어가 '피요아쓰' 등에게 망신을 당하는 것처럼 보였지만 실제 '이노'가 그의 삶의 방식에 감화되는 것으로 마무리된다.

그런데 왜 염상섭은 문사극으로 공연할 작품으로 「『띄오게네쓰』의誘惑」을 선택했을까? 희곡에서 '띄오게네쓰'는 시비를 걸러온 '피요아쓰'에게 다음과 같이 말한다.

> 띄오게네쓰. (조금 새들 두어 沈着하게) 글세, 자, 볼렴으나. 난 이 모양으로 쌜쯤쌜쯤한 적삼을 입고 신도 신지 안엇다. 머리는 싹지 안엇다. 鬚髯은 面刀도 안이 하얏다. 가진 집조차 업다. 이 桶 속에서 잔다. 밤마다 나무ㅅ가지에서 훌터온 나무ㅅ닙을 쌀고 그 우에서 잔다. 먹는 것이라군 草木의 열매뿐이다. 엇던 때는 풀닙도 먹는다. 하지만 (팔쑥을 것는다.) 이걸 봐라. 팔쑥은 이러케 굵다. 눈은 먼 데도 뵈인다. 그리구 무얼 보든지 웃으어서 커닷케 웃고 십흐다.[41]

「『띄오게네쓰』의誘惑」에서 그려지고 있듯이 '디오게네스'는 흔히 '통' 속의 철학자로 알려져 있다. '디오게네스'에게 '통'은 무욕을 상징하며, 세속적인 욕망을 버리고 소박하게 사는 것을 의미했다. '디오게네스'는 자유를, 어떤 권력이나 욕망에 복종하지 않고 타자의 지배를 받지 않는다는 데서 자족과 연결된 것으로 파악했다. 그런 의미에서 자유를 얻기 위해서는 생활의 필요를 최소한으로 줄여 간소한 삶을 살아야 한다고 했다. 「『띄오게네쓰』의誘惑」에서 '이오'를 감화시키는 자유로운 사랑이나 가족 공유 등에 대한 주장 역시 이와 연결된다.[42]

주목해야 할 점은 『아나키즘의 역사』를 쓴 장 프레포지에(Jean Préposiet)가 아나키즘의 맹아를 '디오게네스'에서 찾고 있다는 점이다. 정치관으로서 아나키즘이 등장한 것은 근래의 현상이지만 아나키즘을 현실을 파악하는 방식이자 삶의 방식으로 접근한다면 통속적인 의미에서 정치라는 경계를 넘어선다는 것이다. 장 프레포지에는 국적을 부정하고 방랑하며 술통에서 기거하는 '디오게네스'의 지향을 모든 사회적 관습이나 구속에서 초탈하여 자기 삶의 주인인 자신의 본성에 따르는 삶의 방식의 연원으로 파악했다.[43]

4. 『廢墟以後』의 양가성

1923년 12월 31일 『동아일보』에 실린 기사는 '문인회'에서 『廢墟以後』를 발행하게 되었음을 알리고 있다. "『뢰내쌍쓰』(『뢰내썅쓰』의 오기임; 인용자)는 사정에 인하야 폐간되고 시내 중앙서림(中央書林)에서 발행하는 『폐허이후(廢墟以後)』라는 잡지를 문인회원의 집필로 금일에 신년호 겸 창간호를 발행할 터"라며 잡지가 이전과 달리 "내용이 충실하고 재정도 튼々"[44]함을 언급한다. 『뢰내쌍쓰』의 후신으로 발행되었지만 재정이 튼튼하고 내용이 충실해 『뢰내쌍쓰』와는 차이를 지닌다는 것이다.

그런데 『廢墟以後』를 『뢰내쌍쓰』에 이어진 '문인회'의 기관지라고 할 수 있을지는 의문이 남는다. 이러한 점은 잡지 말미에 있는 「同人記」에서도 나타난다. 「同人記」를 쓴 문인들 가운데 조명희, 염상섭 등은 『廢墟以後』를 '문인회'와 관계가 있는 잡지로 파악하는 데 반해 김억, 오상순 등은 새롭게 창간된 잡지로 언급하고 있다.[45] 염상섭은 『廢墟以後』에 실은 글에서 "「廢墟以後」라는 改題로 「뢰네쌍쓰」의 續刊을 내이게 되엇"지만 "如干 한 두 가지의 말성이 안이"라며 "文人會의 機關誌로 안이라 文人會 會員의 過半數를 同人으로 한 「廢墟以後社」를 設置하기로 하얏다"[46]고 했다.

『廢墟以後』의 필자는 오상순, 염상섭, 김정진, 홍명희, 주요한, 최남선, 변영로, 현진건, 김형원, 김명순, 김억, 조명희 등이다.[47] 이들 가운데 『폐허』의 동인은 오상순, 염상섭, 변영로, 김억 등 절반에도 미치지 못한다. 그런데도 『뢰내쌍쓰』가 아니라 『廢墟以後』라는 표제를 달았던 이유는 무엇일까? 먼저 많은 '문인회' 회원이 글을 싣지 못해 기관지를 표제로 하는 데 부정적이었을 수 있다. 하지만 이는 가능성이 떨어지는데, 그런 상황에서 1923년 4월 1일 『뢰내쌍쓰』를 발행한 바 있기 때문이다. 오히려 잡지에 글을 실은 필자들이 『뢰내쌍쓰』의 후속으로 발행되는 데 반대했을 가능성이 더 크다. 이는 『뢰내쌍쓰』가 발행되었을 때 "內容이 貧弱하니, 그보다 나흔 것을 하면 할지언정 도로혀 體面이 안 되엇다는 非難이 빗발치 듯하얏다"[48] 언급에서 드러난다. 또 하나 염상섭의 언급을 통해 추정할 수 있는 사실은, 『廢墟以後』의 필자가 10명인데 '문인회 회원의 과반수' 정도가 참여한 것이라고 했으니, 1924년 1월 '문인회' 회원이 20명 남짓이었다는 것이다.

『廢墟以後』의 발행은 '문인회'가 처음 회합을 가진 지 1년 정도 지나서였으며 1923년 4월 1일 발행된 『뢰내쌍쓰』와는 8개월 정도 시간적 거리를 지닌다. 그 사이에 문사극을 공연하려 했던 시도를 제외하면 '문인회'의 활동은 없었던 것으로 보인다. 이처럼 활동이 부진했던 이유를 확인하기는 힘들지만 『廢墟以後』의 「同人記」에 나타난 언급을 통해 대략의 상황에 접근할 수 있다. 먼저 염상섭은 "知慧와 膽力과 手腕으로 事實을 뒤집거나 現象을 밧구랴다가 失敗한다면 그것은 더 큰 悲劇을 演出하는 結果에 이"르게 되지만 "거긔에는 生命이 잇기 때문"에 "오히려 悲壯하고 痛烈한 맛과 빗이 잇슬 것"이라고 했다. 문제는 "事實을 事實대로 放任하거나 쏘는 籠絡되것는(되는 것의 오기임; 인용자)"이며 "「自己」를 側面으로 睨視하고 嘲笑로써 觀하는 者"[49]라는 것이다. 같은 「同人記」에 실린 조명희의 언급은 보다 구체적이다. 조명희는 "우리는 우리 自

身에 對하야서나 남에게 對하야서나 너머도 生活의 責任感이 不足하여 왓"다며 "責任感이 부족하다 함은 곳 生活에 忠實치 못하다는 意味"라고 했다. "남들과 가티 賣名心이 읍스며 志操가 놉다고 글"을 "내지 안흐랴 하지 말고 우리는 한 거름 더 나가서 사러저가는 싹을 북도다 이르키랴는 誠心을 가저야"[50] 한다는 것이다.

한편 앞서 일기를 통해 박종화가 '문인회' 결성에 의구심을 지니고 있었으며 불참의 의사를 밝혔음을 확인했다. 1923년 1월 31일의 일기에는 박종화가 나도향에게 "자기(나도향을 가리킴; 인용자)와 노작과 및 회월에게 '문인회'에서 회원으로 추천하니 가부(可否)를 회시(回示)하여 달라는 편지가 왔다"[51]는 얘기를 들었다는 부분이 있다. '가부를 회시하여 달라'는 것으로 보아 그때까지 박종화뿐만 아니라 나도향, 홍사용, 박영희 곧, 『백조』 동인이 '문인회'에 가입하지 않았음을 알 수 있다. 『廢墟以後』의 필자 가운데도 염상섭과 같이 『동명』에서 근무했던 현진건을 제외하면 『백조』 동인은 없다. 『廢墟以後』가 발행될 때까지도 '문인회'와 『백조』 동인들 간의 관계가 소원했음을 알 수 있다. 하지만 이러한 동인들 간의 갈등을 '문인회'의 결성이나 활동이 부진했던 주된 이유로 보기는 힘든데, 여기에 대해서는 뒤에서 살펴보겠다.

주목해야 할 부분은 『廢墟以後』가 발행 직후 압수 처분을 받았다는 사실이다. 1924년 1월 9일자 『매일신보』, 『동아일보』 등은 "문인회동인(文人會同人)의 경영하는 문예 잡지 폐허이후(廢墟以後)는 저번에 창간호를 발힝하얏는대 당국에셔 압수처분을 하얏"[52]음을 알리고 있다. 이어 1924년 2월 1일자 『동아일보』는 "발매금지(發賣禁止)를 당한 문예 잡지 폐허이후(廢墟以後)는 그간 림시호의 준비가 다 되야 금일일에 림시호로 발행될 터"라고 해 2월 1일 임시호가 발행되었음을 알려준다.[53] 『廢墟以後』가 왜 압수 처분을 당해 임시호가 발행되었는지는 밝

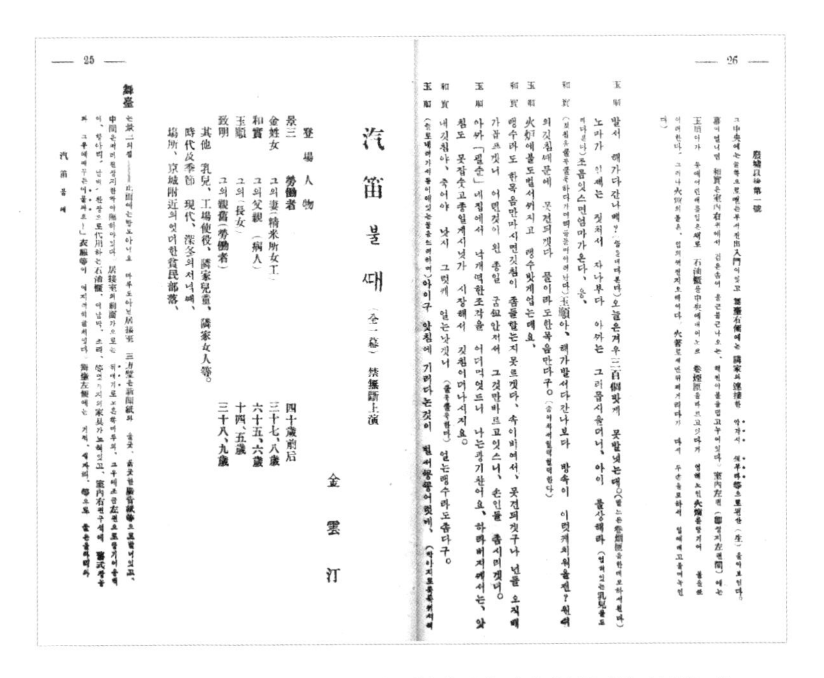

— 25 —

汽笛 불때 (全一幕) 禁無斷上演

金 雲 汀

登場人物

景三 勞働者 四十歲前后
金姓女 그의妻(精米所女工) 三十七、八歲
和實 그의父親 (病人) 六十五、六歲
玉順 그의(長女) 十四、五歲
致明 그의親舊(勞働者) 三十八、九歲
其他 乳兒、工場使役、隣家兒童、隣家女人等。
時代及季節 現代、深冬의저녁때、
場所、京城附近의엇더한貧民部落、

舞臺 [illegible]

— 26 —

廢墟以後第一號

[illegible]

玉順 발서 해가다간나베? [illegible] 오늘은겨우三百個밧게 못발넛는데。[illegible] 노마가 인제는 깃처서 자나부다 아까는 그러몹시울머니、아이 불상해라 [illegible] 조음잇스면엄마가온다、응、

和實 [illegible] 玉順아、해가발서다간나보다 방속이 이럿케치워올젠? 원예의깃침때문에 못견되겟다 물이라도한목음만다구。[illegible]

玉順 火炉에불도벌서써지고 맹수밧게업는데요、

和實 맹수라도 한목음만마시면깃침이 좀들할는지몰르겟다、속이비여서、못견되겟구나 넌들 오직배가곱프겟니 어련것이 왼종일 굼싸안저서 그것만바르고잇스니、손인들 춥지러겟니。

玉順 아싸「필순」네집에서 낙개떡한조각을 어더먹엇드니 나는광기찬어요、하라버지께서는、앗침도 못잡숫고종일계시넛가 시장해서 깃침이더나시지요。

和實 내깃침아、죽어야 낫지 그럿케 얼는낫겟니 [illegible] 얼는맹수라도좀다구。

玉順 [illegible] 아이구 앗침에 기러다논것이 벌서꽝꽝어럿네、[illegible]

『廢墟以後』에 실려 있는 김정진의 희곡 「汽笛불때」이다. 『廢墟以後 임시호』에는 이 작품이 빠져 있어서 압수 처분의 원인이었음을 추정할 수 있다.

혀져 있지 않다.[54] 필자는 1924년 1월 8일과 1924년 2월 4일 『동아일보』에 실린 『廢墟以後』와 『廢墟以後 임시호』의 광고를 비교해 보았다. 그 결과 다른 글들은 그대로인 반면 임시호에는 김정진의 희곡 「汽笛불때」가 빠져 있고 가격 역시 50전에서 40전으로 인하되었다.[55]

이를 고려하면 압수 처분을 당한 이유가 김정진의 작품과 관련되어 있음을 추정할 수 있다. 「汽笛불때」는 '경삼'의 가족들이 겪는 비극을 그린 작품이다. '경삼'과 처 '성녀'는 공장에서 노동일을 한다. 딸인 '옥순'은 집에서 권련갑을 만들며 아들 '복만'도 학교를 그만두고 공장에 다닌다. '경삼'의 아버지인 '화실'은 노동일을 하다가 몸을 다쳐 집에 누워 있는 형편이다. 퇴근 시간을 알리는 '기적'이 불었지만 '복만'이

돌아오지 않고, 공장의 사역은 '복만'이 공장 기계에 빨려 들어가 크게 다쳤음을 알린다. '경삼', '성녀', '옥순' 등이 '복만'을 보러 병원에 가자 '화실'은 자신의 탓을 자책하며 양잿물을 마신다. 가족들은 돌아와 피를 토하는 '화실'을 보고 의사를 부르려 하지만 의사들은 '경삼'의 집이 빈민굴이라며 오기를 꺼린다. 이처럼 「汽笛불때」는 '복만'의 사고, '화실'의 자살 기도 등 빈곤에서 비롯된 비극과 그것이 야기한 분노를 그리고 있다.[56]

'김운정'이라는 필명을 썼던 김정진은 당시까지 『동아일보』 학예부 기자로 일하며 희곡을 쓰거나 희곡 비평을 담당했던 인물이다. 『廢墟以後』에 실린 글에는 "東亞日報를 辭職하고 이(『廢墟以後』; 인용자)에 專力하랴는 터"였으며 "來號부터는 君이 中心이 되어 編輯의 任을 지을 豫定"[57]이라며, 이후 『廢墟以後』의 편집을 담당할 예정이었음을 밝히고 있다. 김정진이 이후 『廢墟以後』 편집을 담당할 예정이었다거나 "림시호로 발행"하면서 "뎨이호는 오는 삼월 일일에 발행한다"[58]는 기사의 내용을 보면, 『廢墟以後』를 계속해서 발행할 계획이었음을 알 수 있다. 하지만 『廢墟以後』는 창간호로 생명을 마감했다.

이후 '문인회'에 대한 기사를 확인할 수 있는 것은 1924년 12월 8일이었다. 『동아일보』, 『조선일보』, 『시대일보』 등은 모두 같은 날짜에 "오래동안 中止 狀態에 빠저 잇든 朝鮮文人會는" "구일 오후 칠시에 다옥정(茶屋町) 삼정목 삼번지 광교식당(廣橋食堂)에서 모인다는데 모두 참석하기를 바란다"[59]는 기사 겸 광고를 싣는다. 이어 1924년 12월 11일 『조선일보』에는 모임의 경과에 대한 기사가 실린다. "회에서는 문인회 재래의 내용을 혁신하고 그 존재를 영원히 유지키를 굿게 맹서한 후 긔관잡지 『문예부흥』의 발행과 선언서를 작성과 강연회 주최, 원고료협뎡(原稿料協定) 등을 토의 질뎡하"였다고 했다. 또 이사로 "柳春燮 白基萬

元鐘麟 黃錫禹(常務)" 등을, 편집위원으로 "卞榮魯 梁白華 李會馥"[60] 등을 선정했음도 전한다. 모임에서 기관지 발행, 강연회 주최, 원고료 협정 등을 논의했으며, 이사, 편집위원 등을 선출했다는 것이다. 그런데 얼마 후인 1924년 12월 22일자 『조선일보』, 1924년 12월 29일자 『동아일보』 등은 양백화, 변영로 등이 '문인회'의 편집위원을 그만두었음을 밝히고 있다.[61] 또 1925년 1월 『개벽』 55호의 「文藝雜記」는 "한 1년이나 終息되엿든 朝鮮文人會는" "모듸기로 하엿다는데" "出席人이 缺席人 빼노코는 1人도 업섯다"며, 모임에 참석한 회원들이 거의 없었음을 밝히고 있다. 이를 고려하면 1924년 12월 9일의 회합에는 회원들이 거의 참석하지 않았으며 편집위원 등의 역할을 맡은 인물들 역시 곧 고사했음을 알 수 있다.

5. 와해된 '문인회'

여기서 '문인회'와 관련된 질문 하나를 제기할 수 있다. 왜 '문인회' 결성을 추진했던 시점이 1922년 말, 1923년 초였을까 하는 것이다. 흥미로운 점은 '문인회'가 결성된 시기가 『동아일보』, 『동명』 등에서 처음으로 원고료를 지급한 시기와 겹쳐진다는 것이다. 1923년 『동아일보』의 신년호가 '문예특집'에 가깝게 꾸며졌음과 그 직전인 1922년 12월 19일 전후 『동아일보』에서 문인들을 초대해 회합 자리를 마련했음은 이미 살펴본 바 있다. 1월 1일자 신문에는 염상섭, 현철 등의 평론, 오상순, 박종화, 홍사용, 박영희 등의 시, 현진건의 소설, 고한승의 동화가 게재되었다. 이어 1월 3일자 지면에는 4면에 나도향의 수필이, 5면에 방정환의 동화가 게재되었다. 신년호의 '문예특집'에는 이틀, 5면에 걸쳐 모두 15명의 글을 실었다.[62] 그런데 이들 중 한 명으로 1월 1일자 신문에 「당신이무르시면」, 「幌馬車타고가랴한다」 등 시 2편을 발표했던 박종화는 원고료와 관련해 흥미로운 언급을 한다. 시 한 편에 5원씩 10원을 원고료로 받았는데, 그것이 조선에서 원고료가 지급된 효시라는 것이다.[63]

흥미로운 사실은 그때까지 『동아일보』가 문학에 대해 그다지 우호적인 태도를 보이지 않았다는 점이다. 1921년 2월 21일부터 같은 해 10월 28일까지 4면에 시를 중심으로 '독자문단'을 운영했지만, 이는 지면의 명칭처럼 독자의 투고로 메워지는 공간이었다. 그나마 '독자문단'이 폐지된 1921년 10월 이후에는 『동아일보』가 문학에 관심을 가진 흔적을 발견하기는 힘들다. 필자가 검토한 바로는 '독자문단'이 폐지된 이후 1922년 11월까지 연재소설을 제외하고는 문학이 실릴 만한 지면 자체가 없었다. 이를 고려할 때 1922년 12월 19일 전후 문인들의 회합 마련, 1923년 신년호의 '문예특집', 또 비교적 높은 수준의 원고료 지급 등은 『동아일보』의 문학에 대한 태도에 변화가 나타났음을 보여주는 것이다.[64]

'시사주보'라는 부기를 달고 발행된 『동명』에도 주목할 필요가 있다. 1923년 1월 1일에 발행된 『동명』 제2권 제1호 역시 13면부터 22면까지 문예 작품이 실려 '문예특집'에 가까웠다. 주요한, 박영희, 변영로, 김명순, 나도향, 김억, 박종화, 나혜석, 오상순, 김정진, 양건식, 김일엽 등의 글을 실었다. 이전까지 시는 변영로, 오상순, 진순성, 김억, 변영만 등의 작품을 실었지만 변영로를 제외하고는 1, 2회 게재에 그쳤다. 소설 가운데 기존의 문인이 쓴 창작은 염상섭의 「E先生」과 「죽음과그그림자」, 김동인의 「笞刑」 등 3편뿐이었다. 『동명』 역시 신년호에 게재한 작품들에 대해 처음으로 원고료를 지급했다는 점에 주목할 필요가 있다.

『동명』은 『동아일보』보다 낮은 원고료 수준으로 시는 3원, 소설은 5원이 지급되었다고 했다.[65)]

앞에서 1923년 1월 5일 있었던 '문인회' 2차 모임에서 입회 기준의 문제로 논란이 있었으며, 논란은 장덕수, 송진우, 최남선, 진학문 등을 회원 자격 여부와 관련된 것이었음을 살펴보았다. 여기에서 다시 논란을 감수하면서까지 송진우, 장덕수, 최남선, 진학문 등을 회원으로 입회시키려 했던 의도를 생각해 볼 필요가 있다. 송진우는 1921년 9월 『동아일보』가 주식회사로 변모를 꾀하는 것과 맞물려 사장이 된 인물이고, 장덕수는 『동아일보』 창간 당시 주간이었다가 역시 주식회사가 되는 것과 함께 부사장이 된 인물이었다.[66)] 한편 최남선은 『동명』의 사장이었고 진학문은 편집인 겸 발행인이었다.

앞서 '문인회'의 결성이 제대로 이루어지지 못한 이유 역시 검토한 바 있다. 박종화, 나도향, 홍사용, 박영희 등이 '문인회'의 결성에 의구심을 지니고 1, 2차 모임에 빠진 것을 검토하면서 『백조』, 『폐허』 등의 동인들 간에 갈등이 있었음을 확인하였다. 또 '문인회' 기관지 『뢰내쌍쓰』가 체제와 분량에 문제를 지니고 발행된 이유를 가늠하면서 발행 비용 역시 크게 작용했음을 살펴보았다. 이렇듯 동인들 간의 갈등, 발행 비용의 문제도 있었겠지만 '문인회'의 결성에 가장 큰 장애는 염상섭의 표현을 빌리자면 '붓대 드는 사람의 성의' 문제였던 것으로 보인다. 그리고 '붓대 드는 사람의 성의'가 부재했던 데는 문학과 생활의 관계를 설정하는 데 미숙했다는 점이 작용하고 있었다.

1923년 초 홍사용, 현진건, 나도향, 박영희, 박종화, 안석주 등 『백조』 동인들은 종로 '식도원'에서 신년연을 연다. '식도원'은 당시 '명월관', '국일관', '송죽원', '태서관' 등과 어깨를 나란히 했던 고급 요릿집이었다. 술, 음식, 기생 등 신년연의 비용도 만만치 않았을 것인데, 이들은 각각 15원씩 추렴해서 비용을 마련했다. 주목해야 할 부분은 "신년호에 글을 주기는" "동명에 도향, 회월과 및 나(박종화; 인용자), 동아일보에 노작, 빙허, 도향, 회월과 및 나"였는데, "이것을 연명(連名)하여 각사(各社)로 고료를 청구"[67]해 그것, 곧 『동명』, 『동아일보』 등에서 받은 원고료로 '신년연'의 비용을 충당했다는 것이다. 흔히 당시 문인들의 호탕한 풍취나 낭만적 기질이 드러난 것으로 소개가 되는 일화이다. 그런데 이러한 풍취나 기질의 심층에는 이들의 문학에 대한 인식 역시 자리하고 있다. 문학은 현실과 동떨어진 숭고하고 초월적인 존재라는 것이 그것이다. 이러한 사유 속에서는 문학과 생활의 긴장은 제대로 견지될 수 없으며 '문인회'의 필요성 역시 온전히 인식될 수는 없었을 것이다.

여기에서 다시 한 번 '문인회' 결성을 추진했던 염상섭의 목소리에 귀를 기울일 필요가 있다. 염상섭은 「文人會組織에關하야」에서 문학은 유희가 아니라 생명과 영혼을 화염에 연소시키는 데서 산출되는 것이며, 문인은 전적으로 살려고 노력하는 자이자 내적 생활의 백병전에 나간 투사라고 했다. '문인회' 결성의 목적 역시 문인들이 유희적 태도에서 벗어나 자기 향상을 통해 제대로 된 조선 문단을 확립하는 데 있었다.[68] 박헌호는 이와 같은 주장을 비슷한 시기 발표된 글과의 관련시켜 염상섭의 현실 인식 및 노동관의 연장선상에 있음을 확인한 바 있다. 특히 염상섭이 1920년 4월 『동아일보』에 발표한 「勞動運動의傾向과勞動의眞義」에서 밝힌 노동의 '진의'에 주목한다. 육체를 소모해 생활 유지도 불가능할 정도의 임금을 획득하는 노동은 현재 모든 조직의 불합리와 모순의 소산이며 노동의 진의는 생명의 발로, 창조 또한 개조의 환희, 인류의 무한한 향상, 행복의 원천, 가치의 본체 등에 있다는 것이다. 또 이와 관련해 염상섭이 상정한 '문인회' 결성의 목표는 노동을 사회적 권력관계로 인해 강요되는 타율적 행위로 보는 것에서 벗어나 예술을 통해 노동의 진의를 복원하고 생을 확충시키는 데 있었다.[69)]

여기에서 제기되는 질문 하나가 있다. 문인들의 노동이 사회적 권력관계에서 강요되는 것이 아니라 노동의 진의를 복원하고 생을 확충시키는 것이 될 수 있는 방법은 무엇일까? 앞선 논자가 주목한 것처럼 염상섭은 이미 1922년 9월에 『동명』에 발표한 「新瀉縣事件에鑑하야 移出勞動者에對한應急策」에서 현실이 간단치 않음을 냉철히 인식하고 그러한 상황에서도 노동을 해야만 하는 이들의 삶 자체의 실존성을 존중해 조선인 노동자들의 노동조합은 시기상조라고 하며 기술 연마와 상호단결이 필요함을 강조한 바 있다.[70)] 당시 대부분의 문인들은 글을 쓰는 것으로는 생계를 해결할 수 없어 기자나 교사 등의 직업을 가져야 했다. 혹은 장사를 하거나 심지어 마땅한 벌이가 없어 룸펜과 같은 생활을 하기도 했다. 이러한 처지에 놓여 있었던 문인들이 글쓰기를 통해 생을 확충시킬 수 있는 방법은 무엇이었을까?

그 첫걸음은 글을 쓰는 것만으로 생활을 해 나갈 수 있는 기반을 만드는 일이었을 것이다. 그것을 위해서는 자신의 쓴 글이 제대로 된 가치를 인정받는 제도를 마련하는 것, 곧 원고료와 인세의 문제가 가장 긴요하게 제기되어야 했을 것이다. '문인회'의 모임에서 '원고료 협정'의 문제가 논의의 안건에서 빠지지 않았던 것은 '문인회'가 '원고료 따위를 말하던 이익집단'이었기 때문이 아니다. 앞서 『廢墟以後』의 「同人記」에서 조명희가 "우리는 우리 自身에 對하야서나 남에게 對하야서나 너머도 生活의 責任感이 不足하여 왓"다며 "반드시 글만 써낸다고 生活 責任에 충실하다는 것은 아니겟지마는" "責任感이 부족하다 함은 곳 生活에 忠實치 못하다는 意味"[71)]일 것이라고 했던 언급은 여기서 온전한 의미를 부여받게 된다.

김윤식은 '문인회' 결성이 제대로 이루어지지 못했던 이유를 염상섭과 『백조』 동인들의 인식 차이로 파악한 바 있다. 송진우, 장덕수, 최남선, 진학문 등을 회원으로 추천했던 염상섭의 인식이 문사와 기자를 구별하지 못했던 데 반해 『백조』 동인들의 인식에서는 이미 문사와 기자는 구별되어야 하는 존재였다는 것이다.[72] 실제 '문인회' 결성이 난관에 부딪혔던 이유를 인식의 차이 때문으로 파악한 것은 올바른 접근으로 보인다. 하지만 어느 쪽의 인식이 시대착오적이었는지는 재고를 필요로 한다. 앞서 『백조』 동인들이 『동아일보』, 『동명』 등에서 받은 원고료로 '신년연'을 열었음은 확인한 바 있다. 이들의 태도가 염상섭이 '문인회'를 추진하면서 가장 거리를 두려고 했던 "世間에서 誤解하며 文人 自身도 스스로 거긔에 빠지기 쉽은 遊戱的 態度"[73]와 다르지 않다는 점은 환기될 필요가 있다.

1923년 1월 신년호의 '문예특집' 이후 『동아일보』의 문학에 대한 태도는 어떠했을까? 안타깝게도 이후 『동아일보』에는 연재소설 외에 기존 문인들의 작품을 발견하기 힘들다. 1923년 6월부터 『동아일보』는 일요일자 신문 5면에서 8면까지를 '일요호'로 해 그 일부를 문예에 할애했다. '일요호'의 문예는 성격이 크게 두 가지로 나누어졌는데, 하나는 유광렬, 이서구, 김석송 등 『동아일보』의 기자들이 쓴 글이고, 다른 하나는 독자들의 투고에 의한 것이었다. 1923년 12월 『동아일보』의 지면 혁신과 함께 '일요호'가 월요일자 4면의 '월요란'으로 바뀌고 나서도 지면의 성격은 큰 차이가 없었다. 또 1924년 12월 15일부터 '월요란'이라는 이름이 '문예란'으로 바뀌었고, 1925년에는 '문예란'이 '부인란', '소년란' 등과 한 주에 3회 정도 번갈아 실리거나 함께 실렸다. 하지만 '문예란'의 성격은 크게 달라지지 않았다. 여기에는 여러 가지 이

유가 있었겠지만 경영과 관련된 원고료의 문제 역시 크게 작용했던 것으로 파악된다.[74)]

『동명』의 1923년 신년호가 '문예특집'에 가깝게 꾸며졌음은 확인한 바 있다. 하지만 『동명』이라는 미디어의 문학에 대한 관심 역시 더 이상 지속되지 않았다. 염상섭의 「E先生」은 1922년 9월(1권 2호)부터 12월(1권 16호)까지 연재되었다. 「죽음과그그림자」는 1923년 1월(2권 3호)에 게재되었다. 김동인의 「笞刑」도 작가 사정으로 시간적 거리를 두고 발표된 5회 연재분을 제외하면 1922년 12월(1권 16호)부터 1923년 1월(2권 4호)까지 연재되었다. 1923년 1월 신년호 이후 소설은 모두 번역으로 메워졌다. 번역 특집으로 발행된 2권 14호를 제외하면 번역의 대부분은 번역자를 밝히지 않은 흥미 위주의 서사물이었다. 흥미 위주의 연재물을 기자가 아닌 외부 문인에게 맡길 가능성은 적으며 원고료가 지급되었을 가능성은 더욱 희박했을 것이다.

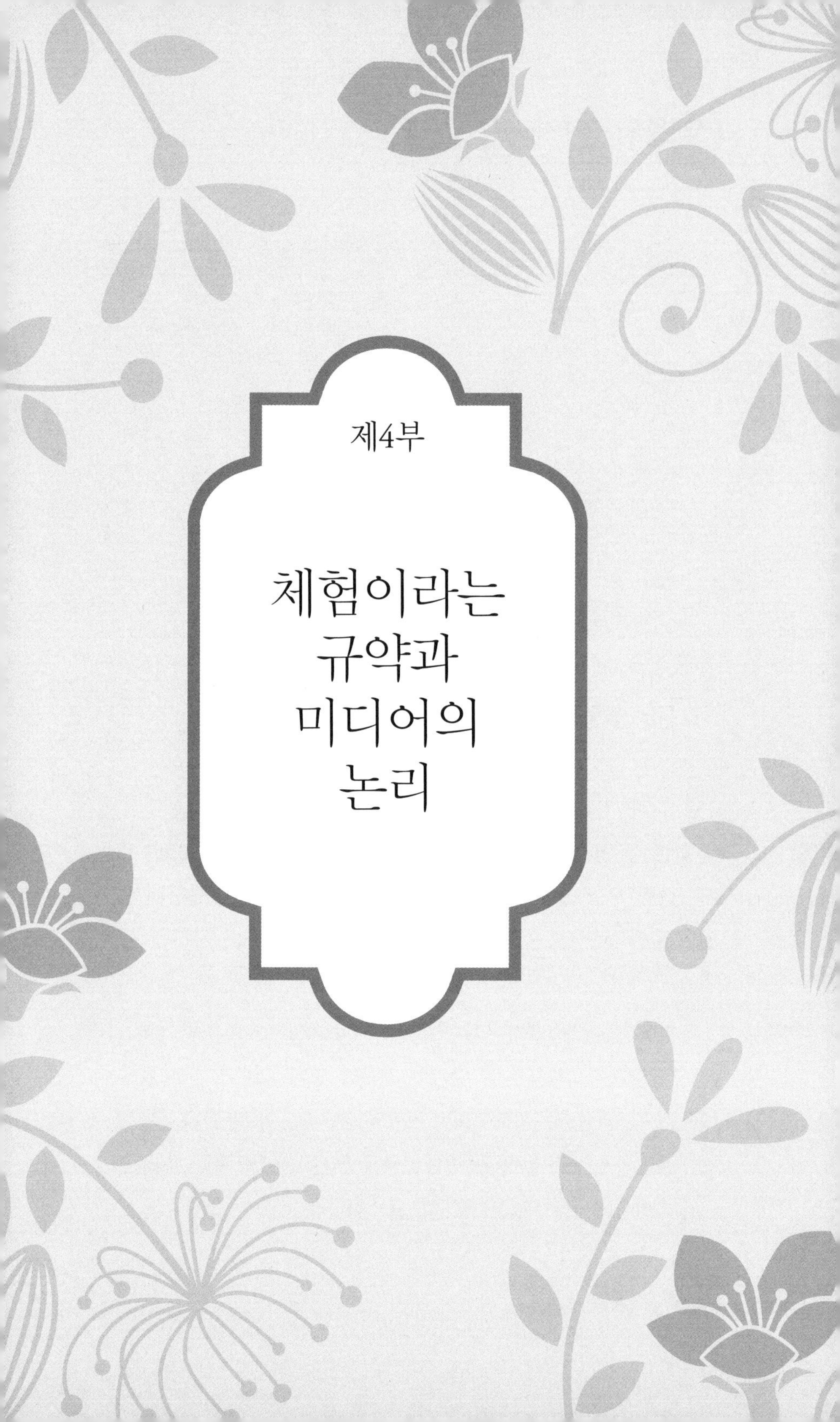

제4부

체험이라는 규약과 미디어의 논리

1장 문인-기자라는 존재

현진건이 신문, 잡지 등 미디어에서 기자로 일할 때 해당 지면에 발표한 작품은 드물었다. 작품 활동보다는 기자 업무에 충실했음을 뜻하는 것이지만, 거기에는 근대문학에 대한 미디어의 인식과 경제적인 상황 역시 각인되어 있다.

1. 문학 활동, 미디어, 문화제도

현진건은 1933년 12월 20일부터 다음해 6월 17일까지 『동아일보』에 『赤道』를 연재했다. 연재를 시작하기 열흘 정도 전인 1933년 12월 9일, 11일 두 차례에 걸쳐 「十年不動한文壇의驍將 再躍劈頭에心血의力作」이라는 제목으로 연재소설에 대한 예고가 실린다.

> 빙허가 누구냐? 본사의 사회부장 현진건(社會部長 玄鎭健)으로 소개하기에는 그의 필치와 감각이 너무도 예술적입니다. ……중략…… 역시 그는 빙허 그대로, 왕년의 『타락자』, 『지새는안개』, 『조선의 얼골』 등을 통하야 조선의 예원에 빛나든 문인 빙허(文人 憑虛)로 알림이 보다 간단하고도 적절할가 합니다.

○

> 이름을 지어 부르니『적도』, 그가 十년간 던진 붓을 다시 붓잡아 그리려하는 인생은 적도라는 윤곽으로부터 시작합니다.[1)]

예고의 대부분은 독자들의 관심을 끌기 위해 연재소설 작가에 대한 과장된 수사로 메워져 있다. 그런데 인용은 흥미로운 사실 몇 가지 역시 말해준다. 먼저 제목, 본문 등에 나타나 있듯『赤道』가 현진건이 10년 만에 다시 쓴 소설이라는 점이다. 다른 하나는 당시 현진건은 '문인'보다는 '『동아일보』 사회부장'으로 알려져 있었다는 사실이다. 같은 예고에서 작가 역시 '소설의 붓을 던진 지 10년'이라고 다시 한 번 강조하지만, 여기에도 과장은 섞여 있다. 하지만『赤道』를 발표하기 이전 5년 동안 발표한 소설이 단편 3편에 불과할 정도로 활동이 드물었던 것은 사실이다. 거기에는 앞선 언급처럼 당시 현진건이『동아일보』 사회부장으로 근무하고 있었다는 상황이 크게 작용하고 있었다.

작가에 대한 연구의 목적이 문학적 성취에 근거해 의미를 부여하고 문학사에 자리매김하는 것이라 할 때, 현진건에 대한 논의는 목적의 궁극적인 언저리에 도달해 있는 것으로 보인다. 대부분의 문학사적 서술에서 현진건에 대한 연구는 사실주의의 성취 여부라는 일정한 지점에 집약되어 있기 때문이다.[2)] 또 그 근간이 되는 전기적 사실에 대한 접근이나 작품 활동에 대한 논의 역시 이미 많이 이루어진 바 있다.[3)] 하지만 현진건의 삶과 작품 활동을 재구하는 과정은 여전히 몇 개의 결절과 부딪히기도 한다. 위에서 살펴본『赤道』를 발표하기 전 몇 년 동안 작품 활동을 등한시했다는 것도 그 하나다.『赤道』를 발표한 이후에도 1936년까지 2년 가까이 현진건이 발표한 소설이 전혀 없었는데, 이를 고려하면『赤道』의 연재가 이례적인 것으로 볼 수도 있다. 현진건은 '동아일보사'에서 근무하기 전 『동명』, 『시대일보』 등에서도 기자 생활을 했다. 그때도 자신이 몸담은 미디어에 작품을 발표한 것은 드물었으며 오히려 발표의 주된 공간이 다른 미디어의 지면이었다는 점 역시 해명을 필요로 하는 부분이다.

작가에 대한 연구의 초점은 작품 세계나 문학 활동에 놓여있지만 문학적 산물을 생산, 유통시켜 경제적 대가를 획득해야 했던 작가의 삶에 대한 조명 역시 등한시해서는 안 될 것이다. 현진건은 1920년 11월 '조선일보사'에 입사해서 1936년 9월 '동아일보사'에서 해임될 때까지 15년 이상 기자 생활을 했다. 작가에게 기자가 된다는 것은 작품을 발표할 수 있는 공간을 확보하는 방법이기도 했지만 경제적 안정을 꾀할 수 있는 길이기도 했다. 이는 앞서 현진건의 문학 활동이 보인 결절에도 경제적 조건과 관련된 작가의 삶이 아로새겨져 있음을 뜻한다.

이 장의 관심은 여기에 놓인다. 현진건의 문학 활동이 기자 생활과 병행되었다는 전제 아래 둘 사이의 길항 관계를 가늠해 보려는 것이다. 문학사적 자리매김이 전기적 사실이나 작품 활동을 기반으로 이루어졌음에도 불구하고 미디어의 기자로서 현진건에 초점을 맞춘 논의는 흔하지 않다. 현진건이 '기자-작가'로 활동했다는 데 주목해 신문 기사를 소설화한 작품인 「발(簾)」을 분석하거나 그것이 단편과 장편소설에 미친 영향을 가늠한 논의, 1920년대 초반 '조선일보사'에서 현진건의 행적과 문학 활동의 관계에 주목한 연구 등이 그나마의 드문 논의들이다.[4] 앞서 현진건이 15년 이상 기자로 생활했다고 했는데, 그 시기는 현진건이 문학 활동을 했던 시기와 크게 어긋나지 않는다. 그럼에도 현진건 문학의 온전한 해명을 위해 미디어에서 근무한 시기나 활동, 나아가 미디어에서의 활동과 작품의 관계 등에 대한 논의가 이루어진 것은 드물다. 이 장이 문인-기자로서 현진건에 주목하는 이유는 여기에도 있다. 문인–기자로서 현진건에 접근하는 논의는『조선일보』,『동명』,『시대일보』,『동아일보』등 식민지 시대 문학 장의 중심에 위치한 미디어와 글쓰기 방식과의 관련을 가늠하는 작업으로도 이어질 수 있을 것이다. 또 미디어가 문학 작품이 발표, 유통, 소비되는 문화제도의 중심에 위치한다는 점에서, 이 글은 문학 활동과 문화제도의 관계에 천착하는 논의의 성격 역시 지닌다.

2. 상해행과 현정건

현진건의 초기 행적 가운데 유학을 비롯한 수학에 관한 부분은 크게 두 가지로 논의가 이루어진 바 있다. 하나는 1915년에서 1916년까지 중국 '상해'에서 독일어 공부를 하다가 1916년 4월 다시 일본 '동경'으로 가 세이조중학교(成城中學校) 등에서 수학을 하다가 1918년 귀국했다는 논의이다.[5] 다른 하나는 1912년 일본으로 가서 1917년까지 유학을 했으며 이어 1918년에서 1919년까지는 '상해' 후장대학(滬江大學) 독일어 전문부에서 수학을 했다는 것이다.[6] 대부분의 전기에 대한 접근은 후자, 곧 일본에서 중국으로 이어진 유학이라는 논의를 따르고 있다. 이러한 행적 가운데 학적부를 통해 확인이 되는 것은 1917년 4월 일본 '동경'의 세이조중학교 3학년에 편입했다가 1918년 여름 같은 중학교 4학년을 중퇴했다는 사실이다.[7]

그렇다면 문제는 세이조중학교에서의 수학을 중심으로 '상해'에 간 것의 시간적 선후에 놓인다. 거칠게 접근하면 중국, 일본 등의 유학 순서에 관한 것으로 보이지만, 순서의 혼란에는 현진건이 드러내기를 꺼려했던 사실 역시 작용하고 있다.

'동경'에 위치한 세이조중학교(成城中學校)는 1885년에 설립된 학교이다. '세이조학교 중학과'로 불리다가, 현진건이 편입했던 1917년 '세이조중학교'로 개칭했다.

현진건은 「貧妻」, 「술勸하는社會」, 「墮落者」, 「지새는안개」 등 흔히 신변체험소설이나 자전소설 등으로 불리는 소설들을 발표했다. 작가의 전기 역시 이 소설들을 통해 재구성되었는데, 문제는 소설들마다 행적이 조금씩 다르게 언급되어 있다는 데 있다. 앞선 유학에 관한 두 가지 논의 역시 이와 관련되어 있다. 「貧妻」에는 "結婚한 지 얼마 아니 되어" "知識의 바다ㅅ물을 어더 마시랴고 飄然히 집을 써"나 "오늘은 支那, 來日은 日本으로 구울러다니다가 金錢의 탓으로" "집에 돌아오고 말앗다"[8]고 되어 있다. 「술勸하는社會」에서는 "서울서 中學을 마쳣슬 제" "結婚하엿고 그리자말자 고만 東京에 負芨"해 "大學ㅆ지 卒業을 하였"[9]다고 되어 있다. 「墮落者」에는 서술 시점으로부터 2년 전 "日本에서 工夫를 하다가" "五寸 堂叔이 別世하시니" "그의 入後가" 되어 "中途에 廢學 안흘 수 없"[10]었다고 그려져 있다. 「지새는안개」에는 "장가드는 이듬해로 上京하"여 "××中學校에 入學하"고 "그 中學校의 二년에 進級하랼 제" "東京 留學을 하게 되"어 "正則豫備學校에 다니며 밤낫으로 골돌히 準備"해 " C中學校 三년급의 補缺試驗에 入

格되엇"[11]다고 했다.

이들 소설들을 통해 유학 경험을 재구성할 때 흥미로운 점은 시기적으로 앞서는 「貧妻」에서는 '지나'라는 표현을 통해 중국 유학의 경험이 언급되는 데 반해 「술勸하는社會」, 「墮落者」, 「지새는안개」 등에서는 일본에서의 그것만이 서술되어 있다는 것이다. 이와 관련해 주목을 필요로 하는 또 다른 소설은 근래 발굴된 「曉霧」이다. 뒤에서 상론하겠지만 「曉霧」는 1921년 5월 1일부터 5월 30일까지 『조선일보』에 연재된 소설로, 시기적으로 「貧妻」 다음에 위치하는 소설이다. 연재 이후 1923년 2월부터 10월까지 『개벽』에 9회에 걸쳐 다시 연재되는데, 앞서 언급했던 「지새는안개」가 그 소설이다. 「曉霧」에는 당시의 행적과 관련해 다음과 같은 서술이 있다.

> 그ᄂᆞᆫ 일즉이 上海도 가 보앗고 日本 留學도 ᄒᆞ얏셧ᄃᆞ **上海에 ᄀᆞᆫ 것은 自己 兄이 그곳에 잇셔 그를 불음인ᄃᆡ 그ᄯᅢ 그ᄂᆞᆫ 十六歲밧게 ᄋᆞᆫ이 되엿셧다.** 그곳에 가기ᄂᆞᆫ 米國이나 歐洲에 留學을갈 目的엿ᄃᆞ가 그것이 ᄯᅳㅅ과 갓치 안이 되ᄆᆡ 차라리 日本 留學이나 ᄒᆞ겟다 ᄒᆞ야 그ᄂᆞᆫ 十八歲 되든 봄에 ᄯᅩ 日本으로 건너가게 되엿다. 東京에셔 工夫ᄒᆞᆫ 지 三年이 못되야 學費의 타ㅅ으로 그ᄂᆞᆫ ᄯᅩ 業을 맛초지 못ᄒᆞ고 다시 故國에 도라오ᄂᆞᆫ 수밧게 업시 되엿다. ……중략…… 어느 달밤 黃浦江公園을 散步ᄒᆞ엿슬 ᄯᅢ이엿다. 누런 물결일 망정 달 아ᄅᆡᄂᆞᆫ 銀波리 출넝々々 築堤에 부듸ㅅᄂᆞᆫ 것도 한景이 안이 미안이며 헐버슨 沙工이요 ᄊᆡ무든 ᄇᆡ엇만은 달빗을 ○ᄊᆡ고 ○어오ᄂᆞᆫ 양도 ᄯᅩᄒᆞᆫ 그럴듯한데 ○ 쌔ㄴ취 져 쌔ㄴ츄에 져 ○○○○이 나무가로 洋人男女들이 ○々히 짝을 지어 ᄋᆞᆫ기도 ᄒᆞ고 것기도 ᄒᆞᆫ다(강조는 인용자)[12]

인용에는 중심인물인 창섭의 상념을 통해 일찍이 '상해'에 갔는데 그것이 그곳에 머물던 형이 불러서였음을 말하고 있다. 인용에는 창섭이 상해에 머무를 때의 '황포강 공원'을 산보할 때의 일화 역시 삽입되어 있다. 이러한 일화 등을 고려하면 현진건이 '상해'에 가서 일정 기간 머물렀던 것은 실제의 경험으로 보인다. 그리고 '상해'에서의 경험은 「貧妻」, 「曉霧」 등 시기적으로 앞서는 소설들에서는 '지나'나 '상해' 등의 표현을 통해 언급되지만 이후의 소설들에서는 사라진다. 특히 「지새는안개」는 「曉霧」를 개작한 소설임에도 앞서 살펴보았던 '상해'에서의 경험은 지워지고 없다. 그 이유에 대해 접근할 때 주목해야 할 부분은 「曉霧」에 나타나 있는 '상해에 간 것은 자기 형이 그곳에 있어 그를 부름' 때문이라는 언급이다. '상해'로 부른 '자기 형'은 현진건의 셋째 형인 현정건을 지칭한다.

뒤에서 다루겠지만 현정건은 당시 '상해'에서 사회주의 계열의 단체에서 활발하게 활동하고 있었다. 현정건은 삶 대부분을 독립운동과 옥살이에 매진했음에도 불구하고 "생애나 활동 궤적이 일반 저술로든 학술연구로든 제대로 밝혀져서 알려진 바 없"[13]다는 언급처럼 논의의 바깥에 위치한 인물이다. 현정건이 '상해'로 간 것은 1910년으로 파악되는데,[14] 이미 1914년 3월에는 '상해' 일본 총영사관이 배일운동과 관련해 본국으로 보낸 「機密第三十二號, 朝鮮人排日運動企劃狀況ニ關スル內報ノ件」의 조선인 명단 43명 가운데 한 사람으로 등장한다.[15] 또 『대한민국임시정부자료집』의 「임시의정원 회의기사록」을 참고로 하면 1919년 8월 18일부터 9월 17일까지 임시정부의 '임시의정원' 제6회 회의가 열렸는데, 현정건은 이 회의에서 경상도 의원으로 선출된 것으로 되어 있다.[16] 소설에 나타난 것처럼 현진건이 '상해'에 머문 것이 1915년부터 1917년 초까지라고 한다면, 앞선 기록은 현정건이 그때

이미 독립운동에 매진하고 있었음을 말해준다.

현정건의 이후의 활동과 행적 역시 주목을 필요로 한다. 현정건은 1920년 중반 그해 5월 이동휘, 김립, 이한영 등 '노령 한인사회당'에 속했던 성원들이 세력을 늘려 출범한 '고려공산당'에 가입한다. '고려공산당'의 정식 명칭은 '한국공산당' 혹은 '대한공산당'이었다. 또 '고려공산당'은 1921년 초 '상해파'와 '이르쿠츠크파'로 분리되는 갈등을 겪게 되는데, 현정건은 이동휘 등을 중심으로 임시정부 조직쇄신안을 주장한 '상해파'를 따르게 된다. 한편 두 계열은 통합을 추진하던 중 1922년 10월 19일부터 '고려공산당' 합동대회를 열었는데, 현정건은 이 대회에 '상해 공산단체' 대표로 참가했다.[17]

「貧妻」, 「曉霧」 등에서 등장했던 '지나'나 '상해' 등의 표현이 이후의 자전적인 소설들에서 사라진 시기는 1921년 11월부터였다. 당시는 현정건이 이미 '고려공산당', '상해파 고려공산당' 등 사회주의 계열의 독립운동 단체에서 활발하게 활동했으며 주요한 지위에 오르기도 했을 때였다. 한편 조선에서는 1920년 4월 '조선노농공제회', 같은 해 12월 '조선청년회연합회' 등이 결성된다. 또 1921년 1월에는 장덕수, 김사국, 이영, 정백 등에 의해 '조선청년회연합회'의 핵심 조직인 '서울청년회'가, 또 1922년에는 신일용 등에 의해 '무산자동맹회'가 조직된다.[18] 1921년 즈음 조선에서도 사회주의 계열의 운동 단체가 활발하게 조직되었으며, 그와 맞물려 일제의 탄압 역시 노골화되어 나갔다. 그리고 그것이 가시적으로 드러난 것이 1922년 11월에 일어난 『신생활』, 『신천지』 필화사건이었다. 1921년 11월 즈음이 현진건이 '조선일보사'에서 기자로 근무하고 있을 때임을 고려하면, 현진건은 형인 현정건의 행적이나 활동과 조선에서 사회주의 운동의 전개와 탄압 등에 대해 알고 있었을 가능성이 크다. 자전적인 소설에서 현정건과 관련된 '상해행'에 대한 부분을 감추려 했거나 적어도 드러내기를 꺼렸던 것 역시 이와 관련되어 있을 것이다.

현진건의 유학 경험에 대한 대부분의 논의는 1912년부터 1917년 일본에서 유학을 한 후 1918년 즈음 '상해' 후장대학 독일어 전문부에 가서 공부를 했다는 데 무게를 두고 있다. 하지만 위의 검토에서 알 수 있듯이 실제 현진건의 행적은 1915년부터 중국 상해에서 머무르다가 1916년 즈음 일본으로 가서 세이조중학교에 편입을 했다고 보는 편의 가능성이 높을 것이다. 이를 뒷받침하는 또 하나의 자료는 현진건이 '동아일보사'에서 근무할 때 작성된 『동아일보사 사원록』이다. 뒤에서 상술하겠지만 『동아일보사 사원록』의 「略歷」에는 현진건이 세이조중학교를 졸업한 다음해 역시 '동경'에 위치한 독일어전수학교를 다닌 것으로 되어 있다.[19] 이 역시 일본에서 유학을 한 후 1918년 상해에 가서 공부를 했다는 논의의 신빙성을 떨어지게 한다.

3. '조선일보사' 입사와 소설 연재

현진건은 「七年前十一月末日」이라는 글에서 '조선일보사' 입사 당시의 상황에 대해 밝힌 바 있다.

> 내가 첫 收入을 바다들 때 말임닛가. 생각이 잘 안 나는데요. 七年前인가 六年 前인가 엇잿든 내가 스무 살 나든 때 겨울에 朝鮮日報에 記者로 드러간 것이 생각남니다. 그것이 나의 첫 就職인 同時에 그때 그 收入이 첫 收入임니다. 卽 十一月 末日인가 봄니다.[20]

6, 7년 전 20살 되던 해 『조선일보』 기자로 입사해 첫 월급을 받은 것이 11월 말이었다고 했다. 「七年前十一月末日」이 발표된 시점이 1927년인 것, 글이 처음으로 『조선일보』에 게재된 때가 1920년 12월 2일부터였던 것 등을 고려하면, 현진건이 1920년 11월을 전후로 '조선일보사'에 입사했음을 알 수 있다.

1920년 3월 5일 '대정친목회'의 주도로 창간된 『조선일보』는 창간 초기 경영난으로 휴간을 거듭했다. 또 논설이 문제가 되어 같은 해 8월 27일 1주일 정간 처분을 받고 9월 5일에는 무기정간 처분을 받게 된다. 1920년 11월 24일 무기정간 처분에서 해제되었지만 발행 준비 관계로 속간호는 12월 2일이 되어서 발행되었다.[21] 이를 고려하면 현진건은 1920년 11월을 전후로 '조선일보사'에 입사해 정간이 해제된

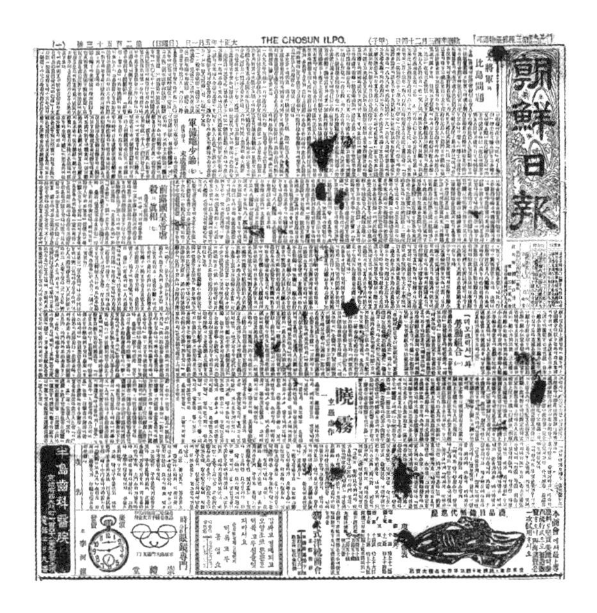
THE CHOSUN ILPO

朝鮮日報

曉霧

「曉霧」는 1921년 5월 1일부터 5월 30일까지 『조선일보』 1면에 28회 연재되었다. 현진건은 처음 연재하는 창작에 기대를 가졌던 것으로 보인다.

1920년 12월 2일부터 본격적으로 근무를 했던 것으로 보인다.

1920년 12월 2일 『조선일보』에 게재된 현진건의 글은 「初戀」이라는 소설이었다. 『조선일보』 1면에 처음 연재된 소설로, 1921년 1월 23일까지 모두 44회 연재되었다. "투게네프 原作 憑虛生 譯"이라는 부기는 「初戀」이 투르게네프 원작 「첫사랑(Pervaya lyubor)」을 번역한 것임을 말해준다. 투르게네프 소설의 연재는 「浮雲」으로 이어졌다. 「浮雲」은 1921년 1월 24일부터 4월 30일까지 모두 86회 연재되었는데, 『루딘(Rudin)』을 원작으로 했다. 「初戀」, 「浮雲」 등에 이어 현진건이 연재한 소설은 자신의 창작인 「曉霧」였다. 앞장에서 서술한 것처럼 「曉霧」는 1921년 5월 1일부터 연재를 시작했다. 4월 27일부터 세 차례에 걸쳐 예고를 반복하고 있듯이 현진건은 처음 연재하는 창작에 기대를 가졌던 것으로 보인다. 하지만 「曉霧」는 한 달도 못 된 5월 30일 28회를 마지막으로 연재를 마쳐야 했다. 「曉霧」가 이후 「지새는안개」라는 제목으로 『개벽』에 9회 연재되었다는 것은 앞서 확인했다. 『개벽』 연재본 역시 미완으로 끝나 소설이 완결된 것은 1925년 1월 '박문서관'에서 발행된 단행본을 통해서였다.

현진건은 『조선일보』의 기자로 근무하면서 1면뿐 아니라 4면에도 소설을 연재했다. 1921년 5월 14일부터 연재를 시작한 『白髮』이 그것이다. 소설의 제목 옆에는 '靑黃生'이라는 이름이 부기되어 있는데, '靑黃生'이 현진건임은 1929년 1월 『별건곤』에 발표한 「갓잔은小說로問題」를 통해서 드러난다.[22] 『白髮』은 연재의 시작이 분명한 데 반해 1921년 10월에 발행된 『조선일보』의 유실로 인해 연재를 마친 시점은 확인하기 힘들다. 근래 개진된 『白髮』의 원작과 번역의 저본 연구에 따르면, 『白髮』의 원작은 1886년 발표된 영국 소설가 마리 코렐리(Marie Corelli)의 『Vendetta!: or the story of one forgotten』이며, 번역의 저본은 구로 이와 루이코(黑岩涙香)가 1893년 6월 23일부터 12월 29일까지 『万朝報』에 연재한 『白髮鬼』였다고 한다.[23)]

'조선일보사'에 입사한 현진건이 했던 주된 일은 1면, 4면 등의 지면에 소설을 연재하는 것이었다. 그런데 이러한 소설 연재가 『조선일보』의 문학에 대한 인식이 뒷받침되는 가운데 이루어진 것으로 보기는 힘들 것 같다. 앞서 「曉霧」가 이후 「지새는안개」로 개제되어 『개벽』에 9회 연재되었음을 확인한 바 있다. 「지새는안개」 4, 5장은 '반도일보사'를 다루었는데 '반도일보사'는 자신이 일했던 '조선일보사'를 모델로 했다. 소설에서 현진건을 투영한 인물로 보이는 창섭은 "아츰 열점에 가면 午後 네 시나 다섯 시까지 한자리에 꼭 부터 안저 日本 新聞의 기리누씨와 各 電報通信을 우리말로 옴기기에 눈코를 뜰 사이가 업"는 것으로 그려진다. '기리누키(切り抜き)'는 당시 다른 신문 등에서 필요한 기사를 번역해 신문에 게재하는 관행을 지칭하는 용어였는데, 창섭은 주로 일본 신문이나 전보통신을 '기리누키' 해 짧은 것은 2면에, 긴 것은 1면에 게재했다는 것이다. 실제 『조선일보』가 많은 기사를 일본 신문이나 『동아일보』의 '기리누키'에 기대고 있었음은 「지새는안개」뿐만 아니라 1923년 7월 『개벽』에 실린 「所謂八方美人主義인朝鮮日報에對하야」, 「朝鮮日報의正體」 등의 글에서도 비판적으로 언급되었다.[24)]

「지새는안개」에서는 '기리누키'가 통용된 이유를 "위선 紙面을 채우기에 汨沒하얏"던 때문이라고 한다. 그리고 그것은 신문사에 "사람이 째이지 안흔 까닭"이었는데 "몃달을 지나도 사람은 여전히 째이지 안"[25)]았다는 것이다. 몇 달이 지나서도 기자의 충원이 이루어지지 않아 앞선 관행이 계속되었음을 가리키는데, 여기에는 창간 초기부터 경영에 어려움을 겪던 『조선일보』가 두 차례에 걸친 발행 정지에 의해 경영이 더욱 곤란에 빠졌던 점이 작용하고 있었다. 이를 고려하면 현진건이 『조선일보』의 1면, 4면 등의 연재소설을 담당하게 된 주된 이유 역시 지면을 메우는 것과 관련되어 있었을 것이다.

4면에 연재되었던 『白髮』 역시 이를 뒷받침한다. 앞서 확인했듯이 『白髮』의 제목 옆에는 '靑黃生'이라는 이름이 부기되어 있다. 『白髮』뿐 아니라 비슷한 시기 4면에 연재되었던 『박쥐우산』, 『發展』 등의 소설에도 아무 것도 적혀 있지 않든지 '擊空生'이라는 이름이 부기되어 있다. 제목 옆에 필자인지 번역자인지 모를 이름이 붙어 있는 데는 연재물이 '소설'이 아니라 '사실기담'이라는 것, '예술품 소설'이 아니라 재미에 중심을 두는 '통속소설'이라는 것, 또 창작도 아니고 번역도 아니고 번안도 아닌 '이상야릇한 무엇'이라는 인식 때문이었다.[26] 그리고 그것을 연재한 것 역시 독자들을 견인하려는 의도와 함께 지면을 메워야 했던 이유가 작용하고 있었다.

이와 관련된 또 한 가지 사실은 1921년 5월 15일, 16일자 신문의 상황이다. 5월 15일자와 16일자 신문에는 「曉霧」 14회와 『白髮』 2회가 반복해서 실려 있다. 「英國政治의過去와未來」, 「過激派의嚴正 批評」 등 다른 연재물은 모두 겹쳐지지 않고 순서대로 진행되었다. 다른 기사들은 새롭게 작성이 되었는데 「曉霧」, 『白髮』만이 반복해서 실렸다는 것은 5월 16일에 현진건이 자신이 담당한 소설을 쓰지 못 했음을 뜻한다. 어떤 이유에서든 「曉霧」, 『白髮』 등을 쓰지 못 했다면 그 지면을 다른 기사로 대체해야 하며 전날 연재분을 다시 실어서는 안 되는 것이 원칙이었다. 그럼에도 1921년 5월 16일자 신문에 그 전날 신문에 실렸던 「曉霧」 14회와 『白髮』 2회가 반복해서 수록되어 있다는 것은 지면을 메울 수 있는 다른 기사가 없었음을 말해주는 것이다.[27]

4. 『동명』, 『시대일보』에서의 기자 활동

『동명』이 창간된 것은 1922년 9월 3일이었다. '시사주보'라는 표제를 걸고 최남선 감집, 진학문 편집 겸 발행으로 발행되었다. 현진건은 염상섭과 함께 '동명사'에 입사해 편집을 담당했던 것으로 되어 있지만,[28] 『동명』의 창간 때부터 일을 했는지는 분명하지 않다. 그런데 1923년 1월에 발행된 『개벽』에는 현진건이 "東明社 테블에"서 "아츰부터 저녁까지, 신년호 준비에, 진저리를 친다는"[29] 언급이 있다. 이를 고려하면 늦어도 1922년 12월에는 '동명사'에 입사했음을 알 수 있다. 현진건이 언제 '조선일보사'를 그만뒀는지를 확인하는 일 역시 쉽지 않다. 1921년 9월 30일자에 실린 『白髮』 125회 연재분 이후 『조선일보』에 현진건의 것으로 확인이 되는 글이 게재된 것은 없다. 1922년 1월부터 11월까지에는 『조선일보』가 유실되어 현진건의 흔적을 찾기는 더욱 힘들다.

1922년 5월 25일 발행된 『백조』 2호에 실린 「朦朧한記憶」 등을 통해 접근하면 적어도 1921년 10월까지는 '조선일보사'에서 일을 했음을 알 수 있다.[30] 한편 1923년 7월 『개벽』에 실린 「所謂八方美人主義인朝鮮日報에對하야」에는 당시 '조선일보사' 사장 남궁훈과 편집국장 선우일의 알력 때문에 7, 8차례나 모든 사원이 교체되는 일이 반복되었다는 언급이 있다.[31] 또 1921년 11월 29일, 1923년 4월 15일자 『매일신문』의 기사는 이들의 갈등이 1921년 12월에서 1923년 4월 사이에 있었음을 말해준다.[32] 그렇다면 현진건이 '조선일보사'를 그만둔 것 역시 그 즈음이었음을 추정할 수 있다.

『동명』은 '시사주보'라는 부기처럼 매주 발행되었다. 1922년 9월 3일 창간되어 그해 17호를 발행했고 이듬해에도 1호를 시작으로 6월 3일 23

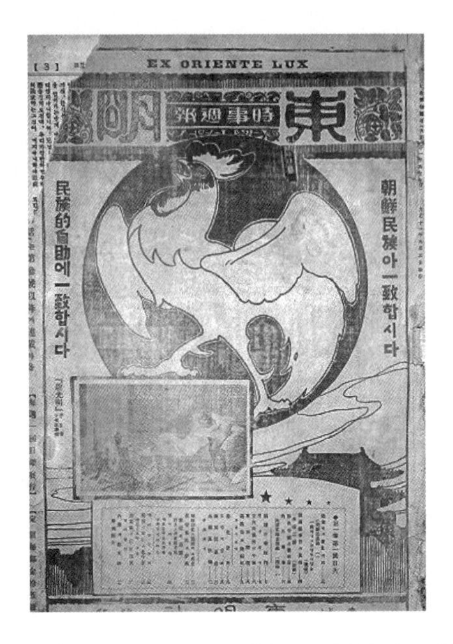

『동명』 창간호 표지이다. 『동명』은 '시사주보'라는 부기처럼 매주 발행이 되었으며, 폐간까지 한 호도 결호가 없었다.

호를 발행했는데, 폐간까지 한 호도 결호가 없었다. 1923년 4월 15일에 발행된 것이 '의열단 사건'을 다루어 '임시호'라는 표제로 발행되었지만 2권 16호에 해당하는 것이었다. 『동명』에서 활동할 때 현진건이 자신의 이름이나 필명으로 발표한 작품은 1923년 4월 1일 발행된 2권 14호에 실은 번역 「나들이」가 유일하다. 현진건이 『동명』에 발표한 작품이 드문 먼저의 이유는 일반적인 생각과는 달리 『동명』이 문학 작품의 발표 공간이 아니었다는 점에 있는 것으로 보인다. 『동명』에 발표된 소설 가운데 창작으로 볼 수 있는 작품은 염상섭의 「E先生」과 「죽음과그 그림자」, 김동인의 「笞刑」 등 3편뿐이었다.[33] 시는 변영로, 오상순, 진순성, 김억, 변영만 등의 작품이 게재되었지만 변영로를 제외하고는 1, 2

회 게재에 그쳤다. 1923년 1월 1일에 발행된 『동명』 제2권 제1호는 13면부터 22면까지 문예 작품이 실려 '문예특집'에 가까웠지만, 『동명』 전체로 볼 때 그 호가 이례적인 것이었다. 이는 『동명』에 실린 문학 작품에서 번역이 차지하는 비중이 큰 것과도 연결이 된다. 1923년 1월에 발행된 2권 4호 이후 소설은 모두 번역으로 메워졌으며, 그 대부분은 번역자를 밝히지 않은 흥미 위주의 것이었다.

『시대일보』는 1924년 3월 31일 창간호를 발행했다. 『시대일보』는 국한문 혼용, 대형판 4면으로 발행되었으며, 발행 초기에는 2만 부를 인쇄했다고 한다. 『동명』이 종간된 것이 1923년 6월 3일임을 고려하면 거의 10개월 만이었다. 『시대일보』가 일간지 발행 허가를 얻은 것은 1923년 7월 17일로, 『동명』이 종간된 지 한 달 남짓한 때였다. 그런데 『시대일보』가 10개월이 지난 1924년 3월이 되어서야 창간이 된 이유는 분명하지 않다. 창간 당시 사장은 최남선이었으며, 편집국장 진학문, 정치부장 안재홍, 사회부장 염상섭 등으로 운영진이 구성되었다.[34] 이전 『동명』의 진용을 고려하면 『시대일보』는 인적 체제에서도 『동명』에서 이어진 것임을 알 수 있다. 현진건이 언제부터 『시대일보』에서 근무했는지는 알려져 있지 않다. 그런데 『시대일보』와 『동명』의 관계를 고려한다면 창간 당시부터 일을 했을 가능성이 크다. 창간 즈음인 1924년 4월 2일부터 4월 5일까지 '빙허'라는 필명으로 「발(簾)」을 4회에 걸쳐 연재한 것 역시 이를 말해준다.[35]

1925년 5월 11일부터 6월 30일까지 『시대일보』에는 『첫날밤』이라는 소설이 연재된다. 1925년 1월 5일부터 같은 해 5월 10일 무렵까지 연재된 나도향의 『어머니』에 이어진 것이었다.[36] 『첫날밤』 연재 당시 제목 옆에는 '눌메 번역'이라는 표기가 부기되어 있었다. 『첫날밤』은 연재가 끝난 5개월 후인 1925년 11월 '박문서관'에서 단행본으로 발행

된다. 『동아일보』에 실린 광고에 '현진건 선생 저'라고 되어 있어, 앞서 『시대일보』에 연재된 소설이 현진건에 의한 것임을 알 수 있다.[37] 광고에는 '현진건 선생 저'라고 되어 있지만 근래의 연구에 따르면 이 소설은 구로이와 루이코가 1915년 번안한 『ひと夜の情』을 저본으로 한 것으로 밝혀졌다.[38]

『동명』에 발표한 작품이 드물었던 것처럼 『시대일보』에도 「발(簾)」, 『첫날밤』 등을 제외하면 현진건의 것으로 파악되는 작품은 없다. 이는 '동명사'나 '시대일보사'에서 근무할 때 현진건이 작품 활동보다는 기자 업무에 충실했음을 뜻한다. 여기에는 『동명』, 『시대일보』 등의 근대문학에 대한 인식의 문제와 함께 미디어가 처한 경제적인 상황이 작용하고 있었다. 『시대일보』는 창간 2개월이 채 지나지 않아 재정난으로 '보천교'의 자본을 끌어들여 판권을 넘기려다 내분이 일어나기도 했다. 1925년 4월 최남선, 진학문 등이 『시대일보』를 떠나고 홍명희, 한기악, 이승복 등이 『시대일보』를 인수했던 것 역시 이과 관련되어 있었다.[39] 창간 초기부터 재정난에 시달렸던 언론사의 입장에서 가장 필요했던 것은 독자를 견인할 수 있도록 지면을 메우는 일이었을 것이다. 그러한 필요에 부응하는 것은 앞서 『조선일보』를 검토하는 데서 확인했던 것처럼 '근대문학'이 아니라 재미에 중심을 두는 '읽을거리'였다.

이는 기자로 활동했던 현진건의 입장에서도 마찬가지였다. 현진건이 근무할 때 『시대일보』 기자의 급여 수준에 대해 밝혀진 바는 없다. 1920년대 다른 신문기자의 한달 급여 수준을 참고하면 『동아일보』 기자가 60~70원, 『조선일보』 기자가 70~80원 정도의 급여가 책정되었다.[40] 1925년 5월 20일 역시 『시대일보』의 기자였던 나도향이 참가했던 '철필구락부'의 요구 사항에 사회부 기자의 월급을 80원으로 인상해 달라는 주장이 있는 것으로 보면 당시 신문 기자의 실제 급여가 80

원에 미치지 못했을 것이다.[41) 『시대일보』 역시 비슷한 수준이거나 조금 낮은 수준이었을 것이다. 『시대일보』가 창간 초기부터 재정난에 시달렸음을 고려하면 월급이 제대로 지급되지 않았을 가능성도 크다. 현진건이 창작 「발(簾)」이나 번역 『첫날밤』 등을 연재할 때 기자 월급 외의 원고료를 따로 받았는지는 확인하기 힘들다. 하지만 월급조차 제대로 지급되지 않는 상황에서 기자로 근무하는 미디어에 작품을 싣는다고 해서 원고료가 따로 책정되지는 않았을 가능성이 더 크다. 1925년 3월 『개벽』에 실린 글에 실린 "근래에 憑虛 군은 신문사 일도 뜻대로 되지 안음으로 그는 더 만흔 독서와 연구에 노력"[42)]하겠다는 언급 역시 이와 관련된 것으로 보인다.

당시 현진건이 작품 활동을 했던 주된 공간이 『개벽』이었다는 사실 역시 앞선 '동명사'나 '시대일보사'의 상황과 관련된 것으로 보인다. 현진건은 1922년 11월 『개벽』에 「피아노」를 발표했으며, 1923년에는 2월부터 11월까지 「지새는안개」를 9회에 걸쳐 연재했다. 또 1924년에는 「까막잡기」, 「운수조흔날」 등을, 1925년에는 「불」, 「새빨간우슴」 등을 발표했다. 『개벽』이 1920년대의 '미디어적 중심'이자 '시대의 총아'[43)]로 평가를 받는 것은 당시 『개벽』의 미디어적 위상과 관련되어 있었다. 그런데 그 위상에는 당시 잡지 가운데 유일하게 높은 수준의 원고료를 안정되게 지급했던 이유 역시 작용하고 있었다. 현진건이 『동명』, 『시대일보』 등에서 일할 당시에는 시는 1편에 5원, 산문은 23자 10행 원고지 4매에 2원 50전 정도의 원고료를 지불했다고 한다.[44)]

이 시기 현진건이 단행본을 많이 발행한 것 역시 주목을 필요로 한다. 먼저 1922년 11월 13일 '조선도서주식회사'에서 「貧妻」, 「술勸하는社會」, 「墮落者」 등을 묶어 『墮落者』를 발행했다. 1924년 1월에는 '동문서림'에서 『惡魔와가티』를 발행했는데, 이 소설은 『조선일보』에 연재했던 『白髮』을 '개제'하여 출판한 것이었다.[45] 또 1925년 1월에는 '박문서관'에서 『지새는안개』를 단행본으로 간행했다. 이 소설은 『조선일보』에 연재한 「曉霧」, 『개벽』에 연재한 「지새는안개」를 완결시킨 것이었다. 현진건은 1925년 11월에도 『첫날밤』을 단행본으로 발행했는데, 이 소설이 『시대일보』에 연재된 소설이었음은 앞서 확인했다. 또 1926년 3월에는 그때까지 썼던 단편들을 모아 '글벗사'에서 단행본 『朝鮮의얼골』을 발행했다. 자신이 발표했던 소설을 묶거나 완결시킨 『墮落者』, 『지새는안개』, 『朝鮮의얼골』 등은 차치하더라도 스스로 '필자의 이름도 잘 모르고 내용도 그리 변변치 못한 읽을거리'라고 폄하한 『惡魔와가티』, 『첫날밤』 등의 소설을 단행본으로 발행한 이유는 경제적인 부분을 차치하고 생각할 수는 없을 것이다.[46]

한편 1925년 7월 발행된 『조선문단』 10호에 게재된 「文士消息片片」에는 현진건이 "時代日報 社會部長이 되었다"[47]는 언급이 있다. 1925년 7월 전후 현진건이 『시대일보』의 사회부장이 되었음을 알 수 있는데, 그때까지 『시대일보』의 사회부장은 염상섭이 담당하고 있었다. '시대일보사'를 그만둔 염상섭은 역시 같은 신문사에서 해직된 나도향과 거의 비슷한 시기 일본 '동경'으로 건너갔다. 사회부장을 맡은 현진건은 『시대일보』가 폐간될 때까지 약 1년 정도 그 역할을 담당했는데, 앞선 확인처럼 이 시기 『시대일보』에서 문학 활동을 하지 않았음을 고려하면, 사회부장이 되기 전에도 사회면의 기사를 담당했을 가능성이 크다. 이러한 경력은 『동아일보』에 입사해서 사회부장으로 일하게 되는 계기가 되었다는 점에서 주목을 필요로 한다.

5. 문인-기자라는 위상의 변화

다른 신문들과 달리 『시대일보』의 폐간 날짜는 밝혀져 있지 않다. 현진건과 함께 『시대일보』 기자로 일했던 김기진은 1926년 8월 즈음 『시대일보』는 경영난에 시달려 사원들에게 월급을 주지 못했음을 회고한다. 뿐만 아니라 신문조차 제대로 발행하지 못해 대장 4면을 3부씩 만들어 경기도 경찰부, 총독부 경무국 도서관 검열계에 납본만 했을 정도였다고 했다.[48] 『시대일보』의 폐간 날짜가 분명하지 않은 것은 이와 관련된 것으로 보인다. 근래의 한 연구는 『시대일보』가 압수 기사까지 포함해서 1926년 8월 15일까지는 발행이 되었음을 밝힌 바 있다.[49] 그렇다면 『시대일보』는 1926년 8월 중반 즈음 폐간되었으며 현진건 역시 폐간과 맞물려 '시대일보사'를 떠나게 되었을 것이다.

대부분의 논의에는 현진건이 '시대일보사'를 그만둔 후 『동아일보』의 기자가 된 것으로 서술되어 있다.[50] 『동아일보』의 기자가 되기 전 『조선일보』에서 근무했다는 사실이 간략하게 언급되기도 하지만, 근무한 시기나 그 근거가 밝혀져 있지 않아 실제 '조선일보사'에서 근무했는지는 확실하지 않은 상태다.[51] 필자는 '시대일보사'를 그만둔 후 현진건의 행적을 밝히는 데 도움을 줄 수 있는 자료를 찾았는데, 앞서 언급했던 『동아일보사 사원록』의 「略歷」이 그것이다.

『동아일보사 사원록』에는 현진건이 1926년 '시대일보사'를 그만둔 후 같은 해 '조선일보사'로 옮겨간 후 1927년 8월 그만두었다고 기록되어 있다.[52] '시대일보사'를 그만두고 1년 정도 '조선일보사'에서 일을 했다는 것인데, 현진건의 입장에서는 1920년 11월에 처음 입사한 후 6년 만에 '조선일보사'에 다시 입사한 셈이 된다.

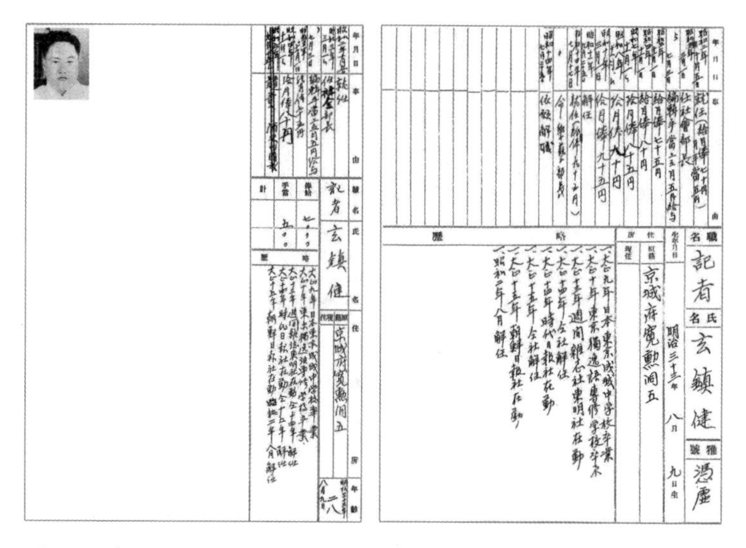

職名 記者
氏名 玄鎭健
雅號 憑虛
生年月日 明治三十三年八月九日生
本籍 京城府寬勳洞五

略歷
一、大正九年日本東京成城中学校卒業
一、大正十年東京獨逸語專修学校卒業
一、大正十一年週間雜誌社東明社在勤
一、大正十三年仝社解任
一、大正十三年時代日報社在勤
一、大正十五年仝社解任
一、大正十五年朝鮮日報社在勤
一、昭和二年八月解任

『동아일보사 사원록』의 현진건 「略歷」이다. 여기에는 현진건이 1926년 '시대일보사'를 그만두고 같은 해 '조선일보사'로 옮겨간 후 1927년 8월 그만두었다고 되어 있다.

1924년 9월 신석우는 『조선일보』의 경영권을 인수해 이상재를 사장으로 추임시키고 자신은 부사장을 맡게 된다. 이를 계기로 『조선일보』에는 흔히 '혁신'이라고 일컬어지는 새로운 면모가 나타나게 된다. 이 시기 『조선일보』의 혁신에 주요한 역할을 한 인물들은 『동아일보』에서 온 이상협, 김동성, 홍증식 등이었다. 이상협, 김동성이 민태원, 유광렬, 김형원 등 우익계 사원들을 영입했고, 홍증식은 박헌영, 김단야, 임원근 등 좌익계 사원을 영입했다고 했다.[53] 이렇듯 혁신을 표방하던 『조선일보』는 1925년 9월 다시 정간을 당하게 되는데, 당시 상황에 대해서는 아래의 인용문의 도움을 받을 수 있다.

> 申錫雨 崔善益 일파가 宋 씨(송병준; 인용자)로부터 매수하야 李商在 옹을 사장을 삼는 동시에 지면의 대혁신을 단행하고 『朝鮮民

衆의 新聞』이란 표어를 목표로 一路邁進하엿다. 大正 14년경에 는 朝鮮日報는 사회주의적 색채가 농후하야져서 민족주의의 낙인을 받은 東亞日報를 일시 압도하는 기세를 보이드니 大正 14년 9월에 『勞農露國과 朝鮮의 政治的 關係』라는 사설로 인하야 제2차의 정간을 당하엿스며 필자 辛日鎔 씨는 피신을 하고 발행인은 체형을 당하고 윤전기는 압수되엇다.[54]

앞선 인용에는 두 번째로 되어 있지만 실제 1925년 9월 8일 사설을 계기로 정간을 당한 것은 『조선일보』의 세 번째 정간이었다. 첫 번째, 두 번째 정간에 대해서는 앞서 검토한 바 있다. 세 번째 정간과 맞물려 편집 겸 발행인이었던 김동성, 인쇄인이었던 김형원 등이 구금되는데, 김동성은 집행유예로 풀려났지만 김형원은 실형을 살게 된다. 정간은 같은 해 10월 15일까지 37일간 이어졌다. 총독부가 정간 해제의 조건으로 좌익계를 중심으로 17명의 기자를 퇴사시키라는 명령을 내림에 따라 '화요회' 계열의 박헌영, 김단야, 임원근 등, '북풍회' 계열의 서범석, 손영극, 그리고 이상협 계열의 김형원, 유광렬 등이 퇴사하게 된다.[55] 현진건이 '조선일보사'에 다시 입사한 것은 이 즈음이다. 『조선일보』가 3차 정간 해제를 조건으로 17명의 기자를 퇴사시키게 되자 그 자리를 메우기 위한 것으로 추정된다. 그리고 그것은 『조선일보』가 3차 정간 이후 좌파적 색깔을 떨치고 경영난에서 벗어나기 위해 매진할 때와 맞물려 있었다.

'조선일보사'에서 근무했던 1926년 중반부터 1927년 8월까지 현진건이 『조선일보』에 발표한 문학 작품은 없다. 당시 『조선일보』에는 나카니시 이노스케(中西伊之助) 원작의 『熱風』이 이익상 번역으로 1926년 2월 2일에서 12월 20일까지 모두 311회 연재되고 있었다. 나카니시

이노스케는『赭土に芽ぐむもの』등의 소설을 통해 김기진, 박영희 등이 조선에 새로운 경향의 문학을 발아시키는 데 영향을 미쳤던 작가였다.『熱風』에 이어 1927년 1월 1일부터 7월 19일까지는 이익상이 쓴『키일흔帆船』이 183회 연재되었다. 또 같은 해 7월 20일부터는 '柳葉'이 쓴『새세상사람들』이라는 소설이 연재를 이어나갔다.『시대일보』에서부터 사회면을 담당했고 특히 1925년 7월 전후부터는 1년 정도 사회부장으로 일했음을 고려하면 이 시기 현진건은『조선일보』의 사회면 기사를 담당했을 가능성이 크다.

『동아일보사 사원록』에 있는「略歷」에는 현진건이『동아일보』의 기자가 된 것이 1927년 10월 5일로 되어 있다. '조선일보사'를 그만둔 것이 1927년 8월임을 고려하면, '동아일보사'로 옮겨오기 위해 사직을 했던 것으로 보인다. '동아일보사'에서는 1927년 10월 24일 김성수가 사장직에서 만기로 퇴임하고 송진우가 6대 사장으로 다시 취임했다. 이를 계기로 신문사의 인적 체제에 변화가 있었는데, 발행인이 양원모에서 김석중으로, 편집국장이 이광수에서 김준연으로, 학예부장이 주요한에서 이익상으로 바뀌었으며, 그때까지 주필이었던 송진우가 사장이 됨에 따라 주필 자리는 공석이 되었다.

또 편집국장이었던 이광수가 신병으로 업무를 볼 수 없어 이미 1927년 3월부터 편집국장 대리를 맡았던 최원순이 송진우 취임 직전에 사직을 해 편집국장 자리 역시 공석인 상태였다. 현진건이 1927년 10월 '동아일보사'에 입사하게 된 것은 송진우가 사장으로 취임하면서 이루어진 인사 개편과 맞물려 있었다. 거기에는 당시 신병으로 사직을 한 이광수의 공백을 메우고자 했던 '동아일보사'의 의도도 작용하고 있었을 것이다. 현진건은 사회부 소속으로 신문의 2면, 5면 등을 담당하게 되었는데, 당시 사회부장은 편집인을 겸직했던 국기열이었다.[56]

『동아일보』는 1920년 4월 사회개조를 중심으로 한 민족운동의 중심 기관임을 표방하고 창간되었다. 하지만 김성수, 송진우 등의 영향력이 커지면서 대주주 등의 정치적, 경제적 입장을 반영하는 등 창간의 취지는 점차 퇴색해 갔다. 또 조선의 정치적 독립을 지연하는 데 동조하는 글을 싣는 한편 지면을 상업적으로 편성해 나갔다. 1924년 4월 일어난 『동아일보』 기자들의 경영진 퇴진 운동은 여기에 반발한 움직임이었다. 하지만 경영진 퇴진 운동의 움직임은 지속되지 못해 1924년 10월 임시 주주총회를 계기로 김성수가 최대 주주 및 사장, 또 송진우가 고문이 되어 김성수, 송진우 체제를 더욱 견고하게 구축했다. 이광수가 『동아일보』에 정식으로 입사하게 된 것 역시 그 즈음이었다. 특히 1925년 4월 편집국장 겸 주필이었던 홍명희가 『시대일보』로 자리를 옮기자 송진우가 그 자리를 차지해 소유, 경영, 편집 등이 김성수, 송진우에게 집중된다.[57] 비록 김성수가 사장직에서 만기 퇴임하고 이광수가 신병 때문에 사직을 했지만, 현진건이 입사를 할 당시 『동아일보』는 그 지향이나 체제에서 김성수, 송진우 등이 소유, 경영, 편집 등의 모든 권한을 쥐고 있었을 때와 크게 다르지 않았다.

앞에서 현진건이 『동명』, 『시대일보』 등에서 활동할 당시 「나들이」, 「발(簾)」, 『첫날밤』 등 극히 일부의 글을 제외하고는 해당 미디어에 작품을 발표하지 않았음을 검토한 바 있다. 당시 주된 발표 지면은 『개벽』이었으며, 『조선문단』, 『폐허이후』, 『동아일보』 등에도 드물게 글을 발표했다. '조선일보사'나 '동아일보사'에서 일할 때도 『조선일보』, 『동아일보』 등 해당 지면에 작품을 발표하지 않은 것은 이전 시기와 마찬가지였다. 그런데 이 시기에 와서 달라진 점은 다른 미디어에도 작품을 발표하지 않아 작품을 발표하는 것 자체가 드물어졌다는 점이다. '조선일보사'에서 근무할 때 발표한 소설은 1927년 1월에서 3월까지 『조선문단』에 연재한 「해쓰는地平線」이 유일하다. 1927년 10월 『동아일보』의 기자가 되어서는 아예 작품 활동을 하지 않다가 2년 정도 지난 1929년 7월이 되어서야 『문예공론』에 「新聞紙와鐵窓」을 발표했다.

이는 '조선일보사', '동아일보사' 등의 기자로 근무할 때 현진건이 작품 활동보다는 기자 생활에 비중을 두었음을 뜻한다. 특히 '동아일보사'에서 근무할 때는 더욱 그랬는데, 거기에는 두 가지 정도의 이유가 있는 것으로 보인다. 하나는 『시대일보』에서 활동할 당시에도 그랬지만 기자로 근무하는 미디어에 작품을 싣는다고 해서 따로 원고료가 책정되지 않았을 것이라는 점이다. 다른 하나는 더욱 중요한 부분인데 『조선일보』를 거쳐 『동아일보』의 기자로 활동을 할 당시에는 기자의 월급만으로도 생활을 영위할 수 있게 되었다는 점이다. 후자는 '동아일보사'로 옮겨가고 나서 거의 2년 가까이 다른 미디어에도 전혀 작품 활동을 하지 않았던 이유를 말해주는 것이기도 하다.

6. 『赤道』 연재와 '동아일보사' 해직

현진건은 1933년 12월 20일부터 다음해 6월 17일까지 『동아일보』에 『赤道』를 연재했다. 1927년 10월 입사하면서부터 작품 활동보다는 기자 생활에 매진했던 현진건에게 『赤道』의 연재는 이례적인 일이었다. 물론 현진건은 1929년부터 다시 작품 활동을 재개한 바 있다. 1929년 7월, 12월 각각 『문예공론』에 「新聞紙와鐵窓」을, 『신소설』에 「貞操와藥價」를 발표했다. 또 1929년에서 1931년에 걸쳐 『동아일보』, 『신동아』 등이 기획한 '합동연작' 소설인 「女流音樂家」, 「荒原行」, 「戀愛의淸算」 등에도 참여했다. 1930년 9월에는 『신소설』에 중국 고사에 모티프를 둔「웃는褒姒」를 번역해 실었으며, 1931년에는『삼천리』10월호에「서투른盜賊」을 발표했다. 그리고 1932년 3월에서 7월까지는『신동아』에「祖國」이라는 소설을 번역해 실었다.

그런데 5년간 발표한 소설 중 엄밀하게 현진건의 창작으로 볼 수 있는 작품은「新聞紙와鐵窓」,「貞操와藥價」,「서투른盜賊」등 3편의 단편뿐이었다.「女流音樂家」,「荒原行」,「戀愛의淸算」등은 '합동연작'의 한 부분을 담당한 것이었으며,「웃는褒姒」,「祖國」은 번역이었다. 또『赤道』연재의 이례성은 연재를 마친 후 1936년까지 2년 가까이 현진건이 발표한 소설이 전혀 없었다는 점에서 더욱 두드러진다. 이는 당시에도 현진건이 작가보다는 기자 생활에 매진하고 있었음을 말해주며, 이를 고려하면『동아일보』에 1933년 12월 20일부터 다음해 6월 17일까지 6개월 가까이『赤道』의 연재를 이어나간 것은 주목을 필요로 한다.

『赤道』는 1925년 11월『개벽』에 발표한 단편「새빨간웃음」, 또 1927년 1월부터 3월까지『조선문단』에 연재한「해쓰는地平線」에 이어지는 소설이다. 하지만 당시 현진건이『赤道』를 쓰게 된 보다 주된 모티프는 유학 경험을 검토하면서 확인한 형 현정건과 관련이 있는 것으로 보인다. 현정건은 이 시기 투옥과 출옥을 거쳤으며, 또 출옥 후 얼마 되지 않아 죽음을 맞이했다. 앞에서 현정건이 1910년대 중반부터 독립운동에 가담했으며, 1920년대 들어서는 '고려공산당', '상해파 고려공산당' 등 사회주의 계열의 독립운동 단체에서 활발하게 활동했음을 검토했다. 이렇듯 '상해'에서 활동을 이어가던 현정건이 일본 경찰에 체포된 것은 1928년 3월이었다. 1927년 4월 장제스(蔣介石)는 국공합작을 깨트리고 반공 쿠테타를 감행한다. 이후 '상해', 광저우 등에서 좌파 세력에 대한 탄압이 극심해졌는데, 현정건의 체포 역시 이와 맞물려 있었다.

당시 신문에는 현정건이 "상해 법계 패륵로(上海法界貝勒路)에서 블란서 공부국 경찰의 후원 하에 상해 일본 총영사관(日本總領事館) 경찰에 손에 체포되"[58]었다고 되어 있다. 같은 해 5월 조선으로 송환된 현정건은 "상해에서 각디 동지와 가티 한국 유일의 ○○당 상해촉성회(韓國○○黨上海促成會)라는 것을 맨들어가지고 동촉성회 련합회를 조직하야 만흔 활동을 하여왓다는"[59] 등 치안유지법 위반이라는 명목으로 8월 23일 공판에 회부되었다. 이어 같은 해 11월 9일, 12월 7일 신의주지방법원에서 공판이 열렸으며, 12월 21일 선고공판에서 역시 현정건은 "촉성회(促成會) 관계"로 "삼년 징역 구형"[60]을 받게 된다. 평양형무소로 이감되어 복역한 후 1932년 6월 10일 출옥했는데[61], 징역 3년이 구형되었음에도 출옥할 때까지 실제 4년 2, 3개월 정도 수감이 되었던 이유에 대해서는 정확하게 접근하기 힘들다.

그런데 출감 후 "가회동(嘉會洞) 자택에서 장구한 해외 풍상에 시달린 고난과 령오 생할에 피곤한 몸을 정양"한 지 얼마 지나지 않은 1932년 12월 30일 "복막염(腹膜炎)으로 의전병원에서 수술을 밧고 치료하얏스나 의약의 효를 엇지못하고 드듸어 별세"[62]하고 만다. 현정건이 세상을 떠난 것은 1933년 1월 1일 오후 5시였다. 당일자 『조선일보』에는 현정건이 임종 당시 "세계 무산계급 XXXX을 힘차게 고창하엿다"[63]는 기사가 있다. 그런데 현정건이 세상을 떠난 지 2달 정도 지난 1933년 2월 11일 "현정건(玄鼎健) 씨의 미망인(未亡人) 윤덕경(尹德卿)(三九) 씨는 현 씨 사후 四十一 일 만에 현 씨의 뒤를 따라 음독자결하엿다"[64]는 보도가 나와 사람들의 눈길을 끌었다.

현진건이 『동아일보』에 『赤道』를 연재했던 시기는 형인 현정건에 이어 형수 윤덕경이 세상을 떠난 지 1년도 안 되어서였다. 이전 5년간 현진건의 창작이 3편의 단편뿐이었으며 이후에도 2년 가까이 현진건이 발표한 소설이 없었음을 고려하면, 『赤道』를 연재한 데는 현정건, 윤덕경의 사망이 어떤 방식으로든 영향을 미쳤을 것임을 알 수 있다. 이와 관련해 여해, 영애, 상렬 등을 통해 '열정에 지글지글 타는 적도'의 세계를 그리고자 했던 『赤道』의 주제 역시 가볍게 넘길 수 없는 것이다. 기존의 논의에서 통속적인 내용과 사건 전개의 비약 등의 이유로 부정적인 평가를 받았는데, 앞선 상황을 고려하면 당시 검열 등을 고려해 소설의 의의와 한계에 대해서 엄밀하게 따져볼 필요가 제기된다.

현진건이 '동아일보사'를 그만둔 것은 1936년 9월 25일이었는데, 흔히 '일장기 말소 사건'으로 알려진 사건이 계기가 되었다. 1936년 8월 9일 당시 진행되고 있던 제13회 베를린올림픽 마라톤 경기에서 손기정이 세계신기록으로 우승을 하고 남승룡이 3위를 했다. 신문들은 특히 손기정의 우승을 조선 민족의 승리이자 제패로 간주하여 연일 민족의 자긍심을 높이는 사설과 기사로 지면을 메웠다. 8월 10일 호외 발행으로 시작된 우승에 대한 보도는 8월 11일 석간부터는 더욱 경쟁적으로 이루어졌다. 당시까지 총독부는 손기정, 남승룡 등에 대한 신문 미디어의 보도를 내선일체라는 취지에서 불문에 부치고 있었다.[65]

문제가 된 것은 1936년 8월 25일자 『동아일보』 석간 2판에 실린 사진이었다. 사진에는 손기정의 옷에 부착되었던 일장기가 지워져 있었다. 일장기가 훼손된 사건을 계기로 총독부는 이전까지의 방침을 바꾸어 조선 신문들에 대해 강경한 대응을 펼치기 시작했다. 문제가 된 사진의 인쇄가 이루어진 8월 24일 밤부터 임병철, 백운선 등 『동아일보』 기자들을 연행하기 시작해, 8월 27일까지 총 11명을 연행했다. 연행에 이어 취조 결과가 밝혀지자 총독부 당국은 8월 27일 오후 5시경 『동아일보』에 무기정간 조치를 취했다.[66] 또 일장기 말소 사건 관계자 및 '동아일보사'에 대한 규제 조치 역시 행해졌다.

기존 논의나 연보에는 현진건이 이 사건과 직접 관련이 되어 1년의 선고를 받고 복역을 하게 되어 『동아일보』 기자에서 해임된 것으로 다루어지는데, 이는 부분적으로만 맞다.[67] 앞선 경찰 조사의 결과나 「東亞日報의 發行停止에 관한 件」 등에는 일장기 말소 사건에 직접 관여한 인물을 이길용(운동부 기자), 이상범(조사부 기자), 신낙균(사진부 과장), 장용서(사회부 기자), 서영호(운동부 기자), 임병철(편집부 기자), 백운선(사진부 기자) 등이라고 밝혔다.[68] 또 『동아일보』 일장기 말소 사건에 관련된 공판 자체가 열린 바가 없다. 실제 현진건은 사건의 주도자들과 함께 40여 일간의 조사를 받은 후 석방되었다.

총독부는 정간 해제를 조건으로 '동아일보사'에 6개항에 걸친 요구 사항을 제안했는데, '동아일보사'는 정간을 피하기 위해 요구 사항을 받아들였다. 요구 사항의 첫 번째에서 세 번째까지는 사장의 사임, 거기에 따른 발행 및 편집인의 명의 문제, 또 사장, 부사장, 주필, 편집국장의 임용에서 승인을 받는 문제 등이었다. 이러한 요구 사항에 이어지는 네 번째 요구 사항은 다음과 같았다.

> (4) 당국에 의해서 부적당하다고 인정되는 간부와 사원, 그리고 사건 책임자는 면직시켜 다시 같은 회사 내의 다른 직무에 종사하지 못 한다. 그 성명은 다음과 같다.
>
> 송진우(사장, 정요), 장덕수(부사장, 정요), 양원모(영업국장, 정요), 김준연(주필, 특요), 설의식(편집국장, 정요), 이여성(조사부장, 정요), 박찬희(지방부장, 특요), 최승만(잡지부주임, 보요), 이길용(운동부장), 신낙균(사진과장), 현진건(사회부 기자), 장요서(사회부 기자), 서영호(사진 부원) 이상 13명.[69]

현진건은 사회부 기자라는 직함으로 '당국에 의해서 부적당하다고 인정되는 간부와 사원, 그리고 사건 책임자' 13명에 포함되어 있다. 일장기 말소 사건에 현진건이 직접 관여를 했다고 보기는 힘듦에도 40여 일간 조사를 받고서야 풀려난 것, 또 '부적당하다고 인정되는' 13인의 명단에 포함된 것은 사건의 적극적인 주도자인 장용서가 사회부 기자였다는 점에서 사회부장으로서 책임을 물은 것으로 보인다. 이를 계기로 현진건이 1936년 9월 25일자로 '동아일보사'에서 해임된다. 현진건 등이 서둘러 해임된 것은 '동아일보사'가 '일장기 말소 사건'이 신문사 전체가 관여한 것이 아니라 사회부 등 일선 기자와 사진부원 등 일부가 행한 사건으로 서둘러 마무리하기 위해서였던 것으로 보인다. 『동아일보사 사원록』의 「略歷」에 따르면 현진건은 해임 후 1939년 7월 17일 다시 학예부장으로 복직을 한 것으로 되어 있다. 그런데 7월 25일 '의원 해직'을 한 것을 고려하면, 이는 퇴직의 절차를 갖추기 위한 과정으로 보인다.

1927년에 입사를 했으니 거의 10년 동안 '동아일보사'에 재직한 셈이며, 그 가운데 9년을 사회부장으로 근무했다. 또 '조선일보사', '시대일보사' 등에서 근무한 것을 포함하면 거의 15년 정도 종사했던 기자직에서 떠난 것이 된다. 퇴직이 '일장기 말소 사건'과 관련해 총독부의 종용에 따른 것이 되어 이후 다시 기자로 복귀하기는 힘들었던 것으로 보인다. 퇴사 이후 현진건은 친구 등의 소개로 미두, 양계, 기미 등의 사업에 손을 댔으나 번번이 실패하게 된다. 종로구 관훈동에서 서대문구 부암동으로, 다시 동대문구 신설동으로 잦은 이사를 했던 것 역시 사업과 관련이 되어 있었다. 실패를 거듭하면서도 연이어 사업을 했던 것 역시 다시 신문사 등에서 일하는 것이 불가능했기 때문이었을 것이다.

현진건이 다시 활발한 작품 활동을 시작했던 것은 1938년 7월 20일 『동아일보』에 『無影塔』을 연재하면서부터였는데, 연재는 1939년 2월 7일까지 이어졌다. 『동아일보』에 소설을 연재하는 것은 『黑齒常之』로 이어졌다. 『黑齒常之』는 1939년 10월 25일 연재를 시작했는데, 1939년 11월 16일 52회분을 마지막으로 강제로 중단을 당하게 된다. 이 시기 현진건이 다시 단행본을 활발하게 발행한 것도 경제적인 곤란과 관련된 것으로 보인다. 1938년부터 1941년까지 『再活』, 『赤道』, 『無影塔』, 『현진건단편선』 등을 단행본으로 간행했다. '광한서림'에서 발행된 『再活』은 『조선일보』에 연재했던 『白髮』을 단행본으로 발행했던 『惡魔와가티』를 다시 한 번 제명을 바꾼 것이었다. 『赤道』, 『無影塔』, 『현진건단편선』 등은 모두 '박문서관'에서 간행되었다. 특히 『현진건단편선』은 당시 '박문서관'에서 기획했던 '박문문고'의 하나로 출간되었다. '박문문고'는 1939년 1월 『김동인단편선』을 시작으로 1943년 8월까지 모두 18권이 간행되었다. 또 해방 후 속간될 때는 새로 4권이 추가되어, 모두 22권이 출간된 연속 간행물이었다.

아이러니하게 1938년 이후 이어진 현진건의 활발한 작품 활동은 '동아일보사' 퇴사와 관련된 것으로 보이며, 이는 흔히 문인-작가라고 불리는 존재들의 작품 활동과 미디어 생활의 관계를 보여주는 하나의 예라고 할 수 있다. 이러한 점은 '조선일보사', '동아일보사' 등에서 근무할 때 현진건이 작품 활동을 소홀히 한 이유에 대해서 온전히 접근할 수 있는 계기 역시 마련해준다. 이미 이 시기에는 미디어의 입장에서 현진건에게 요구했던 역할은 문인으로서보다는 기자로서의 업무였으며, 또 거기에 상응하는 경제적 대가 역시 생활을 하는 데 충분할 정도로 제공했을 것이다. 반대로 현진건의 입장에서 『조선일보』, 『동아일보』 등의 기자로 활동했던 시기는 기사를 쓰고 편집을 하느라 작품을 쓸 여력도 없고 또 그것을 통해 경제적인 대가를 꾀하지 않아도 되는 때였다는 것이다.

2장 소설에서 체험의 문제

원시적인 외부의 공간 속에서 진(眞)을 말하는 것은 언제라도 가능하지만 우리가 진 안에 있게 되는 것은 담론들의 각각에 있어 재활성화해야 하는 일종의 담론적 공안(police)의 규칙들에 복종할 때뿐이다.

(미셸 푸코의 『담론의 질서』에서)

1. '체험=사실'이라는 규약

현진건은 1921년 1월부터 1922년 4월까지 『개벽』에 「貧妻」, 「술勸하는社會」, 「墮落者」 등을 발표한다. 이들은 작가의 체험을 리얼하게 그렸다고 해서 신변체험소설이나 자전소설로 불린다. "이러한 作品에 共通된 特徵은 一人稱의 「나」가 그 主人公으로 登場되어 있는 點이며, 「나」라는 主人公이 바로 玄鎭健 自信이라는 點"고 해, "자기응시의 객관적인 문학적 산물"[1]로 규정한 것이 그 대표적인 예이다. 현진건 자신도 소설에 나타난 체험적 요소를 굳이 감추려 하지 않았다. 「墮落者」가 연재될 때 '개벽사' 편집국에는 "『墮落者』가 作者의 誤入한 廣告라는 것과 또 編輯局 責任者의 無責任하다는 말로 꾸"짓는 익명의 글이 들어온다. 여기에 대해 현진건은 "人生의 醜惡한 一面을 忌憚업시 暴

露식히랴든 것"으로 "讀者로부터 이 醜惡한 方面을 그린 點에 잇서 만흔 非難을 들은 것은 作者로 甘受하는 同時에, 또 一種의 자랑을 늣기는 바"[2]라고 답한다.

이 시기 다른 작가들과는 달리 현진건 소설에 대한 연구가 드문 것도 체험이라는 문제와 관련된 것으로 보인다. 작가의 체험을 다루었다고 할 때 소설은 사실과 환치되고 더 이상의 논의가 진전되기 힘들기 때문이다. 논의의 대부분이 리얼리즘적 성취를 가늠하는 데 집중되어 있는 것도 같은 이유에서이다. 리얼리즘적 성취를 가늠한 일군의 논의는 그것을 인정하는 한편[3] 다른 일군의 논의는 성취를 인정하지 않는다.[4] 흥미로운 것은 인정을 하든지 하지 않든지 그 이유의 중심에는 체험이 놓여 있다는 것이다. 특히 후자에서는 리얼리즘적 성취에서 체험이 지니는 편협함이나 표면성 등이 지적된다. 여기에는 개인과 사회의 교호 작용 속에서 현실의 본질을 드러내는 것이 리얼리즘이라는 개념적 이해가 작용하고 있다.[5] 하지만 앞선 이해는 문학이 현실을 반영하거나 전유할 수 있다는 인식론적 체계와 거기에 부여된 이데올로기를 승인할 경우 의미를 지니며, 편협함이나 표면성에 대한 지적 역시 마찬가지이다. 환기해야 할 것은 리얼리즘이라는 소설적 관습은 단지 의미부여의 가능성이고, 텍스트를 자연스럽게 설명하는 방식이며, 문화가 규정하는 세계에 자리매김하게 만드는 존재일 뿐이라는 것이다.[6] 오히려 필요한 시각은 그러한 인식론적 체계와 이데올로기를 정당하거나 자명한 것으로 받아들이게 만든 배치에 주목하는 일일 것이다.[7]

또 하나 현진건 소설에 대한 주목할 만한 논의는 소설에 나타난 아이러니(irony)에 관한 접근이다. 이들은 지향과 현실의 상호괴리, 발단과 결말의 상충관계 등 현진건 소설에서 동시에 제시되는 두 가지 상황이나 태도 등에 주목한다. 특히 초기 소설과 관련해서는 소설에 등장하는 인물의 상반된 태도가 빚어내는 자기 아이러니에 초점을 맞춘다.[8] 상반된 상황이나 태도가 서사를 이끌어가는 추동력이자 긴장감을 유지시키는 장치라는 점에서, 아이러니는 현진건 소설의 두드러진 특징이라고 할 수 있다. 또 작중 인물의 상반된 태도를 문제 삼고 있다는 데서 소설을 체험으로 파악하는 논의에 균열을 가할 수 있는 접근이기도 하다.

하지만 이들의 논의에는 두 가지 상반된 태도가 나타날 수 있었던 계기가 무엇이었는지, 또 그것의 근간에서 작용하고 있는 이데올로기는 무엇인지에 대한 질문이 간과되고 있다. 아이러니는 말과 그 의미, 행위와 그 결과, 외관과 실제 등 대상의 부조리에 대한 인식을 통해 이루어진다. 루카치가 개인과 사회와의 뛰어넘을 수 없는 간극이나 불화에서 나타나는 인식 태도인 아이러니를 소설의 객관적 형식으로 파악한 것 역시 같은 이유에서이다.[9] 아이러니가 현진건 소설의 성격을 가늠하는 적절한 준거가 되기 위해서, 또 체험으로 파악하는 논의에 제대로 된 균열을 가하기 위해서는, 앞선 질문에 대한 답변이 필요할 것이다.

이 글은 현진건의 초기 소설이 체험에 기반을 두고 있다는 자명한 규정에 의문을 제기하는 것에서 출발하고자 한다. 당시 현진건과 함께 『백조』의 전신인 『백홍』을 기획하는 등 지인을 자처했던 박종화는 "빙허는 「빈처(貧妻)」를 써서 출세를 했지만 실상 그의 아내는 대구 부잣집 딸이었으며" "남편을 위해서 전당포까지 가서 옷을 잡"[10]힐 정도는 아니었다며 소설과 체험의 연관성을 부정한다. 그렇지만 이 글의 관심이 현진건의 소설이 체험을 그린 것인가 그렇지 않은가라는 문제에 놓이는 것은 아니다.

한편 명시적이든 그렇지 않든 체험을 작품화한 것으로 파악되는 소설은 현진건에게만 한정되지 않는다. 식민지 시대를 보더라도, 1920년대 중반 최서해 소설이나 1930년대 중반 안회남, 김남천 등의 소설에서도 체험의 흔적을 찾을 수 있다. 흥미로운 것은 이들 소설이 등장한 상황이다. 최서해의 소설은 프롤레타리아 문학의 맹아로서 신경향파 소설이 발흥할 즈음 등장했고, 안회남이나 김남천의 신변소설은 '카프'가 해체되면서 이념적 지향이 급격히 퇴조할 때 나타났다. 새로운 이념을 소설이라는 양식적 질서로 변용시켜야 했을 때, 혹은 이념적 지향이 퇴조해 소설적 구상이 난관에 부딪혔을 때, 체험은 호출되어 소설의 질서나 출구를 마련하는 역할을 했던 것이다.

현진건은 「貧妻」, 「술勸하는社會」, 「墮落者」 등에서 체험을 끌어들여 당위로 받아들인 근대소설에 육체성을 부여하고자 했는데, 그런 점에서 이들 소설은 이념의 등장이나 퇴조와 맞물려 체험을 통해 소설의 질서나 출구를 마련하려 한 선편 혹은 효시의 역할을 했다. 이 글이 주목하고자 하는 부분은 바로 이 지점이다. 현진건 소설이 어떤 방식이나 체계를 통해 체험이라는 가상을 조형하게 되었는지, 그것이 어떤 담론적 혹은 제도적 기반 위에서 이루어졌는지를 밝히려 한다. 또 체험이라는 가상의 이면에서 구축되는 이데올로기는 무엇이었는지 역시 구명하고자 한다. 이후 소설의 전개에서 체험을 사실로 받아들이는 것이 하나의 규약을 이루었다고 할 때, 이 글은 체험을 통해 리얼리티를 구축하는 관습이 조형되는 과정에 대한 접근이기도 하다. 그리고 앞선 인용에서처럼 체험이라는 가상이 작가와 작중 인물인 '나'가 겹쳐지는 지점에서 등장한다는 데서, 논의는 근대소설에서 '나'가 주조되는 과정과 의미를 밝히는 작업과도 연결될 것이다.

2. 묘사 혹은 시선의 체계

「貧妻」나 「술勸하는社會」에서는 작중 인물이 작가와 신원적으로 오버랩되거나 작가의 전기와 겹쳐지는 작중 인물의 과거 이력이 제시된다. 「貧妻」의 '나'는 "著作家로 몸을 세워 보앗스면 하야 나날이 創作과 讀書에 全心力을 바치"[11]며, 「술勸하는社會」의 남편은 유학을 다녀와 "어대인지 奔走히 돌아단"이다 "집에 들면 情神업시 무슨 册을 보기도 하고, 또는 밤새도록 무엇을 쓰기도 하"[12]는 인물이다. 이들은 문학을 뜻을 두고 1920년부터 『개벽』에 「幸福」, 「石竹花」 등의 번역과 소설 「犧牲花」를 발표했던 현진건과 오버랩된다.

「貧妻」의 '나'는 아내와 결혼한 후 지식의 세례를 받기 위해 홀로 중국, 일본 등을 떠돌아다닌다. 하지만 경제적인 이유로 지식의 바닷물을 흠씬 마셔보지 못한 채 중도에 돌아오고 만다. 「술勸하는社會」에서

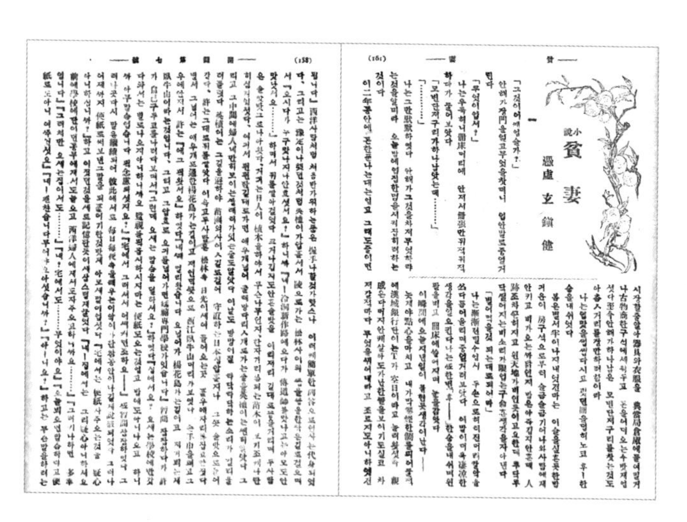
小說
貧妻
憑虛 玄鎭健

1921년 1월 『개벽』 7호에 실린 「貧妻」이다. 창작으로 따지면 「犧牲花」에 이어 두 번째로 『개벽』에 발표한 것이었다.

도 남편과 아내는 부부가 된 지 7, 8년이 되었지만 같이 산 것은 1년 남짓하다. 서울에서 중학을 마친 남편이 결혼을 하자마자 일본 '동경'으로 유학을 다녀왔기 때문이다. 두 소설에 나타난 인물의 이력은 조금씩 차이를 지니며 작가의 전기적 사실과도 일치하지는 않지만,[13] 부분적인 어긋남이 작중 인물과 작가의 겹쳐짐을 방해할 수 있을 정도는 아니다.

하지만 「貧妻」, 「술勸하는社會」 등을 체험과 연결시키는 주된 이유는 소설에 나타난 묘사 때문이다. 대상 텍스트와 직접 관련된 것은 아니지만 '조선문단합평회'에서 이루어진 아래와 같은 논의는 규정의 연원에 대해 시사하는 바가 크다.

> 想涉 三月 創作小說 中으로는 第一이야요.
> 稻香 내 생각 가태서는 作者의 體驗이 아닌가 합니다.
> 想涉 두붓 쓸는 데 가튼 것은 그런걸."
> 月灘 두붓물 쓸는 데, 노-란 기름 쓰는 것 가튼 것은 體驗이 업시 어려울걸요.
>
> ……중 략……
>
> 月灘 人間 生活의 한 모퉁이를 簡明하게 그린 것이외다. 이것이 確實히 作者의 體驗이라고 밋습니다.[14]

염상섭, 나도향, 박종화 등이 '조선문단합평회'에서 최서해의 「脫出記」에 대해 언급한 부분이다. 두붓물을 끓이는 부분 등에서 나타난 치밀한 묘사를 체험 없이는 불가능한 것으로 파악했으며, 논의는 작자의 체험이 확실하다는 데로 나아간다.[15] 묘사란 본래 회화에서 유래된 용어로, 실물이나 실경을 있는 그대로 구상적으로 그리는 것을 의미한다. 그렇다면「貧妻」에서 아내를 그린 아래의 인용문은 묘사라는 개념에 부합하는 것이라고 할 수 있다.

> 안해의 얼굴에 붉은 빗이 지터가며 前에 업던 興奮한 語調로 이런 말싸지 하엿다. 仔細히 보니 두 눈에 隱隱히 눈물이 고이엇더라. ……중 략…… 살짝 얼굴빗이 變해지며 어이업시 나를 보더니 고개가 漸漸 숙으러지며 한 방울 두 방울, 방울방울 눈물이 ○판 우에 썰어진다.[16]

살 도리를 하라는 아내의 목소리가 들리는 것 같고, 방울방울 떨어지는 눈물이 보이는 듯하다. 묘사에 대한 평가는 당대의 비평에서도 찾아볼 수 있다. 박종화는 "寫眞을 박아 노흔 듯한 纖細하고 美麗한 筆致로 貧寒한 졂은 사람의 家庭을 고대로 그리어 노핫"[17]다고 하고, 김기진은 "핀셋트로 쏙 집어가지고" "엇던 한 개의 事件을 고대로 如實하게 讀者의 눈압헤 보히여 주는 것"[18]이라고 한다. 「마음이여튼者여」, 「標本室의靑게고리」, 「졂은이의시절」 등 다른 작가들의 소설이 근대에 대한 과도한 지향을 관념적으로 드러내는 데 경사되었음을 고려할 때, 현진건 소설에서 나타나는 묘사의 의미는 두드러진다.

그렇더라도 묘사를 가능하게 만든 '나'의 시선을 현진건의 그것과 연결시켜 소설을 체험으로 환치시키는 것은 문제가 있다. 환치의 문제점은「貧妻」에서 '나'가 묘사의 대상이 될 때 쉽게 드러난다.

> 感傷的으로 허둥허둥 하며「낸들 마누라를 苦生시키고 십허 시켜겟소. 비단옷도 해주고 십고 조흔 洋傘도 사주고 십허요! 그러킬래 왼終日 쉬지 안코 工夫를 아니하오, 남 보기에는 편편히 노는

것 가타도 實相은 그러치 안해! 본들 모른단 말이요」 나는 漸漸 强한 假面을 벗고 弱한 眞相을 들어내며 이와 가튼 可笑로운 辨明까지 하엿다.[19]

이어지는 부분에서 '나'는 자신의 말에 자극이 되어 탄식을 내뱉으며 쓰러지기까지 한다. 여기서 어설픈 변명을 하다가 감상적인 나르시시즘을 드러내며 쓰러지는 장면을 묘사하는 시선을 소설 속 '나'의 그것으로 보기는 힘들다. '감상적', '허둥지둥', '강한 가면', '약한 진상' '가소로운' 등은 작중 인물 '나'가 지닐 수 없는, 아니면 공유되지 않는 시선을 전제로 한 서술이다.[20] 이들은 자신의 사고나 행위를 지칭하는 용어가 아니라 작중 인물과 서술자의 서사적 간극에서 생성되는 용어이기 때문이다. 이어지는 과잉된 자기 연민 역시 작중 인물과 거리를 지닌 아이러니컬한 시선의 도입에 의해 상대화된 것이다. "서술자와는 다른 차원에서 서술자 혹은 주인공을 내려다보는 존재가 텍스트를 이끌어가고 있"[21]다거나, "이야기 속에서 행동하는 현진건과 그 이야기를 하는 현진건 사이에는 메울 수 없는 차이가 있"[22]다는 언급은 이를 가리킨 것이다.

「貧妻」에서 '나'에 대한 묘사는 소설 속 '나'와는 다른 시선에 의해 가능하게 된 것이다. 「貧妻」가 1인칭 소설이라는 점에서, 이를 서술적 자아와 경험적 자아가 만들어내는 서사적 거리라고도 할 수 있을 텐데,[23] 문제는 거리가 만들어지는 방식이다. 「貧妻」에서 서사적 거리는 아내의 시선을 끌어들이는 방식을 통해 획득된다. 아내의 입장에서 '나'를 볼 때 어떻게 보일까라는 의문은 '나'와는 다른 시선을 마련하는 계기가 된다. '강한 물질에 대한 본능적 요구도 참아가며' '정신적 행복에만 만족하려'는 '나'의 이면에 자리를 잡은 열등감, 무능함, 자기 연민 등이 드러나는 것 역시 마찬가지이다.

「술勸하는社會」는 서술방식에서 「貧妻」와 일정한 차이를 보이는데, 아내를 초점화자로 설정한 것이 그것이다.[24] 「貧妻」에서 '나'에 대한 묘사를 가능하게 했던 아내의 시선을 전면에 내세운 것이다.

> 마루를 쾅쾅 눌러듸디며, 비틀비틀, 곳 쓸어질 듯한 步調로, 房門을 向하고, 걸어간다. 와직근하며, 門을 열어제치고는, 房안으로 들어간다. ……중 략…… 壁에 엇비슷하게, 기대서 잇는 男便은, 무엇을 생각하는 듯이 고개를 숙이고 잇다. 그의 말라부튼 광자노리에, 펄덕어리는, 푸른 脉(脈의 誤字로 보임; 인용자)을, 안해는 경정스럽게, 바라보면서, 男便 겨트로 다가온다.[25]

독자들은 아내가 위치한 지점에 서서 관자노리에 푸른 맥을 펄떡이며 술에 취해 기대선 남편의 모습을 바라본다. 이 역시 초점화자인 아내와 묘사 대상인 남편, 그리고 그 둘이 만들어내는 서사적 거리에 의해 이루어진 것이다. 하지만 「貧妻」가 아내의 시선을 가정한 것에 반해 「술勸하는社會」에서는 아내를 초점화자로 설정해 아내의 눈과 입을 빌려 소설이 전개되어 나감에 따라 거리의 확보는 더욱 용이하게 이루어진다.

두 소설에서 독자들은 아내가 위치한 지점에 서서 그 시선이 포착한 '나'의 생각과 행위를 바라본다. 그 시선은 시야의 중심을 소설 속 '나'에게 위치시키고 그 주위의 풍경들을 '나'를 중심으로 생겨나는 '시각의 피라미드'의 일체 단면으로 고정시킨 것이다. 독자들은 소설 속 '나'를 둘러싼 시각 피라미드의 절단면을 각자의 시선이 적절하게 재현된 것으로 간주하게 된다. '나'가 아닌 다른 것이 묘사 대상이 될 경우, '나'의 시선에 의해 묘사가 이루어질 뿐 시각의 피라미드가 작동하는 것은 마찬가지다. 단일 시점이 포착해 낸 상은 결코 실제 시상과 일치할 리 없는데도 정확한 시상의 재현이라고 간주되는 것은 일종의 문화적, 역사적 상징 형식이자 제도이기 때문이다.[26)]

시야의 중심을 한 점으로 간주하고 그려야 할 공간 형상의 여러 점들을 이 한 점에 맺음으로써 생겨나는 단면들을 화상으로 정착시키는 것은 원근법이라는 작도의 원리이다. 여기서 앞선 묘사의 문제 역시 재고될 필요가 있다. 실물, 실경 등을 있는 그대로 구상적으로 그린다는 묘사 역시 원근법에 근간을 둔 것이며, 있는 그대로의 느낌은 대상과의 유사성이 아니라 시상을 재현하는 방식이나 체계의 유사성에 의해 만들어지는 것이다. 독자들은 작중 인물의 자리에 서게 됨에 따라 묘사 대상이 직접성의 외관으로 위장하고 나타나는 극적 환상(dramatic illusion)을 느끼게 된다. 작중 인물의 매개는 점차 의식하지 못하게 되며 묘사 대상의 행위나 어조는 독자의 눈앞에서 현전하게 된다.[27)] 한편 독자들은 거꾸로 자신들이 서 있는 작중 인물의 자리에 작가를 위치시키게 되는데, 작중 인물과 작가가 겹쳐지면서 작가의 체험이라는 관습적 사고가 만들어지는 것은 이 지점에서이다. 여기에는 '나'라는 1인칭에 의한 사적 모놀로그의 형식 역시 작용하고 있다. 일본에서 '사생문(寫生文)'이 영향력을 행사할 수 있었던 이유를 "'묘사'란 단순히 외부 세계를 그리는 일과는 이질적인 것"이었으며 "'외부 세계' 그 자체를 발견해야 했"다며 "그것은 시각의 문제가 아니"라, "기호론적인 틀 구도의 전도, 바로 그 속에 있었다"[28)]는 가라타니 고진(柄谷行人)의 언급은 이 문제와 관련해 시사하는 바가 크다.

3. 正, 精, 그리고 참

현진건은 1920년 11월 『개벽』 5호에 「犧牲花」를 발표한다. 「貧妻」를 발표하기 두 달 전이었다. 이미 같은 매체에 「幸福」, 「石竹花」 등의 번역을 발표한 바 있지만, 창작으로서는 「犧牲花」가 처음이었다. 현진건은 「犧牲花 —處女作發表當時의感想」에서 발표 당시의 감회를 다음과 같이 밝히고 있다.

> 스믈한 살 째 「開闢」에 「犧牲花」란 것을 처음 發表하얏다. ……중략…… 及其也 그 보잘 것 업는 作品이 活字로 나타낫슬 제 나의 깃븜이란! 形容할 길이 업섯다. 아모리 훌륭한 地位를 어든들 이에서 더 조흐랴. 아모리 씀직한 名譽를 어든들 이에서 더 질거우랴! 나의 몸이 갑자기 寶石과 가티 번쩍이는 듯도 하얏다.[29]

최고의 지위와 명예를 얻은 것 같은 현진건의 기쁨은 오래 가지 못했는데, 『개벽』 6호에 「犧牲花」가 소설이 아니라 '무명 산문'일 뿐이라는 황석우의 혹평이 게재되었기 때문이다. 혹평의 이유 중 하나는 허위와 과장이 많다는 것이고, 다른 하나는 S의 아우로 등장하는 국주의 심리가 필연성을 지니지 못한다는 것이었다.

먼저 후자부터 보면 황석우는 「犧牲花」에서 작중 인물이자 화자 역할을 하는 국주가 "S와 K와의 夜中 同伴, 南山 密會, 더욱 山中에서 自己를 속혀 쩌여내버리고 隱身한 것을 발견하엿슬 째" "그런 境遇에 在한 十四五 歲의 少年의 가질 心理의 必然性이 나타나 잇지 아니하다"고 했다. 하지만 '무명 산문'이라는 혹평의 중심은 소설에 나타난 허위와 과장에 맞추어진다. 먼저 "사건은 십년 전의 일이라 하며" "學

校는 同校同學한 것가티 써 잇"고 S, K 등이 "英語와 또는 最近의 流行語를 쓴 것"을 분명히 한다. 그러고는 "그들은 적어도 中等 以上 程度의 學生이라 할" 때, "果然 十年 前의 朝鮮에" "中等 以上 程度의 學生을 同學케 한 학교가 잇섯는가"라고 질문한다. 또 "억지로 同學한 것이 事實이라 하면 그는 어느 公立이나 私立普通學校(小學校)가 分明" 한데, "S와 K의 天才를 誇張하여 이것을 辨明한다 하더래도 그는 빨간 虛言"[30]이라는 것이다.

이렇게 볼 때 황석우가 「犧牲花」를 소설이 아니라고 평가한 핵심은 사실을 그려야 하는데 그렇게 하지 못했다는 데 놓인다. 엄밀히 접근하면 황석우의 언급은 서술 대상의 진위와는 무관하며 자연화 과정을 거쳐 믿을 만한 것으로 받아들이게 하는 '그럴듯함(vraisemblance)'이나 리얼리티의 관습적 요소들과 관련된 것이다. 조나산 컬러(Jonathan Cullar)는 『STRUCTURALIST POETICS』에서 그럴듯함이나 리얼리티의 관습적 요소를 다음과 같이 제시한다. 첫째, 현실적인 물리적 조건 그 자체(The 'real'), 둘째, 보편적이거나 인과적인 필연성을 갖춘 문화적 관습이나 지식(Cultural vraisemblance), 셋째, 양식적 질서 등 문학적 관습(Models of a genre), 넷째, 관습 자체에 대한 패러디와 아이러니(Parody and irony) 등이 그것이다.[31] 컬러의 이론에 따르면 국주의 심리가 필연성을 지니지 못했다는 언급은 문화적 관습이나 지식과 연결된 지적이며, 당시 남녀가 같이 다니는 학교가 없었다거나 영어, 유행어 등을 사용한 것이 과장이라는 언급은 첫 번째 관습적 요소에 해당하는 것이다. 흥미로운 것은 황석우가 리얼리티를 구성하는 관습적 요소를 '사실의 기록으로서 허위', '빨간 허언' 등 사실과 직접 연결시켜 파악하고 있다는 점이다.

사실이란 말이 지닌 위력이나 강박은 당대의 소설론에서도 찾아볼 수 있다. 이광수는 1916년 11월 10일에서 23일에 걸쳐 『매일신보』에 「文學이란何오」를 연재한다. 「文學이란何오」는 '지(知)', '정(情)', '의(意)' 영역의 분화에 기반을 두고 근대문학 개념의 도입을 의도한 본격적인 문학론으로 파악되고 있다.[32] 이광수는 문학을 '정(情)'의 영역에 기초를 둔 자율적인 존재로 규정하는 한편, 보다 세부적인 체계로 구체화한다. 먼저 문학을 형식에 따라 운문과 산문으로 분류한 후, 소설을 논문, 극, 산문시 등과 함께 산문의 하나로 소개한다. 소설은 "讀者의 眼前에 作者의 想像 내에 在ᄒᆞᆫ 世界를 如實ᄒᆞ게, 歷歷ᄒᆞ게 展開ᄒᆞ야 讀者로 ᄒᆞ야곰 其 世界內에 在ᄒᆞ야 實現ᄒᆞᄂᆞᆫ 듯ᄒᆞᄂᆞᆫ 感○ 起케 ᄒᆞᄂᆞᆫ 者"로 규정된다. 또 이를 위해서는 "人生의 一方面○ 正ᄒᆞ게, 精ᄒᆞ게 描寫ᄒᆞ야"[33]야 한다고 하는데, '正'과 '精'에 대해서는 문학의 재료를 설명하는 장에서 다루고 있다. 이광수는 인생의 생활 상태와 사상 감정을 문학의 재료로 규정하고, 가장 좋은 재료는 평범하거나 무미(無味)치 않은 인사 현상이라고 한다. 이어 '最正'과 '最精'에 대해 다음과 같이 언급한다.

> 最正ᄒᆞ게 描寫ᄒᆞ다 ᄒᆞᆷ은 眞인 듯이 果然 그러ᄒᆞ 하고, 잇슬 일이라 ᄒᆞ고, 讀者가 擊節ᄒᆞ게 ᄒᆞᆷ이요, 最精이라 ᄒᆞᆷ은 某 事件을 描寫ᄒᆞ되, 大綱大綱 ᄒᆞ지 말고 極히 目睹ᄒᆞᄂᆞᆫ 듯ᄒᆞ게 ᄒᆞᆷ이라. 如斯히 ᄒᆞ여야 그 作品이 讀者에게 至大ᄒᆞᆫ 興味를 與ᄒᆞ나니, 故로 文學의 要義ᄂᆞᆫ 人生을 如實ᄒᆞ게 描寫ᄒᆞᆷ이라 ᄒᆞ리로다.[34]

독자가 틀림없는 진이라고 여기게 만드는 것이 '正'이라면, 눈으로 목도하는 것처럼 치밀하게 그리는 것이 '精'이라고 한다. 작자의 상상을 독자에게 여실하고 역력하게 전달하기 위해서는 인생의 한 부분을 사실이

文學이란何오
東京에서 春園生
文苑
立太子式祝辭

1916년 11월 10일 『매일신보』에 실린 「文學이란何오」이다. 이광수는 1916년 11월 10일에서 23일에 걸쳐 『매일신보』에 연재한 「文學이란何오」에서 '지(知)', '정(情)', '의(意)' 영역의 분화에 기반을 둔 근대문학 개념을 도입하려 했다.

라고 생각하게, 또 보는 것처럼 느끼게 묘사해야 한다는 것이다.[35]

그런데 논의는 '最正', '最精'이라는 표현을 반복하는 데서 머물 뿐, 어떻게 사실이라고 생각하게 만드는지, 또 눈으로 보는 것처럼 묘사하는지에 대한 접근으로 나아가지 못한다. '正'과 '精'이 같은 층위의 개념으로 다루어지는 것 역시 이와 연결이 된다. '正'은 사실이라고 여기게 만드는 것이며 '精'은 눈으로 보는 듯 그리는 것이라면, 후자는 앞 장에서 검토한 묘사의 문제와 관련되며 전자는 그럴듯함이나 리얼리티와 연결되는 개념이다. 둘은 혼동이 되기도 하지만, 원근법 등 시선의 체계(精)는 리얼리티(正)를 구성하거나 주조하는 요소들 가운데 하나로, 둘은 다른 층위의 개념이다.

이와 같은 묘사나 소설에 대한 이해는 이광수에게 한정되는 것은 아니었다. 현철은 1920년 6월과 7월에 걸쳐 『개벽』에 「小說概要」를 연재한다. "各 新聞 雜誌에 小說 或 戱曲의 創作과 飜譯이 間間 揭載"되는데 "大多數는 小說과 脚本의 如何한 것을 理解치 못하고 妄作 誤

譯이 甚히 만"[36]아, 소설에 대한 개요부터 소개한다고 했다. 현철은 소설에 제대로 접근하기 위해서는 먼저 소설을 구성하는 성분을 알아야 한다며, 소설의 다섯 가지 성분으로 인간, 배경, 문장, 인생관 등과 함께 사건의 마련을 든다.[37] 그러고는 사건의 마련에 대해서 "人生에게 참된 意味가 잇고 價値가 잇는 事件이면 모다 人生의 眞相을 說明하는 事件"인데, "人生의 關係가 깁흔 事實을 記錄함에는 될 수 잇는 대는 그 事實이 참스럽게 나타나도록 힘"써야 한다고 했다. 인간, 배경 등의 항목을 다루는 과정에서도 "人物을 躍動케 하지 안흘 수 업는 것이니 다시 말하면 人物의 繪畵的 描寫에 成功하지 안이치 못할 것"[38]이며, "背景을 描寫할 때에 小說家의 心的 作用은 一種 畵家가 臨畵的 氣分을 가진 것가티 注意치 아니치 못할 것"[39]을 강조한다.

'회화적 묘사', '임화적 기분' 등의 표현에서 드러나듯 '참스럽게 나타내는 것'의 함의 역시 이광수의 '最正', '最精' 개념과 크게 다르지 않음을 알 수 있다. 이와 같이 개념을 이해하는 근간에는 눈에 보이는 사실을 그대로 옮기면 되니 더 이상의 논의가 필요하지 않다는 사고가 작용하고 있다. 여기에는 언어와 세계의 유비관계가 분열되어 언어가 사물에 대한 물질적 기술이 아니라 표상적 기호가 되는 과정, 또 그것과 함께 언어가 대상을 투명하게 현전할 수 있는 매개로 파악되는 과정이 전제되어 있다.[40] "作者가 經驗한 事實이라야 비로소 그 참스러운 것을 傳播할 수 잇는 것"이니, "小說의 事件은 可及的 作者의 經驗한 範圍 안에서 가져오는 것이 必要함은 勿論"[41]이라는 현철의 언급은 이와 관련된다. 이광수의 글에서 '正'과 '精'이 같은 층위의 개념으로 다루어진 것 역시 눈으로 보는 것을 그대로 옮기면 사실이라는 사고에 따른 것이었다.

실제 언어에 의한 묘사는 사물을 언어로, 곧 비언어적인 것을 언어적인 것으로 표현하는 행위이다. 이는 지시 대상에 대한 의식적인 언어 선택과 배열이라는 지극히 주관적인 과정을 통해 이루어진다. "원시적인 외부의 공간 속에서 진(眞)을 말하는 것은 언제라도 가능"하지만 "우리가 진(眞) 안에 있게 되는 것은 우리가 담론들의 각각에 있어 재활성화해야 하는 일종의 담론적 공안(police)의 규칙들에 복종할 때뿐"이라는 푸코의 언급 역시 이를 가리킨다."[42] 앞 장에서 「貧妻」나 「술勸하는社會」에서 나타난 묘사 역시 대상과의 유사성이 아니라 서술 방식이나 체계의 유사성에 의해 만들어진 문화적, 역사적 상징형식임을 확인한 바 있다.

두 글이 '正', '精', 참스러움 등 사실을 지칭하는 개념에 경도되어 있는 데는 이전 시기 서사에 대한 인식이 작용하고 있다. 이광수는 "朝鮮에 文學이 發達○ 못흔 最大흔 原因"을 "文學이라 ᄒᆞ면 반다시 儒敎式 道德을 鼓吹ᄒᆞᄂᆞᆫ 者, 勸善懲惡을 諷諭ᄒᆞᄂᆞᆫ ○로만 思"한 데 따른 것이니, "一切의 道德 規矩 準繩○ 不用ᄒᆞ고"[43] "傳襲的, 教訓的인 舊套를 脫하야"[44] 한다고 했다. 이광수에게 '여실한' 묘사란 권선징악 등 유교적 교훈이나 도덕을 인위적으로 고취하는 이전 시기의 서사에서 벗어나는 것을 의미했다. 현철은 소설의 마련이 "가장 自然으로 展開하야 讀者로 하여곰 實社會를 보고 잇는 것가티 心理에 展徹되면 이런 마련이 곳 完全한 小說"[45]이며, 인물 역시 "境遇와 處地의 變遷을 因하야 經驗되는 事實과 가티" "가장 自然스럽고 巧妙하게 解決하여 가는 法이 最上의 性格 描寫"[46]라고 한다. '자연으로', '자연스럽고' 등 자연스러움에 대한 강조가 두드러지는데, 자연스러움 역시 하나의 관습으로 정착되어 친숙한 것으로 받아들여지지만 아무런 조작 없이 우연하게 드러났다는 인상을 만들어내기 위한 자연화(naturalness)의 노력에 의해 만들어진 것이다.[47] 하지만 현철에게 '자연으로', '자연스럽고'

등 자연스러움은 '인위적으로', '일부러 지어낸' 등의 상대적인 개념으로 사용되었으며, 개념의 연원은 앞서 이광수를 살펴보는 데서 확인하였다.[48]

'正', '精', 참스러움 등 인위적인 유교적 교훈이나 도덕을 벗어나 있는 그대로를 옮긴다는 사고 속에서 표상적 기호를 통한 재현이 언어, 규약, 형식 등 일정한 관습에 따라 만들어진 것이라는 사고는 존재하기 힘들었다. 특히 이광수의 언급에서처럼 "作者의 想像 內의 世界○ 充實ᄒᆞ게 描眞ᄒᆞ여"[49] "眞인 듯이 果然 그러ᄐᆞ 하고, 잇슬 일이라 ᄒᆞ고, 讀者가 擊節ᄒᆞ게 ᄒᆞᆷ"[50]은 용이한 일이 아니었다. 현철의 "作者가 經驗한 事實이라야 비로소 그 참스러운 것을 傳播할 수 잇"어 "可及的 作者의 經驗한 範圍 안에서 가져오는 것이 必要"[51]하다는 주장은 여기서 그 온전한 의미를 얻는다. 비록 "'허구'라는 특징은 이미 소설의 무상(無上)의 근거여서, 실제 있었던 사건을 그대로 다룬다는 의미에서의 '사실'은 더 이상 문제가 될 수 없었"[52]다고 하더라도, 이광수나 현철의 논리 속에서 꾸며낸 이야기를 통해 삶의 진실을 구현한다는 허구라는 개념은 여전히 이해하기 힘든 것이었다.

앞서 '사실의 기록으로서 허위', '빨간 허언' 등 황석우의 비평에서도 확인했듯이 사실과 허구의 관계를 설정하는 데 어려움을 겪었던 것은 이광수, 현철뿐만 아니라 당대의 작가나 비평가 대부분에게 공통된 것이었다. 「마음이여튼者여」, 「生命의봄」 등에서 텍스트의 형성 과정을 텍스트 내부에 기입한 것, 「運命」, 「마음이여튼者여」 등에서 사실에 근거했다는 점을 직접 밝히거나 거꾸로 사실이 아님을 강조하는 것을 통해 사실임을 부각시키는 것, 대부분의 소설에서 고유명이나 영문 알파벳 이니셜 등을 통해 텍스트 내부의 인물을 텍스트 바깥의 작가와 연결시키는 것 등은 이와 관련되는 현상들이다. 사실과 허구의 모호한 관계는 소설 장르 자체의 속성이자 소설이 근대문학의 중심에 놓이게 된 이유였지만, 그 모호함은 작가나 비평가들에게는 난감한 딜레마이기도 했다.[53]

소설이 인생의 진상을 있는 그대로 옮기는 것으로 규정되고, 평가의 기준이 현실에 비추어 확증하는 데 놓일 때, 작가의 입장에서 적절한 응답은 누구나 사실로 받아들이는 것을 소설화하는 것이다. 현진건이 「貧妻」, 「술勸하는社會」에서 했던 작업은 허구라는 이해할 수 없는 말에 가장 분명한 대답으로 체험을 끌어들인 것이었다.[54] 이익상은 「憑虛君의「貧妻」와牧星君의「그날밤」을 읽은印象」에서 「貧妻」에 대해 "표현한 바 事實이라던지 心理의 描寫에는 深刻한 맛이 確實히 잇"고 "우리 生活과 符合되는 것이며 쌀아서 讀者로 하여금 深刻한 氣分을 일으키게" 한다고 했다.[55] 이익상의 비평이 발표된 것은 「犧牲花」가 '무명 산문'에 불과하다는 황석우의 혹평과 불과 반년의 시간적 거리를 지닐 뿐이다.[56] 독자들에게 「貧妻」, 「술勸하는社會」를 체험으로 받아들이게 하는 것은 '무명 산문'이라는 혹평에서 벗어나는 일이자 소설가로서의 입지를 굳히는 길이었다. 바르트(R. Bathes)는 과거시제와 3인칭대명사를 믿을 수 있는 허위라는 이중성을 만들어내는 소설적 에크리튀르로 보고, 이를 'Larvatus prodeo', 곧 작가가 자신의 마스크를 손가락으로 가리키는 제스처로 파악한다.[57] 이와는 달리 현진건은 자신의 맨얼굴을 손가락으로 가리키고자 한다. 하지만 맨얼굴이 하나의 마스크였다는 점에서, 현진건의 숙명적인 제스처 역시 하나의 에크리튀르라고 할 수 있을 것이다.[58] 이후 체험을 사실로 받아들이는 것이 하나의 규약을 이루었다고 할 때, 현진건의 제스처는 체험을 통해 리얼리티를 구축하는 관습을 조형한 것이라고 할 수 있다.

4. 타자의 표상과 '나'의 조형

「貧妻」에서 현진건은 아내의 시선을 끌어들이는 것을 통해 작중 인물과의 서사적 거리를 획득하려 했다. 시선의 문제에는 조금 더 조심스러운 접근이 필요한데, 먼저 소설에 나타난 아내의 모습에 주목해 보자. 「貧妻」에서 아내는 예술가의 처 노릇을 하려는 독특한 결심을 지니고 있지만 상당한 자극만 받으면 참았던 물질에 대한 본능적 욕구를 드러내는 표상으로 나타난다.

> 나의 唯一의 信仰者이고 慰勞者이던 저싸지 인제는 나를 아니 밋게 되고 말앗다. 그는 마음속으로 「네가 六年 동안 내 살을 싹고 저미엇구나! 이 怨讐야!」 할 것이다. 이러케 생각하매 그의 불 갓던 사랑싸지 엷어저 가는 것 가탓다. 아니 痕迹도 업시 살아지고 만 것 가탓다.[59]

창문으로 비치는 어스름한 햇빛에 바느질을 하다가 멍하니 앉아있는 아내를 본 '나'의 생각이다. 물질의 결여 때문에 사랑이 흔적도 없이 사라져 '나'를 원수로 여긴다는 것인데, 이는 '나'의 상념일 뿐 아내의 생각은 아니다. 아내는 T가 자기 아내에게 주려고 사온 양산을 구경했을 뿐이었고, 텅 빈 옷장을 보며 눈살을 찌푸렸다고 했을 때 남편은 뒤돌아 서 있었다.

「술勸하는社會」에서 아내는 초점화자로 설정되어 술에 취한 남편의 모습을 꼼꼼히 그려낸다. 「貧妻」에서 의도했던 서사적 거리 확보를 서술방식의 차원에서 마련하려 한 것이다. 그런데 남편을 묘사할 때 초점화자의 역할에 충실하던 아내는 자신이 묘사의 대상이 될 경우 다른 시선에게 자신의 역할을 넘겨준다. 아내나 남편이 아닌 제3의 시선으로도 보이지만 실제 그 시선에는 익숙한 음영이 짙게 드리워져 있다. 다음과 같은 언급은 방기된 역할에 대한 해명처럼 느껴진다.

> **안해에게는, 그 말이 넘우 어려웟다. 고만 默默히 입을 다물엇다. 눈에 보이지 안는 무슨 壁이, 自己와 男便 사이에, 갈리는 듯 하엿다.** 男便과 말이 길어질 때마다, 안해는 이런 쓰디 쓴 經驗을 맛보앗다. 이런 일은, 한두 番이 아니엇다.(강조는 인용자)[60]

남편이 술을 마시는 이유에 대해 설명하지만 아내에게 그 말은 너무 어려웠다. 아내는 남편과 자신을 갈라놓는 보이지 않는 벽이 존재한다는 느낌을 받고, 그런 일이 반복될 때마다 입을 다문다. 소설에서

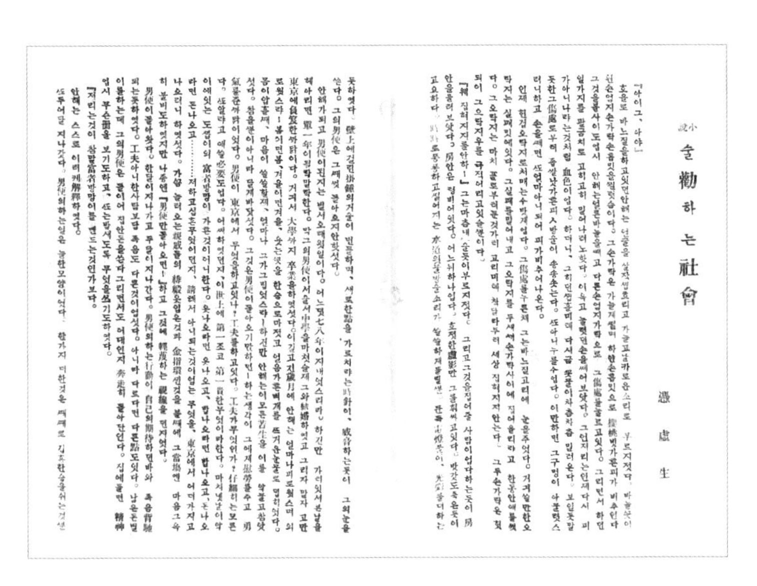

小說
술勸하는社會
憑虛生

1921년 11월 『개벽』 17호에 실린 「술勸하는社會」이다. 창작으로 따지면 「貧妻」에 이어지는 것이었는데, 두 소설은 모두 작가의 체험에 기반을 둔 것으로 파악되어 왔다.

아내가 벽의 한 편에 듣거나 보여주기 위한 표상으로 자리하고 있음을 의미한다. 아내의 시선을 굴절시키고 목소리를 사라지게 만드는 벽은 「貧妻」나 「술勸하는社會」의 양식적 질서에 기인한다.

경험적 자아는 거리를 지닌 서술적 자아를 상정해 자신의 무능이나 열등 등을 드러내지만, '나'라는 지점에서 겹쳐지는 둘은 결국 무능이나 열등을 타자에게 투사하게 된다. '나' 혹은 작가가 투시점에 위치하는 한, 소설이라는 양식적 질서 속에 존재할 수 있는 것은 동일시된 시선이나 목소리이다. '나'와 동일시된 시선이나 목소리는 스스로를 '상식화'된 투명한 일상성이 된 보편성으로 제시하고 거기에서 벗어나는 것을 정상에 대한 이상, 혹은 '현재화(懸在化)'된 특수성으로 배제하게 된다.[61]

「貧妻」의 결말 부분에서 아내는 언니가 사준 신발을 신어보고 예쁘다며 기뻐한다. '나'는 다시 "밤빗 가튼 검은 그림자가 가슴을 어둡게 하"는 것을 느끼지만 불쾌한 생각을 떨쳐버리려 마음먹는다. 그리고는 "不得已한 境遇라. 하일업시 精神的 幸福에만 滿足하랴고 애를 쓰지마는 其實 不足한 것이다. 다만 참을 짜름이"니 "그것은 내가 생각해야 된다"[62]고 다짐한다. 이 지점에서 '物質에 대한 本能的 要求'는 온전히 아내의 것이 된다. 그것은 아내의 노력이 부족한 데서 기인하는 것이며, '나'는 그것을 이해해야 한다. 그때서야 '밤빛 같은 검은 그림자'는 사라지며, '나'는 창작과 독서에 전력을 바치며 정신적 행복을 꿈꾸는 예술가가 된다. 「술勸하는社會」에서 남편은 자신이 술 마시는 이유를 되지 못한 명예 싸움, 쓸데없는 지위 다툼에 몰두하는 조선인이 조직한 사회 탓이라 설명한다. 아내가 공연히 그런 소리하지 말라며 무슨 노릇을 못 해서 주정꾼 노릇을 하느냐는 말에 남편은 다시 말한다.

「그래도, 못 알아듯네 그려, 참, 사람, 긔막혀.」……중 략……「그르지, 내가 그르지. 너 가튼 菽麥더러, 그런 말을 하는 내가 그르지. 너한테 조음이라도, 慰勞를 어드랴는 내가 그르지, 후우」스스로 歎息한다.「아아 답답해!」[63]

아내는 말을 알아듣지 못하는 '숙맥'이 되어 답답한 남편에게 작은 위로조차 건네지 못 한다. 아내는 남편을 '흉부가 막혀서 하루라도 살 수 없게' 만드는 인물이 되며, 앞서 남편에게 술을 권하는 '조선 사람', '조선 놈'의 한 명이 되고 만다. 이 지점에서 남편은 "피를 吐하고, 죽을 수밧게 업"거나 "그러치 안흐면, 술밧게 먹을 게 도모지 업"는 "精神이 바루 박힌 놈"[64]으로 자리하게 된다. 배제의 연원에 대해서는 조금 더 살펴볼 필요가 있는데, 「술勸하는社會」에서 남편은 조선인이 조직한 사회에 대해 다음과 같이 이야기한다.

거긔 모이는 사람놈 치고, 처음은, 民族을 爲하느니, 社會를 爲하느니, 그리는데, 제 목숨을, 바쳐도 아깝지 안타 아니하는 놈이 하나도 없지. 하다가, 單 이틀이 못되어, 單 이틀이 못되어…….……중 략…… 되지 못한 名譽 싸움, 쓸대업는 地位 다틈질, 내가 올흐니 네가 글흐니, 내 權利가 만흐니, 네 權利가 적으니…… 밤낫으로, 서로 씻고 뜻고 하지, 그러니, 무슨 일이 되겟소. 무슨 事業을 하겟소, 會쁜이 아니지, 會社이고 組合이고…… 우리 朝鮮놈들이 組織한 社會는, 다 그 조각이지.[65]

명예열, 당쟁열 등 남편의 입을 통해 제기되는 조선 사회의 병폐는 낯설지 않은데, 1920년대 전반기 당시 조선 정체성론이나 열등성론 등에서 조선인의 부정성으로 규정된 두드러진 항목이었기 때문이다. 1920년대 초기 개조론, 문화론 등은 지능, 품성, 체력, 충성 등의 항목을 중심으로 개인의 정신적인 완성을 추구한다. 하지만 1922년경부터 청년회 사업, 농촌개량운동, 교육개량운동 등 실천적인 사업들이 개량화되거나 와해되는 상태에 이르자 그 원인을 개인의 소양, 성질 등에서 찾게 되고, 이는 조선인 정체성론이나 열등성론으로 귀결된다.[66] 그런데 조선인에 대한 부정적 편견은 보다 오래된 연원을 지니고 있었다. 19세기 말 후쿠자와 유기치(福澤諭吉), 후쿠다 도쿠조(福田德三) 등 일본의 식민정책 기안자들은 조선인의 성격을 "'완고하고 고루함(頑冥固陋)', '고루하고 명확하지 못함(固陋不明)', '의심 많음(狐疑)', '구태의연함(舊套)', '겁 많고 게으름(怯愉)', '잔혹하고 염치없음(殘刻不廉恥)', 거만, 비굴, 참혹, 잔인 등"의 용어를 통해 규정한다.[67] 규정은 조선을 비롯한 아시아 국가를 부정적 타자로 표상화하는 과정을 통해 강력한 중앙집권 국가를 건설하는 한편 침탈을 정당화하려 했던 일본의 의도에 의한 것이었다.[68] "'보는 쪽'='대표하는 쪽'='보호하는 쪽'과 '보이는 쪽'='대표되는 쪽'='보호받는 쪽'의 이항대립 관계"는 "성차별에 사로잡힌 '남성'과 '여성'의 이미지를 떠올리게" 해 "'남성'=식민자=제국에 의해 비로소 대표되는 '여성'=피식민자=종속국" 등 "식민지 지배를 정당화할 때 밑바닥에 존재하"는 논리적 회로로 전화된다. 이는 "식민지에 대한 과학적 고찰 속에서 반복되고, 학술적 · 평론적인 텍스트 속에서 배분되는 동시에 텍스트 연관 속에서 참조됨으로써 실체화되어 갔다."[69] 하지만 다른 어떤 형식의 담론보다 소설은 여성을 그야말로 '보여지기 to-be-looked-ness'의 대상, 재현의 과녁이자 표상에 지나지 않았음을 그대로 드러내 준다.[70]

「貧妻」에서 물질적 욕구는 '나'의 관념이 주조한 아내의 욕망이었다.

정확히는 심층에 존재하고 있던 '나'의 욕망이었다. '나'는 자신의 물질적 욕망을 아내의 부정적 속성으로 만들어 배제하는 과정을 통해 정신적 행복을 꿈꾸는 예술가가 된다. 「술勸하는社會」에서 지식인 남편 역시 아내의 부정적 표상을 매개로 명예나 지위 다툼에 몰두하는 조선 사회로부터 벗어나는 한편 주정꾼의 허물 역시 벗는다. 이는 부정적 타자를 구성하고 배제하는 것을 통해 주체, 곧 '나'가 만들어지는 데에서 반복되는 형식이며,[71] 그 부정성이 제국주의 일본의 식민주의 논리에 연원을 두고 있음도 확인하였다. 「貧妻」, 「술勸하는社會」 등에서 체험과 사실의 숨 막히는 동일시 속에서 자명한 존재로 받아들여져 왔던 '나'는 실제 이러한 과정을 통해 조형된 산물이었다.

「貧妻」에서 물질적 욕구를 아내가 지닌 욕망으로 배제하게 되자 '나' 혹은 '문학'은 물질적 문제와는 절연된 존재가 된다. 문학을 과학, 도덕 등 다른 근대의 가치 영역들과 분리시켜 그 자체로서 자족적이고 초월적인 영역으로 상정했던 1920년대 전반 논의의 흐름 역시 이를 뒷받침했을 것이다. 이후 문학이나 문인의 개념은 물질과 관계가 유리된 채 제대로 된 논의에서 멀어지게 된다. 또 「술勸하는社會」에서 '나'는 아내를 매개로 명예 싸움, 지위 싸움에 몰두하는 조선인들로부터 벗어나게 된다. 그 과정에 맞물려 문인 혹은 지식인은 삶의 다른 영역과는 고립된 초월의 공간 속에 위치하게 된다.

속물/반속물이라는 구조화된 표상에는 물질적 결여를 환기시키면서도 강박적으로 은폐하려는 의도가 숨겨져 있다. 강박적 은폐를 통한 합리화에는 욕망 자체를 부인하려는 기도 역시 작용하고 있다. 그런데 실제 자기 안의 결여를 부인하면 부인할수록 사회의 표상이 더욱 고착된 형태로 정형화된다는 점 역시 간과해서는 안 된다. 정신적인 행복의 추구와 도덕의 종국적인 승리, 혹은 그 목적론적 서사는 상상적인 것에 지나지 않는다. 부정성으로 전화해버린 현실에 대한 환멸감과 부정적인 현실을 대신할 실체의 부재에서 기인한 공허는 사회를 물신화하고 그 억압을 승인하는 데로 귀결되는 것이다.[72] 「貧妻」에서 물질적 욕구를 소거하고 초월적이고 자족적인 존재로 탄생한 작가나 문인이 이후에도 물질적 조건에서 자유로울 수 없었던 것은 이 때문이다. 「술勸하는社會」에서 명예 싸움, 지위 싸움에 몰두하는 조선인들로부터 벗어났던 지식인 남성이 결코 조선인이라는 멍에를 벗을 수 없었던 것 역시 앞선 거짓 부정의 대가라고 할 수 있을 것이다.

5. 타락과 '성'

스즈키 토미(鈴木登美)는 『이야기된 자기』에서 흔히 일본 사소설의 특징으로 운위되는 것들이 역사적으로 구축된 읽기와 해석의 지배적인 패러다임에 의해 만들어진 것으로 본다. 또 패러다임이 지닌 문제점과 관련해 다음과 같은 언급을 한다.

> 자연주의 소설가와 비평가는 묘사가 인생의 진정한 현실을 재현한다는 이데올로기를 신봉했으며, 그 결과 '인생의 추한 사실'이 내포한 당초의 이데올로기적 성질은 곧 확산되어 보이지 않게 되었다. 그 '사실'들은 이제 자연주의적 묘사에 선행해 독립적으로 존재하는 것처럼 간주되었다.[73]

인용에서 지적한 부분은 「貧妻」, 「술勸하는社會」 등이 작가가 체험한 사실의 묘사로 파악될 때 역시 마찬가지이다. 체험은 묘사에 선행해 독립적으로 존재하는 것으로 간주되고, 체험으로 받아들이게 만든 서술방식 및 사유체계의 문제는 보이지 않게 된다. 또 식민지 (남성) 지식인이 타자를 구성하는 과정을 통해 스스로의 정체성을 획득했던 이데올로기 역시 은폐된다. 체험 혹은 사실이 일정한 규범이나 규약에 의해 조형되는 것이라는 사고가 부재하는 상황에서 허구라는 개념에 대한 이해 역시 어려운 것이 되었다. 또 체험은 사실이라는 용어가 지니는 위력 혹은 강박과 맞물려 리얼리티를 구축하는 유력한 방법이 되어 나갔다. 대부분의 경우 드러내려는 의도 속에 체험을 주조하는 서술방식이나 그 이데올로기에 대한 의식이 존재하지 않는다는 점에서, 의식적이든 무의식적이든 체험임을 주장하는 소설은 이미 생산적인 대상지시(productive reference)를 넘어선 재생산적인 대상지시(reproductive reference)의 성격을 지녔다고 할 수 있을 것이다.[74]

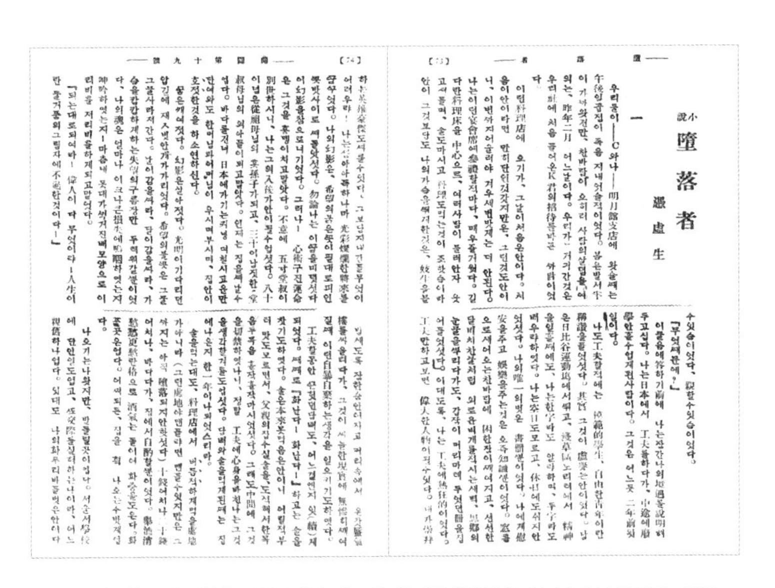
小說 墮落者 憑虛生

一

우리들이 ─C와나─ 明月館支店에 왓슬때는 午後일곱점이 죡음 지내엿슬적이엇다。 봄은발서午이 가버왓건만、찬바람이 오히려 사람의살덤을에여의는、昨年二月 어느날이다。 우리가 거긔간것은 우리社에 처음 들어온K君의招待를바든 까닭이엇다。

이런料理店에 오기가、그날이처음은안이다。 처음이안이라면 만히단인것갓지만은、그런것도안이니、이번까지어울려야 겨우세번밧게는 더 안된다。 나는이런宴會席에參證할적마다、매우즐거웟다。 길다란料理床을 中心으로、여러사람이 둘러안자 웃고써들며、술도마시고 料理도먹는것이 죠핫슴이라 안이 그것보다도 나의가슴을뛰게한것은、妓生을불수잇슴이엇다、說할수잇슴이엇다。

「무엇때문에?」

이물음에答하기前에 나는잠간나의 [illegible]

1922년 1월부터 4월에 걸쳐 『개벽』에 4회 연재된 「墮落者」의 서두 부분이다. 현진건은 「墮落者」를 인생의 추악한 일면을 기탄없이 폭로시킨 소설이라고 했다.

현진건은 1922년 1월에서 4월에 걸쳐 『개벽』에 「墮落者」를 연재한다. 「墮落者」 역시 「貧妻」, 「술勸하는社會」과 마찬가지로 작가의 체험을 소설화한 작품으로 평가된다. 「墮落者」는 일본 유학을 다녀와 신문사에서 근무하던 '나'가 명월관 기생 춘심에게 빠져드는 과정을 그린 소설이다.

「墮落者」에서 작가가 '인생의 추악한 일면을 기탄없이 폭로시킨 데'는 1차적으로 히라노 켄(平野謙)이 언급했던 실생활에서 창작 윤리의 보증을 찾으려 했던 소설이 맞닥뜨린 이율배반성이 작용하고 있는 것으로 보인다.[75] 하지만 이 글의 문제의식과 관련해 「墮落者」의 보다 중요한 의미는 '성(性)'을 그렸다는 데 있다. 독자로부터 「墮落者」가 '작자가 오입한 광고냐'는 익명의 글을 받은 것 역시 이를 반증한다. 성(Sexuality)에 대한 푸코는 다음과 같은 언급은 이와 관련해 시사하는 바가 크다.

> 19세기에 전개되는 사회는 -부르주아 사회라 불리든 자본주의 혹은 산업사회라 불리든- 성에 대해 근본적인 인지거부의 태도를 내세우지 않았다. 반대로, 성에 관한 참된 담론을 생산하기 위해 도구를 이용했다. 성에 관해 많은 말을 했고 각자에게 그것에 관해 말하라고 강요했을 뿐만 아니라, 일정한 진실을 명백하게 표명하려고 기도했다. ……중 략…… 우리는 성이 우리에게 자체의 진실에 대해 말하는 것을 판독함으로써 성을 향해 그 진실을 말하고, 성은 슬쩍 모습을 감추는 우리의 본질적인 부분을 드러냄으로써 우리에게 우리의 참모습을 일러준다. 바로 이 상호작용에 힘입어, 주체에 관한 앎이 -주체의 형태에 관한 것이라기보다는 주체를 분할하는 것, 그리고 아마 주체를 결정할 터이지만 무엇보다

주체를 그 자체에서 벗어나게 하는 것에 관한 앎- 수 세기 전부터 서서히 구성되어 왔다. ……중 략…… 점점 더 촘촘한 주기를 따라, 주체학(science du sujet)의 기획이 성의 문제를 중심으로 선회하기 시작했다.[76)]

서구에서 19세기에 섹슈얼리티가 등장했으며 주체는 그것을 구성하는 담론의 질서를 내면화하는 과정을 통해 자신을 실재하는 인간으로 체험하고 자의식과 정체성을 부여받았다는 것이다. 다시 말해 인간은 자신의 성적 욕망과 행위에 스스로 규칙과 질서를 부여하고 사회질서에 적합한 관념과 행동을 선택하는 과정을 통해 주체로 만들어졌는데, 섹슈얼리티는 권력이 이러한 효과를 산출하기 위해 가장 유효하고 결정적인 대상이었다는 것이다.

「墮落者」 역시 성을 통해 그것과 관련된 사회적 규범이나 규약의 문제를 다루고 있다. 「貧妻」, 「술勸하는社會」 등에서 '나' 혹은 남편은 아내에게 물질적 욕망이나 조선인의 부정성을 투사하고 스스로는 고립과 초월이라는 거짓 부정의 공간에 위치하게 되었음을 고려할 때, 성이라는 매개는 주체의 구성이 어떤 사회적 관계와의 교호를 통해서 이루어지는가를 드러낼 수 있는 기제라고 할 수 있다. 하지만 성을 다루었다고 해서 사회 체제나 권력을 내면화한 주체가 구성되었다고 하는 것은 지나치게 성급한 결론일 것이다. 그것이 어떻게 이루어졌는지는 「墮落者」의 서술방식이나 체계, 곧 담론의 질서에 대한 접근을 통해 해명될 수 있을 것이다.

3장 세 개의 텍스트에 각인된 미디어의 논리

짧은 기간 동안 하나의 소설을 여러 차례 반복해서 개작하는 경우는 드물다. 그것이 신문 연재, 잡지 연재, 또 단행본 발행 등의 방식을 통해서 이루어지는 경우는 더욱 그러하다. 거기에는 『지새는안개』에 대한 작가의 애착과 더불어 『개벽』이라는 미디어나 단행본 발행과 관련된 상황이 아로새겨져 있다.

1. 하나의 소설, 세 개의 판본

현진건의 『지새는안개』는 세 개의 판본을 지닌 소설이다. 첫 번째는 1921년 5월 『조선일보』에 연재된 「曉霧」이다. 5월 1일부터 5월 30일까지 모두 28회가 연재되었다. 마지막 연재분에 실린 "작자의 사정에 의ᄒᆞ야 유감천마니지만은 여긔셔 붓을 멈츔"[1]다는 부기와 같이 「曉霧」는 미완인 상태로 중단되었다. 두 번째 판본은 1923년 2월부터 10월까지 『개벽』에 연재된 것으로, 이때 제목이 「지새는안개」로 바뀌었다. 모두 5장으로 되어 있는데, 그 중 앞의 3장이 「曉霧」에 해당한다. 「지새는안개」를 연재하기 전에도 현진건은 『개벽』을 발표의 지면으로 삼았지만 9회에 걸쳐 소설을 연재한 것은 이례적인 일이었다. 『개벽』의 연재에서도 끝을 맺지 못해, 1923년 10월호의 연재분 말미에는 전편이 끝났다는 부기가 달려있다.[2] 소설이 완결된 것은 1925년 1월 '박문서관'에서 발행된 단행본 『지새는안개』를 통해서였다. 단행본은 『개벽』에 연재된 5장에 6장이 더해져 모두 11장으로 되어 있다. 6장이 덧붙여졌지만 실제 후편의 분량은 전편에 조금 못 미친다.[3] 대개의 논의는 뒤의 두 판본, 곧 『개벽』 연재본 「지새는안개」, 단행본 『지새는안개』를 대상으로 하고 있다. 여기에는 여러 가지 이유가 있지만, 그 주된 이유는 첫 번째 판본인 「曉霧」가 발굴된 것이 근래의 일이기 때문일 것이다.[4]

4년이 안 되는 짧은 기간 동안 하나의 소설을 여러 차례 반복해서 개작하는 경우는 드문 일이다. 특히 그것이 신문 연재, 잡지 연재, 또 단행본 발행 등의 방식을 통해서 이루어지는 경우는 더욱 그러하다.[5] 여기에는 『지새는안개』에 대한 작가의 애착과 더불어 『개벽』이라는 미디어나 단행본 발행과 관련된 몇 가지 상황이 아로새겨져 있다. 거꾸로 접근하면 『지새는안개』라는 텍스트에는 단행본뿐만 아니라 「曉霧」, 『개벽』 연재본 등의 흔적이 각인되어 있음을 의미한다. 그렇다면 『지새는안개』라는 텍스트를 온전히 해명하기 위해서는 미디어가 남긴 각인과 그것이 만들어낸 서사적 특징에도 주목할 필요가 있을 것이다.

현진건 소설에 대한 연구에서 『지새는안개』가 차지하는 비중은 작다. 그것은 연구의 주된 관심이 작가의 단편에 위치하고 있기 때문일 것이다. 작품론의 선편에 위치했던 연구는 『지새는안개』의 전반부에서 지식인은 식민지 상황에 대응하는 일에 실패하지만 후편에서는 그것을 극복하고 새로운 출발을 도모하고 있다고 파악했다. 소설 전반부의 초점이 놓인 사랑이 후반부에 나타나는 부정적 현실을 극복하고 초월하는 역할을 했다는 논의 역시 제기되었다. 낭만적 서사구조를 통해 사회적 존재가 되는 작중 인물에 초점을 맞춘 논의 역시 개진되었

는데, 사랑의 긍정적인 역할에 주목하고 있다는 점에서는 앞선 논의와 겹쳐진다.[6)]

전반부와 후반부의 차이에 주목했든 그 중심에 위치한 사랑, 사회 등의 관계에 주목했든, 이들 논의들은 공통점을 지니고 있다. 전반부와 후반부, 사랑과 사회 등 소설에서 드러나는 결절에 주목하고 있는 점이 그것이다. 문제는 소설의 전개를 통해 결절이 극복되거나 혹은 화해를 이루었다고 볼 수 있는가 하는 점이다. 『지새는안개』가 남녀 간의 애정 문제와 조선의 현실 문제를 다루고 있지만 둘이 제대로 결합되지 못했다는 논의 역시 이를 지적한 것이다. 논의는 창섭과 정애가 만주로 가는 것, 치국이 자동차에 치여 죽는 것 등이 무력하거나 터무니없게 느껴지는 것을 그 근거로 들고 있다.[7)] 근래 『지새는안개』가 지닌 서사적 균열을 개작에 의한 것으로 파악하는 논의 역시 개진되었다. 「曉霧」를 낭만적 애정서사로, 뒤의 판본들을 식민지 자본주의화에 대한 비판을 주로 하는 현실 인식의 서사로 파악했는데, 그 사이에는 판본들이 놓인 시기적 위치와 작가 의식의 변모가 자리하고 있다.[8)] 새로 발굴된 「曉霧」를 논의의 대상으로 해 이후의 판본들과 비교하고 있다는 점 등에서 의미를 지니지만, 시기에 따른 개작을 작가 의식의 발전과 등치시킬 수 있을지는 의문이다.

이 글은 『지새는안개』에서 나타나는 이질적인 요소와 그것이 만들어낸 서사적 균열을 서둘러 화해시키거나 봉합하는 데 반대한다. 또 그것의 한쪽 면을 확대해 '연애소설 이상의 의미나 비약적 상징성도 갖지 못한다'고 폄하하거나 '식민지 현실에 대한 뛰어난 인식이 드러났다'고 고평하는 데도 마찬가지다. 오히려 필요한 것은 『지새는안개』에서 나타나는 서사적 균열을 균열대로 인정하는 태도라고 생각한다. 『지새는안개』에서 나타나는 서사적 특징이 세 개의 판본이 발표된 미디어의 상황이나 논리와 긴밀하게 관련되어 있다고 보기 때문에 더욱 그러하다.

「曉霧」가 연재될 당시는 『조선일보』가 23회에 이르는 발매반포금지와 2차례의 정간을 겪는 등 경영에 어려움을 겪을 때였다. 「曉霧」를 『조선일보』에 연재할 당시 현진건은 '조선일보사' 기자로 일하고 있었다. 「曉霧」는 2년 가까이 지나 「지새는안개」라는 제목으로 『개벽』에 연재된다. 개작이 이루어졌지만 3장까지는 여전히 「曉霧」의 음영이 남아 있다. 또 후반부는 당시 변화를 모색한 『개벽』의 영향이 짙게 드리워져 있다. 이는 단행본 『지새는안개』에서도 마찬가지다. 전반부에는 『개벽』에 연재되었던 각인이 남아있지만, 후반부에서는 단행본의 논리가 두드러진다. 『지새는안개』에서 나타나는 서사적 균열은 세 개의 판본이 발표된 미디어의 상황이나 논리에 의해 조형되었다는 것이다. 신문 연재, 잡지 연재, 단행본 등 판본이 발표된 방식이 1920년대 전반기를 비롯해 이후에도 문학 작품이 독자들과 조우하는 주된 방식이었다는 점 역시 간과되어서는 안 될 것이다.

이 글은 먼저 「曉霧」, 『개벽』에 연재된 「지새는안개」, 단행본 『지새는안개』 등 3개의 판본의 서술방식과 의미에 대해 검토하려 한다. 그 과정에서 개작의 성격을 해명하는 한편 그 가운데 남아있는 이전 판본의 각인 역시 분명히 드러내고자 한다. 나아가 『조선일보』, 『개벽』, 그리고 단행본 등이 위치한 상황이나 논리를 검토하고 그것과 세 개의 판본과의 관계 역시 해명할 것이다. 이러한 논구가 『지새는안개』의 서사적 특징이 미디어와 글쓰기 방식이 길항하는 가운데 만들어졌음을 구명하는 데로 나아가길 기대한다. 미디어가 문학 작품이 발표, 유통, 소비되는 문화제도의 중심에 위치한다는 점에서, 이 글은 문화제도와 서사 텍스트의 관계에 천착하는 논의의 성격 역시 지닌다. 또 작가의 입장에서 미디어는 원고료, 인세 등 경제적인 조건과 긴밀하게 관련되어 있다는 점에서, 논의는 현진건이 처했던 경제적인 조건과 글쓰기 방식의 관계를 묻는 그것과도 연결이 될 것이다.

2. 1920년대 전반기 『조선일보』와 「曉霧」

「曉霧」는 1921년 5월 1일부터 5월 30일까지 『조선일보』 1면에 모두 28회 연재되었다. 당시 『조선일보』는 휴간 없이 1주에 7회 발행되었다. 연재 기간 동안 5월 6일에는 연재되지 않았고, 5월 15일과 16일에는 14회가 반복해서 실렸다. 앞뒤 날짜의 신문을 확인해 보면 5월 6일에는 신문은 발행되었으나 「曉霧」가 게재되지 않았다. 문제는 5월 15일과 16일에 14회분이 반복해서 실린 것이다. 같은 날짜에 다른 연재물들은 순서대로 진행되었는데 「曉霧」만 같은 내용이 반복해서 실렸다. 이 문제는 당시 '조선일보사'의 상황, 또 「曉霧」의 서사적 특징과 깊이 관련되어 있는데, 여기에 대해서는 뒤에서 상론하겠다. 한편 5월 20일자 『조선일보』는 창간 1주년 기념호로 기존 4면, 부록 4면이 함께 발행되었는데,[9] 「曉霧」 18회 연재분은 부록호의 1면에 실려 있다.

현진건은 1927년 2월 『별건곤』에 발표한 글에서, "七年 前인가 六年 前인가 엇잿든 내가 스무살 나든 때 겨울에 朝鮮日報에 記者로 드러"갓다며, 1920년 11월 전후 '조선일보사'에 입사했음을 밝히고 있다.[10] 1920년 3월 5일 '대정친목회'의 주도로 창간된 『조선일보』는 창간 초기 경영난으로 인해 휴간을 거듭했다. 또 8월 27일 「自然의化」라는 논설의 내용을 이유로 1주일 정간 처분을 받은 데 이어 9월 5일 「愚劣한總督府當局者는何故로우리日報를停刊시켰나뇨」라는 논설 때문에

一面小說豫告

本紙一面小說浮雲은 非常한歡迎裡에서 不日告終이옵겟습니다 그다음에 繼續하야連載할小說은 憑虛玄鎭健君의 創作인

曉霧

이올시다

이안개속에서 허둥지둥光明을추지면서울고불으지々다가마츰내悲絶한慘劇을이루고마는經路를그린것이이小說이올시다

1921년 4월 27일부터 『조선일보』에는 「曉霧」 예고가 세 차례에 걸쳐 실렸다. 반복된 예고에서 알 수 있듯이 현진건은 처음 연재하는 창작에 기대를 가졌던 것으로 보인다.

무기정간 처분을 받게 된다.[11] 현진건의 글이 처음 『조선일보』에 게재된 것은 무기정간 처분에서 해제되어 속간호가 발행된 1920년 12월 2월이었다. 「初戀」이라는 소설로, 1920년 12월 2일부터 1921년 1월 23일까지 모두 44회 연재되었다. 투르게네프 원작 「첫사랑(Pervaya lyubor)」(1860)을 번역한 것으로, 『조선일보』 1면에 처음 연재된 소설이기도 했다. 투르게네프 소설의 연재는 「浮雲」으로 이어졌다. 「浮雲」은 1921년 1월 24일부터 4월 30일까지 모두 86회 연재되었는데, 『루딘(Rudin)』(1856)을 원작으로 한 것이었다. 「初戀」, 「浮雲」 등에 이어 『조선일보』 1면에 연재된 소설이 「曉霧」였다. 「曉霧」는 1921년 5월 1일부터 연재가 시작되어 5월 30일까지 모두 28회 연재가 되었다.

「曉霧」는 '정애', '창섭', '화라' 등을 중심으로 신성한 연애에 대한 동경과 그 어긋남을 그리고 있다. 「曉霧」의 서술은 정애를 초점화자로 하는 등장인물 서술방식으로 시작된다.[12] 등장인물 서술방식은 스토리의 외부에 위치한 화자가 자신의 전지적 존재를 분명히 하는 주석적 서술과는 달리 작중 인물의 시선을 빌려 전개하는 서술방식이다. 그런데 정애가 「曉霧」 전체의 초점화자를 담당하고 있는 것은 아니다. 28회의 연재분 가운데 모두 16회를 정애가, 5회를 화라가, 7회를 창섭이

담당하고 있다. 소설의 전개에 따라 초점화자는 빈번하게 교체되는데, 이는 현진건이 의도했던 바는 아니었다.

초점화자의 비중이나 소설의 주제 등을 고려하면 작가는 정애를 초점화자로 설정하려 했지만, 연재를 해 나가면서 정애의 시선만으로 소설을 전개하는 데 어려움을 겪었던 것으로 보인다. 이는 서술방식의 결함으로 드러나는데, 13, 14회 연재분에서 화라가 창섭에게 거짓 답장을 한 것, 또 화라가 창섭을 사랑한다는 것 등을 정애가 깨닫는 부분 등이 그러하다. 앞선 사실들은 실제 정애가 알기 힘든 일이기 때문이다. 초점화자를 빈번하게 교체하는 일 역시 서술방식의 결함과 같은 이유에서로 보인다. 정애를 인식의 주체로 해서는 화라의 질투나 그것 때문에 일으키는 행동, 또 창섭의 고뇌 등을 제대로 전달하기 힘들었다는 것이다.

「曉霧」에서 드러나는 또 하나의 결함은 소설을 원인과 결과로 연결시키는 것, 곧 개연성(probability)의 문제와 관련되어 있다. 「曉霧」에서 두 번째 편지를 받고 남산공원으로 간 정애는 창섭을 만나 손을 잡고 이야기하다가 같이 울게 된다. 이 장면은 갑작스럽다는 느낌을 피할 수 없는데, 소설의 전개에서 창섭의 감정은 어느 정도 드러났지만 정애의 경우는 그렇지 않았기 때문이다. 두 사람이 만나기 이전 정애가 신성한 연애를 그리며 그것을 편지와 연결시키는 부분을 배치했지만, 거기에서도 성급함은 두드러져 정애의 감정에 설득력을 부여하지는 못한다. 정애의 감정이 지니는 문제는 두 차례에 걸친 개작에서도 여전히 사라지지 않아 서사적 균열을 일으키는 요소가 된다는 것은 기억해 둘 필요가 있다

독자들이 「曉霧」에서 서사적 균열을 느끼는 것은 서술방식보다는 개연성의 문제에 있어서이다. 하지만 「曉霧」에서 개연성의 문제와 서

술방식의 그것은 따로 떨어져 있지 않다. 「曉霧」에서 정애의 감정에 작위적인 면이 두드러지거나 개연성이 부족한 것은 스토리의 사건을 소설로 옮기는 과정에서 비롯한다. 소설의 시간은 지속(duration)과 더불어 순서(order)에서 스토리 시간과 불일치를 보인다. 순서에서 불일치의 대표적인 것은 소설의 시간이 스토리의 과거로 돌아가는 회상(retrospection)과 반대로 스토리의 미래로 나아가는 예견(anticipation)이다. 회상, 예견 등은 소설 속 사건들을 인과의 사슬로 엮어 중복이 없는 긴밀한 위계를 이루게 하며, 또 사건들을 불합리하지도 신비롭지도 않으며 분명하고 친숙한 것이 되게 한다.[13] 정애가 신성한 연애와 창섭을 연결시키거나 창섭과 남산공원에서 만나서 우는 부분 등이 설득력을 지니기 위해서는 회상이나 예견을 통해 정애가 창섭에게 감정을 느끼게 되는 사건들이 배치되었어야 한다. 이는 화자가 자유롭게 사건들을 선택하고, 재단하고, 배치할 때 이루어질 수 있다. 그리고 그것을 가능하게 하는 화자의 위치는 사후서술(ulter narration), 곧 서술 지점이 스토리 이후에 위치할 때이다.

이 문제는 초점화자를 정애를 설정했지만 화라, 창섭 등으로 빈번하게 교체되는 문제와도 관련된다. 소설에 초점화자가 등장할 경우 초점화자와 화자 나아가 작가와의 관계에 주목할 필요가 있다. 정애에게 초점화자의 역할을 맡김으로 화자는 사라지지만 여전히 특권적인 위치에서 은밀한 방식으로 정애를 지배해야 한다. 내면을 통해 초점화자와 연결됨으로써 자신과 스토리 사이의 거리를 제거해야 하는 것이다. 화자가 사라지지만 중심인물을 지배하고 둘 사이의 거리를 제거하는 역할은 화자가 스토리 바깥에 위치할 때 가능하게 된다.[14] 흥미로운 점은 그 위치가 앞서 화자가 자유롭게 사건들을 선택하고, 재단하고, 배치하는 위치와 겹쳐진다는 것이다.

「曉霧」에서 스토리 이후 혹은 스토리 바깥에 제대로 된 서술 지점이 확립되지 못했다는 것인데, 그 먼저의 이유는 당시 현진건의 작가적 역량과 관련된 것으로 보인다. 「曉霧」를 연재할 때까지 현진건의 창작은 『개벽』에 발표한 「犧牲花」, 「貧妻」 등 2편의 단편이 전부였다. 현진건과 비슷한 시기 문학 활동을 했던 김동인은 「小說作法」에서 초점화자가 등장해 소설을 진행하는 서술 방식을 일원묘사라고 하고 일원묘사의 어려움을 밝힌 바 있다.[15] 다원묘사가 "때와 경우를 구별치 안코" "그 作中에 나오는 어느 人物의게던, 描寫의 筆을 加할 수 잇는 方法"인데 반해 일원묘사는 "主要人物 以外의 人物 行動이며 心理를 쓸" 때는 "그 行動이며, 心理를 主要人物의 視點 圈內로 끄으러드려야 하니까, 저절로, 얼마간의 矛盾이 생기지 안을 수 업다"는 점이 그것이었다.[16]

그런데 이 글은 서술방식의 문제가 작가적 역량뿐 아니라 「曉霧」가 『조선일보』에 연재되었던 상황과도 관련된 것이라고 생각한다. 신문에 연재를 하는 상황에서, 화자가 중심인물을 은밀하게 지배하는 스토리 바깥의 위치 혹은 사건들을 자유롭게 선택하고, 재단하고, 배치하는 스토리 이후의 위치를 상정하는 것은, 쉽지 않았을 것이라는 점이다. 이 문제를 해명하기 위해서는 1921년 5월 15일, 16일에 걸쳐 14회 연재분이 반복해서 게재되었을 당시 「曉霧」의 연재 상황을 검토할 필요가 있다.

당시 『조선일보』 1면은 상단에 사설이 실리고 그 아래 몇 개의 논설이 실리는 구성이었다. 사설, 논설 외에는 연재물이 게재되었다. 5월 15일자 신문 1면 상단에는 사설 「太平洋의現在와將來」가 게재되었고, 그 아래에는 논설 「朝鮮은自治國이되게하라」, 「比島獨立問題」 등이 있다. 5월 16일자 1면의 사설은 「社會의障壁을撤廢할急務」이고 논설은

「英國政治의過去와未來(三)」 등으로 모두 다르다. 연재물인 「過激派의嚴正 批評」 역시 각각 3회, 4회가 실려 순서대로 진행되었다. 5월 15일자와 16일자 신문의 1면뿐 아니라 다른 면에 실린 기사들 역시 모두 겹쳐지지 않는다. 그런데 두 날짜의 신문에 「曉霧」 외에 반복해서 실린 글은 또 하나가 있다. 5월 14일부터 4면에 연재를 시작했던 『白髮』인데, 두 날짜에 2회가 반복해서 실렸다. 『白髮』에는 '靑黃生'이라는 이름이 부기되어 있는데, 1929년 1월 『별건곤』에 발표한 「갓잔은小說로問題」에서 현진건은 '靑黃生'이 자신임을 밝힌 바 있다.[17]

「曉霧」, 『白髮』만이 반복해서 실렸다는 것은 5월 16일에 현진건이 자신이 담당한 글을 쓰지 못 했음을 뜻한다. 당시 『조선일보』 지면이나 작가의 행적을 통해서는 그 이유가 무엇이었는지는 확인하기 힘들다. 오히려 이 글의 관심은 다른 데 놓인다. 먼저 의도적인 것이 아니었다면 전날 실었던 「曉霧」, 『白髮』를 다시 게재했다는 것은 소설을 미리 쓰거나 번역해 놓은 것이 아니라 연재분을 매일 쓰거나 번역했음을 의미한다는 점이다. 다른 하나의 의문은 어떤 이유 때문에 「曉霧」, 『白髮』 등의 연재분을 쓰지 못 했다면 그 지면을 다른 기사로 메웠어야 하지 않는가라는 문제이다. 5월 15일, 16일에 「曉霧」, 『白髮』 외의 기사들이 모두 달랐고 다른 연재물들 역시 순서대로 진행이 되었음을 고려하면 더욱 그러하다.

아이러니하게 「지새는안개」로 개작될 때 「曉霧」에 덧붙여진 부분은 이 문제를 해명할 실마리를 제공한다. 『개벽』에 연재된 「지새는안개」 4, 5장은 '반도일보사'를 다루는데 '반도일보사'는 현진건이 일했던 '조선일보사'를 모델로 하고 있다. 신문사에 입사한 창섭은 "아츰 열점에 가면 午後 네 시나 다섯 시ㅅ가지 한자리에 꼭 부터 안저 日本 新聞의 기리누끼와 各 電報通信을 우리말로 옴기기에 눈코를 뜰 사이가 업"다.

'기리누키(切り抜き)'는 당시 일본 신문 등에서 필요한 기사를 번역해 신문에 게재하는 관행을 가리키는 용어였다. 소설에서는 그 이유를 "위선 紙面을 채우기에 汨沒하얏"던 때문이라고 한다. 그리고 그것은 신문사에 "사람이 째이지 안흔 까닭"이었는데 "몃 달을 지나도 사람은 여전히 째이지 안"[18]았다는 것이다. 창간 당시부터 경영에 어려움을 겪던 『조선일보』가 두 차례에 걸친 발행 정지에 의해 경영에 더욱 곤란을 겪게 되었음을 의미한다. 「지새는안개」에서 창섭이 발행금지가 해제된 '반도일보사'에 입사를 할 수 있었던 것 역시 "래일 모래로 신문은 시작해야 되겟고 적당한 긔자들은 들어서지 안"[19]았기 때문으로 그려진다. 아래의 인용은 그것이 소설의 상황만은 아니었음을 말해준다.

> 論說은 要領不得이다. 論說인지 普通 記事文인지 잘 알 수 업다. 그런 中 恒常 機先이 못 되고 남에게 制先이 된다. 남이 張皇히 論說한 것을 2,3日 지내 되풀이로 쓰면 그 무슨 힘이 잇는가? ……중략…… 外交記事는 同業者에 늘 뒤진다. 그것은 勿論 經費問題로 그럿타고 하려니와 外交記事일스록 迅速 報道하고 同業者가 揭載한 與否를 보아 揭載된 사실이면 구태 몃칠 뒤에 낼 必要는 업다.[20]

인용은 1923년 7월 『개벽』 37호에 실린 「所謂八方美人主義인朝鮮日報에對하야」의 한 부분이다. 논설, 외교기사 등이 '남', '동업자'에게 늘 뒤진다며 이미 쓴 것을 2, 3일 후 다시 쓰면 무슨 의미가 있는지 묻고 있다. 여기에서 '남'이나 '동업자'는 『동아일보』를 지칭한다. 일본 신문만이 아니라 『동아일보』의 기사 등을 뒤늦게 다시 실은 것, 곧 '기리누키' 한 것을 비판하고 있는 것에서, 지면을 메우는 데 어려움을 겪었

던 것이 실제 『조선일보』가 처했던 형편이었음을 말해준다.[21]

5월 15일자에 실었던 「曉霧」, 『白髮』 등을 5월 16일자에서 다시 게재해야 했던 데도 이러한 상황이 작용하고 있었다. 심지어 5월 16일자에 실린 「曉霧」에는 15일자 연재분의 마지막 네 문장이 없는데, 이는 지면을 메우기 위해 전날 연재분에서 필요한 분량만을 다시 실었음을 뜻한다. 5월 15일자 연재분이 다시 실리게 된 다른 이유가 작가가 연재분에 해당하는 소설을 매일 쓰거나 번역했기 때문임은 확인한 바 있다. 이는 현진건이 「曉霧」를 연재할 때 어떻게든 신문의 지면을 메워야 한다는 강박 아래 매일의 연재분을 썼음을 의미한다. 거기에 더해 4면에 연재했던 『白髮』을 매일 번역해 실어야 한다는 무게 역시 가볍지 않았을 것이다.

3. 『개벽』의 사상적 전회와 「지새는안개」

1921년 5월 30일 「曉霧」는 28회 연재분을 마지막으로 미완인 채 연재가 중단되었다. 「曉霧」가 『개벽』에 「지새는안개」라는 제목으로 연재된 것은 1923년 2월부터 같은 해 10월로, 호수로는 32호에서 40호까지 9회에 걸쳐서이다. 『개벽』 연재본 「지새는안개」는 모두 5장으로 되어 있다. 1장이 1~2회, 2장이 3회에서 5회 중간까지, 3장이 5회 중간에서 6회까지, 4장이 7회에서 8회 중간까지, 5장이 8회 중간부터 9회까지 연재되었다. 앞의 3장까지가 「曉霧」에 해당되는 부분인데, 3장 도입 부분의 윤치국이 등장하는 부분은 「曉霧」에 없는 내용이다. 4, 5장은 주로 '반도일보사'라는 신문사를 다루고 있으며 새롭게 덧붙여진 부분이다.

현진건이 언제 '조선일보사'를 그만두었는지 확인하기는 힘들다. 『조선일보』에서 현진건의 것으로 확인되는 마지막 글은 『白髮』이다. 1921년 5월 14일부터 연재를 시작했는데 확인이 가능한 것은 같은 해 9월 30일자 125회까지이다. 게다가 1922년 1월부터 11월까지 『조선일보』가 유실되어 현진건의 흔적을 찾기는 더욱 힘들다. 『백조』 2호에 실린 「朦朧한記憶」은 부산 해운대를 다녀온 감상을 쓴 기행문인데, 거기에 '昨年 十月' 해운대로 가는 기차에 '파쓰 덕분으로 二等'[22]에 탔다는 언급이 있다. '파쓰'가 기자증임을 고려하면 '작년 10월', 곧 1921년 10월까지는 '조선일보사'에서 일했음을 알 수 있다. 『동명』이 '시사주보'라는 표제를 걸고 창간된 것은 1922년 9월 3일이었다. 현진건이 염상섭과 함께 『동명』이 창간될 때부터 편집을 담당했음을 고려하면,[23] 1922년 9월 이전에는 '조선일보사'를 그만두었을 것이다. 『동명』은 1923년 6월 3일 총 40호로 종간되고, 1924년 3월 31일 『시대일보』로 이어진다.[24] 그렇다면 현진건이 『개벽』에 「지새는안개」를 연재한 1923년 2월부터 10월까지는 『동명』이 종간되고 『시대일보』의 창간을 준비할 때와 맞물린다. 그런데 이와 관련해 염상섭이 『동아일보』에 「해바라기」, 『너희들은무엇을어덧느냐』 등 두 소설을 연재한 것 역시 비슷한 시기였다는 점은 흥미롭다.[25]

「지새는안개」를 연재하기 전에도 『개벽』은 현진건이 문학 활동을 했던 주된 지면이었다. 현진건은 1920년 『개벽』에 번역 「幸福」, 「石竹花」 등과 창작 「犧牲花」를 발표한 데 이어 1921년에는 7호에 「貧妻」, 17호에 「술勸하는社會」 등 초기 대표작을 발표했다. 1922년에는 19호부터 22호까지 「墮落者」를 연재했으며, 25호에 번역 「故鄕」을, 29호에 「피아노」를 발표했다. 비슷한 시기 김동인, 염상섭, 나도향, 박영희, 김억, 전영택 등이 『창조』, 『폐허』, 『신청년』, 『삼광』 등의 동인지를 통해 문학 활동을 시작했음을 고려하면 현진건의 행적은 다소 이례적이다. 특히 "1920년대의 '미디어적 중심'이자 '시대의 총아'"[26]로 자리했던『개벽』의 위상을 고려하면 더욱 그렇다. 여기에는 "그때 開闢의 學藝部長로 잇든 나의 堂叔인 玄哲 氏를 성도 내며 빌기도 하며 제발 그것(「犧牲花」; 인용자)을 내어달라고 졸르고 복갓"[27]다는 작가의 말처럼, 당숙이었던 현철의 영향이 작용했던 것으로 보인다. 하지만『개벽』을 주된 발표 지면으로 삼는 데 현철의 영향은 초기에 한정되었던 것으로 보인다.「貧妻」,「술勸하는社會」등을 계기로 현진건은 문단의 승인을 받았는데, 거기에는 앞선 '조선일보사'에서의 활동과 1922년부터『백조』동인으로 활동한 것 역시 작용했을 것이다. 현철의 도움이 초기에 한정되었다고 보는 다른 근거는「지새는안개」를 연재할 즈음은 이미 현철이 '개벽사'를 그만둔 후였다는 것이다.[28]

뒤에서 검토할 단행본『지새는안개』가운데『개벽』에 연재된 부분은 한자를 한글로 옮긴 것 외에는 거의 변화가 없다. 반면『개벽』에 연재된「지새는안개」에서「曉霧」에 해당하는 부분, 곧 1장에서 3장까지는 많은 부분 개작이 이루어졌다. 가장 먼저 눈에 띄는 변화는 서술방식과 관련되어 있다.「曉霧」의 경우 정애를 초점화자로 하고 있음에도 창섭, 화라 등으로 교체되는 현상이 빈번하게 나타났음을 검토한 바 있다. 이와는 달리『개벽』연재본에서는 1장은 정애를 초점화자로, 2, 3장은 창섭을 초점화자로 하고 있다. 3장까지 작가가 개작을 하는 데 가장 공을 들인 부분도 초점화자의 배치로 보인다.

1장과 2, 3장을 각각 정애와 창섭이 초점화자를 맡게 됨에 따라「曉霧」에서 드러났던 서술방식의 결함 역시 대부분 사라지게 된다.「曉霧」에서 정애가 알기 힘든 일이 정애의 진술을 통해 나타났음을 확인했다. 화라가 거짓 답장으로 창섭을 만나려 했지만 만나지 못했다는 것, 화라가 창섭을 사랑한다는 것 등이 그것이었다. 창섭이 2, 3장에서 초

【51】 지새는안개

지새는안개

憑虛

第一章

一

品愛는「新女子」란 雜誌를 보다가 또다시 미다지를 열고, 밧글 내여 보앗다. 시름업시 오는비는 오히려 아니쓴치엇다. 한울을 회칠한듯하든 구름이 희실희실 헤여저서, 저리로저리로 달아나건마는 그래도 좋은얼굴은 보이지아니하고, 머리움 가튼 가랑비가 烟氣나 안개모양으로空中에 가물거리고잇섯다.

오늘이 空!!이라, 모처럼 動物園구경을 가자고 공부들파 돈돈이 마추어든것이 쉰수잇 비로 말미암아 하일업시 水泡에 돌아가고말앗다. 비가오거든 펑펑 쏘다지기나 하얏스면, 斷念이나 하련마는 시들치안흔 가는 비ㅅ발이 부실부실 색리기만하기때문에, 그는 혹음만잇스면 개이려니 얼마안되어 쓴치려니, 하는 一縷의希望을 품고 미다지가 닳로록 열어보고,또 열어 보앗슴이엿다.

品愛의 얼굴에는 그늘이 지며, 혼자ㅅ말로 숟듯이

「그저 비가 오네! 참 속상해 죽겟구먼!」하고, 미다지를 탁 다치고는 다시끔 아까보든 雜誌를 집어들엇다.

52】 開闢 第二十 號

「이번에는 무엇을볼고? 이것을 볼가? 그런데 이것이 몃페이지나되노」하고 손으로 冊葉을 날리며「한장 두장 석장……모다 석장이구먼, 이것만 다 보고나면 엇마 비가 쓴치겟지」 부류미며 씹힌치마자락을 뒤어내기도하고, 손을 가리워 머리카락을 쓰다듬어 올리기도하며, 억고인한팔을 부듬우에언고는 때때히 보기시작하얏다.

「벌서 쏫일세. 인제는 비가 아니올거야?」

짓본빗이 살작 얼굴에 퍼지며, 또 손이 미다지로 가다다말고 걱정스럽게

「아즉도 아니 쏫첫스면 어써나?」하고, 입안말로 소군거리엇다.

누가 그에게, 어기서 에까지 보기만하면 비가 아니오리라고, 언약한것도 아니요 내기한것도아니언만, 스스로 그러케 決定하고, 스스로 그러러니 期待하며, 그定한 페이지를읽고날적마다, 인재는비가개엿거니, 하고 애를 쓰다가 마춤내 目的地에 다닫은때처럼 짓버하면서 미다지를 열엇다가 그저 비가오는양을 보면 누가 그를 속인듯이 예쁨고 슯퍼섯다. 이러구러 한번속고 두번속아 나리오매, 점점日근의 決定과期待에對한 미듬이 엷어가서, 인재는 미다지를 열기前부터 미리 근심조차하재되엇다.

그의귀에는 가만가만이 나려지는 비소리가 그욱히 울리는듯하얏다.

「그래도 혈마 이때껏 올라구」

그는 門을으로 눈을주며 또 이러케 생각하얏다. 「비는 벌서 개이지안핫슬가? 구름조차 벗겨지지안핫슬가? 花鵑와永淑이가 나를 더리러 오지안는가?……고만 밧글 내어다볼가? 아니 그럴것이 아니다비가 오고 아니오는것을 좋이니저버리고잇는재 上策이다. 부망중에 花鵑와永淑이가 쑥 달겨들면 엇마나 짓불가!」

그는 이러케 곤처생각하고, 또다시 雜誌를 집어들다가, 오늘아츰에 비오는것이 하도 속이상해서 갈아입으라든 옷도 아니갈아입고, 다가두라든 구두도 아니다가두는것이 문득 마음에 키이엇다. 그리고 花鵑와永淑이가 와서 낫이 옷도못갈아입고 구두도못다가신재, 재촉을하면 어써할고, 하얏다. 입으라면

「지새는안개」가 『개벽』에 연재될 때 서두 부분이다. 「지새는안개」는 『개벽』에 1923년 2월부터 같은 해 10월까지 모두 9회에 걸쳐 연재되었다.

점화자로서 자신의 입장을 직접 밝히게 되자 정애의 장황한 진술은 사라지고 "그 눈에는 지난날의 온갓 영상이 어른어른 지나가고 잇섯다"[29]는 간략한 언급이 그 자리를 대신하게 되었다. 「지새는안개」에서는 앞서 「曉霧」에서 문제로 드러났던 개연성에 대한 고려 역시 이루어졌다. 『隔夜』의 줄거리를 얘기하는 장면, 진고개의 책방에서 만나는 장면 등을 삽입해 창섭이 정애에게 연모의 감정을 지니게 되는 과정에 설득력을 부여했다. 또 「曉霧」에서 남산공원으로 간 정애가 창섭을 만나 같이 우는 장면이 석연치 않음을 검토한 바 있는데 「지새는안개」에서 정애는 남산공원에 가지 않는다. 이어지는 부분에는 두 달 정도가 지났지만 창섭이 정애의 소식을 듣지 못 했다는 사실이 짧게 서술되어 있다.

앞에서 「曉霧」에서 서술방식과 개연성에서 드러난 문제가 같은 근간을 지니고 있다는 것 역시 확인한 바 있다. 「지새는안개」에서 장에 따라 초점화자를 배치하고 소설의 전개에서 작위적인 부분에 개연성을 부여한 것도 서술 지점을 확립하는 문제와 관련되어 있다. 이러한 점은 「지새는안개」에서 장에 따라 초점화자가 교체될 뿐 아니라 정애가 맡은 부분과 창섭이 서술하는 부분이 두 개의 편지를 통해 정확히 겹쳐진다는 점을 통해서도 알 수 있다.

1장에서 정애는 두 번째 편지를 받고 그것이 창섭에게 온 것임을 알게 된다. 그러고는 두어 달 전 창섭을 처음 만났을 때 일을 떠올린다. 2장과 3장에서는 창섭의 눈과 입을 빌려 정애를 처음 봤던 인상, 영어를 가르치던 일, 격정에 휩싸여 『隔夜』에 대해 이야기하던 일 등이 서술된다. 또 망설임 끝에 첫 번째, 두 번째 편지를 보내는 장면 역시 그려져 있다. 두 개의 편지를 축으로 같은 사건에 대한 정애의 감정, 행위와 창섭의 그것들이 맞물리게 서술되어 있다는 것이다.

『개벽』 연재본 「지새는안개」에서 안정된 서술 지점을 확립할 수 있었던 이유 역시 소설의 연재 상황과 관련되어 있는 것으로 보인다. 『개벽』은 월간으로 발행되는 잡지 미디어였다. 특히 "대개는 한두 호 하다가 폐간되고 길어야 삼사 호 출판하다가 폐간되거나 계속 출판한다야 불과 몇 부를 박지 못"[30)]했던 대부분의 잡지들과는 달리 『개벽』은 72호에 이르기까지 거의 정기적으로 발행되었다. 현진건은 이러한 『개벽』의 발행 여건 속에서 한 달에 230자 원고지 45매 정도를 안정적으로 쓸 수 있었다. 230자 원고지 45매의 분량은 「曉霧」로 따진다면 7회 연재분 정도였다. 1달을 기준으로 따지면 연재 분량은 「曉霧」의 1/4 정도에 불과했다. 앞서 「曉霧」를 연재할 당시 작가로서의 역량 문제와 함께 매일 『조선일보』의 지면을 메워야 한다는 강박 속에서 연재분을 썼음을 확인한 바 있다.

그런데 각 장에 따라 정애, 창섭 등을 초점화자로 내세워 편지를 중심에 둔 두 사람의 감정, 행위 등을 정교하게 서술했다고 하더라도 그것이 주제의 문제까지 해결할 수는 없었다. 정애, 창섭 두 사람의 '신성한 연애'는 「曉霧」가 연재되던 1921년 당시에는 소설의 주제가 될 수 있을 정도로 많은 지식인을 매료하는 것이었을지라도 1923년에는 이미 그 매료는 많은 부분 시의성을 상실한 상황이었다. 「지새는안개」에 창섭의 고향 친구인 윤치국이 갑자기 등장하는 것은 이와 관련되어 있다. 치국은 3장에서 창섭이 정애에게 첫 번째 편지를 보내고 답장을 기다릴 때 사천, 강세창 등의 친구들과 함께 창섭을 찾아온다. 창섭은 치국 일행과 청요릿집으로 가 '동경'으로 떠나는 치국의 환송회를 하게 된다. 치국은 "떡 벌어진 억개판, 검으테테한 얼굴빗"을 지니고, "족으만한 눈은『그까짓 것』하는 세상을 넘보는 듯"하는 외양을 지니고 있다. 또 그는 "제 幸福보담도 제 목숨보담도 自由를 사랑"하기 때문에 "제 自由를 壓迫하고 拘束하는 모든 것과 싸"[31]우려는 인물로 그려진다. 앞선 외양과 신념에서 드러나듯이 치국은 소설의 주제가 정애, 창섭 등을 중심으로 한 '신성한 연애'에 한정되는 데서 벗어나기 위해 등장한 것으로 보인다.

『개벽』 연재본의 마지막 두 장인 4, 5장은 창섭이 '반도일보사'에 입사해 근무하는 과정을 그리고 있다. 4장에서 창섭은 영숙 아버지의 소개로 발행정지가 해제되는 '반도일보사'에 입사한다. 신문기자는 창섭이 동경해 왔던 직업이지만 동경은 오래가지 못 했다. 그 이유에 대해서는 앞에서 살펴본 바 있다. 창섭은 지면을 메우기 위해 "飜譯이 나날이 하고보니 늘 그 문자가 그 문자이고 그 소리가 그 소리" 같아 "一種의 機械가 되어가기 시작하"[32]는 데까지 이른다. 업무에 대한 싫증과 고통은 다른 기자에 대한 환멸로 이어졌다. 소설은 많은 부분을 1면 논설 담당자, 3면을 담당한 사회부장, 편집국장, 그리고 젊은 기자들에 대한 환멸을 그리는 데 할애하고 있다. 그들은 "시대에 압서야" 함에도 "시대에 뒤저 가지고 저 먼저 달아나는 시대를 咀呪하고 誹謗하고 嘲笑하고 猜忌하고 慨歎하는"[33] 인물로 그려진다. 그런데 치국의 등장이나 '반도일보사'와 관련된 부분은 연재 지면이었던『개벽』의 사상적 지향과 긴밀하게 관련되어 있었다.

『개벽』의 사상적 지향에 변화가 나타나는 것은 1922년 후반부터였다. 이전까지『개벽』의 지향은 1920년대 전반 조선에서 주류를 이루었던 문화주의에 근간을 둔 개조론에 있었던 것으로 파악된다.[34] 변화의 단초는 선우전, 이성환 등의 글에서 발견된다. 1922년 8월호와 10월호에 선우전의「農民의都市移轉과農業勞動의不利의諸原因」,「物價問題와吾人의生活改善」등이 게재되었으며, 1922년 11월호부터「農村의衰頹를恬然視하는當局」을 시작으로「먼저農民부터解放하자」,「朝鮮農民이여團結하라」등 조선의 농업, 농민 문제를 다룬 이성환의 글이 연이어 실렸다.[35] 이들 글은 농민, 물가, 생활 등 당대 조선의 사회, 경제 영역에서 제기되는 문제에 초점을 맞추어 그 원인이나 개선 방안을 다루고 있다. 1923년에 들어서 사회, 경제에 대한 관심은 러시아 혁명을 중심으로 한 사회주의에 대한 그것으로 이어졌다.[36]「왼편을向하야」,「國際無産青年運動과朝鮮」,「唯物史觀과唯心史觀」등 사회주의를 지향한 이성태, 주종건, 정백 등의 글이 지면에 비중 있게 실리게 된 것 역시 이와 맞물린다.[37]

변화는『개벽』의 문학에서도 나타나는데, 시기적으로는 조금 뒤인 1923년 중반부터였다. 임정재의「文士諸位에게與하는一文」이 1923년 7월호부터 두 번에 나뉘어 발표되었다.[38] 임정재의 글은 문단의 바깥에서 당시 문학을 『백조』파의 데카당스적 경향, 『폐허』파의 저널리즘적 경향 등으로 규정하고 그 부르주아적 한계를 비판하고 있다는 점에서 주목을 필요로 한다.[39] 또 1923년 7월호에는 임노월의 「社會主義와藝術」과 함께 김기진의 「Promeneade Sentimental」이 실렸다. 김기진은 이 글을 시작으로 『개벽』의 주요 필자가 되어 「클라르테運動의世界化」, 「빠르쀼스對로맨로란間의爭論」, 「또다시「클라르테」에대해서—빠르쀼스硏究의一片'」 등 사회주의 문학을 조선에 소개하는 글들을 연이어 발표했다.[40]

「지새는안개」에서 치국이 등장하는 5회가 연재된 것은 1923년 6월이었는데, 당시는 『개벽』의 사상적 지향에서 나타난 변화가 문학에도 영향을 미치기 시작한 때였다. 치국의 등장이 『개벽』의 변화와 맞물린 주제의 변화를 위해서였음은 그때까지 '신성한 연애'라는 주제의 대변자였던 창섭이 환송회에서 치국이 "맨 주먹으로 東京 留學을 긔운차게 해 보랴 하거늘" 자신은 "방구석에 意氣消沈하게 처박히어 풋사랑에 속을 석이는가 하매, 붓그러워 얼굴도 들 수 업"[41]다고 되뇌는 데서도 나타난다. 『개벽』의 변화와 더욱 긴밀하게 관련되어 있는 것은 '반도일보사'를 다룬 부분이었다. 이와 관련해서 먼저 1923년 6월 『개벽』 36호에 실린 「社告」를 살펴볼 필요가 있다.

> 一 現下의 文化運動 及 社會運動에 對한 批判
>
> 二 朝鮮境內에서 刊行되는 各種 新聞 雜誌에 對한 批判
>
> 먼저 右記의 二類에 對한 眞實, 大膽한 批判文의 投稿(1行 23字 300行 以內)와
>
> 또는 現下 社會問題를 中心으로 한 三 短篇小說(1行 23字 400行 以內)과 感想文(1行 23字 200行 以內)의 投稿를 至願하오며 微誠이오나

讀賢의 原稿를 揭載하온 分에 對하야는 薄謝를 呈하겟슴니다.[42]

‘개벽 3주년 기념 특대호 간행’를 알리는 「社告」에는 “現下의 文化運動 及 社會運動에 對한 批判”과 함께 “朝鮮境內에서 刊行되는 各種 新聞 雜誌에 對한 批判”에 대한 독자들의 투고를 모집함을 알리고 있다.

앞선 「社告」에 이어 1923년 7월 『개벽』 37호에는 창간 3주년 기념하는 특집 ‘각종 신문 잡지에 대한 비판’이 게재된다. ‘각종 신문 잡지에 대한 비판’에는 모두 7편이 글이 실려 있다. 「東亞日報에對한不平」, 「所謂八方美人主義인朝鮮日報에對하야」, 「朝鮮日報의正體」, 「每日申報는엇더한것인가」, 「雜誌『新天地』의批判」, 「開闢에對한小感」, 「開闢너는어떠한고」 등의 글에서 『동아일보』, 『조선일보』, 『매일신보』 등의 신문과 『신천지』, 『개벽』 등의 잡지에 대한 비판이 이루어졌다. 소설에서 『반도일보』의 모델이 된 『조선일보』는 신철의 「所謂八方美人主義인朝鮮日報에對하야」, 아아생의 「朝鮮日報의正體」 등 두 글에서 비판의 대상이 되었다.

‘각종 신문 잡지에 대한 비판’은 『개벽』이 신문지법에 의해 정치, 시사 등을 다룰 수 있게 된 것과 맞물려 있는 것으로 보인다. 『개벽』은 1922년 9월 조선총독부에 ‘신문지법’ 제4조에 명시된 보증금 3백 원을 내고 정치, 시사 등을 다루

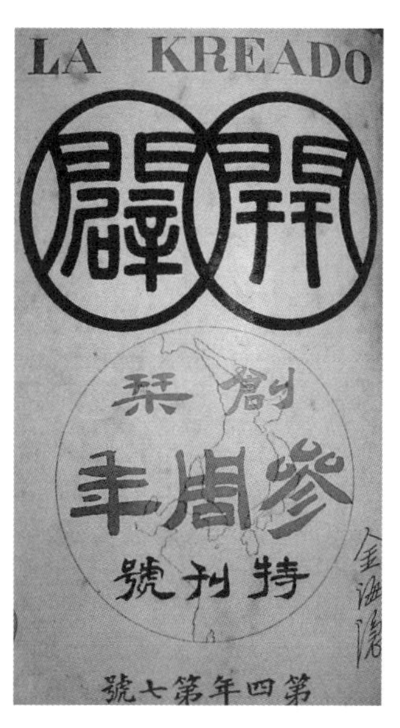

1923년 7월에 발행된 『개벽』 37호의 표지이다. ‘창간 3주년 특별호’라는 부기가 적혀 있다. 이미지의 출처는 ‘동국대학교 도서관’인데, 성균관대학교 국어국문학과의 최수일 선생님이 촬영한 것임을 밝힌다.

게 된다.[43] 『개벽』이 당대 조선의 사회, 경제나 사회주의에 대해 관심을 표명하는 등 사상적 지향에 변화를 보인 것이 1922년 후반부터였음은 확인한 바 있다. 『동아일보』, 『조선일보』, 『매일신보』, 『신천지』 등 '각종 신문 잡지에 대한 비판'에서 대상이 되었던 신문이나 잡지가 신문지법에 의해 정치, 시사 등을 다룰 수 있었던 미디어였다는 점 역시 흥미롭다. 이는 비판의 논지에서도 드러난다. 주식회사가 되고난 후 간부 자리를 돈으로 사고파는 등 창간 당시의 취지가 사라졌다는 점(「東亞日報에對한不平」), 친일단체인 '대정친목회'에서 창간했으며 과격한 논조 역시 판매를 늘리기 위한 것이었다는 비판(「所謂八方美人主義인朝鮮日報에對하야」, 「朝鮮日報의正體」), 『동아일보』, 『조선일보』 등이 창간되자 논조를 바꾸는 듯했지만 다시 총독부를 대변하는 신문으로 돌아갔다는 것(「每日申報는엇더한것인가」), 정치, 시사 잡지라는 것만 강조하지 말고 자신의 주의, 색깔을 분명히 하라는 주장(「雜誌『新天地』의批判」) 등 비판의 초점은 이들이 정치, 시사 등에서 제대로 된 목소리를 내지 못한다는 데 놓여 있다. 『개벽』은 자신과 같이 정치, 시사 등을 다룰 수 있는 미디어에 대한 비판을 통해 스스로의 위상을 분명히 하는 한편 지향의 제대로 된 방향을 모색하고자 했던 것이다.

「지새는안개」에서 '반도일보사'를 다룬 7, 8회 연재분은 1923년 8월과 9월에 걸쳐 게재되었다. 창간 3주년을 기념하는 특집 '각종 신문 잡지에 대한 비판'이 실린 것은 1923년 7월이었다. '반도일보사'를 다룬 부분이 당시 신문, 잡지를 비판하는 특집에 바로 이어졌다는 점은 흥미롭다. 앞서 「지새는안개」에서 치국이 갑작스럽게 등장한 이유가 『개벽』의 변화와 함께 소설의 주제가 '신성한 연애'에 한정되는 것을 피하기 위해서임을 검토한 바 있다. 4장에서 '반도일보사'를 다룬 부분이 등장한 1차적인 이유 역시 '각종 신문 잡지에 대한 비판'이라는 특집과 맞물려 있는 것으로 보인다. 그런데 치국, '반도일보사' 부분 등은 『개벽』의 변화에 조응해 등장한 것이지만 「지새는안개」의 서사적 균열을 야기하는 요소로 작용하기도 했다.

먼저 서사적 균열은 치국의 갑작스러운 등장과 퇴장으로 나타났다. 치국은 3장에서 갑작스럽게 등장했지만 송별회 부분을 제외하고는 더 이상 모습을 드러내지 않는다. 『개벽』 연재본으로 한정한다면 치국의 퇴장은 이후 전개되는 '반도일보사' 부분에 의한 것이다. 4, 5장이 '반도일보사'를 다루는 데 치중함에 따라 '동경'에 유학을 간 치국이 등장할 여지가 없게 된 것이다. 치국은 이후 단행본 『지새는안개』에서 다시 모습을 드러내지만 거기에서의 등장과 퇴장 역시 자연스럽지는 않다. 이러한 결함이 이미 3장에 그려진 치국의 외양이나 신념에 연원을 두고 있음도 간과해서는 안 된다. 또 4, 5장이 '반도일보사'를 다룸에 따라 3장까지 주된 비중을 차지했던 정애, 화라 등이 소설에서 사라진다는 것 역시 서사적 균열을 일으키는 요소의 하나이다. 한편 '반도일보사' 부분은 단행본으로 발행되면서 더해진 후편에서는 제대로 된 조명을 받지 못했다. 이는 '반도일보사' 부분이 앞선 소설의 전개와 단절되어 서사적 균열을 야기했을 뿐만 아니라 스스로도 뒷부분에서 사라져 또 다른 균열을 만들어내고 있음을 의미한다.

작가의 입장에서 치국을 퇴장시키고 '반도일보사' 부분을 서술한 데는, 유학을 떠난 치국을 통해 『개벽』이 지향한 사회 현실에 대한 관심을 그려내는 것보다는, 자신이 실제 경험했던 신문사에 대한 비판을 서술하는 편이 수월하다는 점 역시 작용했을 것이다. "신문사 생활을 다룬 4장이" "묘사적 서술을 통해 충분하게 '형상화'"되는 것이 아니라 "대체로 보고적 요약에 의해 상황의 대강과 의미만이 '전달'되는 것"[44]이라는 논의 역시 이와 관련되어 있다. 그런데 여기에는 서술이 용이

하다는 점만 작용한 것은 아니었다. 1923년 9월 「지새는안개」 8회 연재분에는 소설이 시작되기 전 「作者로부터 讀者에게」라는 제목으로 다음과 같은 언급이 있다.

> 소설이 신문의 3面 記事가 아닌 다음에야 그 가운데 나오는 인물과 사건이 반듯이 실재의 인물이고 실재의 사건이란 법은 업지 안습니까. 더욱이 이 소설은 온전히 작자의 상상의 産物이고 결코 무슨 모델이 잇는 것이 아니외다. 그리고 또 작자의 실험한 사건도 아니외다. 此回에 전개될 半島日報社의 內幕과 밋 社員이 결코 作者의 일즉이 다닌 일이 잇는 某社의 內幕 고대로가 아니고 社員의 고대로가 아니외다.[45]

「지새는안개」가 신문 기사가 아닌 만큼 등장하는 인물과 사건이 실재의 것이 아니라 상상의 산물이라는 것이다. 그런데 모델이 있는 것이 아니라는 강한 부정은 아이러니하게 독자로 하여금 소설의 모델을 생각하게 만든다. 인용의 말미에 있는 '반도일보사의 내막과 사원이 작자의 다닌 일이 있는 모사의 내막과 사원 그대로가 아니다'라는 언급은 더욱 그렇다. 인용에 이어지는 부분에서 오해하는 독자가 있을까 미리 '성명'해 둔다고 했지만 언술은 오히려 소설이 작가가 근무했던 '조선일보사'와 관련되어 있음을 '성명'하는 역할을 한다.

현진건이 자신의 소설에 대해 독자들에게 해명을 한 것은 「지새는안개」가 처음은 아니었다. 1922년 1월부터 4월까지 현진건이 『개벽』에 「墮落者」를 연재할 때 '개벽사' 편집국에는 "『墮落者』가 作者의 誤入한 廣告라는 것과 또 編輯局 責任者의 無責任하다는 말로 수"짓는 익명의 편지가 왔다. 당시 『개벽』의 학예부 주임이었던 현철은 여기에 대해 소설은 작가의 자서전이나 전기가 아님을 분명히 한다. 그런데 현진건은 "人生의 醜惡한 一面을 忌憚업시 暴露식히랴든 것"으로 "讀者로부터 이 醜惡한 方面을 그린 點에 잇서 만흔 非難을 들은 것"을 "一種의 자랑을 늣기는 바"[46]라고 답해 인생의 추악한 면을 폭로한 것에 자부심을 느낀다고 했다.

이미 현진건은「墮落者」를 연재하면서 '실재의 인물과 사건'을 통해 '추악한 현실을 폭로'하는 것에 대한 독자들의 관심을 알게 되었던 것이다.『개벽』의 사상적 지향의 변화와 맞물려 현진건이 소설의 주제에 대해 고민했다면, 그것은 단순히 미디어의 지향을 따르는 것은 아니었을 것이다. 한편으로 그것은『개벽』의 변화에 조응하는 일이었겠지만 보다 중요한 것은 변화를 통해 독자들의 관심을 견인하는 것이었다. 그렇다면 현진건에게 '반도일보사' 부분은『개벽』의 지향에 따르는 일과 독자들의 호응을 견인하기 위한 노력이 조우하는 콜럼버스의 달걀과 같은 것이었을지도 모른다.

「지새는안개」는『개벽』에 모두 9회 연재되었다. 이는, 월간으로 발행되는 잡지 미디어가 1회로 완결되는 단편을 선호한다는 것을 고려하면, 이례적인 일이었다. 이전 염상섭의「除夜」가 5회 연재되었던 적은 있지만,「지새는안개」가 연재될 즈음에는 이광수의「거룩한죽음」이 2회, 김동인의「눈을겨오썰때」가 4회 연재를 이어갔을 뿐이다.『개벽』이 당대 미디어의 중심에 위치하게 된 데는 시대를 이끄는 이념의 선도성과 함께 당시 잡지 가운데 높은 수준의 원고료를 안정되게 지급했던 이유 역시 작용하고 있었다.「지새는안개」가 연재될 당시 시는 1편에 5원, 산문은 23자 10행 원고지 4매에 2원 50전 정도의 원고료를 지불했다고 한다.[47] 현진건은「지새는안개」를 연재하던 1923년 6월『동명』의 종간과 함께 '동명사'를 그만두게 된다.『동명』은『시대일보』로 이어졌지만 그것은 1924년 3월이 되어서였다. 『시대일보』가 창간 무렵부터 경영난에 허덕였음을 고려하면 창간을 준비하던 시기에 기자들에게 월급을 지급했을 가능성은 거의 없다.[48] 그렇다면 「지새는안개」 5회부터 9회가 연재되던 시기에는 '개벽사'에서 받았던 원고료가 현진건의 수입의 전부였을 가능성이 크다. 현진건이 「지새는안개」의 연재를 이어가야 했던 이유는 여기에도 있었을 것이다.

4. 단행본 『지새는안개』의 서사 원리

『지새는안개』는 1925년 1월 단행본으로 발행되었다. 판권간기에는 1925년 1월 25일 인쇄, 1월 30일 발행으로 되어 있다. 1924년 11월 16일 『매일신보』의 「文藝消息」에 "憑虛 玄鎭健 氏의 創作 『지ᄉᆡ는안ᄀᆡ』ᄂᆞᆫ 現今 博文書館에서 印刷中"[49]이라고 되어 있음을 고려하면 어떤 이유에서인지 발행이 늦어졌음을 알 수 있다. '저작자 현진건', '발행자 노익형'으로 되어 있는데, 노익형은 '박문서관'의 설립자였다. 발행소가 '박문서관', 인쇄소가 '대동인쇄주식회사'라는 것 역시 부기되어 있다. 1925년 2월 23일과 3월 4일 『동아일보』 1면 하단에 실린 광고에는 발행소로 '박문서관'과 '신구서림'이 함께 병기되어 있는데, 실제 '신구서림'은 1923, 4년 경 이미 '박문서관'에 인수된 상태였다.

현진건이 『개벽』에 「지새는안개」를 연재한 것은 1923년 2월부터 10월까지였다. 연재분의 말미에는 「作者附記」라는 이름으로 "此號로 前編의 씃치 남과 한쎄 本紙의 連載는 고만두고 後編이 完成되기를 기다려 혹 單行本으로 發刊할가 한다"[50]는 언급이 있다. 작가의 언급처럼 후편을 덧붙여 단행본으로 발행한 것은 『개벽』에 연재를 중단한 후

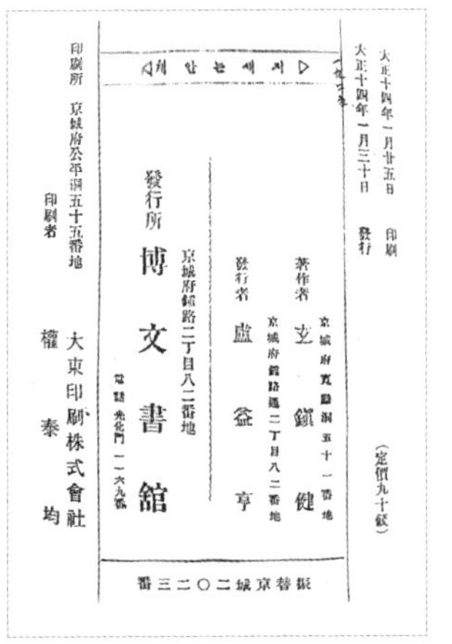
大正十四年一月廿五日 印刷
大正十四年一月三十日 發行
(定價九十錢)
▷지새는안개◁
著作者 玄鎭健 京城府寬勳洞五十一番地
發行者 盧益亨 京城府鐘路通二丁目八二番地
發行所 博文書館 京城府鐘路二丁目八二番地 電話光化門一一六九番
振替京城二〇二三番
印刷所 京城府公平洞五十五番地 大東印刷株式會社
印刷者 權泰均

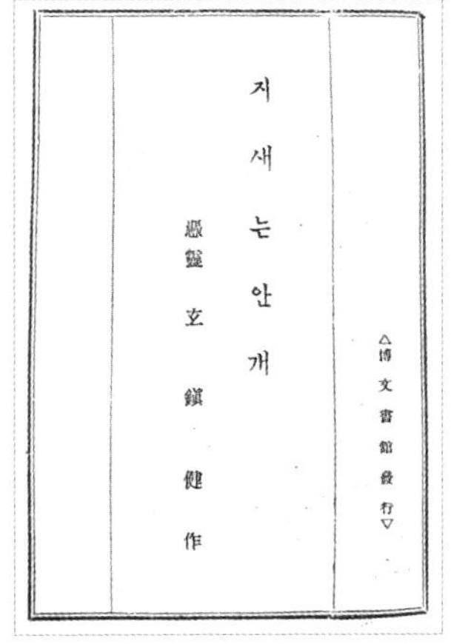
지새는안개
憑虛 玄鎭健 作
△博文書館發行▽

1925년 1월 단행본으로 간행된 『지새는안개』의 표지와 판권간기이다. 당시 『동아일보』에 실린 기사는 1926년 1월 대구의 서점 '무영당'에서 『지새는안개』가 이광수의 『開拓者』, 노자영의 『靑春의曠野』, 주요한의 시집 『아름다운새벽』 등을 누르고 가장 많이 팔렸다고 했다.

1년 조금 지나서였다.[51] 『개벽』에 연재된 「지새는안개」가 5장으로 된 데 반해 단행본은 6장이 더해져 모두 11장으로 되어 있다. 6장이 더해졌지만 실제 덧붙여진 분량은 전체 소설의 반에 조금 못 미친다. 기존에 있던 5장은 한문을 한글로 옮기는 외에 개작 과정에서 큰 변화가 없다는 사실은 언급한 바 있다.

『지새는안개』에서 덧붙여진 부분, 곧 후편을 살펴보면 현진건이 그 부분을 덧붙이면서 염두에 둔 것은 단행본의 '발행 여부'였던 것으로 파악된다. 크게 두 가지였는데, 하나는 단행본으로 발행될 수 있는 분량을 갖추는 것이고, 다른 하나는 전편에서 등장한 인물, 사건 등 스토리를 고려해 소설을 완결시키는 일이었다. 두 가지 의도 가운데 전자, 곧 단행본에 걸맞은 분량을 갖추는 것은 어느 정도 이루어진 것으로 보인다. 그런데 후편이 소설을 완결시키는 데 기여하고 있는지에 대해서는 쉽게 고개를 끄덕이기 힘들다. 4, 5장에서 모습을 감추었던 정애, 화라, 치국 등이 다시 등장한다는 점에서 작가가 스토리에 완결성을 부여하기 위해 애썼음은 알 수 있다. 하지만 이들이 스토리의 완결성을 위해 제대로 된 역할을 했는지는 의문이다.

이들 가운데 후편에서 가장 먼저 모습을 드러내는 인물은 화라이다. 7장에서 다시 등장한 화라의 외양은 독자들의 눈길을 사로잡는다. 화라는 "억지로 졸라매엇다고 성이나 낸 것가티 불퉁하게 부르터오른 젓가슴의 윤곽, 허리에서 엉덩판을 스친 곡선, 짤른 치마로 다 가리지 못한 힌 양말이 터질 듯한 종아리" 등 "벌서 녀자로 흐물어지게 난숙"[52]한 모습을 하고 나타난다. 그러고는 '로스호텔'로 창섭을 유혹해 둘은 "알콜에 마비된 미친 사람의 취태와 치태가" 섞여 "앞뒤 모르는 더러운 본능이 지배하"[53]는 가운데 서둘러 관계를 갖는다. 「曉霧」에서 화라가 정애와 창섭의 사랑을 방해하는 인물로 등장했지만 한편으로 그녀 역시 '신성한 연애'를 동경하는 인물로 그려졌음을 고려하면 변화의 간극은 작지 않다.

화라는 창섭과 관계 후 예전 답장을 보낸 것은 정애가 아니라 자신이었으며 자신의 사랑을 몰라준 창섭에게 복수하고 싶어서 한 일임을 밝힌다. 또 이틀 후 '무식장이 미두군'과 결혼하게 되었음 역시 이야기한다. 하지만 소설에 나타난 어떤 장황한 서술도 그녀의 행동에 설득력을 부여하기는 힘들다. 다시 등장할 때부터 육감적인 모습을 하고 창섭을 유혹해 관계를 맺는 그녀의 행동을 추동한 이유는 스토리 내부에 있는 것이 아니라 뒤에서 살펴볼 단행본의 논리에 기인하기 때문이다.

8장에서는 정애 역시 다시 모습을 드러낸다. 3장 이후 모습을 감추었다가 다시 등장한 것인데 그 공간이 목욕탕이라는 점은 흥미롭다.

소설에서는 황석만의 결혼 요구로 복잡한 심사를 달래기 위해 정애는 목욕탕에 간 것으로 서술되어 있지만 이유가 그것만은 아닌 것으로 보인다. 정애는 "비누를 몸에 언지대"고 "매끌어운 살이 몽실몽실 손바닥 미테서 움즉이자 말할 수 업는 쾌감이 자아침을 늣"긴다. 또 탈의실에서 거울에 비친 "가슴 양 엽헤 주사로 점친 듯한 자살색 점을 중심으로 그 언저리가 동그스름하게 부어오른 것을" 보고 "째를 밀적과 가티 쏫아오르는 깃븜에 마음이 썰"[54]림을 느낀다.

8장의 행위와 서술을 이끌어가는 초점화자는 정애이다. 정애는 비누칠을 하면서 말할 수 없는 쾌감을 느끼고 거울에 비친 자신의 모습을 보고 마음이 떨리는 것을 느낀다. 앞서 중심인물이 초점화자가 될 경우 화자는 사라지지만 여전히 중심인물을 지배한다는 것을 검토한 바 있다. 여기에서도 말할 수 없는 쾌감과 떨리는 마음을 느끼는 인물은 정애이지만 투시점에 위치해서 은밀한 방식으로 그 감정을 공유하는 사람은 화자, 나아가 작가이다. 그리고 그 뒤편에는 남성 독자들이 자리하고 있다. "정애는 비누를 노코 맨손으로 이리저리 몸을 문질른다"에서 다른 부분과는 달리 현재시제를 사용하는 오류를 범해 그들은 맨얼굴을 드러내기도 한다.[55] 이를 통해 단행본의 후편에서 다시 모습을 드러낸 정애가 위치한 공간이 목욕탕이라는 것 역시 누구를 겨냥하고 있는지 짐작할 수 있게 한다.

1920년대 『동아일보』에 수록된 서적 광고는 당시 독자들의 '성'에 대한 관심에 접근할 수 있게 해준다. 『동아일보』 서적 광고를 분석한 연구에 따르면 성과 관련된 서적 광고는 1923년부터 등장해 1925, 1926년에 정점을 이룬 것으로 되어 있다. 광고된 서적은 『美人裸體寫眞』, 『圖解女性の赤裸裸』, 『남녀상대생각대로홀니는법』등 미인 사진이나 교제법에서부터 『圖解處女及妻の性的生活』, 『男女生殖器圖解研

究』, 『性交法避妊法の新研究』, 『圖解處女及妻の性的生活』 등 여성의 성생활, 생식기 도해, 피임법 등에 이르기까지 다양했다. 특히 1926년부터는 일본 출판사 '國民社', '東興堂' 등이 1엔에 여러 권씩 책을 묶어 팔면서 성을 다룬 서적의 광고 공세는 더욱 심해졌다고 한다. 거의 비슷한 시기 『사랑의불쏫』으로 대표되는 연애편지 모음, 연애관련 명구나 시를 모아놓은 책 등도 광고가 되었지만 성과 관련된 광고를 따를 수는 없었다는 것이다.[56]

단행본의 후편에 등장한 화라, 정애 등의 모습은 독자의 관심을 견인하는 데 성공적이었던 것으로 보인다.

> 代表 書店이라 할 만한 茂英堂 主人의 말을 드르면 첫제 文藝 方面 冊들이 가장 만히 나갓는데 그중에는 玄鎭健 氏 作『지세는안게』가 第一位를 點하엿스며 그 다음이 李光洙 氏 作『開拓者』이고 靑春의 曠野, 金剛遊記, 多角愛, 詩集 아름다운 새벽 이와 갓흔 順으로 팔니엇다 하며 ……중 략…… 第一 만히 나가는 文藝 方面 그 中에도 자릿자릿한 戀愛小說이 首位를 點하는데다가 그 사가는 손이 一般 靑年과 中等 程度 學校 學生에 新女性의 相當히 씨인 것이 大部分이라는데 그들의 기울니어 잇는 心理를 잘 엿볼 수 있는 것이라 한다[57]

인용은 1926년 1월 23일 『동아일보』 4면에서 옮겨온 것이다. 당시 대구의 대표적인 서점이었던 '무영당'에서 많이 팔리는 책에 대해 조사한 것이다. 『지새는안개』가 이광수의 『開拓者』, 노자영의 『靑春의曠野』, 『金剛遊記』, 그리고 주요한의 시집 『아름다운새벽』 등을 누르고 가장 많이 팔렸다는 것이다. 문예 서적 가운데 연애소설이 가장 많이 팔리며 구매자가 일반 청년, 중등학교 학생 등이며 신여성도 끼어있다는 언급 역시 흥미롭다. 그런데 단행본『지새는안개』가 이광수, 노자영, 주요한 등의 책을 누르고 가장 많이 팔렸던 이유가 소설의 서사적 균열을 희생한 것이었다는 점 역시 간과되어서는 안 될 것이다.

소설의 결말 부분에서 정애와 창섭은 황석만과 정애의 결혼식 전날 봉천행 기차에 몸을 실었다. 봉천행은 황석만과 원하지 않는 결혼을 해야 한다는 정애의 말을 들은 창섭의 제안에 따른 것이었지만 정애의 감정은 여전히 문제로 남는다. 단행본에서 정애의 감정은「曉霧」와 달리 적극적으로 그려지는데 문제는 그것이 창섭이 아니라 황석만에 의해 추동되고 있다는 점이다. 단행본의 후편에서도 창섭에 대한 정애의 감정에 개연성을 부여하는 데 공을 들이기보다는 부정적 인물인 황석만을 등장시키는 것을 통해 쉽게 문제를 해결하려 했다는 것이다. 하지만 그 대가로 봉천행 기차에 몸을 실을 때까지 창섭에 대한 정애의 감정은 문제로 남게 된다. 이 문제는 화라의 갑작스러운 등장과 퇴장에서도 마찬가지다. 화라는 육감적인 모습을 한 채 갑자기 등장해 창섭과 관계를 가진 후 소설에서 사라지게 된다.「曉霧」를 비롯해『지새는안개』의 1장에서 3장까지 소설의 한 축을 이루었던 인물의 등장과 퇴장치고는 부자연스러운 점이 많아 이 역시 서사적 한계로 작용하고 있다. 정애의 감정, 화라의 퇴장 등이 석연치 않은 데에는 여러 가지 이유가 있겠지만 그 하나는 목욕을 하면서 자신의 아름다운 육체에 도취되거나 육감적인 모습으로 창섭과 관계를 맺는 등 이들의 주된 역할이 독자들의 관심을 견인하는 데 치우쳐 있기 때문일 것이다.

단행본『지새는안개』의 후편이 독자들의 흥미를 견인하는 데 중심을 두었음을 반증하는 인물은 오히려 치국이다. 치국은『개벽』의 변화와 맞물려「지새는안개」3장에서 등장했는데, 치국을 등장시킨 이유가 단행본에서는 오히려 거추장스러운 것이 되고 말았다. 후편에서 동경에서 유학을 하던 치국을 서둘러 귀국시킨 것 역시 같은 이유에서로 보인다. 경성으로 돌아온 후 치국에 대한 소설의 초점은 만주를 팔아 돈을 벌어 공부를 하는 어려움에 한정된다. 결말 부분에서 만주를 팔러 나간 치국은 내외술집에서 모욕을 당하고 발을 헛디뎌 만주를 쏟기까지 한다. 거듭된 시련에 낭패감을 느끼던 치국은 자동차를 보고 적국인 것처럼 분개해 스스로 자동차에 뛰어들어 목숨을 잃는다. 치국의 죽음은 결말에서 치국에게 맡겨진 역할이 죽음을 통해 어떻게든 소설을 마무리하는 것으로 느껴질 정도로 갑작스럽다. 한편 『지새는안개』의 후편에서 4, 5장에서 다루어졌던 '반도일보사' 부분이 사라지는 것 역시 서사적 균열을 일으키는 요인의 하나로 작용하는데, 여기에 대해서는 앞에서 상론한 바 있다.

『지새는안개』 발행 이전 이미 현진건은 두 권의 단행본을 발행한 바 있다. 먼저 1922년 11월 13일 「貧妻」, 「술勸하는社會」, 「墮落者」 등을 묶어 『墮落者』를 발행했다. 판권간기에는 가격은 60전, 발행소는 '조선도서주식회사'로 되어 있다. 단행본으로 발행한 다른 소설은 『惡魔와가티』였다. 1924년 1월 3일의 『동아일보』의 「신간소개」에 소개가 되었고 같은 신문 지면에 1924년 1월 9일부터 모두 5회 광고가 실렸다. 2장에서 1921년 현진건이 『조선일보』에 『白髮』을 연재했음을 살펴본 바 있는데, 『惡魔와가티』는 『白髮』을 '개제'하여 출판한 것이었다.[58] 현진건은 1925년 11월에도 단행본을 발행했다. 『첫날밤』이 그것인데, 『지새는안개』를 간행한 후 8개월 정도가 지나서였다. 『첫날밤』은 1925년 5월 12일부터 6월 30일까지 『시대일보』에 연재된 소설이었는데 연재 당시 제목 옆에는 '눌메번역'이라는 표기가 부기되어 있었다. 근래의 논의에 따르면 이 소설은 구로이와 루이코(黒岩涙香)가 1915년 번안한

『ひと夜の情』을 저본으로 한 것이다.[59)]

자신이 발표했던 소설을 묶어 낸 소설집 『墮落者』는 차치하더라도 『惡魔와가티』, 『첫날밤』 등의 소설을 단행본으로 발행한 이유는 무엇일까? 현진건은 『惡魔와가티』의 신문 연재본이었던 『白髮』에 대해 '필자의 이름도 잘 모르고 내용도 그리 변변치 못한' 소설이라고 폄하한 바 있다. 현진건이 이들 소설을 『조선일보』, 『시대일보』 등에 연재할 때 '靑黃生', '눌메' 등의 필명을 사용해 자신의 번역임을 감춘 것 역시 이와 연결되는 것이다. 폄하에도 불구하고 단행본으로 간행했던 이유에 대해서는 1929년 1월 『별건곤』에 발표했던 「갓잔은小說로問題」라는 글의 도움을 얻을 수 있다. 『白髮』을 '동문서림'에 "300圓也의 原稿料를 밧고 팔"앗는데 "書店에서는 그것을 『惡魔와가티』로 改題하야 出版하엿"다고 했다. 이 글의 관심은 이어지는 부분에 있다. "小說을 더러 써 보왓지만은" 『백발』이 "原稿料도 여러 作品 中에 第一 만히 밧고 이리저리로 팔녀가기도 잘하"[60)]였다는 것이 그것이다.

조선에서는 1919년 문화정치가 시행되면서 일본의 '인세법'에 근간을 둔 저작권 개념이 도입된다. 핵심은 "出版業者가 著作者에게 『一千部의 一割, 즉 一百部 代價』를 보수로 支拂하고" "一千部가 초과되는 경우에는 一千部 以上의 部는 五割을 더한다"[61)]는 것이다. 하지만 저작권과 인세 규정은 제대로 시행되지 않았는데 얼마 안 되는 돈을 지불하고 판권 자체를 사들이던 관행에 익숙해 있던 출판사의 기피 때문이었다. 1927년 1월 '문예가협회'의 이름으로 발표된 원고료에 대한 성명에 인세에 대한 요구가 포함되어 있는 것은 그때까지 인세 지급이 제대로 이루어지지 않았음을 말해준다.[62)] 판권 자체를 사고파는 행위는 지속되었는데, '인세법'은 이전의 사고파는 판권 가격을 인상시키는 역할 정도를 한 것으로 파악된다.[63)]

현진건이 '동문서림'에서 '300원 정도의 원고료를 받은 것' 역시 인세가 아니라 판권을 매도한 대가로 보인다. 당시 김억은 '한성도서주식회사'에서 톨스토이의 『나의懺悔』를 번역, 출간하고 80원을 받았고, 최서해는 '글벗사'에서 『혈흔』이라는 소설집을 발간하고도 반년이 지나도록 원고료를 받지 못하다가 멱살잡이까지 해 가며 100원을 받았다.[64] 당시 매도 수준을 고려하면 현진건이 받은 300원은 상당히 큰 금액이었음을 알 수 있다. 인세의 지급이 제대로 이루어지지 않았는데도 작가들이 단행본을 발행하려 했던 주된 이유 역시 여기에 있었다. 적게는 수십 원에서 많게는 수백 원이라는 판권 매도에 따른 수익이 만만치 않았다는 것이다. 당시 쌀 80kg 한가마니가 10원, 설렁탕 한 그릇이 10전 정도였고, 공무원, 교사의 월급이 30~40원 정도였음을 고려하면 판권 매도의 금액이 지닌 크기를 짐작할 수 있다.[65]

또 하나 주목해야 할 부분은 저작권 규정이나 '문예가협회'의 성명 등에 초판 1천부와 재판 이후의 인세가 다르게 규정되어 있다는 점이다. 물론 판권 자체를 매도했던 당시의 관행 속에서 재판 이후의 인세 역시 제대로 지급되었을 가능성은 거의 없다. 하지만 인세법이 이전의 판권 가격을 인상시키는 역할을 했듯이 초판과 재판 이후의 인세 규정 역시 이와 같은 역할을 했으리라고 추정할 수 있다. 재판 이상을 간행했을 경우 출판사가 저자에게 거기에 상응하는 일정한 대가를 지불했을 것이라는 점이다. 그렇다면 작가들은 단행본을 발행하면서 두 가지 정도를 염두에 두었을 것이다. 하나는 판권 자체를 매도할 때 가능하면 많은 금액을 받는 것이다. 또 판매가 원활하게 되어 재판 이상을 찍어 출판사로부터 거기에 상응하는 경제적 대가를 받는 것이 다른 하나이다. 설사 그것이 이루어지지 못했다고 할지라도 재판 이상을 간행하는 일은 다음에 단행본을 발행할 때 높은 가격을 받는 역할 역시 했을 것이다. 두 가지를 염두에 두었을지라도 결국 작가가 할 수 있는 것은 독자들의 관심을 견인해 많이 팔릴 수 있는 단행본을 쓰는 일뿐이었다.

현진건에게 『지새는안개』의 단행본 발행 역시 경제적인 문제와 긴밀하게 관련되어 있었으며, 그것을 위해서는 독자들의 관심을 견인해 많이 팔릴 수 있게 써야 했다. 단행본 『지새는안개』에서 나타나는 서사적 균열 역시 많은 부분 이와 연결되는 것이었다. 육감적인 모습으로 창섭과 관계를 가지는 화라, 목욕탕에서 떨림을 느끼는 정애 등은 독자들의 관심을 견인하려는 단행본의 논리와 함께 한다는 점이다. 『개벽』 연재본에서 등장했던 치국이나 '반도일보사' 부분이 파행을 보이거나 사라져 또 다른 균열을 만들어내는 것 역시 마찬가지이다. 이를 고려하면 『지새는안개』에서 등장하는 서사적 균열은 각각의 미디어적 상황이나 논리가 만들어낸 각인이라고 할 수 있을 것이다.

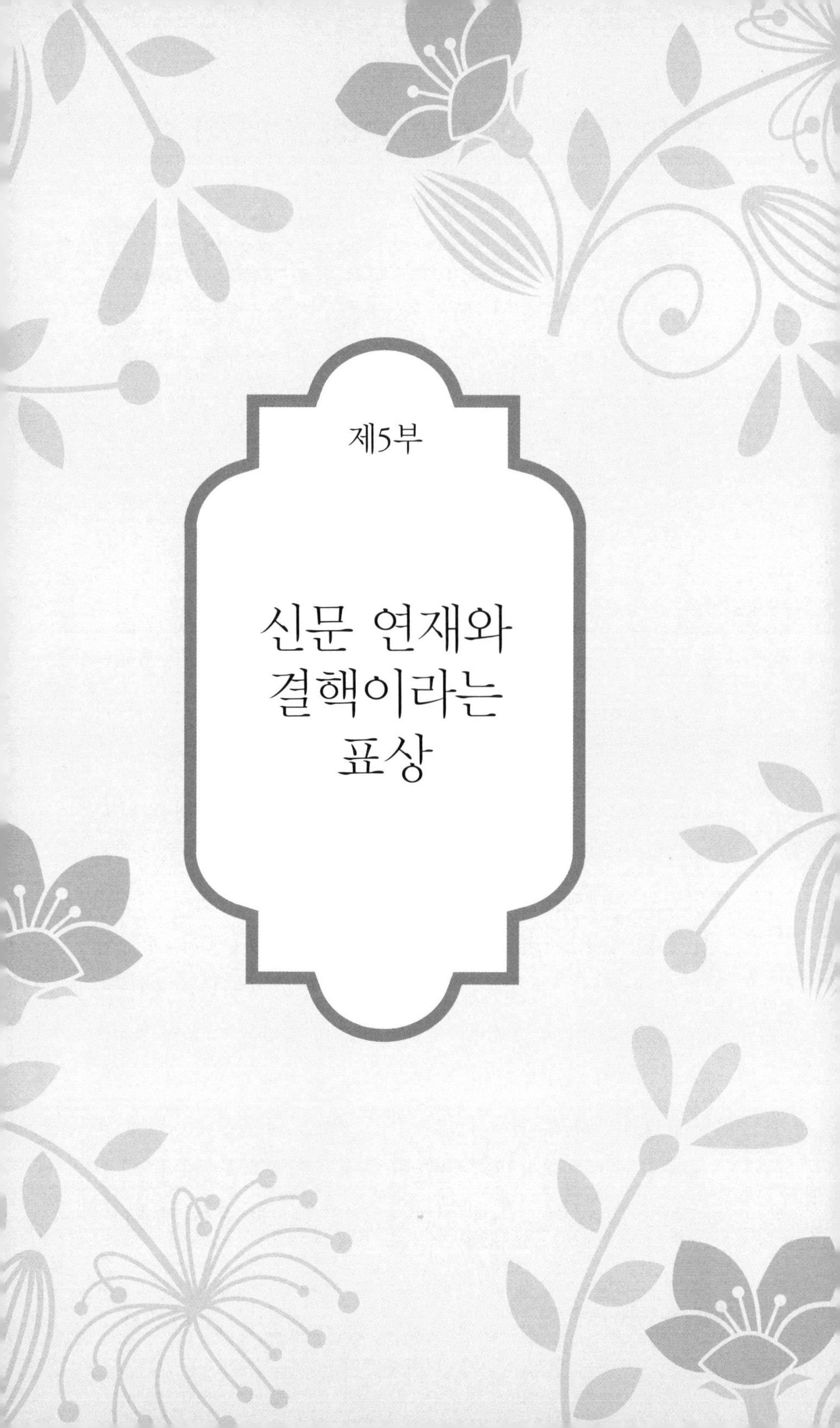

제5부

신문 연재와 결핵이라는 표상

1장 1920년대 전반기 미디어와 나도향의 소설

나도향은 『幻戱』 연재를 통해 문단의 승인을 거쳐 '문명(文名)'을 얻게 된다. 그것을 계기로 『개벽』에 글을 발표하고 적지 않은 원고료를 받을 수 있었다. 그렇다면 약관 20세의 무명에 가까운 작가였던 나도향은 어떻게 『동아일보』에 『幻戱』를 연재할 수 있었을까?

1. 『동아일보』, 『개벽』, 그리고 나도향 소설

1922년 11월 19일, 20일 『동아일보』에는 「小說豫告 長篇小說 幻戱」라는 기사가 실린다. 11월 21일부터 연재될 소설에 대한 광고는 다음 쪽에 있는 이미지와 같다.

1923년 11월 21일부터 나도향의 『幻戱』가 안석주의 삽화와 함께 새롭게 연재된다는 것이다. 연재되던 소설이 '임의' 끝났다는 것과 『幻戱』를 '창작소설(創作小說)'이라고 강조하고 있는 것은 이 글의 관심과 관련해 주목할 필요가 있다. 『幻戱』는 1922년 11월 21일부터 1923년 3월 21일까지 117회 연재되었다.

나도향은 1922년 12월 『개벽』 30호에 「녯날꿈은蒼白하더이다」를 발표한다. 『개벽』에 실은 첫 번째 소설이었다. 「녯날꿈은蒼白하더이

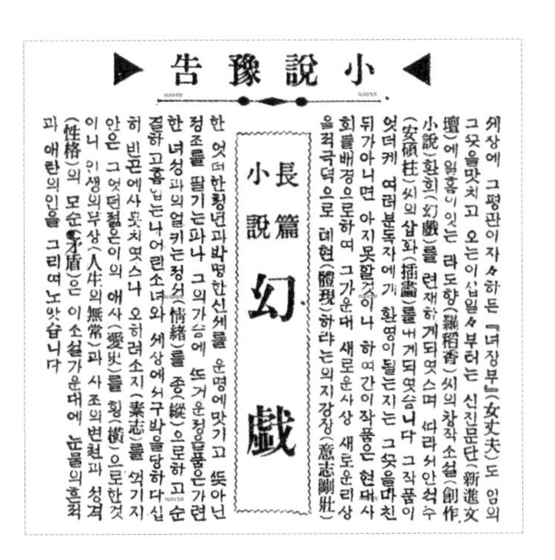

小說豫告

셰상에 그평판이자々하든『녀장부』(女丈夫)도 임의
그끗을맛치고 오는이십일々부터는 신진문단(新進文
壇)에일홈이잇는 라도향(羅稻香)씨의창작소설(創作
小說)환희(幻戱)를 련재하게되엿스며 따라서안석주
(安碩柱)씨의삽화(插畵)를너게되엿슴니다 그작품이
엇더케 여러분독자에게 환영이될는지는 그끗을마친
뒤가아니면 아지못할것이나 하여간이작품은 현대사
회를배경으로하며 그가운대 새로운사상 새로운리상
을적극뎍으로 톄현(體現)하랴는의지강장(意志剛壯)

長篇小說 幻戱

한 엇더한청년과박명한신세를 운명에맛기고 뜻아닌
정조를 팔기는따나 그의가슴에 뜨거운정열품은가련
한 녀성과의얼키는정서(情緒)를 종(縱)으로하고 순
결하고흠업는나어린소녀와 셰상에서구박을당하다십
히 빈곤에사뭇치엿스나 오히려소지(素志)를 억기지
안은 그엇던젊은이의 애사(愛史)를 횡(橫)으로한것
이니 인생의무상(人生의無常)과 사조의변천과 성격
(性格)의 모순(矛盾)은 이소설가운대에 눈물의흔적
과 애탄의인을 그리며노앗슴니다

1922년 11월 19일, 20일 『동아일보』에 실린 「小說豫告 長篇小說 幻戲」라는 광고이다.

다」는, '나'의 시선을 통해 할머니, 아버지, 어머니 등 가족 간의 갈등을 그린 1인칭 소설로, 이전 작품들의 경향과 크게 다르지 않다. 나도향은 「녯날꿈은蒼白하더이다」에 이어 『개벽』 31호에 「十七圓五十錢」을 발표했다. 또 1923년 7월 37호에 「春星」을, 10월 40호에는 「행랑자식」을 발표한다. 「녯날꿈은蒼白하더이다」를 시작으로 『개벽』을 주된 발표 지면으로 삼게 된 것이다.

『幻戲』 연재가 1922년 11월 21일부터 시작되었고 「녯날꿈은蒼白하더이다」가 『개벽』 1922년 12월호에 실렸으니, 거의 같은 시기라고 볼 수 있다. 나도향은 이전 1921년 1월부터 7월까지 『신청년』에서 활동하면서 4호에서 6호에 걸쳐 「나의過去」, 「달핑이」, 「薄命한靑年」 등의 소설을 발표했다. 또 1922년 1월 『백조』 창간호에 「젊은이의시절」을 실었고, 5월 2호에 「별을안거든 우지나말걸」을 발표했다. 하지만 『신청년』, 『백조』 등은 둘 모두 동인을 중심으로 운영이 된 동인지였다.

특히 『신청년』은 동인이었던 박영희 스스로 "文學靑年 同好者 間에 回覽誌 程度의 것"[1]이라고 할 만큼 동인 사이에서 돌려 보는 잡지의 성격을 지녔다. 앞선 「小說豫告 長篇小說 幻戱」는 나도향을 '신진문단에 이름이 있는' 작가라고 소개하고 있지만 '광고'라는 성격에 충실한 것으로 보는 게 정당할 것이다.

『동아일보』는 3·1운동에 이은 문화정치의 개막과 맞물려 『조선일보』와 함께 발간된 양대 민간 신문이었다. 『幻戱』의 삽화를 담당했던 안석주는 "所謂 大新聞이요 民間新聞으로는 獨步로 自處하"던 『동아일보』가 "나희 어린 新人의 小說을" "連載한다는 것은 큰 勇斷이요 큰 胸度"[2]라고 했다. 당시 『동아일보』의 위상과 나도향이 지니는 간극을 언급한 것인데, 이 간극은 『개벽』에서도 크게 다르지 않았다. 『개벽』 역시 "독서대중의 큰 호응 속에서 거의 매월 8,000부 이상이 발행되었고, 전국에 걸쳐 조직된 유통망에 힘입어 최대 수만 명의 고정 독자를 확보"한 "1920년대의 '미디어적 중심'이자 '시대의 총아'"[3]였다.

『동아일보』에 『幻戱』를 연재할 당시 나도향은 약관 20세의 무명에 가까운 작가였다. 또 생계를 위해 '경성'을 떠나 경북 안동에서 교사 생활을 하고 있었다. 나도향은 『幻戱』를 연재하고 나서야 비로소 문단의 승인을 거쳐 '문명(文名)'을 얻게 된다. 1922년 말 안동 생활을 청산하고 '경성'으로 돌아왔던 것 역시 『幻戱』 연재와 함께 『개벽』에 글을 발표하고 적지 않은 원고료를 받을 수 있었기 때문이었다.[4] 이전에 발표한 작품들이 있었음에도 나도향 스스로 『幻戱』를 자신의 처녀작이라고 밝힌 것 역시 이와 관련된다. 그런데 나도향은 어떻게 『동아일보』에 『幻戱』를 연재하고 『개벽』에 소설을 발표할 수 있었을까? 이 글의 관심이 놓인 첫 번째 지점은 이 부분이다.

『幻戱』, 「녯날꿈은蒼白하더이다」, 「十七圓五十錢」 등 소설의 성격을

『동아일보』나 『개벽』이라는 미디어와의 관계 속에서 가늠한 논의는 찾기 힘들다. 이들 소설에 대한 문학사적 접근의 대개를 이루는 것은 초기작의 감상적 미숙성에서 자유롭지 못하다는 규정이다. 여기에는 나도향의 소설을 초기작과 후기작으로 나누어 사실주의적 성취를 이룬 후자에 비해 전자를 감상적 미숙성에서 벗어나지 못한 것으로 보는 구도가 자리하고 있다. 스물다섯의 나이로 세상을 떠난 작가의 전기적 사실까지 덧붙여져 평가에는 요절한 작가의 초기작이라는 이중의 굴레가 작용하고 있다.[5] 근래에는 이들 소설에 나타난 나도향의 지향에 주목하고 그 실체와 의미를 해명하려는 논의가 개진되었다. 소설에서 나타난 사랑, 욕망, 예술 등을 이성과 합리가 지배하는 현실의 반대편에 위치한 것으로 보고 작가의 사유적 근간을 해명하려 했다.[6] 이 글의 초점이 『幻戲』, 「녯날ᄭᅮᆷ은蒼白하더이다」, 「十七圓五十錢」 등의 소설적 성격이나 위상을 해명하는 데 놓이지는 않는다. 따라서 소설이 감상적 미숙성에서 벗어나지 못했는지 이성과 합리에 대한 비판적인 것이었는지를 묻는 것은 이 글의 관심을 넘어선다. 하지만 엇갈린 평가에 온전히 접근하기 위해서도 발표 당시 『동아일보』, 『개벽』 등 미디어의 상황과 논리를 검토하는 작업은 필요할 것이다.

나도향에 초점을 맞추지는 않았지만 당시 『동아일보』, 『개벽』 등과 문학의 관계에 주목한 논의들이 있다. 『개벽』의 사상적 기반, 편집 체계, 출판 · 유통, 검열 등과 함께 문학의 성격을 다루거나, 문학시장을 이루는 결절의 하나로 『동아일보』, 『개벽』 등에 주목해 문학의 편중과 흐름을 가늠한 연구들이 그것이다. 또 1920년대 전반기 『동아일보』의 사상적 지향과 장편 연재소설의 관계에 대한 논의 역시 개진된 바 있다.[7] 이 글은 미디어과 문학의 관계에 주목한 앞선 논의들을 기반으로 나도향의 소설이 『동아일보』, 『개벽』 등의 미디어와 어떻게 조우하고 있는지 밝히려 한다.

그런데 『동아일보』에 『幻戱』를 연재하고 『개벽』에 「녯날꿈은蒼白하더이다」, 「十七圓五十錢」 등을 발표했던 것이 지니는 의미는 나도향 개인에게 한정되지 않는다. 『幻戱』는 『동아일보』의 연재소설의 전개 과정에서 하나의 결절을 이루었으며, 『개벽』에서의 활동은 1922년 중반부터 나타난 『개벽』 문예면의 변화와 긴밀하게 관련되어 있기 때문이다. 따라서 이 글의 문제의식은 1920년대 전반기 『동아일보』, 『개벽』 등을 중심으로 미디어가 표방한 문학에 대한 관심이나 태도 등을 가늠하는 논의의 성격 역시 지닌다.

2. 1920년대 전반기 『동아일보』와 연재소설 『幻戱』

『幻戱』를 『동아일보』에 연재한 데 대해 박종화는 "석영 안석주 군의 추천으로 〈동아일보〉에 게재"하여 "〈백조〉 동인으로서 확고한 文名을 얻었"[8]다고 했다. 박종화는 당시 나도향과 막역한 사이었으며 '도향', '빈' 등 호와 함께 장편소설이 탈고되자 『幻戱』라는 제목 역시 지어준 바 있다. 『幻戱』의 삽화를 그렸던 안석주는 1922년 1월 『백조』 1호가 발행될 때 창간 동인으로 참여했다. 안석주가 『백조』의 창간을 주도했던 박종화, 홍사용 등과 함께 '휘문고등보통학교' 출신이었음을 고려하면, 이들과의 관계가 동인 활동의 매개가 되었던 것으로 보인다. 나도향 역시 『백조』의 창간 동인이었다는 데서 나도향과 안석주는 적어도 1922년 이전부터 교류했음을 알 수 있다.

『幻戱』 연재가 시작된 것은 1922년 11월이었지만 소설이 탈고된 것은 1922년 1월이었다.[9] 1922년부터 함께 『백조』 동인 활동을 했던 안

오른쪽은 나도향의 사진이고 왼쪽은 나도향이 활동했던 동인지 『백조』 창간호의 표지이다. 나도향은 『백조』에서 활동하기 전 『신청년』을 활동 공간으로 작품을 발표하기도 했다.

석주는 『幻戱』가 탈고되어 있었음을 알고 있었다. 그렇다면 안석주가 『동아일보』에 나도향의 소설을 소개하고 추천한 것은 자연스러운 일일 것이다. 그런데 의문은 삽화를 담당한 안석주의 추천이 『동아일보』가 무명에다가 20세에 불과한 작가의 소설을 연재하기로 결정하는 데 큰 영향을 미칠 수 있었을까 하는 것이다.[10)]

『동아일보』는 1920년 4월 1일 창간되었다. 김성수가 주된 출자자였지만 박영효를 사장으로 내세웠다. 주간은 장덕수, 편집국장은 이상협이 맡았다. 편집국 아래 6개의 부서가 있었는데, 정치부장·학예부장은 진학문, 통신부장·조사부장은 장덕준이었으며, 사회부장·정리부장은 편집국장인 이상협이 겸임을 했다. 기자로는 유광렬, 김석송, 염상섭, 김동성, 한기악, 이서구, 김정진 등이 일했다. 그런데 문예를 담당했을 것으로 파악되는 진학문은 1920년 7, 8월을 전후로 염상섭과 함께 '동아일보사'를 떠났으며, 이후 학예부장은 공석이었다. 기자들 가운데 문학에 관심을 가졌던 유광렬, 김석송, 이서구 등은 학예부가 아니라 사회부 소속이었다. 학예부 기자로는 연극을 전공했던 김정진이 있었지만 소설의 연재를 결정할 위치는 아니었다.[11] 오히려 이 글의 관심과 관련해 주목해야 할 인물은 이상협이다.

창간 후 경영에 어려움을 겪던 『동아일보』는 1921년 9월 자본금 70만원에 1회 불입금 17만 5천원으로 주식회사로의 변모를 꾀했다. 자본의 출자는 김성수 등 호남지방 대주주들에 의해 이루어졌으며, 이후 이들은 『동아일보』 경영의 요직을 맡게 된다. "地方病을 傳染케 하는 것이 東亞日報 幹部가 되야" 『동아일보』가 "돈 좀 만히 낸 關係者의 印刷所가 되엿"다며 "最初 創刊 時 本領으로 還元케 함을 至望"[12]하다는 요구는 여기에 따른 것이다. 비판에도 불구하고 이후 『동아일보』는 "견실한 경영으로 제2회 불입을 하야 光化門通에 화려한 사옥을 짓고 사운이 향상의 一路"[13]를 걷게 된다.

1921년 11월 10일 총독부가 허가한 조직 구성을 보면 주식회사 발족과 함께 '동아일보사'의 조직 역시 변화가 있었음을 알 수 있다. 박영효에 이어 송진우가 사장에 취임했다. 이상협은 계속해서 편집국장을 맡았으며, 사회부장, 정리부장 직은 김석송, 최영목 등에게 이임했다. 하지만 이상협은 새롭게 정치부장을 담당하는 한편 상무취체역도 맡게 되었다. 당시 대표 취체역은 사장인 송진우였고, 취체역은 부사장인 장덕수, 전무 취체역은 신구범이었다. 학예부장은 여전히 공석이었다.[14] '동아일보사'가 주식회사로 전환되면서 김성수, 송진우 체제가 자리를 잡아갔으며, 이와 맞물려 이상협 역시 경영에까지 참여하는 등 위상을 더욱 확고히 해 나갔음을 알 수 있다. 그리고 이는 『幻戲』의 연재가 시작된 1922년 11월에도 마찬가지였다.

『幻戲』 이전 『동아일보』에 연재되었던 소설은 『浮萍草』, 『엘렌의功』,

『붉은실』, 『무쇠탈』 등이 있었다. 『浮萍草』, 『무쇠탈』은 민태원, 『엘렌의功』, 『붉은실』은 김동성에 의해 연재되었다. 민태원은 창간 즈음 『동아일보』의 후원 아래 '동경통신원' 자격으로 와세다(早稻田) 대학 정치경제학부에 다녔으며,[15] 김동성은 『동아일보』 창간 당시 조사부 소속의 기자였다. 『浮萍草』는 1978년에 발표된 엑토르 말레(Hector Malot)의 『Sans Famille』, 『무쇠탈』은 포르튀네 뒤 보아고베(Fortunédu Boisgobey)가 같은 해에 발표한 『Les deux merles M. de Saint-Mars』을 원작으로 하고 있다. 둘 다 일역본을 저본으로 한 중역으로 파악된다. 『엘렌의功』은 1914년에 발표된 아서 벤자민 리브(Arthur Benjamin Reeve)의 『The Exploits of Elaine』, 『붉은실』은 아서 코난 도일(Arthur Conan Doyle)의 『A Study in Scarlet』 등 네 편의 단편을 번안한 것이었다.[16]

1922년 1월 1일부터 6일까지 『동아일보』는 현상윤, 민태원, 권덕규, 양건식 등을 필자로 해 '문단에 대한 요구'라는 기획을 시행했다.[17] 이들은 문사의 "崇高한 靈感이 朝鮮民衆의 胸中에 靈火를 點하"고, "健大한 筆力이 朝鮮社會의 모든 不義와 非理를 大火에 投하기를 熱望"한다며 민중이 바라는 조선의 문사는 "民衆의 悲哀를 一層 悲痛한 音調로 泣하는 者", "民衆의 抑鬱을 一層의 激切한 言語로 呼訴하는 者"[18]라고 했다. 민중의 비애, 억울 등을 비통하고 격절한 언어로 드러내는 인물이 민중이 원하는 조선의 문사라는 것이다. 그럼에도 당시의 문학은 "朝鮮글인지 外國말인지 알 수도 업"[19]는 것으로 "言辭나 人物의 氏名을 朝鮮의 그것으로 借用함에 不過하다"고 한다. 이어 조선 문단이 발전하기 위해서는 "朝鮮 사람의 現在 生活에 接觸"해 "觀察과 描寫로 하야는 現在 朝鮮 사람의 肺腑를 찌르고 筋骨을 透視하는 實相實情을 看破하여 그"[20]려야 한다고 했다. 당대 문단에 절실히 요구된 것이 조선의 생활에 대한 접촉과 그것을 기반으로 한 작품을 산출하는 일이었다는 것이다.

조선을 무대로 한 창작에 대한 요구는 「曉霧」가 『조선일보』에 연재되던 상황을 참고할 수 있다. 현진건은 1921년 5월 1일부터 5월 30일까지 『조선일보』에 자신의 창작 「曉霧」를 연재했다.[21] 「曉霧」가 연재되기 전 다음과 같은 「一面小說豫告」가 실린다.

> 本誌 一面小說 浮雲은 非常한 歡迎裡에셔 不日告終ᄒᆞ겟습니다 그 다음에 繼續ᄒᆞ야 連載ᄒᆯ 小說은 憑虛 玄鎭健 君의 創作인 曉霧이올시다 ……중 략…… 眞正ᄒᆫ 創作이 드물고 剽竊 作品이 盛行ᄒᆞ는 오늘날 이 新進作家의 頭腦를 짜고 心血을 쑤러 寂寞한 우리 文壇에 심으는 ᄒᆞᆫ 송이 꼿이 엇든 燦爛ᄒᆞᆫ 色彩를 ᄂᆡ며 芳郁한 香氣를 뿜을는지 高明ᄒᆞ신 讀者의 鑑賞을 기다려 알 것이외다.[22]

그때까지 연재했던 「浮雲」에 이어지는 소설이 창작이라는 것이다. 특히 제대로 된 창작이 드물고 표절까지 횡행하는 당시 상황에서 「曉霧」는 작가의 두뇌를 짜고 심혈을 기울인 창작이라는 점을 부각시킨다.

이러한 상황은 『동아일보』의 연재소설도 외면하기 힘든 것이었다. 1922년 1월 2일부터 4월 14일까지 『동아일보』에는 진학문의 『小의暗影』이 연재된다. 『동아일보』 1면에 처음으로 연재된 『小의暗影』은 이전 『동아일보』에 연재되었던 소설들과는 달리 조선을 무대로 전개되어 나갔다. 『浮萍草』, 『무쇠탈』은 프랑스를, 『엘렌의功』은 뉴욕을, 『붉은실』은 런던을 배경으로 했다. 『小의暗影』의 1회 서두에는 소설이 "飜譯이냐 하면 完全한 飜譯도 아니요, 그러면 創作이냐 하면 勿論 創作도 아니다"는 언급이 있다. 창작이라고 할 수는 없지만 번역이 아니라는 데서 생활에 기반을 둔 창작에 대한 요구를 엿볼 수 있다. 앞서 1922년 11월 20일 『동아일보』에 게재된 「小說豫告 長篇小說 幻戲」에서 『幻戲』를 '창작소설'이라고 힘주어 강조한 것은 여기에서 온전한 의미를 얻는다.

『幻戲』가 연재될 당시 『동아일보』는 김성수, 송진우 체제로 재편되었으며 편집 등의 중심에는 이상협이 자리하고 있었다. 이상협은 『동아일보』가 창간되기 전 『매일신보』에서 근무한 바 있다. 1912년 『매일신보』의 기자로 입사한 이상협은 기사 작성은 물론 편집, 발행 등에 뛰어난 능력을 보여 1915년 편집을 담당한 '연파주임'이 되었다. 이어 1916년에는 편집부장이 되어 1919년 5월 '매일신보사'를 퇴사할 때까지 일했다.[23] 주목해야 할 점은 이상협이 『매일신보』에서 근무하면서 소설 연재도 담당했다는 것이다. 『萬古奇談』, 『情婦怨』, 『海王星』 등을 1913년 9월 6일부터 1917년 3월 31일까지 연재했다. 이와 함께 이광수의 『無情』, 『開拓者』 등이 연재되던 1917년 1월 1일에서 1918년 3월 15일 당시에 이상협이 편집부장이었다는 사실도 간과되어서는 안 된다. 『무정』이 연재될 당시 독자의 열렬한 호응을 얻어 『매일신보』의 부수 확장에도 기여했음은 잘 알려진 사실이다.[24] 『매일신보』에 『無情』을 연재해 좋은 반응을 얻었던 이상협의 경험이 『동아일보』에서 『幻戲』 연재를 결정하는 데도 적지 않은 역할을 했을 것임을 추정할 수 있다.[25]

『동아일보』에 조선의 생활과 접촉하는 소설에 대한 요구가 제기되고 이상협이 『無情』 등을 연재한 경험이 있었다고 하더라도, 1922년 11월 즈음 창작을 연재할 작가를 찾는 일은 쉽지 않았다. 이광수는 1921년 3월 '상해'에서 귀국하던 도중 일본 경찰에게 체포되었지만 불기소처분 되어 조선총독부와의 밀약을 의심받은 데 이어 1922년 5월 『개벽』 23호에 「民族改造論」을 발표해 논란의 중심에 서게 된다. 이후 이광수는 칩거에 가까운 생활을 하면서 종학원, 경성학교, 경신학교,

불교학원 등에서 강의를 하는 것으로 생계를 해결했다. 「中樞階級과社會」, 「藝術과人生」 등의 평론과 「樂府」 등을 썼지만, 다시 본격적으로 창작에 매진한 것은 1923년 2월 12일부터 『동아일보』에 「佳實」 연재를 시작하고 나서였다.

염상섭은 「해바라기」, 『너희들은무엇을어덧느냐』, 「萬歲前」 등을 연재한 바 있다. 그런데 이들 소설을 연재한 것은 1923년 7월 이후였다. 1920년 7, 8월경 진학문과 함께 '동아일보사'를 그만둔 염상섭은 이후 오산학교에서 일하다가 1921년 여름 다시 '경성'으로 돌아왔다.[26] 1921년 8월부터 1922년 6월까지 『개벽』에 「標本室의靑게고리」, 「暗夜」, 「除夜」 등을 발표하는 등 당시까지 염상섭은 주로 단편소설 중심의 창작에 매진하고 있었다. 현진건은 1920년 8월부터 『개벽』에 「幸福」, 「石竹花」 등을 번역하고, 1920년 11월 창작 「犧牲花」 등을 발표해 비교적 이른 시기부터 소설 작업에 매진해 왔다. 또 1920년 12월 2일 2차 정간이 해제될 무렵 『조선일보』에 입사해 투르게네프의 원작 소설을 「初戀」, 「浮雲」 등의 제목으로 연재했다. 하지만 단편 중심의 창작 활동을 했을 뿐 아니라 당시 『조선일보』의 기자였다는 점에서 현진건이 『동아일보』의 소설 연재를 맡기는 힘들었다.

1922년 11월 즈음 『동아일보』가 창작을 연재할 역량을 갖춘 작가를 찾는 일은 쉽지 않았다. 더구나 이미 1922년 10월 22일 『女丈夫』가 끝난 후 한 달 가까이 소설을 연재하지 못 하는 상황이었다. 그렇다고 『동아일보』에서 작가로서 나도향을 인정해 『幻戲』의 연재를 결정한 것은 아닌 것으로 보인다. 『幻戲』는 1922년 11월 21일부터 『동아일보』에 연재되기 시작했지만, 이미 1922년 1월에는 탈고가 되어 있었다. 선용과 혜숙, 영철과 설화라는 두 축을 중심으로 참사랑에 대한 동경과 그 어긋남을 그린 『幻戲』의 내용 역시 연재소설에 걸맞은 것이었다.[27] 조선을 무대로 한 창작인데다가 신문에 연재할 수 있는 분량이 이미 탈고가 되어 있었다는 점은 『동아일보』가 관심을 가질 수 있는 조건이었다. 거기에는 소설의 수준을 보장했던 같은 『백조』 동인 안석주, 박종화 등의 추천 역시 일정한 역할을 했을 것이다. 그런데 작가로서 인정을 받지 못했다는 것과 『幻戲』 연재가 지니는 의미와는 다른 층위의 문제였다.

3. 『개벽』 문예면에서 필진의 개방

나도향은 『개벽』 1922년 12월호에 「녯날꿈은蒼白하더이다」를, 1923년 1월호에 「十七圓五十錢」을 발표했다. 당시는 『동아일보』에 『幻戲』 연재를 시작할 무렵이었으며, 생활 방편으로 선택했던 안동에서의 교사 생활을 정리할 즈음이었다. 나도향이 어떻게 『개벽』에 소설을 발표하게 되었는지는 분명하지 않다. 대개 당시 『개벽』의 편집에 관계했던 방정환과의 교류가 매개가 되었을 것으로 파악한다.[28] 방정환이 『백조』 동인이 된 것은 1923년 9월 발간된 3호부터였다. 방정환을 『백조』 동인으로 추천한 사람은 박종화였으며 그 시기는 1923년 1월로 『백조』 3호가 발간되기 한참 전이었다.[29] 추천 시기 등을 고려하면 1922년 12월 즈음 박종화의 매개로 나도향과 방정환의 교류가 있었을 것임을 추정할 수 있다. 하지만 방정환과의 교류만으로 나도향이 『개벽』에 소설을 발표했다고 보기에는 석연치 않은 부분이 있다.

『개벽』의 문학에 대한 관심 역시 두드러졌던 것으로 파악된다. 1호부터 72호까지 총 788개의 기사 중에 문학은 37.9%를 차지했으며 호별로 살펴보면 매호 평균 11편 가량 돼 기사들 중 가장 높은 비중을 차지했다. 연도별로 살펴보면 1920년 27.6%, 1921년 30.6%, 1922년 33.4%, 1923년 34.2% 등으로 점차 비중이 늘어났음도 알 수 있다. 특히 1922년 1월 발행된 19호부터 문예면이 따로 독립된다는 사실은 문예에 대한 『개벽』 편집진의 특별한 관심을 드러내는 것이기도 하다.[30]

소설에 초점을 맞추면 1920년 6월 창간부터 1년 정도 『개벽』에 소설을 주로 발표한 인물은 잔물, 현진건 등이었다. 잔물, 곧 방정환은 「流帆」(1호), 「그날밤」(7~8호) 등을 총 4회에 걸쳐 발표했다. 현진건은 「幸福」(3호), 「石竹花」(4호) 등의 번역과 「犧牲花」(5호), 「貧妻」(7호) 등의 창작 등 모두 4편의 소설을 게재했다.[31] 천도교 3대 교주인 손병희의 사위였던 방정환은 『개벽』의 창간 동인이었으며 1921년 1월 당시 '개벽사'의 사원이었다.[32] 현진건은 "그때 開闢의 學藝部長로 잇든 나의 堂叔인 玄哲 氏를 성도 내며 빌기도 하며 제발 그것을 내어달라고 졸르고 복갓"[33]다는 작가의 말처럼 당숙이었던 현철을 매개로 소설을 게재했던 것으로 보인다. 현진건의 언급처럼 현철은 당시 『개벽』의 학예부장, 정확하게는 학예부 주임을 맡고 있었다. 당시 '개벽사'는 편집국 아래 조사부, 정경부, 사회부, 학예부 등 4개의 부서가 있었으며,[34] 각부에는 주임이 있었는데 학예부 주임을 현철이 담당했다.[35]

방정환이나 현진건과 같이 '개벽사'에서 일을 하거나 그와 관계되는 인물이 문예를 담당했던 것은 다른 장르에서도 다르지 않았다. 창간부터 1922년 중반까지 『개벽』의 시는 김석송, 김억 등이, 희곡은 현철이 담당했다. 또 평론을 썼던 주된 필자 역시 현철, 김억 등이었다. 김석송은 1920년 12월 『개벽』 6호에 발표한 시 「離鄕」 말미에 "六一. 一一. 一一, 金石松作"[36]이라는 부기를 남겼다. 동학이 창도된 해를 기준으로 따진 '포덕(布德)' 연호를 사용했다는 데서 김석송 역시 천도교도였음을 알 수 있다. 희곡, 비평 등을 주로 썼던 현철이 『개벽』의 학

예부 주임이었음은 앞서 확인한 바 있다.[37]

『개벽』 문예를 담당한 필진의 변화가 일어난 것은 1922년 후반기였다. 먼저 변영로가 1922년 7월에서 9월까지에 소설 「結婚行進曲」(25호), 「沙漠안에情熱」(26~27호) 등을 번역해 실은 후, 11월, 12월에는 「토막생각」, 「象徵的으로 살자」 등 수필을 발표했다. 주요한은 1922년 12월(30호), 1923년 2월(32호)에 「녯날의거리」, 「집」, 「산보」, 「풀밧」 등의 시를 발표하기 시작했다. 주요섭도 1922년 10월에 동화 「해와달」(28호)을 실었고, 1923년 1월에는 논설(31호)을 발표했다. 문예면의 변화는 1923년에 들어서 더욱 분명히 나타났다. 이광수가 1923년 3월부터 「거룩한죽음」을 2회 연재했으며(33~34호), 김동인 역시 8월부터 「눈을겨오뜰때」(37~41호)를 4회에 걸쳐 연재했다.

이들 외에도 박종화, 안석주, 홍사용, 박영희, 김기진, 민태원, 김정진, 양주동, 오천석, 백기만, 김동명 등이 1923년부터 『개벽』에 글을 처음 발표하기 시작했다. 나도향이 「녯날꿈은蒼白하더이다」, 「十七圓五十錢」 등을 발표한 것 역시 이 즈음이었다. 문예면의 필진이 개방되는 것과 맞물려 나도향도 『개벽』에 소설을 발표하게 되었다는 것이다. 나도향 외에도 『개벽』에 새롭게 글을 발표하게 된 필자들의 면면은 흥미롭다. 김동인, 주요한, 오천석 등이 『창조』의 동인이었으며, 변영로, 민태원 등은 『폐허』의 동인이었다. 또 나도향을 비롯해 박영희, 노자영, 박종화, 김기진, 안석주 등은 『백조』의 동인들인데, 『창조』나 『폐허』의 동인들보다 현저히 많았음을 알 수 있다.

『개벽』 문예면의 변화를 상징적으로 보여주는 것은 1923년 1월호이다. 변영로, 박영희, 노자영 등의 시, 나도향, 김동인 등의 소설, 박종화, 박종홍, 김정진 등의 평론, 안석주의 그림 등 모두 15편의 문예 작품을 실었다. '문예특집'이라는 표제를 내세우지는 않았지만 거기에 걸맞은 정도의 신년호를 발행했다. 같은 1월호일지라도 1921년이나 1922년 신년호의 문예면과도 차이를 보인다. 1921년, 1922년 신년호의 경우도 다른 호에 비해 문예의 편수는 많았다. 하지만 작가는 현철, 방정환, 현진건, 김석송, 김억 등 기존의 필자에 한정되어 있어 한 작가가 여러 편의 글을 싣는 양상을 보였다.

『개벽』 문예면에서 나타난 변화는 다음과 같은 사실과 관계가 있는 것으로 보인다.

> 本社의 社長代理人 李種麟 氏는 天道教會月報社의 本務 多忙으로 因하야 六月 三十一日(三十日의 오기임; 인용자), 學藝部 主任 玄僖運 氏는 一身上의 形便에 依하야 七月 三十一日에 各其 任을 辭免하다[38]

1922년 6월 30일 당시까지 사장대리인으로 일했던 이종린이 『천도교회월보』의 일로 그만두게 되었다는 것인데, 이 글의 관심은 뒤에 이어지는 같은 해 7월 31일자로 현희운, 곧 현철이 일신상의 형편으로 학예부 주임을 사임했다는 데 놓인다. 그렇다면 현철에 이어 『개벽』의 학예부 주임이 되어 문예면의 변화를 이끈 인물은 누구였을까? 현철이 사임한 후 학예부 주임이 된 인물은 박영희였는데, 그 시기는 1925년 1월로 한참 뒤였다.[39] 이는 1922년 8월부터 1924년 12월까지는 『개벽』의 학예부 주임이 없었음을 말해준다. 한편 1923년 1월 발행된 『개벽』 31호에 실린 직원 명단에는 이돈화, 김기전, 박달성, 차상찬, 방정환 등이 편집자로 되어 있다.[40] 당시 이돈화는 편집인, 김기전은 편집국장, 박달성은 사회부 주임, 차상찬은 정경부 주임이었던 것은 방정환이 문예면을 담당했음을 추정할 수 있는 부분이다. 여기에서 1922년 후반기부터 『개벽』 문예면의 변화를 주도한 인물로 방정환에 주목할 필요가 있다.

창간 초기 방정환이 『개벽』에 소설을 많이 발표한 작가 가운데 한 명이었음은 확인한 바 있다. 방정환은 소설 외에도 1920년 6월 창간호부터 1921년 4월 10호까지 『개벽』에 많은 글을 발표한다. 「어머님」, 「新生의膳物」, 「元山갈마半島에서」, 「어린이노래:불켜는이」, 「望鄕」 등의 시를 썼고, 「華藏寺의아츰」, 「秋窓隨筆」, 「달밤에故國을그리우며」, 「閑者의辭典」 등의 수필을 발표했다. 또 「銀파리」, 「깨여가는길」 등의 우화 역시 게재했다. 방정환이 창간 초기부터 『개벽』 지면을 통해 소설, 시, 수필, 우화 등 다양한 장르의 문학 활동을 펼쳤다는 것이다.

그런데 활발했던 방정환의 활동이 1921년 5월부터 급격히 줄어든다. 7호부터 연재하던 「銀파리」를 두 번 더 실어 마무리하는 것과 우화 「狼犬으로부터家犬에게」를 발표했을 뿐이다. 당시 '동경'에 유학을 가서 '동양대학'에 입학을 했기 때문이거나 『사랑의선물』의 번역에 매진했기 때문일 수 있지만,[41] 그 정확한 이유를 확인하기는 힘들다. 오히려 이 글의 관심은 방정환이 1922년 7월부터 다시 『개벽』에서 활발한 활동을 펼친다는 점이다. 1922년 7월 「湖水의女王」(25호), 8월 「公園情調」(26호), 9월 「湖水의女王」(27호)[42], 11월 「털보壯士」(29호), 1923년 1월 「새로開拓되는童話에關하야」(31호) 등을 발표했다. 방정환과 동인지 『백조』의 관계 역시 1922년 하반기 『개벽』 문예면의 변화와 관련해 시사하는 바가 크다. 앞서 방정환이 『백조』 3호부터 동인이 되었지만 추천이 이루어진 것은 1923년 1월이었음을 확인한 바 있다. 앞서 '문예특집'에 가까운 1923년 신년호에 새롭게 등장한 작가들 가운데 나도향, 박영희, 노자영, 박종화, 안석주 등 『백조』의 동인이 두드러지게 많음을 확인한 바 있는데, 이것 역시 당시 방정환이 『개벽』의 문예면을 담당했음을 반증하는 것이기도 하다.

방정환의 문학에 대한 열망은 『개벽』 이전으로 거슬러 올라간다. 방정환은 1917년 11월부터 『청춘』이 시행한 현상문예에 연이어 투고를 하고 당선이 되는 경험을 했다. 『청춘』이 종간되자 투고에 대한 열의는 한용운이 주관한 『유심』으로 이어졌다. 1919년 1월에는 스스로 문예잡지 『신청년』을 창간하고 편집과 발행을 주도하면서 많은 지면을 자신의 글로 메워 나갔다. 이는 투고를 통해 자신의 문학 작품을 활자화하는 한편 잡지 미디어의 운용을 통해 그 논리를 깨달아가는 과정이기도 했다. 이후 『개벽』의 창간과 함께 다양한 장르의 문학 활동을 펼쳤으며 『백조』의 동인이 되어 여러 문인들과 교류를 맺기도 했다. 이를 기반으로 방정환은 『개벽』 문예면의 변화를 견인해 근대문학이 지속될 수 있는 토양을 마련하는데, 그 의미에 대해서는 뒤에서 상론하겠다.

4. 『幻戱』 연재와 『개벽』 문예면의 변화

나도향은 1925년 3월 『조선문단』이 시행한 '處女作發表當時의感想'이라는 기획에서 다음과 같이 언급한 바 있다.

> 나의 생각과 나의 自身과 또는 세상 사람이 나에게 일러주는 것으로 보아서 나는 「幻戱」를 나의 處女作이라 하지 안을 수가 업다. ……중 략 …… 그 서문에도 쓴 바와 마찬가지로 나의 창작 생활의 어떠한 시기를 구분하여 놓은 획선이다. 이 점에 잇서서 나는 그것을 몹시 귀중이 역인다.[43]

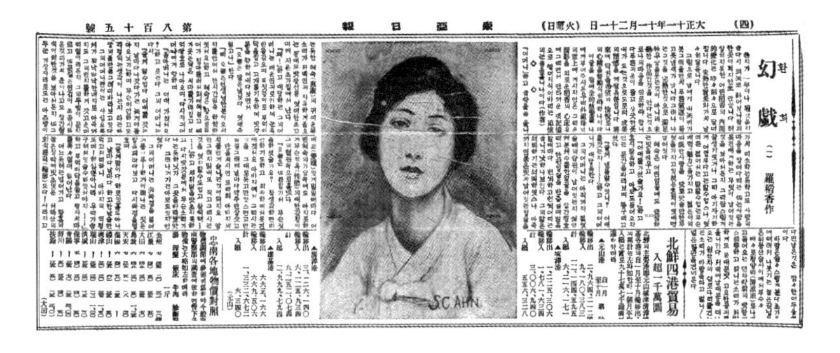
(四) 大正十一年十一月二十一日 (火曜日) 東亞日報 第八百十五號

幻戲 (환희) (一) 羅稻香 作

北鮮四港貿易

入超一千萬圓

1922년 11월 21일『동아일보』에 실린『幻戲』1회 연재분이다. 안석주의 삽화도 눈길을 끈다.『幻戲』는 1922년 11월 21일부터 1923년 3월 21일까지 모두 117회 연재되었다.

인용에서는 자신은 물론 세상 사람들이『幻戲』를 자신의 처녀작으로 본다며『幻戲』를 창작 생활의 시기를 구분한 '획선'으로 규정한다. 나도향은 이미『백조』1, 2호에「젊은이의시절」,「별을안거든 우지나말걸」등을 발표했다.『백조』이전에도『신청년』에서 활동하면서 소설을 썼음은 살펴본 바 있다.[44]

한편 1922년 5월 발행된『백조』2호의「六號雜記」에서 홍사용은 "羅稻香 氏는 慶北 安東 짱에서 敎鞭을 잡고 계시게 되엿"[45]다는 소식을 전한다. 나도향 스스로는「지난一年의알송달송 繡노은돗자리」에서 봄에 큰 눈이 내렸을 때 "빵을 구하려, 타향에 몸을 던져" 1년 동안 표랑자로 지내다가 "고향이 그리워 서울에 돌아왔"[46]다고 했다. 나도향이 1922년 말 생계를 위해 선택했던 안동 생활을 청산하고 경성으로 돌아올 수 있었던 데도『幻戲』연재가 크게 작용하고 있었다. 그런데『동아일보』에『幻戲』를 연재한 의미는 나도향 개인에게만 한정되는 것은 아니었다.

『幻戲』이전에『동아일보』에 연재된 소설이『浮萍草』,『무쇠탈』,『엘렌의功』, 『붉은실』 등 번역 내지는 번안소설이었음은 앞서 검토했다. 『小의暗影』 역시 조선을 무대로 설정했지만 소설의 성격이 앞선 소설들에서 벗어난 것은 아니었다. 『幻戲』는 『동아일보』에 연재된 첫 번째 창작 소설이었다. 뿐만 아니라 『동아일보』 연재소설에 변화를 가져오는 역할 역시 했다. 『幻戲』에 이어 이광수의 「佳實」이 1923년 2월 12일부터 23일까지 11회 연재되었다. 이어 『先導者』가 1923년 3월 27일부터 111회 연재되었다. 『先導者』의 뒤를 이어 염상섭의 『해바라기』, 『너희들은무엇을엇더느냐』가 각각 40회, 120회 연재되었다. 이는 『幻戲』를 계기로 해 『동아일보』에 나도향, 이광수, 염상섭 등의 창작 소설을 연재하게 되었음을 의미한다. 그리고 그 의미는 『동아일보』 연재소설에 한정되는 것은 아니었다.

『조선일보』에는 창간 후 1920년 3월 9일부터 7월 7일까지 『春夢』이, 이어 1920년 7월 14일부터 9월 5일까지 『박쥐우산』이 연재되었다. 1차 정간 이후인 1920년 12월 2일부터 1921년 4월 21일까지는 『發展』가 실렸다. 또 1921년 5월 21일부터는 『白髮』이, 1921년 12월 6일부터는 『處女의자랑』이 연재를 시작했다. 『春夢』은 제목 옆에는 '觀海生'이라는 이름이 부기되어 있으며 『박쥐우산』에는 아무 것도 부기되어 있지 않다. 『發展』, 『白髮』, 『處女의자랑』 등에는 '擊空生', '靑黃生', '泡影生' 등의 이름이 표기되어 있다.

현진건은 1929년 1월 『별건곤』에 발표한 글에서 "筆者의 이름도 잘 모르고 內容도 그리 변변치 못한 엇던 西洋小說을 한아 飜譯하야 『白髮』이란 題로 발표한 일이 잇섯"[47]다고 했다. 『白髮』의 원작은 1886년 발표된 영국 소설가 마리 코렐리(Marie Corelli)의 『Vendetta!: or the story of one forgotten』이다. 또 번역의 저본은 구로이와 루이코(黑岩淚香)가 1893년 6월 23일부터 12월 29일까지 『万朝報』에 연재한 『白髮鬼』

였다.[48] 『조선일보』에서 연재할 소설로 『白髮』을 택한 것은 원작 소설이나 원작자보다 구로이와 루이코의 지명도에 의한 것이었다.[49] '필자의 이름도 잘 모르는 서양소설을 번역했다'는 현진건의 언급은 여기에 따른 것이며, 필자인지 번역자인지 모를 '靑黃生'이라는 이름이 부기된 이유 역시 마찬가지다. '觀海生', '擊空生', '泡影生' 등이 부기된 연재소설들의 상황도 크게 다르지 않았다.

1921년 12월 23일부터 1922년 11월 30일까지 발행된 『조선일보』가 유실되어 이 글의 관심이 놓인 시기 연재소설에 대해서 확인하기 힘들다. 확인이 가능한 1922년 12월 1일자 『조선일보』 4면에는 『荊山玉』의 7회분이 연재되고 있었다. 그런데 박종화는 1923년 1월 『개벽』에 발표한 글에서 『荊山玉』이 "일본 大阪每日新聞에 연재되엇든 菊池寬의 作 『眞珠夫人』의 번역"임에도 "웨 率直하게 眞珠夫人의 번역이라 하지 아니하고 恬然히 碧霞著라 하얏는가"[50]라고 비판한다. 기쿠치 칸의 소설임을 밝히지 않은 채 '碧霞著', '碧霞'라고 부기했다는 데서 1922년 12월까지도 『조선일보』의 연재소설에 원작자나 번역자를 밝히지 않는 관행이 통용되고 있었음을 추정할 수 있다.

『幻戱』는 『동아일보』의 기자가 아닌 인물이 쓴 첫 번째 연재소설이기도 했다. 『幻戱』 이전 연재소설을 담당한 민태원, 김동성 등이 『동아일보』의 동경통신원이나 조사부의 기자였다. 기자가 아닌 나도향이 소설을 썼다는 사실은 원고료의 문제와 연결이 되었다. 안석주는 『동아일보』가 『幻戱』를 연재하는 것이 큰 용단이었다는 언급에 이어 "小說이라는 것이 新聞에서 忽待를 받든 때라 原稿料를 주고 連載한다는 것"[51]은 더욱 그랬다고 했다. 박종화나 박영희는 1920년대 초 『동아일보』는 소설의 경우 240자 원고지 1매당 평균 50전 정도를 지불했다고 회고했다.[52] 이 기준에 따라 원고료를 계산을 해보면 『幻戱』는 240자 원고지 1000장이 넘어 5백 원이 넘는 돈을 받은 셈이 된다. 하지만 『幻戲』를 연재하던 1923년 1월 8일 『동아일보』에 쓴 "故鄕이 그리워 서울에 돌아왔으나 여전히 高等貧民의 半乞人生活을 繼續"[53]하고 있다는 나도향의 언급 등을 고려하면 이 기준에 따라 원고료를 받지는 못한 것으로 보인다. 오히려 나도향이 『幻戲』를 연재한 것은 『동아일보』에 처음으로 원고료 문제를 제기한 데 의미가 있을 것이다.[54]

또 하나 흥미로운 사실은 『幻戲』가 연재되는 시기 『동아일보』의 문학에 대한 태도에 변화가 나타났다는 점이다. 『동아일보』는 1921년 2월 21일부터 1921년 10월 28일까지 4면에 '독자문단'을 운영해 시를 중심으로 한 독자들의 투고를 받았다. 그런데 '독자문단'이 폐지된 1921년 10월 이후 1922년 11월까지 연재소설을 제외하고는 문학이 실릴 만한 지면 자체를 마련하지 않아 『동아일보』가 문학에 관심을 지녔다는 흔적을 발견하기 힘들다. 그런데 『동아일보』에서는 1922년 12월 19일 전후 문인들을 초대해 회합 자리를 마련한다.

> 1922년 12월 19일자 월탄의 일기를 보면 동아일보사에서 최초로 문인을 초대하여 회합을 가졌다고 했는데, 이를 월탄은 전체 문인 회합의 효시라고 말한다. 그날 출석한 사람들을 보면 나도향, 현진건, 양건식, 변영로, 김형원, 노자영, 방정환, 이일, 염상섭, 현철, 이상협, 유광렬, 나도향, 박영희, 안석주 그리고 월탄이었다.[55]

『동아일보』에서 문인들을 초대해 모임을 가졌는데, 이것이 조선에서 전체 문인 회합의 효시였다는 것이다. 회합 자리를 마련한 데 이어 『동아일보』는 1923년 신년호를 '문예특집'으로 꾸민다. 1월 1일은 모두 20면이 발행되었는데, 13면에서 15면까지가 문예면이었다. 염상섭, 현철 등의 평론, 오상순, 박종화, 홍사용, 박영희 등의 시, 현진건의 소설, 고한승의 동화가 게재되었다. 이어 1월 3일은 모두 8면이 발행되었는데, 4면에 나도향의 수필이, 5면에 방정환의 동화가 게재되었다.[56] 앞선 회합에 초대된 문인들 중 변영로를 제외하고는 모두 글을 실었던 것을 볼 때, 앞선 모임의 성격은 '문예특집'의 취지를 설명하고 원고를 청탁하는 성격을 지녔던 것으로 파악된다.

『幻戱』가 연재되는 시기 『동아일보』의 문학에 대한 태도에서 변화가 나타났다는 점은 흥미롭다. 그런데 그 계기를 『幻戱』의 연재만으로 보기에는 석연치 않은 부분이 있다. 실제 『동아일보』의 문학에 대한 관심은 1922년 후반기부터 나타났던 『개벽』의 변화와 더욱 깊이 연관되어 있다. 『개벽』은 1922년 후반기에 그때까지 '개벽사' 직원 중심이었던 문예면을 외부 필자에게 개방했다. 1923년 신년호를 '문예특집'에 가깝게 꾸며 모두 15편의 문예를 다룬 것은 변화를 상징적으로 보여주는 것이었다. 여기에서 『동아일보』의 문학에 대한 관심을 가늠하려면 『개벽』 문예면의 변화가 지니는 의미에 천착할 필요가 있음을 알 수 있다.

1919년 2월 1일 창간되어 동인지 문학 시대의 서막을 알렸던 『창조』는 1921년 5월 30일 9호를 마지막으로 종간되었다. 1920년 7월 25일 창간호를 발행했던 『폐허』 역시 1921년 1월 20일 2호를 끝으로 짧은 생을 마감한다. 『백조』는 1922년 1월 1일 창간되어 1922년 5월 25일 2호를 발행하고 3호를 발간하려 했지만 발행 비용의 문제로 어려움을 겪고 있었다. 이 글의 초점이 놓인 1922년 후반기나 1923년 전반기는 동인지 문학 시대가 일단 막을 내린 시기라고 할 수 있다. 여기에서 나도향을 비롯해 『개벽』 문예면의 변화와 함께 새롭게 글을 발표하게 된 필자들이 대부분 동인지를 통해 문학 활동을 했던 인물들이었다는 점을 환기할 필요가 있다.

이들은 『동아일보』, 『조선일보』 등 신문 미디어를 문학 활동의 공간으로 삼기도 힘들었다. 『동아일보』 문예의 중심은 연재소설에 있었으며 『幻戲』 이전 연재소설을 담당한 것 역시 민태원, 김동성 등의 기자였다. 연재소설 외에 『동아일보』에 발표된 소설은 「어린職工의死」, 「그를미든짜닭」, 「籠鳥」 등이 1920년 4월에서 8월까지 짧게는 한 회, 길게는 10회 정도 실렸다. 희곡은 1920년 6월에 8회 연재된 「四人의心理: 巴里講和會議의一幕」이 있다.[57] 그런데 「어린職工의死」의 작자는 유광렬이고, 「그를미든짜닭」, 「籠鳥」 등은 김동성이 썼다. 「四人의心理: 巴里講和會議의一幕」는 김정진의 작품이다. 이들은 모두 『동아일보』의 기자였다. 평론 역시 1, 2회 기고 형식으로 게재된 것을 제외하고는 염상섭, 김석송, 민태원 등 기자에 의해 연재된 것이 대부분이었다.[58]

또 1921년 2월 21일부터 1921년 10월 28일까지 운영한 '독자문단'은 이름에서 알 수 있듯이 독자들이 투고한 글을 게재한 것이었다. 앞서 나도향이 외부 필자였다는 의미가 연재소설에만 한정되지 않는다는 언급은 여기에서 그 온전한 의미를 얻는다. 『조선일보』 역시 연재소설이 문예의 중심에 놓인 것은 『동아일보』와 크게 다르지 않았다. 1면에 연재되었던 투르게네프 소설의 번역을 제외하면 『조선일보』의 연재소설은 원작자, 번역자 등을 밝히지 않은 흥미 위주의 서사물이었다. 흥미 위주의 연재물을 기자가 아닌 외부 문인에게 맡길 가능성은 더욱 적다고 할 수 있다.

'시사주보'라는 부기를 달고 발행된 『동명』 역시 검토할 필요가 있다. 『동명』은 1922년 9월 3일 창간되어 1923년 6월 3일까지 간행되어, 이 글이 문제 삼는 시기와 겹쳐진다. 그런데 실제 『동명』에 발표된 소설 가운데 기존의 문인이 쓴 창작은 염상섭의 「E先生」과 「죽음과그그림자」, 김동인의 「笞刑」 등 3편뿐이었다. 창간호부터 2권 13호까지 모두 28회 연재되었던 양건식의 「빨래하는처녀」는 중국 고대를 배경으로 하는 번역소설이었다. 시는 변영로, 오상순, 진순성, 김억, 변영만 등의 작품이 게재되었지만 변영로를 제외하고는 1, 2회 게재에 그쳤다. 이는 『동명』이 발행되는 과정에서 번역이 차지하는 위상과도 관련이 된다. 「笞刑」 4회가 발표된 1923년 1월(2권 4호) 이후 소설은 모두 번역으로 메워졌으며, 그 대부분은 번역자를 밝히지 않은 흥미 위주의 것이었다.[59]

1922년 후반기에 『창조』, 『폐허』, 『백조』 등의 문예 동인지의 시대는 일단의 막을 내렸다. 그렇다고 이들 작가들이 『동아일보』, 『조선일보』 등 신문 미디어에 발표 공간을 얻기도 힘들었다. 동인지를 통해 문학 활동을 시작해 조선의 문단을 만들어갔던 많은 작가들은 어떤 지면에서 활동할 수 있었을까? 1922년 후반기부터 이루어진 『개벽』 문예면의 변화가 지닌 의미는 여기에서 온전히 드러난다. 나도향이 『개벽』에 「녯날꿈은蒼白하더이다」, 「十七圓五十錢」 등을 발표했던 것 역시 이러한 움직임 속에 위치한다. 또 1922년 12월의 회합, 1923년 신년호의 '문예특집' 등 『동아일보』가 문학에 대한 태도의 변화를 일으킨 것도 『개벽』의 변화와 관련된 것으로 보인다. 『동아일보』가 1922년 말부터 관심을 가지게 된 '문학'이 1922년 후반기부터 『개벽』 문예면에 새롭게 등장한 필진이 동인지 시대부터 주장해 왔던 '문학'과 조우하기 때문이다. 그렇지만 『개벽』 문예면의 변화와 『동아일보』의 문학에 대한 관심을 직접 연결시키기에는 조심스러운 부분이 있다. 변화에 이어진 『개벽』의 흐름이 1925년까지 계속된 데 반해 『동아일보』의 문학에 대한 관심이 지속되지 못한 것 역시 그것을 말해준다.[60]

5. 이후의 미디어

나도향은 1923년 7월『개벽』에「春星」(37호)을, 10월에는「행랑자식」(40호)을 발표했다. 또 1924년에는「自己를찻기前」(45호),「電車車掌의日記몃節」(54호) 등을 발표한다. 그런데 1925년 이후『개벽』의 지면에서 나도향의 소설을 찾기 힘들어진다. 앞서 1925년 1월 박영희가『개벽』의 문예부 주임이 되었음을 검토한 바 있다. 박영희는 '이광수론', '계급문학시비론' 등 특집 기획과 함께 필진의 정립을 통해『개벽』만의 문학적 색채를 선명히 하려 했다.[61] 1922년 후반기에 나타난 변화 이후『개벽』문예면의 필진은 공통된 경향을 찾기 힘들 정도로 다양했다. 그런데 박영희가 문예부 주임이 된 이후 필자는 거의 김기진, 이상화, 이익상, 조명희 등과 박영희 자신으로 한정된다. 1925년 말부터 최서해, 최승일 등이 더해지거나 드물게 김소월, 염상섭, 김동인 등의 글이 실리는 것 외에 필진은 앞선 인물들을 벗어나지 않았다.

나도향은 1925년 2월 '계급문학시비론'의「뿔르니푸로니할수는업지만」에서 "文人으로는 반듯이 뿔이니 푸로니를 標榜해야 할 것인지" "말할 수 업"으며 "時期尙早(時機尙早의 오기로 보임; 인용자)의 感이 잇"[62]다고 했다. 나도향의 견해는 중도적 입장에 가까운 것이었지만, 그것이 '계급문학시비론'을 기획한 박영희가 의도한 대답은 아니었다. 1925년 6월『개벽』60호에 이상화가 쓴「지난달詩와小說」에는 나도향이『조선문단』에 발표한「계집하인」에 대한 논평이 있다. 이상화는「계집하인」에 대해 "悲哀를 發見한 作者의 現實에 對한 溫情인 觀念과 그 悲哀를 알려준 作者의 表現에 對한 그 冷靜한 態度와의 사이에 아모러한 交涉이 업"[63]다고 혹평한다.

『幻戲』의 연재를 계기로『동아일보』의 연재소설에 변화가 나타났음을 검토한 바 있다. 번역 소설이 연재되던 것이 『幻戱』를 계기로 창작 소설의 연재라는 새로운 면모를 띠게 된 것이다. 그런데 아이러니하게 이후 나도향은 『동아일보』에 소설을 연재하지 못 한다. 『幻戱』를 이어 연재된 것은 「佳實」, 『先導者』 등 이광수의 소설이었다. 변화의 계기를 마련한 것은 『幻戱』였지만 이후 연재소설 등 『동아일보』의 문예를 주도한 인물은 이광수였다. 「佳實」을 연재하는 것을 계기로 1923년 5월 『동아일보』의 촉탁 기자가 된 이광수는 같은 해 12월 정식 기자로 발령받았다. 1924년 4월 『동아일보』 기자들의 경영진 퇴진 운동 당시 김성수, 송진우와 함께 '동아일보사'를 그만두기도 했지만, 6개월 후 김성수, 송진우 등의 복귀와 함께 이광수 역시 문예를 비롯한 『동아일보』의 실질적인 편집을 책임지게 된다.[64]

간과해서 안 될 점은 1923년 이후 『동아일보』에는 연재소설 외에는 기존 문인들이 문학 작품을 발표할 수 있는 공간을 찾기 힘들었다는 것이다. 1923년 6월부터 『동아일보』는 일요일자 신문 5면에서 8면까지를 '일요호'로 해 그 일부를 문예에 할애했다.[65] '일요호'의 문예는 성격이 크게 두 가지로 나누어졌는데, 하나는 유광렬, 이서구, 김석송 등 『동아일보』의 기자들이 쓴 글이고, 다른 하나는 독자들의 투고에 의한 것이었다. 1923년 12월 『동아일보』의 지면 혁신과 함께 '일요호'가 월요일자 4면의 '월요란'으로 바뀌는데, 문예는 기자들이 쓴 글의 비중이 늘어나는 외에 '일요호'와 큰 차이가 없었다. 또 1924년 12월 15일부터 '월요란'이라는 이름이 '문예란'으로 바뀌었고, 1925년에는 '문예란'이 '부인란', '소년란' 등과 함께 한 주에 3회 정도 번갈아 실리든지 같이 실렸다.[66] 하지만 '문예란'의 성격은 크게 달라지지 않았다. 여기에는 경영과 관련해 원고료 등의 문제가 작용하고 있었던 것으로 보이는데, 그 정확한 이유를 확인하기는 힘들다.

1925년을 전후로 박영희가 문예부 주임이 되면서 『개벽』에서 나도향의 소설을 찾기 힘들어진다. 또 나도향은 이광수가 『동아일보』의 문예를 주도하게 된 1923년 이후 더 이상 『동아일보』에 소설을 연재하지 못 한다. 이즈음 나도향의 주된 발표 지면이 『조선문단』으로 바뀐 것도 이와 무관하지 않다. 나도향은 1925년 3월 『조선문단』 6호에 「J醫師의告白」을 발표한 후 1926년 4월 16호에 「池亨根」 연재를 마무리할 때까지 거의 대부분의 소설을 『조선문단』에 발표했다. 이는 당시 나도향의 발표 공간이 『조선문단』에 한정되어 있었음을 뜻하는 것이기도 하다. 그런데 이는 나도향 개인에게 한정되지 않는 1920년대 중반 미디어를 근간으로 한 문학의 지형도와 관련된 문제이다. 여기에 대한 해명은 이후의 과제로 남기고자 한다.

2장 식민지 조선에서 결핵의 표상

질병을 둘러싼 현대의 은유들은 물리적 건강과 비유되는 사회의 안녕이라는 이상을 특화시켰지만, 아이러니하게 그것이 새로운 정치 질서를 요청하는 것만큼이나 자신의 반정치적인 모습을 드러내는 일도 드물지 않았다.
(수전 손택의 『은유로서의 질병』 중에서)

1. '요절'이라는 말

나도향은 1926년 8월 26일 스물다섯의 나이로 세상을 떠났다. 1926년 8월 26일, 27일 『조선일보』, 『동아일보』 등에는 나도향의 죽음을 알리는 기사가 실린다. "오래동안 위장병으로 시내 남대문통(南大門通) 오뎡목 삼십일번디 자택에서 신음하든 중 재작 이십륙일 오후 한 시 경에 이십오 세의 앗짜운 청춘을 일긔로 다시 도라오지 못할 최후의 길을 써낫고 말엇"다고 했다.[1] 통설과는 달리 사인을 위장병으로 보도한 것, 또 병원이 아니라 자택에서 오랫동안 투병했다는 사실 등이 주목을 끈다.

1926년 8월 28일자 『조선일보』에는 다음과 같은 부고 역시 실린다.

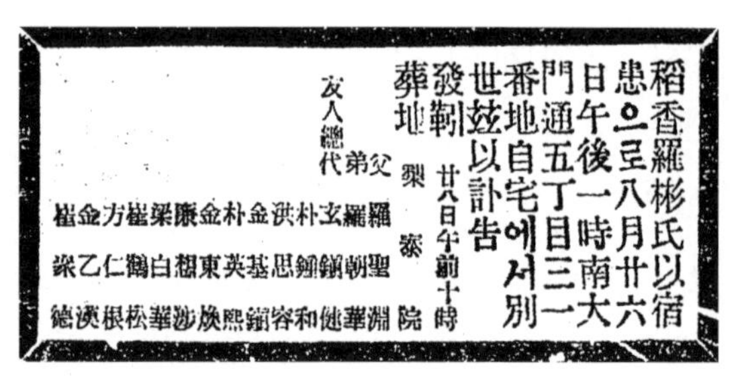

稻香羅彬氏以宿患으로八月廿六日午後一時南大門通五丁目三一番地自宅에서別世玆以訃告

發靷 廿八日午前十時

葬地 梨泰院

父 羅聖淵
弟 羅朝華

友人總代 玄鎭健 朴鍾和 洪思容 金基鎭 朴英熙 金東煥 廉想涉 梁白華 崔鶴松 方仁根 金乙漢 崔象德

1926년 8월 28일자 『조선일보』에 실린 나도향의 부고이다. 유족들의 이름 옆에 현진건, 박종화, 홍사용, 김기진, 염상섭, 최학송, 방인근 등 문인들의 이름도 나열되어 있다.

유족인 부친 나성연과 동생 나조화 옆에 현진건, 박종화, 홍사용, 김기진, 염상섭, 최학송, 방인근 등 문인들의 이름이 병기되어 있다. 여러 문인들이 우인 대표로 되어 있다는 것에서 나도향의 갑작스러운 죽음이 문단의 관심이 되었음을 알 수 있다. 당시의 관심이나 추모의 열기에 비해 이후의 논의에서 나도향의 병과 죽음에 주목하는 경우는 드물다. 여러 가지 이유가 있겠지만, 죽음과 그 의미가 '확정'이 되어 더 이상의 논의가 필요하지 않다는 판단 때문으로 보인다. 예술, 사랑 등의 '이상'과 그것이 발아되기 힘든 '현실'과의 괴리 속에서 갈등하다가, 갈등의 연장선상에서 병을 얻어 죽음에 이르렀다는 게 확정의 내용이다.

'요절'이라는 단어는 앞선 상황을 적절히 드러내는 규정으로 보인다. 스물다섯의 젊은 나이로 세상을 떠났다는 요절이라는 규정은 두 가지 사실을 동시에 말하고 있다. 하나는 젊은 나이로 세상을 떠나기에는 아까운 재능을 지녔다는 점이고, 다른 하나는 그럼에도 그 역량을 제대로 발현시키지 못한 존재라는 점이다. 죽음의 원인이 되었던 병이 결핵이었다는 것은 앞선 요절이라는 상징을 더욱 견고하게 만들었다.

확정의 연원은 1927년 8월 1주기 추모의 형식으로 발표된 이태준의 글 「稻香생각몃가지」에서 찾을 수 있다. 이태준의 글에서 나도향은 1926년 이른 봄 꽃잎이 흩날리는 닛보리(日暮里) 역 근처에서 '하-얏케 질닌 얼골'로 '꼿닙보다 더 붉은 핏덩어리 하나'를 뱉는다. 또 여윈 손을 가늘게 떨며 하늘을 바라보며 쓸쓸한 웃음을 짓는다. 병이 깊어져 가는 가운데서 C라는 여성에 대한 '한 송이 백화'가 피어났지만 불행히도 그것은 나도향만의 '편연(片戀)'이었다고 한다.[2] 이태준의 글에서 나도향의 병이 지닌 고통, 참혹 등은 사라지며, 하얀 얼굴, 꽃잎보다 붉은 피, 쓸쓸한 웃음 등이 그 자리를 대신한다. 또 이루어질 수 없는 연모와 연결되어, 앞선 표상들은 더욱 분명한 모습을 지니게 된다.[3]

나도향의 죽음에 대한 낭만적 접근은 김동인에게서도 발견된다. 김동인은 「續文壇回顧」, 「寂寞한藝苑」 등에서 나도향이 사랑을 갈구하는 고독한 심경에서 벗어나지 못하고 일찍 죽었다고 한다. "일즉 죽으려고 그만한 才質을 타고 낫는지는 모르"겠지만, 그것을 "몰라주는 朝鮮社會에 대한 憤怒가 커 간다"는 것이다.[4] 「文壇30年의자최」에서는 나도향에 대한 규정을 『백조』 동인들의 문제로 확대해서 바라본다. 『창조』, 『폐허』 등의 동인 가운데는 세상을 떠난 사람이 없는데, 나도향을 비롯해 현진건, 홍사용, 이상화 등이 일찍 유명을 달리한 것은 『백조』 동인들의 비통하고도 괴상한 숙명이라는 것이다.[5] 백철, 조연현 등은 나도향 문학이 일정한 변모를 보였지만 미숙, 불완전성 등을 노정했음을 언급하는데, 그 이유 역시 작가적인 숙련이 익어가려 할 때 아깝게 세상을 떠나 천재적인 가능성을 꽃피우지 못한 데서 찾고 있다.[6] 이러한 과정을 통해 "天才作家이며 短命의 作家라는 두 가지 사실"은 나도향을 평가하는 데 "거의 공식화되다시피 한 전제가"[7] 되었다.

앞선 논의들에 나타난 나도향의 병과 죽음이 지닌 의미에 대해 적절하게 지적한 것은 김윤식이다. 수전 손택(Susan Sontag), 가라타니 고진(柄谷行人) 등의 논의에 기대어, 김윤식은 나도향에게 결핵은 단순히 질병이 아니라 은유로 작용했음을 언급한다. 서구에서 결핵의 희생자들은 감수성의 특출함과 병행했는데, 조선에서 "나도향만큼 민감한 감수성 혹은 조숙성을 갖춘 자는 없"[8]었다는 것이다. "메타포로서의 결핵, 그것이 백조파로 대표되는 문학이었던 것"이며, "그 전형적인 경우가 나도향"[9]이라고 했다. 김윤식은 나도향에게 결핵이 단순한 질병이 아니라 감수성, 조숙성 등의 은유로 작용했음을 언급한다. 이는 이태준에서 비롯되어 이후 나도향의 병과 죽음을 대하는 태도의 근간을 정확하게 지적한 것이기도 하다. 하지만 손택이 은유로서의 질병에 대해 다룬 의도가 질병을 둘러싸고 날조되는 가혹하고 감상적인 환상에서 벗어나기 위한 것이었음을 고려할 때, 김윤식의 논의에서 그 의도를 발견하기 힘듦도 간과해서는 안 된다.

이후 병과 죽음은 나도향의 문학을 평가하는 근간으로 작용하게 된다. 대개의 문학사적 서술에서 나도향 소설에 대한 평가는 초기작과 후기작이 지니는 차이, 곧 변화에 초점이 모아진다. 초기작이 감상적, 낭만적 성격을 지닌 데 반해,[10] 변모 이후의 소설은 치밀한 묘사에 기반을 둔 사실주의적 성격을 주로 한다는 것이다. 하지만 변화에도 불구하고 나도향 소설이 감상성, 낭만성에서 벗어나지 못했다는 점 역시 강조된다.[11] 초기작에서 인물의 지향을 가로막는 대상이 추상적이었던 데 반해 이후 그것이 빈부나 착취 관계로 나타났다는 것이 변화의 얼개인데, 뒤에서 다루겠지만 이러한 시각 속에서 나도향의 소설이 감상성, 낭만성을 벗어나지 못했다는 평가는 피하기 힘든 것으로 보인다.[12] 그리고 여기에서도 나도향의 병과 죽음을 둘러싼 의미망은 작용하고 있다. 결핵은 현실의 질서를 받아들이지 못하는 예민한 감수성을 의미했으며, 이른 나이의 죽음은 작가적 재질을 제대로 발현시키지 못했다는 미숙성과 연결되었다. 감상성이나 낭만성이라는 평가에서 직접 언급되지는 않지만, 나도향의 병과 죽음은 평가의 심층에서 작용하고 있다는 것이다. 여기에서 나도향의 문학을 감상성, 미숙성 등과 환치시키는 데서 벗어나 개인의 비루한 삶과 존재론적 흔들림을 예술적 양식으로 승화시키고자 했던 시도를 제대로 읽어내기 위해서는 먼저 병과 죽음에 대한 정당한 접근이 이루어져야 함을 알 수 있다.[13]

근래 나도향의 문학에 대한 논의는 사랑, 욕망, 예술 등 작가의 지향과 그 의미를 구명하는 데 초점이 맞추어져 있다. 근대성의 표징으로 사랑에 주목하는 경우, 사회적 관습과 통념 등 당대의 질서에 의해 근대적 사랑이 좌절하거나 패배하는 것을 그렸다고 보거나 죽음을 향해 비약하는 비극적 파토스를 통해 성찰적 내면을 획득하고 근원적 비의의 세계에 이르렀다고 파악한다.[14] 또 이성과 합리가 지배하는 사랑의 반대편에 위치한 존재로서 욕망이나 관능에 주목해, 나도향 소설에 등장하는 욕망이나 관능이 자기 정체성 확립이나 사회적 관계 탐색 혹은 형식의 정제성 획득 등의 계기가 되었다는 논의도 개진되었다.[15] 한편 「물레방아」, 「뽕(桑葉)」 등에서 가난이나 착취 관계가 제시되지만 소설의 전개를 추동한 중심은 하층민 여성의 성적 일탈이라는 점에서 욕망을 성적 일탈이나 타락 등으로 보는 논의 역시 제기된 바 있다.[16] 또 나도향의 예술, 사랑, 욕망 등에 대한 지향을 종교적 자아 담론이나 반기독교적 인식과 연결시켜 나도향의 사유 기반을 구명한 논의 역시 이 글의 문제의식과 관련해 주목을 필요로 한다.[17]

소설에 나타난 사랑이나 욕망 등에 대한 긍, 부정의 차이를 지니지만, 근래의 논의는 나도향의 지향의 실체, 의미, 그리고 그 근간에 접근하고 있다는 데 의의를 지닌다. 실제 소설의 중심에 놓인 작가의 지향이 근대성을 탐색하는 계기였는지 부정적 타자성의 표상이었는지를 묻는 것은 이 글의 관심을 넘어서는 것이다. 하지만 그 질문에 답하는 것, 곧 지향의 실체와 의미를 해명하기 위해서 나도향의 병과 죽음을 둘러싼 왜곡된 의미망에서 벗어날 필요가 있다는 것 역시 사실이다. 이 글의 문제의식과 관련해서 이야기한다면 결핵과 죽음에 대한 예견은 나도향에게 자신의 지향을 다시 응시하게 하는 기회를 마련한다. 응시는 지향의 이면에 무엇이 자리하고 있는지, 지향의 본질은 무엇이었는지에 대한 질문과 이어진다. 그렇다면 소설에 나타난 작가의 지향이 지니는 의미에 접근하기 위해 먼저 작가의 언급에 귀를 기울이는 것도 나쁘지는 않을 것이다. 이렇게 볼 때 나도향의 병과 죽음, 또 그것을 계기로 한 인식의 변화에 대한 논의는 그것 자체에 대한 해명과 함께 작가의 지향이 지니는 의미에 제대로 접근하기 위해서도 필요한 논의라고 할 수 있을 것이다.

2. 죽음에 이른 투병

나도향이 언제 결핵에 걸렸는지는 알려져 있지 않다. 양주동은 1924년 5월 『금성』 폐간 무렵 "稻香 羅彬과 사귀어 몇 번 그와 조촐한 술자리를 같이 하였"는데, "그가 정작 東京에 왔을 때는 이미 술을 거지반 끊지 않을 수 없는 重態"[18]였다고 했다. 염상섭은 1926년 1월 26일 '동경'역에서 마중 나온 나도향을 만난다. 그때 나도향의 "顔色의 憔悴함은 눈에 顯著히 씌엿"고, "두 눈은 한칭 더 움푹 패어보엿"[19]다고 했다. 이미 1926년 1월에는 병색이 눈에 띄었음을 말해준다. 나도향이 '동경'에 갔을 무렵, 곧 늦어도 1925년 겨울에는 발병을 했음을 알 수 있다.

1925년 7월 『조선문단』의 「文士消息片片」에는 나도향이 염상섭과 함께 '시대일보사'를 그만두고 어디론가 간다는 언급이 있다.[20] 나도향이 '시대일보사'를 그만둔 것은 1925년 6월이었다. '보천교'와 관련되어 최남선, 진학문이 '시대일보사'를 그만두고 홍명희, 한기악이 입사하는 등 운영진과 편집진이 바뀌는 과정에서였다.[21] 하지만 나도향이 곧바로 '동경'으로 간 것은 아니었던 것으로 보인다. 나도향은 1925년 8월 열린 제6회 「朝鮮文壇合評會 －七月創作小說總評」에 김동인, 양백화, 현진건 등과 함께 참석한다. 1925년 9월 발행된 『조선문단』의 「文士消息片片」에도 나도향이 "漢江에 「색트」 타는 데는 밥 먹기도 니저버"[22]린다는 언급이 있다. 이은상은 나도향의 죽음 직후 『동아일보』에 게재한 「孤獨한散步者 故羅彬君을憶함」에서 "지난해 녀름에 그대가 合浦의 내 집에서 손 되여 잇"었다가 '동경'으로 향했다며 나도향의 죽음을 안타까워한다. '합포'는 마산의 옛 지명으로, 1925년 여름 나도향이 이은상의 마산 집에 들러 머물렀음을 알 수 있다.[23] 이렇게 볼 때 나도향이 '동경'으로 간 것은 빨라도 1925년 9월 전후였을 것이다.

앞서 나도향의 눈이 움푹 패여 보이고 안색이 초췌해 보였다는 염상섭의 언급을 확인했다. 『조선문단』에 실린 「文士들의이모양저모양」, 「文士들의 얼골」 등에 따르면, 나도향은 "얼골이 동고소름한데 위보다 아래ㅅ광대뼈가 퍼지고" "우둘우둘하고 검으테테한 사람이 좀 沒趣味하게 뵈이"어 "比律賓 사람이라고"[24] 불렸다고 한다. 이은상도 "그의 얼굴 생김이 미모에서는 너무도 거리가 멀었던 그것"[25]이었다고 했다. 어쩌면 창백하게 여위어간다는 결핵의 표상은 나도향이 원했던 외양에 가까운 것이었을지도 모른다. 하지만 병이 깊어가는 나도향에게서 그런 점을 발견하기는 힘들다.

1925년 겨울에서 1926년 봄에 이르는 동안 나도향의 병은 급격히 악화되어 갔다. 염상섭은 "次次 病勢가 甚하야가는 것이 完然히 보이고", "酒色은 벌서 前부터ㅅ 일이어니와 나종에는 禁煙까지 斷行하는 수밧게 업시 되엇"[26]다고 했다. 이태준 역시 나도향이 "눈이 써지고 광대가 내미러 骸骨이 그냥 보히는 듯한" 모습을 하고 "뒤를 이어 재우치는 기침과 혈담"[27]에 괴로워했던 것을 떠올린다. 김영진은 "髑髏에 핼푸른 皮○를 쓰리고 그 눈 우에 겨오 墨으로 그린 듯한 눈썹을 부처노"은 얼굴에 놀라, "사람을 그럿케도 불상하고 보기 실케까지 暴待를"[28] 하는 나도향의 병을 '참혹한 악마'라고까지 했다. 박종화 역시 "激烈한 咳○와 喀痰에 괴로운 가슴을 어르만지"는 나도향의 "瘦瘠한 얼골일 보고 깜작 놀라지 안을 수 업"[29]었음을 토로한다. 나도향 스스

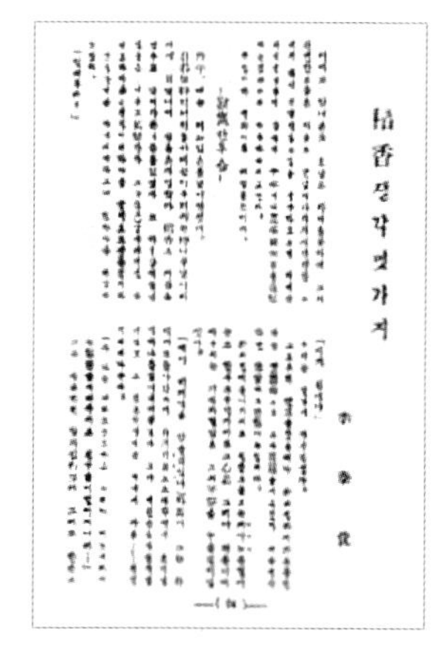

오른쪽은 『조선일보』에 실린 1927년 8월호 『현대평론』의 광고이다. 나도향이 세상을 떠난 지 1년이 지나 '나도향 추모 특집'을 마련했다. 왼쪽은 그 중 한 편으로 실린 이태준의 「稻香생각몃가지」의 서두 부분이다.

로도 소설에서 "마치 기름먹은 유지에 주황으로 코나 눈이나 입을 그려 놓은 것 같이 핼쓱하고 보기가 싫"어 병든 얼굴이 "나 자신까지 낙망시키도록 무섭게"[30] 보인다고 했다.

병과 함께 경제적 궁핍 역시 나도향을 괴롭히는 것이었다. 염상섭은 당시 나도향을 만나 "次次 生活의 內容을 보니 如干한 困寒이 아니엇"으며 "東京 사리를 安定시킬 方途를 차리는 것도 아니엇다"[31]고 했다. 빈곤은 먹는 문제와도 연결되었다. 나도향은 당시 이태준, 김지원 등과 함께 지냈는데, 세 사람은 "눈이 三千里씩 들어가고 니가 송곳갓치 날카워"져 "서로 窮相을 조롱하고 서로 주린 腸子을 속히엿다"[32]고 했다. 그들은 '우애학사'라는 곳에서 함께 지냈는데, 그곳은 와세다(早稻田) 대학의 기숙사로 사용되었으나 당시에는 비어 있어 무료로 살 수 있었다.[33] 그것 역시 경제적 상황과 무관하지 않았을 것이다.

다른 생계 수단이 없었던 나도향에게 원고를 쓰는 것은 유일한 수단이었다. 김억은 당시 나도향에게 원고료를 독촉하는 편지가 자주 왔다고 했다.

> 여긔「그것 엇더케 좀 쌀니 해주게 그려」한 것은 글벗집에서 現代文藝叢書 第五券으로 발행될 同君의 創作集「自己를찻기前에」의 原稿料 催促이다. 그때에 꽤 窮햇든 모얏으로 原稿料 어더 보내라는 便紙가 적지 아니하엿으나 글벗집에서는 녀름에는 中止햇다가 가을부터 始作한다고 하기 때문에 나 亦 엇젤 수가 업서 이 뜻만 待하고 말앗든 것이다.[34]

나도향은 병이 악화되어 안정을 취해야 되는 상황에서도 원고를 계속 써야 했으며 기약 없는 원고료를 독촉해야 했다. 1925년 겨울에서

1926년 봄에 이르는 동안 나도향은 「꿈」, 「뽕(桑葉)」, 「池亨根」 등을 『조선문단』에, 「피묻은 편지 몇 쪽」[35]을 『신민』에 발표했다. 당시는 병세가 "하로 잇틀 기우러만지니 그때는 戶庭出入도 힘들게 되어" 겨우 "집행이에 몸을 실어"[36] 걸어 다닐 때였다. 염상섭이 센다가야(千駄ヶ谷)로 이사를 한 나도향을 찾아가보니, 나도향은 "자리보전을 하고 누워서"도 "某誌의 原稿를 쓰며 쉬며 하고 잇섯"다. 염상섭은 "歸國할 路需를 벌랴는 것"일 텐데 "그 알들한 稿料가 와서 歸國하자면 어느 千年에 될고 하는 생각"[37]에 안타까움을 느낀다. 병든 몸으로 여비조차 없었던 나도향에게 원고를 쓰는 것은 조선으로 돌아올 여비를 마련할 수단이었던 것이었다.

나도향은 병이 깊어가면서도 자신의 병이 결핵임을 주위 사람들에게 알리지 않았다. 염상섭과는 술이나 차를 마시는 잔을 같이 사용했지만 "여러 사람과 食事를 할 때에도 自己 혼자서는 매오 注意하얏"[38]다고 했다. 자신이 각혈하는 것을 본 이태준에게도 "어느 시까지는 秘密을 직켜"달라고 부탁한다. 뒤에서 상론하겠지만 여기에는 결핵에 대한 당시의 인식이 작용하고 있었다. 이태준은 나도향이 각혈을 하는 것을 보고 "電車를 탓슬 때나 朴의 집까지 가는 동안" "意識的으로 그와 間隔을 지"으려 한다. '동경'에서 나도향이 연모했던 C라는 여성 역시 나도향이 죽은 후에 "그럿케 速히 가실 줄 알엇드면 좀더 따듯하게 해드릴 걸… 病이나 다른 病 갓해서도…."[39]라고 탄식한다. 나도향이 자신의 병이 결핵임을 감추려 했던 것은 "親舊들에게라도 써들려서 忌避하고 嫌惡하는 감정을 주지 안흐랴는 생각"[40]에서였던 것이다.

나도향이 조선에 돌아온 것은 1926년 6월이었다.[41] "日本으로부터 돌아온 後" 나도향을 본 사람은 "누구라도 君이 발서 죽엄과 그리 멀지 아니함을 짐작하고 놀낫"으며, 심지어 "日本 東京으로부터 汽車,

汽船의 머-ㄴ 길을 왓"던 것이 "奇蹟이 아니고 무엇인가"[42]라며 탄식하기도 했다. 조선에 돌아온 후 나도향은 계속 "自宅에서 療養하다가 八月 初旬 光熙門 박 僧伽寺로 轉地 療養을" 갔다. 하지만 "病勢는 漸漸 沈重하여 갈 뿐임으로 지난 十七日에 도로 自宅에 도라왓는데 일노부터는 날마다 더하여"[43]만 갔다. 그런 가운데서도 나도향은 원고를 쓰는 일에서 자유로울 수 없었다. 세상을 떠나기 2주 전쯤 나도향을 찾아간 박종화는 침대 머리맡 책상에 흩어진 원고지를 보고 병중에 무엇을 쓰는지 묻는다. 나도향은 "쓰기는 무엇을 써 쓰랴고 하나 어듸 써지나 나믄 아퍼서 괴로운데 그 망할 것들이 病中의 感想을 써 달라네 그려"라며 "쩌나리스트들의 沒人情한 것을 우스며 이약이"[44]한다. 나도향이 쓰고 있었던 글은 1926년 8월『신민』에 발표된「病床囈語」였다.

병이 악화됨에 따라 나도향은 자신의 죽음을 예견했을지도 모른다. 염상섭은 1926년 봄 이미 나도향의 삶이 "어대까지 살아야 하겟다는 熱意가 슬어저가는 사람의 生活"[45]이었다고 한다. 나도향 스스로도 "이 병이 멀지 않은 장래에 나의 생명을 빼앗지나 않을까 하는 의구의 생각"[46]에서 벗어나기 힘듦을 토로했다. 그러나 여기에서 유의해야 할 점은 죽음을 예술이나 사랑 등의 지향이 현실의 억압과 부딪쳐 좌절되는 상황 속에서 나도향이 선택한 출구로 보기는 힘들다는 것이다. 나도향은 평소 "사랑이 죽음보다 강하다 하나 삶음보다 강한" 것은 아니며 "사랑을 위하야 죽는 이보다"는 "더욱 사러 보고 십다"[47]는 생각을 가지고 있었다. 또 "天才가 되어서 夭折을 하거나 또는 남이 사는 것만치 生을 享樂치 말라 한다 하면" "그까지 天才라는 것은 헌신짝만큼도 생각지 안코 내버릴 것"[48]이라는 언급 역시 이와 연결된다. 작가의 체험이 투영된 소설로 파악되는「피묻은 편지 몇 쪽」에서 '나'는 사랑과 병의 갈등 속에서 죽음을 떠올리고 치료를 그만두려 하지만 곧 삶에 대한 무서운 집착은 약을 입에 털어 넣게 만든다.

나도향은 1926년 8월 22일 '신민사'로 엽서를 보낸다. "病의…가 尤甚하야 未安하오나 今番 小說 繼續은 쓰지를 못 하고 집에 와서 누엇는데 飮食을 全廢할 至境"이니 "差度 잇는 대로 써 보내겟"[49]다는 내용이었다. 식음을 전폐하고 누워있는 지경에서도 원고에 대한 부담에 쫓기고 있었음을 알 수 있다. '금번 소설'은 『신민』 7월호부터 연재된 「火焰에 싸인怨恨」이었다. 차도가 있는 대로 쓰겠다는 나도향의 바람과는 달리 소설은 『신민』 8월호까지 연재되다가 중단되고 만다. 엽서를 보낸 나흘 후 나도향이 세상을 떠났기 때문이다. 나도향은 죽음의 순간까지 삶에 대한 애착을 버리지 않았고 그 순간까지 원고의 무게에서 자유롭지 못했다.

3. 조선에서 결핵의 표상

당시 신문, 잡지 등 미디어에서 결핵은 고통스럽고 참혹한 질병으로 다루어졌다. 1928년 9월 28일 『조선일보』는 의사의 말을 통해 "폐결핵은 병중에도 뎨일 참혹한 병이며 사람에게 뎨일 만흔 고통을 준다"고 했다. 이어 투병 과정을 "긔침을 하며 피를 뱃흐며" "견듸기 어려운 고통"을 참으며 "피골이 상접하여 시시각각으로 애처럽게 죽엄과 싸홈하"[50]는 것으로 묘사한다. 앞선 인용에서 드러나듯 결핵은 죽음과도 연결되었다. "폐결핵(肺結核)이란 뎐염병은 한번 걸리면 아주 죽는 줄로 인뎡하게 된 무서운 병"[51]이라거나 "폐병은 도뎌히 낫지 못할 것이라고 비관하면 할스록 병은 무거워"[52]진다는 언급은 결핵이 치명률이 높은 병이었음을 말해준다. 결핵이 치명적으로 받아들여진 데는 치료약이 없었다는 이유가 크게 작용했다. 의사들조차 "곳치는 법에 특효약(特效藥)이 업"[53]다, "肺結核患者에는 藥이 업다"[54]고 하고, 심지어 "患者가 藥을 써서 藥德으로 사라나겟거니 하면 벌서 그 病人은 사라날 希望이 업다"[55]고까지 했다. 1930년대 중반까지도 결핵은 "藥物만으로는 到底히 不可能"하고, "完全이 治療할 수 없"[56]는 질병으로 받아들여졌다.

결핵은 고통스럽고 치명률이 높은 병이었을 뿐 아니라 경제적인 부담 역시 큰 병이었다. "병과 싸호기에 막대한 로력과 시간과 금전을 허비하지 안으면 아니"[57]되었으며, "그러케 하다가 반년 이상만 지나면 그 대다수가 왼 집안이 파산의 그렁으로 들어가서 병든 사람이 낫기 전에 성한 사람마저 굶을 지경"[58]이 된다고 했다. 실제 1930년대 중반 일본의 결핵요양소는 매일 5, 6원 정도, 조선의 사설요양소는 2, 3원 정도의 비용이 드는 것으로 보도되었다.[59] 조선의 경우 당시 회사원의 월급이 50원, 기자의 월급이 70~80원이었음을 고려한다면, 한 달에 60~90원에 이르는 치료 비용은 일반인이 감당하기 힘든 액수였다. "죽을 以上에 어서 죽으면 남의게 苦로움도 적게 줄 것"이니 "「하로라도 速하게 죽을 道理가 업슬가」 하"여 "自殺이라도 하고 십헛섯다"[60]는 토로에는 자신의 고통뿐 아니라 가족들의 경제적인 부담 역시 새겨져 있다.

결핵에 대한 조사는 1920년대 초부터 꾸준히 이루어졌다. 1919년 4월 총독부령 제61호로 발령된 '전염병 예방비 공공단체의 의무 부담의 건'에 따라 "일선 행정기구들은 일상적으로 사망 및 질병 발생에 대한 통계화 작업을 수행하고 전염병 예방 접종 사업 등을 실시"[61]해야 했다. 『동아일보』를 참고로 할 때 1920년대에는 1920년, 1923년, 1926년 등에 결핵에 대한 전국적인 조사가 실시되었다. 조사를 통해 지역별, 성별, 연령별, 직업별 결핵 환자의 숫자와 분포가 제시되었다. "별명이 도회병(都會病)이라고 한 바와 갓치" 지역별로는 '경성', 개성, 인천 등의 순서로 환자가 많았고, 연령별로는 "이십사오 세부터 삼십사오 세 전후의 청년이 가장 만"았다. 환자의 숫자는 1920년에는 "조선 각디에서 이천칠빅팔십칠 명의 다수한 환자가 잇"다고 했으나, 1926년의 조사에서는 "매년 이천여 명식의 결핵병 환자가 조선 안에서 늘어"간다고 했다. 또 사망자의 수 역시 환자의 수의 절반을 넘어서는 것으로 조사되었다.[62]

결핵에 대한 유력한 대책으로 떠오른 것은 결핵요양소의 건립이었다.[63] "환자를 격리하여 전염의 우려를 차단할 수 있을 뿐 아니라 요양을 통한 신체 저항력 향상으로 자연 치료를 가능하게 할 수 있다는 점에서"[64]였다. 여기에는 서양에서 결핵 사망자 수가 감소하고 있었던 가장 큰 이유가 요양소를 설치하여 병자를 격리 치료하는 데 있다는 보도가 크게 작용했다.[65] 의사들 역시 "『사나트리움』(결핵요양소; 인용자)이 많으면 많을사록 肺病患者가 적어"진다고 해 "社會와 一般이 協力하여『사나트리움』을 設立함이 急務"[66]라고 주장한다.

결핵요양소 설립이 시급한 문제로 제기되었음에도 조선에서 요양소의 설립은 제대로 이루어지지 않았다. 1928년 10월 선교사인 셔우드 홀(Sherwood Hall)이 해주 요양소를 설립했지만, 이는 사립 요양소로 극히 드문 경우였다.[67]『매일신보』의 기사에 따르면 1940년대에 이르러서도 결핵병상 수는 마산 2개소, 해주, 평강, 인천, 원산 등을 합쳐 400병상 정도에 불과했다.[68] 당시 조선에는 40만 명의 결핵환자가 있으며 매년 4만 명의 사망자가 발생한다고 보고되었다.[69] "朝鮮의 肺病患者가 數十萬 名이 되는 모양인데 總督府에서는 別로이 對策을 講究치 않는"다며, "社會的 施設에 當局에서도 반드시 應援하여야"[70]한다는 의료진의 요구 역시 요양소 설립이 제대로 이루어지지 않았음을

結核予防 데ー 特輯 페ー지

鬪病의 究極은

抵抗力의 强化!

消耗性疾患과 삐타민의 缺乏

結核傳染病은 삐타민의 消費量을 增加해

實際鬪病記

無代頒布

무서운 都會地에 撒布되는 結核菌

胸圍가 좁은 兒童에

注意하시라

1934년 5월 27일 『조선일보』 3면에 실린 '결핵 예방 특집 페이지'이다. 이 외에도 당시 신문에서는 결핵에 관련된 기사나 광고를 쉽게 찾을 수 있다.

말해준다.

설립이 힘들었던 주된 이유는 재정 문제였다. 체신국에서 건설하려 했던 요양소나 1943년 건립 계획이 추진되었던 요양소의 경우, 1병상당 약 1만원의 예산이 필요한 것으로 조사되었다. 조선총독부는 조선 각지에 4만 명을 수용할 수 있는 요양원의 건설을 표명했는데, 이는 사망자 1명당 1개 병상의 설치를 기준으로 한 것이었다. 이 경우 4억 원에 가까운 예산이 필요한데, 4억 원은 조선총독부의 1년 총 세출규모인 4억 2천여 만 원에 가까운 금액이었다.[71] "인구 10만을 넘는 '경성', 평양, 대구, 부산 등 대도시에 시급히 결핵요양소를 설치해야 한다는" 요구가 거듭 제기되자, "조선총독부는 각 도립의원에 부속기관으로 요양소를 설치할 것을 주문"[72]한다. 이 역시 총독부에서 재정지원을 하기가 어려웠기 때문으로 보인다.

일본에서는 1910년대부터 결핵요양소 건설을 위한 노력이 본격화

되었다. 1914년 '폐결핵요양소의 설치 및 국고보조에 관한 법률'을 반포했으며, 1919년 '결핵예방법'이 제정되었다. '결핵예방법'의 주된 내용은 인구 5만 이상의 시 또는 필요하다고 인정되는 공공단체에 결핵요양소 설치를 명령하고, 이들 단체에 대해서는 국고에서 보조를 한다는 것이었다. 이 법을 통해 일본에서는 빈곤한 결핵환자에 대한 입원과 생활의 보조가 확정되었다. 일본에서도 예산 부족 등 재정의 문제로 결핵에 대한 대책이 충분히 마련된 것은 아니었다. 1940년대 초 일본의 결핵 사망자 100명당 병상 수는 9.36개로, 독일, 덴마크, 스웨덴 등의 병상 수에 비해 10%에 불과했다. 하지만 그것은 결핵사망자 100명에 대한 병상수가 1개였던 조선에 비해서는 10배 정도 많은 숫자였다.[73]

결핵 환자가 증가하고 사망자의 숫자 역시 급격히 늘어나자 조선에도 1936년 '결핵예방협회'가 창립된다. '결핵예방협회'는 '결핵예방데이'를 정해 대대적인 계몽선전운동을 전개하는 등의 활동을 했지만, 그것이 결핵에 대한 효과적인 대책이 되기는 힘들었다.[74] 오히려 일본에서 1919년 제정되었던 '결핵예방법'은 조선에서 식민지배가 종결되던 1945년까지도 제정되지 않았는데, 이는 결핵요양소의 설치를 요구할 수 있는 법적 근거가 마련되지 못했음을 의미한다.

요양소 설립이 불가능한 상황에서 조선총독부가 취했던 대책은 개인위생에 대한 강조였다. 세브란스 병원 의사였던 심호섭의 "病院 혹은 療養院에 收容하야 結核菌을 根絕 식힘이 根本問題"지만 "社會的 施設이 殆無"해 "實行함에 多大한 難關이 있으니" "몬저 豫防策을 講究함이 第一 適當타"[75]는 언급이나 "朝鮮에 있어서『사나트리움』이 必要한 것은 두말할 것 없으나 갑작이 實現되기는 어려"우니 "무엇보다도 衛生 思想을 宣傳하는 것이 第一 必要"[76]하다는 주장은 이러한 상황과 연결되어 있다.

결핵이 "結核菌의 感染으로 因하야 發生하는 것"이라고 했을 때, "結核 患者에 接近치 말"아야 하고, "結核菌의 附着의 疑心이 있는 物件을 一切"[77] 접촉하지 말아야 했다. 특히 결핵 전파의 원인으로 지목된 가래, 침 등은 개인위생의 주된 항목이었다. 1918년 '폐결핵예방에 관한 건'에서 제기된 '타구(唾具)'의 설치는 1930년대 중반에 이르기까지 거듭 강조되었다.[78] "府內 電車와 뻐스의 乘換停留場에 쓰레기통을 兼用할 수 잇는 唾具桶을 설치하야 結核菌의 傳播를 豫防"[79]해야 한다는 주장 등이 그것이다. 공공장소에 '타구'를 설치하는 문제와 함께 가래, 침을 뱉는 사람에 대한 처벌 방안 역시 마련되었다.

"침을 길거리에 함부로 배앝아서는 안 될 것"이니, "기차, 전차, 도로 외 혼잡한 곳에 침을 배앝는 사람은 경찰에서 이를 엄중취체하기로 되엇다"[80]는 것이다. 의사들은 "늘 排○하고 있는 肺結核 患者"는 "直接이나 혹은 間接으로 感染의 危險이 多大한 故로" "結核 患者를 嚴重히 取締함이 國民衛生上 至極히 必要하"[81]다는 주장으로 취체를 정당화했다. 개인위생에 대한 강조가 결핵을 범죄시하고 처벌로 이어지자, 가래, 침을 뱉는 행위나 결핵 환자 등에 대한 경각심과 기피심은 극단적인 양상까지 띠게 된다.[82] 조선인들이 "結核 患者를 爲하는 努力에는 몹시도 몸을 아껴하"며, "밤낮 두려워 할 줄만 알고 患者를 멀리 할 줄만" 알아, "朝鮮의 結核에 대한 朝鮮 民衆은 어둡고 沒人情하기가 言語道斷"[83]이라는 언급은 이러한 상황을 나타내고 있다.

4. 결핵, 은유와 질병의 사이

수전 손택(Susan Sontag)은 『은유로서의 질병』에서 결핵이 은유로 사용된 것에 대해 이야기한다. 먼저 손택이 주목한 부분은 결핵이 현저히 드러나는 투명한 질병이라는 것이다. 결핵은 빠른 속도로 진행되어 사람을 핏기 없이 창백하고 마른 모습으로 변화시킨다. 마치 육체가 급격히 소모되어 불타 없어지는 것처럼 느껴지게 만든다는 것이다. 창백하고 마른 모습이 인간이 지닌 최상의 본성이나 인간의 연약함을 드러내 주는 신호로 받아들여지자, 결핵에 걸렸다는 것이야말로 품위있고, 우아하며, 섬세하다는 지표가 된다. 창백하게 말라가는 결핵 환자는 우수 어린 분위기 속에서 감성적이고 창조적인 존재로 여겨졌고 사람의 마음을 끌어당기는 연약함이나 뛰어난 감수성의 상징이 되어갔다는 것이다.[84]

앞선 이미지는 결핵이 주로 폐와 관련된 질병이었다는 데 기인하는 바 컸다. 폐는 몸의 위쪽에서 호흡, 숨 등을 담당하는 기관이었으며, 호흡, 숨 등의 전통적인 이미지와 연결되어 영적으로 정화된 기관으로 여겨졌다. 폐의 질병인 결핵은 은유적으로 영혼의 질병을 의미하게 되었다. 19세기의 많은 문학 작품 속에서 결핵은 별다른 증세가 없고 무섭지도 않은 질병으로 묘사되었으며 나아가 기쁨이 넘쳐나는 죽음과 연결되었다. 죽음에 직면했을 때 사람들이 더욱 의식적이 된다는 관념과 더불어 죽어가는 결핵 환자는 아름답고 숭고하게 그려졌다. 결핵은 천한 육체를 분해해 인격을 영묘하게 해주며 의식을 확장시켜준다는 새로운 지식을 통해 죽음을 교화하고 미화했던 것이다.

결핵이 섬세함이나 영혼의 은유로 사용되자 결핵 환자 역시 같은 은유 속에서 의미를 부여받게 되었다. 결핵 환자는 한편으로 열정의 소유자로 파악되었으며 다른 한편으로 체념과 연결되기도 했다. 먼저 결핵 환자는 내면에서 일어나는 격렬한 열정, 곧 육체의 소멸을 가져올 정도의 열정에 의해 소모되는 사람으로 받아들여졌다. 한편 결핵은 천성적인 희생자들, 즉 살아남기에 충분할 만큼 삶에 애착을 지니지 않는 민감하고 수동적인 사람들의 질병이라고 찬미되기도 했다. 하지만 열정과 체념 둘 모두는 진부하고 비루한 삶의 반대편에 위치해, 결핵 환자는 예민한 감수성의 승화를 통해 완벽한 감정을 지향하는 사람들로 여겨지게 되었다. 결핵을 은유로서 받아들이는 태도는 문학, 예술 등에 한정된 것만은 아니었다. 사람들은 치료가 거의 불가능할 뿐만 아니라 실제로 사람을 무력하게 만든다는 이 무시무시한 질병에 걸리려 앞다퉈 싸우는 듯했다는 언급 역시 이를 가리킨다.[85)]

가라타니 고진(柄谷行人)은 도쿠토미 로카(德富蘆花)의 『호토토기스(不如歸)』를 예로 들어 근대 일본에서 결핵의 의미에 대해 논의한다. 고진에 따르면 당시 일본에서 사회적으로 퍼져나갔던 결핵은 비참한 것이었지만 문학에서 결핵은 그와 동떨어진 상태에서 그것을 전도시키는 의미로서 존재했다고 한다. 하지만 고진이 말하고자 한 주된 논지는 은유로서의 질병에 대한 것이 아니다. 고진은 근대의 질병은 개인에게 나타나는 것과는 달리 어떤 분류표, 기호론적 체계에 의해 고안된 것이라고 했다. 질병이 근대 의학의 지식 체계에 의해 만들어져, 분류표나 기호론적 체계에 의해 존재하게 되었다는 것이다.

> 결핵은 예전부터 존재했던 결핵균에 의해서가 아니라 복잡한 관계들의 그물망에서 발생한 불균형으로부터 파생된 것이었다. 하지만 결핵을 물리적(의학적)이든 신학적이든 하나의 〈원인〉으로 환원시켜 버리고 나면 그것은 여러 관계들의 시스템을 안 보이게 만

든다.[86)]

고진은 은유로 사용된 결핵이 중요한 것이 아니라 근대 의학의 지식 제도의 의해 대상화된 결핵이 문제임을 주장한다. 결핵을 순수하게 병으로서 대상화하게 되면 그것을 둘러싼 관계들의 시스템은 은폐되고 만다는 것이다.

결핵이 다른 질병과 마찬가지로 근대 의학의 지식 체계에 의해 만들어져 존재한다는 고진의 논의가 시사하는 바는 크다. 결핵이 은유로 사용되는 것 역시 지식 체계의 전도에 의한 것임을 고려할 때, 논의는 은유로서의 결핵이라는 사고의 근간을 지적한 것이기도 하다. 하지만 은유로서의 결핵이 그것을 질병으로 규정한 지식 체계를 근간으로 하고 있다는 것과 어떻게 그런 은유로 사용되었는가 하는 것은 다른 문제이다. 고진의 논의가 참혹한 질병이었던 결핵이 어떻게 아름답게 쇠약해져가는 것의 은유로 사용되었는지에 대한 질문에 답하기 힘든 것 역시 같은 이유에서이다. 결핵이 은유로 사용되었다면, 어떻게 그런 은유로 사용되었고, 그것이 어떤 역할을 했는지, 나아가 그러한 은유에 어떻게 거리를 지닐 수 있는지에 대한 접근 역시 중요할 것이다. 그 접근은 조선에서 결핵이 서구에서 그랬던 것과 같은 은유로 사용되었는지를 해명하기 위해서도 필요하다.

나도향에게 결핵은 고통스럽고 참혹한 질병이었다. 그것은 품위 있고, 우아하며, 섬세하다는 지표와는 거리를 지니는 것이었다. 나도향은 자신이 결핵에 걸렸다는 것을 사람들에게 감추려 했는데, 이는 결핵이 사람의 마음을 끌어당기는 연약함이나 감수성의 상징이 아니라 기피와 혐오의 대상이었음을 말해준다. 나도향에게 죽음 역시 아름다운 것이라기보다 냉엄한 것이었으며, 어떻게든 피하고 싶었던 것이었다. 그것을 내면에서 일어나는 격렬한 열정, 또 그것에 의해 육체가 소멸되는 과정으로 보기도 힘들다.[87]

손택은 이 문제와 관련해 결핵에 대한 은유가 고정된 것이 아니었음을 환기시킨다. 19세기 중반이 되자 투명한 영혼의 은유로 사용되는 것은 여전했지만, 결핵은 점차 끔찍한 공포나 저주의 대상이 되어갔다고 한다. 긍정적으로 추앙되었던 정념은 몸 속 깊은 곳에 있는 세포를 구석구석 덮쳐 해를 입히는 존재로 여겨진다. 특히 당시 프랑스 혁명과 그 결과를 둘러싼 현대의 관념은 결핵에 대한 낙관적인 은유를 산산조각 내게 되었다는 것이다. 결핵은 무작위로 수치스러움을 낙인찍었으며, 낙인은 가혹한 도덕적, 정신적 비판과 더불어 공동체에서 고립시키는 역할까지 했다.

그렇다면 참혹한 질병인 결핵이 섬세한 감수성이나 아름다운 영혼의 은유와 연결될 수 있었던 맥락은 무엇이었을까? 일정한 차이를 지니지만 근래에는 결핵이 맡았던 은유를 암이 담당하고 있다며, 손택은 다음과 같이 언급한다.

> 암에 부여하는 은유들은 상당 부분 우리의 문화가 지닌 거대한 결점을 퍼뜨리는 수단이다. 즉, 죽음을 대하는 천박한 태도, 감정을 드러내기를 두려워하는 우리의 불안, 우리가 실제로 직면한 '성장의 문제'를 앞뒤 가리지 않고 대하는 우리의 무모함, 소비를 적절히 규제하는 선진 산업사회를 건설하지 못하고 있는 우리의 무능력, 점차 가중되고 있는 역사의 폭력을 둘러싼 공포를 정당화하는 우리의 태도 같은 결점을 말이다.[88]

손택은 암에 대한 은유가 불안감, 무모함, 무능력 등 현대 사회가 안고 있는 문제점이나 결점을 드러내는 것이라는 데 주목한다. 은유로서의 결핵 역시 당시 사회의 문제점을 표상한 것이었다. 서구에서 결핵이 앞선 은유로 사용된 시기는 18세기 중엽에서 19세기 중엽이었으며, 주된 시기는 18세기 말에서 19세기 전반기까지였다.

당시는 여러 가지 근대적 기획이 시도되고 있었음에도 불구하고 봉건적인 요소가 잔존하고 있었고 또 한편으로 부르주아가 막강한 지배력을 획득하여 자본주의가 토착화함에 따라 그 부정성 역시 드러나는 시기였다. 자본주의가 형성되어 가는 과정에서 현실로 된 이성의 왕국이 인간의 해방을 이루지 못했다는 사회적 경험에 의해, 이성으로는 기존 문화의 인위성과 인습성을 극복하기 힘들다는 자각이 나타났다. 경제적 자유주의라는 탈을 쓴 비인간화 등 부정적인 면모가 노골화되었으며, 프랑스 혁명의 실패와 나폴레옹의 등장 등의 정치적 격변이 자본주의적 현실에 대한 혐오를 가중시키던 때이기도 했다.[89]

결핵의 은유는 산업 제국을 건설했고, 수백 권의 소설을 써냈으며, 전쟁을 일으켜 대륙을 약탈했던 위인들이 점차 뚱뚱해져 가는 현실의 반대편에 위치했다. 그러한 현실 속에서 속물이나 졸부, 출세를 노리는 야심가들이 보기에는 결핵에 걸렸다는 것이야말로 품위 있고, 우아하며, 섬세하다는 지표가 되었던 것이다. 또 경제적 과잉생산이 폐해를 가져오고, 갈수록 개인들이 관료조직에 속박되어 가는 현실 역시 사람들이 기력이 지나치게 풍부한 것을 두려워할 뿐 아니라 표출해서는 안 될 기력을 갖고 있을까 봐 걱정하게 만들었다. 창백하고 핏기 없는 결핵의 표상은 천박하고 몸집이 크거나 기력이 넘치는 모습을 진부하고 속된 것으로 몰아낸 자리에 새로운 유행이자 패션으로 자리 잡은 것이었다.[90]

하지만 결핵이 은유로 사용되기 위해서는 천박한 몸집이나 넘치는 기력을 일부의 것으로 여겨야 했음도 간과해서는 안 된다. 열정에 의해 아름답게 소진되어 죽음에 이른다는 결핵의 은유는 많은 부분 낭만주의의 특징과 겹쳐진다. 한스 로베르트 야우스(Hans Robert Jauß)는 '미적 현대의 전개'에서 18세기 말을 전후로 한 낭만주의가 지니는 양면성에 대해 지적한 바 있다. 야우스는 아도르노의 표현을 빌려 낭만주의가 이후 독재적 이성의 '현혹적 연관관계(Verblendungszusammenhang)'라고 부르게 될 그 어떤 것의 정곡을 찔렀다고 한다. 근대 이성의 부단한 진보에 대한 낙관주의적인 신뢰에 회의를 드러내고, 이상, 동경 등을 통해 독재적 이성에 의한 억압에서 벗어나고자 한 것이다.

하지만 낭만주의는 근대 이성과 자본의 이면을 발견함과 동시에 위안을 주는 진실 역시 천명한다. 독재적 이성의 현혹적 연관관계의 연원을 잘못 도덕화된 인간에게 속하는 것으로 규정한 것이다. 미덕 혹은 신뢰에 대한 공적인 환상은 여전히 유효하게 되었고, 억압적 현실의 근간에 위치한 물질적, 경제적 조건은 은폐되거나 수용되었다. 낭만주의가 19세기 중엽 미적 현대의 또 다른 시대문턱에서 타락한 현대인을 그의 본성 위로 끌어올리고 상상력의 발전에 이르게 하기 위해서는 죽음을 감수하고라도 당대의 지식과 도덕에서 벗어나야 했다는 지적을 받았던 것 역시 이와 연결된다.[91]

이 글의 문제의식과 연결시켜 보면 결핵과 관련해 당시 식민지 조선에서 '현혹적 연관관계'를 벗어난 현실적 조건을 발견하기는 쉽지 않다. 매년 결핵 환자가 급격히 늘어나며 절반에 가까운 환자가 사망한다고 조사되었지만, 조선총독부는 재정을 이유로 요양소 설립에 미온적인 태도를 보이고 있었다. 일본에서는 1919년 결핵요양소의 설치를 요구할 수 있는 법적 근거인 '결핵예방법'이 제정되고 결핵요양소의 건설이 본격화된 데 반해 식민지 조선에서 '결핵예방법'은 1945년까지 제정되지 않았다. 식민지배에서 근대 의료는 사회적 배제 메커니즘을 통해 식민자의 지배체제를 확립하고 유지하는 데 동원된다. 반대로 피식민자에게 근대 의료는 노동력 확보, 식민 지배의 대외적 정당성 확보 등에 필요한 정도에 한정될 뿐이었다.[92] 예산의 부족으로 일본인들에게조차 충분한 대책이 마련되지 못했던 상황에서 피식민자인 조선인들의 결핵에 대한 대책은 열악한 것이었다.

조선총독부는 결핵요양소의 설립이 불가능하게 되자 개인위생에 대한 강조를 결핵의 대책으로 내세웠다. 결핵의 원인이라고 간주되는 행위들은 모두 처벌 대상이 되었고 권력의 통제망 안으로 포섭해 제거하려 했다. 근대의학은 "비위생적이라고 간주되는 행위들을 모두 '범죄화'하여 경찰의 통제망 안으로 포섭"하고, "공중의 건강에 훼손을 끼칠 수 있는 각종의 사회적 원인을 제거"[93]하는 데 동원되었던 것이다. 이에 따라 결핵이 범죄시되고 처벌로 이어지자, 결핵 환자에 대한 기피와 혐오는 극단적인 양상을 띠게 된다. 현실의 부정성에서 벗어난 영역에 대한 믿음이 결핵이 은유로 사용될 수 있는 전제의 하나였다면, 식민지 조선에서 결핵이 은유로 사용될 수 있는 가능성은 희박했다. 어쩌면 결핵은 은유가 아니라 식민지 조선이 처한 상황을 더욱 가혹하게 드러내는 표상이었을지도 모른다.

5. 남은 문제 -나도향의 문학과 결핵

마샬 버먼(Marshall Berman)은 자유와 충족의 삶이라는 근대의 약속이 실행되기 힘든 현실적 조건 속에서 곤경을 타개하려는 정열의 점진적인 발산을 '저개발의 모더니즘'이라고 일컬었다. 국민을 구속하는 국가, 피동적이고 단자화된 군중, 무대장치와 같은 소비경제 등 19세기 후반 러시아의 열악한 조건 속에서 배태된 도스토옙스키의 문학을 예로 들어, 그것은 근대성에 대한 공상을 지니지만 신기루나 망령에 대한 긴밀한 투쟁을 바탕으로 한다고 했다. 스스로 역사를 만들어 낼 수 없는 그 자체의 무능력으로 인해서 스스로 고립되어 격렬한 자기혐오에 시달리지만 그 속에서 자신을 질타하고 거대한 자기 아이러니를 통해서 자신을 지탱하게 된다. 이러한 문학은 자신이 성장해 나온 기이한 현실, 그리고 활동하고 생존하면서 받는 견디기 힘든 압력 등에 의해 자기 세계를 훨씬 더 편하게 느끼는 서구의 그것이 따라가지 못하는 열광을 지니게 된다는 것이다.[94]

흔히 간과되지만 손택이 은유로서의 질병에 천착한 이유 역시 같은 근간을 지니고 있다. 질병을 은유로 다루는 것은 물리적 실체를 감추는 등 질병을 왜곡해 치료를 어렵게 하는 문제를 지니지만 더욱 중요한 왜곡은 질병을 은유로 치환시킬 때 질병의 실제가 사라지게 된다는 것이다. 질병은 늘 사회가 타락했다거나 부당하다는 사실을 생생하게 고발해 주는 은유로 사용되어 왔는데, 사회의 문제에 질병의 은유를 끌어들일 때 현실의 부당성과 사회의 타락은 외면당하게 된다. 질병을 둘러싼 현대의 은유들은 물리적 건강에 비유되는 사회의 안녕이라는 이상을 특화했지만 이것은 종종 새로운 정치 질서를 요청하는 것만큼이나 자신의 반정치적인 모습을 드러내는 것이었다. 손택은 질병을 은유적으로 생각하는 사고방식에 저항하기 위해 질병이라는 왕국의 지형을 둘러싸고 날조되는 가혹하면서도 감상적인 환상을 묘사하려 했던 것이다.[95]

나도향은 1926년 3월 『신민』에 「피묻은 편지 몇 쪽」을 발표한다. 또

3월에서 5월까지 『조선문단』에 「池亨根」을 연재한다. 두 소설은 1925년 겨울에서 1926년 봄에 이르는 시기에 쓴 것으로, 당시는 나도향에게 결핵이 급격히 악화되어 갈 때였다. 앞서 살펴본 것처럼 나도향은 병이 깊어 자리보전을 하고 누워 있으면서도 조선에 돌아올 여비를 벌기 위해 「피묻은 편지 몇 쪽」, 「池亨根」 등을 썼다. 또 당시는 나도향이 결핵이 머지않은 장래에 자신의 생명을 빼앗지 않을까 하는 두려움에서 벗어나기 힘들다고 토로하는 등 자신의 죽음에 대해 예견했던 시기이기도 하다. 두 소설에서 악화되어 가는 결핵, 죽음의 대한 예견 등이 나도향에게 미친 영향을 엿볼 수 있다.

「피묻은 편지 몇 쪽」은 "버러지는 時時 파먹어 들어"가는 가운데 "짜른 一生의 感傷的인 最終面을 原稿紙에 피를 뭇치며 써 노흔"[96] 소설이라는 이태준의 언급 이후, 나도향의 병과 사랑을 감상적으로 그린 소설로 다루어져 왔다.[97] 하지만 「피묻은 편지 몇 쪽」에는 '감상적'이라는 규정에 한정되지 않는 딜레마가 나타난다. 소설에서 '나'와 '장영옥'의 사랑은 이루어지기 어려운데, 장영옥의 입장에서 결핵을 앓는 '나'를 사랑하는 것은 힘들기 때문이다. 하지만 보다 중요한 것은 '나'의 입장이다. 장영옥의 태도는 심신이 피폐해 가는 자신의 존재를 인식하는 계기가 되어, '나'는 장영옥의 생활까지 침범하려는 마음을 가지지 못한다.[98]

소설에서 사랑을 이룰 수 있는 방법은 한 가지밖에 없다. 그것은 나도향이 자신의 소설에는 여러 가지 이상적 사랑을 비극에서 끝을 맺게 한 것이 많다고 언급했던 방법이며, 『幻戱』, 「벙어리三龍이」, 「물레방아」 등의 소설에서 택했던 결말이다. 그런데 「피묻은 편지 몇 쪽」에서 '나'는 그 결말을 선택하지 못 한다. 과거에 대한 회상이 환기하는 삶에 대한 '집착'과 죽음을 당할 때 닥칠 '두려움' 때문이다. '나'는 무

池亨根

稻香

一

지형근(池亨根)은 자긔집압헤서 고나리밧침길바닥을 다시 돌라떠고 어머니와 자긔안해를 보앗다。
어머니는 마치 물컵시에 말니부든물싯기젓가리 쑤글쑤글한얼골우에 떠거운눈물방울을 쌍치트리며 아들형근을 보고
목메이는소리로
「형아 성햇스면조켓다마는 섭섭악집이 객지에 나서면 오죽고생을 하겟니 길적에 더웁게자고 음식도 가리먹고
방날가 조심하여라! 그리고편지해라!」
하며 늑겨운다。
형근의젊은안해는 모라서서 부대로만든행자치마로 눈물을 씨스며 코를마쇠가며 울면서도 자긔남편을 마지막 다시
한번보겟다는듯이 흘쥐 고개를 돌리어 볼쥐에그의눈살은 이원통망통한되리가려 붉게피가올랏다。
「[illegible]」
형근은 대답만하면서 얼굴잇에 침침한정이 가득하고 가슴에서 복바러는눈물을참느라고 코와입과눈섭이 벌숙벌숙
한다。
동리집사람들이 그집분간에 모두모혀섯다 어려슬적친구들은 평상인사를 못해본사람들처럼 어색한어조로 인사들을
한다。
엇던사람은 체면차례로 말한마되던저버리고 그대로 도라서 저쪽에 가스는사람들도 잇지마는 엇던늙근이는머리
서뿌러쓰다듬어나려 마치 어린애가티 볼기작볼두들기면서
「잘 잘다녀오게 돈만허버러가지고오게 허어 가막힌일일세 자네가튼귀골이 뢰동을하라고 집을떠나간다니 자네어른
이 이말을 보시면 가슴이막혀실일이지!」
하는 두눈에서는 진주가튼눈물이 고여올으다가 힌눈섭이 씸사하고 장서풀이진눈을 감엇다뜰때 허엿허엿한눈썹우
에는 눈물이 구을러 떼친다 로인의 우는바람에어머니와 안해의우름소리는 더자져지며 동리집부녀들도 눈물을 씻고
철모르는장정들은 초상집에 가서 상뙤우는바람에 부지럽시나오는 우름을 참으랴는것가러 코들만되리마시기도하고 눈만
슴벅슴벅하고잇다。
형근도 눈물을 씨스며 어머니께 인사를 하고 다시 동리사람을향하야 작별을하얏다。
자긔안해는 도리혀보는것이 마음을 약하게하여주는것이며 상부의할만한짓이 아니라는듯이 보지도안코 도라서서
동구안향하엿다 동리늙은이 작별한친구들은 뒤를 따라와주며 어린아이들은 마려 충천하는장군압헤선군대들가티 압
헤도 스고 뒤에도 서서 따라온다。
형근은 가다가 도라다보고 또 가다가도라다보앗다 얼마큼오닛가 아들도 다 가고 따라오든사람들도 다 허러지
고 자긔혼자몸이 고개마루턱에 올라섯다。
뒤를 도라다보니 자긔가 살든 이십여호밧게보이지인는촌락이 방나무느틔나무사이에 석겨잇다 자긔집압헤는 사람
이 헤터지고 어머니와자긔안해만 여전히자긔뒤를바라보고섯다。
그는 여태까지 나지안든눈물이 어데서나오는지 쏙포가터 쏘다진다 아츰해가 깃분듯이 잔뙤우어솔에서 오색빗을
반사하고 송장메뚜기가 서잇는 감밭우에 반갑게 튀어올으나 그것도 보이지안는다。
붕붕거고리에 남또각으로 스매에 벌불바더입고 왜반물치마에 부대쪽행자치마를입고 삐납비녀에 가짜산호반지를낀
자긔안해생각을할때 스물두살먹은이 젊은사람의가슴은 터질것갓햇다。
그는 한발자국에 도라스고 두발자국에 도라섯다。
멀리보이는 자긔집은 아츰해의그늘이 비초인 산모퉁이에 가려여보이지안엇다。

二

그는 오리쯤가서 산념하얏다。
「내가 계집에게 마음이 쏠려서이러케약한마음을 먹다니!」

1926년 3월부터 3회에 걸쳐 『조선문단』에 연재된 「池亨根」의 서두 부분이다. 당시 나도향이 작품을 주로 발표했던 공간은 『개벽』에서 『조선문단』으로 바뀌어 있었다.

엇이 덜미를 쳐서 몰아내는 것 같은 느낌을 가지고 장영옥을 떠난다. 그 '무엇'은 삶의 논리를 깨닫는 것이자 자신의 사랑 역시 그것에 지배되고 있음을 받아들이는 것이었다.

병의 악화와 죽음에 대한 예견을 통한 인식의 심화를 잘 보여주는 소설은 「池亨根」이다. 가세가 몰락해 철원에 노동을 하러 간 지형근은 술집에서 예전 한 동리에서 자란 이화를 만난다. 지형근은 이화에게 도덕적인 우월감, 황홀한 마음, 유탕한 성욕 등을 느끼는데, 이들은 이전 나도향의 소설에서 등장한 감정들이라서 낯설지 않다. 그런데 이화는, 지형근의 감정이 무엇이든, 그것에 관심이 없다. 그녀에게 지형근은 노동자일 뿐이며, 시중을 들고 있던 면서기보다 못한 손님이다. 「물레방아」, 「뽕(桑葉)」 등에서 방원의 계집이나 안협집은 빈부나 착취 관계

속에 위치하지만 그녀들의 사랑을 추동하거나 파멸시킨 근간은 빈부나 착취가 아니라 욕망이었다.[99)]

이화는 이들과는 달리 오직 돈의 논리에 따라 술을 팔고 성을 파는 인물로 등장한다. 지형근은 이화에게 감정을 느끼는 한편 이화가 죄악을 저질러 간악하고 음탕한 것밖에 남아있지 않은 존재라고 생각한다. 소설은 신문기사 형식을 빌린 결말을 통해 지형근의 생각이 "다른 사회적으로 더 큰 원인이 잇는 것은 생각할 여지도 업시" "단순한 직관(直觀)과 박약한 추측으로 경솔한 독단"[100)]임을 말해준다. 신문기사에는 지형근은 돈을 절취하는 죄악을 범해 체포되었으며 그것이 간악하고 음탕한 호유를 위해서였다고 되어 있다. 「池亨根」은 이화와의 관계를 통해 지형근이 사랑이라고 생각했던 감정을 지배하는 것이 무엇인지 이야기한다. 그것은 실질적으로 사랑만이 아니라 삶 전체를 지배하는 논리이기도 했다.

두 소설에서 사랑이나 삶을 지배하는 논리가 나타난다고 해서 나도향이 결핵을 통해 삶의 질서를 깨달았다고 하는 것은 지나친 비약일 것이다. 나도향은 초기작에서부터 사랑, 욕망 등의 문제에 관심을 가지고 다루어 왔다. 끊임없이 사랑을 갈망하고 욕망을 탐색했으며, 삶의 질서와 부딪쳐 어긋나고 파멸되기도 했다. 나도향에게 사랑이나 욕망은 정신과 육체가 갈등하는 지점이자 자아의 각성와 현실의 인식이 교차하는 장이었다. 급격히 악화되어 가는 결핵과 그것을 둘러싼 식민지 조선의 열악한 상황, 그리고 죽음에 대한 예견은 나도향이 지녀왔던 문제의식을 심화시키는 계기로 작용했을지도 모른다. 이 문제는 소설들의 서술방식이나 체계 등에 대한 보다 구체적인 분석을 통해 해명될 수 있는 것이며, 여기에서는 이후의 과제로 남기고자 한다.

제6부

발굴과 해석

1장 새벽안개, 서광을 가린 혼돈의 세계

「曉霧」를 처음 접했을 때는 '조선일보 아카이브'가 운영되지 않았으며 영인본 역시 쉽게 구하기 힘들었다. 국회도서관에서 릴에 건 마이크로필름으로 기사를 봤던 것은 그것 때문이었다. 필요한 부분을 인쇄를 해 와 읽던 중 인쇄물의 귀퉁이에서 '현빙허작 효무(玄憑虛作 曉霧)'라는 제목을 발견했다.

1.

「曉霧」는 빙허 현진건의 소설이다. 문학사 연표, 작가 연보, 작가의 전집 등에 언급되거나 게재된 적이 없는 것으로 볼 때, 이 글이 「曉霧」에 대한 첫 소개가 될 것 같다. 「曉霧」는 1921년 5월 1일부터 5월 30일까지 『조선일보』 1면에 연재되었다. 5월 30일자 마지막 연재분에 28회라고 부기되어 있다. 18회가 빠져 있어 혼동을 주는데, 18회 연재분은 1921년 5월 20일자 부록호의 1면에 실려 있다. 그날 『조선일보』는 창간 1주년 기념 특집호를 발간했는데, 「曉霧」는 부록호에 실린 것이다. 또 14회가 5월 15일과 16일에 반복되어 실린다. 두 날짜에 다른 연재물들의 횟수가 순서대로 진행되었음을 보면, 이 역시 오류로 보이나 정확한 이유를 확인하기는 힘들다.

「曉霧」를 접한 것은 꽤 오래 전이었다. 1920년대 문화론에 관한 논문을 준비하면서 당시 신문들을 뒤질 때였다. 『동아일보』는 학교 도서관 서고에 영인본이 있어서 그걸로 볼 수 있었다. 『조선일보』는 간단치 않았는데, 당시에는 '조선일보 아카이브'가 운영되지 않았으며 영인본 역시 쉽게 구하기 힘들었다. 국회도서관에서 릴에 건 마이크로필름을 감아가며 기사를 봤던 것은 그런 사정 때문이었을 것이다. 문화론과 관련된 부분을 인쇄를 해 와 읽던 중 인쇄물의 귀퉁이에서 '현빙허작 효무(玄憑虛作 曉霧)'라는 제목을 발견했다. 마이크로필름을 감아가며 열람할 때 볼 수 없었던 것은 관심을 지녔던 문화론과 관련된 글만을 찾아 읽었기 때문일 것이다. 거의 한 달 동안 『조선일보』의 1면에 연재된 「曉霧」가 발굴되지 못했던 이유 중 하나도 같은 데 있을 것이다.

2.

현진건은 1920년 『개벽』을 통해 본격적인 문학 활동을 시작한다. 3호, 4호에 번역 「幸福」, 「石竹花」 등을 싣고, 5호에 창작 「犧牲花」를 발표한다. 『개벽』을 통해 문학 활동을 시작하게 된 데는, 당시 개벽의 학예부장으로 있던 당숙 현철에게 졸라 작품을 발표했다는 작가의 말처럼, 현철의 영향이 작용했던 것으로 보인다. 「犧牲花」를 발표한 후 현진건은 최고의 지위와 명예를 얻은 것 같은 기분을 느끼지만, 기쁨은 오래가지 못했다. 『개벽』 6호에 「犧牲花」는 소설이 아니라 '무명 산문'일 뿐이라는 황석우의 혹평이 게재되었기 때문이다.

'사실의 기록으로서 허위', '빨간 허언' 등의 비판과 당시 소설에 부여된 사실에 대한 강박은 체험을 소설화하는 데로 이끈다. 1921년 『개벽』 7호와 17호에 발표한 「貧妻」와 「술勸하는社會」는 허구라는 이해할 수 없는 말에 가장 분명한 대답으로 체험을 끌어들인 것이었다. 하지만 체험으로 파악되는 주된 이유인 치밀한 묘사가 시상을 재현하는 방식이나 체계의 유사성에 의해 이루어졌으며, 「貧妻」, 「술勸하는社會」 등에서 체험과 사실의 숨 막히는 동일시 속에서 자명한 존재로 받아들여져 왔던 '나' 역시 타자를 부정적 표상을 조형하는 대가를 치룬 산물이라는 점 역시 간과되어서는 안 될 것이다.

「曉霧」의 시기적 위치는 「貧妻」와 「술勸하는社會」의 사이에 놓인다. 현진건이 『조선일보』에서 활동을 시작한 것은 「曉霧」를 연재했던 시기보다 앞선 것으로 보인다. 현진건은 1920년 12월 2일에서 1921년 1월 23일까지 투르게네프(I. S. Turgenev) 원작 「첫사랑(Pervaya lyubor)」을 「初戀」이라는 제목으로 번역해 연재한다. 또 이어 1월 24일부터 같은 작가가 쓴 『루딘(Rudin)』을 「浮雲」이라는 제목으로 번역하기 시작해 4월 30일까지 연재한다. 소설 「지새는안개」를 참고로 하면, 현진건은 자신을 입양한 백부의 소개로 1920년 12월 2일 정간 해제될 무렵 '조선일보사'에 입사한 것으로 파악된다. 하지만 이는 소설을 통해 유추한 것으로 실상과는 거리를 지닐 수 있다.

「曉霧」의 연재는 「初戀」, 「浮雲」에 이어진 것이었다. 「曉霧」가 관심의 대상이 되지 못했던 이유 가운데 하나는 여기에 있는지도 모른다. 「初戀」, 「浮雲」 등 번역 연재에 이어진 작품이라서 번역으로 오해되었을 수 있었다는 것이다. 여기에 대해서는 1921년 4월 28일 『조선일보』에 실린 「一面小說豫告」가 도움을 줄 수 있다.

本誌 一面小說 浮雲은 非常한 歡迎裡에셔 不日告終ᄒᆞ겟슴니다

그 다음에 繼續ᄒᆞ야 連載ᄒᆯ 小說은 憑虛 玄鎭健 君의 創作인 曉霧이 올시다

確實히 ᄉᆡ벽이 오기는 왓슴니다 검은 帳幕은 거치기 始作ᄒᆞ엿슴니다 그ᄅᆡ도 曙光을 가리운 한 조각 안ᄀᆡ는 오히려 살아지々 안앗슴니다 이 안ᄀᆡ 쇽에서 허둥지중 光明을 ᄎᆞ지면셔 울고 불으지々다가 마츰내 悲絶ᄒᆞᆫ 慘劇을 이루고마는 經路를 그린 것이 이 小說이올시다

眞正ᄒᆞᆫ 創作이 드물고 剽竊作品이 盛行ᄒᆞ는 오늘날 이 新進作家의 頭腦를 ᄶᅡ고 心血을 ᄲᅮ려 寂寞한 우리 文壇에 심으는 ᄒᆞᆫ 송이 ᄭᅩᆺ이 엇든 燦爛ᄒᆞᆫ 色彩를 ᄂᆡ며 芳郁한 香氣를 ᄲᅮᆷ을는지 高明ᄒᆞ신 讀者의 鑑賞을 기다려 알 것이외다 (강조는 인용자)

3.

1921년 5월 30일 『조선일보』에 실린 「曉霧」의 말미에는 "작자의 사정에 의ᄒᆞ야 유감천마니지만은 여긔셔 붓을 멈춤"다는 부기가 있어, 미완인 채로 연재가 중단되었음을 알 수 있다. 연재가 중단될 때까지 줄거리는 다음과 같다.

화라(花羅)와 영숙(永淑)과 함께 동물원에 가기로 한 정애(晶愛)는 날씨가 궂자 안절부절 못한다. 그때 편지 한 통이 오고 정애는 편지를 읽다가 화라에게 빼앗긴다. 이튿날 학교에서 만난 화라는 무슨 일인지 평소와는 다르다. 학교가 끝난 후 화라는 정성을 들인 세수와 화장을 마치고 남산공원으로 향한다. 그날 밤 자다 깬 정애

도 구름에 흐르는 달을 보며 낮에 받은 편지와 신성한 연애에 대한 동경을 연결시켜 본다. 이튿날 아침 정애는 영숙의 사촌오빠인 창섭(昌燮)에게서 온 편지를 받고 두어 달 전 창섭을 만난 때를 떠올린다. 창섭의 편지에는 답장을 늦게 받아 약속을 못 지켰다며 다시 7시에 남산공원에 가겠다는 사연이 있었다. 정애는 화라가 답장을 보낸 것으로 짐작하고 화라가 창섭을 사랑한다는 것을 알게 된다. 창섭은 자신이 15세 때 19세 된 아내와 결혼한 사실을 떠올리며 정애를 사랑할 자격이 없다고 자책한다. 자책은 그 결혼이 자신의 의사와 상관없이 이루어졌기 때문에 결혼이 아니라는 합리화로 이어진다. 남산공원에서 정애를 기다리던 창섭은 정애를 만나 눈물을 흘린다. 정애의 마음을 알기 위해 남산공원에 온 화라 역시 두 사람의 만남을 지켜본다.

줄거리를 통해 알 수 있듯이 「曉霧」는 「지새는안개」로 이어진다. 미완으로 끝난 「曉霧」는 1923년 2월부터 10월까지 「지새는안개」라는 제목으로 『개벽』에 9회 연재된다. 『개벽』에 연재된 「지새는안개」는 모두 5장으로 되어 있는데, 그 중 앞의 3장이 「曉霧」에 해당되는 부분이다. 하지만 『개벽』의 연재에서도 끝을 맺지 못해, 1923년 10월호 연재분의 말미에는 전편이 끝났다는 부기가 달려있다. 「지새는안개」가 완결된 것은 1925년 1월 '박문서관'에서 발행된 단행본을 통해서이다. 단행본 『지새는안개』는 『개벽』에 연재된 5장에 6장을 더해 모두 11장으로 되어 있다.

그렇다면 「曉霧」 혹은 「지새는안개」는 모두 세 개의 판본을 지닌 소설이라고 할 수 있다. 하나의 소설을 여러 차례 개작하는 경우는 드문 일로써, 여기에는 소설에 대한 작가의 애착과 『개벽』이라는 미디어나 단행본의 성격과 관련된 경제적 상황이 아로새겨져 있다. 「曉霧」가 관심의 대상이 되지 못했던 이유 중 하나는 「지새는안개」로 이어지는 등 개작을 거듭한 작품이라는 데 놓여 있는지도 모른다. 하지만 「曉霧」와 개벽에 연재된 「지새는안개」에 한정할지라도, 둘은 간과할 수 없는 차이를 지니고 있다. 스토리의 층위에서도 그렇지만 그것을 소설화하는 체계나 방식의 층위에서는 더욱 그렇다. 이들 소설이 발표된 1920년대가 조선에서 근대소설이 일정한 경계의 설정을 통해 다른 담론들과 차별화되는 양식적 질서를 조형해 나갔던 시기라는 점을 고려한다면 더욱 그렇다.

여기에서는 「曉霧」와 『개벽』에 연재된 「지새는안개」의 몇 가지 차이를 분명히 하고자 한다.

첫째, 서술방식의 문제다. 「曉霧」는 전체적으로 정애를 초점화자로 한다. 27회 연재분 중 창섭을 초점화자로 하는 부분은 5회이고, 화라를 초점화자로 하는 부분은 2회에 한정된다. 「지새는안개」에서 「曉霧」에 해당되는 부분은 1장에서 3장까지다. 1장은 정애를 초점화자로 하고, 2, 3장은 창섭을 초점화자로 한다. 창섭을 초점화자로 한 부분의 비중이 커진 것은 정애라는 초점화자만을 통해 소설을 이끌어가는 데 어려움을 느꼈기 때문으로 보인다. 하지만 장별로 구획된 초점화자가 등장인물 서술과 관련된 근대소설의 에크리튀르를 구축하는 데 중요한 역할을 담당했다는 점 역시 간과되어서는 안 될 것이다.

둘째, 묘사 및 디테일의 문제다. 「曉霧」에 나타난 묘사는 같은 시기 근대의 표지에 대한 과도한 지향을 관념적으로 드러낸 다른 소설들과 비교할 때 그 치밀함에서 두드러진 양상을 보인다. 하지만 장별로 구획된 초점화자가 이끌어가는 「지새는안개」의 묘사는 「曉霧」와 비교하더라도, 한층 더 안정된 양상을 드러낸다. 실물, 실경 등을 있는 그대로 구상적으로 그린다는 묘사는 원근법에 근간을 둔 것이며, 있는 그대로의 느낌은 대상과의 유사성이 아니라 시상을 재현하는 방식이나 체계의 유사성에 의해 만들어지는 것이다. 이를 고려할 때, 묘사의 문제 역시 앞선 서술방식의 문제와 연결되어 있음을 알 수 있다. 정애가 읽던 잡지가 『신여자』로, 창섭의 입을 빌려 언급되던 서양소설이 투르게네프의 『隔夜』로 구체화되는 것 등 디테일의 문제 역시 그 연장선상에 있다고 할 수 있다.

셋째, 시제의 문제다. 「曉霧」에는 현재시제와 과거시제가 혼용되고 있다. 이에 반해 「지새는안개」에는 일부를 제외하고는 과거시제가 일관되게 사용된다. 소설에서 시제는 일상 경험에 관한 의미에서 시간이라고 부르는 것과 자율적인 관계에 있다. 「曉霧」나 「지새는안개」와 같이 등장인물이 초점화자의 역할을 하는 경우, 과거시제는 경험적인 시간과 일치하지 않지만 완전히 단절되는 것도 아니다. 소설에서 시제는 살아있는 경험의 시간과 거리를 지니지만 완전히 단절되지는 않으며, 그 이중적인 관계가 소설의 질서를 만들어낸다.

넷째, 스토리의 배치 문제다. 「曉霧」에는 정애가 화라에게 편지를 뺏기자 좇아가는 부분이 있다. 또 정애는 구름 사이로 비친 달을 바라보면서 신성한 연애와 창섭이 보낸 편지를 연결시킨다. 정애는 화라가 거짓 편지를 쓴 것을 알고 화라가 창섭을 좋아하는 것을 깨닫는다. 정애가 화라에 대한 질투로 남산공원에 가서 창섭을 만나 애정을 확인하는 부분에서 「曉霧」의 연재는 중단된다. 「지새는안개」에서는 앞서 부분들이 나타나지 않는다. 오히려 창섭이 진고개의 서점에서 정애와 영숙을 만나거나 『隔夜』를 통해 정애에 대한 자신의 사랑을 확인하는 등 창섭의 감정에 개연성을 부여하기 위한 장면들이 새롭게 추가된다. 또 정애를 기다리던 창섭은 결국 정애를 만나지 못하고 이후 두 달 가까이 연락이 끊어진다. 「曉霧」에서 「지새는안개」로 개작되면서 사라진 스토리는 원인과 결과, 곧 인과율을 통해 스토리를 배치하는 데 어긋난 부분이다. 또 개작을 통해 덧붙여진 부분들은 인과의 사슬을 통해 중복이 없는 긴밀한 위계를 지닌 스토리를 만들어내는 데 기여하고 있다. 정애를 연모하는 창섭의 감정이나 창섭의 사랑에 공감하는 정애의 감정이 작위적이라는 멍에를 벗을 수 있었던 이유 역시 같은 지점에 놓인다.

4.

바르트(R. Barthes)는 과거시제와 3인칭대명사를 믿을 수 있는 허위라는 이중성을 만들어내는 소설적 에크리튀르로 보고, 이를 'Larvatus prodeo', 곧 작가가 자신의 마스크를 손가락으로 가리키는 제스처로 파악한다. 현진건은 「貧妻」와 「술勸하는社會」에서 자신의 맨얼굴을 손가락으로 가리키고자 한다. 하지만 맨얼굴이 하나의 마스크였다는 점에서, 현진건의 숙명적인 제스처 역시 하나의 에크리튀르라고 할 수 있을 것이다. 「曉霧」에서 「지새는안개」로의 도정 역시 장별로 구획된 초점화자를 통해 서술자를 사라지게 했다는 점, 과거시제를 통해 스토리를 선택하고, 배치했다는 점 등에서 근대소설의 에크리튀르를 확립하는 과정과 맞물려 있음을 알 수 있다.

이런 과정들이 상징하는 대표적인 표상이 화라의 그것이다. 「曉霧」에서 화라는 활발한 성격을 지닌 반면 마음속으로 신성한 연애를 동경하는 인물로 등장한다. 「지새는안개」에서 화라는 숱 많은 눈썹에 붉은 기가 도는 눈과 붉은 물이 뚝뚝 떨어지는 육회 덩어리 같은 입술을

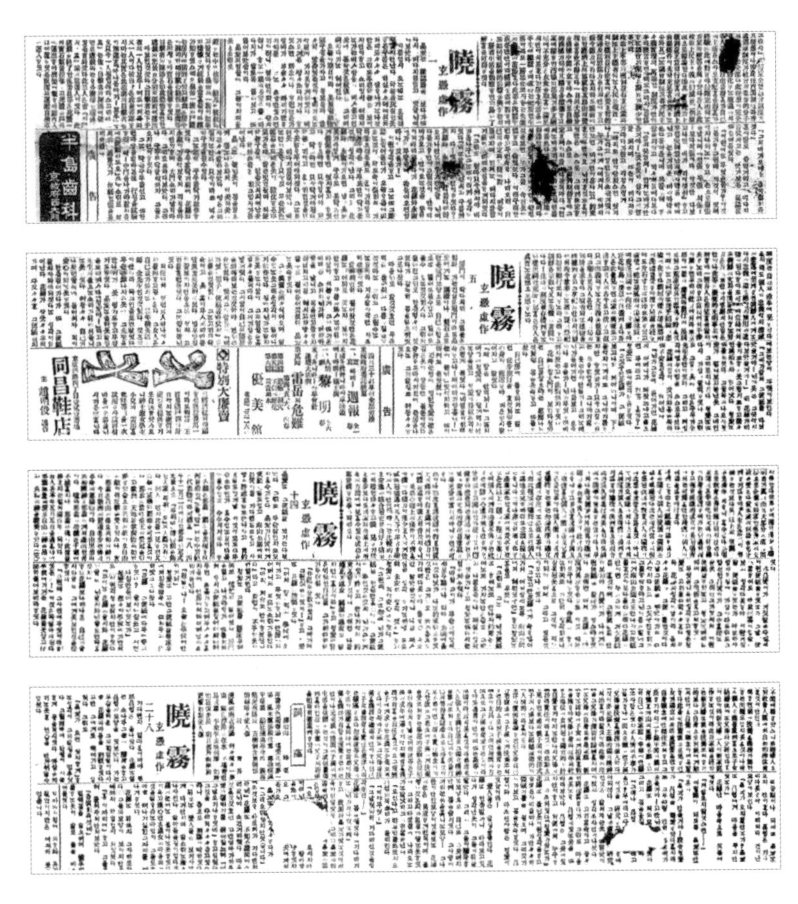

위에서부터 「曉霧」의 1회, 5회, 14회, 그리고 마지막 28회 연재분이다. 「曉霧」는 1921년 5월 1일부터 5월 30일까지 『조선일보』 1면에 연재되었다. 현진건은 『조선일보』에 투르게네프의 원작인 「初戀」, 「浮雲」 등을 번역, 연재했지만 창작은 「曉霧」가 처음이었다.

지닌 인물로 표상된다. 주체할 수 없는 질투심은 성욕과 연결되고, 그 반대편에는 성모 마리아와 같이 아름다운 정애가 자리하고 있다. 「曉霧」의 마지막 2회 연재분에서 화라를 초점화자로 했던 부분이 「지새는 안개」에서 사라지는 이유 역시 이와 연결된 것으로 보인다. 「曉霧」에서 「지새는안개」로 이어지는 에크리튀르의 확립 과정은 부정적인 타자를 조형해 내는 도정과 맞물리기도 했다는 것이다. 장별로 구획된 서술방식과 인과의 사슬로 엮인 스토리 속에서 부정적인 타자를 구성하는 과정과 그것을 추동한 이데올로기는 은폐되고 만다. 「曉霧」가 지니는 의미는 여기에도 있을 것이다.

이후에서는 1921년 5월 1일부터 5월 30일까지 『조선일보』에 28회 연재되었던 「曉霧」를 발굴, 소개하려 한다.

자료1. 「曉霧」 원문 (『조선일보』, 1921.5.1.~1921.5.30.)*

〈일러두기〉

1. 원문대로 옮기는 것을 원칙으로 했다. 맞춤법, 띄어쓰기, 문장부호, 기호나 약물 등은 발표 당시의 표기를 그대로 따랐다.
2. 원문이 파손되거나 뭉개져서 판독이 불가능한 경우, '○'를 글자 수만큼 입력했다.

一 (1921.5.1.)

晶愛는 雜誌冊 을 보다가쏘다시 미다지를열고 밧글ᄂᆡ여다보앗다

시름업시 오ᄂᆞᆫ비ᄂᆞᆫ 오히려 ○○지안난다 하늘을灰칠한듯 ○든구름은 히실々々헤여져셔 져리로々々々 달ᄋᆞ나기ᄂᆞᆫ나것만은 그ᄅᆡ도푸른하늘은 보이지안이ᄒᆞ고 쇼리업시 ᄯᅥ러지ᄂᆞᆫ가는비ㅅ방울 비ㅅ물고인곳에 돈작갓흔紋儀○ 그리며펴지다기ᄂᆞᆫ 헤여진다

오늘이空日이라 못쳐럼動物園구경을가자고 동모들과 ○々히 맛츄엇든것이 비가오ᄂᆞᆫᄭᆞ닭에 가지못ᄒᆞ게되엿다 비가오거든 평々쏘다지기나

* 「曉霧」 원문의 교열과 조언은 성균관대학교 국어국문학과 조은정 선생님의 도움을 받았음을 밝힌다.

ᄒᆞ엿스면 斷念이나 ᄒᆞ련만은가랑비가 부슬々々 ᄲᅮ리기만ᄒᆞ기여문 그ᄂᆞᆫ 죠금만잇스면 ᄀᆡ이려니 얼마안이되야 ᄭᅳᆫ치려니 ᄒᆞᄂᆞᆫ一○의希望을품고 미다지가 달토록 열어보고 또열어보앗슴이라

晶愛의얼골에 그늘이지며울듯ᄒᆞᆫ소ᄅᆡ로

『그져비가오네! 춤속傷ᄒᆡ죽겟다』

혼자말로 즁얼거리고 미다지를닷치고는 앗가보든 ○○를또집어들엇다

『이번에ᄂᆞᆫ 무엇을볼가?이것을볼가?그런데 이것이 몃페이지나되노』ᄒᆞ고 손으로冊張을날니며『한張 두張 셕張……모다셕張이다 이것만 다 보고나면 비가 ᄀᆡ이겟지』ᄒᆞ고 무릅밋헤쌀닌치마자락을 ᄲᅢ여ᄂᆡ고 눈을 가리운 머리카락을 쓰다듬어올니며 무릅우헤 ᄒᆞᆫ팔을괴이고 ᄆᆡᆨ々히들여다본다

『발셔슷일○- 인제ᄂᆞᆫ비가안올거야-』깃분빗히 살작그의얼골 펴지며 또손이 미다지로가랴다가말고 걱정스럽게

『아직도 안이ᄭᅳᆫ쳣스면 엇져나-』라고 임안말로쇼근거렷다

누가그에게『여긔셔 예ᄭᅡ지만보면 비가안이온다』고 約束ᄒᆞᆫ것도안이요 ᄂᆡ기ᄒᆞᆫ것도ᄋᆞᆫ이엇만은 스스로 그러케決定ᄒᆞ고 스스로 그러케期待ᄒᆞ야 그定ᄒᆞᆫ페이지를 다볼젹마다『인졔ᄂᆞᆫ비가ᄀᆡ○○○○』ᄒᆞ고 ᄋᆡ를애를쓰다가○○○○○○○地○○○한 ○○○○○○○○○○미다지○ 열엇다가 비가안이ᄭᅳᆫ친것을보면 누가그를 쇽인듯이 憤ᄒᆞ고 슬혓셧다 이러구러 한번속고두번속ᄋᆞ 나리오ᄆᆡ 自己의決定과 待에對 미듬이열버지며 인졔ᄂᆞᆫ 미다지를열기前에 미리근심을ᄒᆞ게되엿다

『그ᄅᆡ도 혈마只今ᄭᅡ지야 비가올나구』그ᄂᆞᆫ또이러케 ᄉᆡᆼ각ᄒᆞ엿다『비ᄂᆞᆫ 발셔 ᄭᅳᆫ치고 구름ᄭᅡ지 다-벗○○○안이ᄒᆞ엿다? 花羅와 永淑○○ 나를다리려오지나안ᄂᆞᆫ가?고만밧글 ᄂᆡ여다볼가?안이그럴것이 안이다 비가오고 안이오ᄂᆞᆫ것을 통히이○바리고잇다가 花羅와 永淑이가 무망즁에 쑥들

어오면얼마나 깃불가-』

이런싱각을ᄒᆞ고 그ᄂᆞᆫ쪼그雜誌를집어들다가 오늘ᄋᆞ츰에비오ᄂᆞᆫ것이 하도속이傷ᄒᆡ셔 가라입으려든옷도 ᄋᆞᆫ이가라입고 닥가두랴든 구두도안 이닥가둔것이 싱각이난다 그리고 花羅와 永淑이가오면 남의옷도못가라 입게 구두도 못닥가신게 ○促을ᄒᆞ면 엇지홀고 ᄒᆞ엿다 입으랴면 只今입어 야 되고 닥그랴면 只今닥거야된다하늘이긔이고 ᄋᆞᆫ이긔인것을只今곳알 ᄋᆞ두어야되겟다 그ᄂᆞᆫ불현듯 미다지를열어보앗다 비ᄂᆞᆫ안이온ᄃᆞ-只今것 무슨灰色帳幕을드리운듯이 陰沈ᄒᆞ든空氣가운데 발근빗히돌며 져便하 늘구름이 힌솜갓치피여난곳에 하야스름ᄒᆞᆫ ᄒᆡ그림자가들어난다

晶愛ᄂᆞᆫ 놀닌듯이 몸을일으켜 뜰노나려와셔 이곳져곳을 자근〻〻발바 보앗다 짱은그리질지ᄂᆞᆫ안타 只今이라도 넉〻히구경을갈수잇다

그ᄂᆞᆫ急히 구두를닥기始作ᄒᆞ엿다 구두롤닥기前에 花羅와 永淑이가올 ᄭᆞ보ᄋᆞ셔 걱졍을마지안이ᄒᆞ며 大門쇼리가날적마다 그리로도라다보앗 다 그러나 구두를닥글ᄶᅵᄭᆞ지 그들은오지안이ᄒᆞ엿다

그ᄂᆞᆫ 닥근구두를신고 쪼한번마당을발바본後 行길을試驗ᄒᆞ려 막-中 門을나가랴할지음에『便紙바드오』크ㄴ쇼ᄅᆡ로 외치고 ○傳夫가 便紙한張을 들리○○○

二 (1921.5.2.)

晶愛ᄂᆞᆫ 셥젹 그 便紙롤집어들어 그것封을보앗다

『市內益善洞一九番地,李股雨氏方 李晶愛氏압』이라ᄒᆞ얏더라

『이것보ᄋᆞ 누가나에게便紙를ᄒᆞ얏네』그는 적도몰으게 쇼리를ᄂᆡ여 이 러케즁얼거리고 얼는뒤겻흘보니『安○洞 金永淑으로부터』라고씨여잇다

『이애가 엇저便紙를히ㅅ셔인제비도쓴쳣ᄂᆞᆫ듸 오지를안코왜便紙를ᄒᆞ얏셔…… 져도나모양으로 오늘아침에 비오ᄂᆞᆫ것이하도속이傷히셔 화푸리로 便紙를ᄒᆞ엿나보다』마음속으로 이런싱각을ᄒᆞ고 房○○ᄋᆞ와急히 것封○빼여보앗다

『晶愛氏- 容恕ᄒᆞ여쥬시요』그便紙의첫머리ᄂᆞᆫ 이러케씨여잇다 가는우슴이 그의입술 흘넛다 만나면 셔로 네니ᄂᆡ니ᄒᆞ면셔 便紙에다ᄂᆞᆫ 晶愛氏라ᄋᆞ고『容셔ᄒᆞ야주시요』한것이우수웟슴이다

『이런便紙를 드리ᄂᆞᆫ것은 晶愛氏의神聖을 더럽히고 禮節에틀닌줄암니다 몃번이나 쓰다가말고 붓치랴다 말앗ᄂᆞᆫ지요-그러나 인제ᄂᆞᆫ참을수업습니다

晶愛의눈이 둥글히지며『이ᄋᆡ가 이것이 무슨쇼릐인가-』

『晶愛氏-

보시고 晶愛氏의마음에 거슬니거든 쯔더바리시든지살ᄋᆞ바리시든지 ᄒᆞ고십흐신듸로 ᄒᆞ십시요 그릐도보기ᄂᆞᆫ다보아쥬셔야됩니다 읽는다읽어쥬셔야됩니다!

『정愛氏-

무엇으로 나의가삼을 形容ᄒᆞ며 무엇으로 나의마음을比喩알ᄂᆞᆫ지요-千갈릐로 헛허진머리카락갓다훌가?萬가락으로 엉크러진실쯧갓다훌가 우리人間의發明ᄒᆞᆫ말로와글로ᄂᆞᆫ到底히 形容훌수도比喩훌수도업습니다

晶愛ᄂᆞᆫ 그린듯ᄒᆞᆫ눈셥을 씽기며『이애가 왜구슬픈쇼리만ᄒᆞ나?그ᄋᆡ집에 무슨일이 싱겻나?어제도 ᄋᆞ모말이 업셧ᄂᆞᆫ데………』ᄒᆞ고 쏘그밋흘보얏다

『정愛氏-

나는외롭습니다 나는쓸々합니다 바다는바다를 니엇ᄂᆞᆫ데 괴로히 써나가는 扁舟와갓습니다 沙漠에셔 沙漠으로 쓸々히걸어가는 行旅와갓습니다

정愛의맑은눈에 스르르눈물이돌며『에그 가엽서라-엇저셔그런고?』

『졍이씨-

나를외로운데셔 건져쥬쇼셔 쓸々훈데셔 救히쥬쇼셔-世上도널고 사룸도만치만은졍愛氏가안이면 나는 永遠히외롭고 永遠히쓸々홀것임이다 정愛氏의사랑이라야 가을바룸이 ○瑟훈이가삼에도한쥴기봄바람이불것임니다 쥴여말ᄒ면 나는졍愛氏를사랑ᄒ노니 정애愛氏도 나를사랑ᄒ여달나는말이외다 그러나 나는구틔여 그림자갓치 셔로쌀으고 거울쳐럼 마죠안기를願ᄒ지안슴니다勿論봄바람이 싸쓰ㅅ훈쏫그림자밋헤자리를 실어안고 가을바람이선々한달빗아릐 옷깃을날니면셔쑴갓흔將來의樂園을그리고 셔로깃버ᄒ는 것도바라지 은음은 안이외다만은 그것보담도 닉마음은 晶愛氏의마음에잇고 晶愛씨의마음도 닉마음을 써나지안이ᄒ야 슬프ㅁ도논으고 깃븜도논은다 면 그쁜이라 함니다 멀니々々 셔로써나잇셔山막히고 물갈닌져便에잇는졍愛氏롤 싱각ᄒ고 눈물을흘니다가도『졍愛도只今너를싱각ᄒ고잇나니라』ᄒ는졍愛氏의 마음쇼리를 들으면 나는눈물이 거치기前에깃분우슴을 우슬것이외다

정愛는 단숨에 예ᄉ지보고나셔 두손이힘업시 그便紙를무릅우에노으며 훈츰悅○ᄒ엿다 쏫그림자밋헤안진自己의모양달아릐선 自己의모양 눈압헤두렷이보이다가셔로외로히셔셔져便사람을싱각ᄒ고 눈물을흘니는모양이보이며 문득 구실갓흔 눈물이 두쌔ㅁ을적신다………잇찌房門이 열니며 졍愛의동모 花羅가들어온다

三 (1921.5.3.)

살이빗치리만큼 洋○ 핑々히잡ᄋ다린두다리가 기비엽게문지방을넘

어선다그의이써化粧훈얼골에는 紛빗히시롭고 멋부려갈는머리에는 기름이번적인다

晶愛는 놀난듯이몸을흡짓ᄒᆞ며 두손으로얼는 그便紙를움켜쥐ㄴ다

『들어안져셔 무엇을ᄒᆞ늬?動物園구경을 안이갈터냐?쌍이ᄋᆞ쥬밧삭말낫더라』

花羅는 안지도안이ᄒᆞ고서々이런말을ᄒᆞ다가 晶愛가便紙를숨기랴는양을보고

『그것은무엇이냐- 누구에게셔온便紙냐?』

정愛는고기를숙인채로 몹시말ᄒᆞ기어려운듯이

『안이 져어……』

머무ㅅ々々ᄒᆞ고는귀밋싸지〇紅빗갓치발기진다 처음에는 永淑이훈테셔 온便紙로만알고일것다가 그사연이 스々로興奮되야 눈물ᄭᅡ지 흘니기는흘니엿다 그러도다만 그말이異常ᄒᆞ다홀쑨이요 그〇過가々엽다홀쑨이요 永淑이가 안이고 다른사룸이 훈쥴은알지못ᄒᆞ얏스며 알지못홀쑨만안이라 疑心도안이ᄒᆞ엿다 그리다가 인졔는 直覺的으로 永淑의便紙가안인쥴도알앗고 쏘自己갓흔女子의便紙가ᄋᆞᆫ이라 엇던異性의便紙인줄도 어렴푸시씨달앗슴이라

花羅는 몸을쑤푸려 네가ᄒᆞ는양〇 괴이적고나ᄒᆞ는듯이졍愛의얼골을 ᄯᅮ를듯이 들여다보앗다 두쌤에는 오히려아른아른히 눈물痕跡이놉앗고 半은감은눈을가리운 속눈섭은눈물구슬이 銀빗갓치 번젹인다

졍愛는 花羅의視線을 避ᄒᆞ랴고 고기를돌니며

『이이가왜 남의얼골을 이러케들여다보ᄋᆞ-』

花羅는 疑訝한빗흘 씌며

『울기는 왜울엇늬?大關節무슨便紙길릐 그러케 숨기랴고 애를쓰느냐?』

이럴지음에 그는晶愛의겻헤노힌封套를보고 急히그것을집어들엇다

『나는누가ᄒᆞᆫ便紙라고…… 永淑이가한便紙고나… 그런데그속에 무슨 말이 잇건ᄃᆡ나를안이보이랴 든단말이냐? ᄂᆡ가 알면 안될秘密이 무에냐』

『져어……아모말도업셔-』

『ᄋᆞ모말도업ᄂᆞᆫᄃᆡ 왜안이보이랴고ᄒᆞ니?』

졍愛는 對答이업다

『나를싸돌니고 너의들이만늘쇼근々々ᄒᆞᄂᆞᆫ것이 무슨ᄭᆞ닭이잇ᄂᆞᆫ게로구나』ᄒᆞ고 花羅는눈을새로죽ᄒᆞ게쓴다

『ᄂᆡ가　언제너ᄅᆞᆯ싸돌니고　永淑이와　쇼근거리든?남의曖昧한말도퍼ㄱ도한다』

졍愛는 말이 싼길로 나ᄀᆞᆫ것을 마음에그윽이 깃버ᄒᆞ며ᄆᆡ우憤ᄒᆞᆫ듯이 反問ᄒᆞ엿다

『왜져어……그날……永淑의집에놀너갓든날 너의둘이만 무엇사러나가지안앗늬-』

『원츰……그ᄯᆡ작고 갓치가ᄌᆞ니ᄭᅡ 져혼자 冊을보고 잇겟다ᄒᆡ놋코-』

『그말은고만두고 便紙나 보혀다고-』ᄒᆞ고 손○○엇든封套글시를 仔細히보더니『이것은 永淑○글시가안이야-그애가 왼걸 이러케 쓸쥴ᄋᆞ나- 이것은 女筆이안이고 男筆이야……응 그ᄅᆡ셔 안이보혀주랴는구면 그ᄅᆡ도 期於히 좀보고는말걸』ᄒᆞ고 쓸々ᄒᆞᆫ우슴을ᄯᅴ우기ᄂᆞᆫ ᄯᅴ엿스나 그의눈에는 毒氣가 잇섯ᄃᆞ 그리고 졍愛의 겻헤 달녀들어 그便紙를ᄲᆡᄋᆞ스려한다

四 (1921.5.4.)

花羅가달녀드ᄂᆞᆫ양을보고 졍愛의눈○ᄂᆞᆫ 맛치 첫날밤에新郎이겻헤오

ᄂᆞᆫ것을보ᄂᆞᆫ 新婦의눈모양으로 두려움과 붓그럼의 빗히잇셧다

『남의便紙를외작고 보자늬』

정愛ᄂᆞᆫ들어오ᄂᆞᆫ 花羅의손을밀치며 ᄋᆞᆫ타싸운 목쇼ᄅᆡ를써ᄅᆞ엇다

『안이보이겟다ᄂᆞᆫ것을 왜ᄲᅢ앗기ᄉᆞᆼ지 ᄒᆞ랄것은무어야』

그ᄅᆡ도花羅의한손은 힘잇게그便紙안머리를 쥐엿다 정愛도 ᄒᆞᆫ손으로 그便紙를단々히움켜쥐고 쏘ᄒᆞᆫ손으로ᄂᆞᆫ 便紙잡은 花羅의손을 밀어 ᄂᆡ인다 花羅ᄂᆞᆫ 싼손으로 정愛의便紙주인 손목을 죽을힘을다ᄒᆞ야 비틀어돌니엿다 어리○○乳쳐럼 보야튼살에 살작桃花色이 퍼지며가늘게썰고잇다

『이애가 왜이ᄅᆡ-ᄋᆞ이고 ᄋᆞᆸ허』

정愛ᄂᆞᆫ 울듯한 쇼ᄅᆡ로불으지졋다

『그러케 便紙를 좀노아라』

花羅도 숨찬쇼ᄅᆡ로 불으지졋다

두處女의 숨쇼리ᄂᆞᆫ씨ㄱ々거린다 다갓치 上氣한붉은두뺨에 흣들어진 머리카락이 검고가ᄂᆞᆫ쥴을 그린다 가삼이 팔뎍거림인가 두處女의 적고리 ᄋᆞᆸ자락이 달삭거린다 마조다힌두머리ᄂᆞᆫ 몸을움쥭일젹마다흔들々々한다

정愛의 손목은 붉다못ᄒᆞ여자지빗흘 씌여오며 便紙쥬인그손이脈업시 풀어진다 花羅ᄂᆞᆫ 발셔 그便紙를 쌔앗사들엇다 그便紙○ ᄇᆡᄇᆡᄭᅩ이여마치 비벼노흔것과 갓치되얏다

花羅ᄂᆞᆫ 벌덕 일어나셔 져리로가며 씨ㄱ웃고

『나좀보고 쥿게』

ᄒᆞ고ᄂᆞᆫ 구긴것을 살々 피며읽어보랴한다

정愛ᄂᆞᆫ 더ᄒᆞᆯ수업시 疲困ᄒᆞ여 싸라일어 날긔운조차업셔졋ᄃᆞ 그리다가 花羅의그便紙보랴ᄂᆞᆫᄭᅩᆯ을 보고ᄂᆞᆫ 견ᄃᆡᆯ수업셧다 나의보ᄇᆡ를 남이ᄲᅢ앗슨것쳐럼憤ᄒᆞ기도ᄒᆞ고앗갑기도ᄒᆞ고 ᄋᆡ달기도ᄒᆞ여 견ᄃᆡᆯ수업셧다 그ᄅᆡ셔 ᄆᆡᆨ시폴닌몸에 긔운을쥬어 일어셧다 뒤로花羅를안으며 그便紙

쌔ᄋᆞ스야○엿다 그러나 그때ᄂᆞᆫ발셔느졋다 花羅ᄂᆞᆫ졍ᄋᆡ의 일어나ᄂᆞᆫ양을 보고 어느○에 그便紙를품속에 너헛슴이라

『그러케 쉬웁게……』ᄒᆞ고花羅ᄂᆞᆫ 돌쳐셔々 졍愛를ᄶᅥᄃᆞ밀며 빙긋웃ᄂᆞᆫ다

『이리쥬어-왜-』졍愛의눈에ᄂᆞᆫ 피ㅅ발이돌며 ᄋᆡ달게불으지졋다

『쥬기ᄂᆞᆫ무엇을쥬어 보지도안코주어-』 花羅ᄂᆞᆫ 得意萬丈으로 빙글々々우ㅅ고 몸을ᄲᅦ쳐 門을열고다라나랴ᄒᆞᆫ다 졍愛ᄂᆞᆫ 花羅의치마뒤幅을 쓸어잡엇다

『이건왜이ᄅᆡ- 노ᄋᆞ요-치마터지겟다』ᄒᆞ고 고ᄀᆡ를돌녀졍愛에게 잡힌곳의어○을잡ᄋᆞ 휘ㄱ뿌리친다 졍愛의손에셔치마○ 쑥빠져나가며 졍愛의손은 헛짱을친다 그의몸은압흐로긔운업시 房바닥에넘어진다 花羅ᄂᆞᆫ 나ᄂᆞᆫ몰나라ᄒᆞ고 急히門을탁닷치인다 그리고나ᄂᆞᆫ듯이 마루로나와 뜰에나려셧다 구두신기가밧부게 쓴도ᄆᆡ지안이ᄒᆞ고 무슨사나운 짐셩한테○ 쪼ㅅ겨○ᄂᆞᆫ사람모양으로 허둥々々 促急ᄒᆞᆫ발길을 올녀밧그로뛰여나갓다

五 (1921.5.5.)

房門이 탁다치ᄆᆡ 그열분조희와 가는긴살로된門이라도晶愛에게ᄂᆞᆫ 銅鐵이나 盤石으로만든城門모양으로 自己의힘으로ᄂᆞᆫ 열어도볼수업고 밀어도볼수 업ᄂᆞᆫ것갓히ㅅ다 그ᄅᆡ셔 쓸어진그ᄃᆡ로 한춤멍々히 잇셧다가 갑작히 몸을일으켜밧그로나왓다

마음ᄃᆡ로 할것갓흐면 두쥬먹을 불근쥐고 다름○질을ᄒᆞ겟것마ᄂᆞᆫ 그ᄅᆡ도 그럴수ᄂᆞᆫ○ᄂᆞᆫ일이라 겨우발자국만 자조띄ㄹ뿐이엿다

발셔쾌만히 걸어왓것만은花羅ᄂᆞᆫ 어ᄃᆡ로 갓ᄂᆞᆫ지 보이지안이ᄒᆞ고 구름○쪼ㅅᄂᆞᆫ비뒤의바룸이 셔늘ᄒᆞ게 그의쓰거운ᄲᅡㅁ을 스쳐지ᄂᆡ가며 머리

카락을 날니고 목을안고돌ᄋᆞ차려ㅂ져고리를 헤치고살낭々々살○로 걸어들어갓셧다 晶愛ᄂᆞᆫ웃슥ᄒᆞ엿다

그의興奮은漸々식어오며 알수업ᄂᆞᆫ붓그러운ᄉᆡᆼ각이 일어나기始作한다 길에지ᄂᆡ가ᄂᆞᆫ알지도못ᄒᆞᄂᆞᆫ사ᄅᆞᆷ이 그의얼골을흘금々々볼젹마다 그의가삼은울넝거렷다 그사ᄅᆞᆷ이自己의肺肝을ᄭᅬ뚜러보는것갓하야 견ᄃᆡㄹ슈업셧다 맛치그사람들이『네가엇던男子의便紙를바닷○』라고물을것갓힛다 그ᄂᆞᆫ고ᄀᆡ를탁숙이고 옷 혹이무ㅅ치리만큼담겻흐로붓허갓셧다 넘우압길이 잘보이지안음으로 엇ᄌᆡ 고ᄀᆡ를ᄒᆞᆫ번들엇다 그ᄂᆞᆫ깜작놀ᄂᆡ엿다

져便에서 엇던女人하나이々리를向ᄒᆞ고걸어온다 그女人은自己를가르치ᄂᆞᆫ 三年級英語○師 金先生인것갓힛다 갓흔것이안이라 꼭그인줄로만알엇다 무슨큰罪나지은듯이 그先生을 만나기가 붓그럽기도ᄒᆞ고무섭기도ᄒᆞ엿다 晶愛ᄂᆞᆫ불현듯발길을도리켜ㅅ다『정愛야-』라고그先生의불으ᄂᆞᆫ쇼리가뒤에서들니ᄂᆞᆫ듯ᄒᆞ엿다 허둥々々 自己가나왓던골목에 들어셔자 젹이安心이되ᄂᆞᆫ듯ᄒᆞ엿다

한츰걸어가다가 쏘 그便紙를차자와야되겟다ᄂᆞᆫ ᄉᆡᆼ각이일어난다 花羅가 상긋々々우셔가며 ᄭᅮ깃々々ᄒᆞᆫ 그便紙를피여보는양이 뚜렷이보인다

『그애가발셔 그便紙를 다보앗슬거야-ᄂᆡ가못본 그끗ᄭᆞ지다보앗슬거야-』ᄆᆡ 花羅가미웁기도ᄒᆞ고붓그럽기도ᄒᆞ고徵々한○○조차 일어낫다 정愛ᄂᆞᆫ쏘들쳐셧다 그골목을나오자정愛가 멀니보고놀난듯 그녀인이 그리로지나간다 정愛ᄂᆞᆫ쏘다시 가삼이덜컥ᄒᆞ엿다 그ᄅᆡ도 그입은옷과 신은구두가金先生은안이엿다 그리고 제ᄉᆡᆼ각에넘우어림을 스스로우셧다

花羅의집이 갓가와옴을ᄯᆞ라쏘不安ᄒᆞᆫᄉᆡᆼ각이 일어난다

『ᄂᆡ가그집에 들어가면 花羅의 어머니가 왜왓느냐고물으면 무에라고對答을ᄒᆞᆯ가?』정愛ᄂᆞᆫ 쏘이런걱졍을ᄒᆞ엿다

『그짓구진花羅가 그 便紙 보고나셔 제어머니이며 下人들ᄭᆞ지에게라

도 그니야기를ᄒᆞ지안 ᄒᆞ엿슬가-只今그집에서는 우ᄋᆞᄅᆡ업시 그니야기
ᄅᆞᆯ○고 웃는中이안일가-그리ᄂᆞᆫ데 ᄂᆡ가들어가면 나를보고 오즉이나 우
슬가-ᄂᆡ가무것ᄒᆞ러예ᄭᅡ지왓는고』後悔ᄭᅡ지ᄒᆞ엿다

花羅의집大門이 보인다정愛는 自己를잡으랴는 惡魔나○것쳐럼 몸을
웃슥ᄒᆞ고 ᄯᅩ돌○섯다

自己房에 돌ᄋᆞ와셔ᄂᆞᆫ 멀고먼 徒步旅行을 ᄒᆞᆫ것쳐럼몹시心身이 疲困ᄒᆞ
야 긔운업시쓸어지고 말엇다

『왜 밥을 안먹늬-』 그ᄂᆞᆯ져녀ㄱ에정愛의 밥○달게먹지안ᄂᆞᆫ양을보고
정愛의은母親은걱정스럽게 물엇다『네얼굴이ᄒᆡㄹ슥ᄒᆞ고나-왜어데가압
흡니-』눈에 ᄂᆞᆯᄂᆡㄴ빗ᄉᆡ지ᄯᅴ고 ᄯᅩ이러케로 물어섯다

긴속눈섭에 덥힌정愛의눈은감은듯이 쟝판만 볼ᄲᅮᆫ이엿다 슝뉴ㅇ도마
시기전에 큰房을나오ᄂᆞᆫ 그의발길도 허둥々々ᄒᆞ엿다

六 (1921.5.7.)

그이튼날 學校에셔 晶愛ᄂᆞᆫ 花羅를보앗다 보기ᄂᆞᆫ보앗지만은 그便紙말
은 뭇지도안이ᄒᆞ엿다 自己가뭇기ᄂᆞᆫ커녕花羅가 그便紙말을 할가보이셔
그의겻헤도 안이가고 비슬々々避ᄒᆞ엿다

정愛에게 對ᄒᆞᆫ花羅의態度도달나젓다 정愛를 보기만보면손목도쥐고
억ᄭᆡ도 눌으면ᄒᆞᆯ말못ᄒᆞᆯ말 안이ᄒᆞ난것이 ᄒᆞ든花羅가 오늘은 왼일인지
정愛를 힐근ᄒᆞᆫ번보고ᄂᆞᆫ 고ᄀᆡ를숙이고 인사도안이ᄒᆞ엿다 정愛에게 對ᄒᆞᆫ
態度만달나젓슬ᄲᅮᆫ이 안이라 그의態度ᄂᆞᆫ 平日과 ᄋᆞ주달나젓다 그잘치
든作亂도 안이치고 동모들과 노닥거리지도안이ᄒᆞ며 ○心한사ᄅᆞᆷ모양으
로우뚝허니 冊床머리에 안져잇엇다그리고 오늘은 얼골에 粉도바르지안

이ᄒᆞ엿고 머리도빗지안이ᄒᆞ엿더라

『이애 오늘은 왼일이야-ᄋᆞ쥬어른이 다되엿스니』ᄒᆞ고 永淑이가 그의 억ᄀᆡ를 눌으고우슬적에 花羅ᄂᆞᆫ 괴로운듯한얼골로

『이애가왜이ᄅᆡ…… 남귀찬ᄋᆞ죽겟ᄂᆞᆫ데』ᄒᆞ고 그손을 밀어나린다

『그런데 오늘은 왜粉도안이바르고 머리도 빗지안늬?』永淑은 ᄯᅩ물엇다

『넘우 그리더니 粉ᄒᆞ고 기름이 동이난게지-』ᄒᆞ고 동모ᄒᆞ나이 웃ᄂᆞᆫ다

『암만바른다 ᄒᆞ기로니 ○이야 날나고 넘우 늣게 일어나셔 丹粉○餘暇가 업든게지 다른동모ᄒᆞ나이 嘲弄을한다

『듯기슬타 져리들 가쥬어- 머리가압하 그린다』ᄒᆞ고花羅ᄂᆞᆫ 얼골을찌푸린다

『왜 안그럿케늬 ᄂᆞᆷ보담 工夫를 유달니 ᄒᆞ니ᄭᆡ……』

ᄒᆞ고 ᄯᅩ다른 동모ᄒᆞ나이우ᄉᄂᆞᆫ다

『왜 들 ᄭᆡ자를 울녀-』

花羅ᄂᆞᆫ 얼골을 붉히고 쇼리를질은다

『셩ᄂᆡᄉ다々々々 져리가자』

學校를마치고 집에도라오자말자 花羅ᄂᆞᆫ洗水물을 써오라ᄒᆞ엿다 쇼ᄆᆡ를것을ᄃᆡ로 거더올니고 옷깃을 뒤로헐신제치고 져고리고름을 半은푸러 안가삼싸지들어나게ᄒᆞ고ᄂᆞᆫ 얼골을씨ᄉ기始作ᄒᆞ엿다 쳐음에ᄂᆞᆫ粉으로 씨ᄉ고 그다음에ᄂᆞᆫ 비누로씨ᄉ고 ᄯᅩ그다음에ᄂᆞᆫ 粉으로씨셧다 얼골씨ᄉ기를마치고 손조차 粉으로씨ᄉ고씨섯다 그ᄂᆞᆫ房에 도라와서 거울을보ᄋᆞ가며 조흔洋手巾으로요모죠모 물한방울놈기지안이ᄒᆞ고 ᄆᆡ우닥갓다 그리고여긔져긔 보기실케쇼슨 여드름을애써짜고ᄂᆞᆫ 쪽집ᄀᆡ로 눈섭을집엇다 그리고化粧品잇을ᄂᆞᆫᄃᆡ로다ᄂᆡ여노앗다이것도 ᄲᅮ리고져것도 발낫셧다 머리를 엽흐로 비스듬이 갈느고ᄂᆞᆫ 짐○몃오리 머리카락을 풀니게ᄒᆞ여 쌔ㅁ을가리게ᄒᆞ엿다 이러구러 精神을차려 丹粧을마친○粉紅○色三八차

려ㅂ져고리와 검은毛織치마롤닋여입엇다 洋○은될수잇ᄂᆞᆫ딕로 핑ᄾ히
잡ᄋᆞ다리엿다 이리돌아셔 거울을보고는 옷고름을곤쳐뮈고 져리돌ᄋᆞ셔
거울 보고는 치마를 치키엿다 얼골에粉이덜먹은데는 粉紙로 몃번을닥갓
는지 몰은다 이윽고도라셔○門을 열고나가랴다가 쏘다시房으로들어와
셔 쏘거울을對ᄒᆞ엿다가늘게 우셔도보며 兩眉間을살작찌ㅇ겨도보앗다
입슬을端正ᄒᆞ게 쏙담을어도보고 愛교잇게 ○룸열어도보앗다 이모든表
情中에 무엇이自己를가장 어엽○게보이게ᄒᆞ고 ᄋᆞ름답게보이게하고 風
情잇게보이게ᄒᆞᄂᆞᆫ가 選擇ᄒᆞ려홈이라 그리다가 그는 팔목時計를보고 ᄶᅡ
ㅁ작놀나며

『발셔 일곱點일세』라고 혼자말로 즁얼거리고 急히房門을열고나왓다
그의발길은南山公園으로 向하엿다

七 (1921.5.8.)

花羅가 南山公園마루에올○발을멈추고 晢○숩을돌닐젹에ᄂᆞᆫ ○○○
근놀○○○○ 흐리라 일○이엿다 발그림자ᄂᆞᆫ풀은煙氣갓흔것을○ㅁ오
면셔 가○ᄾᄾ긔여들어온다 이煙氣에싸이여 하늘도쌍도 그가온○잇ᄂᆞᆫ
모든것이 제色彩를일허바리고 다만흐리멍텅ᄒᆞ게보인다 어느○에 市街
○點진 ○○○도光彩가업고 맛치 ᄋᆞ참안긔○갈닌 불근쏫송이모양으로
어슴푸려ᄒᆞ게보인다 지는힋○밝은빗히아직도 살ᄋᆞ지ᄾ안이ᄒᆞ고 밤빗
은오히려 다오지안○홀ᄶᅵ 흔히잇ᄂᆞᆫ光景이엿다

『그이가먼져왓스면 이어듸셔나오ᄂᆞᆫ양을볼ᄂᆞᆫ지도몰나-』

花羅ᄂᆞᆫ ᄋᆞ직도숩쇼리○헐덕어리며 이리져리 두○ᄾᄾ살펴보앗다 져
녁밥ᄶᅵ가된ᄭᆞ닭인가 사람의그림자도볼슈업고 ○氣롤찌ᄂᆞ 가는바람이

풀香氣를실소 花羅의훅근거리는 싸ㅁ과목을 스쳐지나간다

『ᄋᆞ직은이오섯○- 只今몃點이나ᄒᆞ엿슬ᄭᆞ?』ᄒᆞ고 花羅는팔목에 두른時計를 들여다보앗다『ᄋᆞ직일곱點半일져 여덜○○ᄒᆞ엿스니 ᄋᆞ직도半時가 놈앗구먼』

밤빗이 漸々깁허갈사록 電燈○은 반작々々빗흘 ᄂᆡ기始作한다 집도흐렷도 길○흐렷도 모든것이흐렷는데 漸々히반작이는 電燈○은 數만은별들이 나즌空中에 써잇는것갓힛나 더구나 져便山밋헤 둘세ㅅ 쏘염々々외로히보히는것은 별인지불인지 分揀ᄒᆞ기가 어려웁다

숨도돌니고 쌈도거치고 情熱○ 쓸든 머리도○々冷靜ᄒᆞ게되엿다

『그이가오면 무엇이 라고ᄒᆞ면 조흘가?그이는 꼭그ᄋᆡ인쥴로만 알고 只今 精神업시올것이다 왓다가 얼토當토안은 나를 보면………무에라고ᄒᆞ며 ᄃᆡ엿스면 조흘가-그ᄋᆡ가 ᄋᆞ랴ᄃᆞ가 갑작이 病이나셔 못오고 나를代身보ᄂᆡ더라홀가………어제밤 便○쓰ㄴ사람이 오늘병이 낫○면어○○ᄒᆞ지 안을가-만나자고約束ᄭᆞ지 ᄒᆡ놋코 여간病이좀낫다고 안올○가 잇슬가-設使정말病이나셔 못온다ᄒᆞ기도니나를代身보ᄂᆡᆯ理야 잇슬가-………암만ᄒᆡ도 理由가닷지안는말이다 그聰 ○훈그가 그령○○그가 當場 나의計算인쥴알지안이홀가-그러면 前日에는나를 랑은안이 ᄒᆞ엿슬지언졍 나를미워ᄒᆞ지는 안튼그가 고만나를괘심한계집 奸惡훈계집이라안이홀가-ᄋᆞ々 이일을 엇지ᄒᆞ면조흘고-………고만돌아가발일가-………그ᄅᆡ도 가기는실○……』

花羅의가삼은 괴로워 근다

『ᄋᆞ々 이일을 엇지ᄒᆞ면조흘고?』

花羅는 쇼리를ᄂᆡ여 져도몰으게 불으지지고고ᄀᆡ를…엇다

어느실에 ○삿 지 둥근달○ 갓타노흔솜갓은 구름을 ○○々々뒤로 밀치며 이리로々々々 밋그러 써나온다 그光線○ 희○맑은물결이 슬젹이便

一幅○ 젹시엿다 나무에ᄂᆞᆫ 무른빗이 ᄉᆡ○워졋다 허연쌍바닥우헤ᄂᆞᆫ 宜○에 ○○를친 이 나무그림자가누엇다 그물결이 스르륵 말니여 져리 퍼지며 ○놀ᄒᆞᆫ조각이 썰어져 짜ㅇ우헤 가루누은듯한漢江의 푸르스럼한 물이 쑴○갓치 써보인다

이아름다운 景致에 花羅ᄂᆞᆫ ᄒᆞᆫ츰 茫然ᄒᆞ엿다 自己가무엇ᄒᆞ려 이곳에 왓는것도 이져바리고 누구를기다리는것도이져바리고 그가오면 것○ᄒᆞᆯ가ᄒᆞ는근심도이져바리고 모든것을이져바리엿다 이自然의詩가그○가삼을 洗○ᄒᆞ고美化ᄒᆞ고말앗다 그의精神을 죠을게ᄒᆞ고 心眼을닷게ᄒᆞ엿다

八 (1921.5.9.)

이윽고 茫然한가운데 茫然ᄒᆞᆫ意識이도라오며 이밤이景○호올로보기가 앗갑다ᄒᆞ얏다情다운愛人과 짝지어○○라ᄒᆞ엿다 愛人의억ᄀᆡ에 머리를 비스듬이누이고 ᄯᅳᆯ갓은사랑의속살거림을ᄒᆞ면셔 볼것이라ᄒᆞ엿다 그런데얼마안이되면 그가올것이다 그러면그와갓치이아름다운景致를 對ᄒᆞ게 된것이다 ᄋᆞ々 그와나와이景致○對ᄒᆞ게될것이다 ᄯᅩᄂ사름은ᄭᅮᆷ만ᄭᅮ고 空想만ᄒᆞᆫ는것○ 나는곳實現ᄒᆞᆯ수가잇다 남은잡혀지々도안을幸福을向ᄒᆞ고 헛되히두손을벌니고잇슬때에 나는그幸福을잡을수가잇다 안을슈가잇다 안이발셔잡힌것이다 발서안긴것이다 ᄋᆞ々이엇진幸福이며 이엇진○樂인가? 근심도ᄒᆞᆯ것없고걱졍도ᄒᆞᆯ것업다그가오거던닷자곳자 시 그의감삼에이몸을던지리라 던지고ᄂᆞᆫ울니라 울면셔 말ᄒᆞ리라 오늘날ᄭᆞ지 ᄂᆡ가얼마나 그를ᄉᆡᆼ각ᄒᆞᆫ것을 놈모르게 얼마나이가삼을 틔우ᄂᆞᆫ것을 눈물석거말ᄒᆞ리라 그러면 그도應 늣기리라나무가안이고 들이안이고 사름인다음에야 그도應當늣기리라 늣기여사랑ᄒᆞ리라 그리고 이번이일도 뜨거운사랑

○서 울어나온줄 올ᄋᆞ주리라그리고 神聖戀愛가 成立되리라 利樂ᄒᆞᆫ家庭을 이루리라………

이런夢想이흐름○ 봄눈스듯몸도녹고 마음도살ᄋᆞ질지음에무엇이 自己몸을 툭○쳐지나간ᄃᆞ 花羅ᄂᆞᆫ깨ㅁ작놀ᄂᆡ여 고ᄀᆡ를돌니엿다 바○花羅겻흐로 靑年들이 지나간다

『사름을왜쪄밀어-』

ᄒᆞ고 靑年하나이 웃ᄂᆞᆫ다

『무얼조와셔』ᄒᆞ고 짠靑年ᄒᆞ나이 쇼리롤ᄂᆡ여 웃ᄂᆞᆫ다

花羅ᄂᆞᆫ 몸을 흠지ㅅᄒᆞ고고ᄀᆡ를 도리켜ㅅ다 여긔져긔散步ᄒᆞᄂᆞᆫ 사람이 보인다

『발서그이가 왓겟고ᄂᆞ』ᄒᆞᄂᆞᆫ ᄉᆡᆼ각이 번ᄀᆡ갓치 머리에 번젹이며 갑작히 골치가징ᄒᆞ고가슴이 팔닥어린다 멀니셔보니 모다그사람갓기도ᄒᆞ고쏘 모다 그사람안이갓기도ᄒᆞ엿다이사람이 그사름인가 져사름이그사람인가 달빗히 ᄋᆞ모리밝다ᄒᆞᆫ들 分明히 알슈ᄂᆞᆫ업어사람이셔잇ᄂᆞᆫ곳마다 돌ᄋᆞ단이며낫々히 仔細히보앗스면 分明히 알녓만은 비록平日에唐突ᄒᆞ다ᄂᆞᆫ 말 듯ᄂᆞᆫ花羅로서도그것을 홀수가업○ 몰연히그ᄂᆞᆫ松林에 몸을 숨기엿다 그리고 고양이가 쥐를엿보듯視力이자라ᄂᆞᆫᄃᆡ로이사름져사름○살피엿다 혼자단이는 사름은ᄒᆞ나도업고 모다 둘式 셰ㅅ式 同伴을ᄒᆞ고잇다

『그는오면 혼자 올터인데………왼일인가?아직도 안이왓나』ᄒᆞ고 花羅는 사름들이公園에 올나오ᄂᆞᆫ 길목을 직히기로 ᄒᆞ엿다 쇼나무그림자에 몸을 숨기고 올나오는 사람마다 엿보고 잇셧다

밋헤서 사름하나이 올나온다 옷 모양이 하일업는 그사람이엿다

『져긔오ᄂᆞᆫ구먼-』花羅는 맘속으로 쇼근거리고 하도반가워 뛰여나려갈번 ᄒᆞ엿다 그리도 抑○로○衝○을춤고 가삼을울넝거리며 視力을 그리로 모앗셧다 그사름은 漸々갓가○온다 花羅의 가삼은 더욱뛰논다 엽흘지ᄂᆡ

간다 안이엿다 그사룸이 안이엿다 花羅의기다리는 그사람이 안이엿다 ᄯᅩ ㄴ사룸이엿다-

花羅는 더홀수업시 失望ᄒᆞ엿다 이와갓치 花羅는 여러번 속앗다 花羅의 팔목時計는 발셔 열點을 가라친다기다리는 사람은 안이오고 달빗헤 번적이는나무○을 날니는밤바람이 외로운가삼에 차게안칠ᄲᅮᆫ이엿다

九 (1921.5.10.)

이날밤ᄉᆡ벽에 晶愛도엇○○○씨이엿다 동녁이발셔트는지房안이밝고 미다지가 허여스럼ᄒᆡ보인다 자細히보니 어슴푸레한 달그림자가 미다지에깃듸리여잇다

晶愛는 이불자락을 고히밀치고 가만히 일어나 미다지를열엇다 션득한 밤空氣가얼골에안치며 한줄기 ○○한光線이 슬적자지빗 이불우헤 눕는다

달은方今 구름속에 갈니여잇다 구름은 이곳져곳에 둥실〻〻ᄯᅥ잇는데 엇든것은 희며엇든것은 연灰色이다 그구름들의 한복판은 두터워도양기는실〻히풀니여 바람이나붓기듯ᄒᆞ엿다 그리고구름이비인틈으로는 ᄉᆡᄉ맑은 아름다운하늘이ᄂᆡ다보이며 한個두個조그마한 별들이 졸니는듯이 눈을 ᄭᅡᆷ박거리고 잇다

달○이구름에셔 져구름으로 져구름에셔 이구름에 밧분듯이 걸어간다 달이가는곳마ᄃᆞ 구름이 스르르 헤여지기는지것만은 그릐도 두터운 구름작속에 들어 갈젹에는밝은얼골이 온젼히 안이보이는일도잇다 이럴젹에는 왼天地가愛人을 일흔듯이 눈물에 어리는것갓고 ○구름을 버셔나셔 누럿히 힌얼골을 들어ᄂᆡ면왼天地는 일헛든 愛人을 차진듯이 깃븜에 ᄯᅥ는것갓힛다모든것이 고요히 잠이들고 ᄋᆞ모쇼리도 안이들닌다 空氣조차 아모

○○○업고 만날빗의발고어두움을짜라 희엿다검엇다홀쑨이다

『에그 져를엇지 달이또져구름속으로 들엇가네-』

달이구름속으로 들어갈적마다 달이구름에 갈니는것쳐럼 晶愛의얼골에도 구름이씨이며 안타가운쇼릐고 이러케불으지々다가 달이그구름을버셔나면

『인져나왓다々々々』ᄒᆞ고晶愛의얼골구름도 것치며 어린이모양으로 깃버ᄒᆞ엿다

이윽고 서람볼겨를도업시구름은 煙氣갓치 져便하늘가흐로몰녀바리고 씨슨듯이푸른하늘○ 오즉둥그럿케 걸닌달이모든발근빗흘헛놀난다

晶愛도 갑작이가삼이 환ᄒᆞ야지는듯ᄒᆞ엿다 그리고이달빗흘마실듯이가삼것空氣를呼吸ᄒᆞ엿다 가삼에도달빗이 수루루흘너들어가는듯ᄒᆞ엿ᄃᆞ 그리고 이발근달빗흘 멍 ᄒᆞ고달콤한幸福이自己에게도 날ᄋᆞ오는듯하엿다 문득晶愛는 神聖ᄒᆞᆫ戀愛를夢想히보앗다

神聖ᄒᆞᆫ戀愛- ᄉᆡᆼ각만ᄒᆞ야도아름답고 달큼○것이라ᄒᆞ엿다 엇지서 戀愛가神聖한지 무엇으ㄹ神聖ᄒᆞᆫ戀愛인지 晶愛는몰은다 ᄋᆞᆫ이 ᄉᆡᆼ각히본젹도 업다홈이 맛당홀듯ᄒᆞ다 神聖한 戀愛는 神聖ᄒᆞᆫ戀愛어니ᄒᆞᆫ다々만 이것을ᄒᆞ는사람에게는 늘깃븜이잇고 幸福이잇고 웃음이잇다ᄒᆞᆫ다 그反對로 이것을 못ᄒᆞ는사람은 늘슬프고 不幸이고 눈물을흘니는것이라한다 우리가 오늘날 말못되게된것도 이神聖ᄒᆞᆫ戀愛가 입는ᄭᆞ닭이라ᄒᆞᆫᄃᆞ 그럼으로 新時代의사람은 이神聖ᄒᆞᆫ戀愛를ᄒᆞ여야될줄안다 勿論 自己와갓흔 쏫다운處女는 이神聖ᄒᆞᆫ戀愛를ᄒᆞ려니ᄒᆞᆫ다 그런데 다만그이를못만낫슬쑨이다 엇더한사롬일가?그것은 모른다 그것을자細히알냐고勞心焦思를ᄒᆞ랴고는안이ᄒᆞᆫ다 엇지人物이出衆ᄒᆞ고學識이相當한사롬이 거이ᄒᆞᆫᄃᆞ 그도힘자라는ᄃᆡ로 나를사랑할것이고 나도그를 맘것사랑홀것이라한다 그리고 이런달밝은ᄉᆡ벽에 둘이잠이ᄭᆡ이면 그는비스듬이 窓門을依支ᄒᆞ

고벽돌집二層우에셔-自己는달빗을씌고 피ㅇ노○을니는모양을가삼에 그리여보앗다 그리다가타기를맛초고 그의가삼에 疲困한몸을 던지면 그도나를싸쓰ㅅㅎ게안ㅇ쥬리라 그리고이것은 쎄트릴수업는 사랑의平和가운데 씃업시니으리리ㅎ엿다

十 (1921.5.11.)

문득 自己읍헤 그가잇다고 想像히보앗다 電氣가 흘으는듯달큼ㅎ 무엇이 머리로부터 발끗싸지 쥬ㄱ쎄치인다 그리고 이夢想으로그린幻影을 안는듯이 져도몰으게 두팔로제가삼을안앗다 무엇이슬적 졔가삼에 안기는듯ㅎ며 精神이아득ㅎ얏ㄷ

그리자 마침져便에셔 늦○돌ㅇ가는사룸의 발자최쇼리가들닌다 그발자최는쿵々ㅎ고이리로걸어온다 夢幻○흐름에써도는사랑에차고 깃붐에 차셔 不可能한일의 不能한것과 因緣의偶然한것과 예ㅅ날니야기갓흔 運命의 結合을 밋게되야『망일져이가그일것갓흐면-』ㅎ얏다 그발자최쇼리는 大門읍헤왓다 門쇼리가 질그○ㅎ는듯ㅎ엿다 그이가문을밀침인가?또는 바룸의쇼리인가?晶愛는 가삼을두근々々ㅎ면셔귀를기울렷ㄷ그러나그○○최쇼리는발셔면져便에셔○○고이리로휘○니는 밤바람이그의헤○○ㅎ 져고리자락 틈으로 수루々들어안친다 晶愛는 말ㅎ수업시 슬푸ㄴ싱각이 나셔단박눈물이들것같다가져도제싱각이ㅎ도어이업고 헛된것을알자호올로 방긋우섯다

이윽고 晶愛는 몸도疲困한듯ㅎ고 또졸치움을 늣기엿다 그릐셔 미다지를 닷고는 이불을쓰고 누엇다 이때씨슨듯이이젓든 그便紙싱각이 문득 일어는다『大關切 그便紙는누가한것인가-』『그便紙ㅎ이가그이가될가-』

그리고 얼골을조금붉히며『그가 그가될가- 그럴ᄂᆞᆫ지도 몰나-』

晶愛ᄂᆞᆫ 이윽히쏘무슨싱각을ᄒᆞ다가 고만 나무둥치갓치잠이들고말앗다

『이ᄋᆡ-이것이 무슨잠이란말이냐-고만좀일어나요』

ᄒᆞ면셔 이불자락을 거듸치고 어머니가 흔드ᄂᆞᆫ바름에그ᄂᆞᆫ겨우잠을ᄭᆡ

엿다그ᄯᆡᄂᆞᆫ 발셔붉은힛발이 미다지를 쏘ᄋᆞ잇슬적이엿다

晶愛ᄂᆞᆫ 잠오ᄂᆞᆫ눈을 부비며

『只今몃點이나 되엿셔요-』

『몃點이다무어야 발셔열點이다』

晶愛의눈이 둥글ᄒᆡ지며

『발셔열넘이예요?』ᄒᆞ고 急히몸을일으켜 최상우헤노힌坐鐘을보앗다 열點은안이라도일곱點半은되엿다 晶愛ᄂᆞᆫ 총々히 옷을입고 마루에나와 할멈이 洗手물을 써오기를기다렷다 이ᄯᆡ정愛ᄂᆞᆫ 마루끗헤노힌便紙한張을 보앗다 정愛ᄂᆞᆫ 無心히 그것을집어들엇다

이럴지음에 키가쌀막ᄒᆞ고몸이뚱々ᄒᆞᆫ할멈이 洗手물을써다노흐며

『져어 오늘아참 大門열제이便紙가와잇셔요』라고 그便紙의由來를 說明한다

졍愛ᄂᆞᆫ 가삼이 울렁ᄒᆞ엿다 그便紙ᄂᆞᆫ 前日에온 그異常한便紙와 ᄭᅩᆨ갓흔것이엿다 그封套며 그글시며 ᄭᅩᆨ갓ᄒᆡᆺᄉᆞᄃᆞ

졍ᄋᆡ의當慌ᄒᆞᆫ것이 얼골에ᄭᅡ지 들어낫는지 할멈도그便紙를 기웃々々들여다보며 疑訝한얼골노

『엇지 이便紙에ᄂᆞᆫ郵票가업셔요?누구ᄒᆞᆫ테오ᄂᆞᆫ便紙이예요』

졍愛ᄂᆞᆫ 얼골이화ㄱ근ᄒᆞ며

『져어…나ᄒᆞᆫ테온거야』ᄒᆞ고ᄂᆞᆫ洗手도안이ᄒᆞ고 불현듯제房으로도라왓다

그便紙를冊床우에놋코 무엇을ᄒᆞᆫ참싱각ᄒᆞ다가 갑작이그便紙를집어들어 웃머리를ᄯᅴ엿다 사연은안이보며 접친것을速히피엿다 누가ᄒᆞᆫ것을

알고져홈이라 그便紙에민끗헤이러케씨여잇다

ᄉᆡ벽바람이 燭불을날닐계

金昌燮은올님

정愛ᄂᆞᆫ 얼ᄂᆞᆫᄉᆡᆼ각이 안이놈인지『金昌燮이?』ᄒᆞ고 暫間兩眉間을 씨ㅇ기더니 고ᄀᆡ를ᄭᅳ덕ᄼᄼᄒᆞ며

『오-올치 永淑의옵바로고나』ᄒᆞ엿다 그리고 昌燮이와自己와 셔로올게된일을얼ᄂᆞᆫᄉᆡᆼ각ᄒᆞ엿다………

十一 (1921.5.12.)

발셔두어달前의일이다 어느날花羅와晶愛가 永淑의집에놀너갓슬ᄯᅢ에 永淑이잇ᄂᆞᆫ房에엇던青年이 하나○에것을보앗다 그青年은 얼골회○몸피가는美男子이엿ᄂᆞᆫᄃᆡ 花羅와晶愛의○○보고 몸을避ᄒᆞ얏셧다 그ᄯᅢ花羅가 永淑에게 누구냐고물어보앗다

『우리四寸옵바야- 東京留學도하고 上海ᄭᆞ지 단여오셧셔- 只今여긔셔 英語工夫를ᄒᆞ고잇다 英語工夫를혼다니 무슨우리모양으로 讀本이나ᄇᆡ호는쥴ᄋᆞ니 ᄋᆞ쥬어려운文學冊을읽으신단다 或몰으ᄂᆞᆫ것이잇스면 西洋사람한테 물으려나가신다 그리고ᄯᅩ漢文도잘ᄒᆞ시겟지 젊은이로新舊學文이 가진 이는 촘드물어』

이러케훌륭혼四寸옵바가네게잇늬 ᄒᆞᄂᆞᆫ듯이 자랑과깃붐으로 永淑은 입에춤이업시제四寸오라비의 稱讚을혼다

두處女ᄂᆞᆫ 맑은눈에 精神을모ᄋᆞ 그이야기를듯고만잇다

永淑의말이ᄭᅳᆺ나자 花羅가우스며

『응… 그러킬ᄅᆡ 져번學期에네英語, 成績이조트라』

『이ᄋᆡ 져번學期에는 우리옵바가오시지도안엇다』

『짜로 英語를 ᄋᆞ니ᄇᆡ와도네가才操가잇셔서 成績이 조왓단말이지-나도너갓치 才操나좀잇셔 보앗스면 죠케ㅅ다』ᄅᆞ고花羅ᄂᆞᆫ 말을비꼰다

『의촘너는 걸피ㅅᄒᆞ면남을되집어말ᄒᆞ더ᄅᆞ』ᄒᆞ고 永淑의얼골이 ᄉᆡ모록ᄒᆞ여진다

『우슴에쇼리를 셩ᄂᆡᆯ거야잇늬 그말은 고만두고 나도네옵바ᄒᆞᆫ테 英語나 좀ᄇᆡ호게 ᄒᆡ다고』ᄒᆞ고花羅ᄂᆞᆫ 선우숨을치며 또晶ᄋᆡ를向ᄒᆞ야『우리갓치ᄇᆡ와 응 그ᄅᆡ가지고 永淑이를 ᄒᆞᆫ번이겨보자』

『왜 晶愛의成績이 나보담못ᄒᆞ길ᄅᆡ-』

『더나흐면 더조치……』ᄒᆞ고花羅ᄂᆞᆫ 무엇이 우수운지 손벽을치며 웃ᄂᆞᆫ다

그後둘이 永淑의집에 놀너를가면 그青年과 서로 마조치ᄂᆞᆫ일이 여러번 잇셧다그리고그青年은 두處女만보면 늘避ᄒᆞ엿다 ᄒᆞ로ᄂᆞᆫ 花羅가우스며永淑이더러

『네옵바가 우리보고 內外ᄒᆞᆯ거야 무엇잇늬……이리좀들어오시라고그ᄅᆡ 좀親ᄒᆡ가지고英語나 ᄇᆡᄒᆞᆯ난다』

『졍말 그럴가?』永淑은깃분듯이물엇다

『그건왜그ᄅᆡ?』ᄒᆞ고晶愛ᄂᆞᆫ얼골을붉힌다

『이ᄋᆡ新時代 女子란 男女交際ᄂᆞᆫ 잘ᄒᆡ야된다 學校에단이ᄂᆞᆫ계집애가 붓그럼을 그러케타셔 무엇에쓴단말이나』라고 花羅ᄂᆞᆫ 憤ᄒᆞᆫ듯이 졍愛를反○ᄒᆞ엿다

永淑은 졔동모를 자랑ᄒᆞ고도십고 졔옵바를 자랑ᄒᆞ고도십허서

『그러면 오시랄가? 오시랄가-』

『그ᄅᆡ 오시라고ᄒᆡ요』花羅ᄂᆞᆫ또 ○促을ᄒᆞᆫ다

『옵바-』라고 永淑은마츰ᄂᆡ 쇼리를 ᄂᆡ여부르고 두處女를보며 웃ᄂᆞᆫ다 졍愛ᄂᆞᆫ 고ᄀᆡ를숙인다 花羅ᄂᆞᆫ 가장엄젼ᄒᆞᆫ체ᄒᆞ고 시침을뚝싸ㄴ다

『응왜그ᄅᆡ-』

『이리좀오세요』

그말에ᄂᆞᆫ ᄋᆞ모對答이업고門여ᄂᆞᆫ쇼리가 지그등ᄒᆞ고난다그의발자최ᄂᆞᆫ 세處女의잇ᄂᆞᆫ房門에 다달ᄋᆞ ᄭᅳᆫ치고

『나를불넛셔』ᄒᆞ고무ㅅᄂᆞᆫ그쇼리ᄂᆞᆫ 조금ᄯᅥᆯ니ᄂᆞᆫ맛이잇셧다 두處女ᄂᆞᆫ 숨소리를죽엿다 永淑은얼ᄂᆞᆫ門을열고나가셔 무라고ᄒᆞ며 웃ᄂᆞᆫ쇼리가나더니 이윽고 永淑이가우스며 門을열고

『지아들어가셔요』ᄒᆞᆫ다

두處女ᄂᆞᆫ 一齊히몸을일으켜다 花羅ᄂᆞᆫ일부러우숨을씌고晶愛의얼골은 ○紅빗갓치되고말엇다

昌爕이도 조금上氣ᄒᆞᆫ얼골로우스며들어온다

『○ᄋᆡ는 ○晶愛…이ᄋᆡ는朴花羅이예요 모다제동모야요』

永淑은 나오ᄂᆞᆫ우숨을 참ᄋᆞ가며 먼져제동모를紹介ᄒᆞᆫ다

『이々는 우리四寸옵바……』

艱辛히 예ᄭᅡ지말을ᄒᆞ고ᄂᆞᆫ고만웃고쓸어진다

이後부터는 각금花羅○게졸니여 晶愛ᄂᆞᆫ永淑의집에놀너를갓셧다 가면흔히昌爕을만나고만나면 그냥서로반갑게人事만할적도잇고 갓치모혀놀기도ᄒᆞ엿ᄃᆞ 漸々얼골이익어갈사록두處女ᄂᆞᆫ 昌爕에게몰으ᄂᆞᆫ것을뭇기도ᄒᆞ고 昌爕이ᄂᆞᆫ 두處女에게 西洋小說○槪를 이야기ᄒᆞ기도ᄒᆞ엿다

十二 (1921.5.13.)

晶愛ᄂᆞᆫ 그便紙쏫흘 ᄯᅮ를듯이 들여ᄃᆞ보며 얼는 이런ᄉᆡᆼ각을 ᄒᆞ엿셧다 그리고 그가 自己에게 사랑을 두엇다ᄂᆞᆫ것을 疑心ᄒᆞ엿ᄃᆞ 그와만나기ᄂᆞᆫ한

두번이 안이어늘 그러도그가自己를 사랑ᄒᆞᄂᆞᆫ 무슨證據를 보지못ᄒᆞ엿다 영숙의집에눌너갈ᄶᅴᄂᆞᆫ ᄭᅩᆨ花羅ᄒᆞ고갓치갓ᄂᆞᆫ데 말ᄒᆞᄂᆞᆫ것으로보든지情답게구ᄂᆞᆫ것으로 보든지 自己나花羅나別로 다른것이업ᄂᆞᆫ것갓힛다 다른것이 업슬ᄲᅮᆫ만ᄋᆞᆫ이라 도로혀花羅ᄒᆞ테더情답게구을고 自己한테ᄂᆞᆫ 冷淡ᄒᆞᆫ듯도ᄒᆞ엿다

그의態度를 冷痰ᄒᆞ다고ᄒᆞ면 冷痰ᄒᆞᆫ것이로되 자細히 ᄉᆡᆼ각해보면그의態度에 異常ᄒᆞᆫ點이업섯다고ᄂᆞᆫ 할수업다 自己○보면精神일흔사ᄅᆞᆷ모양으로 멍々히잇ᄂᆞᆫ것이며 어느ᄶᅴᄂᆞᆫ 自己가인사를ᄒᆞ여도 물ᄭᅳ럼 이볼ᄲᅮᆫ이요 곳答禮를안이ᄒᆞ고한ᄎᆞᆷ잇ᄃᆞ가 ᄉᆡᆼ각난듯이 다시禮를ᄒᆞ든일이며 ᄯᅩ 어느ᄶᅴᄂᆞᆫ自己가無心히 눈을돌니다가 그의어린듯이 自己를바라보는눈과마조치면 그는무안하게얼굴을들키든것이며 그리고 어느날 花羅와갓치 그에게 ᄒᆞᆷᄭᅴ英語를 배흘젹에勿論뭇고 삭이고노닥거리ᄂᆞᆫ것은 花羅이엿다그ᄯᅢ自己ᄂᆞᆫ默々히 그의說明ᄒᆞᄂᆞᆫ○만듯고안졋다가 무슨몰으ᄂᆞᆫ句絶이잇셔 몰아보니 그는ᄶᅡᆷ작놀닌듯이 몸을훔치ᄒᆞ며

『예-어듸말슴임닛가-』ᄒᆞ고失心ᄒᆞᆫ사람모양으로 한ᄎᆞᆷ멍々히잇다가 그것을說明하엿다 그의쇼리ᄂᆞᆫ 썰니고 ᄒᆞᄂᆞᆫ說明도글너셔몃번이나다시說明을ᄒᆞ엿셧다

그리고 ᄯᅩ멧칠前에이런일이잇셧다花羅와갓치永淑의집에갓ᄂᆞᆫᄃᆡ그ᄶᅴ昌燮이ᄂᆞᆫ分明히自己工夫房 잇셧것만은 前갓흐면인사라도할터인ᄃᆡ門도열어보ᄂᆞᆫ ○이엇셧다 그리셔돌ᄋᆞ올ᄶᅴ○花羅가그房門을열고

『혼자가무엇을ᄒᆞ서요』愛교란愛교ᄂᆞᆫ다모힌목쇼리로 물엇셧다 경愛도 花羅의겻헤셔々 갓치드려다보앗다 冊床머리에얼골을ᄃᆡ히고 두손으로 머리를움켜쥐고엇든그ᄂᆞᆫ ᄭᅮᆷ틀ᄒᆞ면서衝動的으로고ᄀᆡ를들엇다 들기ᄂᆞᆫ들엇스나 그의고ᄀᆡᄂᆞᆫ이리로向ᄒᆞ지ᄋᆞᆫ이ᄒᆞ고 져리로돌니며强仍히和ᄒᆞᆫ목쇼리를지어

『언제오셧습더닛가?』ᄒᆞ고ᄂᆞᆫ죽머귀로 눈을부뷔ᄂᆞᆫ듯ᄒᆞ엿다 이윽고그ᄂᆞᆫ일어션다 그의고ᄀᆡᄂᆞᆫ 이리로돌앗다 ᄒᆡᆯ슥ᄒᆞᆫ얼골에若干ᄭᅩᆺ물이들엇고 피ㅅ발이서듯ᄒᆞᆫ눈은 안ᄀᆡ에갈닌듯이흐릿ᄒᆞ게보이며 눈양가장자리ᄂᆞᆫ 번진눈물빗히 오히려번적어린다 그ᄂᆞᆫ只今것分明히울고잇셧슴이다 그얼골을보고경愛ᄂᆞᆫ가엽고슬흔ᄉᆡᆼ각이들며

『져이가왜져러케말낫스며 ᄯᅩ울기ᄭᆞ지ᄒᆞ얏나』마음속으로ᄉᆡᆼ각ᄒᆞ고自己도엇저울고십혓셧다

이런일이 하나式둘式 幻○모양으로 그의가삼에 ᄲᅥ나오며 그러면 그이가 발셔나에게 사랑을두엇든가ᄒᆞ얏다 숨은사랑의불에 속절업시 가삼을태우면셔도 그얌전ᄒᆞᆫ그가그女性에 갓가운그가 그것을식원ᄒᆞ게 表白을못ᄒᆞ엿슴이런가 그리다가 마츰ᄂᆡ 견듸일수업고 참을슈업셔그날그便紙를 ᄒᆞ엿슴이런가 그便紙를보고도 ᄋᆞ모回答이업슴을 보고 오늘ᄯᅩ이便紙을ᄒᆞ엿는가 그날그가울든것도 날로ᄒᆞ여 울엇슴이런가ᄒᆞ엿다

이러케ᄉᆡᆼ각하ᄆᆡ 그가限업시 情답기도ᄒᆞ고 가엽기도ᄒᆞ여지며 그의貌樣이 눈압헤ᄋᆞ른々々보이엿다 더구나 그의우는貌樣이 두렷이 낫하난다 ᄒᆡᆯ슥한두ᄲᅡᆷ에 구슬갓흔눈물이 하염업시 흘너나리며 이슬○친두눈으로 怨ᄒᆞᄂᆞᆫ듯限ᄒᆞᄂᆞᆫ듯 忽然그ᄂᆞᆫ ᄯᅥᆯ니ᄂᆞᆫ두팔을벌니고 自己ᄒᆞᆫ테 달녀들며『나를 괴로운데셔 건저주쇼셔 쓸々ᄒᆞᆫ데셔救히쥬쇼셔』라고 부르지々ᄂᆞᆫ듯ᄒᆞ얏다

十三 (1921.5.14.)

晶愛ᄂᆞᆫ 그便紙를읏흐로부터차근々々접치여 첫머리한間을피여들엇다

『晶愛氏-

먼져무에라고 謝罪를ᄒᆞ올ᄂᆞᆫ알길이업습니다 오즉晶愛氏의容恕를바랄ᄲᅮᆫ임니다 빌ᄲᅮᆫ임니다 헛되히기다리시노라고얼마나ᄋᆡᄅᆞᆯ씨셧겟슴닛가 그것을ᄉᆡᆼ각ᄒᆞᄆᆡ 가삼이터질듯ᄒᆞ야견ᄃᆡㄹ수업습니다

晶愛ᄂᆞᆫ쏘안이놀닐슈업셧다自己ᄂᆞᆫ 그를기다린○이업거늘 이것이무슨소리인가?이便紙가自己ᄒᆞᆫ테오ᄂᆞᆫ것이안이고 ᄯᆞㄴ사람 테오ᄂᆞᆫ것인가 ○○○心을ᄒᆞ엿섯나 이런疑心을ᄒᆞ면셔도그의손을○○的으로 ○便紙를피고 그편지가피여지ᄂᆞᆫᄃᆡ로 그의쥴을ᄯᅡ라옴기엿다

『晶愛氏-

그便紙가 왓슬ᄯᅢ에 나ᄂᆞᆫ나ᄂᆞᆫ○섯습니다 그날공교히무슨일이잇셔 늣게야 돌아와셔 쓸々이비인房에 외로운이불자락을 멈치랴다가 册床머리에 노힌그便紙를보고 急히피엿습니다 처음에 ᄂᆞᆫ무슨ᄯᅳᆺ인지 알수업셧습니다 한번읽고 두번읽고……몃번을 읽고야 겨우그ᄯᅳᆺ을 알앗습니다 그리고 ᄭᅮᆷ이안인가疑心ᄒᆞ엿습니다 生時라고ᄂᆞᆫ ᄉᆡᆼ각ᄒᆞᆯ수가업셧습니다 정愛氏가 나에게사랑을 許ᄒᆞ시고 만나기ᄭᅡ지約束ᄒᆞ심은 ᄎᆞᆷᄭᅮᆷ이엿습니다그럿습니다 나ᄂᆞᆫᄭᅮᆷ으로 졍愛氏를만낫고ᄭᅮᆷ으로 졍愛 氏에에게 사랑을밧앗습니다 ᄭᅮᆷ이안이고ᄂᆞᆫ 永々히쓰리고 永々히압흔맛만볼쥴 알앗든나에게도 ᄭᅮᆷ이안이고 生時에이런깃붐과 이런幸福이 잇슬쥴은 ᄎᆞᆷ으로々々々밋지못ᄒᆞ엿습니다 나ᄂᆞᆫ하도 感動ᄒᆞ여 두줄기눈물이 ᄭᅩᆺ다운便紙를더럽히고말앗습니다

『졍愛氏-

나는 허둥々々한 발길로질팡갈팡 南山公園으로 올나가기는갓습니ᄃᆞ 그러나그ᄯᅢᄂᆞᆫ발셔ᄉᆡ로 두點이지ᄂᆡ엿습니다 公園에ᄂᆞᆫ 사람의그림ᄌᆞ(?)도 볼슈업고 밤바ᄅᆞᆷ에 흔들니ᄂᆞᆫ쇼나무그림자가 달빗헤어지러울ᄲᅮᆫ이엿습니다

『졍愛氏-

밤이발셔 기어케깁허스니黃金갓흔處女의마음을가진 경愛씨가只今것나를기다리시고계실理가업것만 여긔나계신가 져긔가계신가ᄒᆞ고 公園일판을헤메엿슴니다 마음이어린뒤라 몃번이나 바룸쇼리에 속고 쇼나무그림자에속앗는지요-

『경애씨-

그리다가 ᄉᆡ로넉點이 지ᄂᆡ여 나는 바룸만안고 쓸々ᄒᆞ게 잇는 宿所로 돌ᄋᆞ왓슴니다 나는 자리를 ᄎᆡ잡지도안코이便紙를 쓰ㅁ니다

『晶愛氏-

씨ㄴ말은다고만두랴흡니다엄친물을 다시담을수 업고지ᄂᆡ인일을다시도리킬슈업ᄂᆞᆫ쌔닭이올시다 오늘져녀ㄱ일곱點에 나ᄂᆞᆫ또南山公園으로가겟슴니다 그리고 晶愛氏의오시기를 기다리고잇겟슴니다

끗흐로 이便紙○○○夫를수고로히 할것업시ᄂᆡ가宅에傳ᄒᆞ겟슴니다 이燥々한마음으로ᄂᆞᆫ 到底히遞傳夫의遲々한거름에 맛길수업ᄂᆞᆫ쌔닭이올시다忽々히젹음으로 사연이 어루ㄹ 데만을듯 깁히容恕비옵ᄂᆡ다

ᄉᆡ벽바람이燭불을놀닐제

金昌爕 은올님

十四 (1921.5.15.~16.)[1]

晶愛ᄂᆞᆫ 그便紙를 보기는다보앗다 그러도 무슨말인지도모지 올수가업다 晶愛가昌爕에게便紙한일도업고 南山公園에셔昌爕이를 기다린일도업고 사랑을許諾ᄒᆞᆫ일도만나자고 言約ᄒᆞᆫ일도엄거날 이것이모도다무슨쇼ᄅᆡ인가 올수업ᄂᆞᆫ일이다풀어볼수업ᄂᆞᆫ 수수격기로다 ᄒᆞ엿다

或昌爕이가 거짓말을꾸미여이런便紙를ᄒᆞ엿ᄂᆞᆫ가 그날○○를ᄒᆞ여도

아모回答이업슴을보고 ᄉᆡᆼ각다못ᄒᆞ야 이런거짓말 便紙를ᄒᆞ엿는가 아모리사방의불길에 가삼이라도ᄅᆡ도 얌젼한昌爕이가 그러ᄒᆞᆯ理ᄂᆞᆫ 업슬듯 그러면그가엇저셔 이런 便紙를ᄒᆞ얏ᄂᆞᆫ고 졍愛ᄂᆞᆫ머리를히싸며 그曲折을ᄋᆞᆯ고져ᄒᆞ엿다

무엇을니윽히ᄉᆡᆼ각ᄒᆞ고잇든정愛ᄂᆞᆫ 고ᄀᆡ를ᄭᅳ덕〻〻ᄒᆞᆫ다 문득 花羅의ᄉᆡᆼ각이남이라 올치〻〻花羅○ 그便紙를안것이다 그날그便紙를 ᄲᆡ앗사가셔 ᄭᅳㅅᄭᆡ지다보고 그짓구진ᄋᆞᄒᆡ가그를농락ᄒᆞ랴고ᄂᆡ이름을빌녀그에게南山公園으로만나자고便紙를ᄒᆞᆫ것이로다올타그러타花羅안이면 누가그의게 거짓便紙를 ᄒᆞᆯ것이며 그런便紙를 안이보고야 昌爕이가 나에게이런便紙를 할理가 잇스랴ᄒᆞ엿다 그러면 어제 花羅의 態度가異常ᄒᆞ든것도이것 ᄯᆡ문이로구나ᄒᆞ엿다 作亂을 ᄒᆞ기ᄂᆞᆫᄒᆡ놋코 가단히 ᄉᆡᆼ각ᄒᆡ보니잘못된듯홈으로 그것이 걱정이되야 어졔 그리고 잇든것이로고나ᄒᆞ엿다

『그ᄂᆞᆫ고만花羅에게 속ᄋᆞ넘어가서 어졔밤ᄉᆡ도록 南山公園에셔 헤ᄆᆡ엿구면』ᄒᆞ고정愛ᄂᆞᆫ호올로 우셧다

『그ᄅᆡ도 그ᄂᆞᆫ ᄭᅩᆨ ᄂᆡ가便紙ᄂᆞᆫ ᄒᆞ여노코 만나자約束은ᄒᆞ여노코 가지ᄂᆞᆫ안은쥴로 그리고 나ᄅᆞᆯ오즉이나 괘심이ᄉᆡᆼ각ᄒᆞ엿슬가』ᄒᆞ고 정愛ᄂᆞᆫᄯᅩ다시눈셥을씨푸렷다

『마참 그이가 무슨일이잇셔 ᄉᆡ로두點이나 되야 公園에올나갓다ᄂᆡᆺ가나ᄂᆞᆫ約束ᄃᆡ로ᄒᆞ엿것만은 그가ᄒᆞ도 늣게옴으로 기다리다못ᄒᆞ야 돌ᄋᆞ간쥴로만 알앗슬것이니 나를 괘ㅅ심히 ᄉᆡᆼ각 ᄒᆞ기ᄂᆞᆫ커녕 도로혀 未安히 ᄉᆡᆼ각ᄒᆞ겟지』ᄒᆞ고 졍愛ᄂᆞᆫ 젹이安心을ᄒᆞ엿다

『그런데 그ᄂᆞᆫ勿論 ᄂᆡ가그便紙를 한쥴만ᄋᆞᆯ것이다 그便紙에 쓰인것과갓치 ᄂᆡ가그에게사랑을許ᄒᆞ고 만나기ᄭᆡ지 約束ᄒᆞᆯ쥴ᄋᆞᆯ것이다 그러면 나름端正ᄒᆞᆫ處女 純潔한處女로 알지안이ᄒᆞᆯ것이라』ᄒᆞ고 정愛는맑은ᄭᆡ끗한自己를 그가미타히일가두려워ᄒᆞ엿다

『作亂도分數가잇지 그애가왜그런짓을ᄒᆞ엿셔-』ᄒᆞ고 졍愛ᄂᆞᆫ 花羅를怨惘ᄒᆞ엿다

『어셔 밥을먹고 學校에 ᄋᆞᆫ이가고 무엇을ᄒᆞ늬』안房에셔 어머니의 부르ᄂᆞᆫ쇼릐가들인다『아직 셰슈도 안이ᄒᆞ셧답니다』라고 할멈이 不平한듯이 즁얼거린다

졍愛ᄂᆞᆫ 그便紙를 冊床우헤놋코 ○○○○일어섯다 房門을열고 나가랴ᄃᆞ가 쏘들져셔○ ᄃᆞ시그便紙를집어어듸어허두면 죠흘가ᄒᆞ고머무ㅅ々々할지음에 안房에셔쏘어머님의쇼리가들닌다

『왼일이냐- 오늘은學校에안이가늬』

졍愛ᄂᆞᆫ 고만그便紙를冊床우에셰워둔冊속에 ᄭᅵ져두고 急히밧그로나왓다

『花羅○ 그便紙에다무에ᄅᆞ고ᄒᆞ엿니? 글시나잘쓰고 사연이나잘만들어보늬엿ᄂᆞᆫ가?』

十五 (1921.5.17.)

졍愛ᄂᆞᆫ 忽々이學校에가면셔도 이런걱졍을말지안이ᄒᆞ엿다

『그이ᄂᆞᆫ 花羅의글시와 花羅의글을 늬글자와늬글로만ᄭᅨᆨ올겟지』

ᄒᆞ고花羅보다더나흔 自己의글시와글을 그에게못보인것을恨ᄒᆞ엿다

『그런데 그사연에무엇이라ᄒᆞ엿든○!』이것은ᄭᅨᆨ알아야된다 學校에가거든 花羅를붓잡고仔細히물어보리라ᄒᆞ엿다

學校에가보니 왼일인지 花羅가 欠席을ᄒᆞ엿더라

『무슨일로 花羅가 學校에안이완ᄂᆞᆫ고…』

授業이 ᄭᅳㅅ나도록 晶愛ᄂᆞᆫ花羅의오기를헛되히 기다리다가 學校 罷ᄒᆞ

고 집으로오면셔 이런疑問을ᄒᆞᆯ려ᄒᆞ엿다

그런作亂을 ᄒᆡ놋코 나보기가 부ᄭᅳ러워 學校에 오지를안이ᄒᆞ얏ᄂᆞᆫ가 그러눌조흔花羅가 그ᄯᆡ문으로 學校를欠席ᄒᆞᆯ理ᄂᆞᆫ업ᄂᆞᆫ데……ᄯᅩ그것ᄯᆡ 문이라ᄒᆞ면 정식어제欠席을ᄒᆞᆯ것이어늘 엇지어제ᄂᆞᆫ오고 오늘은안이오 랴…그러면 花羅가 오늘ᄋᆞ츰에 ᄂᆡ가昌爕의便紙를보ᄋᆞ슬것이고 보왓스 면花羅라그런짓을한것을 ᄂᆡ가斟酌할쥴ᄋᆞᆯ고나對ᄒᆞ기가 부ᄭᅳ러워안이옴 인가

안이다々々々 그런것은 안이다 花羅가 엇지 昌爕이가나에게 ᄯᅩ便紙한 것을 알수가잇나 設令그가나에게 便紙ᄒᆞᆯ쥴을 斟酌ᄒᆞᆫ다ᄒᆞ드ᄅᆡ도 어졔전 역에 便紙를 부친다ᄒᆞ면速히와도오늘午○에야 올것이니나ᄂᆞᆫ그便紙를 못보고 學校에갈것이다 제가 鬼神이 안안다음에야 昌爕이가손수 그便 紙를우리집에 전ᄒᆞᆯ쥴ᄭᅡ지야 알수가잇슬가 그러면 왼일인가무슨일로 學 校를 欠席ᄒᆞ엿ᄂᆞᆫ가

『그런것이 안이고 花羅가昌爕을 사랑ᄒᆞ엿ᄂᆞᆫ가?』 昌爕ᄂᆞᆫ忽然 이런 ᄉᆡᆼ 각을 ᄒᆞ엿다

업지안을일이다 그럴ᄂᆞᆫ지도몰은다 그날그便紙를 그러케ᄀᆡ를쓰고 ᄲᆡ 앗든것이며 어졔도근심이 만흔듯한 模樣이암만ᄒᆡ도 殊常ᄒᆞ다ᄒᆞ엿다 ᄋᆞ 모리 作亂을 조와한다ᄒᆞᆫ들 남을 ᄲᅮ리치기ᄭᅡ지ᄒᆞ고 남의便紙를 ᄲᆡ앗사갈 것이야 무엇이며 그냥作亂으로 그의게便紙를 ᄒᆞ엿다ᄒᆞᆯ진ᄃᆡ 그다지근심 할것이야무엇이랴 花羅가그것封을보고

『이것은 永淑의글시가안이야 이것은女筆이안이고 男筆이야ᄒᆞᆯ적에 발 셔昌爕의便紙인쥴알엇든가 自己의사랑ᄒᆞᄂᆞᆫ 男子가 남에게便紙한것을 보고 一邊憤ᄒᆞ고 一邊미워셔 나를그러케ᄲᅮ리첫든가 그ᄯᆡ에ᄂᆞᆫ나도알수 업ᄂᆞᆫ熱에ᄯᅴ이여 압흔줄도몰낫거니와 그後에 손바닥이얼々ᄒᆞ든것과 정 ᄀᆡ에이ᄂᆞᆫ 거풀ᄭᅡ지멋겨저셔 只今ᄭᆞ지쓸알인것을보면 그ᄯᆡ花羅ᄂᆞᆫ 젓먹

든氣運ᄭᅡ지 다니엿든것이分明ᄒᆞ다 花羅는確實히 昌燮을사랑ᄒᆞ엿슴이로다 마음속으로사랑은ᄒᆞ면셔도 그것을하쇼연홀機會가업슴을 恨ᄒᆞ다가 그날그便紙를奇貨로삼ᄋᆞ 昌燮에게南山公園으로만나자고約束을ᄒᆞ엿슴이로다 공교히 昌燮은그날무슨일이잇셔 못가고 花羅호올로 밤이이석토록 ᄋᆡ강○을태우며 기다리ᄃᆞ가 할일업시 그냥도라간것이다 어졔밤에 잠도자지못ᄒᆞ엿고 ᄯᅩ心思도 數亂ᄒᆞ야 오늘學校에오지안은것이로ᄃᆞ

예ᄭᅡ지싱각ᄒᆞ고 晶愛ᄂᆞᆫ호올로우셧다 그런데 그우슴을엇져異常한우슴이엿다 깃버셔웃ᄂᆞᆫ것도안이고 조와셔웃ᄂᆞᆫ것도안이엿ᄃᆞ 남을○버ᄒᆞᄂᆞᆫ사룸이抑地로 씌우ᄂᆞᆫ우슴과 비슷혼우슴이엿다 이런우슴을 우셔보기ᄂᆞᆫ 晶愛에게ᄂᆞᆫ 참으로난싱쳐음일것이다

『花羅한테 가볼가부다 가셔엇더케 ᄒᆞᄂᆞᆫ양이나 좀보쟈』晶愛ᄂᆞᆫ 一種○듯혼 好奇心을품고 花羅의집을向ᄒᆞ엿다

十六 (1921.5.18.)

花羅ᄂᆞᆫ 제집 도○○ 뎡愛ᄂᆞᆫ 더욱疑心을ᄒᆞ며 花羅의어머니에게물어보앗다

『어제져녁도 안이먹고 나가더니 자정 지ᄂᆡ셔 돌아왓길ᄂᆡ 어ᄃᆡ를갓더냐고물어보닛가 ᄯᅩ靑年○에 音樂會를혼다고 그ᄋᆡ를請ᄒᆞ엿다는고나 참音樂會도 몸서리가난다 밤○○○그러케쏘○고 단○니엇지病이안나겟ᄂᆡ 알아셔오늘은 學校에도못갓다』五十이되야 발셔머리털이白髮이다된 花羅의어머니ᄂᆞᆫ 이마살을씨ㅂ흐리고이런말을ᄒᆞ엿다 ○午後 죠금ᄲᅡㄴᄒᆞ닛가 ᄯᅩ갑ㄱ ᄒᆞ다고 어ᄃᆡ를나갓고나』

男便도업고 아들도업고 다만花羅하나ᄲᅮᆫ인 그ᄂᆞᆫ 花羅의말이라면 어느

말 안이고지듯는것이업다 각금意見이셔로衝突되다가도 花羅○압흐단쇼리만들으면 무엇이든지 花羅의뜨ㅅ되로 마음되로ᄒᆞ게 ᄂᆡ여○려두엇다

『花羅가 쏘 졔어머님을속엿고나 花羅가어졔 南山公園에서 ᄌᆞ정이 넘도록기다렷고나』

晶愛ᄂᆞᆫ 마음속으로 이러케 ᄉᆡᆼ각ᄒᆞ고 집으로 도라왓다

집에도라오니 花羅가 기다리고잇다 晶愛ᄂᆞᆫ 갑작이 가삼이팔닥거리고 골칙가 힝ᄒᆞ여진다 花羅ᄂᆞᆫ 반가히

『인제오늬?』ᄒᆞᆫ다

『너ᄂᆞᆫ 언졔왓든?』

『온지얼마안되애-』

『그런데 왜 오늘學校에안이왓늬』정愛ᄂᆞᆫ 짐짓이러케무러보앗다

『이애 말도말아……압하셔쥭을쌔ㄴᄒᆞ엿다』ᄒᆞ고 花羅ᄂᆞᆫ얼골 찡긴다 그의얼골은 果然할슥ᄒᆞ엿다 검푸른 눈언저리ᄂᆞᆫ 경연的으로 썰며 밧삭마른입슐은 희게되얏다 졍愛ᄂᆞᆫ ○욱히 花羅의얼골을들여다보며 只今것 미웁고괘심ᄒᆞ든ᄉᆡᆼ각이 다슬어지고 도로혀가엽슨ᄉᆡᆼ각이일어나셔 걱졍스럽게

『어데가 그러케압하셔-』

花羅ᄂᆞᆫ 더욱얼골을씨푸리며

『머리도압흐고……몸도압흐고………』

『그러면 집에셔 調理를ᄒᆞ지안코 왜바람을쏘이고 단이늬-』

『누어잇스라니ᄭᆞ 心理가愁々……안이……저어……넘우심々히셔』ᄒᆞ고 花羅ᄂᆞᆫ 머뭇々々ᄒᆞᆫ다 한촘동안셔로 말이업섯다 ᄯᅢ々로 두視線이 마조치다가는 셔로눈을돌니고안이보ᄂᆞᆫ체ᄒᆞ엿다 졍愛ᄂᆞᆫ 무슨말을홀듯々々ᄒᆞ다가도 고만입술로말을물어멈춘다 花羅ᄂᆞᆫ 가싀방셕에나 안진듯이 자로자리를곤쳐안ᄂᆞᆫ다

晶愛는 마침내 沈默을 깨트렷다

『學校에서 돌아오는길에 너의집에갓섯다』 이말이 마초기前에 『내가 왜이런말을하노』하고 스스로 놀내엿다

『우리집에-무엇하려』

花羅는疑訝한얼골로이런反問을하다가 무엇을홀앗는지고개를 끄덕々々 하고는쓸々한가는 우슴을 띄운다

『왜學校에 안이오는가하고』

『정말그러ㅅ느냐? 고맙다』

이말에졍愛는 고만말문이막히엿다

『그날그便紙가 어데셔 온것이든-』 이말이졍愛의목까지올나왓다가고만 입술에셔 살아지고말앗다 後此 저便마음을알고십고後此 물어볼말은 만흐면셔도 『내가말을하면 져이가나를 엇더케싱각할가』 져편말을 알냐가이便마음을보일가십허서 나오는말을抑地로츰고잇다

十七 (1921.5.19.)

이윽고 花羅는 意味잇는우슴을 띄고 입을열어

『내가 오리 놀아도 妨害가안이되겟니?』

『妨害가무슨妨害야 나는늘논단다』

『안이 工夫妨害가안이라……무슨짜ㄴ妨害가……』

『짜ㄴ妨害가무어야? 하고晶愛는 눈을동그러케뜬다 그의머리에는 花羅가 또그便紙○ 훔쳐보앗는가하는싱각이 번개갓치 번적인다 花羅는비웃는語調로

『或잇슬줄아니……』

『무슨쇼리야 當初에 올수가업스니』晶愛의두쌔ㅁ은 어느실에불거졋드

『그러케 시침을 쌀것은업셔요 닉가몰을줄알고……』

이런말을ᄒᆞ며 花羅ᄂᆞᆫ암상스러운 눈으로 정愛를 노려보다가 일부러 우슴을 지으며

『그날그便紙를 누가한줄ᄋᆞ니-』

정愛ᄂᆞᆫ 가삼이 쓰금 ᄒᆞ다 그릐도 自己가 只今까지물어볼싱々々々々 ᄒᆞ든것을花羅가먼져뭇ᄂᆞᆫ것이 마음에그윽히깃부기도 ᄒᆞ엿다 그러나 이모든感情을 숨기랴고 익를쓰며가장 自己가 그것을올고십허ᄒᆞᄂᆞᆫ듯이

『참 그날 그便紙를 누가ᄒᆞᆫ것이든-』라고 도로 反問ᄒᆞ엿다

花羅ᄂᆞᆫ 갑작히 성을닉며

『공연히 그리지 말ᄋᆞ요 왜 나를속이야들어- 닉 인졔너를동모로 알지안겟다』

『은이닉가 무엇을 속이랴든단말이야』晶愛ᄂᆞᆫ 팔닥거리ᄂᆞᆫ 가삼을 艱辛히 鎭定을 ᄒᆞ면셔 花羅를ᄯᅡ라 憤ᄒᆞᆫ듯이 칙첫다

花羅ᄂᆞᆫ 毒氣미친눈으로 정愛 얼골을 ᄯᅮ를듯 노려본다 晶愛ᄂᆞᆫ 熱氣어린눈으로 ᄯᅩᄒᆞᆫ花羅의 얼골을보앗다

문득花羅의입으로 우슴이복바처나온다 그ᄂᆞᆫ방바닥에 구을너가며 웃ᄂᆞᆫ다 그리고우슴半 말半으로

『참우슈워죽겟드 네가아쥬시침을 ᄯᅮᆨᄯᅦ고 나를속이랴ᄂᆞᆫ쇼ㄹ 참 可觀이다하々々ᄋᆞ이고우스워…』ᄒᆞ고연해연방 밋진듯 웃ᄂᆞᆫ다

晶愛ᄂᆞᆫ 花羅의웃○曲折을알슈가업셧다 그웃ᄂᆞᆫ머리 精神을일코멍々ᄒᆞ게 안져잇다

花羅ᄂᆞᆫᄒᆞᆫ참 호올로웃다가져도열○업섯든지 우슴을긋진다 그리더니 忽然얼골을 씨푸린다 숀으로 머리를집흐며

『ᄋᆞ야머리가 왜이러케압허』ᄒᆞ면셔 압흠을못이긔ᄂᆞᆫ듯ᄒᆞᆫ신농○ᄒᆞ더니

기운○시 일어션다

졔호올로 제싱각만ᄒᆞ고잇든 정愛ᄂᆞᆫ 花羅의 일어나ᄂᆞᆫ양을보고

『왜가련?』ᄒᆞ엿다

『그ᄅᆡ가겟다 머리가 압하셔 견듸ㄹ슈가업다』ᄒᆞ고 쓸어질듯이 벽에 기ᄃᆡ인다

『그런제 ᄂᆡ가 무엇을속이랴들든?』정愛ᄂᆞᆫ 이것이마음에키이여 견듸ㄹ수가업다

花羅ᄂᆞᆫ 두손으로 머리를움켜쥐며 긔운한ᄋᆞ업ᄂᆞᆫ 쇼리로

『속인것이 업스면 그뿐이지 그져공연히 그ᄅᆡ보앗다』

ᄒᆞ고ᄂᆞᆫ 花羅ᄂᆞᆫ비슬々々발을옴겨 房門을열고나간다 정愛ᄂᆞᆫ얼썰々ᄒᆞ야 精神일흔 사름모양으로 花羅의 나가ᄂᆞᆫ뒤ᄭᅩᄅᆞ만보고 일어나지도안앗다

十八 (1921.5.20.)[2)]

花羅가 돌ᄋᆞ간 後 정愛ᄂᆞᆫ 갑작히 오늘 이참에 그 便紙를 ᄭᅵ여둔 冊을 ᄲᅦ여 들쳐보앗다 그 便紙ᄂᆞᆫ 그ᄃᆡ로 ᄭᅵ여잇다 그것을 보고 정愛ᄂᆞᆫ 적이 安心이 되엿다. 이 便紙가 그냥 잇슬 ᄯᅢ에ᄂᆞᆫ 花羅가 보지를 안앗거니 엿슴이라. 정愛의 싱각에ᄂᆞᆫ 花羅가 보기만 ᄒᆞ면 그 便紙가 업셔지러니 한다. 이 便紙가 그냥 잇ᄂᆞᆫ 것은 곳 花羅가 보지 안은 증거라 ᄒᆞ엿다

정愛ᄂᆞᆫ 그 便紙를 ᄯᅩ 한 번 보앗다.

『……오늘 저녁 일곱 點에 나ᄂᆞᆫ ᄯᅩ 南山公園에 가겟습니다 그리고 정愛 氏의 오시기를 기다리고 잇겟습니다……』

정愛ᄂᆞᆫ ᄉᆡ삼스럽게 이런 싱각을 ᄒᆞᄆᆡ 알 수 업게 가삼이 두근거리고 피가 一時에 머리로 모히ᄂᆞᆫ 듯ᄒᆞ엿다 그리 昌燮의 模樣이 눈 압헤 ᄯᅥ나온ᄃᆞ

그 ᄀᆞᆫ열분 몸피며 곱살스러운 얼굴이며 ᄭᆞ만 눈섭이며 말근 눈이 두렷히 보힌다 그 幻影이 먼 ᄃᆡ셔부터 自己를 안을 듯이 漸々 갓가히 오ᄂᆞᆫ 듯 ○엿나 온몸이 제글々々 ᄒᆞ야 견딜 수 업셧다

『그ᄅᆡ도 갈 수가 잇글ᄭᆞ?』

정愛ᄂᆞᆫ 제 ᄉᆡᆼ각에 스々로 얼골을 붉히며 ᄯᅩ 이런 ᄉᆡᆼ각을 ᄒᆞ엿다

정愛ᄂᆞᆫ昌爕을 自己가 ᄭᅮᆷᄭᅮᄂᆞᆫ 神聖ᄒᆞᆫ 戀愛의 相對者가 되고 理想的 家庭의 家長이 되리라고ᄭᅡ지ᄂᆞᆫ ᄉᆡᆼ각을 안이 ᄒᆞ엿스되 발셔부터 昌爕을 대할 적마다 말할 슈 업ᄂᆞᆫ 반가운 ᄉᆡᆼ각이 들며 자금々々 ᄲᅱ노ᄂᆞᆫ 가삼을 엇지ᄒᆞᆯ 수 업셧다 어느 ᄯᅢ 그가 몹시 보고 십허 永淑의 집에 놀너를 가고도 십헛다 이럴 적에 花羅가 와서 晶愛를 ᄭᅳ을면 晶愛ᄂᆞᆫ 더 ᄒᆞᆯ 수 업시 깃버얏다[3] 갓다가 昌爕을 만나면 맘 가운데 엉키인 무엇[4] 풀어지ᄂᆞᆫ 듯ᄒᆞ며 心身이 솜갓치 부드러워짐을 ᄭᅢ달으면셔도 남 몰으ᄂᆞᆫ 붓ᄭᅳ러운 症이 찬바람 모양으로 안치여 가늘게 몸을 ᄯᅥᆯ기도 하얏다 그리고 昌爕을 못 보고 돌ᄋᆞ설 ᄯᅢ에ᄂᆞᆫ 무엇을 일은 듯이 섭々 ᄒᆞ얏셧다

『그ᄅᆡ도 갈 수가 잇글ᄭᆞ?』

晶愛ᄂᆞᆫ 마음쇽으로 ᄯᅩ 이러케 ᄌᆡ우치고 그 便紙를 ᄯᅩ 한 번 보앗다 그리고ᄂᆞᆫ 그 편지를 맛치 죠금만 시게 만지면 씨져나질 듯이 고히고히 접엇다 그것을 들고 가만히 몸을 일으키엇다 自己가 쓰ᄂᆞᆫ 籠門을 열엇다 그 안에 잇ᄂᆞᆫ 옷가지를 펼치고ᄂᆞᆫ 그 便紙를 보다가 넛코 너흐랴다 ᄯᅩ ᄂᆡ여보앗다 맛치 ᄋᆞ름더운 노리ᄀᆡ를 가지고 놀다가 도로 집허너흘 ᄯᆡ쳐럼 그 便紙가 自己 눈에셔 살아지ᄂᆞᆫ 것을 ᄆᆡ우 앗기ᄂᆞᆫ 듯ᄒᆞ엿다 마ᄎᆞᆷᄂᆡ 그ᄂᆞᆫ 便紙를 깁히々々 넛코 우에 옷을 몃 가지나 덥은 뒤에 안房에 가셔 저녁을 먹엇다

저녁을 맛초고 제 房으로 돌아올 ᄯᆡᄂᆞᆫ 冊床 우헤 노힌 坐○이 발셔 여섯 點 半을 지ᄂᆡ엿더라 탁

『벌서 여섯 點 半일세…… 일곱 點이라 ᄒᆞ엿ᄂᆞᆫ데…… 只今 가야지』

ᄒᆞ고 정愛ᄂᆞᆫ 불현 듯 일어나 마루 쯧까지 나왓다가 도로 房으로 들어왓다 그ᄂᆞᆫ 房 한복판에 우두허니 셔 잇다 발 한자국을 옴길 수도 업고 또 안질 슈○ 업다 선 그 자리에 한참 멍々ᄒᆞ게 그냥 잇섯다 갈가 말가? 가고ᄂᆞᆫ 십고 가기는 무엇ᄒᆞ고…… 잘각々々 한 秒 두 秒 刻○ 직히ᄂᆞᆫ 時計 쇼리ᄂᆞᆫ 異常히도 分明ᄒᆞ게 정愛의 귀를 울닌다…… 한 分 두 分 일곱 點으로 時針이 갓○와 갈사록 정愛의 마음은 삶아지ᄂᆞᆫ 듯ᄒᆞ엿다 마ᄎᆞᆷ닉 일곱 點○니되엇다……

이때것 그냥 셔 잇든 정愛ᄂᆞᆫ 인제 다틀녓다 ᄒᆞ는 듯이 氣運업시 冊床머리에 쓰러진다

十九 (1921.5.21.)

花羅가 왜왓든고-晶愛○가삼에ᄂᆞᆫ 문득 이런疑心이쎄ᄂᆞ온다 올하셔 學校에도 못○사롬이 우리집에ᄂᆞᆫ왜왓든고- 勿論그압흐다ᄒᆞᄂᆞᆫ것이 거짓○줄은올건만은 엇지우리집에를왓든고- 그것은무슨曲折이잇ᄂᆞᆫ일이다 져도 모양으로 ᄂᆞ의마음을알고십허셔 ᄂᆞ의ᄒᆞ난양을보고 허○○온것이든가- 올타그러타 그리셔 온것이다 무슨일로 昌爕이가約束ᄃᆡ로南山公園에오지 안은것을 알고셔온것이다 그것이 궁금ᄒᆞ야견듸ㄹ수업셔 온것이다

그런데 妨害가 되겟다ᄒᆞ고 간것은 무슨쓰ㅅ인가 晶愛ᄂᆞᆫ 花羅가 그말을 할적에 발셔 花羅가 그便紙를 보앗ᄂᆞᆫ가疑心을 ᄒᆞ엿지만은 나죵에 自己가 씨워둔그ᄃᆡ로 졉쳐둔그ᄃᆡ로 그便紙가 잇ᄂᆞᆫ것을보고 그疑心이고만 풀어젓셧다그러ᄂᆞ 지금가만히 ᄉᆡᆼ각ᄒᆡ보니그便紙를 안이보앗스면그런

말을 ᄒᆞ엿슬理가업다 그妨害가된다ᄂᆞᆫ것은 花羅가잇스면 晶愛가그ᄅᆞᆯ 만나려ᄀᆞᆫᄂᆞᆫ데妨害가된다ᄂᆞᆫ意味○안○가 암만ᄒᆡ도花羅가 그便紙를보앗도다 보기ᄂᆞᆫ보고도 이번에ᄂᆞᆫ후ㅁ쳐가지를안앗슬ᄯᆞ름이라ᄒᆞ얏다

그것 그러ᄒᆞ다한들 花羅가 그냥도라간것이 적지안은疑心ᄊᆡ○다 花羅ᄂᆞᆫ그便紙도보앗○그가南山公園으로 만나자는것도알앗ᄃᆞ 그것을알고 그냥妨害 되리라고 가바린것이異常○ᄃᆞ 昌燮이가 나에게사랑을둔쥴알고 花羅ᄂᆞᆫ 고만斷念을ᄒᆞ엿슴인가? 안이다그○것은ᄋᆞᆫ일것이다 처음으로온便紙○ 花羅가나보담도 더자細히보앗스니 그便紙를볼ᄯᆞ昌燮이가나에게사랑둔것을 分明히알앗슬것이다 알고도便紙를ᄒᆞ야 만나쟈고約束을ᄒᆞ고 밤이々슥○록헛되히기다리기ᄭᆞ지ᄒᆞ엿거늘 엇지오늘은 그便紙ᄅᆞᆯ보고ᄂᆞᆫ斷念을ᄒᆞ엿슬理야잇스리요 昌燮ᄂᆞᆫ ᄋᆞ모리腦를싸보ᄋᆞ도이수々격기ᄂᆞᆫ 훌수가업다 ᄋᆞ々 妨害가되겟○ᄒᆞ고 고만 돌ᄋᆞ간ᄯᅳᆺ이 무슨ᄯᅳᆺ이고-

올타々々 나먼져 自己가미리가셔 昌燮을 기다리랴고간것이로다 오늘은 어김업시그기ᄭᆞㄱ올것이라 어제밤모양으로 헛되○ 기다릴理ᄂᆞᆫ 萬無할것이니 로○올안 花羅ᄂᆞᆫ조타구나 ○○ 쒸여간것이로다 헛거름이라도 먼져가셔 그를만나려ᄒᆞᆷ이로다 나에게준사랑을고만 ᄡᅵᄋᆞ스려ᄒᆞᆷ이로다 ᄒᆞ엿다

이런ᄉᆡᆼ각을ᄒᆞᄆᆡ 알수업ᄂᆞᆫ憤한ᄉᆡᆼ각 ᄋᆡ닭은ᄉᆡᆼ각이 불가치이러나며 花羅가 괴심ᄒᆞ기도ᄒᆞ고 밉살스럽기도ᄒᆞ엿다 그리고 昌燮이와 花羅가 마조선모양이 보인다 처음에ᄂᆞᆫ昌燮은 ᄋᆞ모말도업시 멀거니보고만잇더니 花羅의눈○ ○愛가잇ᄂᆞᆫ 웃음이 돌고 입에巧飾ᄒᆞᆫ말이 흐르ᄆᆡ 昌燮의 얼골도漸々 우슴을 씌여가며 고만 손을마조쥐ㄴ다……싹쓸어안ᄂᆞᆫ다……아々 花羅가나○愛人을 ᄡᅢᄋᆞ셧도다 ᄂᆡ압헤올幸福을 花羅가 가로막ᄋᆞ 차○ᄒᆞ랴ᄒᆞᄂᆞᆫ도다 아々 ᄂᆡ가왜앗가가지를 안엇든고? 무엇이붓그러워 가지

를안앗든고-져○사랑도 안이ᄒᆞᄂᆞᆫ데 남의사랑을 아스랴ᄒᆞᄂᆞᆫ사람도 잇거든ᄂᆡ야 붓그러울것이무엇이뇨 花羅에게 비기면 나의가ᄂᆞᆫ것은 조금도道德에 틀닌것이업슬ᄲᅳᆫ만안이라 맛당히ᄒᆞᆯ일이다ᄯᅥᆺᄯᅥᆺ히ᄒᆞᆯ일이다 왜악가ᄂᆡ가가○롤ᄒᆞᆫ엇든고- 只今이라도 가보자가셔花羅의ᄒᆞᄂᆞᆫ양이라도 좀보자-그얼골ᄯᅳ거운 ○恥업ᄂᆞᆫ花羅의ᄒᆞᄂᆞᆫ소ᄅᆡ이라도 구경을ᄒᆞ자-사랑은ᄒᆞ나ᄲᅮᆫ이고 둘이언○ᄂᆞᆫᄃᆡ 그가만일츰으로 ᄂᆞ를사랑ᄒᆞ엿슬 된 열리ᄂᆞᆫ花羅○손을 밀칠는지도모른다 이럴지음에 ᄂᆡ가ᄀᆞ면 그는나를더웃이 반겨ᄒᆞ리라더욱이 사랑ᄒᆞ리라

이런ᄉᆡᆼ각을ᄒᆞ다가 晶愛는○몸○혐칫ᄒᆞ며『ᄂᆡ가왜이런ᄉᆡᆼ각ᄒᆞ고잇노-가면어셔가야지-』ᄒᆞ고 갑작히 일어낫다

二十 (1921.5.22.)

昌燮이ᄂᆞᆫ 여섯點半부터발셔南山公園에셔 晶愛를기다리고잇다

그의나히ᄂᆞᆫ 今年에겨우스물둘이지만은 그의經歷은 ᄆᆡ우曲折이만엇다 그ᄂᆞᆫ일즉이上海도가보앗고 日本留學도ᄒᆞ얏셧ᄃᆞ 上海에갓것은 自己兄이그곳에잇셔 그를불음인ᄃᆡ 그ᄯᅢ그ᄂᆞᆫ十六歲밧게 ᄋᆞᆫ이되엿셧다 그곳에가기ᄂᆞᆫ 米國이나 歐洲에留學을갈目的 엿ᄃᆞ가 그것이ᄯᅳᆺ과갓치안이되ᄆᆡ 차라리日本留學이나ᄒᆞ겟다ᄒᆞ야 그ᄂᆞᆫ十八歲되든봄에 ᄯᅩ日本으로건너가게되엿다 東京에셔工夫ᄒᆞᆫ지三年이못되야 學費의타ᄉᆞ으로그ᄂᆞᆫᄯᅩ業을맛초지못ᄒᆞ고 다시故國에도라오ᄂᆞᆫ수밧게업시되엿다 그럼으로 그는수시로恨만흔사롬○命ᄒᆞᆫ사롬이라한다

그가 工夫ᄒᆞᆯ적에ᄂᆞᆫ模範的學生○○ᄒᆞᆫ靑年이라는稱讚을들엇셧다其實그것이○○ᄂᆞᆫ안이엇다 그ᄂᆞᆫ才操도업지안코勤勉도ᄒᆞ엿셧다○은구경

을가고運動을홀적에도 그는훈字라도 알냐호고 두자라도 배호랴호얏다 交際호기를 조와호지안는 그에게 唯一의벗이되고 唯一의消日거리는 ○冊쑨이엿다 겨울시벽찬바룸에 困훈잠이 씌여지고션々훈 돌빗이찬물쳐럼외로운벼기를 적실때에 하엽업는思○의눈물을 쑤리두가도갑작히 머리맛헤 둔冊을집어들엇셧다 그는춤으 工夫에熱心이엿셧다 그리고 그가 이러케工夫를호는 理由는이러호엿다놈에게 뒤진우리民族이 남과比肩호야가랴면 腐敗한우리社會를建設○랴면 크게일할사람이잇셔야되겟고 크게일을호자면 相當한知識이잇셔야되겟다훈다 自己도 勿論뒤진 우리를쓰을고갈先驅者의 하나로밋고문허진社會를 建設훌한사룸인쥴안다 그의가삼에는 우리도남과갓치 살아야되겟다는 피가쓸엇고 그의머리에는 社會를革新할싱각이 구비쳣셧다 純潔한靑年 어느누가 이런思想이○스랴-

社會를改良호랴면먼져朝鮮在來의家庭을 改造훌必要가잇고 家庭을 改造 랴면 먼져强制婚姻브터 打破호여야된다훈다 父母가아모리 子息의幸福을싱각훈다한들 父母의마음과 子息의마음은 쏙갓흔것이 안인즉 父母의눈에든다고 子息의마음에도 들니라호는것은 妄想이니 모름직이 自由婚姻을훌것이라훈다 그리고 自己와갓흔 시로운學問을 빈흔사람이 理想的안히를求호랴면 學問잇는新女子中에셔 求훌것이라한다 理想的안히가 될사람은 시로운學問을 빈흔女子라야 되겟다는것을 처음으로 깁히씨다른것은 그가上海잇슬적이니 어느달밤 黃浦○公園을 散步호엿슬때이엿다 누런물결일망정 달아리는 銀波리출넝々々 築堤에 부듸ㅅ는 것도 한景이안이미안이며 헐버슨沙工이요 씨무든비엇만은달빗을씌고 ○어오는양도 쏘훈그럴듯한데 쌔ㄴ취 져쌔ㄴ취에 져○○○○ 이나무가로洋人男女들이 ○々히 짝을지어 온기도호고 것기도훈다 그愛교가 흐르는 방글々々웃는모양이며 셔로 못견듸여 호는듯이 물그럼이 바라다보는情미친눈이며 이면○○愛圖를펼칠듯호 光景에 昌爕은 어린듯한 醉호듯호참황홀ᄒᆞ엿다그리고『나도져리보앗스면』西洋女子로 ᄋᆞᆫ히를삼아보앗스면』『적어도 제네들學問을 매흔新式女子로 안히를 삼ᄋᆞ보앗스면』ᄒᆞ눈싱각이 그의어린가삼을 씨ᄅᆞ넛셧다

그러나 그ᄯᅵ에 그눈발셔안히가 잇셧다 그가十五歲되든봄에 열ᄋᆞ홉살먹은 ᄉᆡ악시혼테 장가를 들엇슴이라 學校눈고솝ᄒᆞ고 諺文조차 몰으눈안히가 잇셧ᄃᆞ 져네들모양으로 情답기눈커녕 自己만보면성닌듯호얼골로避ᄒᆞ눈안히가잇셧다 져러케 몸에셔香氣가나기눈커녕 겻테만오면야릇한님ᄉᆡ가 코를씨르난듯ᄒᆞ눈안히가잇셧다

그눈 달밤에 쓸々호 싱각도나고 외로운싱각도나셔 결듸일수업셧다『나눈인져고만져러케못 히보겟지-』ᄒᆞ고 왼일인지 흘으눈눈물을禁할길이업셧다

二十一 (1921.5.23.)

낫살이 들어갈사록 문득々々 異性이 그리우며 괴롭고쓸々한싱각이 일어낫셧다 이럴ᄯᅵ에 멀니써러져는잇슬망졍사랑ᄒᆞ는안히가잇슬시면 只今은 비록 異○에셔 외로운벼○○도들지언졍故○○ 돌아만가면 情다운안히와 웃고질기려니ᄒᆞ야 괴롭고 쓸々호가운데도달○ᄒᆞ고 다스호○勞를 바드련만은 昌爕은 안히가잇기눈잇스나 이런○勞를 바들슈가업ᄃᆞ 도로혀그안히가 잇기때문에 더욱이 외롭고쓸々ᄒᆞ엿셧다 夏期放學ᄯᅵ 되야여러동모들은 사랑ᄒᆞ시눈 父母님을뵈오랴고 그리든ᄋᆞᆫ히를 만나랴고 손을ᄭᅩᆸ바 그날을기다리며 깃부게故鄕으로 써날적에도 昌爕은혼이공부로피ㅇ게ᄒᆞ고 집에ᄋᆞᆫ이돌아갓섯다오릐동ᄋᆞᆫ 客地에잇셧스니 왜ᄋᆞ버지가

안이 뵈옵고십흐며 (그의 어머니는 그가열두살될때에이세상을 바렷섯○)닝々ᄒᆞ고 맛업ᄂᆞᆫ 日本飮食을 먹다가 간맛고○ᄂᆞᆫ 朝鮮飮食의 ᄉᆡᆼ각이 안이나랴만은 안히와 對面ᄒᆞᆯᄉᆡᆼ각을ᄒᆞ면 고만 집에가기가실허셧다 그가쳐음으로 장가를 갓슬때ᄂᆞᆫ 안히가 그러케실치ᄂᆞᆫ안이ᄒᆞ얏셧다 그때ᄂᆞᆫ안히가무엇인지 夫婦가무엇인지 알지못ᄒᆞ얏고 다만그와裖를ᄯᅡᆯ고 이불을連ᄒᆞ야 잘것이며ᄶᅡᄂᆞ사룸ᄒᆞᆫ테ᄂᆞᆫ 어린ᄋᆡ노릇을할지라도 그의게만 어른노릇을ᄒᆞᆯ것이며 자긔보다나희ᄂᆞᆫ 만흘지라도 얼피ᄉ○면 ○ᄭᅮ짓듯 ᄭᅮ지질것○쥴만알엇셧다 그리고 그ᄂᆞᆫ 自己○게 고흔곳을입혀쥬고 맛난飯饌을만들어주ᄂᆞᆫ 針母나 饌婢나 갓흔것이니 그의게돗투졍 飯饌투졍ᄒᆞᄂᆞᆫ줄로 올엇셧다 이런便으로보ᄋᆞ 前 업든 그런○람이잇ᄂᆞᆫ것이昌燮에게ᄂᆞᆫ 害롭지안이ᄒᆞ엿다 그러나 上海에셔日本으로 가ᄂᆞᆫ길에 집을거쳣ᄂᆞᆫ데 그ᄶᅵ昌燮은 나히발셔 열여덜을 지ᄂᆡ엿슴으로 自己의ᄭᅮᆷ갓흔 將來에 지을家庭과잇슬안히를 가삼에 그릴ᄶᅵ이엿다 그때 昌燮의눈에 비최이ᄂᆞᆫ 졔안히ᄉᆞᆯ은 참으로어이가 업셧셧다

昌燮은 ᄋᆞ직피랴ᄭᅩᆺ봉오리갓거늘 그의안히ᄂᆞᆫ 발셔이우러진 ᄭᅩᆺ과갓히ᄉ다 구졍물이뚝々듯ᄂᆞᆫ힝쥬치마ᄂᆞᆫ 겻헤만와도 不快ᄒᆞᆫᄉᆡᆼ각을일으키고 그조금도 가다듬지온은 우슈々ᄒᆞᆫ머리며 ○○○어줄기 가ᄂᆞᆫ금이 길니 ○○○○ 그애ᄉ된맛하나 업○○○○○々ᄒᆞᆫ ᄲᅡᄆ을보고 昌燮○○○것이 ᄂᆡ안히인가ᄒᆞ엿다 ○○○이 헐신넘ᄂᆞᆫ져것이 ᄂᆡ안히인가ᄒᆞ엿다그리고 나ᄂᆞᆫ一平生을 져와짝지어 지ᄂᆡᄅ것인가ᄒᆞ엿다 이런ᄉᆡᆼ각이 그에게 더ᄒᆞᆯ수업ᄂᆞᆫ苦痛을 쥬엇셧다 그리고ᄂᆞᆫ 무슨징글어운 김ᄉᆡᆼ쳐럼 눈압헤얼는만ᄒᆞ여도 몸셔리가 치이엿다 그럼으로 昌燮은오리ᄀᆞᆫ만에 집에돌ᄋᆞ왓것만은 親友들만 차자단이며 잠도나가자고 朝夕때나 마지못ᄒᆞ야집에들어갓셧다 그리다가 父親과親戚의 挽留ᄒᆞᆷ도 듯지온이ᄒᆞ고 고만 東京으로 ᄲᅱ여갓셧다 그後부터ᄂᆞᆫ夏期放學에도歸省할ᄉᆡᆼ각도안이ᄂᆡ엿다

『흥 이런사룸은이런데…』

무슨大學校卒業○을 新郎으로엇은 女學校出身을 新婦로 싀ㅅ다운婚姻을ᄒᆞ엿다는 新聞記事가 눈 떼일적마다 昌燮은 그것을이윽히 들여다보ᄃᆞ가 손으로新聞紙를닥치며 이런歎息을ᄒᆞ얏섯다

『그들은츰으로幸福이다』

우리留學生中에도 未婚ᄒᆞᆫ男學生과 未婚ᄒᆞᆫ女學生씨리ᄭᅮᆯ갓흔사랑에 단쑴을ᄭᅮᆫ다는所聞을들으면 그는가삼 터질듯ᄒᆞ며 이러케부러워ᄒᆞ엿다

二十一(續) (1921.5.24.)[5]

『아々 나는幸福의맛을못보고말것인가 싀ㅅ다은青春에ᄭᅮᆯ갓흔사랑을못히보고 말것인가 나의압헤는 오죽쓸々ᄒᆞ고無味한時間이 기다릴ᄲᅮᆫ이다 ᄂᆡ가ᄭᅮᆷᄭᅮ는 和樂한家庭은 누구와더부러지을것이며 ᄂᆡ가ᄉᆡᆼ각ᄒᆞ는 理想的안히는 잡을수업는 幻影이로고나』

그는 문득눈압헤 낫하나는 졔안히의ᄭᅩᆯ에 진져리를치며 마음쇽으로 울며불으지々엿다 그리ᄒᆞᄃᆞ가 昌燮은 晶愛를만나게되엿다

二十二

어느날 昌燮이가 永淑의房에셔 永淑으로더부러 무슨니야기를ᄒᆞ고잇슬지음에 미다지밧게셔『永淑이』ᄒᆞ고불으는 고은목쇼리를들엇다 永淑은 『누구야』ᄒᆞ고 窓鏡으로ᄂᆡ여다보더니 急히昌燮을向ᄒᆞ며 『제동모가왓셔

요』ᄒᆞ엿다

昌燮은몸을일으켜 밧그로나왓다 안房으로건너가면셔 슬적永淑이잇ᄂᆞᆫ房퇴마루겻에셔잇ᄂᆞᆫ 두處女를보앗다 압선處女ᄂᆞᆫ 그粉바른얼골이며 기름이빗나ᄂᆞᆫ머리며 옷입은모양이ᄆᆡ우머ㅅ을부리ᄂᆞᆫ사람갓고 그뒤에 ᄒᆞᆫ거름빗켜셔々 고ᄀᆡ를숙이고잇ᄂᆞᆫ處女ᄂᆞᆫ 압션사ᄅᆞᆷ에게가리여 잘보이지ᄂᆞᆫ안이ᄒᆞ되그ᄋᆡ된ᄡᅡㅁ과 흰니마가 처음보ᄋᆞ도 엇저 낫이익은사람갓흐며 情다워보이엿다

昌燮이ᄂᆞᆫ 안房에 暫間안젓다가 두處女가 永淑에房에들어가기를기다려 도로自己가留宿ᄒᆞᄂᆞᆫ房으로 定ᄒᆞᆫ아ᄅᆡ房으로다려왓다 그ᄂᆞᆫ 自己가보든冊을 ○○的으로 冊床우헤피여노앗다 그리고 몃쥴을보지못ᄒᆞ야 그기를한쥴과 가는글자가 한데몰니여 눈에ᄋᆞ를々々할뿐이요 셰處女의가는말쇼ᄅᆡ와 우슴쇼ᄅᆡ가 마치自己귀겻헤셔 나ᄂᆞᆫ듯이 分明ᄒᆞ게들니엿다 그쇼ᄅᆡ가 昌燮의몸을ᄀᆞᆫ지리ᄂᆞᆫ듯이 마음이자릿々々 ᄒᆞ야 견듸ㄹ수업섯다 앗가뒤섯든그處女를 好細히한번보고십흔 渴望이 불일듯일어ᄂᆞᆫ다그ᄂᆞᆫ견ᄃᆡ다못ᄒᆞ야ᄋᆞᆫ으로向한미다지를 발줌이열엇다 視線으로그房미다지窓鏡을쇼앗다 검푸른窓鏡이 저가ᄂᆞᆫ힛빗테 反射될ᄯᆞ름이요그안에 사ᄅᆞᆷ은 그림쟈죠차 볼수가업다 몃번을그房겻헤가셔 窓鏡으로들여다볼가ᄒᆞ얏다

그ᄂᆞᆫ미다지를 발놈이 열어둔그ᄃᆡ로 도로冊床머리로 와안젓다 ᄋᆞ모리여긔셔 그房窓鏡을 바라보ᄋᆞ도 쓸데가업고 또그방겻헤도 갈수가업ᄂᆞᆫ일이니 차라리가만히기다리고잇다가 그들이 돌아갈ᄯᆡ에 엿보리라ᄒᆞ엿슴이라 그들은 좀쳐럼 돌아가지ᄅᆞᆯ안는다 그말쇼리ᄂᆞᆫ ᄭᅳᆫ허젓다가 니어젓다가ᄒᆞ얏다 얼마안이되ᄂᆞᆫ 이동ᄋᆞᆫ이 昌셥에게ᄂᆞᆫ 퍼ㄱ도支離ᄒᆞ얏다 그는무슨조그만ᄒᆞᆫ 리만들어도 그들의몸일으키ᄂᆞᆫ쇼ᄅᆡ인가 미다지여ᄂᆞᆫ쇼ᄅᆡ인가ᄒᆞ고 몃번을자긔가열어둔 미다지틈으로 헛되히ᄃᆡ여다보앗ᄂᆞᆫ지몰은다

마츰내 그들은 돌아갈ᄶᅢ가되얏다 昌셥이가 그위섯든處女ᄅᆞᆯ또한번

볼期會가왓다 그들의일어나는○○○낫다 미다지열니는쇼릐○○○ 븜셥은門틈로 눈을○○○앗다 압셧든處女는 먼져 ○○○나려 구두롤신고잇고 뒤셧든處女는제동모의 구두신기를 기다리며 永淑 와 무슨이야기롤ᄒᆞ면셔 마루긋헤셔잇는데 져가는붉은히ㅅ발에 눈이부심인지 한숀으로 니마롤가리우며 若干고기를 이리틀고잇다 히ㅅ발은私情업시 그옥으로 싹근듯ᄒᆞᆫ손등을 쇼ᄋᆞ살속에 깁히파무친힘쥴을 피럼々々 써보이게ᄒᆞ고 어엿분손가락사이로 흐르는남은光線이 어린牛乳에긋물을들인듯한 이便쌔ㅁ을부드럽게스치며 귀밋헤 나붓기는허터진머리몃카락을 빗나게ᄒᆞ고는 보얏게들어닌목에 빗물질을치면셔 귀여운○을거쳐방슬々々열니는 알은々々ᄒᆞᆫ입슐에 ○桃볼을쓰ㅅ게ᄒᆞ며 쇼릐업시 입안으로들어가다가 흰니발과마조져 반작々々ᄒᆞᆫ다

그들의 발ᄌᆞ최는 발셔大門밧그로 살아젓것만은 昌燮 눈에는 오히려 그긋다운모양이살ᄋᆞ지々안이ᄒᆞ고 한참어린듯이 안져잇셧다

압셔든處女는 花羅이고 뒤셧든處女는晶愛이니 昌燮이가晶愛를 쳐음으로본印象은이러ᄒᆞ엿다

二十三 (1921.5.25.)

그後부터 晶愛롤 볼적마다 昌燮의가삼은 엇저異常ᄒᆞ게쒸놀앗다 그리다가 永淑의紹介로 晶愛와인사도ᄒᆞ게되고 ᄒᆞᆫ자리에셔談笑도ᄒᆞ게되야 晶愛롤 觀察히보면 볼사록 더욱얌전ᄒᆞ야보이고 어엿버보이엿다 그리고 晶愛의몸에셔 향긔롭고 다스ᄒᆞᆫ무엇이 發散이되야 봄바람모양으로 스르륵昌燮의몸으로 불어들어가며昌燮의가삼에 얼어부트ㄴ무엇을녹이는듯ᄒᆞ엿다 어느쌔ᄭᆞ지든지 어느쌔ᄭᆞ지든지 晶愛가가지롤말엇스면ᄒᆞ엿다

그러나暮色에놀나고 時計소릐에 놀닋여 晶愛와花羅가 안이돌아갈수업슬ᄊᆡ에ᄂᆞᆫ 昌爕의마음은마치잡혀든幸福을 일흔것처럼앗갑고 슬퍼ᄉᆞ섯다 漸々晶愛가보고십흔 ᄉᆡᆼ각을 것잡을수업게 되엿다 날마다 晶愛의오기를 苦待 ᄒᆞ엿다 中門쇼릐가나기만ᄒᆞ면 그ᄂᆞᆫ불현듯밧글닋여다보앗다 그러나 그것은 헛들은ᄯᅢ도잇고 쏘다른사ᄅᆞᆷ일ᄯᅢ가만핫다 그럴ᄯᅢ에ᄂᆞᆫ 그ᄂᆞᆫ 空然히속이傷ᄒᆞ고온사ᄅᆞᆷ이미ᄇᆞ기도ᄒᆞ엿다 그리다가 或花羅와졍愛가 들어오면 그의가삼은 갑작히激烈ᄒᆞ게뛰놀며精神이ᄋᆞ득ᄒᆞ야 졍愛의반가히인사ᄒᆞᄂᆞᆫ것도 멀거니보고만잇기도ᄒᆞ얏다 그리고낫에ᄂᆞᆫ 졍愛의幻影을그려노코 스스로깃버ᄒᆞ다가 밤에ᄂᆞᆫ졍愛의ᄭᅮᆷ을ᄭᅵ고스스로 슬퍼ᄒᆞ엿셧다

『아々닋가 졍愛롤사랑ᄒᆞᄂᆞᆫ고나』어느ᄯᅵ 불갓치 일어나ᄂᆞᆫ졍愛의보고십흔ᄉᆡᆼ각을 制御타못ᄒᆞ야 이런 感歎을 ᄒᆞ엿다 이ᄯᅢ에ᄂᆞᆫ 발셔 그의 가삼에 달금ᄒᆞ고 다스한 幸福이 슬어지고 쓰듸○ 煩悶이머리롤 쳐들ᄯᅵ이엿다

昌爕은○○○ 사랑ᄒᆞ것만은사랑○○○○ 그ᄂᆞᆫ旣婚男子다○○○○○ 純潔ᄒᆞᆫ處女를 사○○○○앗스랴-

『그럼으로 나ᄂᆞᆫ 졍愛롤ᄉᆞ랑ᄒᆞᆯ資格이업ᄂᆞᆫ사ᄅᆞᆷ이다 깃븜만코 질검만흔靑春을 괴롭고쓸々ᄒᆞ게 보닋ᄂᆞᆫ것이 나의運命이다 얼마나쓰릐든지 얼마나흐압든지 나ᄂᆞᆫ이運命을 甘受ᄒᆞ여야할사ᄅᆞᆷ이다 그러치안으면 空然히 남의幸福조차ᄭᅵ트리고 말게될것이다』

가삼에 ᄯᅥ도ᄂᆞᆫ어엿분幻影도인제슬품의그늘을 지을ᄲᅮᆫ이요 눈압헤보이ᄂᆞᆫ ᄋᆞ름다운花容도인제苦痛 혈○ 될ᄯᆞ름이엿다『차라리 이사랑을 斷念ᄒᆞᄂᆞᆫ것이올타-』

일로브터 昌爕이ᄂᆞᆫ 졍愛의 발자최쇼리를 남먼져 알것만은 그릐도 房門을 구지닷고 닋여다보지도안이ᄒᆞ엿다보고ᄂᆞᆫ십허도 볼슈ᄂᆞᆫ업ᄂᆞᆫ處地이다--안이라 볼수ᄂᆞᆫ잇것만은 보ᄋᆞ셔ᄂᆞᆫ 안될處地이다 가삼속에셔 이

글々々타오르는 사랑의불길이 무거운道德의틀에눌니여 暫間캄々ᄒᆞ야지더니 그불길이 우흐로눈못올으고 양가르퍼시며 식커먼苦痛의煙氣가무렁々々일어낫셧다 그는견듸다못ᄒᆞ야 冊床우헤 머리를쓰러트리고 울엇셧다

二十四 (1921.5.26.)

이런苦痛에 昌燮이 썰어지고 피가마르다가 마츰○한쥴기光明은 엇々나니 그것은 自己에게 ᄋᆞᆫ히가업다ᄒᆞᄂᆞᆫ것이엿다 그理由는 이러ᄒᆞ엿다

昌燮을 그의男便이라 ᄒᆞ며 그를 昌燮의안ᄒᆡ라고 남들이부르는女子한ᄋᆞ히 昌燮의집에잇기는잇다 法律上으로보던지 民○上으로보던지 昌燮에게는 두렷이 ᄋᆞᆫᄒᆞ라는사람이 잇기는잇다 그러나 그가만일昌燮의안ᄒᆡ일진ᄃᆡ 昌燮의意思로定ᄒᆞᆯ것이안이고 昌燮이와百年의苦樂을 갓치ᄒᆞᆯ昌燮의ᄋᆞᆫᄒᆡ를昌燮의意思로 定ᄒᆞᆯ것이 안이뇨 그러ᄒᆞ거늘 只今잇는 昌셥의안ᄒᆡ라는사롬은 昌셥의 意思로定ᄒᆞᆫ 안ᄒᆡ가 안이다 아모철모르는 十五歲된 어린ᄋᆡ가 어른 식히는ᄃᆡ로 紗帽官帶를ᄒᆞ고 엇던집에 가셔 얼골도못보든處女와 절을밧고 절을ᄒᆞ얏슬ᄯᆞ름이요 이러케ᄒᆞ면自己가 그의男便이되고 그가自己ᄋᆞᆫᄒᆡ가될쥴은 알지못ᄒᆞ얏스며 ᄯᅩ皮相的으로 男便이란일홈과 안ᄒᆡ란일홈을들어알엇다ᄒᆞᆯ지라도 그것이무것을意味ᄒᆞᄂᆞᆫ쥴올지못ᄒᆞ엿다 ᄃᆡ기形式이란것은 마음의方便에不過ᄒᆞ거늘 形式이무슨效力이잇스며 價値가잇스리요 다만 그것은허슈ᄋᆞ비作亂일ᄯᆞ름이다 그러타 昌셥은허수ᄋᆞ비로 그의男便이되엿고 그는허수야비로昌셥의안ᄒᆡ가되엿슴이다 그런데昌셥은 마음이잇고 눈물이잇고 살이잇고 피가잇는 사롬이니 엇지허수아비의ᄋᆞᆫᄒᆡ가잇는것으로 안ᄒᆡ가잇다ᄒᆞ랴-ᄯᅩ차셔 昌셥

은 안ᄒᆡ가업ᄂᆞᆫ사람이다-

『올타 그러타 나는 안ᄒᆡ가 업ᄂᆞᆫ ᄉᆞ룸이다 허수아비 作亂을ᄒᆞ엿슬지언정 나의百年佳人과 ᄭᅩᆺ다운結婚式을한일은업다 그럼으로 晶愛를戀愛ᄒᆞᄂᆞᆫ것이 조금도 道德에어김이안이다』

이런結論을 엇으미只今것그의가삼을 어둡게ᄒᆞ든 검은煙氣ᄂᆞᆫ 살ᄋᆞ젓것만은 그代로사랑의불길이 바람을엇은듯이휠ᄼᆞ 일어나기시작ᄒᆞ얏ᄃᆞ 그ᄯᅵ에ᄂᆞᆫ 煙氣에몸과마음이 그으ᄂᆞᆫ듯ᄒᆞ더니 인제ᄂᆞᆫ 이불에몸과마음이 타들어가ᄂᆞᆫ듯ᄒᆞ엿다그煙氣에도 견듸일슈-업셧지만이불에도 ᄯᅩ한견듸일수업다

『이사랑을 정愛○○ ○白을ᄒᆞ여야될것이다 ○○○○더케-』이것이 問題○○

『졍愛가 오○○○○고나의가삼에 숨은○○○○ᄼᆞ히말ᄒᆡ바리ᄼᆞ라』

그러나 졍愛가오면 空然히가삼만쒸일ᄲᅮᆫ이요 그런말은입밧게도 안이나왓셧다

『에라 便紙로ᄒᆡ버릴가보다』

그는 깁흔밤에 이불을거듸치고 일어나 便紙를써ᄉ다몃張을곤쳐쓰고 몃번을 바리엿다

『그러나 이것을보고 晶愛가 나룰 엇더케싱각훌가?』ᄒᆞᄂᆞᆫ 念慮에 그것을부치지못ᄒᆞ엿다 가삼○불은 더욱猛烈ᄒᆞ게타오른다 무슨구졍이든지 ᄂᆡ지안코ᄂᆞᆫ到底히 그냥잇슬수가업다

『엇지되든지 부쳐바리리라』그ᄂᆞᆫ 견듸다못ᄒᆞ야그便紙룰郵便筒에너헛다 넛코ᄂᆞᆫ後悔를ᄒᆞ엿스되발셔도리키ᄙᆞ수업셧다다만졍愛의回答이오기만기다릴ᄲᅮᆫ이다그리다가그이튼날午後에ᄂᆞᆫ 東京으로留學가ᄂᆞᆫ ᄒᆞᆫ親舊를餞送ᄒᆞ노라고여러동모들과안이모일슈업셧다그리셔離別을앗겨밤ᄉᆡ로두點싸지거긔잇다가 집으로도라와셔 졍愛의回答(?)을보앗다 그것을보고 그는

밋친듯南山公園으로 올나가셔 시로넉點싸지나 헤매다가 홀일업시 그냥 돌ᄋᆞ와 熱에쓰이여그便紙를 ○가지고정愛의집大門에 집어너헛다그리ᄒᆞ고只今南山公園에셔 정愛의오기를기다리고잇슴이다

二十五 (1921.5.27.)

밤빗은 漸々짓터간다 어느덧 검은물을드린듯이 캄々○여젓다 이윽고 그어둠가운데하야스름ᄒᆞᆫ무엇이 도ᄂᆞᆫ것은달빗의 ○루인가 그러타쇼나무 놉흔가지에 희게누은것은 밝은달의 그림자이다

『엇저셔 지금ᄭᅡ지 오지를안노?』昌爕은 기다리기 支難ᄒᆞ듯이 이리저리건일며 ᄉᆡᆼ각히보앗다 그便紙를보앗스면 ᄋᆞᆫ이올理가 업거늘 只今ᄭᅡ지 오지안ᄂᆞᆫ것은 무슨ᄯᅳᆺ깁흔戀愛의破○을 說明ᄒᆞᄂᆞᆫ듯ᄒᆞ엿다그의가삼에ᄂᆞᆫ 온갓疑心이물쓸듯쓰러오른다 下人이門間을 쓸적에 그便紙를무슨현수지쪽인줄알고 쓰러기통에 쓸어넛치나안이ᄒᆞ엿나-그루미한下人이그것을 晶愛의父親에게 傳ᄒᆞ지나안이ᄒᆞ엿나-과年의쌀을둔父母의 마음은 注意가만흘지니 그것을 ᄯᅦ여보지나안이ᄒᆞ얏나? 그리셔晶愛가 지금야단을만나고잇지안이ᄒᆞᄂᆞᆫ가-

『空然히나때문에……』

무셔운親○을 부릴ᄶᅵ로부리며 歎息도ᄒᆞ고ᄭᅮ짓기도ᄒᆞᄂᆞᆫ父親압헤 울고쓸어져잇ᄂᆞᆫ晶愛의ᄋᆡ처로운모양이 눈압헤歷々히보이엿다

『그리혈마그럴理야업겟지』

昌爕은 제幻想을스々로否定ᄒᆞ엿다 그幻想을미듬에ᄂᆞᆫ 그ᄂᆞᆫ넘우幸福의期待에 몸과마음이발버듬을ᄒᆞ고잇슴이라 그리고 理論的으로 제幻想의헛것임을證明ᄒᆞ려ᄒᆞ엿다

『ᄋᆞ모리父母라한들 子息에게오ᄂᆞᆫ便紙를 함부로ᄯᅦ여볼나구』

그러나 이것만의理由로ᄂᆞᆫ滿足ᄒᆞᆯ수가업다

『ᄯᅩ그것封에 永淑의 일홈을ᄡᅧᆺ스니 반다시晶愛의동모가ᄒᆞᆫ것인쥴알것이다』

昌爕은 적이 안심을ᄒᆞ얏다

『그러면 무슨일인가— 羞氣만코 躊躇만은 處女의마음이그의발길을 멈츔인가—』ᄒᆞ고 昌爕은 호올로싱긋우셧다

『안이 우리의戀愛ᄂᆞᆫ발셔그럴程度ᄂᆞᆫ ᄋᆞᆫ인데……』

白○○○○의 불에야 羞氣며 ○○○○○랄슈업슬것이다

○○○○○라그러치 晶愛야…… ○○○○ 晶愛도 ᄂᆡ마음과갓흔○○○ 그날그便紙○ᄂᆞᆫ確實○○○○잇셧다 그런便紙를ᄒᆞᄂᆞᆫ 그의마음은 여간이 ᄋᆞᆫ일것이다』

昌爕은 晶愛가그便紙를쓸ᄯᅢ의 鼓動ᄒᆞ든가삼과 그날져녁에 自己를기다리든마음을한번想像히보앗다 그리고 암ᄋᆞ도 그날밤 넘우 헛애를쓰고 밤바롬을 쏘 여 그軟弱한몸에病이ᄂᆞᆫ것이안일가ᄒᆞ엿다

그리셔 올마음은 懇切ᄒᆞ지만은 오지를못ᄒᆞᄂᆞᆫ가? 設令晶愛는봄을 돌ᄋᆞ보지안이ᄒᆞ고오랴고하지만은 그알ᄂᆞᆫ것을본父母가 어듸무엇을ᄒᆞ려 가느냐고 물으며말님인가ᄒᆞ엿다 ᄭᅩᆨ晶愛를만나리라ᄂᆞᆫ 불갓흔渴望이 이모든理由를 다살아바리고 그리도오ᄂᆞᆫ가ᄒᆞ야 그의눈은 ᄯᅩ다시사람이 올나오ᄂᆞᆫ 길을 안이볼수업셧다

먼져便에셔 사롬하나히 올나온다 멀니보ᄋᆞ도 女子인듯ᄒᆞ다 女學生인듯ᄒᆞ다漸々갓가히올수록 그貌樣이ᄭᅩᆨ晶愛와갓다 昌爕은 磁氣 쇠가 ᄭᅳᆯ니여가ᄂᆞᆫ듯 눈 멀거니ᄯᅳᆫ치로한거름두거름그리로발길을옴기엿다 두사람의 距離ᄂᆞᆫ 차침々々 쥴어들어간다

二十六 (1921.5.28.)

그女學生은 고ᄀᆡ를 숙이고 ᄆᆡ우 急히 걸어온다 어듸롤보아도 홀일업는 정愛이엿다 昌爕의가삼은퍼ㄹ떡어린다

『정愛氏-』

셔로써남이 두어거름밧게안이되자 昌爕은 不知不識間에 쇼리를 ᄂᆡ여부르지졋다 그女學生은 주춤거름을 멈츄며번적고ᄀᆡ를든다 두視線은마조첫다 昌爕의압헤 졍愛가 셔잇다-졍愛의압헤 昌爕이가잇다 두사ᄅᆞᆷ은 ᄒᆞᆫᄎᆞᆷ멀거니셔잇셧다 이윽고 정愛의고ᄀᆡ는숙으러진다……

昌爕은艱辛히 ᄒᆞᆫ거름 갓가히오며 썰니는목쇼ᄅᆡ로

『ᄎᆞᆷ 무에라고……』

『……………』

정愛ᄂᆞᆫ 귀밋헤붉은물을드릴뿐이엿다 쓰들은 입을封ᄒᆞᆫ듯이말이업셧ᄃᆞ 時間은지나ᄀᆞᆫ다 바ᄅᆞᆷ은살낭々々 나무가지ᄅᆞᆯ흔든다 달빗은두사ᄅᆞᆷ의검은그림자를 쌍우헤그린다

昌爕이가ᄉᆡᆼ각난듯이

『져리로가셔오』ᄒᆞ고발길을돌니ᄆᆡ 졍愛도ᄯᅡᆯ앗다 愛人들은 솔밧사이로살ᄋᆞ젓다

『다리가압흐시지요 우리 이리안집시다』 미리보ᄋᆞ둔 가장으슥한곳에말업ᄂᆞᆫ 두사ᄅᆞᆷ의발길이다々르자솔나무밋푸른풀이자々진곳에昌爕은졍愛의안기를勸ᄒᆞ엿다

『네 좃습니다』晶愛는 가는 쇼ᄅᆡ를 썰엇다 그는 하엽업시 고ᄀᆡ를숙○○○○○에잠긴말을 가만々々 ○○○○며그냥셔잇다 昌○○○○○○럽게 晶愛의 ᄋᆞ름○○○○○○어리엿다 그흰쌤○○○○○○ 얼은거리ᄂᆞᆫ 허○○○○○○락이며그가늘○ 목○○○○○간 열푼허리며 그쇼ᄆᆡ슷에 보핫케들어난손이

며…………

『졍愛氏-』

문득 昌爕은 熱狂的으로불으지즈며 덤셕 정愛의숀을힘잇게 쥐엿다 졍愛ᄂᆞᆫ 놀닌듯이몸을흠칫ᄒᆞ며 얼는얼골을 돌리엿다 그러나 쥐인손을ᄲᅢ랴고는안이ᄒᆞ엿다 두사람의가삼○에 쳐음만날ᄯᅢ부터 무슨공갓흔것이 싱기여 그것이 漸々커지며 가삼에 가득ᄒᆞ더니이○롬에 그것이 톡터지며 그속으로 무슨水銀갓흔달금ᄒᆞᆫ 물방울이쏘ᄂ살갓치 왼몸에 퍼지ᄂᆞᆫ듯ᄒᆞ엿다

이윽고 昌爕의눈에ᄂᆞᆫ 눈물이스스々 돌앗다 정愛의손은昌爕의손안에셔가늘게ᄯᅥᆯ엇다그의눈에도어리인눈물이번적인다

밤은소ᄅᆡ업시 깁허간다 봄마음을올녀주ᄂᆞᆫ부드러운바ᄅᆞᆷ씃은싹돗ᄂᆞᆫ풀을스치며쇼나무가지사이로ᄉᆡᄂᆞᆫ달빗흔올는々々ᄒᆞ게두사람의 얼골에 흐른다

愛人들은 눈물ᄋᆞᆫ긔에갈닌눈을 이윽히마조보고잇셧다 이눈물몃방울이 千마듸萬마듸사랑의속살거림보다 더○辯으로이사ᄅᆞᆷ마음을 져사ᄅᆞᆷ에게 傳ᄒᆞ고 져사람마음을 이사ᄅᆞᆷ에게알녀쥬엇다

이윽고 두사람은 눈물을거두엇다 붓그러운싱각도 셔름ᄒᆞᆫ싱각도거두엇다 나란히안젓다 쑬갓흔지야기쥴은 실풀니듯풀녀나온다…………

二十七 (1921.5.29.)

그들이 안졋든 풀자리에오히려 溫氣가 살아지지 안이ᄒᆞ야 花羅의 貌樣이 낫하난다 그ᄂᆞᆫ 그곳에 외로히셔셔 져리로 짝지어 나려가ᄂᆞᆫ 愛人들은 식시럽게 보고잇다花羅ᄂᆞᆫ 昌爕에게 마음을 둔지가 오ᄅᆡ이다 그것을

表○으로 보이고 말씨를 ○○엿건마는 昌爕은 알으쥬지를안는다 (그띠昌爕은 왼마음을 졍愛에게 솔렷슴으로 花羅에게는 注意도안이ᄒᆞ얏슴이라) 그럼으로 花羅는 昌爕에게 分明ᄒᆞ게 쏙々ᄒᆞ게 披○ᄒᆞ는슈밧게업시 엿다 그러나 그○會를 엇지못ᄒᆞ다가 뜨ᄉ밧게졍愛에게온昌爕의便紙를 쎄놋사보앗다 그때花羅는 憤ᄒᆞ기도ᄒᆞ고 싀스럿기도ᄒᆞ엿다 그리고 싱각ᄒᆞ고 싱각ᄒᆞᆫ씃헤졍愛의일홈을빌려 昌爕에게南山公園으로만나자고約束을ᄒᆞ여노코그날밤에호올로南山公園에서으모리기다려도 昌爕은오지를안는지라 홀일업시 열두點이넘어집으로 돌으왓셧다 그리고 이런싱각 져런싱각으로그날밤을 뜬눈으로 밝○○○○잠을자지못ᄒᆞ엿스니 몸○疲困ᄒᆞ고 머리도옵하셔 그이튼날學校에欠席을ᄒᆞ엿셧다 그 欠席ᄒᆞᆫ理由가 것쁜은안이엿다 昌爕이가그便紙○보고 안이올씨는 반다시무슨曲折이잇슬지며그曲折을알아 곳은 晶愛밧게업다 무슨事情이잇셧스면 그緣由를 晶愛에게 便紙를ᄒᆞ엿슬거이니 學校에가지말고잇다가 午後에 졍愛의집에가셔그便紙가오기를기다리든지 온것을보든지ᄒᆞ리라고酌定ᄒᆞ엿슴이엿다졍愛의집 가보니 온便紙도업고 기다려도오는便紙도업셧다 그러면 졍愛의ᄒᆞ는힝동이나보살펴보자ᄒᆞ고졍愛가學校에셔 돌아오기를기다리며ᄒᆞ도심々ᄒᆞ야 이冊저冊 뒤적々々ᄒᆞ다가 그便紙를發見ᄒᆞ엿셧다 그것으로 모든것을알기는알앗스되 ᄒᆞᆫ가지疑心은晶愛가昌爕을사랑ᄒᆞ는가 쏘사랑치안는가ᄒᆞ는것이엿다만일사랑을안이ᄒᆞ엿스면勿論晶愛는그約束ᄃᆡ로안이할지니自己가々셔昌爕을보고무에라고든지쑤며ᄃᆡ이지만은만일졍愛가 昌爕을사랑한다ᄒᆞ면花羅○일이 狼○이라 졍愛의마음을 알으야되것다肝膽○쎄들너보으야되겟다 어셔졍愛가왓스면 ᄒᆞ엿다 이렬사이에 졍愛가돌으왓다 그모양을보앗다 그말을들엇다 압만히도殊常ᄒᆞ다 더구나 自己집에 들어왓단말과 그便紙를누가ᄒᆞ엿든야고 뭇는것이殊常ᄒᆞ엿다 殊常ᄒᆞᆯ쁜만안이라 ○○히 晶愛가昌爕을○○○○○○엿다 그러치

안○○○○○○ 이런말을 ᄒᆞᆯ○○○○○○○○이다 花羅ᄂᆞᆫ ○○○○○○○스○와 妨害가○○○○○○○지빗고 憤々히○○○○○○○왓셧다

그러나 ○○○○○히ᄉᆡᆼ각ᄒᆞ니 晶愛가 昌爕을사랑ᄒᆞᆫ다고判斷ᄒᆞᆫ것이 념우神經이過敏인듯십헛다 晶愛가제집에온것은무슨다른ᄯᅳᆺ이 잇든것이안이라 다만궁금ᄒᆞ야온것이며 그便紙를보기ᄂᆞᆫ보앗스나 엇지된세음인지ᄋᆞᆯ슈업고 ᄯᅩ그날그便紙를ᄒᆞᆫ사람이 ᄭᅩᆨ이便紙ᄅᆞᆯᄒᆞ란법은업스니 或다른사람인가ᄯᅩᄂᆞᆫ갓흔사ᄅᆞᆷ인가 물어보ᄂᆞᆫ것도容或無怪라

『晶愛가 昌爕을사랑ᄒᆞᄂᆞᆫ가마ᄂᆞᆫ가-』 이것은疑問 그ᄃᆡ로남어잇다 이疑問을풀랴면 南山公園에가ᄂᆞᆫ수밧게업다 그리고ᄯᅩ晶愛가오면 그ᄲᅮᆫ이려니와그러치안으면 昌爕에게 이가삼의숨은사랑을 낫々히告白ᄒᆞᆯ수도잇다 昌爕이가오기前에 어셔가셔 몸을감쥬고잇스리라ᄒᆞ고 여셧點도다되기前에 南山公園에가잇셧다

二十八 (1921.5.30.)

기다린지 얼마ᄋᆞᆫ이되야 果然昌셥은 올나왓다 花羅ᄂᆞᆫ얼는 쇼나무그늘에 ○身을ᄒᆞ고昌셥의모양을 엿보앗다 가는우슴을씌운 그의흰얼골이다시금 花羅의마음을 ○○ᄒᆞ엿다 고만 그에게로 쒸여가고 십헛다 그ᄅᆡ도

『晶愛가 오면 엇지ᄒᆞ게』ᄒᆞᄂᆞᆫᄉᆡᆼ각이 그의발길을 멈추엇다 그럴○○에 찬ᄲᅡᆷ이 사늘ᄒᆞ게 몸을적시엿다 가삼을싸기ᄂᆞᆫ듯ᄒᆞᆫ 한숨을 안이쉬일수업셧다

일곱點이나 되여도 晶愛ᄂᆞᆫ 오지 안이ᄒᆞᆫ다 昌셥은 기다리다못ᄒᆞ야 이리져리 건이난모양이보인다

『晶愛가 오지ᄅᆞᆯ안ᄂᆞᆫ가?晶愛ᄂᆞᆫ 昌셥에게 마음을 두지안엇ᄂᆞᆫ가』

花羅난 마음속으로 깃붐에쎨엇다

『제발오지말엇스면……』

여덜點이 되도록 晶愛ᄂᆞᆫ안이온다

『晶愛가 안올거야-設令정愛가 창燮을 戀愛ᄒᆞ얏다ᄒᆞᆯ지라도 그부끄럼만히 타는애가못올거야-고만ᄂᆡ○○○○

花羅ᄂᆞᆫ 져도모○○○○섯다 그리고 몸을움질○○○○다

『그러나 昌셥○○○○라고ᄒᆞᆯ고?무에라고ᄊᆞ○○○○○』

이것을 硏究ᄒᆞ고 ○○ᄒᆞ여야되겟다 그날準備○○ 硏究한것은 발셔씨슨듯 쏘맑앗이이젓고 ᄉᆡᆼ각조차안이나셧다

花羅ᄂᆞᆫ 고ᄀᆡ를숙이고 곰ᄉᆞᆨ히窮理를ᄒᆞ다가 그ᄅᆡ도 마음을못노ᄋᆞ 昌셥의잇ᄂᆞᆫ곳을 쏘바라보앗다 昌셥은 그곳에잇지안이ᄒᆞ고 져便에셔 누구ᄒᆞ고 마조셔잇다『정愛가왓ᄂᆞᆫ가』花羅ᄂᆞᆫ 불현듯이이런ᄉᆡᆼ각을ᄒᆞ고숨엇든자리를쪄나 가만々々히盜賊거름을 걸으며 그리갓가이가보고 몸을읏슥ᄒᆞ엿다 昌셥이와 마조선사람은 정愛이엿슴이라-

愛人들은 발길을돌인다 花羅ᄂᆞᆫ 한츰멀거니 바라보고잇다가 ᄉᆡᆼ각난듯이 그들의뒤를쏠앗다 그리고 그들이隱身ᄒᆞᄂᆞᆫ모양으로 自己도 그곳머지안케 몸을숨기엿다 그사랑에거워눈물을흘니ᄂᆞᆫ모양- 그나란이안진모양 이것을보ᄂᆞᆫ 花羅의눈은 異常ᄒᆞ게번적이며 불덩이갓흔피가왼몸에쓸ᄂᆞᆫ듯ᄒᆞ엿다 그리고바룸질에 나라오ᄂᆞᆫ가ᄂᆞᆫ말낫히그의귀를울닌다

『오신다고 ᄆᆡ우ᄋᆡ를쓰셧지요 昌섭의목쇼리가 들리인다

『제야 무엇…』

『그날헛되히 기다리신것을ᄉᆡᆼ각ᄒᆞ면……』

花羅ᄂᆞᆫ 몸을썰엇다『기다리기ᄂᆞᆫ ᄂᆡ가기다렷ᄂᆞᆫ데』

ᄒᆞ고 致謝를晶愛가밧ᄂᆞᆫ것이더욱이ᄋᆡ달밧ᄃᆞ 그리고晶愛의對答을기○○○○ ○○○晶愛의答은업○○○○

『오○○○○○○○○○오시지안키ㄹ니○○○○○○○○ 밤바룸을쏘이○○○○○○○○다ᄒᆞ엿지요 그○○○○○○○○곳에계셧든가요

晶愛ᄂᆞᆫ ○뭇々々ᄒᆞ다가

『그리오릐잇지안엇슴니다』

『조것보ᄋᆞ 바로제가 기다린척하네』花羅ᄂᆞᆫ 不知不識間에쇼리를ᄂᆡ여쇼건거리렷다 마음것흘것갓흐면 고만달아가셔晶愛의쏠ᄐᆡ기를 쥐어질느며『너그날오기나ᄒᆞ엿네』ᄒᆞ고십헛다 그것을 ᄉᆞᄅᆞ적々々々 ᄎᆞᆷ고잇스랴니 ᄎᆞᆷ으로 ○腸이막히엿다 그뒤로ᄂᆞᆫ 愛人들은 보기사납게 다거안지며말쇼릐ᄂᆞᆫ漸々나자진다 알아들을길이업다花羅의눈에ᄂᆞᆫ 불이나ᄂᆞᆫ듯ᄒᆞ엿다 이윽고操心만흔處女의마음과그것을알ᄋᆞ쥬ᄂᆞᆫ마암이 그들로ᄒᆞ야금써나기실흰그자리를 써나게ᄒᆞ엿다

花羅ᄂᆞᆫ 뒤쏘차 그자리로왓다 그들의모양이 보이지안을때ᄭᆞ지 하염업시 서잇셧다

『흥 이자리에』ᄒᆞ고 그풀우헤 ○쳐주져안져보앗다

『ᄎᆞᆷ憤히죽겟네』

벌쩍몸을 일으켜며 憤푸리를ᄒᆞᄂᆞᆫ듯이 발로 풀을 비々여들엇다

작자의사정에 의ᄒᆞ와 유감천만이지만은 여긔셔 붓을멈츕니다

2장 '신문지법'과 '필화'의 사이

『신생활』 10호는 신문지법에 의해 처음 발행되었다는 점에서 이후 발행된 11호, 12호의 윤곽을 더듬을 수 있는 대상이다. 또 발매금지와 필화사건으로 이어진 이유를 추정하는 데도 도움을 주는 대상이다. 나아가 『신생활』과 사회주의 운동조직의 관계를 온전히 해명하는 작업과도 연결이 되는 자료라고 할 수 있다.

1. 발굴이 지니는 의미

'신생활 제창, 자유사상 고취, 그리고 평민문화 건설' 등을 창간 취지로 내세우고 『신생활』 창간호가 발행된 것은 1922년 3월 15일이었다.[1] 그런데 창간 날짜가 밝혀져 있는 데 반해 『신생활』이 언제까지 발행되었는지는 분명하지 않다. 아이러니하게 그것은 『신생활』에 대해 관심이 집중되는 까닭과 겹쳐져 있다. 흔히 '『신생활』 필화사건'이라고 불리는 것이 그것이다. 1922년 11월 발행된 『신생활』 11호, 12호는 발행되자마자 "當局의 忌諱에 觸하야 發賣禁止의 處分을 受하"[2]게 된다. 발매금지 처분은 식민지 시대 미디어에게 드물지 않은 일이었다.[3] 필화사건이라고 불리는 이유는 처분이 운영진이나 기자들의 구금 등 사법적인 처벌로 이어졌기 때문이다.

지금까지 접근이 가능한 『신생활』은 1호에서 9호까지였다.[4] 11호, 12호가 발매금지와 함께 필화사건으로 이어진 데 따라 이후에는 발행에 곤란을 겪은 것으로 알려져 왔다. 『신생활』 10호가 관심의 대상이 되지 못한 것 역시 필화사건에 따라 발행이 어려웠으리라는 생각 때문이었다. 그나마 드물게 접근할 수 있었던 경로는 당시 『동아일보』 광고나 「신간소개」 등을 통해 개괄적인 기사의 제목이나 11월 6일 전후로 발행되었다는 시기 정도를 확인하는 것이었다.[5] 『신생활』 10호는, 당시 신문에 발매금지, 압수 등의 처분을 받았다는 언급이 없는 것으로 보면, 발행이 되어 특별한 문제없이 유통된 것으로 보인다.

관심의 대상에서 비껴나 있었지만 『신생활』 10호가 지니는 무게는 가볍지 않다.[6] 1922년 10월 22일 『동아일보』에는 『신생활』 10호를 10월에 발행하지 않고 11월에 발행하겠다는 광고가 실렸다.[7] 『신생활』은 9호가 발행된 이후인 1922년 9월 12일 『신천지』, 『개벽』, 『조선지광』 등과 함께 '신문지법'에 의한 발행을 허가받게 된다. 신문지법 제4조에 명시된 보증금 3백 원을 '조선총독부'에 납입하고 정치, 시사 등을 다룰 수 있게 된 것이었다.[8] 『신생활』 10호를 11월에 발행하겠다는 광고는 신문지법에 의해 사회, 정치 기사를 다룰 수 있게 됨에 따라 기사를 준비하느라 발행이 늦어졌기 때문이었다. 그렇다면 10호는 신문지법에 의해 발행된 『신생활』의 변화를 가늠할 수 있는 대상임을 알 수 있다.

필화사건에 휘말리게 된 직접적인 대상은 『신생활』 11호, 12호 등이었으며, 문제가 된 사안 역시 신문지법에 의해 정치, 시사를 다루게 된 것과 깊이 관련되어 있었다. 그런데 『신생활』 11호, 12호 등은 발매금지 처분으로 인해 현재 실물을 확인할 수 없으며, 「露國革命五週年記念」, 「五年前今日을回顧함」, 「民族運動과無產階級의戰術」, 그리고 「自由勞動趣旨書」 등 발매금지의 원인이 되었던 글에도 접근하기

아단
문고

【1】 第十號 THE NEW LIFE

週報

新生活

週報發刊에 臨ᄒᆞ야

1922년 11월 4일 발행된 『신생활』 10호의 표지면이다. 『신생활』 9호가 발행된 지 두 달 만에 발행된 것이었다. 신문지법에 의해 사회, 정치 기사를 다룰 수 있게 됨에 따라 기사를 준비해야 했던 사정 때문으로 보인다. 이미지의 출처는 〈아단문고〉이다.

힘들다. 또 운영진이나 기자들의 구금이나 수감 등 사법적인 처분으로 이어지게 된 이유를 파악하는 것 역시 마찬가지다.[9] 그렇다면 『신생활』 10호는 신문지법에 의해 처음 발행되었다는 점에서 이후 발행된 11호, 12호의 윤곽을 더듬을 수 있는 대상이기도 하다. 나아가 발매금지와 필화사건으로 이어진 이유를 추정하는 데도 도움을 주는 자료라고 할 수 있다.

또 『신생활』 10호의 성격에 대한 검토는 『신생활』과 사회주의 운동조직의 관계를 온전히 해명하는 작업과도 연결이 된다. 일반적으로 '신생활사'는 김사국의 보고나 인적 구성 등을 통해 '상해파 고려공산당'이나 '서울청년회'와의 관련 속에서 파악된다. 그런데 『신생활』 10호에서 나타난 새로운 움직임에 대한 천착은 '신생활사'가 '상해파 고려공산당', '서울청년회' 등의 거점이라거나 혹은 둘의 단순한 결합으로 보는 주장에 새롭게 접근할 수 있는 실마리를 제공한다. 이 쟁점 역시 이 글이 『신생활』 10호를 발굴, 소개하고 주목하는 이유 가운데 하나이다.

한편 『신생활』은 염상섭의 소설인 「墓地」가 연재된 지면이기도 하다. 지금까지 『신생활』 7호에서 9호까지 3회에 걸쳐 연재가 되었다는 사실만이 밝혀졌을 뿐 연재가 중단된 이유에 대한 제대로 된 논의는 없었다. 대개 9호에 실린 「墓地」 3회분이 전문 삭제되었다는 점에 근거해 검열로 인해 연재가 중단되었거나, 『신생활』 11호, 12호가 필화의 대상이 되어 『신생활』이 발행되지 못함에 따라 어쩔 수 없이 「墓地」의 연재도 끝났으리라고 추정되어 왔다. 실제 염상섭은 「墓地」를 연재했을 뿐 아니라 7호에서 9호까지 '신생활사'의 '객원'으로 활동했다. 그런데 『신생활』 10호를 보면 염상섭의 글을 찾기 힘든 반면 그의 주장을 비판하는 「分明훈事實에對훈 想涉君의誤診」이라는 글이 실려 있음을 발견할 수 있다. 이 글은 「墓地」의 연재가 중단된 이유에 대한 새로운 접근의 가능성을 열어준다.

『신생활』에 대한 논의는 잡지 미디어로서의 실증적인 측면이나 게재된 글들의 담론적 성격을 조명하는 데 집중되었다. 먼저 『신생활』의 운영진과 집필진, 발행 상황, 조직 등에 실증적으로 접근하고 『신생활』에 실린 글들을 개괄한 연구가 있었다.[10] 또 『신생활』에 실린 문학적인 글에 주목하고, 그것이 개성과 타인의 관계, 개성을 억압하는 불합리한 생활, 계급적 대립의 부각 등을 다루었다고 해, 사회주의 담론의 문예화로 파악한 논의 역시 제기되었다. 그리고 『신생활』이 식민제국의 통치술인 문화정치, 민족주의 진영의 탈정치적 문화운동과는 다른 문화정치를 현실화하기 위한 평민문화 운동 및 민중문예의 기획을 꾀했다는 연구도 개진된 바 있다.[11)]

『신생활』의 미디어적 성격을 검토하는 논의에 비해 드물지만 『신생활』과 사회주의 운동조직과의 관계, 또 「墓地」의 연재 공간으로서 『신생활』의 의미에 천착한 논의 역시 이루어졌다. 『신생활』을 청년회연합회, 『동아일보』 등과 함께 '상해파 고려공산당'이 국내거점을 마련하기 위한 움직임이라고 보거나, '상해파 고려공산당'의 국내지부에서 장덕수로 대표되는 노선에 반발한 움직임으로 규정한 것이 전자의 대표적인 논의이다.[12)] 후자에 대한 논의는 사회주의와 아나키즘에 걸친 범사회주의적 경향의 『신생활』에 「墓地」를 연재한 것이 일반적인 형태의 게재와는 구별되는 것이었다는 점에 주목했다. 「墓地」 연재가 『신생활』의 사상적 지향에 접속하는 글쓰기를 통한 정치적 실천이었지만 3회만에 조선총독부의 검열에 의해 전문 삭제되며 중단되고 말았다는 것이다.[13)]

『신생활』 10호에 주목하는 이 글은 먼저 10호에서 염상섭이 '신생활사'를 그만두고 유진희가 기자가 되는 등 『신생활』 집필진에 나타난 변화를 실증하려 한다. 집필진의 변화가 10호 발행을 계기로 이루어진 『신생활』의 사상적 지향이나 사회주의 운동노선과 관련된다는 점에서 해명은 단순히 실증적인 것에 한정되지는 않을 것이다. 또 크로포트킨, 슈티르너, 라파르그, 모리스 등 자본주의를 비판하는 다양한 담론들이 혼융되어 있었던 9호까지의 글들과는 다른 면모를 보이는 『신생활』 10호의 글에 대한 조명 역시 『신생활』의 담론적 성격을 온전히 해명하는 데 도움을 줄 것이다. 『신생활』 10호가 신문지법에 의해 발행되었다는 점, 또 이후 필화사건의 계기로 작용했다는 점 등에서, 『신생활』 10호의 발굴과 논의가 지니는 중요성은 작지 않을 것이다.

2. '신생활사'의 운영과 『신생활』 10호 개괄

『신생활』 창간호가 발행된 것은 1922년 3월 15일이었다. 같은 해 1월 15일, 2월 21일 등에 있었던 창립총회, 이사회 등에 관한 신문기사를 참고하면, 1922년 3월 11일 창간호를 발행했지만 발매금지 처분을 당해 3월 15일 임시호를 창간호로 발행했음을 알 수 있다.[14] 창간 취지로 "新生活을 提唱하며 自由思想의 鼓吹와 平民文化의 建設을 主眼으로 하야 新思想을 紹介하며 民衆文化를 硏究하고 一般 社會現象을 批評"[15]한다는 것을 내세웠다.

'신생활사'는 경영과 재정을 이사진이 담당하고 잡지의 내용과 편집은 기자들이 담당하는 체제였다. 『신생활』 필화사건의 1차 공판에서 박희도의 진술에 따르면,[16] 이사진 11명 가운데 『신생활』의 운영에 주된 역할을 했던 인물은 박희도, 이병조, 김원벽, 이승준 등이었다. 박희도는 3·1운동 당시 민족대표 33인 중 한 명이자 YMCA 간사로 일한 인물이며, 이병조는 '조선청년연합회'의 집행위원이자 잡지 『서광』의 편집 및 발행인이었다. 김원벽은 3·1운동 당시 연희전문학교의 학생대표로 참여했으며 역시 YMCA에서 일했다. 이승준은 대한독립단 해주지단 사건 및 은율군수 살해 사건과 관련된 인물이었다.[17]

창간 당시 '신생활사'의 기자진은 김명식, 신일용, 이성태, 정백 등으로 구성되었다. 유진희 역시 『신생활』 필화사건과 관련되어 있어 창간 당시 기자로 파악되지만 유진희가 『신생활』의 기자가 된 것은 10호부터였다. 기자진의 중심에 위치한 인물은 이사와 주간을 겸직하고 있었던 김명식이었다. 김명식은 『신생활』이 창간되기 전에 『동아일보』에서 기자로 일을 했으며, 1921년 5월에 열린 '상해파 고려공산당' 창립대회를 계기로 국내부 임원 및 기관지 담당으로 임명되었던 인물이었다. 그는 신일용, 이성태, 정백, 또 이후 유진희 등을 '신생활사'의 기자로 영입한다. 신일용은 1922년 2월 '신인동맹회' 결성에 참여한 데 이어 『신생활』의 창간과 함께 '신생활사'의 기자로 일을 했다. 이성태는 1920년 '상해'에서 『독립신문』 기자로 일을 하다가 1921년 귀국해서 '신생활사'의 기자로 일을 하게 된다. 정백은 『신생활』 기자로 일하면서 여러 사회주의 단체에서 활동했으며 이후 '서울청년회'가 중심이 된 '고려공산동맹'에 참여했다.[18] 유진희는 1920년 무렵부터 사회주의 단체에서 활동했으며 김명식과 함께 1921년 5월 '상해파 고려공산당' 국내부 임원 및 기관지 담당으로 임명되었던 인물이다. 이렇듯 『신생활』의 기자들은 모두 사회주의 사상을 지향했으며, '상해파 고려공산당', '신인동맹회', '서울청년회' 등 운동단체에서 활동을 했던 인물이었다.

염상섭이 7호부터 '신생활사'에서 일을 했다는 사실 역시 흥미롭다. 1922년 7월 발행된 『신생활』 7호에는 다음과 같은 「社告」가 실려 있다.

> 廉想燮 君이 本社의 客員으로 우리와 가티 일하게 되엿습니다.
> 同君의 文名은 世間에 定平이 有하니 呶○할 必要는 업거니와,
> 今後 君의 達筆은 本紙에 一大 異彩를 發할 것이올시다.
> 讀者와 가티 깃버하는 배외다.
>
> 新生活社 白[19]

염상섭은 '신생활사'의 '객원'으로 활동하면서 7호부터 9호까지 3회에 걸쳐 소설 「墓地」를 연재했으며, 「至上善을爲하야」(7호), 「女子의斷髮問題와 그에關聯하야」(8호) 등의 평론도 발표했다. 또 8호와 9호에는 『폐허』 동인이었다가 당시 세상을 떠난 남궁벽의 작품과 일기 등을 「별의압흠과其他」(8호), 「잇기의그림자」(9호)라는 제목으로 소개하기도

新生活 第一號 (22)

新生活의 創刊에 臨하야

李 永 駿

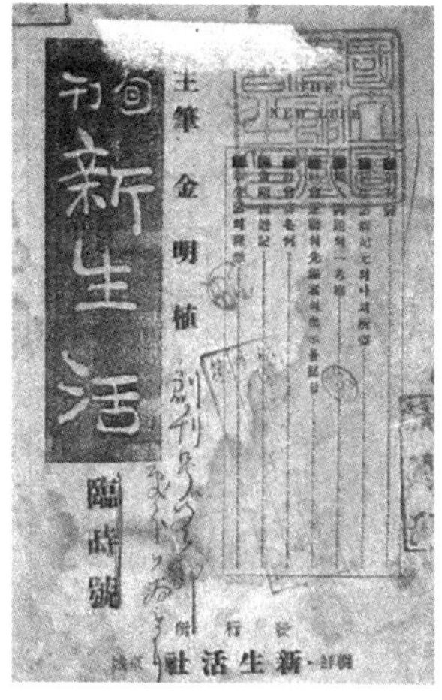

오른쪽의 이미지는 1922년 3월 15일에 발행된 『신생활』 창간호의 임시호이다. 3월 11일 창간호를 발행했지만 발매금지 처분을 당해 임시호를 발행했다. 왼쪽 이미지는 창간호의 기사 한 면 전체가 삭제된 모습이다. 오른쪽 이미지의 출처는 〈국립중앙도서관〉이다.

했다.

창간 이후 1922년 9월 5일 9호가 발행될 때까지 『신생활』의 발행 형식은 '순간(旬刊)'에서 '월간'으로 한 차례 바뀌었다. 1호에서 5호까지는 '순간'으로, 6호에서 9호까지는 '월간'의 형식으로 발행되었다. '순간'은 열흘에 한 번씩 발행되는 형식을 뜻하는데, 실제로도 1호에서 5호까지는 거의 열흘 간격으로 발행되었다.[20] 또 6호에서 9호까지는 '월간'이라는 형식에 걸맞게 1922년 6월 5일부터 9월 5일까지 한 달 간격을 지켜 간행되었다.[21] 분량은 '순간'으로 발행될 때는 40~72면, '월간'으로 발행될 때는 158~172면 정도였다. 이들 가운데 1호에 이어 6호가 발매금지 처분을 받았으며, 4호는 압수 처분을 받았다. 발매금지를 받은 1호, 6호는 임시호를 확인할 수 있으나 압수 처분을 받은 4호는 현재

실물을 확인할 수 없다.

9호를 발행한 이후 『신생활』이 신문지법에 의한 발행허가를 받았음은 앞서 검토한 바 있다.[22] '월간'이었던 『신생활』의 발행 형식이 '주간'으로 바뀐 것 역시 그 사실과 관련된 것으로 보인다. 하지만 신문지법에 의한 발행을 허가받으면서 『신생활』은 거듭된 발매금지, 압수 등 오히려 잡지 운영에 어려움을 겪게 된다. 그런데 대개의 접근과는 달리 『신생활』 10호는 특별한 문제없이 발행이 되었다. 10월에 발행하지 않고 11월에 발행하겠다는 광고가 실렸지만, 그것은 신문지법에 의해 사회, 정치 기사를 다룰 수 있게 됨에 따라 기사를 준비해야 했던 사정과 관련된 것으로 보인다.[23]

『신생활』 10호는 1922년 11월 4일 발행되었다. 같은 해 9월 5일 9호가 발행되었으니 두 달 만이었다. 『신생활』 10호의 1면 상단에는 '週報 新生活'이라는 제호 양쪽에 두 개의 손이 맞잡은 표지장화가 있고 그것을 'PROLETARIANS OF ALL THE COUNTRIES, UNITE!'와 '萬國의 無産階級은 團結하라'라는 말이 둘러싸고 있다. 무산계급의 국제적 연대를 나타내는 제호와 표지장화는 『신생활』 9호까지는 없었던 것으로, 『신생활』 10호에 이르러서의 변화를 상징적으로 말해준다. 15호의 1면에도 같은 제호와 표지장화가 있는 것으로 볼 때, 이 양식은 『신생활』 10호 이후 계속 사용되었음을 추정할 수 있다.

『신생활』 10호의 1면 상단 제호 양쪽에 위치한 표지장화이다. 두 개의 손이 맞잡고 있고 그 주위를 'PROLETARIANS OF ALL THE COUNTRIES, UNITE!'와 '萬國의無産階級은團結하라'는 말이 둘러싸고 있다. 이미지의 출처는 〈아단문고〉이다.

『신생활』 10호의 면수는 모두 23면이다. 1면부터 16면까지는 기사가 실려 있고, 17면부터 23면까지는 '주간'으로 발행하게 된 것을 축하하는 광고 등으로 구성되었다. 이 글에서 다루는 텍스트에는 8면이 없는데, 9면 하단에 8면에서 계속된 것이라고 해 「生活改善과無産階級」의 끝부분이 실려 있는 것을 보면 발행 당시 8면이 있었지만 누락되었음을 알 수 있다. 또 15면이 13면으로 표시되어 있는데, 이는 단순한 인쇄상의 오류로 보인다. 『신생활』 10호에 실린 글은 시사만화까지 포함해 모두 34편이다. 기사로 이루어진 면수와 수록 글을 고려하면 평균 1면에 2.1편의 글이 수록되어 있다. 수록된 글의 종류를 살펴보면, '신생활 제창, 자유사상 고취, 평민문화 건설'이라는 취지에 걸맞게 논설이 대부분을 차지하고 있다. 그 외에는 시사나 사회 단평, 수필, 시, 시사만화 등이 있다. 아래의 표는 『신생활』 10호에 게재된 주요 글을 정리한 것이다.

『신생활』 10호에 실린 주요 글 목록

면	필자/역자	제목	장르	비고
1		週報發刊에臨하야	권두언	필자가 밝혀져 있지 않지만 주간인 김명식의 글로 추정됨.
1	유진희	低能兒의誤算	논설	
1	크로포트킨	勞動者의宣言	번역	번역자는 밝혀져 있지 않음.
2	유진희	所謂民族一致와活字魔術	논설	
2	정백	豆滿江가에서	시	
3	김명식	民族主義와코쓰모포리타니즘	논설	
4	이혁로	民族主義와 푸로레타리아運動	논설	
5	나경석	난봉歌와權愛羅	단평	
8	유진희	物價調節과無産階級	논설	실제 8면은 누락됨.
8	유진희	生活改善과無産階級	논설	실제 8면은 누락됨.

9	박성태	國際運動小史	번역	
10	마르크스 / 신일용	賃傭勞動과資本	번역	
11	유진희	쏠세븨씀에關한一考察	논설	
11	신일용	無産階級의外交	논설	
12	이정윤	分明흔事實에對흔 想涉君의誤診	논설	필자 이름 옆에 '東京에셔'라는 말이 부기되어 있어 투고로 보이지만 그렇게 보기 힘듦.
13	나경석	赤貧中白貧	단평	
14	레닌 / 유진희	革命에對한幻滅	논설	
14	이혁로	湖餠錄	감상	
15	신일용	民衆文豪 꼬-리키-의面影(一)	논설	13면이라고 되어 있지만 면수를 잘못 기입한 것임.
16	고리키 / 유진희	信仰과主義	번역 소설	

필자는 글에 따라 밝혀져 있는 경우도 있고 그렇지 않은 경우도 있다. 필자가 밝혀져 있지 않은 글 가운데서 「週報發刊에臨하야」 등과 같이 '권두언'이라는 글의 성격을 통해 필자를 유추할 수 있는 것도 있다. 파악이 가능한 『신생활』 10호의 필자는 김명식, 신일용, 이성태, 정백, 유진희, 나경석, 이혁로, 이정윤 등이다. 김명식은 '솔뫼'라는 필명을 사용했으며, 신일용은 본명과 함께 '赤咲'라는 이름을 썼다. 이성태는 '星泰'라는 이름을, 또 정백은 '길가풀'이라는 필명을 사용했다. 유진희는 '兪', '芽', '蕪芽' 등의 필명을 썼다. 나경석은 '公民'이라는 필명을, 이혁로는 본명이나 '赫魯'라는 이름을, 이정윤은 본명을 사용했다.

이들 가운데 김명식, 신일용, 이성태, 정백 등은 『신생활』의 주간과 기자였으며, 유진희는 『신생활』 10호부터 기자가 된 인물이었다. 나경석은 일본에서의 유학생활 도중 일본의 아나키스트 오스기 사카에(大杉榮), 하세가와 시쇼(長谷川市松), 요코타 쇼지(横田宗次郎) 등과 교류했으며 귀국 후 『공제』 등에 글을 발표하는 것을 통해 사회주의 사상을 소개한 인물이었다.[24) 『신생활』 1호, 3호 등에도 '公民'이라는 필명으로 글을 발표한 적이 있었다. 이혁로는 1922년 1월에 결성된 '무산자동지회'에 참여했던 인물로 이후 1924년 12월 '사회주의자동맹'이 결성될 때는 집행위원으로 일했다. 이혁로는 10호부터 글을 발표하기 시작해 11호, 12호에도 글을 게재하는데, 10호에 실린 「湖餅錄」을 통해 신일용, 유진희 등과 교류가 있었던 인물임을 추정할 수 있다. 이정윤은 이름 옆에 '東京에서'라는 말이 부기되어 있어 얼핏 '동경'에 체류하던 『신생활』의 독자가 투고를 한 것처럼 보인다. 그런데 실제는 그것과 다르며 이 글 역시 『신생활』 10호의 성격을 해명하는 단서가 된다.

가장 많은 글을 발표한 필자는 10호부터 기자로 영입된 유진희로, 모두 7편의 글을 발표했다. 「革命에對한幻滅」(논설), 「信仰과主義」(소설) 등은 각각 레닌의 글과 고리키의 소설을 번역한 것이다. 표에 있는 글 가운데 「物價調節과無產階級」, 「生活改善과無產階級」 등 2편은 『신생활』 10호의 8면이 유실되어 확인할 수 없다. 하지만 『동아일보』 11월 6일자 「新刊紹介」, 같은 신문 11월 7일자 광고 등과 『신생활』 10호의 9면 하단에 8면에서 계속되었다고 밝힌 것을 고려하면, 유진희가 쓴 「物價調節과無產階級」, 「生活改善과無產階級」 등이 8면에 실렸음을 알 수 있다.[25)

표에 정리된 글들 외에는 다음과 같은 글들이 실려 있다. 먼저 「意志의統一」, 「전야」, 「婦女의共有」 등 짧은 번역이 있다. 「意志의統一」은 레닌의 글이라고 필자가 밝혀져 있고 뒤의 두 글은 필자가 밝혀져 있지 않다. 또 「麥飯葱湯」, 「붓방아」, 「私立檢事局」, 「時事短評」, 「熱風急

馳」, 「勞動團體의消息」 등 지방, 외국, 노동단체의 소식을 전하는 글도 실렸는데, 이들은 이전부터 『신생활』에 설치되었던 고정란이었다. 「關稅復活과朝鮮農民」, 「收穫의秋! 鬪爭의秋!」, 「國粹會員의大膽」 등 짧은 논설이나 단평도 게재되어 있다. 그리고 「理解가같어야 團結이되지」, 「監獄이大滿員 이것도自由?」 등은 시사만화로 민족일치 주장의 허위성이나 자본주의의 그릇된 자유를 풍자하고 있다.

3. 『신생활』 10호의 성격

1) 볼셰비즘과 프롤레타리아 국제주의

유진희는 「쏄세븨씀에關한一考察」에서 볼셰비즘과 볼셰비키에 대해 소개하고 노동계급 독재의 필요성에 대해 논의하고 있다. 먼저 필자는 볼셰비키를 "사람이라는 것을 人民과 所有階級으로 區別"하고 인민이 "自己 自身으로 支配하는 世界를 實現"하는 것을 목적으로 하는 존재로 규정한다. 또 볼셰비키는 "뿔조아 國家에 反對"하지만 "資本主義로부터 社會主義에 移轉하기에 必要한 强制 機關"으로서 국가는 승인하는데 "그덜의 要求하는 國家는 勞動者의 國家"라고 했다. 이어 마르크스, 트로츠키 등의 주장을 인용해 "理論과 實踐 그 어느 편을 보던지 쏄세븨씨의 特質을 「勞動階級이 支配하는 執政權」에 求함은 當然한" 것이지만 그것이 "맑스主義에 到達하는 手段으로서 勞動階級의 執政權을 要求함에 不過"하다는 점 역시 분명히 한다. 곧 "그 목적에 있서서는 쏄세븨씨는 純然한 맑스主義이며 社會主義"지만 "다만 그 道程으로서의 勞動階級 獨裁를 要求"[26]한다는 것이다.

이성태는 "계級的 意識을 가진 社會主義와 勞動者의 國際運動의 歷史를 초譯"한다는 취지 아래 「國際運動小史」라는 글을 번역해 실었다. 『신생활』 10호에 실린 부분은 국제운동의 기원으로 1864년 이루어진 '제1국제노동자동맹'을 살펴보는 것으로 시작해 1887년 이루어진 '제2국제노동자동맹'의 창립에 대한 소개로 이어진다. '제2국제노동자동맹'에서는 "軍國主義에 對한 對策을 討議"하기 위해 "國際 平和의 確立과 四海同胞主義의 實現하는 것이 大會의 最大 重要한 問題임을 力說"[27]했다는 것이다. 글은 당시 이루어진 결의사항 2개 조항과 3개 방책을 소개한다. '未完'이라는 부기와 『신생활』 11호, 12호에도 연재되었다는 「新刊紹介」 등을 고려하면 이어지는 글에서는 1919년에 이루어진 '제3국제노동자동맹'의 취지에 대해 다루었을 것으로 추정된다. 그렇다면 『신생활』 10호에 실린 부분에서 인종, 국적, 신앙 등에서 벗어난 노동계급의 지향을 소개하는 의도 역시 분명하다고 할 수 있다.

김명식의 「民族主義와코쓰모포리타니즘」은 '코쓰모포리타니즘', '코쓰모포리탄' 등에 대해 소개하고 그것의 올바른 이해를 가로막는 두 가지 편향에 대해 비판한 글이다. 김명식은 먼저 "모든 國民的 境界를 撤去하고 世界政治와 世界市民의 資格을 享有하는 者가 코쓰모포리탄이라고" 규정한다. 그는 '코쓰모포리타니즘'을 조선에 소개하려 할 때 "頑愚한 國粹主義者 又는 民族主義者의 偏見으로" "매우 危險視할는지" 모르며 "社會運動者도 쏘한 코쓰모포리타니즘을 信奉하지는 아니"한다고 했다. 그런데 필자는 '코쓰모포리타니즘'에 대한 민족주의 진영과 사회운동 진영의 폄하를 같은 것으로 보지는 않는다. 사회운동의 진영의 문제 제기에 대해서는 "世界政治와 世界經濟와 世界市民을 爲하야" "避코자 하되 到底히 避치 못하는 것을 肯定함에서 行하는 것"이라고 해 일정한 의의를 인정한다. 이에 반해 그가 주된 비판의 대상으로 삼고 있는 것은 민족주의 진영의 그것인데, 여기에 관해서는 민족주의의 비판을 다루는 부분에서 상론하겠다. 두 진영의 비판에 대해 김명식은 "資本의 威力, 資本의 絞取力이 코쓰모포리탄이 되면 이것에 對抗하는 勞動運動도 쏘한 코쓰모포리탄이 될 것이오 그리하야 勞動運動者의 心理가 스스로 코쓰모포리탄의 그것이 될 것"[28] 이라고 대응하고 있다.

『신생활』 10호에는 러시아의 문호 막심 고리키(Maxim Gorki)에 대한 소개와 소설 역시 실려 있다. 하나는 신일용이 쓴 「民衆文豪 꼬-리키-의面影(一)」이고,[29] 다른 하나는 고리키의 소설을 유진희가 번역한 「信仰과主義」이다.[30] 「民衆文豪 꼬-리키-의面影(一)」은 크로포트킨의

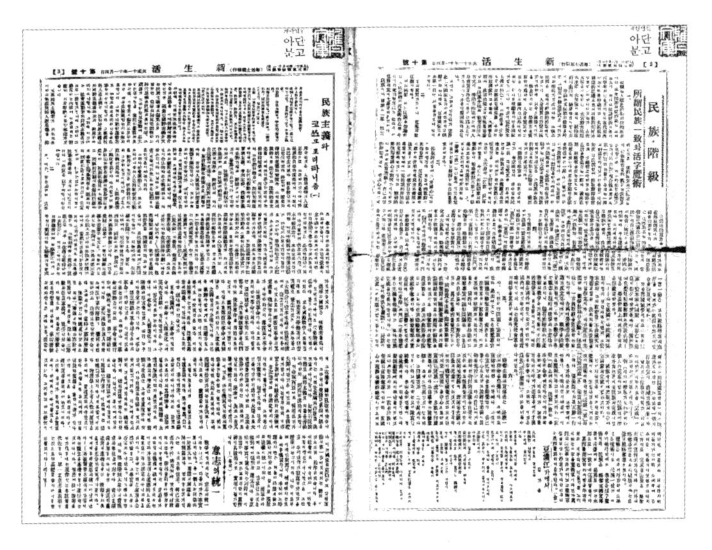
新生活
民族主義와 코쓰모포리타니슴 (一)
民族·階級
所謂民族一致와活字魔術

오른쪽부터 유진희의 「所謂民族一致와活字魔術」과 김명식의 「民族主義와코쓰모포리타니즘」이다. 유진희는 민족일치라는 주장이 지니는 맹점을 지적하고 그것을 주장하는 『동명』을 비판했다. 김명식은 '코쓰모포리타니즘'에 대해 소개하고 그것의 올바른 이해를 가로막는 두 가지 편향에 대해 다루었다. 이미지의 출처는 〈아단문고〉이다.

비평을 기초로 해서 고리키의 전기를 소개하고 또 작품 경향에 대해 다루고 있다. 「信仰과主義」는 지방 노동신문 기자인 남성과 가톨릭에 심취되어 있는 여성의 대화를 통해 당시 새롭게 부각된 혁명사상과 여전히 잔존해 있던 종교의 문제에 대해 다루고 있다. 하지만 두 글과 관련해 주목해야 할 부분은 오히려 신일용이 고리키에 대해 관심을 가지게 된 이유를 밝힌 부분이다. 신일용은 자신이 "압흐로 나가려 하는 길은, 카-를 맑쓰가 여러준 길"이라고 하고, 또한 "피-다, 크로포트킨의 燃燒的인 人間愛와, 革命的 思索的인 情熱을 사모하야 마지 아니"한다고 했다. 그런데 어떻게 이러한 "革命 思想의 洗禮를 밧고, 그들의 學徒가 되얏"는지를 물을 때 "머리의 深底에서 용소슴하야 이러나는 소리의 律動"이 "막키심, 꼬-리키"라는 것이다. 필자는 자신에게 "因習의 鐵網을 벗겨준 것도, 舊道德의 桎梏에서 解脫케 한 것도, 모두가 이 偉大한 일홈"[31]인 고리키의 인도라는 것을 분명히 하고 있다.

「賃傭勞動과資本」이나 「革命에對한幻滅」의 번역이 게재된 것 역시 고리키에 대한 소개와 마찬가지의 이유에서로 보인다. 「賃傭勞動과資本」은 신일용의 번역으로 실렸는데, '역자서'에서 마르크스의 저서 『임용노동과 자본(Lohnarbeit und Kapital)』을 번역했음을 밝히고 있다. 크게 임용노동과 자본의 관계, 중산계급의 몰락, 유럽 제국의 유산계급 등 세 부분으로 되어 있는 『임용노동과 자본』 가운데 번역에서 주로 다룬 것은 처음의 부분임을 밝히고 있다. 실제 『신생활』 10호에 실린 부분에서는 "勞賃이란무엇인가? 엇드케 하야 그것은 결정되는 것인가"[32] 등을 다루고 있다. 글의 마지막 부분에 '未完'이라고 부기가 되어 있고 「新刊紹介」 등을 참고하면 12호에도 연재가 되었음을 알 수 있다.

「革命에對한幻滅」은 유진희의 번역으로 실렸는데, 글은 주로 러시아 혁명의 진행 과정에서 레닌이 느꼈던 소회를 소개하고 있다. 레닌은 "三年 동안이나 革命의 進行을 固守"해 왓지만 "私有財産 制度에 根據를 둔 個人主義의 支配는 넘어도 廣大"하다고 한다. "誤診의 第一步는 畢竟은 階級이란 것을 重視한 結果"라고 하고 "經濟는 政治를 支配하는 것이지마는 政治는 결코 經濟를 支配하는 것이 안이다"고 한다. 이어 "海外에 亡命한 쏄세븨씨 以外의 社會黨 諸君과 和親하기로 하엿"지만 그것이 "讓步의 手段으로써 今日 以後로는 다시 이 以上의 쏄세븨씨의 衰滅를 防遏"[33]하기 위해서라는 점 역시 분명히 하고 있다. 「賃傭勞動과資本」, 「革命에對한幻滅」 등 두 개의 글은 직접적으로 볼셰비즘이나 프롤레타리아 국제주의와 연결되지는 않는다. 두 개의 글을 게재한 것은 고리키에 대한 소개와 마찬가지로 볼셰비즘이나 볼셰비키 혁명에서 마르크스나 레닌이 지니는 위상과 관련되는 것으로 보인다.

2) 민족주의와 『동명』 비판

유진희는 「所謂民族一致와活字魔術」에서 민족일치라는 주장이 지니는 맹점을 지적하고 그것을 주장하는 『동명』을 비판하고 있다. 필자는 먼저 민족이라는 개념의 역사적 전개와 그 이면에 대해 언급한다. "모든 民族의 經濟史는 그 어느 것이 하나나 奴隷經濟로붓허 開卷되지 안은 것이 업"으며 당시에도 "勞動力을 賣買하기 爲하야 人身을 賣買하는 것"을 "奬勵하지 안은 國家가 업"다고 하고 "이것이 現代 資本主義의 特色"이라고 규정한다. 이어 "民族一致라는 呪文을 외우게 되는 것"은 "搾取者와 捕獲者의 立地로는 어듸까지던지 當然한 主張"[34]이라고 하며, 민족일치를 두드러지게 주장하는 『동명』을 비판한다.

> 方今 朝鮮에 잇서서 가장 鮮明하게 民族一致를 絶唱하는 新聞이나 雜誌가 있다하면 그것은 우선「東明」에 第一指를 꼽을 수가 잇을 듯하다「東明」이 搾取階級을 擁護하는 使命을 다하기 爲하여 意識的으로 이것을 唱導하는지 或은 이에 對한 理解와 自覺이 업시 다만 熱에 띄운 譫語를 중얼거리는 셰음인지는 알 수 업스나 何如間「東明」이 意識的이고 無意識的임을 莫論하고 掠奪群의 陣門을 固守하는 勇敢한 態度는 自他가 否認할 수 업는 事實이다 ……중 략…… 民族 안에 搾取가 잇는 곧에는 民族의 完成이 업고 國家 새이에 搾取가 잇는 곧에는 國家의 完成이 업는 것이다[35]

인용은 당시 조선에서 가장 선명하게 민족일치를 외치는 신문이나 잡지를『동명』으로 규정하고, 어떤 이상이나 주의도 민족이 완성된 이후의 일이라는『동명』의 주장을 비판하고 있다. 거기에는 개인, 국가 등과 마찬가지로 민족 역시 약탈을 하는 무리와 약탈을 받는 무리가 존재하는 한 완성이나 일치가 이루어질 수 없다는 논지가 근간을 이루고 있다. 이어지는 논의에서는 필자가 생각하는 민족이 "略奪主義의 宣傳者가 안이라 內外의 略奪 事實을 모조리 破壞하랴는 自覺한 彼略奪羣일 것"[36]이라는 점을 강조한다.

이혁로는「民族主義와 푸로레타리아運動 –「東明」의朝鮮民是論을駁함」에서 민족이라는 개념이 당연하게 받아들여지게 된 이유, 그것이 지니는 맹점, 그리고 온전한 사회관 등에 대해 논의하고 있다. 필자는 민족이라는 개념이 "特權階級의 利益을 保護코자 하는 條件에 不過"함에도 "神聖不可犯의 權威를 生케 한 所由"를 "屈從을 强要하는 組織的 欺瞞 手段인 敎育의 手에 依하야" "道德的 幻覺을 誘發케 하얏"는 데 따른 것이라고 한다. 이어 필자는 민족주의라는 주장이 지니는 맹점에 주목할 것을 요구한다. "社會이('사회의'의 오기임; 인용자) 一部가 他의 一部를 掠奪하는 事"가 전제될 때 "그 利害가 相異하고 그 生活의 內容이 相違한 階級이, 다만 同一한 民族, 同一한 歷史, 同一한 言語, 同一한 習慣 等의 歷史的 網索으로써 一致 團結을 行키 難"하다는 것이다.

이어지는 부분에서는 프롤레타리아 운동이 그릇된 민족 개념에서 벗어나 나아가야 할 방향에 대해 논의한다. "近世 産業의 勞動과, 近世 資本의 壓迫은, 世界의 푸로레타리아로붓터 그 國民的 特質을 奪去하야 共通한 理解와 感情으로 同一한 戰線에서 그 結合을 容易케 하얏다"는 것이다. 따라서 "近世의 民衆運動은 그 出發을 다 階級的 意識에 置치 아니한 것은 無하여, 또 만일 이 意識의 根底가 無한 時에는, 그 運動은 다만 空虛와 彌縫의 醜惡을 暴露할 쑨일 것"[37]이라고 했다. 여기에서 이혁로의 민족주의에 대한 비판 역시 프롤레타리아 국제주의라는 주장에 근간을 두고 있음을 알 수 있다. 「民族主義와 푸로레타리아運動 –「東明」의朝鮮民是論을駁함」이 『신생활』 11호, 12호에도 연재되었다는 「新刊紹介」 등을 고려하면, 이후 연재된 부분에서는 『동명』의 '조선민시론', 곧 민족일치라는 주장에 대한 비판이 이루어졌을 것으로 추정된다.

앞서 김명식이 「民族主義와코쓰모포리타니즘」에서 '코쓰모포리타니즘'의 개념과 대해 소개하고 그것에 대한 비판이 지니는 문제점에 대해 논의했음을 검토한 바 있다. 그는 민족주의자의 '코쓰모포리타니즘'에 대한 폄하가 "自家의 局見만 固執하고 時代思想을 理解치 못하는 者, 그 頑愚가 엇더한 참된 運動에 莫大한 妨害가 됨을 憤然히 覺醒치 못하는 者"라는 데서 기인한다고 본다. 이어 필자는 민족주의를 "歷史와 傳統과 道德과 慣習을 그대로 民族的으로 保有하고 民族的 古文化를 어데까지 墨守하겟다 하는 排他的 暗愚에셔 出發"하였으며 결국 "愛國主義, 帝國主義, 侵略主義의 走狗가 됨을 辭讓치 아니하는 것"[38]으로 파악한다. 곧 김명식은 민족주의를 민족의 역사, 전통, 도덕, 관습 등을 배타적으로 고수함에 따라 애국주의, 제국주의, 침략주의 등의 주구로서 역할을 한다고 보았다. 분명히 언급되고 있지는 않지만 비판의 초점이 민족주의의 배타적 속성과 부정적 역할에 맞추어져 있다는 점, 또 비판의 근간이 프롤레타리아 국제주의라는 주장과 맞닿아 있다는 것 역시 기억할 필요가 있다.

3) 염상섭 비판과 기타의 글

이정윤의 「分明훈事實에對훈 想涉君의誤診」은 염상섭이 『신생활』 8호에 발표한 「女子의斷髮問題와 그에關聯하야」에 대해 비판한 글이다. 필자가 염상섭의 글에서 문제를 제기한 데는 "彼女의게 正確한 人生觀이나 婦人觀이라는 것이 업슬 것은 分明한 일이며, 自己의 生活을 自主하야 自營한 能力이(精神的으로나 物質的으로) 업다하여도 可할 것"[39]이라는 부분이다. 이정윤은 먼저 지금이 "人間社會를 오히려 魔獸의 地獄으로 끌고가는 經濟組織과 社會制度를 더-科學이란 器武로 擁護흐랴 흐고, 더-傳統의 尊嚴으로 完全化식히고져 흐는 時代"임을 알아야 한다고 했다. 그럴 경우 비판이 아니라 "瞬間的 後悔, 懷疑的 愛他로써 他人의 不幸에 對흐야 哀號흐고 憐憫흐고 同情흐는"[40] 태도가 필요하다는 것이다.

그런데 주목해야 할 부분은 이러한 비판에 이어지는 부분인데, 이정윤의 글이 겨냥하고 있는 본연의 의도 역시 거기에 있다. 필자는 염상섭의 글에서 "現今 社會을 觀察홀 적에 엇더훈 一便에서 엇더훈 一便이 解放되고자 흐는 事實까지는 보앗다"며 염상섭 역시 "資本階

新生活 第十號

分明훈事實에對훈

—想涉君의誤謬—

李晸允

이정윤은 「分明훈事實에對훈 想涉君의誤謬」을 통해 염상섭의 글 「女子의斷髮問題와 그에關聯하야」에 대해 비판했다. 이 글은 『신생활』 9호까지 '객원'으로 일했던 염상섭의 음영을 지워내려는 의도와도 연결되어 있었다. 이미지의 출처는 〈아단문고〉이다.

級에 對하야 憤然의 情을 품고 잇"다고 했다. 또 염상섭이 "거의 半狂的으로 그 階級(자본계급; 인용자)을 罵倒후엿스며 그 階級의 打破를 絕叫후엿다"는 것도 인정한다고 한다. 하지만 필자는 그 부분에서 염상섭에게 "그대는 眞正 改革論者인가?"[41]라고 하며 아래와 같이 언급한다.

> 그러면 그대는 人類를 말훌 적에 意識的으로든지 惑은 無識的으로든지 同胞라는 말로 불러본 젹이 잇셧난가 업셧난가? 何如間 그대는 人類 가온대에도 特히 同血族인 우리 朝鮮 民族을 부를 때에는 반다시 同胞라고 말후엿스리라 ……중략…… 그럼으로

나는 同君이 이와 가티 말ᄒᆞ엿다고 斷言ᄒᆞᆫ다 ᄒᆞ드래도 噓言도 아닐 ᄲᅮᆫ 아니라 名譽 잇는 同君의게 대ᄒᆞ야셔도 不名譽ᄭᅡ지는 아니 되리라고 밋는다.[42]

글의 말미에 '未完'이라는 말이 부기되어 있는 것처럼 완결된 글이 아니라서 질문의 의도나 이후 이어질 논지를 정확하게 파악하는 데는 어려움이 있다.[43] 하지만 필자가 염상섭이 당시 사회의 구조적 모순을 인식하고 자본계급에 대한 분노를 지니고 있음을 인정하고 있다는 점, 하지만 진정한 개혁론자인지에 대해서는 의문을 지닌다는 점 등은 드러나고 있다. 특히 문제를 제기하는 지점이 염상섭이 '동포'라는 말을 사용했는지를 묻고 염상섭이 '동포'라는 의미의 말이 사용했음을 거듭해서 강조하고 있다는 사실은 기억해야 한다.

앞서 『신생활』 10호의 8면이 유실되었지만 「新刊紹介」나 광고 등을 통해 8면에 유진희가 쓴 「物價調節과無産階級」, 「生活改善과無産階級」 등이 실렸음을 확인한 바 있다.[44] 『신생활』 10호의 9면 하단의 무산계급의 생활개선과 관련된 글 앞에 "8항에서 연속"이라고 부기되어 있는 점 역시 이를 뒷받침한다. 그 글에는 "엇더한 種類의 生活改善을 毋論하고 一切로 이것을 反對하는 것은 안이"지만 "生活改善 運動이 쑬쪼아式 思想을 全然히 脫却하고 無產者的 精神에 順應하는 內容을 가진 것이 안이면 그는 畢竟 無産者의 生活에 對하야 有害無益한 것을 確言할 ᄲᅮᆫ"[45]이라고 되어 있다. 생활개선이 무산자의 정신에 따르는 것이 아니면 무산자의 생활에 도움이 되지 않는다는 것이다. 글 전체를 확인하기는 힘들지만 「生活改善과無産階級」은 무산계급에게 생활개선이 지니는 의미를 원론적으로 다루고 있는 것으로 보인다. 이를 고려하면 「物價調節과無産階級」 역시 무산계급에게 물가조절이 어떠한 방식으로 이루어져야 하는지에 대해 논의했을 것으로 추정된다.

신일용의 「無産階級의外交」는 새롭게 탄생한 '勞農 露西亞'의 무산계급 외교에 대해 소개한 글이다. 필자는 "勞農 露西亞의 資本主義 列國에게 對하는 外交의 中心은 露西亞의 勞動者와 農民들이 될 수 잇는 대로 社會 革命 成功의 捷勁을 取하기 爲하야 無産階級 獨裁 下에 生産機關을 集中하여 가지고 大産業組織을 完城하기 爲하야 協力을 求하는 점에 잇다"고 한다. 레닌의 말을 빌려 당시 러시아의 외교가 "無産階級 國家가 資本主의게 經濟的 援助를 밧기 爲한 씨름에 不過한 것"이라는 점을 인정하면서도 그것이 "無産階級(全人民)의게 秘密을 할 것이 업는 것과 多數의 無産階級의 利益을 犧牲하는 一切의 要求를 拒絶"[46]한다는 점 역시 분명히 하고 있다.

「湖餠錄」은 이혁로가 신일용, 유진희에게 보낸 편지의 형식을 띤 글이다. '湖餠錄'이라는 다소 이채로운 제목과는 달리 실제 글은 혁명의 길을 걸어가는 자신의 소회나 각오에 대해 밝히고 있다. 오히려 이 글은 당시 『신생활』에서 이혁로의 활동이 신일용, 유진희 등과의 교류에 의한 것임을 추정할 수 있게 해준다는 데서 의미를 지닌다. 「豆滿江가에서」에서는 정백이 쓴 시로, 죽은 아버지를 찾아가는 시적 화자의 심정을 다루고 있다. 고리키의 소설을 제외하면 문학 작품을 싣지 않은 『신생활』 10호에서는 드문 문학 작품이다. 「豆滿江가에서」는 정백이 『신생활』 10호에 발표한 유일한 글이기도 하다. 기자로서 『신생활』 9호까지 활발하게 글을 발표했던 정백이 신문지법에 의해 발행된 『신생활』 10호에서 1편만을 발표한 이유에 대한 접근 역시 필요할 것으로 보인다.

유진희는 「低能兒의誤算」에서 러시아 황제 니코라이가 혁명이 발발해 국민들이 봉기한 소리를 자신을 숭상하는 것으로 오해한 것을 '低能兒의 誤算'이라고 조소하고 있다. 「난봉歌와權愛羅」은 나경석이 쓴 글로 권애라가 강연회에서 난봉가를 부른 데 대해 비판하는 무리를 겉과 속이 다른 허위적인 남성과 여성이라고 풍자한다. 필자가 밝혀져 있지 않은 「赤貧中白貧」은 블라디보스토크에 있는 러시아 백군의 임시정부가 처한 상황에 대해 다루고 있다. 혁명을 피해 경성에 온 백군에 대해서는 조선에서 사용되는 '적빈'이라는 표현을 빌려 '백빈'이라고 풍자하고 있다.

4. 두 가지 주장, 운동조직과의 관계, 그리고 염상섭

앞에서 검토한 것처럼 유진희는 「쏄세븨씀에關한一考察」에서 볼셰비키, 볼셰비즘 등에 대해 소개하고 있다. 그는 먼저 볼셰비키를 노동계급이 자본계급의 지배를 벗어나 자기 스스로를 지배하는 세계를 실현하려는 존재라고 범박하게 규정한다. 이어 러시아의 볼셰비키는 궁극적으로는 마르크스주의, 사회주의의 실현을 지향하지만 자본주의로부터 사회주의로의 이행 과정에서 노동계급이 주도하는 국가의 필요성을 인정한다고 했다. 하지만 그 국가가 마르크스주의나 사회주의에 도달하는 수단에 불과하다는 점 역시 분명히 했다.

주지하다시피 볼셰비키는 1903년에 열린 러시아 사회민주노동당 2차 전당대회에서 멘셰비키와 분리되면서 등장하게 된다. 볼셰비키는 1917년 10월 그해 2월 혁명을 통해 들어선 과도적인 성격의 임시정부를 무너뜨리고 전면에 나서게 된다. 이들의 사상을 볼셰비즘이라고 하는데, 프롤레타리아 혁명과 그들에 의한 중앙집권적 독재를 그 핵심으로 했다. 당시 볼셰비키 혁명을 주도했던 인물이 레닌이었으며, 레닌은 스스로 마르크스의 정통적 계승자임을 내세웠다. 이들의 조직과

사상은 이후 소비에트 공산당으로 이어지게 된다.[47)]

『신생활』은 창간호부터 자본주의 체제에 대한 비판을 공공연히 드러냈다. 그런데 9호에 이르기까지 자본주의 체제에 대한 비판은 다양한 연원을 지니고 있었다. 먼저 이성태에 의해 크로포트킨의 이론이 소개된 것이 「社會生活의進化」(2호), 「適者의生存」(3호), 「靑年에게訴함」(6호), 「크로포트킨學說硏究」(7호), 「想片」(9호) 등 5편 있다. 또 슈티르너(M. Stirner)의 글이 정백에 의해 「唯一者와그中心思想」(9호)이라는 제목으로 소개된 바 있다. 라파르그(P. Lafargue)와 모리스(W. Morris)의 글 역시 정백에 의해 각각 「資本主義의破綻」(5호), 「理想鄕의 男女生活」(8호) 등으로 소개되었다. 이들 가운데 크로포트킨은 사회적 아나키스트로, 또 슈티르너, 라파르그, 모리스 등은 개인적 아나키스트로 분류된다.[48)] 여기에서 모리스의 글이 8호, 크로포트킨, 슈티르너의 글이 9호 등 10호와 시간적 거리가 멀지 않은 지면에 실렸음도 주목해야 한다.

『신생활』 10호에는 이들 대신에 볼셰비즘, 곧 사회주의의 실현 과정으로서의 프롤레타리아 독재의 필요성에 대한 강조가 두드러지게 나타난다. 크로포트킨의 짧은 글 하나를 제외하면 앞선 논자들의 글을 찾기 힘든 이유 역시 마찬가지다. 그 자리를 메우고 있는 것이 마르크스의 「賃傭勞動과資本」, 레닌의 「革命에對한幻滅」 등이다. 또 『신생활』 10호에 이르러 「民衆文豪 꼬-리키-의面影(一)」, 「信仰과主義」 등을 통해 고리키를 소개한 것 역시 "革命 思想의 洗禮를 밧고" "因習의 鐵網을 벗겨준 것도, 舊道德의 桎梏에서 解脫케 한 것도"[49)] 고리키라는 이유에서였다.

1919년에 이르러 볼셰비키는 제3인터내셔널을 설립해 사회주의로의 이행 과정에서 각국 노동자의 이해는 근본적으로 동일하다는 프롤레타리아 국제주의 사상을 부활시킨다. 이를 고려하면 『신생활』 10호에 실린 글들이 사회주의의 실현 과정으로서 프롤레타리아 독재의 필요성에 대한 강조와 함께 프롤레타리아 국제주의 사상을 피력하고 있는 이유에도 온전히 접근할 수 있다. 이는 이미 '萬國의 無産階級은 團結하라'라는 표어와 함께 두 개의 손이 맞잡은 표지장화에서부터 상징적으로 드러나고 있다. 이성태가 「國際運動小史」에서 '국제노동자동맹'을 중심으로 국제운동의 역사를 되짚어보는 것, 김명식이 「民族主義와코쓰모포리타니즘」에서 '코쓰모포리타니즘'에 대해 소개하는 것 등의 의도 역시 이와 긴밀히 연결되어 있다. 『신생활』 10호에 실린 부분에서는 나타나 있지 않지만 이후 연재된 부분에서 '제3국제노동자동맹'의 취지와 활동에 대해 다루었을 것을 추정할 수 있다는 점에서 「國際運動小史」를 번역한 의도도 분명히 드러난다. '자본의 위력이 세계화되어 나가면 그것에 저항하는 노동운동 역시 코스모폴리탄의 그것이 되어야 한다'는 김명식의 주장이 의도하는 바 역시 다르지 않다.

자본에 대한 노동자의 이해는 근본적으로 동일하며 자본에 저항하는 노동운동 역시 '코쓰모포리타니즘'에 기반을 두어야 한다는 주장이 민족주의에 대한 비판으로 나아가는 것 역시 자연스럽다. 유진희는 「所謂民族一致와活字魔術」에서 '약탈을 하는 일군의 무리와 약탈을 당하는 일군의 무리가 민족이라는 미명 아래 하나가 될 수 없다'고 하고 '그러한 주장은 착취자와 약탈자의 그것임'을 분명히 한다. 이혁로 역시 「民族主義와 푸로레타리아運動 ―「東明」의朝鮮民是論을駁함」에서 '이해, 생활이 다른 계급이 민족, 언어, 관습 등을 매개로 일치, 단결하는 것은 어렵다'고 했다. 또 운동의 온전한 방향은 '노동자계급이 국민적 특질을 탈각하고 공통한 이해와 감정으로 전선에 서는 것'임을 주장한 바 있다. 그리고 두 글은 '당시 조선에서 가장 선명하게 민족일치를 주장하는 잡지를 『동명』'으로 규정하고, '사상, 주의 등을 떠나 먼저 민족을 완성해야 한다'는 『동명』의 주장에 대해 강하게 비판한다.

그런데 볼셰비즘 등을 자신의 노선으로 하면서 민족주의 계열에 대해 비판을 하는 것은 당시 『신생활』과 사회주의 운동조직의 관계를 가늠하는 데 도움을 준다. 일반적으로 '신생활사'는 '상해파 고려공산당'과 관련된 것으로 파악되는데, '조선청년회연합회', 『동아일보』 등과 함께 1921년 5월 결성된 '상해파 고려공산당'의 3개 국내거점 가운데 하나로 보는 것이 그 대표적인 예이다.[50] 또 1921년 말 김명식 등이 장덕수의 노선에 반대해 '상해파 고려공산당' 국내지부를 탈퇴하고 조직한 것으로 파악하기도 하는데, 그것은 1924년에 이루어진 김사국의 보고를 주된 근거로 한다.[51] 그런데 1922년 전반기부터 민족주의 계열 및 '상해파 고려공산당' 계열 등을 '조선청년회연합회', '노동공제회' 등에서 축출하려 했던 '서울청년회'의 진로를 고려하면,[52] '신생활사'와 '서울청년회'의 관련 역시 부정할 수 없다. '신생활사'의 기자였던 신일용, 이성태, 정백 등이 '서울청년회'에서 활동했다는 점 역시 이를 뒷받침한다.

먼저 '신생활사'와 '서울청년회'의 관계에 대해 살펴보자. '서울청년회'는 1921년 1월 조직되었으며 처음에는 민족주의 계열 및 상해파, 이르쿠츠크파 '고려공산당' 등 여러 성향의 성원들로 구성되어 있었다. 1922년 들어서 이들 가운데 일본에서 결성된 '사회혁명당' 출신의 김사국, 김사민, 박상훈, 임봉순 등은 '신인동맹회'를 결성하는 등 자신들의 노선을 분명히 하려 한다. 의도가 명시적으로 드러난 계기는 1922년 1월 김윤식의 사회장에 대한 찬반 여부를 둘러싼 '김윤식 사회장 사건'이었다. '김윤식 사회장 사건'을 계기로 '사회혁명당' 중심의 '서울청년회' 계열은 먼저 민족주의 계열 및 '상해파 고려공산당' 국내부와 관련된 인물들과 결별하려 했다. 한편으로 '이르쿠츠크파 고려공산당'과 관계하던 '무산자동맹회'의 지도그룹, '조선공산당 경성위원회'와도 거리를 두고자 한다. 이어 모스크바에서 온 자금을 유용한 혐의로 '상해파 고려공산당'을 사기 공산당으로 규정하고 '청년회연합회'에서도 탈퇴한다.[53)]

이러한 '서울청년회'의 노선은『신생활』10호에서 나타난 지향 및 변화와 겹쳐짐을 부정할 수 없다. 그런데『신생활』의 지향을 '서울청년회'의 노선과 일치한다고 단정할 수 없게 만드는 인물은 김명식이다. 김명식은 이사와 주간을 겸했으며, 신일용, 이성태, 정백, 유진희 등을 기자로 영입하는 등『신생활』의 중심에 위치한 인물이었다. 1921년 4월 1일 상해에서 열린 '상해파 고려공산당'의 창립대회와 함께 그 국내부 역시 설치될 때 김명식이 '상해파 고려공산당' 국내부의 간부 겸 기관지 담당으로 임명되었음을 환기할 필요가 있다. 1922년 4월에서 6월 즈음 '서울청년회' 계열에서 김명식을 '조선청년회연합회', '노동공제회' 등에서 축출하고 또 '서울청년회'에서 제명하려 했던 이유 역시 이런 사실과 관련되어 있었다.『신생활』의 지향을 '서울청년회'의 노선과 같은 것으로 보기 힘들게 만드는 또 다른 인물은 유진희이다. 유진희 역시 1921년 4월 1일 '상해파 고려공산당'의 창립대회를 계기로 국내부의 간부 겸 기관지 담당으로 임명된다. 그리고 1922년 중반까지 '상해파 고려공산당'에서 활동을 했다. 그런데 유진희는 김명식의 영입으로 10호부터『신생활』의 기자로 일했으며 그해 11월에 일어난『신생활』필화사건으로 구속되기도 했다.

한편『신생활』을 '조선청년회연합회',『동아일보』등과 함께 1921년 5월 결성된 '상해파 고려공산당'의 3개 국내거점 가운데 하나로 보는 것은 더욱 문제가 있다. '김윤식 사회장 사건', '사기공산당 사건' 등을 계기로 '상해파 고려공산당' 국내부는 다른 사회주의자들로부터 사상의 모호성에 대한 질책을 받게 되는데, 이러한 과정에서 이미 김명식은 1921년 '상해파 고려공산당' 국내부를 탈당하게 된다. 또 유진희 역시 1921년 10월 무렵부터 '상해파 고려공산당' 국내부가 아니라 '상해'에 위치한 '상해파 고려공산당' 중앙본부에서 김철수, 김립 등 중앙간부 등과 함께 일을 했다.[54] 그렇다고 '신생활사'의 성원을 단순히 '서울청년회' 계열과 '상해파 고려공산당' 계열의 혼재라고 보는 것도 그리 석연치 않다

1922년 중반 즈음 '서울청년회' 계열 가운데 일군이 '서울청년회'에 속한 민족주의 계열을 축출하는 한편 기존의 '상해파 고려공산당'이나 '이르쿠츠크파 고려공산당'과 대립각을 분명히 했다는 점을 환기할 필요가 있다. 또 당시 김명식, 유진희 등이 '상해파 고려공산당' 국내부에서 활동하다가 국내부의 사상적 모호성 때문에 탈당하는 등 거리를 두었다는 점 역시 기억해야 한다. 그렇다면 '신생활사'는 '상해파 고려공산당' 국내부와 노선을 달리 했던 김명식, 유진희 등과 민족주의 계열을 축출하는 등 분리를 시도한 '서울청년회' 계열의 일부가 결합한 것이며, 그 지향을 분명히 한 것이 1922년 11월 『신생활』 10호에서라고 볼 수 있을 것이다. 곧 『신생활』 10호에서의 변화는 두 진영의 좌파 계열이 '상해파 고려공산당' 국내부 및 민족주의 계열 등의 우파 계열과는 독자적인 노선을 구축하는 과정과 맞물려 있었다는 것이다.

한편 앞서 검토한 「分明ᄒᆞᆫ事實에對ᄒᆞᆫ 想涉君의誤診」에서 이정윤이 염상섭에게 진정한 개혁론자인지를 묻고 '동포'라는 말을 사용했는지를 거듭해서 질문했음을 확인한 바 있다. 여기에서 이정윤의 질문이 겨냥하고 있는 온전한 지점에 다가서기 위해서는 당시 염상섭과 『신생활』의 관계에 대해 살펴봐야 한다.[55] 1922년 전반기까지 염상섭이 글을 발표한 주된 공간은 『개벽』이었다. 1922년에는 1월부터 7월까지 「暗夜」, 「除夜」, 「四日間」 등의 소설과 평론 「個性과藝術」을 연이어 『개

벽』에 실었다. 그런데 1922년 7월 이후 『개벽』에 발표된 염상섭의 글을 발견하기 힘든데, 그것은 염상섭이 7호부터 9호까지 『신생활』의 '객원'으로 활동했던 사실과 관련되어 있었다. '객원'으로서 『신생활』에서의 활동에 대해서는 앞서 살펴본 바 있다. 지금까지 『신생활』 9호까지만 접근이 가능했기 때문에 이후에 「墓地」의 연재가 계속되었는지, 또 다른 작품 활동이 있었는지의 여부 자체가 확인이 되지 않았음도 확인하였다. 대개 검열이나 필화사건으로 인해 「墓地」의 연재가 더 이상 이어지지 못했을 것으로 추정되어 왔을 뿐이었다.[56]

그런데 『신생활』 10호에 실린 「分明ᄒᆞᆫ事實에對ᄒᆞᆫ 想涉君의誤診」은 「墓地」의 연재 중단에 대한 나아가 『신생활』과 염상섭의 관계에 대해 새롭게 접근할 수 있는 단서를 제시해 준다. 이정윤이 '동포'라는 말을 사용했는지를 거듭 확인하면서 염상섭을 비판하려고 한 지점은 유진희의 「所謂民族一致와活字魔術」, 이혁로의 「民族主義와 푸로레타리아運動 -「東明」의朝鮮民是論을駁함」 등에서의 주장과 겹쳐진다. 유진희, 이혁로 등은 계급 간에 착취가 있는 곳에서 민족의 완성은 이루어질 수 없으며 민족이 피착취자를 수탈하는 개념으로 사용되고 있음을 환기하고 민족의 완성이 무엇보다 시급하다는 『동명』의 주장을 비판한다. 이정윤이 염상섭에게 사용했는지를 거듭 확인하려 했던 '동포'라는 말은 유진희나 이정윤의 글에서 주된 비판의 대상이 되고 있는 '민족'이라는 개념과 맞닿아 있다는 것이다.

이 문제에 접근하기 위해서는 당시 염상섭과 『동명』의 관계를 살펴볼 필요가 있다. 『동명』이 창간된 것은 1922년 9월 3일이었다. 『동명』은 '시사주보'라는 표제를 걸고 최남선이 감집을, 진학문이 편집 겸 발행 등을 맡았다. 『동아일보』에서부터 진학문과의 관계를 고려하면 염상섭이 『동명』 창간 때부터 '동명사'에 입사해 편집을 담당했음을 미루어 짐작할 수 있다.[57] 실제 염상섭은 1922년 늦은 여름 『동명』을 창간하니 같이하자는 진학문의 요청이 있었는데 신문이나 잡지에 대한 거부감 때문에 망설이다가 최남선을 만났음을 밝힌 바 있다.[58] 염상섭이 『동명』 창간 당시부터 일을 했음은 창간호에 「新潟縣事件에鑑하야 移出勞動者에對한應急策」을 쓰고, 『동명』 2호부터 15호까지 소설 「E先生」 연재한 것을 통해서도 추정할 수 있다.[59]

그렇다면 염상섭이 『동명』의 기자로 일을 하게 된 것은 1922년 9월 즈음이라고 할 수 있는데, 당시는 『신생활』 9호가 발행되었을 때였다. 염상섭은 1922년 6월부터 '신생활사'에 객원으로 일했지만, 『동명』의 기자로 일하면서 계속 『신생활』의 일을 하기는 불가능했을 것이다. 특히 10호를 계기로 신문지법에 의해 발행되면서 볼셰비즘을 두드러지게 주장하는 한편 『동명』의 민족일치론을 주된 비판의 대상으로 삼았던 『신생활』의 입장을 고려하면 더욱 그렇다. 이러한 상황 속에서 『신생활』이 『동명』의 기자로 일하게 된 염상섭의 글을 계속해서 싣는 것은 어려운 일이었다.

오히려 민족일치를 주장하는 『동명』을 비판의 대상으로 삼게 된 『신생활』의 입장에서는 9호까지 '객원'으로 일했던 염상섭의 음영을 지워내는 일이 필요했을 것이다. 『신생활』 10호에 이정윤이 쓴 「分明혼事實에對혼 想涉君의誤診」이라는 글을 실은 것도 그러한 움직임의 하나로 보인다. 이 글은 필자인 이정윤 앞에 '東京에서'라는 말이 부기되어 있어 염상섭의 글에 대해 비판하는 독자의 기고 형식을 표방하고 있다. 하지만 이정윤이라는 인물의 행적에 접근해 보면 그렇게 보기가 쉽지 않음을 알 수 있다. 이정윤은 1921년 11월에 '동경' 조선기독교청년회관에서 열린 '조선인유학생 학우회' 총회에서 조선의 독립을 선언하는 문서를 배포하다가 일본 경찰에 검거된다. 1922년 11월 출소한 직후 '북성회'에 가입하는데, 이정윤이 『신생활』 10호에 글을 발표한 것은 이 즈음이다. 그런데 '북성회'의 중심인물이 1922년 4월 '사기공산당 사건'을 계기로 '서울청년회'를 비롯한 8개 청년단체를 이끌고 '청년회연합회'에서의 탈퇴를 주도한 김사국이었음을 환기할 필요가 있다. 이정윤의 행적이 1924년 10월 '고려공산동맹' 결성 당시 청년부 책임자로 선임이 되고 '고려공산청년동맹' 책임비서가 되는 등 '서울청년회'의 그것과 긴밀하게 맞물려 있었음도 간과되어서는 안 된다.[60]

5. 이후의 모색과 좌절

『신생활』 11호와 12호가 발행된 것은 각각 1922년 11월 13일과 18일이었다. 『신생활』 10호가 11월 4일 발행되었으니, 거의 '주간'이라는 발행 형식을 맞춘 것이었다. 그렇지만 앞서 검토한 바와 같이 『신생활』 11호, 12호는 발행되자마자 발매금지 처분을 받게 된다. 또 운영진, 기자진 등의 소환, 구금 등 사법적인 처분으로 이어져 필화사건으로 확대된다.[61] 『신생활』은 운영진, 기자진 등이 구금된 상황에서도 발행을 이어가기 위한 노력을 계속했다. 13호가 1922년 11월 28일에 발행되었지만 발매금지 처분을 받았으며, 이어 14호를 12월 13일에 발행했지만 압수 처분을 받았다. 13호는 필화사건으로 인해 인쇄기를 압수당해 '대동인쇄주식회사'의 인쇄기를 사용했지만 그 연판마저 압수당하고 만다.[62]

1922년 12월 28일자 『동아일보』의 1면 하단에는 『신생활』 15호가 발행되었다는 작은 광고가 게재되어 있다. 가격이 10전이라는 것과 함께 12월 23일부터 『신생활』 경성판매소가 폐지되어 본사에서 직접 취급한다는 「急告」가 부기되어 있다. 또 12월 30일자 『동아일보』 「新刊紹介」에도 "週報新生活(第十五號)"라고 짧게 소개가 실려 있다. 『신생활』 15호는 발매금지나 압수를 당한 흔적은 없다. 이번에 『신생활』 10호와 함께 확인할 수 있었던 15호는 잡지의 온전한 모습을 지니지는 못하지만 필화사건으로 운영진, 기자진 등이 구금된 상황에서 발행된 『신생활』의 모습을 엿볼 수 있다.

『신생활』 15호는 전체 12면으로 되어 있는데, 9면에서 12면까지 광고를 제외하면 기사는 8면에 불과하다. 그리고 그것 역시 「私立檢事局」, 「時事短評」, 「熱風急馳」 등 필자를 밝히지 않은 채 국내외의 소식을 전하는 짧은 연재물들이 대부분이다. 필화사건에 따라 김명식, 신일용, 유진희 등이 구금 상태였음을 고려하면, 이성태나 정백 등이 지면을 메운 것으로 추정할 수 있다.[63] 이들 외에는 『신생활』 14호가 발매되지 못한 것을 애도한 「吊問謝禮」, 옥중에 있는 유진희의 편지를 실은 「獄中通信」, 필화사건 공판 날짜를 알리는 글 등인데, 모두 짧은 분량이다. 분량의 문제 역시 기자진의 구금에 따라 몇몇의 기자가 지면을 메워야 했던 불가피한 상황과 관련된 것으로 보인다.

발행을 이어가기 위한 『신생활』의 노력에도 불구하고 『신생활』 16호는 결국 발행 자체를 못 하게 되는 발행금지 처분을 받게 된다. 1923년 1월 5일 발행한 것을 압수당하자 1월 8일 다시 임시호를 발행했지만 "총독부경무국(總督府警務局)에서는" "과격사상을 선동뎍으로 쓰기 싸닭에 그동안 여러 번 행정처분(行政處分)을 당하얏스나 조금도 곳침이 업"다는 이유로 "팔일 날자로 발행금지의 명령을 발표하"[64]게 되었다는 것이다. 이후에도 『신생활』의 발행을 이어가려는 노력은 계속되어 1923년 2월에는 『신사회』로 이름을 바꾸어 발행하려고 했고 심지어 1923년 5월에는 블라디보스토크에 있는 '선봉사'에서 『신생활』 17

호를 발행하려는 움직임까지 나타났다.[65] 하지만 『신생활』의 명맥은 더 이상 이어지지 못한다.

김명식, 유진희, 신일용 등이 소환되어 종로재판소 구내에 있는 유치감에 수감된 것은 1922년 11월 25일이었다. 이를 고려하면 『신생활』이 온전한 잡지의 모습으로 발행된 것은 11호, 12호까지로 볼 수 있을 것이다. 주지하다시피 『신생활』 11호, 12호는 필화사건의 직접적인 계기가 되었다는 점에서 관심이 집중되지만 발매금지 처분을 받아 잡지를 확인하기는 힘들다. 또 15호가 온전한 잡지의 모습을 지니지는 못한다는 점을 고려하면, 신문지법에 의해 발행된 『신생활』 가운데 지금 확인할 수 있는 대상은 10호가 유일하다고 할 수 있다. 그것과 함께 『신생활』 10호가 필화사건의 계기가 된 11호, 12호의 성격을 유추할 수 있게 하는 드문 자료라는 점 역시 간과되어서는 안 된다. 실제 크게 두 가지 주장으로 집약되는 10호에 실린 논설, 또 사회주의 운동조직과의 관계 등은 간접적으로나마 『신생활』 필화사건의 얼개에 접근할 수 있게 해준다. 이것 역시 『신생활』 10호의 발굴과 연구가 지니는 의미의 하나일 터인데, 그 구체적 모습에 대한 구명은 다음의 과제로 남겨 둔다.

『신생활』 10호의 원문 텍스트는 인터넷 사이트 〈아단문고〉
http://archive.adanmungo.org/ebook/1463102854.1461/1507679650.0986/참조.

3장 1920년대 전반기 『조선일보』 '문예란'의 발굴과 연구*

'문예란'은 기존의 문인들을 대상으로 한 드문 발표 공간이었다 신문 미디어에 처음으로 개설된 근대문학을 소개하는 지면이기도 했다. 당시까지 '문예란'과 같은 성격의 공간은 『조선일보』는 물론 『동아일보』, 『매일신보』에도 없었다.

1. '문예란'이라는 지면

1921년 7월 4일 『조선일보』 1면에는 「文藝欄設置에就ᄒᆞ야」라는 글이 실린다. 글은 그날부터 개설된 '문예란'의 의도와 취지를 밝히고 있다. 문학이 '인생 문제'나 '민족의 전도'에 있어 중요한 것임에도 조선에는 '진정한 의미의 문학'이 없다며 다음과 같이 언급한다.

> 우리 社會는아즉文藝的英靈의才를包容ᄒᆞᆯ雅量과餘裕가업고, 또 彼等을紹介ᄒᆞᆯ權威잇는機關○업슴으로, 彼等은그眞價을發揮치

* 『조선일보』 '문예란'의 발굴과 논문 저술은 성균관대학교 국어국문학과 홍현영 선생님과의 공동 작업으로 이루어졌음을 밝힌다.

못ᄒᆞ고, 다만외롭게숨기여오惱의舞蹈를춤추고잇슬뿐이다. 이에本紙는싱각ᄒᆞ는바이잇서시로히文藝欄을設置ᄒᆞ야, 오惱의舞蹈를춤추는英靈의群을잇스러니며, 新文學建設에權威잇는機關이되려ᄒᆞ는바이다.[1]

인용은 당시까지 조선 사회가 문예를 포용할 아량과 여유가 없으며 그것을 소개할 미디어 역시 부재함을 환기하고 있다. 이에 『조선일보』가 '문예란'을 설치하여 신문학 건설의 권위 있는 기관이 되려 한다는 것이다.

『조선일보』의 '문예란'은 「文藝欄設置에就ᄒᆞ야」를 시작으로 1921년 7월 4일부터 같은 해 8월 27일까지 『조선일보』 1면에 개설되었다.[2] 이 글의 목적은 『조선일보』 '문예란'에 수록된 작품들을 발굴, 소개하고, '문예란'의 위상을 구명하는 데 있다. 지금까지 '문예란'은 드물게 언급이 되었지만,[3] '문예란'에 실린 작품들이 소개되거나 '문예란'이라는 지면의 성격이 논의된 바는 없다. 이 글은, '문예란'의 전반적인 양태를 제시하고, 주요 필자를 중심으로 그 성격을 살펴본 후, 1920년대 전반기 신문 미디어에서 『조선일보』 '문예란'이 지니는 위상을 구명하려 한다.

실제 『조선일보』의 '문예란'은 1921년 7월 4일부터 같은 해 8월 27일까지 두 달 정도 개설되었다. 하지만 '문예란'의 위상은 '두 달 정도'라는 기간에 한정되지 않는다. 먼저 당시 『조선일보』는 "民衆을擁護하는 言論機關"이자 "朝鮮言論界에큰新聞이라自任하는"[4] 신문이라는 언급처럼 3·1운동에 이은 문화정치의 개막에 힘입어 『동아일보』와 함께 발간된 양대 민간 신문이었다. 또 앞선 인용의 '文藝的 英靈의 才를' '紹介홀 權威잇는 機關도 업'었다는 언급처럼 당시까지 '문예란'과 같

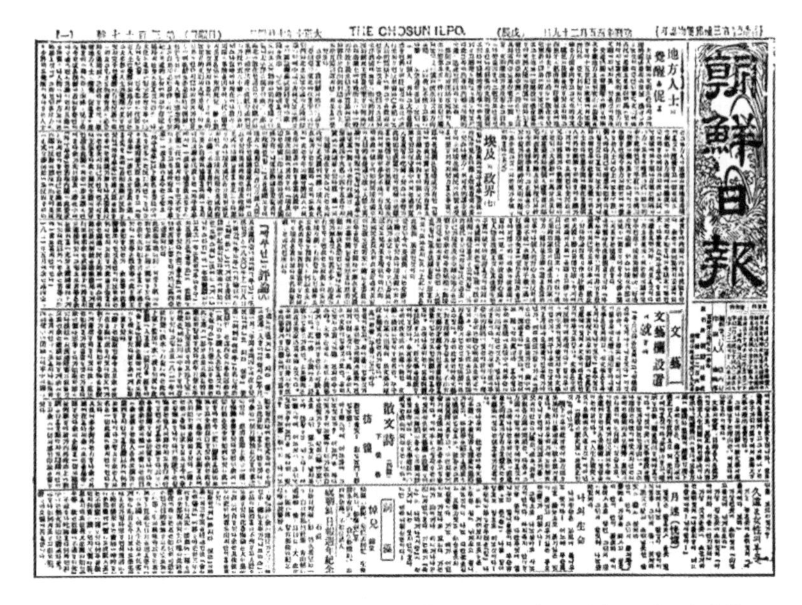
THE CHOSUN ILPO

朝鮮日報

1921년 7월 4일 『조선일보』 1면 발표된 「文藝欄設置에就ᄒᆞ야」이다. 그날부터 개설된 '문예란'의 의도와 취지를 밝히고 있다. 『조선일보』의 '문예란'은 그때부터 같은 해 8월 27일까지 두 달 정도 개설되었다.

은 성격의 지면은 『조선일보』는 물론 『동아일보』, 『매일신보』에도 마련된 적이 없었다. '문예란'은 『조선일보』, 『동아일보』, 『매일신보』 등 신문 미디어에 처음으로 개설된 근대문학을 소개하는 공간이었다.

'문예란'에는 시를 중심으로 평론, 수필, 기행 등의 글이 모두 38회 게재되었다. 이와 관련해서는 근대문학의 온상이었다고 평가를 받는 '매신문단'이, 현상문예의 장이었다는 점에서 '문예란'과 성격을 달리했다는 점을 차치하더라도, 시행 횟수가 23회였다는 점 역시 고려될 필요가 있다. 또 신문의 발행 상황을 확인하기 힘든 「金剛行」이 연재될 때까지 『조선일보』 1면에 '문예란'이 개설되지 않은 것이 5회에 불과할 정도로 정기적이었다는 점 역시 그러하다.[5)]

『조선일보』 '문예란'이 지니는 의미는 필자의 면면을 살펴볼 때 더욱 분명히 드러난다. '문예란'의 필자는 변영로, 남궁벽, 박종화, 오상순, 김억, 김찬영, 오천석, 현진건 등이다. 당시 변영로는 『폐허』, 『장미촌』 등의 동인을 거쳐 『신민공론』의 편집을 담당하고 있었다. 남궁벽은 『폐허』 1, 2호에 작품을 발표했으며, 오상순 역시 『폐허』 동인으로 활동하는 한편 『서울』, 『아성』 등에 글을 실었다. 박종화는 『서광』, 『문우』 등을 거쳐 『신청년』에서 활동한 바 있었다. 또 김억, 김찬영 등은 『폐허』의 동인이었다가 『창조』의 동인으로 활동했으며, 오천석도 『창조』의 동인이었다. 현진건 역시 이미 『개벽』, 『신청년』 등에서 활동을 한 후였다. '오뇌의 무도를 추는 영혼의 무리'로 표현된 '문예란'의 필자들은 주로 '동인'이라는 방식을 통해 이미 문단에 등단한 존재들이었다. 곧 '문예란'은 기존의 문인들을 대상으로 한 드문 발표 공간이었다는 점에서 그 의미가 두드러진다는 것이다.

'문예란'에 한정하지 않더라도 이 글이 관심을 지닌 시기 『조선일보』의 문학에 대한 논의 역시 드문 상황이다. 당시 『조선일보』의 기자로 활동했던 현진건의 작품 활동에 초점을 맞춘 연구,[6] 『매일신보』, 『동아일보』, 『개벽』 등과 함께 문학 시장을 이루는 결절의 하나로 『조선일보』에 주목한 논의 등이 그것들이다.[7] 1920년 3월 창간부터 1924년 9월 혁신 이전까지 『조선일보』에 대한 연구의 미진함은 문학뿐만 아니라 『조선일보』 전반에 대해서도 그렇다.[8] 『조선일보』의 문학에 대한 연구가 이루어지지 않은 주된 이유는 당시 『조선일보』가 문학에 대해 그리 우호적이지 않았다는 데 있다. 뒤에서 상론하겠지만 그것은 『조선일보』뿐만 아니라 『동아일보』, 『매일신보』 등 다른 신문 미디어 역시 마찬가지였다. 이 글이 『조선일보』 '문예란'을 발굴, 소개하고 그 위상을 구명하려는 이유는 여기에도 있다.

이 글은 1차적인 목적은 『조선일보』 '문예란'을 발굴하고 충실하게 소개하는 데 있다. 이를 위해 먼저 '문예란'이 개설될 때까지 『조선일보』의 운영 현황을 살펴보고 '문예란'의 전반적인 면모를 개괄하려 한다. 이어 중심 필자들을 중심으로 '문예란'에 실린 작품들의 성격을 논구하고, 발굴 작품이 지니는 의미를 환기할 것이다. 그리고 당시 『조선일보』를 비롯한 『동아일보』, 『매일신보』 등 신문 미디어의 문학에 대한 관심을 검토해 근대문학의 장으로서 '문예란'의 위상을 해명하려 한다.

2. 『조선일보』의 운영과 '문예란' 개괄

『조선일보』가 창간된 것은 1920년 3월 5일로 『동아일보』보다 한 달 정도 앞선 때였다. 그런데 3호를 발행하고 한 달여를 휴간한 후 4월 28일 속간되었지만 곧바로 다시 휴간하게 된다. 창간 즈음 『조선일보』의 발행이 순조롭지 못했던 것은 "때마츰 經濟界에는 一大變動이 생기어" "金融이破塞되야株金拂入이 困難하야 實로新聞經營難이極度에達하"[9]였다는 언급처럼 경영난 때문이었다. 1920년 5월 9일부터 신문사 경영은 조금씩 정상을 찾아갔다. 하지만 8월 27일 「自然의化」라는 사설을 이유로 1주일 정간 처분을, 이어 9월 5일 「愚劣한總督府當局者는何故로우리日報를停刊시켰나뇨」라는 사설 때문에 무기정간 처분을 받게 된다.[10] '대정친목회(大正親睦會)'에 의해 창간, 운영되었던 『조선일보』가 불과 6개월 동안 23회에 이르는 발매반포 금지와 2차례의 정간을 당했다는 사실은 흥미롭다.[11]

1920년 11월 24일 무기정간 처분에서 해제되었지만 속간호가 발행된 것은 12월 2일이었다. 두 번의 정간을 통해 창간부터 계속되어 오던 '조선일보사'의 경영난은 더욱 심해졌다. 1921년 4월 '대정친목회'가 『조선일보』의 판권을 송병준에게 매각한 것 역시 이 때문으로 보인다. 송병준 역시 『조선일보』를 매각하려 했지만 여의치 않자 직접 경영하는 길을 선택했다.[12] 주목해야 할 부분은 "社長은 勿論宋伯爵自身"이지만 "看板上關係로時代遲한 人物이나마 南宮薰을代理社長으로選任"[13]했다는 점이다. 남궁훈은 이전『황성신문』의 사장을 지낸 인물로서『조선일보』 사장이 될 때 66세의 고령이었다.

남궁훈은 이전까지『조선일보』의 사장을 맡았던 조진태, 유문환 등과는 달리 신문사 운영을 정상화하는 데 매진했다. 당시의 글들은 남궁훈을 "午前八時頃부터 저녁때까지뺏뺏한힌수염과 햴긋햴긋하는메물눈이모진눈으로編輯室과工場으로들낙날낙하면서"[14] "社中大小事務를總括하야 處理함은勿論이어니와零零細細한記事에까지 添削을行하야 無不干涉의態度를取"[15]했다고 언급한다. 남궁훈이 사장이 되고 3천부 정도에 불과했던 판매 부수가 1만 5천부까지 늘어나는 등『조선일보』의 운영은 이전 시기와 달라진 모습을 보였다.[16] '문예란'이 개설되었던 것은 남궁훈이 사장이 되고 2, 3개월 정도 지나『조선일보』의 운영이 정상을 찾아가던 즈음이었다.

창간부터 '문예란'이 개설된 1921년 7월까지『조선일보』의 지면 체제는 크게 달라지지 않았다. 당시『조선일보』의 지면은 4면으로 구성되었다. 1면에는 가장 상단에 사설이 실리고 그 아래 몇 개의 논설이 실리는 구성이었다. 사설, 논설 외에는「東史評林」,「桂屋漫筆」,「泰東史話」 등 구투를 주로 하는 글도 연재되었다. 2면은 구미, 중국, 일본 등의 소식을 전하는 '전보통신'과 경제 기사로 된 '상황'으로 구성되었다. 3면은 사회면으로 꾸며졌다. 4면은 연재소설, 기서(고), 지방통신,

사고 등으로 꾸며졌다. 1, 2면은 국한문혼용체가 주를 이루었고, 3, 4면은 국문체를 사용했는데, 지면에 따라 독자를 고려한 데 따른 것으로 보인다. 앞선 체제처럼 주로 사설, 논설 등이나 구투의 연재물이 국한문혼용체로 게재되던 1면에 '문예란'이 개설되었다는 점은 그것 자체로 이례적인 일이었다.

'문예란'이 개설될 때까지 『조선일보』에 실린 문학적인 글들 가운데 두드러진 것은 연재소설이었다. 4면에는 창간 즈음부터 『春夢』, 『박쥐우산』, 『發展』 등이 연재되었으며, 1면에는 2차 정간이 해제되면서 「初戀」, 「浮雲」 등이 실렸다. 연재소설 외에는 1면에 한시, 한문 등이 실린 '사조(詞藻)'라는 난이 가끔 개설되었다. 『매일신보』, 『동아일보』 등에도 존재했던 '사조란'은 구투의 문학에 익숙했던 1면 독자를 고려한 것으로 보인다.[17] 4면의 '기서란'에는 주로 구투의 논설이나 서간 등이 실렸지만 가끔씩 전통적인 시가와 신시 등이 게재되기도 했다. 2차 정간 해제 이후 '기고란'으로 이름이 바뀌면서 문학적인 글이 실리는 횟수가 늘어났다. 『조선일보』에 실린 문학적인 글의 구체적인 양태와 '문예란'의 그것의 차이에 대해서는 뒤에서 상론하겠다.

아래의 표는 『조선일보』의 '문예란'을 개괄한 것이다.

날짜	필자/역자	제목	장르	비고
1921.7.4		文藝欄設置에就하야		
1921.7.4	卞榮魯	彷徨, 久遠흔女性의부름, 月迷(恍惚), 나의生命	시	'散文詩'로 기재됨.
1921.7.5	卞榮魯	天使의叛逆	시	'散文詩'로 기재됨.
1921.7.6	南宮璧	神祕의因緣, 나는여긔셧다, 出生, 大地와女性, 별	시	

1921.7.7~8	卞榮魯	글쓰는벗에게告ᄒᆞ노라 =個性表現의文藝를建設하라=	평론	2회 연재됨.
1921.7.9	南宮璧	별의압흠, 말	시	
1921.7.11	金億(譯)	結婚式, 사슬, 까치, 커튼	시	
1921.7.12	朴月灘	愛의王座로나를부를때, 붉은밋친여름이오면은	시	
1921.7.14	朴月灘	廢園에누어셔	시	
1921.7.17	吳相淳	鳳仙花의로만쓰	시	
1921.7.19~20	吳天錫	나의主張하고십흔 批評家의態度	평론	2회 연재됨.
1921.7.21~27	吳相淳	傷한想像의놀기	시	6회 연재됨.
1921.7.28~8.2	金惟邦	破壞로부터建設에	평론	5회 연재됨.
1921.8.1~18	卞榮魯	金剛行	기행문	14회 연재됨.
1921.8.27	憑虛生	人生의孤舟	수필	

'문예란'은 1921년 7월 4일 개설의 취지를 밝힌 글인 「文藝欄設置에就하야」를 시작으로 1921년 8월 27일까지 두 달 가까이 이어졌다. 이 기간 동안 모두 38회 개설되었는데, 38회가 지니는 의미에 대해서는 '매신문단'이 시행된 횟수가 23회임은 확인하면서 언급한 바 있다. '문예란'에 수록된 작품은 모두 26편으로, 장르별로 분류하면 시가 21편, 평론이 3편, 기행문이 1편, 수필이 1편 등이다. 이 작품들 가운데 유일하게 필자가 부기되지 않은 「文藝欄設置에就하야」는 남궁벽이 쓴 것으로 보이는데, 그 근거에 대해서는 3장에서 다루겠다.

'문예란'에 글을 발표한 작가는 변영로, 남궁벽, 김억, 박월탄, 오상순, 오천석, 김유방, 빙허생 등이다. 박월탄은 박종화의 필명이며, 김유방의 본명은 김찬영, 빙허생은 현진건이다. '문예란'에 글을 발표하기 전 변영로, 남궁벽, 오상순 등은 『폐허』 동인으로 활동했다. 김억, 김유방 등은 『폐허』를 거쳐 『창조』 동인으로 활동했으며, 오천석 역시

『창조』 동인이었다. 박종화, 현진건 등은 『신청년』에 작품을 발표했으며, 다음 해인 1922년 1월부터 『백조』의 창간 동인이 된다. 이들이 동인지라는 방식을 통해 등단한 문인이었다는 점 역시 앞서 언급한 바 있다.

작품의 수, 수록 횟수 등을 고려하면 '문예란'의 중심에 놓인 장르는 시였다. 비교적 지면을 적게 차지하는 시의 경우 여러 편의 작품이 같은 날짜에 개재되는 경우가 많았다. 변영로의 「彷徨」, 「久遠한女性의부름」, 「月迷(恍惚)」, 「나의生命」은 모두 1921년 7월 4일자 '문예란'에 실렸다. 남궁벽의 「神秘의因緣」, 「나는여긔섯다」, 「出生」, 「大地와女性」, 「별」은 7월 6일, 같은 작가의 「별의압흠」, 「말」은 7월 9일에 게재되었다. 박종화의 「愛의王座로나를부를때」, 「붉은밋친여름이오면은」은 7월 12일자에 수록되었다.

한 지면에 여러 편의 시가 동시에 실린 것과 달리 한 작품이 여러 회에 걸쳐 연재된 경우도 있었다. 오상순의 연작시 「傷한想像의놀기」는 1921년 7월 23일을 제외하고 7월 21일부터 27일까지 총 6회에 걸쳐 연재되었다.[18] 『조선일보』 '문예란'에 실린 시들은 자유시의 다양한 형식을 보여준다. 남궁벽이나 변영로의 작품과 같이 하나의 연으로 구성된 단연시(單聯詩), 박종화의 시와 같이 여러 연으로 구분된 시, 행의 구분과 운율감의 고려가 비교적 덜한 산문시, 오상순의 작품과 같이 몇 회 동안 이어진 연작시 등 다채로운 시도가 그것이다.

평론은 글의 분량상 대부분 몇 회에 걸친 연재의 형식으로 게재되었다. 변영로의 「글쓰는벗에게告ᄒᆞ노라=個性表現의文藝를建設하라=」, 오천석의 「나의主張하고십흔 批評家의態度」는 2회에 걸쳐 실렸다. 김유방의 「破壞로부터建設에」는 모두 5회 연재되었는데, 2회 연재분은 신문이 낙질되어 확인이 불가능하다.[19] 변영로의 기행문인 「金剛

行」은 1921년 8월 1일부터 18일까지 14회에 걸쳐 실려 '문예란'에 실린 작품들 중 가장 오래 연재되었다. 8월 1일부터 5일까지 1회부터 5회, 8월 11일부터 18일까지 8회부터 14회분의 연재분을 확인할 수 있다. 8월 18일자 「金剛行」은 17일에 실린 14회와 동일한 내용이다.[20] 1921년 8월 27일에는 현진건의 수필 「人生의孤舟」가 실렸다. 현진건이 '문예란'에 글을 실은 것은 다른 필자인 박종화와의 교류 때문이기도 하겠지만 당시 『조선일보』의 기자였다는 점 역시 작용했던 것으로 보인다.

'문예란'에서 가장 활발한 활동을 보인 인물은 변영로로, 시, 평론, 기행문 등 7편의 글을 모두 18회에 걸쳐 실었다. 남궁벽은 7편의 시를 2회에, 박종화는 3편의 시를 2회에 걸쳐 게재했다. 오상순은 2편의 시를 발표했지만 연재의 형식으로 총 7회에 걸쳐 실었다. 이들 외에 김억, 오천석, 김유방, 현진건 등은 1회 혹은 1편의 글을 싣는 데 그쳤다. 이를 고려하면 '문예란'의 중심에 위치한 필자는 변영로, 남궁벽, 박종화, 오상순 등이라고 할 수 있다. 다음 절에서는 '문예란'이 운용된 시기를 전후로 한 중심 필자들의 행적을 재구하고 작품들을 검토해 '문예란'의 양태와 성격을 해명하려 한다.

3. '문예란' 수록 작품의 성격

1) 불확실성에의 투신과 개성 표현의 문학

변영로는 『조선일보』의 '문예란'에 시, 평론, 기행문 등 다양한 장르의 글을 발표했다. 시는 두 번 실렸는데, 1921년 7월 4일자에 수록된 「彷

徨」, 「久遠흔女性의부름」, 「月迷(恍惚)」, 「나의生命」과 7월 5일자의 「天使의叛逆」이 그것이다. 이어서 7월 7일과 8일에는 「글쓰는벗에게告흠노라=個性表現의文藝를建設하라=」(이하「글쓰는벗에게」로 칭함.)라는 평론을 실었으며, 8월 1일부터 18일까지는 기행문 「金剛行」을 연재했다.

『조선일보』 '문예란'에 수록된 시와 평론은 1922년부터 1924년 사이의 시를 묶어서 낸 변영로의 첫 시집 『朝鮮의마음』[21]에는 수록되지 않았다. 기존의 작품집에서 누락된 글 중 『조선일보』에 발표된 작품을 민충환이 현대식 표기와 띄어쓰기의 방식으로 소개한 적이 있다. 하지만 '오기(誤記)'로 인해 글의 맥락이 달라진 부분이나 누락된 곳, 미처 판독하지 못한 부분 등이 있다.[22] 아울러 발굴 작품에 대한 해석이나 의미 부여 역시 행하지 않았기 때문에 '문예란'에 수록된 작품이 연구사적 측면에서 차지하는 위상에 대한 규명은 여전히 과제로 남아있다. 이 글은 『조선일보』 '문예란'에 실린 변영로의 작품을 원문 그대로 소개하는 한편 작품에서 드러나는 변영로의 문학관을 해명하려 한다. 이를 통해 『朝鮮의마음』에 수록된 대표작 「논개」를 중심으로 민족의식의 형상화 측면이나 기교적 부분에 집중되어 있는 변영로에 대한 연구에서 벗어나 그가 지향하는 문학 세계의 다른 면모를 확인할 수 있을 것이다.[23]

변영로가 '문예란'에 글을 발표한 것은 『폐허』, 『장미촌』 등의 동인으로 활동한 후의 일이었다. 1921년 7월 『신천지』 1호에 평론 「宗敎의奧義」와 「꿈만은나에게」등 5편의 시를 발표한 것은 거의 '문예란'에 글을 실은 시기와 맞물린다. 『폐허』의 창간 동인으로 알려진 것과는 달리 변영로가 『폐허』에서 활동한 것은 1921년 1월에 발행된 2호에서부터였다.[24] 『폐허』 2호에 실린 「메－터링크와예잇스의神秘思想」는 모리스 마테를링크(Maurice Maeterlinck), 윌리엄 버틀러 예이츠(William Butler Yeats) 등의 문학을 소개한 글이다. 『폐허』에 글을 발표하기 전에 눈에 띄는 문학 활동은 『동아일보』, 『학지광』 등에 글을 기고한 것이었다.[25)]

뒤에서 상론하겠지만 『조선일보』 '문예란'의 개설과 운영을 주도한 사람은 남궁벽이었지만, 주요 필자들의 교류의 중심에 서 있었던 인물은 변영로였다. 변영로를 비롯해 남궁벽, 오상순 등은 모두 『폐허』 동인으로 활동했다. 그런데 이들의 교류는 『폐허』 동인으로 활동하기 전부터였던 것으로 보인다. 변영로는 남궁벽에 대해 "그는 漢城高等學校 나는 中央學校(中央高普의 前身)에를 다니었"는데, "나희로나 學校로나 二三年 先輩였"지만 "中學時代부터의 親友이였었다"[26)]고 했다. 『폐허』 발간 이전 오상순과 남궁벽의 만남 역시 변영로에 의해 이뤄졌다. 당시 '동경'에 유학 중이었던 오상순은 변영로와 함께 1920년 4월 초 하치만신시(八幡紳士)부근에서 위치한 남궁벽의 집을 방문한다. 이전까지 글을 통해서만 알고 있던 남궁벽과 오상순은 변영로의 소개로 인사를 나누게 되고 이후 막역한 사이로 지냈다고 한다.[27)]

박종화가 『조선일보』 '문예란'에서 활동을 한 것 역시 변영로의 매개를 거쳤던 것으로 파악된다. 『장미촌』은 1921년 5월 창간호를 발행했는데, 변영로는 『장미촌』의 권두언 격에 해당하는 글 「薔薇村」을 썼다. 그런데 『장미촌』을 준비하면서 변영로는 박종화를 비롯한 동인들과 서대문 밖 봉원사에서 몇 차례 모임을 가진다.[28)] 한편 『장미촌』이 발행될 시기 변영로는 "株式會社 新民社에서 發刊하는 『新民公論』의 主筆"로 활동했다.[29)] 동인에 변영로가 포함되어 있음에도 권두언 외의 다른 글을 싣지 못한 이유는 이 때문으로 보인다. 당시 박종화의 시 「해여진褐色의노래」가 『신민공론』에 게재된 것 역시 『장미촌』을 매개로 한 변영로와의 교류가 기반이 되었을 것이다. 이러한 교류를 계기로

1921년 7월 『조선일보』 '문예란'이 개설되었을 때 변영로가 박종화를 남궁벽 등에게 소개했음도 추정할 수 있다.[30)]

변영로가 1921년 7월 4일 발표한 「彷徨」, 「久遠ᄒᆞᆫ女性의부름」, 「月迷(恍惚)」, 「나의生命」과 7월 5일 발표한 「天使의叛逆」에는 모두 '散文詩'라는 표기가 있다. '문예란'에 수록된 시에 '散文詩'라는 별도의 표기를 부기한 것은, 산문과 유사하게 어미까지 완결된 문장으로 구성되어 있는 형식의 '시'를 시도하고자 하는 의식이 반영된 것으로 보인다. 이와 관련해 산문시라는 형식 자체가 변영로의 창작에 있어서 드물다는 점도 흥미롭다. 이 시들 가운데 「久遠ᄒᆞᆫ女性의부름」, 「月迷(恍惚)」은 행마다 비슷한 어미를 반복하는 형태를 통해 운율감을 획득하는 형식의 한 연으로 이루어져 있다.

> 나의生命은 暴風에 불니우ᄂᆞᆫ 쏫이다- ……중 략…… 무슨容赦업ᄂᆞᆫ 큰「손」이 나를 잡아압흐로 압흐로 미ᄂᆞᆫ것이다-무슨익일쑤업는두려운「힘」 나를 前에 거러보지도못ᄒᆞ든 셔투른 길에 ᄂᆡ셔우고 걸니우ᄂᆞᆫ것이다 ……중 략…… 가는데가「죽음」의 나라거나「사랑」의 樂土거나 나는 뭇지안이ᄒᆞᆫ다 다만 ᄶᅢᆯ니워갈뿐이다-[31)]

인용은 1921년 7월 4일자 『조선일보』 '문예란'에 수록된 「나의生命」의 일부다. 「나의生命」의 화자는 "무슨익일쑤업는두려운「힘」"으로 인해 지향하는 바의 결말도 묻지 않고 "다만 ᄶᅢᆯ니워" 가는 상황을 노래한다. 그러나 확정되지 않는 미래를 걷는 상황은 불가피한 외부의 힘에 의해 피동적으로 이루어지는 것만은 아니다. "가는데가 山이거나 바다거나나는 相關치안이"하는 태도는 화자 역시 누구도 걸어보지 못한 길을 걷는 일에 투신하고 있음을 보여준다. 불확실한 대상에 투신하는 자세에 대해 노래하는 점은 같은 날짜에 수록된 세 편의 시「彷徨」, 「久遠ᄒᆞᆫ女性의부름」, 「月迷(恍惚)」에서도 나타나고 있다.

시적 화자가 투신하는 일의 반대편, 즉 버리고 떠날 수밖에 없는 세계가 무엇인지는 1921년 7월 5일 '문예란'에 실린「天使의叛逆」에서 드러난다. 「天使의叛逆」은 천사가 숙경의 침실로 내려와 나누는 대화의 형식으로 이뤄져 있다. 천사는 인간에게 이끌려 천상계를 버리고 고뇌와 갈등으로 점철된 지상세계로 내려온다. 진리가 확정된 천상계의 적막보다 불확실한 찰나의 순간을 선택하는 천사의 모습은 이 시기 변영로가 추구했던 예술가의 형상을 투영하고 있다.

7월 7일과 8일에 연이어 발표한 평론「글쓰는벗에게」는 앞선 시들과 함께 이 시기 변영로의 예술관에 접근할 수 있는 글이다. 특히 이 글은『학지광』20호에 발표한「主我的生活」, 1922년 12월『개벽』30호에 발표한「象徵的으로 살자」와 함께 당시 변영로의 문학관에 접근할 수 있는 드문 평론 가운데 하나이다. '글쓰는 벗'은 "ᄂᆞᆷ달리 붓ᄭᅳᆺ으로 하쇼연ᄒᆞᆯ 만흔늣김을 所有한" "우리文壇에 여러方面으로 글을 쓰고 쏘쓰려勞力ᄒᆞᄂᆞᆫ 여러文人"[32]이라는 표현에서 드러나듯 당시 조선의 문인들을 염두에 둔 표현이다. 부제가 '個性表現의文藝를建設ᄒᆞ라'인 것에서도 짐작할 수 있듯이, 글은 당시의 문인이 모든 주의, 사조 등의 형식과 결별하고 개성을 표현해야 하는 과제를 안고 있다고 주장한다. "近代歐洲文藝運動의 功績"을 "날가빠진藝術的約束만 직히려ᄒᆞ야 모든것을" "잘못考案된 藝術의「틀」(型) 에씨우려ᄒᆞᆷ에對ᄒᆞᆫ 意味잇는反動"[33]으로 평가하고 당시 조선의 문학적 소명 역시 "前에 거러보지도못ᄒᆞ든 셔투른 길"[34]을 개척하는 일로 규정하고 있다.「글쓰는벗에게」는 당시 조선에서 새롭게 문학에 매진하려는 문인들에게 요구되는 자세를 언급한 글로, 앞서「나의生命」등의 시에서 함축적, 상징적으로 제시된 '길'의 의미와 화자의 태도를 이해하는 데 도움을 준다. 하지만 이 글에서 사용된 고전주의, 낭만주의, 자연주의 등의 사조는 근대적 의미의 시를 도입하기 위한 일종의 '전사(前史)'로서 활용될 뿐, 각각의 개념과 역할이 분명하게 구별되지 못한 한계 역시 지니고 있다.[35]

'문예란'에 발표된 작품에는 당시 조선에서 새롭게 창출되어야 할 문학, 문인에 대한 변영로의 고민이 담겨 있는 것으로 보인다. 고민은 작가로 하여금 새로운 시를 제시하는 행위를 통해 이전까지의 질서를 전복할 수 있을 것이라는 믿음으로 나아가게 했다. 1924년 1월 발표한 「芥子몃알」에서 "적은불씨가 왼벌을 태워버리는 것가티 조그만말한마듸가 여러심령(心靈)의 복스러운 잔체의 찬체상을뒤집어놀 것"[36]이라고 주장한 것은 새로운 의미의 시, 문학을 창작하는 일에 거는 변영로의 기대를 짐작하게 한다. 『조선일보』 '문예란'에 발표된 시, 평론 등은 조선에 새로운 문학을 발아시키고자 했던 변영로의 예술관을 밝히는 데 있어 『폐허』로부터 연속되는 근거를 찾을 수 있는 자료라는 의미 역시 지니고 있다.

2) 정본 확정의 문제와 자연의 비의

남궁벽은 『조선일보』 '문예란'에 두 번 시를 발표한다. 1921년 7월 6일에는 「神秘의因緣」, 「나는여긔섯다」, 「出生」, 「大地와女性」, 「별」 등 5편의 시를, 7월 9일에는 「별의압흠」, 「말」 등 2편의 시를 실었다. 그런데 흥미로운 사실은 『조선일보』에 '문예란'을 개설하고 운영하는 중심에 남궁벽이 위치하고 있었다는 점이다. 1921년 7월 24일 남궁벽이 '문예란'의 필자 중 한 명이었던 박종화에게 보낸 "寄稿하여 주서서 대단히 感謝"하며, "다시 貴稿를 寄送하여 주섰으면" "더욱 感謝하겠"[37]

다는 편지는 이를 뒷받침한다. '문예란' 개설의 의도와 취지에 대해 밝힌 「文藝欄設置에就ᄒᆞ야」를 쓴 것 역시 남궁벽일 가능성이 크다. 남궁벽은 '문예란'에서 활동한 지 네 달 정도 지난 1921년 11월 10일 28세의 나이로 세상을 떠났다. 본격적인 문학 활동이 『폐허』 1, 2호에서의 활동으로 한정될 만큼 드물었음을 고려하면, 이 글에서 소개하는 남궁벽의 활동과 7편의 시는 작가의 문학 세계를 온전히 조명하는 데 기여하리라고 생각한다.[38]

남궁벽의 전기적 사실이나 작품 목록 등이 제대로 밝혀지지 않은 것 역시 1년 남짓한 문학 활동과 요절에 기인하는 바 크다. 『폐허』에서 활동하기 전 남궁벽은 1918년 6월 『청춘』 14호에 일본어로 된 「孤獨は爾の運命である」를 발표했다.[39] 김윤식은 "남궁벽은 육당의 잡지 「청춘」(14호)에 일본어로 「고독은 너의 운명이다」, 「달이여」, 「참회의 눈물」 등의 시를 썼"[40]다고 했지만, 실제 이 글은 「孤獨は爾の運命である」라는 큰 제목의 감상 안에 「月よ」, 「懺悔の涙」 등 짧은 시가 삽입된 형식을 지닌다. 남궁벽은 1919년 11월 일본에서 발행된 잡지 『太陽』에 고구려 고분벽화를 중심으로 조선의 예술을 다룬 「朝鮮文化史上の光輝点」을 발표하기도 했다.

이들을 차치한다면 『조선일보』 '문예란'을 주도하기 전까지 남궁벽의 문학 활동은 『폐허』 1, 2호를 중심으로 이루어졌다. 남궁벽과 '문예란'의 다른 필자였던 변영로, 오상순, 또 박종화 등과의 교류에 대해서는 앞 절에서 서술했다. 남궁벽은 1920년 7월 발행된 『폐허』 1호에 「自然」이라는 수필을 발표했다. 또 오상순과 함께 1921년 1월 발행된 『폐허』 2호의 편집을 담당하는 한편 「풀」, 「生命의秘義」, 「大地와生命」, 「大地의讚」 등 4편의 시를 실었다. 남궁벽이 『조선일보』 '문예란'을 개설하고 시를 발표한 것은 『폐허』가 2호까지 나오고 속간에 어려움을

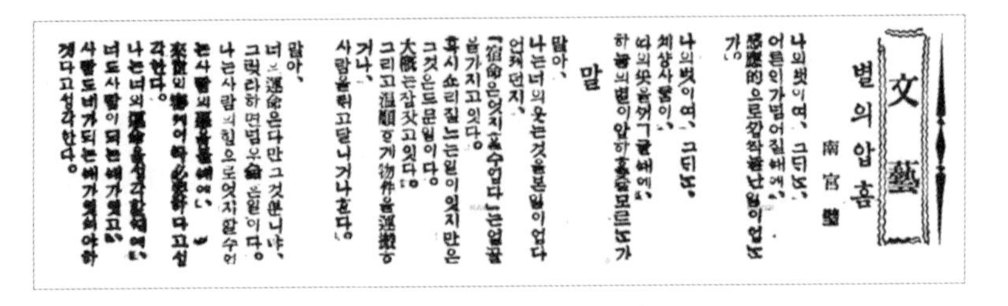

文藝

별의압흠

南宮璧

나의벗이여、그[illegible]、
어둠인가[illegible]질때에、
[illegible]的으로[illegible]일이업는가。

나의벗이여、그[illegible]、
셰상사람이、
나의[illegible]에는、
하늘의별이압하[illegible]모르는가

말

말아、
나는너의우는것을본일이업다
언제던지、
「宿命은엇지할수업다」는[illegible]
을가지고잇다。
혹시쇼리질는일이잇지만은
그것은드문일이다。
大槪는참고잇다。
그리고溫順ᄒᆞ게物件을運搬ᄒᆞ
거나、
사람을태고ᄃᆞᆫ니거나ᄒᆞᆫ다。

말아、
너의運命은다만그것뿐니냐、
그럿타하면넘우슯흔일이다。
나는사람의힘으로엇지할수업
는사람의惡을볼때에는、
來世의審判이꼭必要하다고싱
각한다。
나는너의運命을생각할때에는、
너도사람이되는때가잇고、
사람도네가되는때가잇셔야하
겟다고싱각한다。

1921년 7월 9일 『조선일보』 '문예란'에 발표된 남궁벽의 「별의압흠」과 「말」이다. 이 시들은 1922년 8월 『신생활』에도 실렸는데, 둘이 지닌 차이는 작지 않다.

겪을 때였다. 『폐허』는 2호로 짧은 생명을 마감했지만 3호 발간도 염두에 둔 것으로 보인다.[41] 그렇다면 『조선일보』 '문예란'에 실린 남궁벽을 비롯한 변영로, 오상순 등의 작품은 와해된 『폐허』 동인들의 문학적 진로를 가늠할 수 있는 대상이라는 의미 역시 지닐 것이다.

1921년 7월 6일 발표된 5편의 시가 이 글에서 처음 소개하는 시인데 반해 1921년 7월 9일 발표된 「별의압흠」, 「말」 등은 1922년 8월 『신생활』에 게재된 바 있다. '문예란'에 실린 지 1년 정도 후였는데, 『신생활』에 실렸을 때 제목은 「별의앏음」, 「馬」였다.[42] 그런데 『조선일보』에 실린 「별의압흠」, 「말」과 『신생활』에 게재된 시는 차이를 지니고 있다.

> (가) 말아, / 너의運命은다만그것뿐니냐, / 그럿타하면넘우슯흔일이다. / 나는사람의힘으로엇지할수업는사람의惡을볼때에, / 來世의審判이꼭必要하다고싱각한다.[43]

> (나) 말님, / 당신의運命은 다만 그것뿐입니가. / 그리하다는 것은 너무나 심々한일이외다. / 나는 사람의힘(力)으로는 엇지할수업는 / 사람의惡을 볼때, / 恒常 來世의審判이 꼭 必要하다고 生覺합

니다.[44]

(가)는 『조선일보』 '문예란'에 발표된 「말」이고, (나)는 『신생활』에 실린 「馬」이다. 행이나 시구 등에서도 차이를 지니지만 가장 두드러진 차이는 (가)의 시가 '-다'체로 되어 있는 데 반해 (나)는 '-ㅂ니다'체로 되어 있다는 점이다. 이러한 차이는 「별의압흠」과 「별의앞음」에서도 마찬가지다.

이들 시의 원본은 "君(남궁벽; 인용자)의最近東京生活中에 記錄한日記"[45]인 「我孫子日記」에 일본어로 쓰여 있던 것이었다. 『조선일보』 '문예란'에 실린 것은 남궁벽이 '~다'체로 바꾸어 발표한 것이며, 『신생활』의 시는 남궁벽이 세상을 떠난 후 변영로, 염상섭 등이 번역해 게재한 것이었다. 『조선일보』 '문예란'의 시가 발굴되지 않은 까닭에서이겠지만 지금까지 두 시는 『신생활』에 실린 「별의앞음」, 「馬」 등이 정본으로 받아들여져 왔다. 두 시에서 나타나는 '-다', '-ㅂ니다' 등의 차이가 단순히 높임법에 한정된 것이 아니라 시 전체의 정조(情調)를 지배하고 있다는 점 역시 고려되어야 할 것이다. 이 글은 작가 스스로 '-다'체로 번역해 '문예란'에 발표한 「별의압흠」, 「말」 등을 발굴, 소개하는 것을 통해 이들 시에 대한 정본 확정의 문제를 제기한다.[46]

남궁벽은 7월 6일에는 「神秘의因緣」, 「나는여긔섯다」, 「出生」, 「大地와女性」, 「별」 등 5편의 시를 발표했다. 『청춘』 14호에 일본어로 발표한 「孤獨は爾の運命である」가 독립된 시라기보다는 감상임을 고려하면 지금까지 남궁벽의 작품으로 밝혀진 시는 모두 9편이다. 『폐허』 2호에 발표된 「풀」, 「生命의秘義」, 「大地와生命」, 「大地의讚」 4편, 또 『신생활』 8호에 실린 「별의앞음」, 「馬」, 「信賴」, 「이러하게살고십다」, 「自我의尊貴」 5편 등이 그것이다.[47] 남궁벽의 짧은 생애와 드문 문학 활동을 고

려한다면 이번에 새롭게 발굴, 소개하는 5편의 시가 지니는 무게는 가볍지 않다.

> 달이大地를빗최ㄴ다, / 빗최ㄴ大地를닉가밥고섯다. / 빗최는달, / 빗최ㄴ大地, / 밥는사룸. / 神祕의因緣이여.[48]

인용은 「神祕의因緣」의 전문이다. '달', '大地', '화자'가 '神祕의 因緣' 안에서 하나가 되고 있음을 노래하고 있다. 변영로는 남궁벽의 시가 "度에 지내칠 지경으로 簡潔하야" "살에 배일 듯한 『實感』을 가지고 『먹실 따듯이』"[49] 쓰였다고 했다. 「神祕의因緣」 외에도 「나는여긔섯다」, 「出生」, 「大地와女性」, 「별」 등도 모두 1연으로 된 정제된 형식을 지니고 있다는 점에서, 이들 시는 변영로의 언급에 부합되고 있다. 또 시들은 화자와 대지의 영원한 교섭을 노래하거나(「나는여긔섯다」), 인간의 출생을 봄의 대지로부터 풀이 싹트는 데 비유하거나(「出生」, 「大地와女性」), 성광을 진리의 보석이 빛을 발하는 것 등으로 파악하고 있다(「별」).

남궁벽에 대한 기존의 평가 역시 작품의 중심에 위치한 '자연'의 성격을 가늠하는 데 초점이 맞추어져 있다. '대지'가 내밀히 간직하고 있는 '생명의 비의'를 찬미했다는 점에서 '자연 친근의 사상'으로 평가하거나[50] 자연이 사회를 부정한 자아가 시와 예술을 통해 드러난 것이라는 점에서 '자연–자아–사회라는 기호로 구성되는 새로운 인식장이 출현한 것'으로 파악했다.[51] 한편 우주적 지평에서 발현되는 생명성이나 주체의 약동적 삶에 대한 추구를 아나키즘 등의 사회주의 사상과 연결시켜 자연을 서구 상징주의의 감상적 변용으로 보는 논의와 거리를 두려는 연구 역시 개진되었다.[52] 이 글에서 발굴, 소개하는 「神祕의因緣」, 「나는여긔섯다」, 「出生」, 「大地와女性」, 「별」 등 역시 화자와 자연의 교감을 주제로 하고 있다는 점에서 기존 논의의 쟁점에 위치한 자연에 대한 인식을 정당하게 해명하는 데 기여하게 될 것이다.

3) '폐원(廢園)'의 갈등과 상징에의 경도

박종화는 『조선일보』 '문예란'에 두 차례 시를 발표했다. 1921년 7월 12일에는 「愛의王座로나를부를때」, 「붉은빗친여름이오면은」 등 2편의 시를, 또 7월 14일에는 「廢園에누어셔」를 실었다. 둘 모두에는 '朴月灘'이라는 필명이 부기되어 있다. '문예란'에 발표된 세 시는 모두 1924년 7월 발행된 박종화의 첫 번째 시집 『黑房秘曲』에 실려 있다.[53] 그런데 앞의 두 시와는 달리 「廢園에누어셔」는 '문예란'과 『黑房秘曲』에 수록된 시가 차이를 보인다. '문예란'에 발표된 「廢園에누어셔」가 3장으로 된 데 반해 『黑房秘曲』에 실린 시에는 마지막 장이 빠져 2장으로 되어 있다. 그런데 빠진 3장이 당시 박종화의 지우였던 정백, 홍사용 등의 갈등과 관련되어 주목을 필요로 한다.

박종화는 『조선일보』 '문예란'에 글을 발표하기 전 『서광』, 『신청년』, 『장미촌』 등에서 문학 활동을 했다. 1920년 2월에 발행된 『서광』 3호, 1920년 9월에 나온 『서광』 7호에 「아침해」, 「쫏김을바든이의노래」 등 모두 5편의 시를 발표했다. 또 1920년 5월 『문우』 1호에도 「왜이리슯허?」, 「除夜에」 등 3편의 시를 게재한다.[54] 이어 박종화는 1921년 1월 발행된 『신청년』 4호에 「눈물의꿈길」, 「運命의輓歌」 등 2편의 시를 발표했다. 박영희, 나도향 등 『신청년』 동인들이 잡지를 혁신하려는 의도로 박종화, 현진건 등을 초대해 같이 할 것을 제안한 데 따른 것이었다.[55] 1921년 5월 24일 발행된 『장미촌』 창간호에는 「牛乳빗거리」, 「懊惱의靑春」 등 2편의 시를 실었다. 박종화가 『조선일보』 '문예란'의

預告
金剛行
八月一日부터本紙上에連載!
卞榮魯作
文藝
廢園에누어서
順天醫院
醫師

1921년 7월 14일 『조선일보』 '문예란'에 발표된 박종화의 「廢園에누어셔」로, 모두 3장으로 되어 있다. 이 시는 1924년 7월 발행된 박종화의 시집 『黑房秘曲』에도 실리는데, 거기에는 3장이 빠진 2장의 형식으로 되어 있다.

다른 필진과 알게 된 것은 『장미촌』에서의 활동이 계기가 된 것으로 보이는데, 그 구체적인 교류에 대해서는 앞서 서술한 바 있다. 1922년 1월 9일 발행된 『백조』 1호에는 박종화의 시 「密室로도라가다」, 「輓歌」 등과 수필 「永遠의僧房夢」 등이 있다. 박종화가 『조선일보』의 '문예란'에 3편의 시를 발표한 것은 『장미촌』과 『백조』 1호에서의 활동의 사이였다.

7월 14일 '문예란'에 발표된 「廢園에누어셔」는 『黑房秘曲』에 수록된 시와 달리 3장으로 되어 있다. 「廢園에누어셔」의 1, 2장은 시적 화자가 '悲哀를 안고' '病床에서 누워 있는 모습'을 그리고 있다. 화자는 다시 한 번 사랑을 갈구하지만 '運命의 潮水가 다 업새 버'려 '거츠른 동산'만이 남아 있다.

> 타오르든 불길이 모다 새져셔 / 그것이 ᄌᆡ와 슷뿐일적에 / 破滅의 그것을 ᄂᆡ가볼적에 / 苦로운 압흠도 이져버리고 / 눈물이 두쌤에 흘너나렷다 / ᄋᆞ々 사랑이란 이러한거뇨? / 나의사모ᄒᆞᄂᆞᆫ 그ᄃᆡ들이여–[56]

인용은 『黑房秘曲』에 수록될 때 빠진 3장의 마지막 부분이다. 화자는 '타오르든 불길'에 모든 것이 파멸에 이르렀다며 이것이 사랑이냐고 되묻고 있다. 주목을 필요로 하는 부분은 시의 말미에 부기되어 있는 "默笑 笑啞 두 兄의"라는 구절이다. '默笑'는 정백의 필명이며 '笑啞'는 홍사용의 그것이다.57) 그렇다면 「廢園에누어서」의 중심에 위치한 비애와 그것을 야기한 파멸은 '사모ᄒᆞ논 그ᄃᆡ들', 곧 정백과 홍사용의 갈등과 관련되어 있음을 알 수 있다. 이를 고려하면 인용의 앞부분에 있는 "白鳥는 물속에서 날어와서" "破滅의불이라ᄂᆞᆫ 쇼리를듯고" "놀나서 물속으로 다러나ᄂᆞᆫᄃᆡ" "안타가웁게 그흰깃을 傷히쥬엇다"는 시구 역시 흥미롭다. 1, 2장이 '病床에서 누워 있는' 화자의 비애에 초점이 맞추어져 있지만 그 원인이 '運命의 潮水', '거츠른 동산' 등 추상적인 데 머물고 있다는 데서 새롭게 발굴된 3장은 「廢園에누어서」를 새롭게 해석할 수 있는 가능성을 제시해 준다.

이와 관련해 또 하나 간과해서는 안 될 부분은 시의 말미에 있는 '一九二○, 八, 七, 病床에셔'라는 부기이다. 「廢園에누어서」가 발표된 것은 1921년 7월 14일이지만 집필된 것은 1920년 8월 7일임을 나타낸다. 1922년 1월 5일 무렵 박종화의 일기에는 "상극! 불과 물로써 일어나는 반역과 哄笑"58)이라고 해 정백과 홍사용의 갈등이 파국에 이르렀음을 안타까워하는 부분이 있다. '一九二○, 八, 七'이라는 부기는 정백과 홍사용의 갈등의 맹아가 싹텄던 것이 이미 1920년 8월 즈음부터임을 말해준다.

정백이 편집을 담당하면서 「緊急動議」, 「勞動問題의淵源과由來」 등 현실비판적인 색채를 분명히 하는 기사를 실었던 『서광』 7호가 발행되었던 것이 1920년 9월이었다는 점, 이어 정백이 1920년 겨울 '북간도'로 가서 독립단에 가입했다가 다시 노령(露領)에서 사회주의 교육을 받고 1921년 겨울 귀국하여 사회주의 청년단체인 '서울청년회'에 가입했다는 행적 등도 이를 뒷받침하고 있다. 특히 이러한 갈등이 단순히 두 사람만의 것이 아니라 조선에서 미분화된 열망과 욕망 가운데서 문학성과 정치성이 분화되기 시작한 것이자 문예와 사상이 분화되는 단초였다는 점 역시 간과되어서는 안 될 것이다.[59)]

「愛의王座로나를부를때」, 「붉은밋친여름이오면은」 등은 1921년 7월 12일 발표되었다. 「愛의王座로나를부를때」는 8연으로, 「붉은밋친여름이오면은」은 5연으로 된 시이다. 「愛의王座로나를부를때」는 '불의 나라'를 방문한 시적 화자가 '愛의 王座'로 부르면 다시 돌아올 것을 다짐하며 '宮畔에 핀 黃梅'에 무지개를 남기고 돌아온다는 내용을 담고 있다. 「붉은밋친여름이오면은」은 '붉은 미친 여름', '지긋지긋한 음탕의 대궐'과 '사람 없는 빈 거리', '깨끗한 빈 거리' 등의 대조적인 심상을 통해 시적 화자의 지향을 드러낸 시이다.

이들 시가 『조선일보』 '문예란'에 발표가 되었다는 사실은 먼저 두 시의 집필 시기 및 박종화 시의 전개 과정을 재구하는 데 도움을 준다. "一九一九로부터 一九二三의 다섯해 동안은 나로하야금 이붓그러운 젹은詩集을 쓰게하얏다"[60)]는 언급처럼, 『黑房秘曲』의 시들은 5년에 걸쳐 쓴 시들을 모아 발행했음에도 『장미촌』, 『백조』 등에 실린 몇 편의 시를 제외하고는 집필 시기나 발표 지면이 제대로 밝혀진 바 없었다. 『黑房秘曲』은 '黑房秘曲', '懊惱의靑春', '自畵像', '푸른門으로', '靜謐' 등의 다섯 부분으로 이루어져 있는데, 두 시는 '懊惱의靑春' 부분에 수록되어 있다. 작가는 '懊惱의靑春' 부분이 "象徵詩 그境域에 내가彷徨할때 지은것"들로 되어 있으며, 이후 "새로히 내 新境地를 開拓하랴는 純眞의觀照"[61)]로 나아갔다고 했다. 앞선 언급을 고려하면 「愛의王座로나를부를때」, 「붉은밋친여름이오면은」 등은 박종화가 상징시에 경도되었을 시기의 마지막 부분에 위치하는 시들임을 알 수 있다.

그렇다면 이 시들의 성격을 제대로 가늠하기 위해서는 '불의 나라'(「愛의王座로나를부를때」), '사람 업는 빈 거리'(「붉은빗친여름이오면은」) 등 두 시의 중심에 위치한 시어의 상징적 의미에 초점을 맞추는 일이 필요할 것이다. 두 시에서 나타나는 '불의 나라', '빈 거리' 등의 상징이 '음탕에서 벗어난 순수한 연모'를 가리키는 것인지, '현실의 전면화된 부정성의 반대편'을 함의하고 있는 것인지의 가늠 역시 이와 관련된다고 할 수 있다.

특히 『장미촌』의 「同人의말」에 수록된 "今番月灘朴鍾和氏의 「懊惱의靑春」 갓흔것은實로우리새詩壇의佳作이라아니할수업"[62]다는 언급처럼 이들 시에서 나타난 상징은 박종화 개인에 한정되지 않는 당시 『장미촌』에서 『백조』 등으로 이어지는 시적 경향을 대표하는 것이기도 하다. 따라서 '문예란' 시에 나타난 상징의 성격을 해명하는 작업은 시문학사에서 이들 시적 경향에 대해 "기질상 의도적으로 현실과의 접촉을 피하"려 해 "작품을 비현실적인 단면을 강하게 드러내는 것, 애매몽롱한 언어의 집합체로 만들었다"[63]는 폄하에 대한 재고의 가능성 역시 제시하게 될 것이다.

4) 상상력을 복원하는 예술가의 자세

오상순의 작품은 『조선일보』 '문예란'에 모두 7번 게재되었다. 1921년 7월 17일 발표된 산문시 「鳳仙花의로만쓰」와 7월 21일부터 27일까지 6회에 걸쳐 연재된 「傷한想像의놀기」라는 연작시가 그것이다. 이 작품들은 모두 아직까지 발굴된 바 없는 시들이다. 오상순은 생전에 시집을 출간한 적이 없었다. 사후에 유고 시집 『空超 吳相淳 詩選』이 발간되었으나 오상순의 시들이 온전히 수합되지는 못했다.[64] 이후 발간된

시 전집에도 '문예란'의 글들은 실리지 않았으니,[65] 이 글에서 「鳳仙花의로만쓰」, 「傷한想像의놀기」 등을 처음으로 소개하는 셈이다.

일반적으로 이 시기 오상순에 대한 평가는 남궁벽과 함께 『폐허』의 테두리를 고수한 인물이라는 데 초점이 맞추어져 왔다. 『폐허』 2호의 「廢墟雜記」에 부기되어 있는 '星海'라는 필명이 오상순을 지칭하는 데서 오상순이 『폐허』에 작품을 발표했을 뿐만 아니라 남궁벽과 함께 편집까지 담당하는 등 핵심 구성원으로 활동을 했다는 것이다.[66] 그러나 "吳相淳의 詩가 간직한 참모습은 『廢墟』라든가 『廢墟以後』를 통해 발표한 작품에서는 잘 포착되지 않는"[67]다는 논의처럼 이 시기 오상순의 문학세계가 『폐허』에서의 활동으로 한정되기는 힘들다. 특히 1920년대 초기 오상순은 작가가 가져야 할 태도 혹은 시선을 주제로 한 작품들을 발표한다. 1920년 11월 『개벽』 5호에 수록된 「創造(어느靑年彫刻家에게)」, 1921년 5월 『아성』 2호에 실린 「어린애의王國을」 등이 그것이다. 이 시들이 제기한 문제의식의 연장선상에서 「傷한想像의놀기」를 비롯한 '문예란'에 실린 작품은 『폐허』를 통해 온전히 가늠될 수 없는 오상순의 시세계를 조명하는 계기가 될 수 있을 것이다.

오상순이 『조선일보』 '문예란'에 글을 실은 시기는 『폐허』, 『장미촌』 등에서 활동한 이후의 일이었다. 오상순은 1920년 7월 『폐허』 동인으로 문단에 등단했다. 『폐허』가 창간되기 이전 변영로, 남궁벽 등과의 교류에 대해서는 앞에서 밝힌 바 있다. 『폐허』 창간호에 수록된 「時代苦와그犧牲」은 현실이라는 폐허를 딛고 영원한 내면을 갖기 위한 숭고하고 장엄한 부활의 방법을 주장했다는 점에서 오상순뿐만 아니라 『폐허』 동인의 정신을 규명할 때 활용되는 평론이다.[68] 당시 오상순은 『폐허』에서 활동하면서 『개벽』, 『아성』과 같은 잡지에 「疑問」, 「구름」, 「夢幻詩」, 「어린애의王國을」 등의 시를 발표했다.[69]

『장미촌』 창간호가 발행된 직후인 1921년 5월 27일 종로 YMCA에서 시낭독회가 열린다.[70] 오상순은 『장미촌』에는 시를 수록하지 않았지만, 시낭독회에서는 동인 자격으로 시를 발표했다.[71] 또 '조선불교청년회' 주관 강연회의 강사로 「너우에서라」라는 강연을 하기도 했는데, 이는 오상순이 당시 "中央佛敎學校에셔哲學을敎授하"고 있었기 때문으로 보인다.[72] 또 1921년 6월에는 『신민공론』 창간호에 「타는가삼」이라는 제목의 시를 발표했는데, 이 역시 앞서 확인한 것처럼 『신민공론』 주필이었던 변영로와의 교류가 매개가 되었던 것으로 파악된다.

1921년 7월 17일 발표된 「鳳仙花의로만쓰」는 처녀들과 노인의 대화로 이루어진 산문시다. 『폐허』, 『개벽』 등에 발표된 오상순의 시는 간결한 형태의 단어와 구를 통해 행을 구분하는 형식을 취했다. '문예란'에 수록된 시는, 『폐허』, 『개벽』 등에 발표된 시와는 형식상에서 뚜렷한 차이점을 가지며, 부기되지는 않았지만 변영로의 시와 마찬가지로 산문시로 판단할 수 있다. 「鳳仙花의로만쓰」에서 별은 확정된 질서로 구축된 천상계의 존재이지만 불안정하고 자유로운 지상계를 엿보다 떨어져 절명한다. 이 불완전성에 몸을 던지는 태도는 「時代苦와그犧牲」에서 언급한 바와 같이 "傳統과習俗과權威에反抗하는不道德者" "또世間과步調를合해갈줄모르는 幼稚者"와 같이 보일지 모르나 "荒凉ᄒᆞᆫ廢墟를뒷고선" "眞正意味잇고價値잇고光輝잇는生活을始作코자하는熱烈한要求"라고 할 수 있다.[73] 노인이 이야기하는 봉선화의 내력은, 불완전한 찰나를 선택하는 화자의 의지가 강조된다는 점에서, 같은 '문예란'에 수록된 변영로의 산문시 「天使의叛逆」과도 유사한 맥락을 갖는다.

「傷한想像의놀기」는 1921년 7월 21일부터 27일까지 6회에 걸쳐 연재된 작품이다. 행마다 글자 수의 편차는 있으나 7~8자 내외의 짧은 구절이 많으며, 이어지는 행과의 대구를 이루는 형식의 연작시다. 이

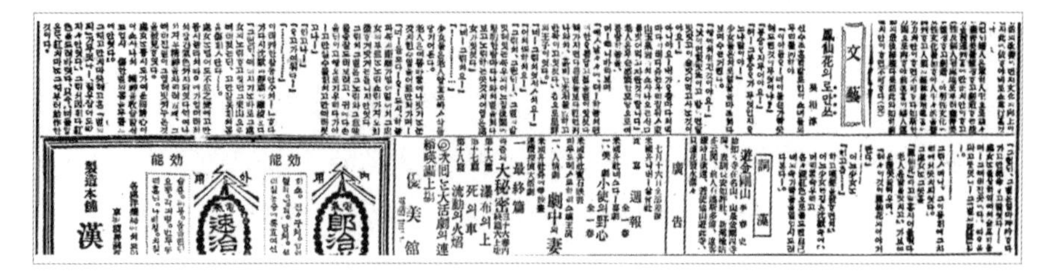

1921년 7월 17일 『조선일보』 1면에 실린 오상순의 「鳳仙花의로만쓰」이다. 간결한 형태의 단어와 구를 통해 행을 구분한 산문시의 형식을 지니고 있다.

작품은 어린 시절의 상상력이 깃든 언어를 가장 본질적인 것으로 파악한다는 점에서 이 시기 오상순의 문학관을 보여주는 시라 할 수 있다.

> 글房에서비운것/ 學校에셔비운것/ 敎會에셔드른것/ 哲學科에서 어든것
> 詩的比喩도/ 美的表現도/ 모다事實이겟나/ 쏘모ᄃᆞ眞理인지도 모르겟다
> 나의所謂常識,科學,/ 나의哲學나의信仰/ 이를證明하는것도갓다
> 그러나〻〻〻/ 「어머니-하누님이밥지어-」/ 하든한마듸만다못하다
> 이말에ㄴ뷔ㄴ구석이업다
> 나의過去에도쏘다시업섯고/ 現在에도못하고/ 未來에도못할/
> (未來에는하기로願하지만)
> 다만그씌그한마듸
> 나의全生命, 全人格의말이엇다/ 實로永遠한로고쓰의結晶이엿다[74]

오상순은 어린이의 언어를 과학이나 철학, 종교의 해설보다 우월한 '결정(結晶)'으로 판단한다. 어린아이의 지각은 관습화된 질서 이전의 것이며, 세계를 낯설게 볼 수 있는 감각이라는 것이다. 어린아이와 화자의 대조를 통해 전자의 고결함을 강조한 「어린애의王國을」을 1921년 5월에 발표했다는 것을 고려하면, 이와 같은 예술관은 이 시기 오상순에게 지속되는 것임을 알 수 있다.[75] 오상순이 생각하는 작가란 어린아이의 마음을 가진 존재이며, 예술가의 태도는 어린아이의 시선과 같이 낯선 정신을 표방하는 창조자의 태도인 것이다. 그러나 시가 전개되면서 '想像의놀기'라는 추상적이고 거대한 존재를 제시하는 방식으로 과학을 비롯한 근대의 질서들을 부정할 뿐 반대 지점의 상을 명확하게 제시하지 못하는 한계 역시 드러내고 있다.

차승기는 오상순을 비롯한 『폐허』 동인의 예술관이 미가 가지고 있는 상상력이 개별적이고 우연적인 요소를 영원성으로 변모시킬 수 있다는 믿음에서 기인한다고 보았다. 그러나 이와 같은 예술물신주의적 지향은 미적 세계관이라는 프리즘을 통해서만 가치를 찾을 수 있다는 점에서 폐쇄성을 벗어나지 못했다는 한계 역시 지적했다.[76] 또 오상순이 제기한 미적 상상력과 그것을 표현하는 예술성은 정작 『폐허』 등의 동인지 지면을 통해 발표한 시에서는 명확하게 보이지 않는다는 평가 역시 제기되어 왔다.[77] 여기에서 소개하는 「鳳仙花의로만쓰」, 「傷한想像의놀기」 등의 시는 『폐허』의 작품들만으로는 온전히 해석될 수 없었던 이 시기 오상순의 시세계를 해명하는 데 일련의 근거가 될 수 있을 것이다.

4. 1920년대 신문 미디어에서 '문예란'의 위상

'문예란'이라는 지면은 당시 '외롭게 숨어서 오뇌의 무도를 추고 있는' 무리, 곧 제대로 된 발표 공간을 찾기 힘들었던 기존의 문인을 대상으로 개설된 것이었다. '문예란'의 필자들이 『폐허』, 『창조』, 『신청년』, 『장미촌』 등의 동인지를 통해 이미 문단의 승인을 받은 존재들이었음은 확인한 바 있다. 이는 '문예란'이 당시 신문 미디어가 드물게나마 문학에게 할애한 지면이었던 '현상문예란', '독자투고란' 등과는 다른 지면이었음을 뜻한다. 이 글이 소개한 시, 평론, 수필 등 '문예란'의 글들 역시 문학청년 시기의 습작이나 투고작과는 성격을 달리한다는 것이다.

'문예란'에서 활동한 필자들의 면면은 기존의 문학사적 서술에 대한 재고의 여지 역시 마련해준다. 박영희는 이 시기 동인지가 "自己 雜誌에 다른 同人의 글을 실지 않았"고 "同人 또한 다른 同人誌에 쓰지 않았"다며 "同人의 存在만은 黨派를 이룬 체 그대로 오랫동안 繼續하였다"[78]고 회고한다. 김동인, 주요한, 변영로, 박종화 등 동인지의 중심 성원들의 거듭된 회고는 이후 백철, 조연현 등 초기 문학사가들에 의해 동인지 중심의 문학사 서술로 이어지게 된다.[79] 그런데 '문예란'의 필자는 『폐허』 동인을 중심으로 『창조』, 『신청년』, 『장미촌』, 『백조』 등의 동인들에 이르기까지 망라되어 있었다. 이는 각각의 동인지에 얽매이지 않는 문인들의 네트워크와 문학 활동을 보여준다는 점에서 앞선 문학사적 서술에 재고의 계기를 마련한다.

하지만 '문예란'의 가장 두드러진 의미는 「文藝欄設置에就ᄒᆞ야」의 '文藝的 英靈의 才를' '紹介홀 權威잇는 機關도 업'었다는 언급에서 나타난다. '문예란'이 개설될 때까지 『조선일보』를 비롯해 『동아일보』, 『매일신보』 등에 같은 성격의 지면이 존재하지 않았다는 점이다. 앞에서 검토한 것처럼 아카이브 검색이라는 방식을 통해 『조선일보』에 게재된 변영로의 시가 발굴되었으면서도 '문예란'이라는 지면에 대한 관심으로 이어지지 못한 것 역시 이와 관련된 것으로 보인다. 당시 『조선일보』, 『동아일보』, 『매일신보』 등 신문 미디어와 문학의 관계에 대한 실상이나 양태에 대한 접근이 부재했기 때문에 근대문학의 장으로서 '문예란'이 지니는 위상 역시 제대로 드러나지 않았다는 것이다. 이 절에서 당시 『조선일보』를 비롯해 『동아일보』, 『매일신보』 등의 신문 미디어와 문학의 관계에 대해 검토하려는 이유 역시 여기에 있다.

『조선일보』를 비롯해 『동아일보』, 『매일신보』 등 당시 신문들은 4면의 상단에 연재소설을 실었다. 『조선일보』에는 정간 이전에 『春夢』, 『박쥐우산』이, 1920년 12월 2일 2차 정간 해제 이후에는 『發展』, 『白髮』 등이 연재를 이어갔다.[80] 이 글의 관심과 관련해 주목해야 할 부분은 소설의 제목 옆에 부기된 이름이다. 『春夢』의 제목 옆에 '觀海生'이라는 이름이 있으며 『박쥐우산』에는 아무 것도 적혀 있지 않다. 『發展』에는 '擊空生', 『白髮』에는 '靑黃生'이라는 이름이 부기되어 있다.[81] 이들 소설이 연재를 시작하면서 직접 밝히고 있듯이, 제목 옆에 필자인지 번역자인지 모를 이름이 부기되어 있는 데는, 연재물이 '소설'이 아니라 '사실기담'이라는 것, '예술품 소설'이 아니라 재미에 중심을 두는 '통속소설'이라는 것, 또 창작도 아니고 번역도 아니고 번안도 아닌 '이상야릇한 무엇'이라는 이유가 작용하고 있다.[82] 원작자나 번역자를 밝히기 위해서는 먼저 그 대상이 '예술품 소설' 나아가 '문학'이라는 전제가 필요했기 때문이다. 4면의 연재물을 문학으로 보지 않는 관행적 인식은 1922년 12월까지도 『조선일보』에서 통용된다.

『조선일보』 1면에 연재된 소설 역시 '문예란'에 게재된 작품들과는 거리를 지닌다. 『조선일보』는 1920년 12월 2일 2차 정간 해제와 함께 「初戀」, 「浮雲」, 「曉霧」 등을 연재했다.[83] 「初戀」, 「浮雲」 등에는 '투게네프 原作 憑虛生 譯' 등 원작자와 번역자가 밝혀져 있다는 점에서 4면에 연재된 소설과는 달랐다. 하지만 이들 소설이 번역이라는 점, 또 『조선일보』가 연재를 결정한 것이 "有名한露西亞文豪", "文豪의六大傑作小說중의一"[84] 등 1면에 게재하기 걸맞은 대상이었다는 점 등에서 '문예란'의 작품들과는 성격을 달리한다. 「曉霧」가 「初戀」, 「浮雲」과는 달리 현진건의 창작이었음에도 연재를 시작한 지 한 달도 못 돼 중단된 사실은 앞선 1면의 연재 기준을 뒷받침하고 있다.[85]

이들 외에 당시 『조선일보』에서 문학의 흔적을 발견할 수 있는 지면은 4면의 '기서'란이었다. '기서'란에는 논설이나 서간 등과 함께 전통적인 시가와 신시 등이 게재되기도 했다.[86] 하지만 이들은 구투를 주로 하는 것이었으며, 가끔씩 신시가 실릴 때도 창가나 신체시의 형식을 벗어나지 못했다. 2차 정간 해제 이후 '기서'란의 이름이 '기고'란으로 이름이 바뀌면서, 희곡, 희곡론 등이 연재되고 김유방, 임노월 등의 글이 게재되는 등, 문학적인 글이 실리는 횟수가 늘어났다.[87] 하지만 '기고'란에 문학적인 글이 실린 것은 간헐적이었으며 그 비중은 여전히 크지 않았다.

1921년 7월 즈음까지 '문예란'과 같은 성격의 지면이 존재하지 않았던 것은 『조선일보』에만 한정되는 것은 아니었다. 당시 『동아일보』에서 『조선일보』의 '문예란'과 비교될 수 있는 지면은 '독자문단'이다. '독자문단'은 1921년 2월 21일 정간 해제와 함께 『동아일보』 4면에 개설되어 시기적으로도 '문예란'보다 앞선다. '독자문단'에 주로 실렸던 장르는 시였으며, 1920년 4월부터 7월까지 1면에 개설되어 한시가 주로 실렸던 '사조'란과는 달리 신시가 주를 이루었다. 하지만 '독자문단'

을『조선일보』의 '문예란'과 같은 성격의 공간으로 보기는 힘들 것 같다. 개설 기간 동안 계속되었던 "投稿는必히『讀者文壇』이라고 朱書를要"하며 "記載與否와添削의權은本社에 在"[88]한다는 공고는 이를 잘 드러내고 있다.『동아일보』에 개설된 '독자문단'은 문학에 관심을 지닌 독자를 견인하기 위해 지면을 할애했던 '독자투고란'의 하나였다. 당시가 독자가 투고하는 과정을 통해 문학에 뜻을 키워나가 작가로 등단하게 되는 근대문학의 재생산 제도가 만들어지는 시기였음을 고려한다면『조선일보』의 '문예란'과『동아일보』의 '독자문단'의 차이는 더욱 엄밀하게 구분할 필요가 있다.

4면에 실렸던『동아일보』의 연재소설에도 주목할 필요가 있다.『동아일보』의 연재소설은 창간과 함께『浮萍草』가 연재되기 시작해,『엘렌의功』,『붉은실』등의 연재가 이어졌다.[89]『浮萍草』라는 제목 옆에는 필자인지 번역자인지 모를 '閔牛步'라는 이름이 있으며,『엘렌의功』,『붉은실』에는 이와는 달리 '千里駒譯'이라는 표기가 부기되어 있다.『조선일보』의 연재소설에서와는 달리 '閔牛步', '千里駒' 등은 민태원, 김동성 등의 필명임이 알 수 있다.[90] 하지만『동아일보』의 연재소설 역시 원작자, 원작소설 등은 밝히지 않았다. 또 민태원은 창간 당시『동아일보』의 동경통신원, 김동성은 조사부 소속의 기자 등이었음을 고려하면『동아일보』의 연재소설 역시 기자에 의해 번역, 연재된 것이라고 할 수 있다.[91] 특히 '독자문단'이 폐지된 1921년 11월 이후부터는 연재소설을 제외하고는 문학이 실릴 만한 지면 자체를 발견하기 힘들다.『동아일보』의 문학에 대한 관심을 확인하기 위해서는 1922년 11월 나도향의『幻戱』가 연재되기를 기다려야 했다.

『조선일보』'문예란'과 비교될 수 있는『매일신보』의 지면은 '매신문단'이었다.[92] '매신문단'은 1919년 7월 7일부터 시행되어 시기적으로도『조선일보』'문예란'보다 앞선다. 실제 '매신문단'의 등장은 1919년 7월 1일부터 시행된『매일신보』의 지면 개편과 함께였다.[93] 1920년 1월 19일까지 약 반 년에 걸쳐 일요일자 4면에 개설되었는데, 빠진 주도 많아 실제 시행된 횟수는 모두 23회였다.[94] '매신문단'에서는 이익상, 이서구, 김석송, 황석우, 노자영 등 익숙한 이름을 발견할 수 있다. 하지만 '매신문단'이『조선일보』'문예란'과 같이 문인들을 대상으로 한 지면이라고 하기는 어려울 것 같다. '매신문단'에 실린 작품에는 1, 2, 3등 혹은 선외가작이라는 부기와 투고자의 주소가 달려 있다.[95] '매신문단'은 투고를 하고 고선을 하는 공간 곧 현상문예의 장이었으며, 앞선 인물들 역시 '매신문단'에 글을 투고하고 게재가 될 때는 무명의 투고자였을 뿐이다. '매신문단' 주요 필자들에 대한 익숙함은 이후 문학에 대한 열의를 키워나가 문인으로 등단한 데 따른 것이다. 이러한 '매신문단'의 성격을 드러내는 것은 다음과 같은 광고이다.

> 小品文藝懸賞募集
>
> 一, 賞金은一等二圓 二等一圓 三等五十錢으로定員은無ᄒᆞ며選外라도佳作이면 紙上에揭載홈
>
> 一, 原稿를送할時에ᄂᆞᆫ封套에반다시『懸賞文藝原稿』라朱書홈을要홈
>
> 一, 右의投稿ᄂᆞᆫ何時를勿論ᄒᆞ고歡迎홈[96]

1920년 1월 19일 '매신문단'이 중단된 후『매일신보』의 문학에 대한 관심은 급격히 수그러들었다. 임장화, 백대진, 박종화 등의 시가 간헐적으로 1면에 게재되었지만 그나마 1921년 4월 이후에는 거의 찾아보기 힘들게 되어 '문원란'의 한시만이 남게 된다.[97] 연재소설에 대한 관

심은 『매일신보』에서도 마찬가지여서, 이 시기 『犧牲』, 『어듸로가나』 등이 연재되었다.[98] 이들 소설은 단눈치오(Gabriele D'Annunzio), 센키에비츠(Henryk Sienkiewicz) 등의 원작을 유지영, 홍영후 등이 번역한 것이라는 점에서, 『조선일보』, 『동아일보』의 연재소설과는 차이를 지닌다. 하지만 『犧牲』, 『어듸로가나』 역시 번역이라는 점, 그나마 『어듸로가나』가 한 달 남짓 만에 미완으로 끝나는 등 그나마 제대로 운영되지 못했다는 점 등도 간과되어서는 안 된다.

『조선일보』, 『동아일보』, 『매일신보』 등 1920년대 전반기 신문 미디어에서 근대적 의미의 문학은 연재소설이나 구투의 문학에 밀려 지면을 할애 받지 못했다. 여기에서 『조선일보』의 '문예란'이 지니는 온전한 의미가 드러난다. 한편 앞서 이 시기를 대상으로 한 기존의 문학사적 서술이 동인지를 중심으로 하고 있음을 검토했는데, 이는 시문학의 전개를 파악하는 데서도 크게 다르지 않다. "한국의 근대시 내지 근대문학의 본격화 제1단계의 史的 記述을 위해서는 흔히 그 유력한 단서로 문예동인지"를 들 수 있으며 "여기서 문예동인지는 물론 문학사 기술의 거멀못 가운데 하나인 작품의 생산, 공급 방식의 범주에 드는 것"[99]이라는 서술이 그것을 대표한다.

작품의 수, 수록 횟수 등에서 '문예란'의 중심에 놓인 장르가 시였음은 확인한 바 있다. 실제 당시 시인을 비롯한 문인들이 동인지를 주된 활동무대로 할 수밖에 없었던 것은 당시 신문 미디어 등이 문학에 대해 그리 우호적이지 않았다는 것, 곧 기존의 문인들에게 지면을 제공하지 않았던 이유가 크게 작용하고 있었다. 여기에서 『조선일보』 '문예란'이 당시 시인들에게 신문 미디어와 조우할 수 있었던 드문 공간이었음을 알 수 있다. 동인을 중심으로 한정된 활동을 했던 문인들은 신문 미디어에 자신들이 추구했던 문학이 무엇이지 보여줄 수 있는 기회를 가지게 된 것이었다. 이렇게 볼 때 『조선일보』 '문예란'은 동인지를 중심으로 시적 전개를 가늠하는 기존의 문학사적 서술에 대한 재고의 계기 역시 제공한다고 할 수 있다.

자료2. 『조선일보』 '문예란' 원문

〈일러두기〉

1. 원문대로 옮기는 것을 원칙으로 했다. 맞춤법, 띄어쓰기, 문장부호, 기호나 약물 등은 발표 당시의 표기를 그대로 따랐다.
2. 원문이 파손되거나 뭉개져서 판독이 불가능한 경우, '○'를 글자 수만큼 입력했다.
3. 자료는 '문예란'의 취지를 다룬 「文藝欄設置에就ᄒᆞ야」를 먼저 수록하고, 이후 필자를 기준으로 변영로, 남궁벽, 박종화, 오상순의 순서를 따랐다.

『조선일보』, 1921.7.4.

文藝欄設置에就ᄒᆞ야[100)]

「묵은信仰은업셔지고,ᄉᆡ信仰은아즉싱겨나아니ᄒᆞ엿다」이것은ᄆᆡ슈, 아-놀드의말이어니와이말을우리文壇에適用ᄒᆞ야,「넷文學은업셔지고, ᄉᆡ文學은ᄋᆞ즉싱겨나지ᄋᆞ니ᄒᆞ엿ᄃᆞ」ᄒᆞᆯ수잇다

事實現下의우리朝鮮에는眞正한意味에잇셔々文學이라ᄒᆞᆯ만한것이 아무것도업다.文學은生活의反映이며再現이다.임의우리에게生活이잇거늘엇지ᄒᆞ야文學이업는가, 더구나우리는남보다더ᄒᆞᆫ苦痛과오惱를가진우리가아닌가, 케ㄹ레르가말ᄒᆞ기를「詩는다만큰 오惱를가진 胸中에셔 流露ᄒᆞᆫ다」ᄒᆞ엿다. 이는어느 程度ᄭᆞ지眞理라 ᄒᆞᆯ수잇다 우리의苦

痛과오惱중에셔무슨作品이出現치안는것은, 넘우나異常ᄒᆞᆫ일이다, 이는우리생활에무슨病的缺陷이잇는ᄭᆞ닭이다. 現下의우리는物心兩面으로安定이업셔々, 우리의生活을고요히觀照ᄒᆞᆯ餘裕가업는것도한病源이라ᄒᆞᆯ수잇다. 우리社會는아즉文藝에對한理解가업슴으로, 不出世의文藝的才能을가진者를包容ᄒᆞᆯ雅量이업는것도한病源이라ᄒᆞᆯ수잇다. 그러나우리는이모든病源을排除ᄒᆞ고서, 新文學을建設ᄒᆞ여야ᄒᆞ겟다. 事實多少이라도 우리民族生活의前途에對한 文藝의機能을짐작ᄒᆞ는者는, 누구나大作家의出現과 新文學의建設을翹望치안는者가업다.

萬一하늘에구름이업고,바다물결이업고, ᄯᅡ에풀이업슬것가트면, 우리는그單調無風致에견듸기어려울것이다. 萬一우리人生에文學이업슬것가트면, 우리는엇지그寂寞無趣 견듸ㄹ수잇스랴. 文學은우리의生活을潤彩롭게ᄒᆞ고豊富케ᄒᆞ는ᄃᆡ不可缺ᄒᆞᆯ것이다. 萬一佛의小說과英의詩歌가업슬것가트면, 世界藝苑은眞實로荒涼○寞을極일것이다. 우리朝鮮사람은우리自身의生活을潤彩롭게ᄒᆞ고豊富케ᄒᆞ기爲ᄒᆞ여셔도文學을○ᄒᆞ려니와, 世界藝苑을○○케ᄒᆞ고그○○○ᄒᆞ는 分子가되기爲ᄒᆞ여셔도偉大ᄒᆞᆫ文學의産出을○한다.

그러나우리朝鮮에新文學의産出을○○ᄒᆞ는理由는 이보다더切實ᄒᆞᆫ바이잇다.

文學의究竟 目的은人生批評에잇슴으로, 眞正ᄒᆞᆫ作品의內容은恒常人生問題에對한解決이나○示나,問題提出에잇다.모든方面에 ○○와黑點이○○한現下의 우리生活은, 偉大ᄒᆞᆫ作家의嚴正한人生批評으로 써 光明케ᄒᆞ여야할것이다. 곳解決ᄒᆞ고,暗示하고新問題을提出ᄒᆞ여야ᄒᆞᆯ것이다. 이것이곳新文學建設을○○ᄒᆞ는가장切實한理由다. 그러나理由는다만이에긋치지안는다 우리는藝術的으로優秀ᄒᆞᆫ素質의所有者이라는自信이잇슴으로, 이런ᄒᆞᆫ素質을가진民族의生命을永遠케ᄒᆞ는것은곳藝術에잇슴을아는

ᄉᆡ닭이다. 「人生은須臾ᄒᆞᆫ것이오藝術은久遠ᄒᆞᆫ것」이아닌가. 「詩歌는歷史보다도眞正한것」이아닌가.

現下의우리社會는어느方面으로보던지日暮途遠의歎을禁치못ᄒᆞᆫ다. 좃차셔우리가ᄉᆡ로히解決치ᄋᆞ니ᄒᆞ면아니될問題도한들 긋치지안는다.政治,産業,敎育,宗敎各方面의問題는, 다各々그方面의사람이解決ᄒᆞ여야ᄒᆞᆯ것이다. 그러나나는우리民族의前途를光明케ᄒᆞᆯ가장有力ᄒᆞᆫ燈火는오즉藝術에잇다는信念을가진者이다.

그러나우리 社會는아즉文藝的英靈의才를包容ᄒᆞᆯ雅量과餘裕가업고, ᄯᅩ彼等을紹介ᄒᆞᆯ權威잇는機關○업슴으로, 彼等은그眞價을發揮치못ᄒᆞ고, 다만외롭게숨기여오惱의舞蹈를춤추고잇슬ᄲᅮᆫ이다. 이에本紙는ᄉᆡᆼ각ᄒᆞ는바이잇셔ᄉᆡ로히文藝欄을設置ᄒᆞ야, 오惱의舞蹈를춤추는英靈의群을잇스러ᄂᆡ며, 新文學建設에權威잇는機關이되려ᄒᆞ는바이다.

변영로卞榮魯

『조선일보』, 1921.7.4.

散文詩 (四篇)

彷徨

數업는불빗- 數업는門-數업는窓!

아-戀人이여 어느房에 그ᄃᆡ는잇는가? 어느門을 ᄯᅮ다리릿가?어느窓아-ᄅᆡ가노ᄅᆡ를 부르릿가?밤 박쥐(蝙蝠)모양으로 그ᄃᆡ 窓밋흐로 날지못ᄒᆞ야 彷徨ᄒᆞ는 ᄂᆡ로다- 아아戀人이여 어느곳에 그ᄃᆡ는잇는가?어느門을 뚜다리 릿가? 어느窓아릭에셔 나의노릭를 브르리잇가?

久遠흔女性의부름

가장 놉흔곳에 쇼릭잇셔「나를치여다 보라」

가장먼곳에 쇼릭잇셔「山넘고믈건너 닉게로오라」

가장 깁흔곳에쇼릭잇셔「아아어서와 이품에안기워라」

가장 갓가운곳에 쇼군거리는쇼릭잇셔 「나를위흐야 너의목슘버려라-닉사람아-」

月迷(怳惚)

달빗은 말홀듯ㅅ 울듯 빗나는 데-나는 말업시 밤이이식토록 그딕의 뜰에 셧셰라 銀箔갓치얄고 쇼릭날듯한 달빗을 밟고 섯셰라

안이 안이 그딕의 香긔를 豊艷흔 가삼을 듸ㅅ고 섯어라 안이 안이 薔薇와 싸이올레

쓰로 쑴인 그딕의 방에셔 그딕의 발밋헤 나는昏絶힛셰라

나의生命

나의生命은 暴風에 불니우는 쏫이다- 어느째 무슨異常흔 緣分으로 붉기실은 봉오리(蕾)가 피워ㅅ다-

그럼으로 나는살아도 사는것이안이다 아직죽지 안이흐얏슬 뿐이다 다만무엇에 쐴니우고 쐴니을뿐이다 무슨容赦업는 큰「손」이 나를 잡아압흐로 압흐로 미는것이다-무슨익일쑤업는두려운「힘」나를 前에 거러보지도

못ᄒᆞ든 셔투른 길에 늬셔우고 걸니우는것이다 나는 다만눈을감고 其偉力잇는 命令을좃차 나갈뿐이다 가는 데가 어듸지는 가는나도 모른다 가는데가 山이거나 바다거나나는 相關치안이ᄒᆞᆫ다 가는데가「죽음」의 나라거나「사랑」의 樂土거나 나는 뭇지안이ᄒᆞᆫ다 다만 ᄯᅢ르니워갈뿐이다-

『조선일보』, 1921.7.5.

天使의叛逆

어엽븐淑卿이난 搖亂한 날개쇼릐에 깁히드럿든 잠을ᄭᅵ엿다 ᄭᅵ여보니 房안은 異常한 빗으로 輝煌한데 自己엽에는 웬날개가 돗친 少年이 와잇슴을 ᄭᅵ다랏다 밤빗갓치 검은머리와 象牙갓치 흰 ᄲᅡᆷ과 새벽별갓치 말근두눈과 시르더가난薔薇갓치 불근 입을 가진 限업시 어엽분이엿다 그러나 淑卿이난 붓그러움과 두려움과怪異함에 마암을 ᄲᅢ앗겨 그를 치여다볼힘이 업셧다 다만 젹은가삼을 을니우고만 잇슬ᄯᅡ름이엿다하니 그날개난 少年은 가만히 잇기너무無聊하야 自己 널고 부드럽고 곱고 소릐나닌 異常한 깃(羽)을 드러 얼골을 가리운 淑卿의 손을 가만히 그러나 힘잇게 건드린다

아-異常한 건듸림- 그건듸림 슬플ᄯᅢ의 慰安의 말갓치 ○口에 響草갓치 淑卿의 가삼의 모든 두려움와 괴로움과 붓그러움을 낫케ᄒᆞ얏다淑卿이난 가리웟든 얼골을 드러 그날개난 少年을 치여다보앗다 少年의 눈에난 눈믈이흐르고, 그의 입설은 가늘고 깁픈 울음에 ᄯᅥᆯ니운다. 淑卿이난 疑訝홈을 禁치못하야 입을여러 그少年에게 뭇난다「아-처음으로 뵈옵난 어엽브ㄴ 道令님이시여- 當身은 누구시관대 이깁은밤에 여긔를 오셧사오며

무슨緣由로 우시나이ᄭᆞ」

其날ᄀᆡ난 少年은 가늘고 無限히 ᄋᆞ름답고 슬프고도 힘잇난 목쇼ᄅᆡ로 對答한다.

「ᄋᆞ-ᄋᆞ릿다운 人間의 處女여- 나난 形도 色도 香도 업난--다만 널고 놉고 차듸차고 너무 발은것ᄲᅮᆫ만 잇난 깃븜?) 업난 世界(天界) 에 氣體모양으로 放황하난 不幸ᄒᆞᆫ 天使무리의 하나로 上官셰레핌 (날ᄀᆡ 여섯가진 最上位의 天使) 의命令으로 헤쓰퍼(○의星)의 薄紫色의 별빗을 ᄯᆞ라 밤마다 人間界에 나려와 苦롭거나 슬퍼서 잠못이루난 靈魂들을 安息식히난 職責을 맛핫노라. 그ᄅᆡ 오날밤에도 九萬九千집을 단이여 오라난 吩咐를 듯고나려와 도라단이다가 그ᄃᆡ의 寢房을 들너가다가 자ᄂᆞᆫ 그ᄃᆡ의 어엽븜에 醉ᄒᆞ야 나의 職務를 閑漫이 ᄒᆞ얏노라. ᄋᆞ-妖艶한人間의 處女여- 睡蓮의 吐息보다도 더부드럽고 단 그ᄃᆡ의 肉의 香이 魔女의 呪文갓치 ᄉᆡ벽하날에 안개(霧)갓치 나의 날개를 무겁게ᄒᆞ얏도다- 오ᄅᆡ지 안이ᄒᆞ야 그불갓고 피갓흔 아참은 올터인데 나의 갈길은 멀고 ᄯᅩ 놉도다- 아- 아릿다운人間의 處女여-」

天使ᄂᆞᆫ「幸福」과 「歡喜」와 「美」의 象徵으로만 알고잇든 淑卿이난 이러한 天使의 悲哀와 苦悶과 不平과 寂寞ᄒᆞᆷ을 하쇼연ᄒᆞᆷ을 듯고 적지안은 同情의 念이 일어나서 쩔니난 목쇼ᄅᆡ를 가다듬어 뭇난다

「아- 어렵부고 가엽쓰신 天界의 公子님이시여-나난 즉이 天使난「平和」와 「永遠한깃븜」의 象徵으로만 알고 天界난 「平和」와 「빗」과 「歡喜」와 「○亮ᄒᆞᆫ 音樂」과 「絢爛幻美ᄒᆞᆫ ᄭᅩᆺ」의 동산으로만 짐작ᄒᆞ고 ○○도 엇지ᄒᆞ면 天使처럼 날개가나셔「苦惱」와 「疾病」과 「災禍」와 「猜忌」와 「葛藤」과 「罪業」과 「死亡」으로 가득채운 이ᄯᅡᆼ을 免ᄒᆞᆯ가?ᄒᆞ얏살더니 이째 公子ᄭᅴ져天界生活의 悲哀를 말삼하시니 우리人生은 이ᄉᆡᆼ에셔나 져生에셔나 괴로움ᄲᅮᆫ이압니ᄭᅡ?」

天使난 깃(羽)에 써러진눈믈 흘々 썰면서 對答한다

「아-可憐한 人間의 處女여- 永遠한 苦惱와 悲哀의烙印을 마친 아름다운 生靈이여- 人間界에난「醇味의 恍惚」과「祝福밧은 ○의 時間」의 瞬間이 잇스나 天界에난「寂寞」과「空虛」의 永遠이잇슬ᄯᅡ름이로다 그대의 ○○○ 쉼ᄭᅮ난 天使의 날개난 날때에만 燦爛할ᄲᅮᆫ이요 쉬일때에난乞食의 弊衣보담도 쓸데가 업도다- 아-아릿다운 人間의 處女여-나난 天界의「永遠」을 누림보다「그ᄃᆡ와의 ᄒᆞᆫ 刹那」를 願ᄒᆞ노라- 臙脂바른 입에 입맛츄고 香긔로운 가삼에 잠들고져ᄒᆞ노라-」……

瞥眼間 四方에셔 異常스러운 閃光이 빗나며 一萬天使의 발쇼ᄅᆡ와 날기치ᄂᆞᆫ쇼ᄅᆡ가 怒濤갓치 旋風갓치 이러나드니, 其어린 天使난ᄀᆞᆫ곳이업시 사라졋다. ᄋᆞ마 天界의 叛逆者로 神의激怒에 觸ᄒᆞᆫᄇᆡ 되엿슴이겟다.

淑卿이난 셜움과 셔움홈을 못익여 쇼ᄅᆡ를쳐우난 바람에 잠을 정말 ᄭᆡ엿다. ᄭᆡ여보니 薔薇色의 아침볏이 窓쌀에 븻최엿더라.

(一九二〇,一二,六,夜)

『조선일보』, 1921.7.7~8.

글쓰는벗에게告ᄒᆞ노라

=個性表現의文藝를建設ᄒᆞ라=

나ᄂᆞᆫ 픠여나ᄂᆞᆫ 우리文藝을 볼ᄯᅢ에 一方으로 깃브기도ᄒᆞ고 一方으로ᄂᆞᆫ 슬푸기도하다. 여러世紀동안「우리文學은이렇쇼」ᄒᆞ고 너보란듯이 ᄂᆡ노을만ᄒᆞᆫ 무슨特殊ᄒᆞᆫ文學이 자못업ᄂᆞᆫ 쓸々ᄒᆞ기 싹이업든 우리文壇에 여러方面으로 글을 쓰고 ᄯᅩ쓰려勞力ᄒᆞᄂᆞᆫ 여러文人이 輩出하니 깃브다. ᄒᆞ

나 그 여러文人 -남달리 붓끗으로 하쇼연홀 만흔늣김을 所有한-이 그萬端의 情緖와 複雜한思想을 그려닉일 말과 發表ᄒᆞᄂᆞᆫ方式을 몰라 彷황ᄒᆞᄂᆞᆫ文人들○ 게 典範을보여 ○導할 큰별이업슴을 못닉슬퍼ᄒᆞᆫ다. 큰별이업ᄂᆞᆫ以上에ᄂᆞᆫ 우리文人은 各自「큰별이되여야ᄒᆞ겟다」ᄒᆞᄂᆞᆫ 浩大한期待와自信을 가지고勇進ᄒᆞ여야홀것이다.

우리文人의 任이 이다지도 크고 무거운以上에ᄂᆞᆫ 무엇보다도 自重ᄒᆞ여야할것은 勿論이다. 貴ᄒᆞᆫ 子女를낫자면 胎敎를 잘ᄒᆞ여야 홀것처럼 우리 朝鮮民族의 大文學을 産하랴홈에 엇지 큰致誠을 안이 드리랴? 엇지 갑싼浮名에 샐니여 一分의갑이업는 文章製造家가 될것인가? 엇지 藝術的良心이 痲痺하여 남의황○窃하고 模倣함을 躊躇업시하야 民衆을欺瞞하려하는 (野卑한 自己의功名心을 취우기爲한) 僞造文學을 쓸것인가?

自來로 不純한感情에서는조흔詩가 나오지아느며 不潔한志操에서는 아름다운思想이 나오지안는것이다. 古今을勿論하고 世界的大文學은 壯麗한悲哀나 神聖ᄒᆞᆫ憤怒나 幽玄한哲理的神秘感 서 나온것이다. 그러면 우리文人들이 眞正한 文學을 産할 眞正한 文學者가 되려면 무엇보다도 率先하야 우리의 모든不純不潔한 인嗇하고도 偏頗한 兄弟相睨的인 「쏘쇠마한感情」을 업새고 깁흔理解와 큰同情으로「詩와靑春과 눈물과 불(火焰)과 사랑의王國」을 建設하고 延長하여야할것이다. 이런意味에 잇서서 眞正한文學者가되기는眞正한宗敎家되기보다도 어려운것이다.

이제 文人의品性에 關한것은 그만쓰고 일로브터 우리는 엇더한글을쓸까?함에對하여 暫間써보겟다.-

過去에는 엇지ᄉᆞ든지, 現在에ᄂᆞᆫ 엇더하든지, 적어도將來의文藝ᄂᆞᆫ 말의○使法이든지 글의着想이라든지 結球라든지 形式을 絶對로 自由롭게ᄒᆞ여야홀것이다. 個性의 絶對命令에 忠實ᄒᆞ게 服從ᄒᆞ여야 한단말이다. 무슨 風(글쓰ᄂᆞᆫ)에 感染도되지말고 무슨이슴쓰(主義)에 잡히지도말고 또ᄂᆞᆫ

무슨派, 무슨流에 窒息이 되지도말고 오즉 自己式, 自己風, 自己流의文藝를 自己가 스사로創造ᄒᆞ여야 홀것이다. 그리ᄒᆞ여야 眞正ᄒᆞᆫ 文學이 産出될것이다.

個性表現이업ᄂᆞᆫ文學은 人生批評도안이고 人生表現도 ○○인 但只人生抹殺 人生○○○것뿐이다. (未完)

나는 西洋史에對ᄒᆞ야冥想홀때마다西洋史上의 세意味잇는時代를반드시 想起ᄒᆞᆫ다 쳣ᄌᆡ로文藝復興 둘ᄌᆡ로宗教改革세ᄉᆞᄌᆡ로佛蘭西革命이다. 셰ᄉᆞ이다人間性解放에 意味잇는黃金時代라ᄒᆞᆫ다. ᄒᆞ나 좀誇張인지는모르나 나는 十九世紀初葉以降으로 모든九州의文藝運動을 前三大人間性運動 (나는이러케말ᄒᆞᆫ드) 에 지나면지낫지 죠금도 지ᄉᆞ안는다 斷言ᄒᆞᆫ다. 十九世紀初葉以降의歐洲文藝運動은 簡單ᄒᆞ게말홀수업시 錯綜ᄒᆞ고 또複雜ᄒᆞ다. 自然主義, 耽美主義, 象徵主義, 神祕主義, 新浪漫主義, 表象主義 가 다 그것이다. 나는 그어느主義도 信奉치안코 또 信奉ᄒᆞ려고도 안이ᄒᆞ나 그러한文藝運動이 發生ᄒᆞ엿슴으로 因ᄒᆞ야 變還된 時代現像 (勿論精神的) 에對ᄒᆞ여는驚異의눈을휘둥그러케 쓰ᄂᆞᆫ바이다.

그러면 그러케 時代의現象을 變還케ᄒᆞᆫ 近代歐洲文藝運動의 功績이 무엇인가? 其功績은 直接間接으로 數多ᄒᆞ겟지마는 其中第一顯著ᄒᆞᆫ功績은 其모든古典主義와 浪漫主義의 形式尊重-안이 形式偏重의 文學을 ᄭᅢ트렷슴에 잇겟다. 微妙ᄒᆞ고 神祕ᄒᆞᆫ 人間性에는 背馳가되든 말든다만 作品의均衡과整齊만 일치안으려는 날가쌰진藝術的約束만 직히려ᄒᆞ야 모든것을ᄭᅥᆨ부러트리고 비ᄉᆞ고 일그러트려 잘못考案된 藝術의「틀」(型) 에ᄭᅵ우려홈에對ᄒᆞᆫ 意味잇는反動으로 이러나結局 勝利를엇ᄉᆞ슴에 現代歐洲文藝運動의不滅홀 光榮이 잇는것이다. 이리ᄒᆞ야 現代○藝에는 韻업는詩도잇스며 動作이업는劇 (氣分劇, 思想劇갓치比較的動作이업ᄂᆞᆫ것) 도잇스며

예젼에는「美的均齊의破壞라ᄒᆞ야表現上大禁物이든「隱匿되엿든인생」을 폭露ᄒᆞ야 表現ᄒᆞᆫ作品이 店頭에山積ᄒᆞ게된것이다그러면 現代文藝는個性表現의完美ᄒᆞᆫ文藝일ᄭᆞ? 안이다.

우리가現代의文藝的作品을읽을ᄊᆡ에 亦是火症 (意味다른火症이지만) 이 이러난다. 웨그런고ᄒᆞ니 우리가 뉘作品 (現代의) 을對ᄒᆞ든지 첫박세 期作家가무슨「이슴쓰」(主義)와 態度를 가지고써ㅅ는지 ᄂᆡᆷᄉᆡ가 곳 코에 맛처짐이다自然主義의作品은 自然主義의 ᄊᆡ 垢)를 벗지못ᄒᆞ고 神祕主義의作品은 어ᄃᆡᄭᆞ지던지 神祕主義의 누린ᄂᆡ가 나는것이다

그런것의好代表로 自然主義作家로「쏘ㄹ라」와 神祕主義作家로「메털링크」를보라. 前者는 엇더케重濁ᄒᆞ고 乾燥ᄒᆞ게 도自然主義的이며 后者는엇더케 昏朦ᄒᆞ고 支離ᄒᆞ게도神祕主義的인가? 文藝가 이地竟에 이르면全然히商業이요個性表現이안이다.

나는 마즈막으로 여러글쓰시는 벗님들ᄭᅦ「個性을表現ᄒᆞ는文藝家가되십시요」ᄒᆞ며 아릐와갓흔信條를써둔다.

一, 個性을表現ᄒᆞ되 個性을表 現ᄒᆞ기위ᄒᆞ야個性을表現ᄒᆞ지 말고全然히靈感에依ᄒᆞᆯ것.

二, 作品의 (量)을 보지말고 (性質) 에留意ᄒᆞᆯ것.

三, 無意志ᄒᆞᆫ調和均齊보다 意 味잇는 不調和不均齊를 차 라리取ᄒᆞᆯ것.

四, 무엇이든지 靈感업는것을 쓰ㅁ은큰罪惡인것. 多作ᄒᆞ지 말것. (㕧)

남궁벽 南宮璧

『조선일보』, 1921.7.6.

神祕의因緣

달이大地를빗최ㄴ다,
빗최ㄴ大地를늬가밥고섯다.
빗최는달,
빗최ㄴ大地,
밥는사름.
神祕의因緣이여.

나는여긔섯다

나는여긔섯다,
永遠밋헤섯다,
大○우에섯다
○○이편짝에.

出生

봄들에,
풀싹이비여져나오는것처럼,
타임과스페이스의交叉點에,

사ᄅᆞᆷ의싹이싱겨낫나.

大地와女性

大地는풀○낫코,
ᄭᅩᆺ을우ᄉ긴○.
어머니가ᄋᆡ기를낫고,
애기를방ᄭᅳᆺ거리게ᄒᆞᆷ과무엇이다르랴.
나ᄂᆞᆫᄒᆞᆰ님ᄉᆡ속에,
肉體○艶ᄒᆞᆫ女性에게셔ᄲᅮㅁᄂᆞᆫ
甘味잇ᄂᆞᆫ香ᄂᆡ를맛ᄂᆞᆫ다.
정말나ᄂᆞᆫ
ᄒᆞᆰ님ᄉᆡ○셔女性美에陶醉ᄒᆞᄂᆞᆫᄯᅢ가잇다.

별

牧童은널드려,
『牧場에핀밈늘네(浦公英)라』ᄒᆞ더라.
處女는널드려,
『시내ᄉ가에반짝이는반듸불이라』하더라.
巡禮者는널드려,
『나그내를引導하는발등이라』하더라.
久遠의女性은널드려,
『天使의닛지못하는勿忘草라』하더라.
英雄은널드려,

『巨人이부서셔뿌려노흔寶石이라』ᄒᆞ더라.

그러나,그러나,

나는널드려,

『낫이면門을닷처누고,

밤이면門을열어놋는,

眞理의寶石을가득이싸아노흔

神秘의王國을指示하는燭불이라』하노라.

『조선일보』, 1921.7.9.

별의압흠

나의벗이여, 그ᄃᆡᄂᆞᆫ,

어른ᄋᆡ가넘어질때에,

感應的으로깜짝놀난일이업ᄂᆞᆫ가

나의벗이여, 그ᄃᆡᄂᆞᆫ,

셰샹사ᄅᆞᆷ이,

쌍의쏫을새ㄱ글때에,

하늘의별이압하ᄒᆞᆯ쥴모르ᄂᆞᆫ가

말

말아,

나는너의웃는것을본일이업다

언제던지,

『宿命은엇지홀수업다』는얼골을가지고잇다.

혹시쇼리질느는일이잇지만은

그것은드문일이다.

大槪는잠잣고잇다.

그리고溫順ᄒᆞ게物件을運搬ᄒᆞ거나,

사람을틔고달니거나ᄒᆞᆫ다.

말아,

너의運命은다만그것뿐니냐,

그럿타하면넘우슯흔일이다.

나는사람의힘으로엇지할수업는사람의惡을볼때에,,

來世의審判이꼭必要하다고싱각한다.

나는너의運命을싱각할때에,

너도사람이되는때가잇고,

사람도네가되는때가잇셔야하겟다고싱각한다.

박종화 朴月灘

『조선일보』, 1921.7.12.

愛의玉座로나를부를때

五月의볏이

鬱金밧 우에 느리게흘러
번적어릴ᄯᆡ
强한香을 살워(燒)올ᄅᆞᆻᄃᆡ
넉일흔 흰구름이
게을리 춤출ᄯᅢ

ᄭᅳᆺ업는 푸른하늘에
졂운 불의나라(火國)를 차져
끌업시도 ᄯᅥ다니는
나의마음,
아-바드럽게도 압흐고-
설도다.

ᄭᅮᆯ벌의노ᄅᆡ,
白日의죠름,
게으른 ᄯᅡᆼ의하품.

봄(春)을 우는(泣)處女의무덤(塚)갓흔
내마음은
얼업시도 흘러셔,
졂은 불의나라의
잠겨진 宮殿을
부즈럽시 두드리다.

ᄂᆡ靈窓으로

아름다웁게도
흘러드는 香氣러운
五色무지개를
닉마음은 안어

젊운 불의나라의宮畔에,
고웁게도 피인
黃梅꼿우에 부어주다.
닉마음 단녀간줄을
알게하기爲하야
아름다운 불의나라女王에게
알리게하기爲하야.

고요하게도 잠겨잇는
불나라의을 뒤에두고
아- 닉마음은 써나다.
불나라의女王이
香긔로운 五色무지개가
宮殿에 걸니운것을 볼때, 알씌에.
닉마음 왓다 간줄을알고,
잠겨진 宮殿을열어
戀慕의微笑,
哀願의얼골로,
愛의玉座로 나를부를씌에,
아-나는 愛의冕冠○을쓰고

다시 불의나라를 차즈리라-
차즈리라.

붉은밋친여름이오면은

여름이오면은
붉은밋친 여름이오면은
이몸은 이젊은시절의몸은-,

타는하늘에 달리는 해처럼,
넓은바다에헤ㅁ치는 고기처럼,
뛰면서 뛰면서
사람업는 비인거리로
울고가리라.

셰상이란 여름의셰상이란,
사람을 울니는
지긋지긋한 음탕의 대궐,
쌜거버슨美人裸體畵일다.

붉은밋친붉은밋친
여름이오면은
아…이젊은시절의몸은,
흐르는물처럼,
달리는별처럼,

가리라 쮜여가리라
얼크러진 얼크러진
붉게밋친거리를써나서,
새굿흔비인
사람업는거리로쮜여가리라.

여름이오면은
아…붉은밋친여름이오면은--

『조선일보』, 1921.7.14.

廢園에누어셔

一
문어귀에 회식 카-틔ㄴ 은
어두운 리즘에 썰녀나르고
心臟形의 가늘은 고은달님은
樅나무 위에셔 나를비웃고잇다

쌈버ㄱ어리는 푸른별들은 셜흡게
나를 나려다보고
안긔에 잠기운 검은 뫼부리
生命의 홰불을 비죽어린다

그림자업ᄂᆞᆫ 醉한幽靈은
희미ᄒᆞᆫ 달빗 빗긴森林사이에
髑누의춤을추어
빗트ᄅᆞ거리고

집일은 밋친ᄀᆡ는
헤ᄆᆡ이여서
사ᄅᆞᆷ도업는 거리々々를
지저 울면서 쒸어단인다

사랑의 이슬이 마르지안튼
가지벌고 닙만은 박달나무에ㄴ
啓示의神이 피곤함이냐
이밤에ㄴ 단 이슬이업다

아々 이밤에ㄴ이슬이업다
나는 가슴에넘치는 悲哀를안고
病床에더진 이몸을 일어 ᄯᅥᆯ니는 커-틔ㄴ을잡으럇다가
알흔苦로움을 참지못하야 다시몸을 床에더졋다

아々 ᄯᅥᆯ니는 커-틔ㄴ을잡아
그보기 어려운카-틔ㄴ을 거더쥬는-사람이업다
아- 이몸이여
사랑하는 벗은 다어ᄃᆡ로 생각하는 그는 어ᄃᆡ로

二

한수믈가 흰 모ᄅᆡ토ㅂ에는

피곤한 해가 약한 빗을 더지고

허연 조수물결은

가벼이 흘너々々서ᄂᆞᆫ

쇼리업시 울 그ᄯᆡ이다

나ᄂᆞᆫ 믈가에 드리운 갈ᄃᆡ를 ᄭᅢㄱ거서

펴ㄴ々한 사랑스런 그흰모ᄅᆡ투ㅂ에다

「사랑ᄒᆞᄂᆞᆫ 벗이여 귀여운 그ᄃᆡ여-

그ᄃᆡ들이어 나ᄂᆞᆫ 苦로우노라

그ᄃᆡ들은 나를 사랑ᄒᆞ고십지ᄋᆞᆫ으냐-」ᄒᆞ고

정성을 다ᄒᆞ야 써노앗더니

運命의潮水가 흘너와셔ᄂᆞᆫ

한획식 ᄒᆞᆫ글자식 다업ᄉᆡ고

글줄ᄭᅡ지 마져 업서버렷다

물ᄭᅳᆺ에셔 ᄯᅥ오는 적은힌돗은

ᄋᆞ-몰의ᄭᅮᆷ을 가득히안고

푸른 물의길로 ᄯᅥ셔오다가

사랑업ᄂᆞᆫ山에도 ᄒᆞᆫ줌을쥬고

쓸々ᄒᆞᆫ 동ᄂᆡ에도 한ᄋᆞ름 ᄭᅵ언져준다

물에는 ᄋᆞ-몰의 ᄭᅮᆷ이 넘치고

사ᄅᆞᆷ들은 사랑속에 웃고셔잇다

그러나 나에게ㄴ ᄋᆞ무엇도 업다

가슴에ㄴ 거츠른 동산ᄲᅮᆫ이다

三

森林에ㄴ 불이 타셔올나셔
나무들은 모다 灼熱되얏다
白鳥는 물속에셔 날어와서
사랑의 불구경을 ᄒᆡ보랴다가
破滅의불이라ᄂᆞᆫ 쇼리를듯고
귀여운 흰날ᄀᆡ를 태울가ᄒᆞ야
놀나서 물속으로 다러나ᄂᆞᆫᄃᆡ
사나운 그불길이
안타가웁게 그흰깃을 傷ᄒᆡ쥬엇다
연긔가 싯커머케 이러나셔ᄂᆞᆫ
하늘과 들에가득ᄒᆞ엿다
바ᄅᆞᆷ이 불녀셔 올ᄯᆡ마다
흐트러지는 그연긔들은
이몸의 마음과 彷佛ᄒᆞ다

타오르든 불길이 모다 ᄶᅢ져셔
그것이 ᄌᆡ와 슷ᄲᅮᆫ일적에
破滅의 그것을 ᄂᆡ가볼적에
苦로운 압흠도 이져버리고
눈물이 두ᄲᅣᆷ에 흘너나렷다
ᄋᆞ々 사랑이란 이러한거뇨?
나의사모ᄒᆞᄂᆞᆫ 그ᄃᆡ들이여-

一九二〇 ,八,七, 病床에셔 이글을

默笑

笑啞 두兄 씩

ᄯᅩ한 그ᄃᆡ에게

오상순 吳相淳

『조선일보』, 1921.7.17.

鳳仙花의로만쓰

신수조흔변발로인이 소녀들의무리를向하야

「이아들ᄋᆞ-너이들손가락끗헤드린것이무엇이냐?」

「봉숭ᄋᆞ지무어야요-」

「허-그봉숭ᄋᆞ가 무엇인지ᄋᆞ느냐말이야-」

少女들은셔로얼골을마조햇다보며수근거린다.

「ᄯᅡᆼ에셔生 긴것이야요-」

「낫이면힛빗쓰이고 밤이면달빗받고이슬밧어먹고사ᄂᆞᆫ것이야요-」

아니야요-내가ᄋᆞᄎᆞᆷ마다져녁마다〇러다쥬는우리집뒤ㅅ東山玉泉岩〇셔 쇼사나오는ᄉᆡᆷ물밧어먹고자란것이랍다」

老人은무슨感謝한모양으로여름밤하늘을,

머-ㄹ니바라보며

「예ㅅ날〻〻에,뎌-하늘셔편에한ᄋᆞ름답고졂을별이잇셧다나와셔, 흙미한光ᄎᆡ를發하고반작이고잇셧다, ᄎᆞᆷ으로星群의王子이엇다.」

「네-그ᄅᆡ셔엇지ㅅ셔요-」

「어셔ᄯᅩ하셔요-」

「그ᄅᆡ셔,그런ᄃᆡ-,　그별의발밋헤잇는ᄯᆞ우의어느집後園에청明한밤마다나와셔별을쳐다보고노ᄅᆡ하는ᄭᅩᆺ갓치어엽은處女가잇셧다」

「네-그ᄅᆡ셔요-」

「………………」[101]

少女들은老人압흐로바ㅅ삭들달기어든다.

老人은여름바ᄅᆞᆷ에나빗기ᄂᆞᆫ눈갓치힌수염을어르만져가며-

「너-들도다-ᄋᆞ-드ᄉᆡ,하늘과ᄯᆞ의距離거넘어멀어셔그處女의부르ᄂᆞᆫ노ᄅᆡ쇼ᄅᆡ가겨오희微ᄒᆞ게밧게는들니지안엇다

그ᄅᆡ셔그별은그노ᄅᆡ와그意味를좀잘드러보려고, 귀에다손을ᄃᆡ이고ᄯᅡᆼ으로기우리다가야-고만실수를ᄒᆡ셔고만써러졋고나-」

「ᄋᆡ고나-」

「ᄋᆞ고가여워라-」

「………………」

이러케한참동안수셔-ㄴᄒᆞ다가다시沈默과靜肅이繼續ᄒᆞᆫ다

「그런ᄃᆡ,써러지기ᄂᆞᆫ바로그處女의노ᄅᆡᄒᆞ고잇던그東山으로써러젓는ᄃᆡ, 고만잘못ᄒᆡ셔몸을傷ᄒᆡ싼다…….

處女ᄂᆞᆫ넘어도不意之變에고만몹시놀라셔싸.에가업더러져셔잠간氣色싸지되엿다ᄭᆡ여나셔겨우精神을차리려할쌔, 그써러진별이 그엽헤빗켜누은것을發見ᄒᆞ엿다.

處女ᄂᆞᆫ몹시도가여운同情心이어쇼사나셔 精神을收습할ᄉᆡ도업시 傷한별의몸을모릅우에안엇다.

그ᄯᆡ고만치마ᄭᅳᆺ헤고흔「별의피」가무덧나-, 질우잡어도밧지〃안엇다, 그ᄅᆡ서因ᄒᆡ다紅色을드러바렷다,只今,너들입은ᄃᆞ紅치마ᄂᆞᆫ그ᄯᆡ부터始

作한것이다.

「그런듸,그별은얼마呻吟ᄒᆞ다가고만絶命ᄒᆞ고말엇다……

處女ᄂᆞᆫ불상히역여셔슬프히울며-그떠러진곳에다, 따ㅇ을파고뭇덧다-그「별의屍體」를-.

………………….

그리쩌니, 그이듬ᄒᆡ에그자리에서쏫치피엇다.

그處女ᄂᆞᆫ그쏫흘

「鳳仙花」라고일흠지어불럿다

老人은말을맛치고, 가브여운微笑를띠우며,

「헤々이것이鳳仙花의이야기란다」

……………

어느少女ᄂᆞᆫ

「ᄋᆡ고춤…-」

하고嘆聲을發ᄒᆞ면셔,머리를수우리고

各々深紅色으로드린自己네의속가락들을열업시드려다본다-.

『조선일보』, 1921.7.21~27.

傷한想像의놀기

어렷슬적에

하놀에써오르ᄂᆞᆫ

여름의흰구름을

손가락질ᄒᆞ면셔

「어머니져것보ᄋ
하누님이밥지어-」ᄒ엿다.
그말ᄒ든그ᄶ를
回顧할때마ᄃ
그말(철업ᄂ)드르시고
은근ᄒ게微笑하시든
어머니의얼골눈에환ᄒ다
그ᄶ를生覺ᄒ면
어렷술젹의面影이ᄉ롭다
어머니의젓내ᄭ지코에맛쳐지ᄂ것갓다
그후글房에가서
긴煙竹물고
虎狼이갓흔
白髮長염의先生님ᄭ
「雲騰致雨」하고
ᄯᄋ한意味도
맛모르고ᄇ왓다
그후에ᄂ學校에가셔
밀기름발나머리갈나붓친
하이칼나教師에게
「水蒸氣의結晶體라」고ᄇ왓다
ᄯ其後에ᄂ教會에가셔
말잘ᄒ고祈禱잘ᄒᄂ牧師님ᄭ셔
「天父의被造物」이라嚴肅ᄒ게가랏쳣다
ᄯ其後哲學科에가셔ᄂ

구름도다른萬有와갓치
宇宙를造成한
「ᄋᆞ름」「모나드」「實在」의
一片現實임을ᄋᆞ랏다

글房에서비운것
學校에셔비운것
敎會에셔드른것
哲學科에서어든것
詩的比喩도
美的表現도
모다事實이겟나
ᄯᅩ모ᄃᆞ眞理인지도모르겟다
나의所謂常識,科學,
나의哲學나의信仰
이를證明하는것도갓다

그러나々々々
「어머니-하누님이밥지어-」
하든한마듸만다못하다
이말에ㄴ뷔ㄴ구석이업다
나의過去에도ᄯᅩ다시업섯고
現在에도못하고
未來에도못할
(未來에는하기로願하지만)

다만그ᄯᆡ그한마듸
나의全生命, 全人格의말이엇다
實로永遠한로고쓰의結晶이엿다
그말은나에게對하야
不可侵의充實性, 永遠性을
가진全自我의想像的表徵이엿다
곳나의全生命의創造的傑作이엿다
實로나는그「말」압헤
손길을마죠잡는다

나는이世上에나셔
二十餘年동안에
참으로쇽비지안이한
말갓흔말셰번ᄒᆡ보앗다
ᄆᆡᆫ쳐음으로어머니胎에셔
ᄯᅡᆼ에ᄯᅥ러질ᄯᆡ으ᄋᆞᄒᆞ든쇼ᄅᆡ와
들ᄌᆡ로졋번엄마쇼ᄅᆡ와
셰ㅅᄌᆡ로「하느님이밥지어-
ᄒᆞ든쇼ᄅᆡ다

글房
學校
敎會
哲學科
詩會에셔배워ᄋᆞᆫ

구름의말,表現,知識은

암만ᄒᆡ도좀구석이빈것갓다

두다려보면무슨쇽빈쇼리가날것갓다

그모든것의原因은

智識의確實性의缺乏

哲學의體驗의不足

詩歌의實感의淺薄만보안인것갓다

비록此等의消極的表現이○ 極的으로變ᄒᆯ지라도

第一美的, 原始的, 素朴的 , 太極的

말-로고쓰-쇼ᄅᆡ의맛과色과香과充實性은

經驗키어려운것갓다

나는그싸닥을알슈업다

다만나의內的實感이다.

ᄋᆞ-어머니ᄂᆞᆫ○ 今十年前에 도라가섯다

나의科學도,나의哲學도,나의宗敎도

나의詩라는것도못드러보시고그ᄂᆞᆫ永遠히나의內外의變化

移動을모르실것이다.

흙에드라가셧스니

萬若地下에셔도魂魄이잇다ᄒᆞ면

그나의어머니가삼속에ᄂᆞᆫ

그때우리집듸마루씃헤셔々

고사리갓흔ᄒᆞᆫ손으로

어머니의뒤치마자락을잡어단이며

ᄒᆞᆫ손으로

○ ○ 히무럭々々피어오르ᄂᆞᆫ

여름의흰구름을가라치며
젓ᄂᆡ나는입으로써듬거리며
「엄마져것보ᄋᆞ-하누님이밥지어-」
ᄒᆞ든그말을드르신當身의微笑의깃븜이잇슬것이다.

ᄋᆞ그러나
그ᄯᅢ의나의「말」은
먼記憶의나라에셔찻게되엿고그ᄯᆡ의우리어머니의우슴은
ᄯᅡᆼ속으로나를引導ᄒᆞ노나-

나ᄂᆞᆫ그말가지고
어머니의그「우슴」ᄯᆞ라
ᄯᅡᆼ속에도라가보고져-
적어도
나ᄂᆞᆫ그말ᄒᆞ든그ᄯᅢ마음 生活을살다가
(七八十되더라도)
그ᄯᅢ그말,그마음,그生活에應ᄒᆡ주시든
어머니의微笑의가슴에한번다시안겨보고져-.(未完)

그ᄯᆡ그말(生活,思想,感情,)에ᄂᆞᆫ何等의形式,外飾,粉裝,分裂의影子가업다
實로大自然的獨斷이다

어린애의말은
自然의가장不完全한素朴的表現이다
그러나「自然」의不完全이기때문에貴ᄒᆞ다

人爲的人造的虛僞的所謂完全보다
天眞이오自然이다
自然의不完全表現은人造的完全보다
叨倍神祕的貴여움이잇다

實로어린이의生命은自然에잇고
어린애나라의權威은獨斷에잇고
젊은世界의本質은自由에잇다
徹頭徹尾自由다
ᄋᆞ-永遠한絶對的自由-

어렷슬적에여름구름 向ᄒᆞ야
偶然히發한, 한마듸말의
不思議의驚異的意義에對한解決은
實로나에게一生涯의時間을要求ᄒᆞᄂᆞᆫ것갓다
금후에ᄂᆡ가무슨일종의연구자가된다ᄒᆞ면
그ᄂᆞᆫ두말ᄒᆞᆯ것엽시
그「말」일것이
그말의根底,背景,實體, 그의意義,價値가
나의硏究의對象이될것이다

假定只今ᄂᆡ가벙어리가된다할지라도
그구름에向ᄒᆞ야發ᄒᆞᆫ「한마듸말」의記憶의消滅ᄒᆞ기ᄭᆞ지ᄂᆞᆫ
나ᄂᆞᆫ그다지큰不平이업겟다
全人類의혀가모다어러붓터바린다ᄒᆞ여도-

이世紀에어느누가어나와셔
萬々의○ ○ 을다ᄌᆡ를만드러바린다
하여도
나ᄂᆞᆫ놀라지안케ㅅ다
萬卷의科學,哲學의智識과
千萬言의說敎도
全義的한마듸말을經驗ᄒᆞᆫ나에게ᄂᆞᆫ
그다지神通치안은것갓다

나는 그나의所謂한마듸말이란것을
過度히誇張한것이나갓치보힌다
그러나, 決코誇張은아니다
또主觀的個人的인나의經驗을
넘어推○ ᄒᆞᆫ것도갓겟다
그러나玆의個人的經驗은卽萬人에게通ᄒᆞᄂᆞᆫ것임을나ᄂᆞᆫ밋ᄂᆞᆫ다
어린ᄋᆡ王國의經驗이기ᄯᅢ문에
勿論어른의나라에셔ᄂᆞᆫ그ᄂᆞᆫ○ 實히
獨斷이오專制오無法일것이다
그러나世界의어린이ᄂᆞᆫ다-갓흠을ᄋᆞ-ㄴ다

나는그말의讚美ᄂᆞᆫ卽그말의創造主
어린젊은니의讚美일다
그ᄂᆞᆫ곳世界의어린ᄋᆡ
一切의어리고젊은世界(人類-動物-植物等-)
의讚揚을意味ᄒᆞᆫ다

ᄯᅩ나ᄂᆞᆫ그貴ᄒᆞᆫ말을ᄒᆞᆫ「나」를-

ᄯᅩ나를創造ᄒᆞ신우리어머니를ᄉᆞ랑ᄒᆞ고

思慕ᄒᆞ드시

天下의모든어린애어머니를

無限히사랑ᄒᆞ고思慕ᄒᆞ고祝福을비-ㄴ다

宇宙一切萬有의어린것은졂은것은

無限히貴ᄒᆞ다

그들의어머니母胎母性은모다永遠히神聖ᄒᆞ다

ᄯᅩ나ᄂᆞᆫ그어머니를나흔

ᄯᆞᆼ을讚美ᄋᆞ니ᄒᆞᆯ수업다

ᄯᆞᆼ을나흔하늘을讚揚ᄋᆞ니할슈업다

宇宙의어머니를讚頌안을슈업다

풀의어머니

풀의어린ᄋᆡ

짐싱의어머니

짐싱의어린것

물고기의어린것

물고기의어머니

讚美ᄋᆞ니ᄒᆞᆯ슈업다

有生物과無生物의

어린것과어머니

有機體와無機體의
어린것과어머니
貴愛안을수업다

어린애의어린애
졂은것의졂은것
어린것의어린것
어머니의어머니
母性의母性
永遠ᄒᆞᆫ어린애
無窮ᄒᆞᆫ졂은것어린것
久遠의母性어머니-

世界의어린애
世界의어머니
人類의어린애
人類의어머니
萬象의어린것
萬象의어머니

原始의어린ᄋᆡ어린것졂은것
太初의어머니母性,母胎

原始의그어린것
太初의그어머니

生기々前世界

그生의未發의境

그未發의可能性이잇기前狀

未發의境의境

境外境

空無-眞空-

元始의始太初의初

空無의無-

나는거기샤샤

空々寂々-

虛無虛空

虛○ 虛寂나는넘어도孤獨ᄒᆞ고

몹시도孤寂니-

△△

太初에

元始에

이孤獨과이孤寂의絶頂

永遠한沈默暗黑混沌의바다에셔셔

그것을못견ᄃᆡᄂᆞᆫ그「무엇」이

우ᄂᆞᆫ瞬間에

永遠히驚張한虛○[102]와虛○의無限ᄒᆞᆫ線과點이煙氣갓치바ᄅᆞᆷ갓치無數히엇걸여交叉ᄒᆞ야도리가ᄂᆞᆫ「길」에時間과空間의天地가열엿도다

이에天地에無限ᄒᆞ고永遠ᄒᆞᆫ어머니가生기도다

永遠ᄒᆞ고無限ᄒᆞᆫ어린ᄋᆞᆡ가誕生힛다

△△

光明이生기고

秩序가잡히고

運動이生기고

形狀이生기고

感覺이生기고

말이生기고

成長이生기고

表現이生기고

表情이生기고

울음이生기고

우슴이生기고

춤이生기고

노릐가生겻다

△△

病이生기고

老衰가生기고

死가生기고

滅亡이生기고

흑으로도라가고

짜으로드러가고

바다로싸지고

空中으로흣어지고

하늘로올나가고

地獄으로써러지고

△△

업셔진ᄃᆡ셔쏘나고
도라갓던것이다시도라오고
짱에셔하늘로
하늘에셔짱으로
흙에셔흙으로
먼지에셔肉으로
肉에서靈으로
靈에서흙으로
흙에서肉으로

△△

이것치無限히순環ᄒᆞ다
잇다가업서졋다
업셔젓다가-

모다이現象은
무엇을爲ᄒᆞ야?
왜?
科學者ᄂᆞᆫ傲慢히말ᄒᆞᆫ다?
안니,말을못ᄒᆞᆫ다
哲學者ᄂᆞᆫ沈黙ᄒᆞ고
고ᄀᆡ를숙인다
詩人은恨숨 쉬인다
藝術家ᄂᆞᆫ엇ᄌᆡㅅ던지
춤추어라, 노ᄅᆡ하자

우셔라울어라-ㄴ다

△△

나ᄂᆞᆫ한마듸로대답ᄒᆞ련다

그ᄂᆞᆫ

人間

自然의

永遠ᄒᆞᆫ母性이

永遠ᄒᆞᆫ子性을차져셔

永遠ᄒᆞᆫ子性이

永遠ᄒᆞᆫ母性을짜러셔

無限ᄒᆞᆫ어머니가

無限한어린ᄋᆡ를차자셔

흙의나라로

별의世界로

도라단이ᄂᆞᆫ過程에니러나는

이상한

바람쇼ᄅᆡ」라고-

原始와自然에갓가을사록

沈默○이富ᄒᆞ고深ᄒᆞᆷ을볼수잇다

어린ᄋᆡ를보고

그말을드러보고

少女를보고 풀의싸ㄱ을보고

호랑이와獅子ᄉᆡᆨ기를

ᄋᆞᆫ어보ᄋᆞ라-

ᄋᆞ-沈黙의○○
말업ᄂᆞᆫ말
未發한境의神祕
偶然말업는ᄭᅩᆺ이
萬國語를通ᄒᆞᄂᆞᆫ地境

우리어머니가나를나실제
永遠한沈黙과神嚴中에나으셧다
ᄂᆡ가太陽빗表現의世界로
나올그瞬間에ᄂᆞᆫ
어머니도
나도
숨을ᄭᅳᆫ코
天地로더부러
그呼吸을停止ᄒᆞ얏슬것이다
人間이나萬物이즉ᄂᆞᆫ瞬間도嚴肅ᄒᆞ거니와
그들의
「나ᄂᆞᆫ瞬間」은더욱神嚴한것이다

人生의사랑은實로
永遠히졂고어림에잇다
졂고어림에ㄴ늙음이업다
永遠不朽의「生의實現」은實로
永遠이졂은어린애되야
永遠○어머니의가슴에

안기움에잇다-

△

이밧게나에게ᄂᆞᆫ
ᄋᆞ모것도업다
나에게ᄂᆞᆫ다만
永遠ᄒᆞᆫ生命創造의
어머니와어린애의王國이
잇슬뿐이다

△

우리의永遠한希望,憧경,光明은
오직어머니와어린ᄋᆡ나라에잇다
우리의唯一의깃븜,平和,詩歌ᄂᆞᆫ
그나라에만…
우리人生의○貝ᄂᆞᆫ어린애오
自然의意味ᄂᆞᆫ어머니에잇다

△

우리人生, 世界ᄂᆞᆫ다
自然에셔나와셔
自然으로도라가ᄂᆞᆫ
運命 품속에셔
動ᄒᆞ고生ᄒᆞ고死ᄒᆞᄂᆞᆫ것이다

△

우리ᄂᆞᆫ그갓치
永遠하어린애를實現ᄒᆞᆯ것이오
久遠의어머니께로노라갈것이다

우리ᄂᆞᆫ다

그리로도라가는旅路에오른

奇錄의巡禮者들이아니고무엇이냐-

△

ᄂᆡ가人類와自然의

永遠한平和와希望과光明은다만

어린ᄋᆡ王國

어머니품속

에도라감에잇다홈은

決코空想이아니다

嚴肅 內的事實이다

△

칸드-의哲學的「永遠平和論」보다

그나라一女性母性의

다른나라어린애우에

本能的으로大眞으로

自然ᄒᆞ고고옵게

던지ᄂᆞᆫ

平和로운ᄒᆞᆫ송이우슴이

世界人類平和우에밋치ᄂᆞᆫ

影響과感化가얼마나더偉大ᄒᆞᆫ것을나ᄂᆞᆫ疑心치안ᄂᆞᆫ다

宇宙의壯嚴과能力이

雨霜○霹靂이나暴風雨보다

ᄒᆞᆫ송 ᄭᅩᆺ봉우리에

풀ᄭᅩᆺ헤太陽빗헤반작이ᄂᆞᆫ
ᄋᆞᄎᆞᆷ이슬우에
無限ᄒᆞᆫ祕密을더감츄어가지고
잇지아니ᄒᆞᆫ가?

어머니
어린애
自然의世界에셔
멀어질사록
病이잇고
老衰가잇고
罪惡이잇고
災禍가잇고
死亡이잇ᄂᆞᆫ것은
個人에나
民族에나
人類에나
同一한嚴肅ᄒᆞᆫ經驗이다
이에우리는
一切興亡盛衰
榮枯隆○의原因
消息을드를수잇다

어린ᄋᆡ와어머니를
理解ᄒᆞ고사랑ᄒᆞ고尊重ᄒᆞᄂᆞᆫ

個人이나民族이나人類나萬物은
다旺盛ᄒᆞ고繁榮ᄒᆞ고
生命이잇고自由가잇고祝福이잇고

△　△

○反對를取ᄒᆞ는이들에게
衰殘,頹廢,滅絶,死亡이
支配ᄒᆞ는現象은실로神祕나
그러나그ᄂᆞᆫ
어린애,어머니나라의
嚴肅코神聖한法則을理解
ᄒᆞᄂᆞᆫ者에게는平凡ᄒᆞᆫ
常識에不過ᄒᆞᆫ다

現今,世界의
個人과個人, 民族과民族
國家와國家, 人類와人類
人類와自然○○무섭고
殘兇,○爭○,殺戮
○忌,嫉妬,憎惡,壓制,奴隷
等諸○-
오늘날우리의一切煩悶, 嘆息,呻吟,仰○,苦痛, 痛哭,○哀,死滅도終局
人類의母性과어린이나라○○○對○秋霜갓치○ᄉᆞᆨᄒᆞᆫ「自己○判」일다

△　△

이제人類는徹底ᄒᆞᆫ罪惡悔○를自覺ᄒᆡ야홀「最後으날」이다.

△　△

오늘날男性은

넘어도母性○멀니ᄒᆞ고

無視ᄒᆞ고○○히왓다

그리ᄒᆞ고어린애王國을

封鎖ᄒᆞ엿다-

그結果ᄂᆞᆫ

傲慢,廣幅,專制,壓迫

野獸○貧○의○液…

모든陰謀,○○,○○,爭鬪

破壞,破産,破滅…

△　　△

人類 救원은실로

어린王國의恢復,創造,建設 잇다

人子가다어머니품안에 도라감에 잇다

二十年前에無心히偶然히

손가락질ᄒᆞ며

「하나님이밥지어-」ᄒᆞ던

虛空에써ㅅ던그구름은슬어젓다

그때나와갓치

그구름보시던어머니도

ᄯᅡ에도라가셧다-

△

二十年後이여름 날에

그ᄶᅡ그구름과다름 업ᄂᆞᆫ

흰구름을멀니바라보며

그ᄯᆡ그구름向ᄒᆞ야發ᄒᆞ던

그말을生覺고

어머니ᄅᆞᆯ 覺고

눈물짓ᄂᆞᆫ나의

외로움이여-

참으로異常ᄒᆞ다

모다가祕密이오숨갓다

人間도自然도스핑쓰다

나도

나의말도

나의記憶도

나의思想도

나의哲學도

나의詩도

나의肉도

나의靈도

모도다

뎌구름과갓치슬어지ᄂᆞᆫᄯᅢᄂᆞᆫ

어느ᄯᆡ일ᄭᅡ-

過히오라지도알일것이다

그러나 오-그ᄯᆡ에도

나ᄂᆞᆫ어머니품속으로도라가고져-

나「구름」의말을ᄒᆞᆫ번더ᄒᆡ보고저-

그러고그말○○ᄒᆞ시던

어머니의平和롭○々ᄒᆞᆫ

微笑와낫을다시ᄒᆞᆫ번뵈옵고자한다

오-이ᄂᆞᆫ다만浮雲갓흔空想幻夢일ᄊᆞ-

ᄋᆞ…ᄭᅮᆷ이라ᄒᆞ여도

나는그ᄭᅮᆷ 醉ᄒᆞ고져…

그ᄭᅮᆷ에셔살고

ᄭᅮᆷ속에죽고져-

△　　△

나는ᄯᅩᄒᆞᆫ말이만히內部에

動ᄒᆞᆷ을늣긴다

그러나나는只今붓ᄃᆡ를던지련다

○ 創性充實性도 夫勢된것갓흔속이말○글자들을넘어重言復言羅列

ᄒᆡ논것갓다

喪心未安ᄒᆞ다

그러나나는最終으로ᄒᆞᆫ마의만더ᄒᆞ련다

以上의말은모다

永遠히어린想像의날ᄀᆡ를傷ᄒᆞᆫ永遠히○○ᄒᆞ기어려운

나 魂의病든어린ᄉᆡ가

그리우고그리우ᄂᆞᆫ일즉이

날어본經驗이잇ᄂᆞᆫ 안이그리보금자리쳣던그의故鄉○던-「永遠한自由의本然世界」

를어머니向ᄒᆞ야다시날어보고자 푸더거리ᄂᆞᆫ哀憐한피무느쇼ᄅᆡ…

라고-

「푸로레ㄴ쓰에ㄴ게린,쏘이쓰○ 게이글을드리노라-쯧

참고문헌

제1부 미디어, 문화, 그리고 문학

1. 자료

『동아일보』, 『매일신보』, 『시대일보』, 『조선일보』, 『중외일보』

『개벽』, 『동명』, 『신생활』, 『신여성』, 『신천지』, 『조광』, 『조선문단』, 『폐허이후』

국회도서관, 『한국언론연표』(1911~1945), 1973.

김근수, 『한국잡지개관 및 호별 목차집』, 한국학연구소, 1973.

2. 저서

강만길·성대경 엮음, 『한국사회주의운동인명사전』, 창작과비평사, 1996.

권보드래, 『한국 근대소설의 기원』, 소명출판사, 2000.

김근수 편, 『일제치하 언론출판의 실태』, 중앙대 영신아카데미 한국학연구소, 1974.

김문종, 김민환, 박용규, 『일제강점기 언론사 연구』, 나남출판, 2008.

김덕영, 『주체·의미·문화』, 나남출판, 2001.

김병익, 『한국문단사』, 문학과지성사, 2001.

김윤식, 『염상섭연구』, 서울大學校出版部, 1987.

김진송, 『현대성의 형성; 서울에 딴스홀을 허하라』, 현실문화연구, 1999.

김현주, 『이광수와 문화의 기획』, 태학사, 2005.

동아일보사사편집위원회, 『東亞日報社史』 卷一, 동아일보사사, 1975.

박종화, 『歷史는 흐르는데 靑山은 말이 없네』, 삼경출판사, 1979.

박찬승, 『한국근대정치사상사연구』, 역사비평사, 1992.

박헌호, 『식민지 근대성과 소설의 양식』, 소명출판, 2004.

_______ 외, 『작가의 탄생과 근대문학의 재생산 제도』, 소명출판, 2008.

윤병로, 『박종화의 삶과 문학 -미공개월탄일기평설』, 성균관대학교 출판부, 1992.

이경돈, 『문학 이후』, 소명출판, 2009.

이동희·노상래 편, 『박영희 전집』(Ⅱ), 영남대학교출판부, 1997.

임규찬, 『문학사와 비평적 쟁점』, 태학사, 2001.

정우택, 『한국 근대 자유시의 이념과 형성』, 소명출판, 2004.

조선일보60년사 편찬위원회, 『朝鮮日報60年史』, 조선일보사, 1980.

조용만, 『일제하 한국신문화운동사』, 정음사, 1975.
천정환, 『근대의 책 읽기』, 푸른역사, 2003.
최덕교, 『한국잡지백년』 2, 현암사, 2004.
최수일, 『『개벽』 연구』, 소명출판, 2008.
한기형, 『한국 근대소설사의 시각』, 소명, 1999.
______, 『식민지 문역 -검열·이중출판시장·피식민자의 문장』, 성균관대학교 출판부, 2019.

Benedict Anderson, 윤형숙 역, 『상상의 공동체: 민족주의의 기원과 전파에 대한 성찰』, 나남, 2002.
Tetsuo Najita & H. D. Harootunian, 『The Cambridge History of Japan, vol.6(The Twentieth Century)』, Cambridge University Press, 1988.
久野收 외, 심원섭 역, 『일본근대사상사』, 문학과지성사, 1994.
宮川透·荒川幾男, 이수정 역, 『일본근대철학사』, 생각의나무, 2001.
永嶺重敏, 『雜誌と讀者の近代』, 日本エディタースクール出版部, 1997.
______, 『〈讀書國民〉の誕生』, 日本エディタースクール出版部, 2004.
伊藤整, 고재석 역, 『근대 일본인의 발상형식』, 소화, 1996.

3. 논문

강명관, 「근대계몽기 출판운동과 그 역사적 의의」, 『민족문학사연구』 14호, 민족문학사학회, 1999.
김기진, 「수주회상기」, 『조선일보』, 1961.3.17.
______, 「나의 회고록 ①」, 『세대』 14호, 1964.7.
김종수, 「일제 강점기 경성의 출판문화 동향과 문학서적의 근대적 위상 -漢城圖書株式會社의 활동을 중심으로」, 『서울학연구』 35, 서울시립대학교 서울학연구소, 2009.
김현주, 「식민지시대와 '문명'·'문화'의 이념」, 『민족문학사연구』 20, 소명출판, 2002.
민규호, 「牛步 閔泰瑗」, 『韓國言論人物史話: 8·15前篇』 上, 사단법인 대한언론인회, 1992.
박종린, 「1920년대 초 사회주의사상의 수용과 『新生活』」, 『사림』, 수선사학회, 2014.
박진영, 「천리구 김동성과 셜록 홈스 번역의 역사 - 『동아일보』 연재소설 『붉은 실』」, 『상허학보』 27, 상허학회, 2009.
박헌호, 「염상섭과 '조선문인회'」, 『한국문학연구』 43집, 동국대학교 한국문학연구소, 2012.
박현수, 「1920년대 전반기 〈문인회〉의 결성과 그 와해」, 『한민족문화연구』 49, 한민족문화학회, 2015.
______, 「『신생활』 필화사건 재고」, 『대동문화연구』 106, 성균관대학교 대동문화연구원, 2019.
유석환, 「근대 문학시장의 형성과 신문·잡지의 역할」, 성균관대학교 학위논문, 2013.
이경돈, 「세 척의 함선 세 곳의 행선지 -2010년 문학연구의 향배」, 『반교어문연구』 32, 반교어문학회, 2012.
이종호, 「염상섭 문학과 사상의 장소 -초기 단행본 발간과 그 맥락을 중심으로-」, 『한민족문화연구』 46, 한민족문화학회, 2014.
임규찬, 「3·1 운동 전후의 작가와 문학적 근대성 -이광수· 김동인· 염상섭의 비평을 중심으로」,

『민족문학사연구』 24, 민족문학사학회, 2004.
장신, 「1922년 잡지 新天地 筆禍事件 연구」, 『역사문제연구』 13호, 역사문제연구소, 2004.
정병욱, 「조선식산은행원, 식민지를 살다」, 『역사비평』 78, 2007.
정우택, 「황석우의 매체 발간과 사상적 특징」, 『민족문학사연구』 32, 민족문학사학회, 2006.
한승연, 「제령을 통해 본 총독정치의 목표와 조선총독의 행정적 권한 연구」, 『정부학연구』 15권 2호, 고려대학교 정부학연구소, 2009.
岡倉天心, 임성모 역, 「동양의 이상」, 『동아시아인의 '동양' 인식』, 문학과지성사, 1997.
_______, 왕숙영 역, 「미술관으로서의 역사」, 『창조된 고전』, 소명출판, 2002.

제2부 소설의 에크리튀르와 유미주의

1. 자료

『동아일보』, 『매일신보』, 『조선일보』, 『조선중앙일보』
『개벽』, 『동명』, 『國民文學』, 『문장』, 『문학사상』, 『박문』, 『별건곤』, 『삼천리』, 『신천지』, 『영대』, 『조선문단』, 『창조』, 『청춘』, 『폐허』, 『폐허이후』, 『학지광』
이화여대 한국여성사편찬위원회, 『한국여성관련자료집 근대편』(상·하), 이화여자대학교 출판부, 1979.
『正祖實錄』
朝鮮總督府 編, 『朝鮮語辭典』, 1920.

2. 저서

강진호 편, 『한국문단이면사』, 깊은샘, 1999.
강인숙, 『자연주의문학론』 1, 고려원, 1987.
권귀숙, 『기억의 정치』, 문학과지성사, 2006.
권보드래, 『한국 근대소설의 기원』, 소명출판사, 2000.
김근수, 『한국잡지사』, 청록출판사, 1980.
김동리, 『김동리전집』 7, 민음사, 1997.
김병익, 『한국문단사』, 일지사, 문학과지성사, 2001.
김성수, 『한국 근대 서간 문화사 연구』, 성균관대학교 출판부, 2014.
김열규 편, 『金東仁研究』, 새문사, 1982.
김우종, 『한국현대소설사』, 성문각, 1982.
김윤식, 『김동인연구』, 민음사, 1987.
김재용·하정일 외, 『한국근대민족문학사』, 한길사, 1993.
김진송, 『서울에 딴스홀을 허하라』, 현실문화연구, 1999.
김철, 『'국민'이라는 노예 – 한국 문학의 기억과 망각』, 삼인, 2005.
박헌호, 『식민지 근대성과 소설의 양식』, 소명출판, 2004.
백철, 『朝鮮新文學思潮史(近代編)』, 首善社, 1948.

서영채, 『사랑의 문법』, 민음사, 2004.
이혜령, 『한국 근대소설과 섹슈얼리티의 서사학』, 소명출판, 2007.
조동일, 『한국문학통사』 5, 지식산업사, 1989.
조연현, 『韓國現代文學史』, 現代文學社, 1957.
천혜봉, 『한국서지학』, 민음사, 2006.
한국고문서학회, 『조선시대생활사』 3, 역사비평사, 2006.

Barthes R., Lavers A. Smith C. trans., WRITING DEGREE ZERO, HILL AND WANG, 1967.
Butor M., 김치수 역, 『새로운 소설을 찾아서』, 문학과지성사, 1996.
Genette G., 권택영 역, 『서사담론』, 교보문고, 1992.
Ricoeur P., 김한식·이경래 역, 『시간과 이야기』 2, 문학과지성사, 2000.
Rimmon-Kenan S., 최상규 역, 『소설의 시학』, 문학과지성사, 1985.

今村仁司, 이수정 역, 『근대성의 구조』, 민음사, 1999.
魯曉鵬, 조미영·박계화·손수영 역, 『역사에서 허구로: 중국의 서사학』, 길, 2001.
大村益夫·布袋敏博 編, 『近代朝鮮文學日本語作品集』(1901~1938) 創作編 3·5, 綠蔭書房, 2004.
柄谷行人, 박유하 역, 『일본근대문학의 기원』, 민음사, 1997.
小森陽一, 송태욱 역, 『포스트콜로니얼 -식민지적 무의식과 식민주의적 의식』, 삼인, 2002.
小倉進平 著, 『朝鮮語方言の研究』 下卷, 岩波書店, 1944.

3. 논문

권보드래, 「'풍속사'와 문학의 질서 -김동인을 통한 물음」, 『현대소설연구』 27, 현대소설학회, 2005.
김윤식, 「반역사주의 지향의 과오」, 『문학사상』, 1972.11.
_______, 「김동인 문학의 세 가지 형식」, 『한국근대소설사연구』, 을유문화사, 1986.
김종수, 「일제 강점기 경성의 출판문화 동향과 문학서적의 근대적 위상 -漢城圖書株式會社의 활동을 중심으로」, 『서울학연구』 35, 서울시립대학교 서울학연구소, 2009.
김철·이경훈·서은주·임진영, 「《무정》의 계보-《무정》의 정본 확정을 위한 판본의 비교 연구」, 『민족문학사연구』, 민족문학사학회, 2002.
노성환, 「조선통신사와 고구마의 전래」, 『동북아문화연구』 23집, 동북아시아문화학회, 2010.
박진영, 「한국의 번역 및 번안 소설과 근대 소설어의 성립 -근대 소설의 양식과 매체 그리고 언어」, 『대동문화연구』 59, 성균관대학교 대동문화연구원, 2007.
박헌호, 「한국 근대 단편양식과 김동인 (1)」, 『작가연구』 제2호, 새미, 1996.
박현수, 「완성과 파멸의 이율배반, 동인미 -김동인의 유미주의에 대한 고찰」, 『대동문화연구』 84집, 성균관대학교 대동문화연구원, 2013.
손정수, 「한국 근대 초기 소설 텍스트의 자율화 과정 연구」, 서울대학교 박사학위논문, 2001.
宋仁善, 「일제강점기 한국근대소설의 일본어 번역 -김동인의 「배따라기」와 「감자」를 중심으로-」,

『일본학연구』 37집, 단국대학교 일본연구소, 2007.
안영희, 「『감자』의 번역 – 감자가 고구마가 된 이야기–」, 『일본어문학』 36, 일본어문학회, 2007.
염정섭, 「조선 후기 고구마의 도입과 재배법의 정리 과정」, 『한국사연구』 134, 한국사연구회, 2006.
오수경, 「조선 후기 이용후생학의 전개와 『감저보』의 편판」, 『안동문화』 16, 안동대 안동문화연구소, 1995.
유승환, 「김동인 문학의 리얼리티 재고 –비평과 1930년대 초반까지의 단편 소설을 중심으로–」, 『한국현대문학연구』 22, 2007.
李秉根, 「朝鮮總督府編 〈朝鮮語辭典〉의 編纂 目的과 그 經偉」, 『진단학보』 59, 진단학회, 1985.
이승희, 「식민지시대 연극의 검열과 통속의 정치」, 『식민지 검열 –제도·텍스트·실천』(검열연구회 저), 소명출판, 2011.
李知英, 「朝鮮語研究會의 『鮮和新辭典』에 대한 考察 –朝鮮總督府의 『朝鮮語辭典』과의 比較를 중심으로」, 『어문연구』 39, 한국어문교육연구회, 2011.
이진경, 「근대적 시선의 체계와 주체화」, 『근대성의 경계를 찾아서』, 새길, 1997.
정형지, 「조선후기 농서를 통해 본 고구마 재배기술」, 『梨花史學研究』 33, 이화사학연구소, 2006.
채훈, 「〈감자〉와 빈곤의 문제」, 『金東仁研究』(김열규 편), 새문사, 1982.
천정환, 「새로운 문학연구와 글쓰기를 위한 시론」, 『민족문학사연구』 26, 민족문학사학회, 2004.
황종연, 「문학이라는 역어」, 『동악어문논집』 32집, 동악어문학회, 1997.
______, 「낭만적 주체성의 소설 –한국근대소설에서 김동인의 위치–」, 『김동인 문학의 재조명』, 새미, 2001.
황호덕, 「한국 근대 형성기의 문장 배치와 국문 담론」, 성균관대학교 박사학위논문, 2003.2.

三ツ井崇, 「植民地下朝鮮における言語支配の構造–朝鮮語規範化問題を中心に」, 一橋大學 大學院 社會學研究科 提出 博士學位論文, 2001.
波田野節子, 「김동인의 단편소설 「감자」에 대하여」, 『상허학보』 38집, 상허학회, 2013.

제3부 개작의 균열과 '문인회'

1. 자료

『동아일보』, 『매일신보』, 『시대일보』, 『조선일보』
『개벽』, 『동명』, 『별건곤』, 『신생활』, 『신여성』, 『신여자』, 『조광』, 『조선문단』, 『창조』, 『폐허』, 『폐허이후』
조선총독부, 『조선에서의 출판물 개요』, 경무국 도서과, 1930·1932.
조선총독부, 『總計年報』, 1912~1943.

2. 저서

강인숙, 『자연주의문학론』 2, 고려원, 1987.
권보드래, 『1910년대, 풍문의 시대를 읽다』, 동국대학교출판부, 2008.
권영민 편, 『廉想涉文學研究』, 민음사, 1987.

김병익, 『한국문단사』, 문학과지성사, 2001.
김성국 외, 『지금, 여기의 아나키스트』, 이학사, 2013.
김영민, 『한국의 근대신문과 근대소설』, 소명출판, 2006.
김윤식, 『염상섭연구』, 서울大學校出版部, 1987.
김종균, 『염상섭연구』, 고려대학교출판부, 1974.
김철, 『'국민'이라는 노예 – 한국 문학의 기억과 망각』, 삼인, 2005.
김희락, 『한국출판관계문헌목록』, 한국출판연구소, 1989.
김흥규, 『문학과 역사적 인간』, 창작과비평사, 1980.
東亞日報社史編輯委員會, 『東亞日報社史』 卷一, 東亞日報社史, 1975.
문학과사상연구회 편, 『염상섭 문학의 재인식』, 깊은샘, 1998.
문학사와비평연구회 편, 『염상섭 문학의 재조명』, 새미, 1998.
박용규, 유선영, 이상길, 『한국의 미디어 사회문화사』, 한국언론재단, 2007.
박종화, 『歷史는 흐르는데 靑山은 말이 없네』, 三慶出版社, 1979.
박홍규, 『아나키즘 이야기』, 이학사, 2004.
안춘근, 『한국출판문화론』, 범우사, 1981.
윤병로, 『박종화의 삶과 문학 –미공개월탄일기평설』, 성균관대학교 출판부, 1992.
이경돈, 『문학 이후』, 소명출판, 2009.
이경훈, 『오빠의 탄생 – 한국 근대 문학의 풍속사』, 문학과지성사, 2003.
이동희·노상래 편, 『박영희 전집』(Ⅱ), 영남대학교출판부, 1997.
이종호·박홍규, 『세상을 바꾼 창조자들』, 인물과사상사, 2014.
이중연, 『책, 사슬에서 풀리다 –해방기 책의 문화사』, 혜안, 2005.
이혜령, 『한국 근대소설과 섹슈얼리티의 서사학』, 소명출판, 2007.
천정환, 『근대의 책읽기』, 푸른역사, 2003.

Barthes R., Lavers A.,Smith C. trans., WRITING DEGREE ZERO, HILL AND WANG, 1967.
Butor M., 김치수 역, 『새로운 소설을 찾아서』, 문학과지성사, 1996.
Chatman S., 김경수 역, 『영화와 소설의 서사구조』, 민음사, 1990.
Foucault M., 이광래 역, 『말과 사물』, 민음사, 1989.
Genette G., 권택영 역, 『서사담론』, 교보문고, 1992.
Jean Préposiet, 이소희·이지선·김지은 역, 『아나키즘의 역사』, 이룸, 2003.
K. Hamburger, 장영태 역, 『문학의 논리 –문학장르에 대한 언어이론적 접근』, 홍익대학교출판부, 2001.
M. Bakhtin, 김근식 역, 「도스또예프스키창작론」, 중앙대학교출판부, 2003
Ricoeur P., 김한식·이경래 역, 『시간과 이야기』2, 문학과지성사, 2000.
Rimmon–Kenan, S., 최상규 역, 『소설의 시학』, 문학과 지성사, 1985.
魯曉鵬, 조미영·박계화·손수영 역, 『역사에서 허구로: 중국의 서사학』, 길, 2001.

3. 논문

김명인, 「비극적 자아의 형성과 소멸, 그 이후」, 『민족문학사연구』 28호, 민족문학사연구소, 2005.

김병구, 「1920년대 초기 염상섭 소설이 탈식민주의적 연구」, 『우리문학연구』, 우리문학연구회, 2012.

김영민, 「근대 매체의 필자 표기 관행과 저작의 권리」, 『현대문학의연구』, 한국문학연구학회, 2009.

박상준, 「환멸에서 풍속에 이르는 길 –「만세전」을 전후로 한 염상섭 소설의 변모 양상 논고」, 『민족문학사연구』 24, 민족문학사학회, 2004.

박헌호, 「'문화 연구'의 정치성과 역사성 –근대문학 연구의 현황과 반성」, 『민족문화연구』 53집, 고려대학교 민족문화연구원, 2010.

______, 「염상섭과 '조선문인회'」, 『한국문학연구』 43집, 동국대학교 한국문학연구소, 2012.

박현수, 「염상섭 초기 소설과 문화주의」, 『상허학보』 1, 상허학회, 1999.

______, 「1920년대 전반기 미디어에서 나도향 소설의 위치 –『동아일보』, 『개벽』 등을 중심으로」, 『상허학보』 42집, 상허학회, 2014.

성주현, 「1930년대 이후 한글신문의 구조적 변화와 기자들의 동향」, 『한국민족운동사연구』 58, 한국민족운동사학회, 2009.

손성준, 「번역이라는 고투(苦鬪)의 시간」, 『한국문학논총』 67집, 한국문학회, 2014.

______, 「한국 근대소설과 번역·창작의 복합 주체 –염상섭과 현진전의 통속소설 번역과 그 이후」, 『한국현대문학연구』 47, 한국현대문학회, 2015

손정수, 「초월적 자아와 현실적 자아 –「만세전」 주인공의 자기정체성」, 『한국근대문학연구』 5집, 한국근대문학회, 2002.

신철하, 「복식읽기의 사회시학 –「萬歲前」의 재해석」, 『외국문학』 20호, 1989 가을호.

심진경, 「식민/탈식민의 상상력과 연애소설의 성정치: 내선결혼의 문제를 중심으로」, 『민족문학사연구』, 민족문학사학회, 2005.

______, 「세태로서의 여성 –염상섭의 신여성 모델소설을 중심으로」, 『대동문화연구』 82, 성균관대학교 대동문화연구원, 2013.

오혜진, 「'심퍼사이저'라는 필터: 저항의 자원과 그 양식들 –1920~1930년대 염상섭 소설과 평문을 중심으로」, 『상허학보』 38, 상허학회, 2013.

유석환, 「근대 문학시장의 형성과 신문·잡지의 역할」, 성균관대학교 박사학위논문, 2013.

이경돈, 「1920년대 초 민족의식의 전환과 미디어의 역할 –『개벽』과 『동명』을 중심으로」, 『사림』 23, 2005.

李在銑, 「日帝의 檢閱과 「萬歲前」의 改作 –식민지시대 문학 해석의 문제」, 『문학사상』 84, 1979.11.

이종호, 「일제시대 아나키즘 문학 형성 연구」 –『近代思潮』, 『三光』, 『廢墟』를 중심으로–, 성균관대학교 석사학위논문, 2005.

______, 「염상섭의 자리, 프로문학 밖, 대항제국주의 안 –두 개의 사회주의 혹은 '문학과 혁명'의 사선」, 『상허학보』 38, 상허학회, 2013.

______, 「염상섭 문학과 사상의 장소 –초기 단행본 발간과 그 맥락을 중심으로」, 『한민족문화연구』 46, 한민족문화학회, 2014.

이혜령, 「언어=네이션, 그 제유법의 긴박과 성찰 사이 –한국문학 근대성 연구의 한 귀결에 대하여」, 『상허학보』, 상허학회, 2007.
______, 「正史와 情史」 사이: 3·1 운동, 후일담의 시작, 『민족문학사연구』 40, 민족문학사학회, 2009.
______, 「식민자는 말해질 수 있는가 –염상섭 소설 속 식민자의 환유들」, 『대동문화연구』 78, 성균관대학교 대동문화연구원, 2012.
정병욱, 「조선식산은행원, 식민지를 살다」, 『역사비평』 78, 2007.
최태원, 「〈묘지〉와 〈만세전〉의 거리 –'묘지'와 '신석현(新潟縣) 사건'을 중심으로」, 『韓學報國』 103, 2001.
한기형, 「노블과 식민지 –염상섭 소설의 통속과 반통속」, 『대동문화연구』 82, 성균관대학교 대동문화연구원, 2013.
한만수, 「『만세전』에 나타난 감시와 검열」, 『한국문학연구』 40, 한국문학연구회, 2011.
______, 「문학이 자본을 만났을 때, 한국문인들은? –1930년 문예면 증면과 문필가협회 결성을 중심으로」, 『한국문학연구』 43, 한국문학연구회, 2012.

제4부 체험이라는 규약과 미디어의 논리

1. 자료

『동아일보』, 『매일신보』, 『시대일보』, 『조선일보』, 『조선중앙일보』, 『중외일보』
『개벽』, 『동명』, 『문학사상』, 『백조』, 『별건곤』, 『삼천리』, 『신민』, 『조광』, 『조선문단』, 『창조』
『대한민국임시정부자료집』2
「機密第三十二號, 朝鮮人排日運動企劃狀況ニ關スル內報ノ件」(在上海總領事 外務大臣), 1914.3.27.,
『不逞團體係雜件 –朝鮮人ノ部 –在上海地方(一)』
「東亞日報社 社員錄」
「諺文記者 盟休에 관한 건」
憑虛 玄鎭健 作, 『지새는안개』, 박문서관, 1925.

2. 저서

구인환 편, 『玄鎭健研究』, 새문사, 1981.
권보드래, 『한국 근대소설의 기원』, 소명출판, 2000.
김영민, 『한국의 근대신문과 근대소설1』, 소명출판, 2006.
김윤식·김현, 『한국문학사』, 민음사, 1973.
김치홍 편, 『김동인평론전집』, 삼영사, 1984.
東亞日報社史編輯委員會, 『東亞日報社史』 卷一, 東亞日報社, 1975.
박진영, 『번역과 번안의 시대』, 소명출판, 2011.
박헌호 외, 『작가의 탄생과 근대문학의 재생산 제도』, 소명출판, 2008.
이강언·이주형·조진기·이재춘 편, 『현진건문학전집』1, 국학자료원, 2004.

이경돈, 『문학이후』, 소명출판, 2009.
이동희·노상래 편, 『박영희 전집』(Ⅱ), 영남대학교출판부, 1997.
이혜령, 『한국소설과 골상학적 타자들』, 소명출판, 2007.
조동일, 『한국문학통사』5, 지식산업사, 1989.
조선일보50년사 편찬위원회, 『朝鮮日報五十年史』, 朝鮮日報社, 1970.
조선일보60년사 편찬위원회, 『朝鮮日報60年史』, 朝鮮日報社, 1980.
趙演鉉, 『韓國現代文學史』, 成文閣, 1969.
채운, 『재현이란 무엇인가』, 그린비, 2009.
최덕교, 『한국잡지백년』 2, 현암사, 2004.
최수일, 『『개벽』 연구』, 소명출판, 2008.
한상무, 『사랑의 작가 현진건 문학연구』, 북스힐, 2003.
현길언, 『문학과 사랑과 이데올로기 -현진건 연구』, 태학사, 2000.

Barthes R., Lavers A.,Smith C. trans., WRITING DEGREE ZERO, HILL AND WANG, 1967.
Genette G., 권택영 역, 『서사담론』, 교보문고, 1992.
G. Lukacs, 반성완 역, 『소설의 이론』, 심설당, 1985.
Jonathan Cullar, STRUCTURALIST POETICS, Cornell Univ. Press, 1975.
Michel Foucault, 이광래 역, 『말과 사물』, 민음사, 1989.
_______, 이규현 역, 『性의 歷史』1, 나남출판, 1990.
_______, 이정우 역, 『담론의 질서』, 서강대학교출판부, 1998.
Philippe Lejeune, 윤진 역, 『자서전의 규약』, 문학과지성사, 1998.
Rimmon-Kenan, S., 최상규 역, 『소설의 시학』, 문학과 지성사, 1985.
Stanzel F. K., 안삼환 역, 『소설형식의 기본유형』, 탐구당, 1982.
姜尙中, 이경덕·임성모 역, 『오리엔탈리즘을 넘어서』, 이산, 1997
鈴木登美, 한일문학연구회 역, 『이야기된 자기』, 생각의나무, 2004.
柄谷行人, 박유하역, 『일본근대문학의 기원』, 민음사, 1997.
李孝德, 박성관 역, 『표상 공간의 근대』, 소명출판, 2002.

3. 논문

구자황, 「1920년대 독본의 양상과 근대적 글쓰기의 다층성」, 『인문학연구』, 2008.
김석봉, 「식민지시기 조선일보 신춘문예의 제도화양상 연구」, 『한국현대문학연구』 16집, 한국현대문학회, 2004.
김영범, 「玄鼎健의 생애와 민족혁명운동」, 『한국민족운동사연구』 70, 한국민족운동사학회, 2012.
김재영, 「이광수의 초기문학론의 구조와 와세다 미사학(美辭學)」, 『한국문학연구』 35집, 동국대학교 한국문학연구소, 2008,
박용규, 「일제하 민간지 기자집단의 사회적 특성의 변화과정에 관한 연구」, 서울대학교 박사학위논문, 1994.

______, 「일제하 시대·중외·중앙·조선중앙일보에 관한 연구」, 『언론과 정보』 2호, 1996.
박정희, 「한국근대소설과 '기자-작가' -현진건을 중심으로」, 『민족문학사연구』 49, 민족문학사연구소, 2012.
박헌호, 「식민지적 이중성의 동요 -현진건의 『지새는 안개』 연구」, 『현대문학이론연구』 18, 현대문학이론학회, 2002.
______, 「나도향의 『어머니』를 통해 본 모성과 근대적 주체성의 관계 양상」, 『식민지 근대성과 소설의 양식』, 소명출판, 2004.
박현수, 「1920년대 전반기 『조선일보』와 현진건」, 『대동문화연구』 88집, 성균관대학교 대동문화연구원, 2014.
______, 「세 개의 텍스트에 각인된 미디어의 논리 -현진건의 『지새는안개』 판본 연구」, 『대동문화연구』 91집, 성균관대학교 대동문화연구원, 2015.
방효순, 「일제시대 민간서적 발행 활동의 구조적 특성에 관한 연구」, 이화여대박사학위논문, 2000.
손성준, 「투르게네프의 식민지적 변용 -『사냥꾼의 수기』와 현진건의 후기 단편소설을 중심으로」, 『민족문학사연구』 54, 민족문학사학회, 2014.
______, 「한국 근대문학사와 「운수 좋은 날」 정전화의 아이러니」, 『한국현대문학연구』 50, 한국현대문학회, 2016.
손정수, 「한국 근대 초기 소설 텍스트의 자율화 과정 연구」, 서울대학교 박사학위논문, 2001.
송민호, 「1920년대 근대 지식 체계와 『개벽』」, 『한국현대문학연구』 24, 한국현대문학회, 2008.
안서현, 「현진건 '지새는 안개'의 개작 과정 고찰 -새 자료 『조선일보』 연재 〈曉霧〉 판본과 기존 판본의 비교를 중심으로」 『한국현대문학연구』 33, 한국현대문학회, 2011.
유석환, 「개벽사와 출판활동과 근대잡지」, 성균관대학교 석사학위논문, 2006.
이기훈, 「독서의 근대, 근대의 독서 -1920년대의 책읽기」, 『역사문제연구』 7, 역사문제연구소, 2001.
이재민, 「새 자료로 본 빙허의 생애」, 『문학사상』, 1973.4.
임정연, 「현진건의 『지새는 안개』의 낭만적 정체성 연구」, 『한국문화연구』 19호, 이화여자대학교 한국문화연구원, 2010.
장신, 「1922년 잡지 新天地 筆禍事件 연구」, 『역사문제연구』 13호, 역사문제연구소, 2003.
______, 「1930년대 언론의 상업화와 조선·동아일보의 선택」, 『역사비평』 70, 역사문제연구소, 2005.
______, 「1924년 동아일보 개혁운동과 언론계의 재편」, 『역사비평』 75, 역사문제연구소, 2006.
정근식, 「일제의 식민정책과 식민지 조선의 법제」, 『법제연구』 14, 한국법제연구원, 1998.
정병욱, 「조선식산은행원, 식민지를 살다」, 『역사비평』 78, 2007.
정연희, 「근대소설의 형성과 현진건 초기소설의 산문의식에 관한 연구」, 『현대소설연구』 27, 현대소설학회, 2005.
정주아, 「현진건 문학에 나타난 '기교'의 문제 -1920년대 자연주의 사조와 가계의 영향을 중심으로」, 『현대소설연구』 38, 현대소설학회, 2008.
조영복, 「1930년대 신문 학예면과 문인기자 집단」, 『한국현대문학연구』 12, 한국현대문학회, 2002.
차혜영, 「1920년대 한국소설의 형성과정 연구」, 한양대학교 박사학위논문, 2001.

최원식, 「빙허 현진건론」, 『한국근대문학을 찾아서』, 인하대학교출판부, 1999.
한기형, 「『개벽』의 종교적 이상주의와 근대문학의 사상화」, 『상허학보』 17집, 상허학회, 2006.
황정현, 「현진건 장편번역소설 『백발』 연구」, 『한국학연구』 42, 고려대학교 한국학연구소, 2012.

白川豊, 「한국근대문학초창기의 일본적 영향」, 동국대학교, 석사학위논문, 1981.
岩野泡鳴, 「現代將來の小說的發想を一新すべき僕の描寫論」, 『近代文學評論大系』5, 角川書店, 1972.
伊藤整, 「逃亡奴隷と假面紳士」, 『新文學』, 1948.8.
平野謙, 「私小說の二律背反」, 『文學讀本』, 1951.10.

제5부 신문 연재와 결핵이라는 표상

1. 자료

『동아일보』, 『매일신보』, 『시대일보』, 『중외일보』, 『중앙일보』, 『조선일보』
『개벽』, 『동명』, 『문학사상』, 『백조』, 『별건곤』, 『삼천리』, 『신민』, 『신청년』, 『신천지』, 『어린이』, 『조광』, 『조선문단』, 『현대문학』, 『현대평론』
박지태 편, 『대한제국기 정책사 자료집(Ⅰ~Ⅷ)-교육관보』, 선인문화사, 1992.
신주백 편, 『조선총독부 교육정책사 자료집 1·2』, 선인출판사, 2002.

2. 저서

구인환, 『한국근대소설연구』, 삼영사, 1977.
권보드래, 『연애의 시대』, 현실문화연구, 2003.
김우종, 『한국현대소설사』, 성문각, 1982.
김윤식, 『박영희연구』, 열음사, 1989.
東亞日報社史編輯委員會, 『東亞日報社史』 卷一, 東亞日報社史. 1975.
류보선, 『한국 근대문학의 정치적 (무)의식』, 소명출판, 2005.
박종화, 『歷史는 흐르는데 靑山은 말이 없네』, 三慶出版社, 1979.
박헌호, 『식민지 근대성과 소설의 양식』, 소명출판, 2004.
백철, 『朝鮮新文學思潮史 (近代編)』, 首善社, 1948.
이경훈, 『오빠의 탄생』, 문학과지성사, 2003.
이동희·노상래 편, 『박영희 전집』(Ⅱ), 영남대학교출판부, 1997.
이철호, 『영혼의 계보 -20세기 한국문학사와 생명담론』, 창비, 2013.
이혜령, 『한국 근대소설과 섹슈얼리티의 서사학』, 소명출판, 2007.
조연현, 『韓國現代文學史』, 成文閣, 1969.
최수일, 『『개벽』 연구』, 소명출판, 2008.
『韓國結核史』, 大韓結核協會, 1998

Arnold Hauser, 염무웅·반성완 역, 『문학과 예술의 사회사』(근세편 하), 창작과비평사, 1981.
Marshall Berman, 윤호병·이만식 역, 『현대성의 경험』, 현대미학사, 1994.
Susan Sontag, 이재원 역, 『은유로서의 질병』, 이후, 2002.
柄谷行人, 박유하 역, 「병이라는 의미」, 『일본근대문학의 기원』, 민음사, 1997.
李孝德, 박성관 역, 『표상 공간의 근대』, 소명출판, 2002.
波田野節子, 최주한 역, 『『무정』을 읽는다』, 소명출판, 2008.

3. 논문

강인숙, 「낭만과 사실에 대한 재비판」, 『문학사상』, 1973.6.
김상모, 「1920년대 초기 『동아일보』 소재 장편 연재소설 연구」, 경북대학교 석사학위논문, 2010.
박용규, 「일제하 민간지 기자집단의 사회적 특성의 변화과정에 관한 연구 : 직업의식과 직업적 특성의 변화를 중심으로」, 서울대학교 박사학위논문, 1994.
박진영, 「1910년대 번안소설과 '정탐소설'의 매혹 –하몽 이상협의 『貞婦怨』」, 『대동문화연구』 52집, 성균관대 대동문화연구원, 2005.
박헌호, 「나도향과 반기독교」, 『한국학연구』 27집, 인하대학교 한국학연구소, 2012.
박현수, 「박영희의 초기 행적과 문학 활동」, 『상허학보』 24집, 상허학회, 2008.
유문선, 「데몬과 맞선 영혼의 굴절과 좌절」, 『장편소설로 보는 새로운 민족문학사』, 열음사, 1993.
柳敏榮, 「玄哲에 대한 演劇史的 考察」, 『東洋學』 15집, 단국대학교 동양학연구소, 1985.
유석환, 「근대 문학시장의 형성과 신문·잡지의 역할」, 성균관대학교 박사학위논문, 2013.
유선영, 「한국 대중문화의 근대적 구성과정에 대한 연구」, 고려대학교 박사학위논문, 1992.
이기훈, 「독서의 근대, 근대의 독서—1920년대의 책읽기」, 『역사문제연구』 7, 역사비평사, 2001.
이수영, 「한국 근대문학의 형성과 미적 감각의 병리성」, 『민족문학사연구』 26, 민족문학사학회, 2004.
이영아, 「나도향 소설에 나타난 '참사랑'의 모색 과정 고찰」, 『한국현대문학연구』 18, 2005.
이철호, 「한국 근대문학의 형성과 종교적 자아 담론 –靈, 生命, 新人 담론의 전개 양상을 중심으로」, 동국대학교 박사학위 논문, 2006.
임정연, 「근대소설의 낭만적 감수성 –나도향과 노자영 소설을 중심으로」, 『현대소설연구』 48, 한국현대소설학회, 2011.
장수익, 「나도향 소설과 낭만적 사랑의 문제」, 『한국문화』 23, 서울대학교 한국문화연구소, 1999.
장신, 「1924년 동아일보 개혁운동과 언론계의 재편」, 『역사비평』 75, 역사문제연구소, 2006.
정가람, 「1910년대 『매일신보』 소재 하몽 이상협의 창작 소설 연구: 독자·관객과의 소통 양상을 중심으로」, 『현대문학의 연구』 33, 한국문학연구학회, 2007.
趙容萬, 「何夢 李相協」, 『韓國言論人物史話: 8·15前篇』 上, 社團法人 大韓言論人會, 1992.
조형근, 「근대 의료 속의 몸과 규율」, 『근대성의 경계를 찾아서』(서울 사회과학 연구소 편), 새길, 1997.

紅野謙介, 「投機/思索の對象としての文學 –懸賞·小說·相場」, 『文化の市場:交通する』, 東京大學出版部, 2001.

제6부 발굴과 해석

1. 자료

『동아일보』, 『조선일보』, 『매일신보』, 『시대일보』

『개벽』, 『동명』, 『백조』, 『별건곤』, 『삼천리』, 『서울』, 『신동아』, 『신민』, 『신생활』(http://archive.adan-mungo.org/ ebook/), 『신천지』, 『아성』, 『장미촌』, 『조선지광』, 『조선문단』, 『청춘』, 『폐허』, 『폐허이후』, 『학지광』

朴月灘, 『黑房秘曲』, 조선도서주식회사, 1924.

변영로, 『朝鮮의마음』, 평문사, 1924.

이동희·노상래 편, 『박영희 전집』(Ⅱ), 영남대학교출판부, 1997.

조선총독부조선사편수회, 『조선사편수회사업개요』, 1938.

조선총독부학무국, 『朝鮮學事例規』, 朝鮮總督府學務局學務課, 1938.

2. 저서

강만길·성대경 엮음, 『한국사회주의운동인명사전』, 창작과비평사, 1996.

김영민 편, 『차라리 달 없는 밤이드면』, 정음사, 1983.

김용직, 『한국근대시사 上』, 학연사, 1994.

김윤식, 『염상섭연구』, 서울대학교출판부, 1987.

김학동, 『한국근대시인연구』(Ⅰ), 일조각, 1974.

東亞日報社史編輯委員會, 『東亞日報社史』 卷一, 東亞日報社史. 1975.

민규호, 「牛步 閔泰瑗」, 『韓國言論人物史話: 8·15前篇』 上, 社團法人 大韓言論人會, 1992.

박종화, 『歷史는 흐르는데 靑山은 말이 없네』, 삼경출판사, 1979.

백철, 『朝鮮新文學思潮史(近代編)』, 수선사, 1948.

윤병로, 『박종화의 삶과 문학 –미공개월탄일기평설』, 성균관대학교 출판부, 1992.

이현주, 『한국 사회주의 세력의 형성: 1919~1923』, 일조각, 2003.

이혜령, 『한국 근대소설과 섹슈얼리티의 서사학』, 소명출판, 2007.

조동일, 『한국문학통사』 5, 지식산업사, 1989.

조선일보60년사 편찬위원회, 『朝鮮日報60年史』, 朝鮮日報社, 1980.

조선일보사 사료연구실 엮음, 『조선일보사람들』, 랜덤하우스중앙, 2004.

조연현, 『한국현대문학사』, 성문각, 1969.

조영복, 『1920년대 초기 시의 이념과 미학』, 소명출판, 2004.

최덕교, 『한국잡지백년』 2, 현암사, 2004.

최수일, 『『개벽』 연구』, 소명출판, 2008.

E. H. Carr, 이지원 역, 『볼셰비키혁명사』, 화다, 1985.

Orlando Figes, 조준래 역, 『혁명의 러시아 1891~1991』, 어크로스, 2017.

大村益夫·布袋敏博 編, 『近代朝鮮文學日本語作品集』(1901~1938) 創作編 3·5, 綠蔭書房, 2004.

小森陽一, 송태욱 역, 『포스트콜로니얼 –식민지적 무의식과 식민주의적 의식』, 삼인, 2002.

紅野謙介,『投機としての文學—活字·懸賞·メデイア』, 新曜社, 2003.

3. 논문

권유성, 「1920년대 초기『매일신보』의 근대시 게재 양상과 의미」,『한국시학연구』23호, 한국시학회, 2008.
김경연, 「1920년대 초 '공통적인 것'의 상상과 문화의 정치 –『신생활』의 사회주의 평민문화운동과 민중문예의 기획–」, 한국문학논총 17집, 한국문학회, 2015.
김영석, 「수주 변영로의 시세계」,『어문연구』42·43호 합집, 한국어문교육연구회, 1984.
김영철, 「'매신문단'의 문학사적 의의」,『국어국문학』94호, 1985.
김종수, 「일제 강점기 경성의 출판문화 동향과 문학서적의 근대적 위상 –漢城圖書株式會社의 활동을 중심으로」,『서울학연구』35, 서울시립대학교 서울학연구소, 2009.
김종현, 「『신생활』의 사회주의 담론과 문예의 특성」,『인문논총』32집, 경남대학교 인문과학연구소, 2013.
민충환, 「변영로의 새로운 작품에 대해서–『조선일보』 발표본을 중심으로」,『부천작가』8호, 산과들, 2008.
박두진, 「겨레에 바친 시들(3)–수주 변영로의 시」,『기독교사상』137호, 대한기독교서회, 1969.
박종린, 「'김윤식사회장' 찬반논의와 사회주의세력의 재편」,『역사와현실』38, 2000.
______, 「1920년대 초 사회주의사상의 수용과『新生活』」,『사림』, 수선사학회, 2014.
박진영, 「천리구 김동성과 셜록 홈스 번역의 역사 –『동아일보』 연재소설『붉은 실』」,『상허학보』27호, 상허학회, 2009.
박현수, 「「墓地」에서「萬歲前」으로의 개작과 그 의미 –「萬歲前」 판본 연구」,『상허학보』19, 2007.
______, 「1920년대 전반기 미디어에서 나도향 소설의 위치」,『상허학보』42집, 상허학회, 2014.
______, 「1920년대 전반기『조선일보』와 현진건」,『대동문화연구』88집, 성균관대학교 대동문화연구원, 2014.
심선옥, 「춘성 노자영 초기 시 연구」,『반교어문연구』13호, 반교어문학회, 2001.
오세인, 「변영로 시 연구」,「Jounal of Korean Culture」23호, 한국어문학국제학술포럼, 2013.
유석환, 「근대 문학시장의 형성과 신문·잡지의 역할」, 성균관대학교 박사학위논문, 2012.
유시현, 「나경석의 생산증식론과 물산장려운동」,『역사문제연구』2, 역사문제연구소, 1997.
이경돈, 「1920년대 초 민족의식의 전환과 미디어의 역할 –『개벽』과『동명』을 중심으로」,『사림』23, 2005.
이종호, 「일제시대 아나키즘 문학 형성 연구」, 성균관대학교 석사학위논문, 2005.
______, 「염상섭 문학과 사상의 장소 –초기 단행본 발간과 그 맥락을 중심으로–」,『한민족문화연구』46, 한민족문화학회, 2014.
임경석, 「서울파 공산주의 그룹의 형성」,『역사와현실』28, 역사비평사, 1998.
장신, 「1922년 잡지 新天地 筆禍事件 연구」,『역사문제연구』13호, 역사문제연구소, 2004.
______, 「1920년 대정친목회의 조선일보 창간과 운영」,『역사비평』92호, 역사문제연구소, 2010.
정우택, 「『문우』에서『백조』까지」,『국제어문』47호, 국제어문학회, 2009.
조영복, 「근대 초기 시의 미적 개념 인식과 근대시 장르의 체계화 과정 연구」,『우리말글』29호, 우리말글학회, 2003.
조은주, 「1920년대 문학에 나타난 허무주의와 '폐허(廢墟)'의 수사학」, 『한국현대문학연구』 25호, 한국현대문학회, 2008.
차승기, 「'폐허'의 시간 – 1920년대 초 동인지 문학의 미적 세계관 형성에 대하여」, 『상허학보』 6집, 상허학회, 2000.
최선웅, 「1920년대 초 한국공산주의운동의 탈자유주의화 과정 –상해파 고려공산당 국내지부를 중심으로」, 『한국사학보』 26, 고려사학회, 2007.
최성윤, 「『조선일보』 초창기 연재 번역, 번안소설과 현진건」, 『어문논집』 65호, 민족어문학회, 2012.
최현희, 「1920년대 초 한국문학과 동인지 폐허의 위상 자아 담론을 중심으로」, 『규장각』 31호, 서울대학교 규장각 한국학연구원, 2007.
최호영, 「『기독신보』에 나타난 문인들의 활동과 '이상향'의 의미」, 『민족문학사연구』 56호, 민족문학사학회, 2014.
한기형, 「문화정치기 검열체제와 식민지 미디어」, 『대동문화연구』 51집, 성균관대학교 대동문화연구원, 2005.
한승연, 「제령을 통해 본 총독정치의 목표와 조선총독의 행정적 권한 연구」, 『정부학연구』 15권 2호, 고려대학교 정부학연구소, 2009.
홍현영, 「1920년대 전반기 시문학에서 '민중'의 의미 –박종화와 김형원을 중심으로–」, 성균관대학교 석사학위논문, 2012.
황정현, 「현진건 장편번역소설 「백발」 연구」, 『한국학연구』 42호, 고려대학교 한국학연구소, 2012.

주석

제1부 미디어, 문화, 그리고 문학

1장 동일시와 차별화의 이중 회로, 1920년대 전반기 문화론

1) 中塚明, 김승일 역, 『근대한국과 일본』, 범우사, 1995, 148~152면 참조.
2) 이돈화, 「庚申年을보내면서」, 『개벽』 6호, 1920.12, 7면. 이하 인용문은 원문의 표기법을 따른다. 단 띄어쓰기는 현대식으로 바꾸어 한다.
3) Benedict Anderson·윤형숙 역, 『상상의 공동체: 민족주의의 기원과 전파에 대한 성찰』, 나남, 2002, 59~76면 참조.
4) 1920년대 원고료는 잡지 『동명』이 박했고, 잡지 『개벽』이 후했으며, 신문 『동아일보』는 그 중간이었다고 한다. 중간 정도인 『동아일보』를 기준으로 할 때, 시는 한 편에 4원 정도였고 산문은 원고지 1매에 50전 정도였다. 한 작가가 한 달에 시를 10편 쓰든지 산문을 원고지 80매 써, 지면을 확보할 수 있었다면, 40원 정도를 받았을 것이다. 당시 신문사나 출판사의 직원의 월급이 70원이었고, 주간의 경우 80원 정도였다고 한다. 게다가 고정된 지면을 확보하는 것이 힘들었음을 고려할 때, 원고료를 통한 작가의 경제적 자립은 지난한 일이었음을 알 수 있다.
5) 「主旨를宣明하노라」, 『동아일보』, 1920.4.1.
6) 백두산인, 「文化主義와人格上平等」, 『개벽』 6호, 1920.12, 10면.
7) 김기전, 「鷄鳴而起하야」, 『개벽』 7호, 1921.1, 4면.
8) 「社會改造의文化的意義(二)」, 『조선일보』, 1921.3.24.
9) 이들 미디어들이 문화를 당대의 중심 과제로 파악하는 것은 적어도 1921년까지 계속된다. 『동아일보』는 1921년 4월 1일 창간 1주년을 기념해 발표한 「一年을回顧하야」라는 사설에서 일 년 동안 "우리 朝鮮 民族의 覺醒을 促하얏스며 自由 發達의 文化를 創造하야 各히 性命을 正하는 同時에 世界 文化에 貢獻하기를 希望"했다고 한다. 하지만 근래 세계의 비관적 흐름과 맞물려 제대로 된 성과를 얻지 못했다고 하고, 앞으로도 "各種 文化를 樹立하기에 努力하며 一層의 生을 實現하기를" 바란다고 한다. 1921년 1월에 나온 『개벽』 7호의 권두언에도 "우리의 安寧 幸福을 爲하야, 朝鮮의 新文化 建設을 爲하야 어대까지 奮鬪努力하라"고 되어 있다. 그리고 1922년 5월 『개벽』 23호에 실린 이광수의 「民族改造論」에도 "近來에 全世界를 通하야 改造라는 말이 만히 流行"된다는 언급이 있다. 뒤에서 상론하겠지만 개조

가 문화의 대두와 긴밀한 관련을 지니는 개념이라고 할 때 그때까지 문화가 논의의 중심에 있었음을 알 수 있다. 이는 다른 미디어에서도 크게 다르지 않았던 것으로 보인다.

10) 권두언 「世界를알라」, 『개벽』 1호, 1920.6, 6면.

11) 「世界改造의歲頭를當하야朝鮮의民族運動을論하노라」, 『동아일보』, 1920.4.2.

12) 「時代의改造와精神的解放」, 『조선일보』, 1920.6.18.

13) 박찬승, 『한국근대정치사상사연구』, 역사비평사, 1992, 176~185면; 김진송, 『현대성의 형성; 서울에 딴스홀을 허하라』, 현실문화연구, 1999, 31~35면 참조.

14) 현철, 「文化事業의急先務로民衆劇을提唱하노라」, 『개벽』 10호, 1921.4, 110면.

15) '쿠르투르'라는 개념은 18세기 말에서 19세기에 이르러 독일에서 자신의 민족이 "다른 國民보담도 한層 더 明白한 希臘人으로써 歷史上에 光榮있는 『쿠르투르』를 自己네들이 所有한 國民이라고 自處"하기 위해 제기되었다고 한다. 이는 뒤에서 논할 문화의 역할과 관련해 주목을 필요로 하는 부분이다. 여기에 관해서는 현철, 위의 글, 1921.4, 108면.

16) 현철, 위의 글, 1921.4, 107~114면.

17) 백두산인, 「文化主義와人格上平等」, 『개벽』 6호, 1920.12, 12면.

18) 백두산인, 위의 글, 1920.12, 10~13면 참조.

19) 『동아일보』, 1920.5.15.

20) 신식, 「文化의發展及其運動과新文明」, 『개벽』 14호, 1921.8, 26~27면.

21) 소춘, 「曰惡라 是何言也」, 『개벽』 3호, 1920.8, 120면.

22) 사설 「自由와人格」, 『동아일보』, 1920.5.3.

23) 사설 「時代의改造와精神的解放」, 『조선일보』, 1920.6.18.

24) 신칸트주의에 관해서는 『철학대사전』, 동녘, 1989, 339~341·598~600·755~757면; 프랭크 틸리, 김기찬 역, 『서양철학사』, 현대지성사, 1998, 637~648면; 김덕영, 『주체·의미·문화』, 나남출판, 2001, 53~66면 참조.

25) 宮川透·荒川幾男, 이수정 역, 『일본근대철학사』, 생각의나무, 2001, 296면.

26) 이는 칸트가 인식 영역에서 선험적 규범을 제기하면서 그것 자체의 가능을 인간이 투입한 것에서 찾는 것과 연결된다. 곧 칸트는 인식에 있어서 시·공간과 12개의 범주를 선험적 규범이라는 명칭 아래 제기하고 있으나, 선험적 규범 자체가 인간이 스스로 투입(投入)한 것이라는 점에서 인식 주체로서 인간의 위치를 분명히 하게 되는 것이다. 여기에 관해서는 이진경, 『철학과 굴뚝청소부』, 새길, 1994, 115~136면; 랄프 루드비히, 이충진역, 『정언명령』, 이학사, 1999, 35~140면 참조.

27) 阿部次郎, 「人生批評の原理としての人格主義的 見地」, 『近代文學評論大系』 5, 角川書店, 145面.

28) 『三次郎の日記』는 1914년에서 1918년에 걸쳐 3부로 간행된 에세이로, 일본의 다이쇼, 쇼와 연간에 가장 널리 읽혔던 교양서이다. 여기에 관해서는 김진송, 앞의 책, 1999, 38~39면 참조.

29) Tetsuo Najita, 박영재 역, 『근대일본사』, 역민사, 1992, 137~175면 참조.

30) 伊藤整, 유은경 역, 「도망노예와 가면신사」, 『일본 사소설의 이해』, 소화, 1997, 17면.

31) 柳友槿, 「内的改造論의檢討」, 『동아일보』, 1921.4.28.

32) 사설「社會生活論」,『동아일보』, 1921.6.21.
33) 이돈화,「民族的體面을維持하라」,『개벽』8호, 1921.2, 2~3면.
34) 이돈화,「空論의人으로超越하야理想의人,主義의人이되라」,『개벽』23호, 1922.5, 12면.
35) 이돈화,「輿論의道」,『개벽』21호, 1922.3, 4면.
36) 사설「革新文學의建設」,『동아일보』, 1921.6.7.
37) 宮川透·荒川幾男, 이수정 역, 앞의 책, 298면.
38) 신칸트주의의 전개에 있어서도 모든 문화적 가치는 설령 그것이 종교적 가치라고 할지라도 궁극적으로는 국가라는 문화적 공동체의 테두리를 필요로 했다. 여기에 관해서는 김덕영, 앞의 책, 2001, 57~59면 참조.
39) 이는 문화주의의 문학적 발현태라고 할 수 있는 시라카바파(白樺派) 문학이 지닌 한계를 환기하는 데서 알 수 있다. 여기에 관해서는 伊藤整, 고재석 역,『근대 일본인의 발상형식』, 1996, 소화, 49~53면 참조.
40) 18세기 절대왕정의 폐해를 비판하고 등장했던 문명이 그것을 대신할 새로운 국민국가를 구상하는 데 인류 진보의 보편성과 연결된 계몽주의적 지향을 근간으로 했다면, 문명과의 대항 관계 속에서 배태된 문화는 개별성과 다양성을 주장하게 된다. 흔히 문화가 민족을 주조하는 데 과거의 전통이 지닌 고유성이나 독자성을 강조하는 것 역시 이와 연결된다. 여기에 관해서는 宮川透·荒川幾男, 이수정 역, 앞의 책, 302~309면; 西川長夫, 윤대석 역,「한자 문화권에서의 문화 연구」,『국민이라는 괴물』, 소명, 2002, 101~114면 참조.
41) 이돈화,「朝鮮人의民族性을論하노라」,『개벽』5호, 1920.11, 2면.
42) 이돈화,「空論의人으로超越하야理想의人,主義의人이되라」,『개벽』23호, 1922.5, 8면.
43) 김기전,「우리의社會的性格의一部를考察하야써同胞兄弟의自由處斷을促함」,『개벽』10월 임시호, 1921.10, 2~17면 참조.
44) 이돈화,「空論의人으로超越하야理想의人,主義의人이되라」,『개벽』23호, 1922.5, 11면.
45) 김기전, 앞의 글, 1921.10, 17면.
46) 권두언「文化運動의昔今」,『개벽』21호, 1922.3, 3면.
47) 이돈화,「歲在壬戌에萬事亨通」,『개벽』19호, 1922.1, 8면.
48) 이돈화,「輿論의道」,『개벽』21호, 1922.3, 13면.
49) 앞서 예술, 도덕, 종교 등 정신적 매개를 통해 인격을 완성시킨다는 문화의 개념을 언급하면서 인격에 관해 살펴본 바 있다. 그런데 새로운 민족의 조형이라는 문화의 역할과 관련해 접근할 때 인격의 또 다른 의미에 접근할 수 있다. 새로운 민족을 조형하기 위해서 먼저 필요했던 것은 기존의 공동체를 지탱했던 문화적 개념을 균열시키는 작업이었다. 균열 작업은 앞서 확인한 전통에 대한 폄하나 멸시로부터 출발되었다. 그런데 이와 같은 기존의 문화적 개념을 균열시키는데, 나아가 과거의 모든 것을 부정이라는 굴레로 몰아넣는 데 절대적이고 배타적인 인격이란 개념은 적절한 범주였던 것으로 보인다. 이렇게 볼 때 유기체론이라는 도정을 거쳐 이르게 된 민족이라는 개념 역시 이미 인격이라는 세뇌를 거친 것으로 새롭게 조형된 문화적 산물이라고 할 수 있다.
50) 社說「藝術과民族性」,『동아일보』, 1921.6.3.
51) 安部磯雄,「文化的平等主義」,『동아일보』, 1920.4.1.

52) 아베 이소(安部磯雄)는 가타야마 센(片山潛), 고토쿠 슈스이(幸德秋水) 등과 함께 사회민주당을 창립했으나 금지당한 인물이다. 여기에 관해서는 宮川透·荒川幾男, 이수정 역, 앞의 책, 245~263면 참조.

53) 사설 「後繼內閣과吾人의希望」, 『동아일보』, 1921.11.13.

54) 김기전, 「우리의社會的性格의一部를考察하야써同胞兄弟의自由處斷을促함」, 『개벽』 10월 임시호, 1921.10, 17면.

55) 권두언 「惡現狀」, 『개벽』 22호, 1922.4, 3면.

56) 사설 「爲先너를改造하라(上)」, 『동아일보』, 1921.11.2.

57) 이광수, 「民族改造論」, 『개벽』 23호, 1922.5, 71면.

58) 이광수, 위의 글, 1922.5, 72면.

59) 岡倉天心, 임성모 역, 「동양의 이상」, 『동아시아인의 '동양' 인식』, 문학과지성사, 1997, 29~35면; 柄谷行人, 왕숙영 역, 「미술관으로서의 역사」, 『창조된 고전』, 소명출판, 2002, 31~-319면 참조.

60) Tetsuo Najita & H. D. Harootunian, 『The Cambridge History of Japan, vol.6 (The Twentieth Century)』, Cambridge University Press, 1988, 711~713 · 735~736면 참조.

61) 사설 「藝術과生의豊富」, 『동아일보』, 1921.6.4.

62) 이돈화, 「生活의條件을本位로한朝鮮의改造事業(續)」, 『개벽』 10월 임시호, 1921.10, 18~19면.

63) 이돈화, 위의 글, 1921.10, 20면.

64) 이광수, 「民族改造論」, 『개벽』 23호, 1922.5, 71면.

65) 이광수, 위의 글, 1922.5, 54면.

66) H. Marcuse, 김문환 역, 「문화의 긍정적 성격에 대하여」, 『마르쿠제미학사상』, 문예출판사, 1989, 20~63면 참조.

67) 김현주, 「이광수의 문화이념 연구」, 연세대학교 박사학위 논문, 2002; , 「식민지시대와 '문명'·'문화'의 이념」, 『민족문학사연구』 20, 민족문학사학회, 2002 참조.

2장 1920년대 전반기 미디어와 문학의 교차

1) 「文人會 -革新의旗를擧하라」, 『동아일보』, 1922.12.28., 1면. 이하 인용문의 표기법은 원문을 따른다. 단 띄어쓰기는 현대식으로 한다.

2) 「流暢한辛氏의答辯 -新生活事件第一回公判(續)」, 『동아일보』, 1922.12.28., 3면 참고.

3) 「朝鮮初有의社會主義裁判 -新生活事件第一回公判」, 『동아일보』, 1922.12.27., 3면 참고.

4) 『신생활』의 경우 1호와 6호가 발매금지 처분을 받았고 4호는 압수 처분을 당한 바 있다.

5) 「雜誌『新天地』押收」, 『동아일보』, 1922.11.12, 2면; 「雜誌業者를審問」, 『동아일보』, 1922.11.21, 3면; 「『新天地』主幹拘引」, 『매일신보』, 1922.11.22, 3면 참고.

6) 「『新天地』主幹拘引」, 위의 신문, 같은 면.

7) 「朴氏를再次召喚」, 『조선일보』, 1922.12.6., 3면 참조.

8) 「言論界가遂蹶起」, 『동아일보』, 1922.11.26, 3면.

9) 「言論의擁護를決議」, 『동아일보』, 1922.11.29, 3면.

10) 「言論의擁護를決議」, 위의 신문, 같은 면; 「新生活又筆禍」, 위의 신문, 같은 면.

11) 장신, 「1922년 잡지 신천지 필화사건 연구」, 『역사문제연구』 13호, 역사문제연구소, 2004, 325~340면 참조.

12) 박종린, 「1920년대 초 사회주의 사상의 수용과 『신생활』」, 『사림』, 수선사학회, 2014, 82~101면; 박현수, 「『신생활』 필화사건 재고」, 『대동문화연구』 106호, 성균관대학교 대동문화연구원, 2019, 357~337면 참조.

13) 김윤식, 『염상섭 연구』, 서울대학교 출판부, 1987, 250~261면; 김병익, 『한국문단사』, 문학과 지성사, 2001, 92~93면 참조.

14) 박헌호, 「염상섭과 '조선문인회'」, 『한국문학연구』 43집, 동국대학교 한국문학연구소, 2012, 235~259면 참조.

15) 「『新天地』主幹拘引」, 『매일신보』, 1922.11.22. 3면.

16) 12월 4일에는 '신천지사'의 기자로 일하던 유병기, 박제호도 소환된 후 취조를 받게 된다. 박제호는 12월 5일에도 재차 소환되어 취조를 받는다. 유병기, 박제호 등은 당시에는 취조 후 풀려나지만 이후 1923년 9월 『신천지』가 다시 발매금지 처분을 당했을 때는 구금이 되었다. 여기에 관해서는 「朴氏를再次召喚」, 『조선일보』, 1922.12.6., 3면 참조.

17) 「雜誌『新天地』押收」, 『동아일보』, 1922.11.12, 2면.

18) 「雜誌『新天地』押收」, 위의 신문, 같은 면.

19) 『신천지』에 주로 글을 실은 사람들 가운데 송순기, 김한규, 홍영후 등은 『매일신보』 기자였으며 최영택, 최의창 등도 주로 『매일신보』에서 활동했다.

20) 최덕교, 『한국잡지백년』2, 현암사, 2004, 53~55면; 장신, 앞의 논문, 2004, 321~323면 참조.

21) 「一個年懲役을求刑」, 『동아일보』, 1922.12.23., 3면; 「朝憲紊亂으로六個月」, 『동아일보』, 1922.12.26, 3면.

22) 제령은 당시 조선에서 발생한 사건에 대해 일본의 법률을 그대로 적용할 수 없다고 판단된 부분에 대하여 조선 총독의 명령으로 대체할 수 있다는 법령이었다. 여기에 관해서는 한승연, 「제령을 통해 본 총독정치의 목표와 조선총독의 행정적 권한 연구」, 『정부학연구』 15권 2호, 고려대 정부학 연구소, 2009, 174~181면 참조.

23) 두 사람의 구인은 「弱小民族에게 呼訴하야 團結을 催促함」이라는 "기사 중에는 자못 불온한 말이 많이 있는 중 그 중에 약소민족(弱小民族)이라는 문제와 귀족계급(貴族階級)이라는 문제 중에는 사회주의를 선전하는 말과 조선 독립을 고취하는 말이 있어서"였다는 것이다. 여기에 관해서는 「新天地社員四名」, 『동아일보』, 1923.9.13, 3면.

24) 여기에 관해서는 『조선일보』, 1923.10.24., 3면; 『조선일보』, 1924.5.12., 4면 참조.

25) 「新生活主幹도取調中」, 『매일신보』, 1922.11.23., 3면; 「酷禍를받는言論機關」, 『동아일보』, 1922.11.24, 3면.

26) 오하라 검사 일행은 11월 24일 '신생활사'에 대한 전면적인 수색, 압수 등을 수행했고, 나라이 검사 일행은 박광희의 집을 수색했다. 이어 11월 25일에는 나라이 검사는 박희도의 집

을 수색했고, 사카이 검사는 이시우가 머물던 동아여관을 수색해 자료를 압수했다.

27) 「『新生活』發賣禁止」, 『동아일보』, 1922.11.16, 2면.

28) 「兩雜誌發賣禁止」, 『동아일보』, 1922.11.20, 2면.

29) 광고, 『동아일보』, 1922.10.22., 1면 참조.

30) 2차 공판은 박희도에 대한 심문이 끝난 후 일반인들의 방청을 통제하게 된다. 여기에 대해서는 「『新生活』繼續公判」, 『동아일보』, 1922.1.9., 3면 참조.

31) 「新生活事件도起訴」, 『조선일보』, 1922.12.13, 3면.

32) 「新生活判決言渡」, 『매일신보』, 같은 날짜, 같은 면 참조.

33) 『신생활』 필화사건으로 수감된 사람들의 출옥과 관련된 기사로는 「金明植執行停止 자혜의원에입원중」, 『동아일보』, 1923.7.29., 3면; 「俞鎭熙氏出獄」, 앞의 신문, 1924.4.23., 2면; 「辛日鎔氏出獄」, 앞의 신문, 1924.5.1., 2면; 「獄中에서母喪! 出監한朴熙道氏」, 앞의 신문, 1925.1.3., 2면 참조.

34) 「言論의擁護를決議」, 『동아일보』, 1922.11.29., 3면; 「新生活又復押收」, 앞의 신문, 1922.12.16, 2면; 「新刊紹介」, 앞의 신문, 1922.12.30., 4면 참조.

35) 박종화, 『歷史는 흐르는데 靑山은 말이 없네』, 三慶出版社, 1979, 453면.

36) 이 시기 사상적 지향과 접속하는 글쓰기를 통한 정치적 실천의 일환으로서 염상섭의 단행본 발간과 그 맥락에 주목한 논의로는 이종호, 「염상섭 문학과 사상의 장소 -초기 단행본 발간과 그 맥락을 중심으로-」, 『한민족문화연구』 46, 한민족문화학회, 2014, 7~43면 참조.

37) 여기에 관해서는 『동아일보』, 1923.1.1·1923.1.3 참조.

38) 『동아일보』는 1922년을 맞아 1월 1일에서 6일까지 현상윤, 민태원, 권덕규, 양건식 등의 글을 싣고 '文壇에 對한 要求'라는 기획을 시행했다. 하지만 이 기획을 '문예특집'으로 보기는 힘들다.

39) 박종화는 "연말 초대를 계기로 해서 동아일보사에서는 신년호에 나에게 시를 청했다"고 회고했는데, 이 역시 회합이 원고를 청탁하는 자리였음을 말해준다. 변영로가 글을 게재하지 않은 이유에 대해서는 접근하기 힘들다. 여기에 관해서는 박종화, 앞의 책, 1972, 455면 참조.

40) 김기진, 「樹州回想記」, 『조선일보』, 1961.3.17, 4면.

41) 박종화, 앞의 책, 1972, 454면.

42) 『동명』은 '주보'라는 부기와 같이 매주 발행을 원칙으로 했다. 1922년 9월 3일에 창간되어 그해에만 17호를 발행했고 이듬해에도 2권 1호를 시작으로 6월 3일 23호를 발행했다.

43) 윤병로, 『박종화의 삶과 문학 -미공개월탄일기평설』, 성균관대학교 출판부, 1992, 3·197면 참조.

44) 정병욱, 「조선식산은행원, 식민지를 살다」, 『역사비평』 78, 2007, 329~331면 참조.

45) 박종화, 앞의 책, 1972, 454면.

46) 박영희, 「신흥문학의 대두와 개벽시대 회고」, 『조광』 32호, 1938. 여기서는 이동희·노상래 편, 『박영희 전집』(Ⅱ), 영남대학교출판부, 1997, 149면; 윤병로, 앞의 책, 1992, 197면 참조.

47) 김석송은 작품의 말미에 '포덕' 연호를 사용하고 있다. 동학이 창도된 해를 기준으로 따진 '포덕' 연호를 사용하고 있다는 것에서 천도교도라는 것을 알 수 있다. 비평, 희곡 등을 주로 썼던 현철은 당시 『개벽』의 학예부 주임이었다. 방정환은 천도교 3대 교주 손병희의 사

위로 당시 '개벽사'의 직원으로 일하고 있었다.

48) 1922년 7월에서 9월까지 변영로는 「結婚行進曲」, 「沙漠안에情熱」 등을 번역해 싣고 나서, 11월, 12월에는 「토막생각」, 「象徵的으로살자」 등 수필을 발표하기도 했다. 주요한은 1922년 12월, 1923년 2월에 「옛날의거리」, 「집」, 「산보」, 「풀밭」 등의 시를 발표하는 것을 통해 『개벽』에서 작품 활동을 시작했다. 주요섭도 1922년 10월에 동화 「해와 달」을 발표하고, 1923년 1월에는 논설을 실었다.

49) 최수일은 『개벽』의 내용에 변화가 일어나는 때를 1923년 하반기를 전후한 시기로 파악했다. 변화가 파악되는 때는 1923년 하반기였지만 이미 1922년 중반부터 필진의 개방 등 변화의 움직임이 나타나기 시작했다. 여기에 대해서는 최수일, 『『개벽』 연구』, 소명출판, 2008, 465~481면 참조.

50) 박종화, 앞의 책, 1972, 454~455면.

51) 이경돈은 『개벽』과의 비교를 통해 미디어로서 『동명』의 전반적인 체계와 담론의 성격에 대해 논구했다. 여기에 대해서는 이경돈, 「1920년대 초 민족의식의 전환과 미디어의 역할 – 『개벽』과 『동명』을 중심으로」, 『사림』 23호, 2005, 33~51면 참조.

52) '식도원'은 당시 '명월관', '국일관', '태서관' 등과 어깨를 나란히 했던 고급 요릿집으로, 술, 음식, 기생 등 신년연에 들어간 비용도 상당했을 것으로 파악된다.

53) 윤병로, 앞의 책, 1992, 60면.

54) 「文藝運動의 第一聲」, 『동아일보』, 1922.12.26, 3면.

55) 「모임」, 『동아일보』, 1923.1.4, 3면.

56) 「機關紙까지 發行 조선문인회 사업」, 『동아일보』, 1923.1.7, 3면.

57) 「文藝運動의第一聲」, 앞의 신문, 앞의 날짜, 같은 면.

58) 박종화, 앞의 책, 1972, 456~457면.

59) 「文人會의雜誌 일흠은『문예부흥』」, 『매일신보』, 1923.3.31, 5면.

60) 「文人會의第一事業 雜誌『文藝復興』창간」, 『동아일보』, 1923.4.4, 3면.

61) 박종화, 앞의 책, 1972, 456면.

62) 염상섭은 1923년에 발표된 소설에 대해 비평하면서 홍영후의 「寒夜」을 『뢰내쌍쓰』에 게재된 작품이라고 했다. 1년간의 소설을 다루는 비평에서 『뢰내쌍쓰』에 실린 다른 소설을 다루지 않았다는 것을 통해 거기에 실린 소설이 「寒夜」뿐임도 추정할 수 있다. 여기에 관해서는 염상섭, 「올해의小說界 〈文壇의今年〉」, 『개벽』 42호, 1923.12, 38면 참조.

63) 염상섭, 「經過의大略」, 『廢墟以後』, 1924.1, 131면.

64) 염상섭, 위의 글, 같은 면.

65) 문사극을 추진하는 데도 염상섭이 깊이 관여하고 있었음을 나타내는 글은 「나도한마듸 天道敎少年會童話劇을보고」이다. 여기에 관해서는 염상섭, 「나도한마듸 天道敎少年會童話劇을보고」, 『동명』 2권 4호, 1923.1.21, 18면.

66) 염상섭, 앞의 글, 1924.1, 같은 면.

67) 「『廢墟以後』발행 조선문인회에서 내용이충실하다」, 『동아일보』, 1923.12.31, 2면.

68) '문인회' 회원이 많이 글을 싣지 못해서 기관지를 표제로 하는 데 반대했을 수 있다. 또 그와는 반대로 『廢墟以後』에 글을 실은 필자들이 『뢰내쌍쓰』의 후속으로 발행되는 데 부정적

이었을 수도 있다.

69) 「同人記」, 『廢墟以後』, 1924.1, 135~136면.

70) 위의 글, 1924.1, 134~135면.

71) 「文人會總會」, 『동아일보』, 1924.12.8, 5면; 「文人會總會」, 『조선일보』, 1924.12.8, 2면; 「회합」, 『시대일보』, 1924.12.8, 1면 참조.

72) 기관지의 이름을 다시 『문예부흥』으로 칭하고 있는 것 역시 『廢墟以後』가 '문인회'의 기관지로 받아들여지지 않았음을 나타낸다. 여기에 관해서는 「革新된文人會 기간지도발행 책임임원까지선정」, 『조선일보』, 1924.12.11, 2면; 「『文藝復興』復興 조선문인회에서계간」, 『동아일보』, 1924.12.11, 2면 참조.

73) 「學藝消息」, 『조선일보』, 1924.12.22, 4면; 「文壇片信」, 『동아일보』, 1924.12.22, 4면; 「文壇信片」, 『동아일보』, 1924.12.29, 4면.

74) 『시대일보』, 1925.1.23., 1면.

75) 『浮萍草』는 1920년 4월 1일 창간과 함께 연재되기 시작해 같은 해 9월 4일 연재를 마쳤고, 『엘렌의功』은 1921년 2월 21일에서 7월 2일까지 연재를 이어갔다.

76) 당시 『붉은실』의 번역과 원작, 그리고 『동아일보』에 연재된 소설의 양상과 성격에 대해서는 박진영, 「천리구 김동성과 셜록 홈스 번역의 역사」, 『상허학보』 27, 상허학회, 2009, 293~301면 참조.

77) 창간 당시 '동아일보사'의 지원으로 일본으로 유학을 간 민태원은 통신원의 자격으로 와세다대학 정치경제학부에 다녔다. 여기에 관해서는 민규호, 「牛步 閔泰瑗」, 『韓國言論人物史話: 8·15前篇』 上, 사단법인 대한언론인회, 1992, 455면 참조.

78) 『동아일보』, 1921.2.21, 4면.

79) 『白髮』, 『發展』, 『處女의 자랑』 등은 신문에 연재를 시작하기 전 연재될 소설의 성격을 소개하는 과정을 거쳤다. 여기에 대해서는 靑黃生, 『白髮』, 『조선일보』, 1921.5.14; 擊空生, 『發展』, 옆의 신문, 1920.12.2; 泡影生, 『處女의 자랑』, 옆의 신문, 1921.12.6 참조.

80) 「初戀」은 1920년 12월 2일에서 다음해 1월 23일까지 연재되었으며, 1921년 1월 24일 연재를 시작한 「浮雲」은 4월 30일까지 연재를 이어갔다. 「曉霧」는 같은 해 5월 1일 연재를 시작했으며 5월 30일 미완으로 중단되었다.

81) 투르게네프 원작의 「初戀」, 「浮雲」 등을 연재한 이유는 "有名한 露西亞 文豪", "文豪의 六大 傑作 小說 중의 一"이라고 신문에서 직접 밝힌 바 있다. 그리고 번역자는 당시 '조선일보사'에서 기자로 일했던 현진건이었다. 여기에 관해서는 「一面小說豫告」, 『조선일보』, 1921.1.17.~23.

82) 2차 정간 해제 이후 '기서란'이 '기고란'으로 이름이 바뀌면서, 희곡, 희곡론 등이 연재되고 김유방, 임노월 등의 글이 게재되기도 했지만, 이전 시기 동인지에서 활동했던 문인들의 글을 게재한 경우는 드물었다.

83) 「新天地事件公判 -朴濟鎬는形容憔悴」, 『동아일보』, 1923.11.10, 3면.

84) 「出版法」을고치라 문화보급을막는검열제도」, 『동아일보』, 1924.1.17, 2면.

85) 「新雜誌의簇生 창간호로종간호를삼지마라」, 『동아일보』, 1924.1.8, 2면.

86) "리계훈 김준호(李癸薰, 金俊鎬) 등 문예에 뜻있는 아홉 청년의 동인 조직으로 신문예(新文

藝)라는 월간의 신문예잡지를 발간"할 계획이라고 했다. 여기에 관해서는 「文藝雜誌또出現」, 『동아일보』, 1924.1.8, 2면.

87) 『동명』은 1922년 6월 13일 창간이 되어 이전 신년호는 존재하지 않는다.

88) 염상섭, 「文人會組織에關하여」, 앞의 신문 1923.1.1, 신년호 4호 1면.

89) 「同人記」, 앞의 잡지, 1924.1, 135~136면.

90) 박헌호는 '문인회' 설립의 취지을 밝힌 염상섭의 「文人會組織에關하야」를 1920년 4월 『동아일보』에 발표한 「勞動運動의傾向과勞動의眞義」, 1922년 9월에 『동명』에 발표한 「新潟縣事件에鑑하야 移出勞動者에對한應急策」 등과 연결시켜 염상섭이 지닌 노동관의 연장선상에서 파악했다. 여기에 관해서는 염상섭, 「勞動運動의傾向과勞動의眞義(六)」, 『동아일보』, 1920.4.25, 1면; 박헌호, 앞의 논문, 2012, 250~252면 참조.

91) 「同人記」, 앞의 잡지, 1924.1, 134~135면.

92) 염상섭, 「文人會組織에關하여」, 앞의 신문, 같은 면.

93) 김기진, 「나의 回顧錄 ①」, 『세대』 14호, 1964.7, 172면.

94) 당시 문인들의 삶과 관련해 '문인회' 결성의 움직임과 의미를 가늠한 논의로는 박현수, 「1920년대 전반기 〈문인회〉의 결성과 그 와해」, 『한민족문화연구』 49, 한민족문화학회, 2015, 393~417면 참조.

95) '문인회'에 대한 비판은 주로 문학은 경제 등 현실에서 초월한 존재라는 데서 이루어졌다. 하지만 그 반대편에서 제기된 것도 있는데, 혁명을 통해 모순적인 현실에서 벗어나야 한다는 주장이 그것이다. 혁명을 통해 현실 변혁을 꾀해야 한다는 입장에서 볼 때 '문인회'의 주장은 현실 타협적인 것으로 평가되었다. 하지만 간과해서 안 될 점은 그러한 입장이 지닌 가장 큰 한계 역시 현실을 직시하는 경험을 지니지 못했다는 것이다. 곧 그들에게 현실은 혁명의 반대편에 위치한 부정적인 것으로 전제되는 데 머물렀다. 문인들이 처한 상황으로 한정한다면 먼저 주목해야 했던 현실의 모순은 글을 썼음에도 제대로 발표할 곳이 드문 상황, 나아가 경제적인 대가를 받을 수 가능성이 없는 그것이었을 것이다.

96) 김윤식, 『염상섭연구』, 서울대학교 출판부, 1987, 246~264면 참조.

97) 이미 염상섭은 1920년 4월 『동아일보』에 발표한 「勞動運動의傾向과勞動의眞義」에서 노동의 '진의'에 주목한 바 있다. 노동의 '진의'라는 주장의 연장에서 생각할 수 있는 질문은 당시 문인들에게 노동이 사회적 권력에 의해 강요되는 것이 아니라 자신들의 생을 확충할 수 있는 '진의'를 복원할 수 있는 방법은 무엇일까 하는 것이다. 이 질문은 염상섭이 중심에 위치했던 '문인회'의 취지와도 연결되는 질문이다. 여기에 관해서는는 염상섭, 「勞動運動의傾向과勞動의眞義(六)」, 『동아일보』, 1920.4.25, 1면

98) 동아일보사사편집위원회, 『東亞日報社史』 卷一, 동아일보사. 1975, 244~255면 참조.

99) 1923년 6월에는 일요일 신문을 8면으로 발행했는데, 5면부터 8면까지를 '일요호'로 구성했다. '일요호' 가운데 대개 6, 7면을 문예로 꾸몄다. 7월부터는 일요일 신문을 6면으로 발행해, 5, 6면을 '일요호' 고 했다.

100) 유석환은 「근대 문학시장의 형성과 신문·잡지의 역할」이라는 논문에서 『매일신보』, 『조선일보』, 『개벽』 등과 함께 식민지 시대 문학시장을 이루는 미디어 가운데 하나로 『동아일보』에 주목해 문학의 편중과 변이를 가늠한 바 있다. 이에 관해서는 유석환, 「근대 문학시

장의 형성과 신문·잡지의 역할」, 성균관대학교 박사학위 논문, 2013, 94~106면 참조.

101) 김기진, 「Promeneade Sentimental」, 『개벽』 37호, 1923.7, 82~100면; 「클라르테運動의世界化」, 『개벽』 39호, 1923.9, 11~24면; 「빠르뷰스對로맨로란間의爭論」, 『개벽』 40호, 1923.10, 23~51면; 「또다시「클라르테」에대해서 ―빠르뷰스硏究의一片」, 『개벽』 41호, 1923.11, 7~55면 참조.

102) 김기진, 「幻滅期의朝鮮을넘어서」, 『개벽』 46호, 1924.3, 15면.

제2부 소설의 에크리튀르와 유미주의

1장 과거시제와 3인칭대명사의 등장과 그 의미

1) 김동인, 「朝鮮近代小說考」, 『조선일보』, 1929.8.11.

2) 1948년에 발표된 「文壇三十年의자최(二)」에서도 자신이 과거시제와 3인칭대명사를 처음으로 사용했음을 반복해서 강조한다. 여기에 관해서는 김동인, 「文壇三十年의자최(二)」, 『신천지』 3권 4호, 1948.4·5, 148~149면 참조.

3) 백철, 『朝鮮新文學思潮史 (近代篇)』, 수선사, 1948, 143~148면 참조.

4) 조연현, 『韓國現代文學史』, 현대문학사, 1957, 315~319면 참조.

5) 김우종, 『한국현대소설사』, 성문각, 1982, 115~128면 참조.

6) Barthes R., Lavers A..Smith C. trans., WRITING DEGREE ZERO, HILL AND WANG, 1967, pp.29-40. 이 책은 Le Degré Zéro de L'Ecriture(Editions du Seuil, 1953.)를 영역한 것이다.

7) 즈네뜨(Genette G.)는 흔히 서사로 불리는 것을 세 가지로 분류한다. 먼저 말이나 글로 된 사건 곧 서술적 진술을 서사라고 하며, 진술의 주제가 되는 사건 혹은 사건들의 관계를 스토리로 규정한다. 또 진술을 하는 발화나 서술 행위를 서술하기라고 부른다. 즈네뜨의 관심은 서사에 놓이는데, 이는 서사만이 좁은 의미의 텍스트 분석에 유용하고, 허구적 서술의 영역에서 사용할 수 있는 탐색 도구라는 데 기인한다. 또 서사는 서사와 스토리와의 관계, 서사와 서술하기의 관계, 스토리와 서술하기의 관계를 중계하기도 한다고 했다. 이 논문에서 소설이라는 명칭은 즈네뜨의 분류에 따르면 서사에 해당되는 개념이다. 서술적 진술 이전의 사건이나 그 관계에 대해서는 스토리라고 부르겠다. 여기에 관해서는 Genette G., 권택영 역, 『서사담론』, 교보문고, 1992, 15~21면 참조.

8) 이광수, 『無情』, 『매일신보』, 1917.4.12.

9) 양건식, 「슯흔矛盾」, 『반도시론』 11, 1918.2, 71면.

10) 김동인, 「약한者의슬픔」, 『창조』 1, 1919.2. 53면.

11) 이 글에서 과거시제는 '았/었'을 의미한다. 실제 시간은 직접적인 인식이 불가능한 무형의 존재다. 따라서 시간의 인식은 사물의 변화 양태를 통해 가능해지며, 이와 같은 양태나 관계를 상(aspect)이라고 한다. 요컨대 시간은 상을 매개로 분절되어 인식되며, 그 언어적 표현이 시제다. 하지만 현대 국어에서 상과 시제의 문법 범주 설정은 밀접한 연관성 때문에 지

금도 많은 논란이 되고 있다. 상과 시제의 복합적인 범주 체계를 세우거나, 상과 서법만을 인정하거나, 시제·상·서법의 상위체계로 서상을 설정하거나 하는 것이 어려움의 예라고 할 수 있다. '았/었' 역시 여기에서 크게 벗어나지 않는다. 이 글에서 '았/었'을 과거시제로 지칭하는 것은 이전에 있었던 일을 규정하는 일반적인 의미로 한정한다. 이 글의 목적이 소설에서 과거시제가 시간적인 의미를 지니기보다 스토리를 소설로 변형시키는 작도의 기호로 사용되었음을 밝히는 데 있기에, 이와 같은 규정이 큰 무리는 없을 것으로 생각한다. 여기에 관해서는 이남순, 『시제·상·서법』, 월인, 1998, 59~79면; 김차균, 『우리말의 시제 구조와 상 인식』, 태학사, 1999, 171~179면 참조.

12) Butor M., 김치수 역, 『새로운 소설을 찾아서』, 문학과지성사, 1996, 92면; Ricoeur P., 김한식·이경래 역, 『시간과 이야기』 2, 문학과지성사, 2000, 129~135면 참조.

13) 김동인, 「남은말」, 『창조』 1, 1919.2, 81면.

14) 주요한, 「性格破産」, 『창조』 8, 1921.1, 2~8면; 백철, 앞의 책, 1948, 157면; 김흥규, 「황폐한 삶의 초상과 환상」, 『문예사조사』(이선형 편), 민음사, 1986, 340면 참조.

15) 순서는 스토리의 사건들이 소설에서 어떤 순서로 배열되는가의 문제로, 시간과 관련된 주요한 서사적 기제다. 회상은 소설의 시간이 스토리의 과거로 돌아가는 것이다. 소설의 시간이 스토리의 미래로 달려가는 '예견(anticipation)'과 대응되는 개념이다. 즈네뜨는 나중에 일어난 사건이 이야기되고 난 후에 먼저의 스토리-사건이 서술된다는 점에서 회상을 '소급제시(analepsis)'라고 하며, 또 먼저 일어난 사건이 언급되기 전에 어떤 스토리-사건이 서술된다는 점에서 예견을 '사전제시(prolepsis)'라고 규정한다. 여기에 관해서는 Rimmon-Kenan S., 최상규 역, 『소설의 시학』, 문학과 지성사, 1985, 74~81면; Genette G., 위의 책, 1992, 38~67면 참조.

16) 지속도 순서와 같이 스토리와 소설의 관계 속에 위치한다. 지속은 스토리의 사건이 소요했을 시간과 소설에서 서술되는 데 소요되는 시간의 관계다. 하지만 텍스트의 서술 시간을 가늠하는 데 따르는 어려움 때문에, 실제 지속은 스토리의 사건이 소요한 시간과 그것에 소요된 텍스트의 길이의 관계를 통해 파악된다. 그 기준은 속도이며, 생략, 요약, 장면, 휴지 등으로 나누어진다. 순서와 지속 모두는 시간의 계량과 그것을 통한 미분과 적분을 전제로 한다. 여기에 관해서는 Rimmon-Kenan S., 위의 책, 1985, 81~88면; Genette G., 위의 책, 1992, 75~85면 참조.

17) 『無情』은 『매일신보』에 모두 126회 연재된다. 영채가 기차를 타고 가다가 병욱을 만나는 부분이 86회인데, 이를 기준으로 전반부와 후반부를 나누었다. 전반부는 첫째 날 형식이 선형에게 영어를 가르치고 돌아오자 영채가 찾아오고, 둘째 날 겁탈 당하려 한 영채를 구하고, 셋째 날 평양으로 간 영채를 찾으러 가지만 그냥 돌아오고, 넷째 날 학교를 그만두고 김 장로의 집에 가서 선형과 유학을 다녀와 결혼하기로 약속하는 등 4일을 다룬다. 후반부는 영채가 평양으로 가는 날부터 삼랑진 홍수까지 약 한 달의 시간을 다루고 있다.

18) 현상윤, 「逼迫」, 『청춘』 8, 1917.6.

19) 양건식, 「슯흔矛盾」, 앞의 잡지, 1918.2.

20) 김동인, 「小說作法」, 『조선문단』 8호, 1925.6, 77면.

21) 이진경, 『근대적 시공간의 탄생』, 푸른숲, 1997, 42~48면; 今村仁司, 이수정 역, 『근대성의

구조』, 민음사, 1999, 65~72면 참조.

22) '그'는 이미 이광수의 1915년 3월 『청춘』 6호에 게재된 「金鏡」이나 1917년 6월 『청춘』 8호에 실린 「少年의悲哀」 등에서 사용되었다.

23) 김동인, 「약한者의슬픔」, 『창조』 1호, 1919.2, 61면.

24) Rimmon-Kenan S., 앞의 책, 1985, 109~112면 참조.

25) 김동인, 앞의 소설, 1919.2, 58면.

26) 여기에서 서술 양상, 곧 시점의 구분은 슈탄첼의 그것을 기준으로 했다. 슈탄첼은 소설의 서술 양상을 1인칭 서술, 주석적 서술, 등장인물 서술로 구분한다. 1인칭 서술은 소설 속 등장인물 '나'가 화자가 되는 것이다. 주석적 서술은 스토리의 외부에 위치한 화자가 자신의 존재를 분명히 하는 것으로, 흔히 전지적 서술이라 불린다. 그리고 등장인물 서술은 등장인물이 초점화자가 되어 보거나 느낀 것을 적어나가는 서술 방식이다. 여기에 관해서는 Stanzel F. K., 안삼환 역, 『소설형식의 기본유형』, 탐구당, 1982, 32~35면 참조.

27) 김동인, 「小說作法(四)」, 『조선문단』 10호, 1925.7, 72·74면.

28) '일원묘사'라는 용어는 일본의 평론가였던 이와노 호메이(岩野泡鳴)가 사용한 것이다. 이와노 호메이가 주장한 일원묘사와 김동인의 그것이 지니는 공통점과 차이점에 관한 고찰 역시 조선에서 근대소설의 형식적 기제가 등장하게 되는 기원과 굴절을 밝히는 작업이 될 것이다. 여기에 관해서는 岩野泡鳴, 「現代將來の小說的發想を一新すべき僕の描寫論」, 『近代文學評論大系』5, 角川書店, 1972, 85~96面 참조.

29) 이광수, 『無情』, 『매일신보』, 1917.1.1

30) 원근법에 대해서는 Foucault M., 이광래 역, 『말과 사물』, 민음사, 1989, 25~40면; 이진경, 「근대적 시선의 체계와 주체화」, 『근대성의 경계를 찾아서』, 새길, 1997, 249~293면 참조.

31) 1인칭 서술에서 경험적 자아와 서술적 자아가 분리된다고 할지라도 서로 충분히 멀리 있지는 않다. 일반적으로 그 이유는 1인칭 서술의 '나'가 작가와 미분리된 인물이라는 데서 찾는다. 하지만 '나'와 작가가 동일한 인물이건 아니건 상관이 없다. 실제 1인칭 서술에서 둘의 관계가 자유롭지 않은 것은 등장인물과 서술자가 같은 스토리 속에 위치하기 때문이다. 앞선 언급처럼 서술적 자아와 경험적 자아는 시간적 거리를 지니지만, 각각을 중심으로 하는 서술과 묘사는 빈번하게 교차된다. 다시 말해 둘은 처음에는 시간적 거리를 두고 긴장되지만, 점차 시간적 거리는 사라지고 서술적 자아의 감회가 경험적 자아에게 전이된다. 그리고 결국 경험적 자아는 서술적 자아와 일치하게 된다. 여기에 관해서는 Stanzel F. K., 김정신 역, 「인칭대립항」, 『소설의 이론』, 문학과 비평사, 1990, 125~169면 참조.

32) 서사 양식에서 인칭과 어말 어미에 관해서는 柄谷行人, 박유하 역, 『일본근대문학의 기원』, 민음사, 1997, 98~102면; 권보드래, 『한국 근대소설의 기원』, 소명출판사, 2000, 247~251면 참조.

33) 3인칭대명사가 지니는 의미와 그 서사론적 변용에 관해서는 Benveniste E., 황경자 역, 『일반언어학의 제문제』 1, 민음사, 1992, 361~369면; Kristeva J., 유복렬 역, 『반항의 의미와 무의미』, 푸른숲, 1998, 439~442면 참조.

34) Barthes R., 앞의 책, 1967, 30~31면 참조.

35) 슈탄첼은 끊임없이 초점화자의 눈을 통해 세계를 바라보며 감정과 생각을 공유해야 하는 등장인물 서술의 상황에 의해 독자들은 점차 인물에 대해 호감을 가지거나 그렇지 못할 경우에는 적어도 아량과 관용의 태도는 지니게 된다고 한다. 여기에 관해서는 Stanzel F. K., 안삼환 역, 앞의 책, 1982, 99~101면 참조.

36) Martin W., 김문현 역, 『소설이론의 역사』, 현대소설사, 1991, 88~99면 참조.

37) 마사오 미요시(三好將夫)는 과거시제와 3인칭을 중심으로 일본 소설에 관해 논의하고 있어 이 글의 관심과 관련해 주목할 필요가 있다. 먼저 그는 일본 소설에서는 과거시제가 불가능해 전개 역시 추론적인 발달과 결말을 거부한다고 한다. 이에 따라 나타나는 특징 역시 병렬적, 산술적이라서 소설과 같이 질서와 억압을 드러내기보다 공간의 해체나 분산을 표현한다고 본다. 또 3인칭대명사의 문제에 있어서 일본 특유의 사소설을 '나'의 지배에 대한 '그'의 굴복으로 본다. 사소설이 3인칭이 되기 위해 노력하는 대신 오히려 화자를 폐기하기 노력한 것으로 파악한다. 또 서구의 소설과 비교해 서구 소설이 여전히 거짓임을 내세우는 믿을 수 있는 속임수인데 반해 사소설로 대표되는 일본 소설은 믿을 수 없는 속임수이지만 그럼에도 불구하고 진실로 인식된다고 했다. 결국 서구 소설이 마스크를 쓰고 그것을 지적하는 행위라고 한다면 일본 소설은 마스크에 불과한 작가의 맨얼굴로 관심을 끌고자 하는 숙명적인 행위라는 것이다. 여기에 관해서는 三好將夫, 김경연 역, 「고유한 특징에 대항하기: 일본소설과 '포스트 모던' 서양」, 『포스트모더니즘과 일본』, 시각과언어, 1997, 182~184면 참조.

38) 김동인의 문학관에 대한 접근은 김동인, 「자긔의創造한世界 —톨스토이와 떠스터예ᄭᅳ스키—를 比較하여」, 『창조』 7호, 1920.7, 49~51면.; 김동인, 「사람의사른참模樣」, 『창조』 8호, 1921.1, 25~27면 참조.

39) 박헌호는 김동인의 근대관이나 문학관의 핵심을 대상에 대한 의식적 개입이나 지배라고 파악한다. 또 기교를 소설에서 찾아낸 개입이나 지배로 보고, 김동인 소설이 단편으로 귀결되었던 이유 역시 단편이 기교를 전반화시킬 수 있는 양식이라는 데 기인하는 것으로 본다. 여기에 관해서는 박헌호, 「한국 근대 단편양식과 김동인(1)」, 『작가연구』 2, 새미, 1996, 290~302면 참조.

40) 유미주의란 미를 현실의 반대편에 독자적인 것으로 위치시키고 그 완성을 궁극적인 목적으로 하는 예술 경향이다. 실제 이는 근대 자본주의 시대의 전개와 함께 상실된 삶과 세계의 조화, 영원한 것과 일상적인 것의 행복한 통일을 회복하고자 하는 강한 열망의 소산이기도 하다. 따라서 유미주의가 온전한 의미를 지니는 것은 그것이 자체로서 막강하고 동화 불가능한 사물의 세계와 단절하는 인식의 계기로 작용할 때이다. 이렇게 볼 때 김동인을 비롯한 동인지 문학의 지향이 유미주의로 규정될 수 있는가는 재고의 여지가 있을 것이다. 여기에 관해서는 박현수, 「김동인 초기 소설 연구」, 『현대소설연구』 13, 한국현대소설학회, 2000, 88~89면 참조.

41) 황종연, 「문학이라는 역어」, 『동악어문논집』 32집, 동악어문학회, 1997, 475~480면 참조.

42) 루샤오펑(魯曉鵬)은 그럴듯함을 소설과 역사의 관계 속에서 설명한 바 있다. 그는 그럴듯함을 소설이 역사와 분리될 때 소설에 부여된 역할로 파악한다. 18세기 말 역사와 소설이 분리되었을 때, 역사가 실제로 일어난 일에 대한 연속성이나 병렬성이 강조되었던 반면, 소

설은 중심점에 의해 일관되고 통합된 조직이 강조되었다는 것이다. 이때부터 사실성에 대한 주장은 그럴듯함이라는 기준으로 대치되었다고 했다. 여기에 관해서는 魯曉鵬, 조미영·박계화·손수영 역, 『역사에서 허구로: 중국의 서사학』, 길, 2001, 65~67면 참조.

43) 이를 고려하면 인과 연쇄를 통해 삶을 배치하는 것은 유기적인 세계상을 기계적인 양적인 구성물로 변환시키는 조작이라고 할 수 있을 것이다. 여기에 관해서는 今村仁司, 앞의 책, 1999, 101~109면 참조.

44) 인과율을 통한 배치는 처음에는 모든 것이 가능하며, 중간에는 개연성을 띤 것만 가능하게 되고, 끝에 가서는 필연적인 것 이외에는 모두 불가능하게 된다. 여기에 관해서는 Chatman S., 김경수 역, 『영화와 소설의 서사구조』, 민음사, 1990, 53~54면 참조.

45) 바르트는 과거시제와 3인칭대명사를 소설의 에크리튀르로 파악하고, 이들이 없으면 소설은 소설로서 힘을 잃거나 스스로의 양식적 질서를 파괴할 의도가 있는 것이라고 했다. 바르트는 사고가 존재하고 글쓰기가 이어진다는 환원론적 발상에서 벗어나, 어떤 방식 속에서 말하고 있으며, 어떤 방식 속에서 쓰고 있는지를 문제시한다. 바르트가 글쓰기의 근간에 자리잡은 방식으로서 에크리튀르에 주목한 이유 역시 여기에 있다. 바르트의 논의가 궁극적으로 지향하는 바는 이러한 에크리튀르로부터 벗어난 글쓰기, 곧 영도의 에크리튀르에 이르고 있다. 여기에 관해서는 R. Barthes, 앞의 책, 1967, 29~40면 참조.

46) 가라타니 고진은 내면이 고백이라는 제도를 통해 등장했다고 하고, 고백을 만들어낸 것으로 언문일치와 함께 기독교를 문제시한다. 일본에서 기독교는 근대적 주체 확립의 변증법과 동력학으로 역할을 했다. 곧 메이지 체제에서 소외된 구무사족은 그들의 무력감과 한을 신에게 복종시킴으로 주체를 획득하려 했던 것이다. 또 그는 고백이 기독교에 의해 만들어짐에 따라, 이후에는 문학의 중심에 놓인 고백에 감염되는 순간 기독교에도 편입된다고 보았다. 여기에 관해서는 柄谷行人, 「고백이라는 제도」, 앞의 책, 1997, 103~129면 참조.

47) 손정수, 「한국 근대 초기 소설 텍스트의 자율화 과정 연구」, 서울대학교 박사학위 논문, 2001, 31~33면 참조.

48) 김동인, 「文壇三十年의자최 (2)」, 『신천지』 제3권 제4호, 1948.4·5, 149면.

49) Ricoeur P., 앞의 책, 2000, 135~137면 참조.

2장 감자와 고구마의 거리

1) 김기진, 「一月創作界總評」, 『개벽』 56호, 1925.2, 12면.

2) 김동인, 「群盲撫象」, 『박문』 5호, 1939.2, 2~3면.

3) 김동인의 소설을 반역사주의적이거나 현실과 동떨어진 것으로 규정하는 논의로는 김윤식, 「반역사주의 지향의 과오」, 『문학사상』, 1972.11, 285~293면; 김동리, 「자연주의의 구경」, 『문학과 인간』, 백민문화사, 1946. 여기에서는 『김동리전집』 7, 민음사, 1997, 13~25면; 김우종, 『한국현대소설사』, 성문각, 1982, 115~128면; 김재용·하정일 외, 『한국근대민족문학사』, 한길사, 1993, 427~430면 참조.

4) 김동인에 대한 초기 문학사적 논의 역시 유미주의적인 접근이라는 점에서 시기적으로는 오

히려 반역사주의적인 그것보다 앞서기도 한다. 백철, 조연현 등은 김동인을 신문예운동의 출발점이나 근대소설의 개척자로 규정해 김동인에 대한 문학사적 서술의 얼개를 정초한다. 그 근간에는 미에 대한 지향이 이전 시기의 계몽주의에서 벗어나 문학 자체의 목적에 충실하려는 것이라는 논지가 자리하고 있다. 시기적으로 앞서는 임화의 평가는 백철이나 조연현과는 일정한 차이를 지니지만 그 역시 김동인 소설을 전체로부터 유리된 순수한 의미의 개성을 소설화했다고 해 그것이 춘원의 과도기성을 탈각한 점이라고 파악한다. 유의해야 할 부분은 이광수의 계몽주의를 탈피해 미를 중심으로 하는 새로운 문학을 개척했다는 규정은 많은 부분 앞선 김동인 자신의 언급에 기대고 있다는 점이다. 여기에 관해서서는 김동인, 「朝鮮近代小說考(六)」, 『조선일보』, 1929.8.3.; 임화, 「朝鮮新文學史論序說」, 『조선중앙일보』, 1935.10.23.~26.; 「小說文學의二十年」, 『동아일보』, 1940.4.12.~13.; 백철, 『朝鮮新文學思潮史(近代編)』, 首善社, 1948, 143~148면; 조연현, 『韓國現代文學史』, 현대문학사, 1957, 315~319면 참조.

5) 김동인 문학의 유미주의적 성격에 대한 논의로는 황종연, 「낭만적 주체성의 소설 –한국근대소설에서 김동인의 위치–」, 『김동인 문학의 재조명』, 새미, 2001, 77~107면; 김윤식, 「김동인 문학의 세 가지 형식」, 『한국근대소설사연구』, 을유문화사, 1986, 89~151면; 유승환, 「김동인 문학의 리얼리티 재고 –비평과 1930년대 초반까지의 단편 소설을 중심으로–」, 『한국현대문학연구』 22, 2007, 127~133면 참조.

6) 김동인, 「朝鮮近代小說考(十四)」, 『조선일보』, 1929.8.15.

7) 長璋吉, 『金東仁短篇集』 (韓國語對譯叢書(2)), 1975. 여기에서는 波田野節子, 「김동인의 단편소설 「감자」에 대하여」, 『상허학보』 38집, 상허학회, 2013, 350면 참조.

8) 김동인, 『배따라기』, 마당문고사, 1987, 162면.

9) 김동인 소설에 등장한 감자와 고구마의 혼용에 대해서는 波田野節子, 앞의 논문, 2013, 349~353면 참조.

10) 金東仁, 「朝鮮文壇と私の歩んだ道」, 『國民文學』 1號, 人文社, 1941.11, 50面.

11) 大村益夫·布袋敏博 編, 『近代朝鮮文學日本語作品集』(1901~1938) 創作編 3, 綠蔭書房, 2004, 108~113面 참조; 당시 번역된 김동인 소설의 특징에 대해서는 宋仁善, 「일제강점기 한국근대소설의 일본어 번역 – 김동인의 「배따라기」와 「감자」를 중심으로–」, 『일본학연구』 제37집, 단국대학교 일본연구소, 2007, 395~418면 참조.

12) 大村益夫·布袋敏博 編, 「解說」, 『近代朝鮮文學日本語作品集』(1901~1938) 創作編 5, 綠蔭書房, 2004, 339~340面 참조.

13) 김종수, 「일제 강점기 경성의 출판문화 동향과 문학서적의 근대적 위상 –漢城圖書株式會社의 활동을 중심으로」, 『서울학연구』 35, 서울시립대학교 서울학연구소, 2009, 261~262면.

14) 1934년 5월 4일자 기사에는 "**싀어딤** 金東仁 氏의 短篇集 『감자』를 五月 上旬에 市內 堅志洞 漢城圖書株式會社에서 出版하기로 되엿다 한다"고 되어 있다. 실제 발간을 알린 기사는 1935년 2월 17일자 기사로 "小說家 金東仁 氏는 短篇 『감자』 『笞刑』, 『名畵리디아』, 『눈을 겨우뜰때』 『어즈러움』 『被告』 『딸의業을이으려』 『明文』 等 八 篇을 모아 감자라 題하야 市內 堅志洞 漢城圖書株式會社로부터 數日 前 發刊"했다고 한다. 여기에 대해서는 「金東仁氏短篇集 『감자』出版」, 『동아일보』, 1934.5.4, 3면; 「金東仁氏短篇集 『감자』發刊」, 『동

아일보』, 1935.2.17, 3면 참조.

15) 김동인, 「감자」, 『조선문단』 4호, 1925.1, 23면.

16) 김동인, 『감자』, 한성도서(주), 1935, 11면.

17) 안영희는 일본어 번역에서 나타난 「감자」의 변용에 대해 논의한 바 있다. 1984년 일본에서 발행된 『朝鮮短篇小說選(上)』에는 김동인의 소설이 「甘藷」, 곧 고구마라는 제목으로 게재되었으며 소설에서 복녀가 훔치는 것도 고구마로 바뀌었다고 했다. 한국어 소설 「감자」가 일본어 소설 「고구마」로 변하면서 획기적인 텍스트의 변용이 일어났다는 것이다. 그런데 그것을 단순한 오역으로 보기 힘든 이유는 김동인의 소설을 「甘藷」로 번역한 인물이 초 쇼키치라는 데 있다. 그는 앞서 검토한 것처럼 김동인 자신의 언급을 고려하는 과정을 거쳐 '감자'를 '고구마'로 바꾸어 번역했다. 안영희가 행한 논의의 전제는 복녀가 훔친 것이 의심할 바 없는 감자라는 것인데, 확고한 전제의 일차적 연원 역시 고구마를 감자로 쓴데다가 소설이 오독되고 있음을 알고도 바꾸지 않은 작가에게 있을 것이다. 여기에 대해서는 안영희, 「『감자』의 번역 – 감자가 고구마가 된 이야기–」, 『일본어문학』 36, 일본어문학회, 2007, 231~254면 참조.

18) 이병근, 「朝鮮總督府編 〈朝鮮語辭典〉의 編纂 目的과 그 經偉」, 『진단학보』 59, 진단학회, 1985, 135~154면 참조.

19) 「朝鮮語辭典編纂事務終了報告」. 여기에서는 이지영, 「朝鮮語研究會의 『鮮和新辭典』에 대한 考察 –朝鮮總督府의 『朝鮮語辭典』과의 比較를 중심으로」, 『어문연구』 39, 한국어문교육연구회, 2011, 141~142면 재인용.

20) 이병근, 앞의 논문, 1985, 153면.

21) 조선총독부 편, 『朝鮮語辭典』, 1920. 인용된 면수는 본문에서 밝혔음.

22) 위의 인용이 따르면 '감자', '감저', '감져' 등이 감자를 가리키는 용어로는 사용되지 않은 것이 된다. 하지만 뒤에서 상론하게 될 오구라 신페이(小倉進平)의 『朝鮮語方言の研究』를 참조하면 실제 앞선 용어들은 감자를 지칭할 때도 사용되었음을 알 수 있다. 일반적으로 일본어에서는 '甘藷'를 'かんしょ'라고 읽고 'さつまいも' 곧 고구마를 뜻한다. '馬鈴薯'는 'ばれいしょ'라고 읽고 'じゃがいも' 곧 감자를 가리키는 용어이다. 여기에 대해서는 小倉進平 著, 『朝鮮語方言の研究』 下卷, 岩波書店, 1944, 200~201面 참조.

23) 「安城郡農産額」, 『동아일보』, 1924.9.25., 3면.

24) 「馬鈴薯栽培獎勵」, 『매일신보』, 1925.01.21., 3면.

25) 「甘藷馬鈴薯種子共同購入」, 『매일신보』, 1930.03.23., 3면.

26) 「野菜消費五萬斤」, 『동아일보』, 1924.4.20., 3면.

27) 「봄 채소심는 여러가지방법」, 『동아일보』, 1925.3.23, 6면; 「고구마」, 『동아일보』, 1925.12.12, 3면.

28) 「감자만먹는火田民 平南에만十萬餘名」, 『조선일보』, 1925.8.12, 2면.

29) 小倉進平 著, 앞의 책 上卷·下卷, 1944 참조.

30) 小倉進平 著, 위의 책 下卷, 1944, 198~220面 참조.

31) 노성환, 「조선통신사와 고구마의 전래」, 『동북아문화연구』 23집, 동북아시아문화학회, 2010, 542~544면 참조.

32) 한국고문서학회, 『조선시대생활사』3, 역사비평사, 2006, 209~211면 참조.

33) 『正祖實錄』 권41, 正祖 18년 12월 戊寅 (46-534). 여기서는 염정섭, 「조선 후기 고구마의 도입과 재배법의 정리 과정」, 『한국사연구』 134, 한국사연구회, 2006, 120면 재인용.

34) 서광계, 『農政全書』. 여기에서는 오수경, 「조선 후기 이용후생학의 전개와 『감저보』의 편판」, 『안동문화』 16, 안동대 안동문화연구소, 1995, 15면 재인용.

35) 한국고문서학회, 앞의 책, 2006, 210~212면 참조.

36) 『正祖實錄』 권41, 正祖 18년 12월 戊寅 (46-534). 여기에서는 노성환, 앞의 논문, 2010, 120면 재인용.

37) 『種藷方』, 영남대학교 도서관 古貴. 524.45. 여기에서는 정형지, 「조선후기 농서를 통해 본 고구마 재배기술」, 『梨花史學硏究』 33, 이화사학연구소, 2006, 127면 재인용.

38) 『正祖實錄』, 正祖 18.12.25.(무인). 여기에서는 염정섭, 앞의 논문, 2006, 122~123면; 『正祖實錄』 권50, 正祖 22.11.30.(기축)(47-138). 여기에서는 정형지, 앞의 논문, 2006, 126~128면 참조.

39) 정형지, 위의 논문, 2006, 126~128면 참조.

40) 『正祖實錄』 권41, 正祖 18년 12월 戊寅(46-534). 여기에서는 염정섭, 앞의 논문, 2006, 120면 재인용.

41) 정형지, 앞의 논문, 2006, 123~125면 참조.

42) 『正祖實錄』, 正祖 18.12.25(무인) 湖南慰諭使 徐榮輔 別單. 여기에서는 정형지, 위의 논문, 2006, 124~126면 참조.

43) 한국고문서학회, 앞의 책, 2006, 212~213면 참조.

44) 염정섭, 앞의 논문, 2006, 124~125면 참조.

45) 한국고문서학회, 앞의 책, 2006, 215~216면 참조.

46) 이규경, 「北藷辨證說」, 『五洲衍文長箋散稿』. 여기에서는 한국고문서학회, 위의 책, 2006, 216~217면 참조.

47) 「平南蔬菜作況」, 『동아일보』, 1924.2.22, 3면.

48) 「中國人의蔬菜業」, 『동아일보』, 1924.11.14, 3면.

49) 김동인 소설 「감자」에 대한 평가의 한쪽 편에 놓인 것이 가난, 기아 등에 한정된 것은 아니지만 중심에 놓인 것은 부정할 수 없다. 일본어 번역을 통해 '감자'가 '고구마'로 바뀌면서 먹고 살기 위해 타락하는 복녀의 일생이 사라지는 획기적인 변용이 일어났다는 안영희의 논의 역시 이러한 평가와 수용을 전제로 하고 있다. 여기에 대해서는 조동일, 『한국문학통사』 5, 지식산업사, 1989, 111면; 채훈, 「〈감자〉와 빈곤의 문제」, 『金東仁硏究』, 새문사, 1982, Ⅲ-27면; 안영희, 앞의 논문, 2007, 242~254면 참조.

50) 「第一線에슨戰士! 九里四里의哀願聲」, 『매일신보』, 1926.12.15., 2면.

51) 「군고구마와 절미」, 『매일신보』, 1939.10.17., 4면.

52) 「第一線에슨戰士! 九里四里의哀願聲」, 앞의 신문, 같은 날짜, 같은 면.

53) 「감자만먹는火田民 平南에만十萬餘名」, 앞의 신문, 앞의 날짜, 같은 면.

54) 김동인, 「감자」, 앞의 잡지, 1925.1, 23면.

55) 이러한 언급은 2장에서 검토한 「朝鮮文壇と私の歩んだ道」에서도 "빈민 주제의 소설을 쓴 것

이 아니라 프롤레타리아의 무지를 조소한 것"이라고 반복되고 있다. 金東仁, 「群盲撫象」, 앞의 잡지, 1939.2, 2면; 金東仁, 「朝鮮文壇と私の歩んだ道」, 앞의 잡지, 1941.11, 50面.

56) 김동인, 「감자」, 앞의 잡지, 1925.1, 22면.

57) 김동인, 「遺書(4)」, 『영대』 4호, 1924.12, 11면.

58) 김동인, 「金妍實傳」, 『문장』, 1939.3, 46면.

59) 이혜령은 하층민 요부형 여성의 성격을 규정하는 요소 중 하나인 가난이라는 환경은 부차적인 것이라고 한다. 가난은 성을 팔아야 하는 인과적 계기로 제시되지만, 이들 여성상은 그것 이상을 말하고 있다는 것이다. 여기에 관해서는 이혜령, 『한국 근대소설과 섹슈얼리티의 서사학』, 소명출판, 2007, 112~115면 참조.

60) 검시어딤, 「령혼 -女子運動을 봄-」, 『창조』 9호, 1921.5, 43~45면.

61) 1920년대 조선에서는 남녀의 성차를 유전, 해부 등 생물학을 통해 설명하는 논의가 설득력을 지니고 등장한다. 여기에는 1900년대부터 1920년대 초까지 사와다 순지로(澤田順次郎), 하네타 에이지(羽太鋭治) 등의 주도로 일본에서 유행했던 이른바 성욕학이 작용하고 있었다. 여기에 관해서는 권보드래, 『연애의 시대』, 현실문화연구, 2003, 165~178면; 이명선, 「식민지 근대와 '성과학' 담론과 여성의 성(Sexuality)」, 『여상건강』 2권 2호, 2001, 102~106면 참조.

62) 김동인에게 성에 대한 부정적 인식을 조형했던 또 하나의 계기는 기독교였던 것으로 보인다. 김동인은 어려서부터의 기독교적 교육에 의해 얌전한 젊은이, 깨끗한 청년 등의 평판을 받는 데서 벗어나는 것에 불편함을 느꼈으며 기생은 물론 기생과 노는 젊은이도 경멸했다고 한다. 또 기독교 신앙을 떠났을 때도 엄격함으로 상징되는 기독교적 억압은 여전히 자리하고 있었다고 했다. 이러한 점은 기독교가 끊임없이 욕정을 감시하는 것을 통해 인간과 사물이나 타자의 관계를 외면적 관계로 변화시키고 관계적 존재로서 인간의 존재방식을 은폐시켜 안 보이게 했다는 가라타니 고진의 논의를 떠오르게 한다. 여기에 관해서는 김동인, 「文壇三十年의자최(一)」,『新天地』 제3권 제3호, 1948.3, 134면; 「文壇三十年의자최(二)」,『新天地』 제3권 제4호, 1948.4·5, 149면; 柄谷行人, 박유하 역, 「고백이라는 제도」, 『일본근대문학의 기원』, 민음사, 1997, 121~122면 참조.

63) 김동인, 「群盲撫象」, 앞의 잡지, 1941.1, 2면.

64) 김동인, 「朝鮮近代小說考(十四)」, 앞의 신문, 같은 날짜.

65) 김동인, 「小說作法(三)」, 『조선문단』 9호, 1925.6, 81~82면.

66) Rimmon-Kenan S., 최상규 역, 『소설의 시학』, 문학과지성사, 1985, 113~120면 참조.

67) 김동인은 도스토옙스키가 자기가 창조한 인생을 지배하지 못 하고 작가 자신이 그 인생 속에 빠져서 헤맸던 데 반해 톨스토이는 참인생과 다른 인생을 창조해 인형 놀리는 사람이 인형을 놀리듯 자기 손바닥 위에 놓고 자유자재로 조종했다고 했다. 여기에 관해서는 김동인, 「自己의創造한世界 -톨스토이와떠스터예쓰스키를比較하여-」, 『창조』 7호, 1920.7, 49~51면 참조.

68) 김동리, 「자연주의의 究竟」, 『김동리전집』7, 민음사, 1997, 24면.

69) 김윤식, 「반역사주의 지향의 과오」, 『문학사상』, 1972.11, 292면.

70) 小森陽一, 송태욱 역, 『포스트콜로니얼 -식민지적 무의식과 식민주의적 의식』, 삼인,

2002, 31~36면 참조.

71) 동인미와 당시 김동인의 문학적 공백의 관계에 대해서는 박현수, 「완성과 파멸의 이율배반, 동인미 -김동인의 유미주의에 대한 고찰」, 『대동문화연구』 84집, 성균관대학교 대동문화연구원, 2013, 421~454면 참조.

제3부 개작의 균열과 '문인회'

1장 '묘지'에서 '만세전'으로

1) 이재선, 「日帝의 檢閱과 「萬歲前」의 改作 -식민지시대 문학 해석의 문제」, 『문학사상』 84, 1979.11. 여기서는 『염상섭문학연구』, 민음사, 1987, 280~296면; 신철하, 「복식읽기의 사회시학 -「萬歲前」의 재해석」, 『외국문학』 20호, 1989 가을호, 254~273면 참조.
2) 李在銑, 위의 글, 1979.11, 287~288면 참조.
3) 신철하, 앞의 글, 1989 가을호, 257~259면 참조.
4) 「萬歲前」은 『시대일보』에 1924년 4월 6일부터 6월 4일까지 총 59회 연재된다. 그리고 1924년 8월 '고려공사'에서 단행본으로 출간된다. 따라서 1922년 『신생활』에 발표된 「墓地」와 비교하기에 합당한 대상은 『시대일보』에 연재된 「萬歲前」이라고 할 수 있다. 하지만 필자가 현재 보존되어 있는 『시대일보』 영인본을 확인해 본 결과 「萬歲前」의 많은 부분이 누락되어 있었다. 따라서 하나의 텍스트로서 『신생활』에 발표된 「墓地」와 비교하기에는 무리가 따름을 알 수 있었다. 단 확인이 가능한 『시대일보』 판본 「萬歲前」과 '고려공사' 판본 「萬歲前」을 비교해 본 결과, 기존의 언급처럼 『시대일보』에 연재된 소설을 그대로 단행본으로 출간했다고 하기 어려운 차이들도 있었다. 따라서 『시대일보』 판본 「萬歲前」과 '고려공사' 판본 「萬歲前」의 비교 역시 또 다른 실증이 필요한 과제라고 할 수 있다.
5) 여기에서 스토리와 서술방식은 즈네뜨의 개념에 따른 것이다. 즈네뜨는 흔히 서사로 불리는 것을 세 가지로 분류한다. 먼저 말이나 글로 된 사건 곧 서술적 진술을 서사라고 하며, 진술의 주제가 되는 사건 혹은 사건들의 관계를 스토리로 규정한다. 또 진술을 하는 발화나 서술 행위를 서술하기라고 부른다. 이 글에서는 서사에 해당되는 개념을 소설, 서술적 진술 이전의 사건이나 그 관계는 스토리, 또 발화나 서술 행위를 서술방식이라고 칭하겠다. 여기에 관해서는 Genette G., 권택영 역, 『서사담론』, 교보문고, 1992, 15~21면 참조.
6) 최태원, 「〈묘지〉와 〈만세전〉의 거리 -'묘지'와 '신석현(新潟縣) 사건'을 중심으로」, 『한국학보』 103, 2001, 107~130면; 손정수, 「초월적 자아와 현실적 자아 -「만세전」 주인공의 자기정체성」, 『한국근대문학연구』 5집, 한국근대문학회, 2002, 84~113면 참조.
7) 근래의 대표적인 논의는 다음과 같다. 박종홍, 「염상섭의 초기 소설, 개성의 작가과 생활의 발견」, 『염상섭문학의 재조명』(문학사와비평연구회 편), 새미, 1998; 하정일, 「보편주의의 극복과 복수의 근대」, 『염상섭문학의 재인식』(문학과사상연구회 편), 깊은샘, 1998; 서재길, 「『만세전』의 탈식민주의적 읽기를 위한 시론」, 『한국 근대문학과 일본』(사에구사 도사카쓰 외), 소명출판, 2003; 박상준, 「환멸에서 풍속으로 이르는 길」, 『민족문학사연구』 24, 민족문

학사학회, 2004; 김명인, 「비극적 자아의 형성과 소멸, 그 이후」, 『민족문학사연구』 28, 민족문학사연구소, 2005.

8) 판본 연구라는 글의 성격에 따라 이하의 인용문은 원문의 맞춤법과 띄어쓰기를 따르겠다. 그리고 염상섭의 글일 경우 필자를 밝히지 않고 다른 필자의 글은 필자를 밝히겠다.

9) 염상섭, 「墓地」, 『신생활』 제7호, 1922.7, 126면; 염상섭, 「萬歲前」, 고려공사, 1924.8. 2면. 이하 이 절에서는 『신생활』에서 인용된 것은 호수와 면수를, '고려공사' 판본 「萬歲前」에서 인용된 것은 면수만을 밝히기로 한다.

10) 염상섭, 「墓地」, 앞의 잡지, 1922.7, 136면.

11) 염상섭, 「萬歲前」, 고려공사, 1924.8. 16~17면. 이하의 (가), (나)로 된 인용문에서도 (가)는 『신생활』에 연재된 「墓地」에서의 인용이고, (나)는 '고려공사' 판본 「萬歲前」에서 인용한 것으로 한다. 또 이하에서는 (가)는 『신생활』의 호수와 면수를, (나)는 면수만을 밝히기로 한다.

12) 이 글에서 서술방식의 구분은 주로 슈탄첼의 그것에 따른다. 그리고 필요한 경우 쥬네트, 채트먼, 캐넌 등의 논의를 참고하겠다. 슈탄첼을 소설의 서술방식을 주석적 서술, 등장인물 서술, 1인칭 서술로 구분한다. 주석적 서술은 스토리의 외부에 위치한 서술자가 자신의 존재를 분명히 하는 서술방식이다. 등장인물 서술은 등장인물이 작중 화자가 되어 보거나 느낀 것을 적어나가는 서술 방식이다. 그리고 1인칭 서술은 소설 속 등장인물 '나'가 서술자가 되는 것이다. 슈탄첼은 서술자 '나'와 등장인물 '나'의 서사적 거리와 긴장을 1인칭 서술의 주된 특징으로 본다. 여기에 관해서는 Stanzel F. K., 안삼환 역, 『소설형식의 기본유형』, 탐구당, 1982, 32~35·62면 참조.

13) Rimmon-Kenan S., 최상규 역, 『소설의 시학』, 문학과 지성사, 1985, 109~112면 참조.

14) 채트먼은 한 인물의 생각을 취급하는 가장 분명하고 직접적인 수단을 그것들을 '그는 생각했다'와 같은 부가구절을 수반해 인용부호 속에 넣음으로써 '말해지지 않은 말'로 취급하는 것이라고 했다. 또 자유직접사고는 이러한 부가구절이 생략된 것인데, 이것이 확대된 형식을 '내적 독백'이라고 지칭한다. 그런데 '내적 독백'은 담화 순간과 이야기 순간이 동일하기 때문에 현재 순간을 지칭하는 어떤 술어라도 현재시제로 나타난다고 한다. 채트먼의 이론에 따르면 「墓地」에 있는 내적 독백에서 현재시제가 사용된 것은 자연스러운 것이라고 할 수 있다. 여기에 관해서는 Chatman S., 김경수 역, 『영화와 소설의 서사구조』, 민음사, 1990, 220~226면 참조.

15) 이 글에서는 '고려공사' 판본 「萬歲前」의 「墓地」 부분을 소설의 전반부로, 그 뒤에 이어지는 부분을 후반부로 부르고자 한다. 실제 엄밀한 기준에서 접근할 때, 전반부, 후반부라는 규정은 각각의 내용이나 길이 등을 고려한 적절한 명칭이라고 할 수 없다. 단지 이는 비교의 중심에 놓이게 될 「萬歲前」의 「墓地」 부분과 그 뒤에 이어지는 부분을 지칭하는 데 용이하게 하기 위한 것이다.

16) 최태원, 앞의 글, 2001, 121~130면; 손정수, 앞의 글, 2002, 105~113면 참조.

17) 염상섭, 「萬歲前」, 고려공사, 1924.8. 19면. 이 장의 초점은 「墓地」를 개작한 「萬歲前」의 전반부와 그 뒤에 이어지는 후반부를 비교하는 데 놓여 있다. 따라서 인용은 '고려공사' 판본 「萬歲前」을 대상으로 한다. 이하의 인용에서는 이 책을 텍스트로 해 면수만 밝히도록 한다.

18) 캐넌은 일반화를 특수한 인물이나 사건이나 상황에만 국한되는 것이 아니라, 특수한 경우

의 의의를 한 집단이나 사회나 크게는 인류 전체에까지 적용할 수 있도록 확대시키는 주석이나 논평 방식으로 파악한다. 그 밖의 주석이나 논평 방식으로는 해석, 판단 등을 들고 있는데, 이러한 주석이나 논평을 서술자가 드러나는 상황으로 보았다. 여기에 관해서는 Rimmon-Kenan, S., 앞의 책, 1985, 143~151면 참조.

19) 이에 관해서는 Stanzel F. K., 앞의 책, 1982, 61~65면 참조.

20) 바흐친은 도스토옙스키의 소설에서 하나 이상의 다양한 의식이나 목소리들이 독립적인 실체로서 존재한다고 해 '다성성'이라는 개념을 제기한다. 곧 도스토옙스키의 소설은 목소리나 의식을 단일한 비개인적인 진리 속에 병합시키는 대신, 개별화된 목소리나 의식을 나란히 병치시킴으로써 스스로 그들의 고유한 사고를 표현하도록 만들었다는 것이다. 이러한 점은 「萬歲前」의 전반부가 지닌 성격을 해명하는 데도 시사하는 바가 크다. 여기에 관해서는 M. Bakhtin, 김근식 역, 『도스또예프스키창작론』, 중앙대학교출판부, 2003, 57~76면 참조.

21) Foucault M., 이광래 역, 『말과 사물』, 민음사, 1989, 25~40면; 이진경, 「근대적 시선의 체계와 주체화」, 『근대성의 경계를 찾아서』, 새길, 1997, 249~293면 참조.

22) 바르트는 3인칭대명사와 과거시제를 근대소설의 두 가지 에크리튀르로 본다. 전자는 서술자를 소거시키고 스토리를 직접 제시하는 과정을 통해, 후자는 스토리를 계량하고, 재단하고, 배치하는 과정을 통해, 믿을 수 있는 허위를 만들어낸다는 것이다. 또 바르트는 이들을 사실에 형식적인 보증을 하지만 실제 삶을 교묘히 억압하고 소외시키기는 거짓으로 본다. 곧 근대소설의 에크리튀르는 'Larvatus prodeo', 작가가 자신의 마스크를 손가락으로 가리키는 숙명적인 제스처라는 것이다. 여기에 관해서는 Barthes R., Lavers A.,Smith C. trans., WRITING DEGREE ZERO, HILL AND WANG, 1967, pp.29~40 참조.

23) 함부르그는 1인칭 서술의 과거시제를 서사적 과거와는 다른 유형으로 파악한다. 또 시제와 더불어 내면 행위 동사의 기능, 자유간접문체, 인격적 서술기능 등을 준거로 해 1인칭 서술을 서사적 허구(epic fiction)가 아니라 가장된 현실 진술(feigned reality statement)로 본다. 여기에 관해서는 K. Hamburger, 장영태 역, 『문학의 논리 -문학장르에 대한 언어이론적 접근』, 홍익대학교출판부, 2001, 324~354면 참조.

2장 '문인회'의 결성과 염상섭

1) 처음에는 '문인회'라는 이름을 썼으나 1923년 1월 5일 2차 모임에서 외국 문인들과의 교류를 고려해 '조선문인회'라고 고쳐 부르기로 한다. 하지만 이후에도 미디어는 물론 회원들 역시 '문인회'라는 이름을 사용했음을 고려해 이 글에서는 '문인회'라는 명칭을 사용한다. '문인회'의 명칭 변경에 대해서는 「機關紙까지發行 조선문인회사업」, 『동아일보』, 1923.1.7, 3면 참조.

2) 「文藝運動의第一聲」, 『동아일보』, 1922.12.26, 3면.

3) WW生, 「文壇의暗面〈文壇時評〉」, 『개벽』 56호, 1925.2, 82면.

4) 박종화, 『歷史는 흐르는데 靑山은 말이 없네』, 삼경출판사, 1979, 456~457면.

5) 김윤식 저, 『염상섭연구』, 서울대학교 출판부, 1987, 246~264면 참조.

6) 김병익, 『한국문단사』, 문학과지성사, 2001, 92~93면 참조.
7) 박헌호, 「염상섭과 '조선문인회'」, 『한국문학연구』 43집, 동국대학교 한국문학연구소, 2012, 235~259면 참조.
8) 「文藝運動의第一聲」, 앞의 신문, 1922.12.26, 3면.
9) 「文人會 –革新의旗를 擧하라」, 『동아일보』, 1922.12.28, 1면.
10) 여기에 대해서는 『동아일보』, 1923.1.1·1923.1.3 참조.
11) 윤병로, 『박종화의 삶과 문학 –미공개월탄일기평설』, 성균관대학교 출판부, 1992, 196~197면 참조.
12) 염상섭, 「文人會組織에關하야」, 『동아일보』, 1923.1.1, 신년호 4호 1면.
13) 박헌호, 앞의 글, 2012, 241~212면 참조.
14) 염상섭, 앞의 글, 1923.1.1, 신년호 4호 1면.
15) 윤병로, 앞의 책, 1992, 56~57면.
16) 「모임」, 『동아일보』, 1923.1.4, 3면.
17) 「機關紙까지發行 조선문인회사업」, 『동아일보』, 1923.1.7, 3면.
18) 「文藝運動의第一聲」, 앞의 신문, 1922.12.26. 3면.
19) 박종화, 앞의 책, 1979, 456~457면.
20) 『뢰내쌍쓰』는 아직까지 실제 잡지를 확인할 수 없다. 『매일신보』에는 '루네싼스'로 되어 있고 『동아일보』에는 '뢰네쌍쓰'로 되어 있다. 여기에서는 『동명』에 실린 광고에 있는 '뢰내쌍쓰'를 따르기로 하겠다. 당시 염상섭이 『동명』에서 근무하고 있어 가장 정확한 이름을 사용했을 것이라는 추정에 근거를 둔다.
21) 「文人會의雜誌 일홈은 『문예부흥』」, 『매일신보』, 1923.3.31, 5면.
22) 「文人會의第一事業 雜誌『文藝復興』창간」, 『동아일보』, 1923.4.4, 3면.
23) 『동명』 2권 14호, 1923.4.1, 뒷면 광고면.
24) 『동명』 2권 14호, 1923.4.1, 뒷면 광고면; 『동명』 2권 15호, 1923.4.8, 표지 뒷면 광고면 참조.
25) 박종화, 앞의 책, 1979, 456면.
26) 염상섭, 「올해의小說界〈文壇의今年〉」, 『개벽』 42호, 1923.12, 38면.
27) 「文人會의第一事業 雜誌『文藝復興』창간」, 『동아일보』, 1923.4.4, 3면.
28) 염상섭, 「經過의大略」, 『廢墟以後』, 1924.1, 131면.
29) 박영희, 「草創期의 文壇側面史」, 『現代文學』 56호. 여기에서는 이동희·노상래 편, 『박영희전집』(Ⅱ), 영남대학교출판부, 1997, 297면 재인용.
30) 김동인, 「文壇十五年裏面史 –余를主人公삼고」, 『조선일보』, 1934.4.1~5.
31) 박종화, 「도향과 『백조』 시절」, 앞의 책, 1979, 431면 참조.
32) 「想餘」, 『폐허』 1호, 1920.7, 128~129면.
33) 정병욱, 「조선식산은행원, 식민지를 살다」, 『역사비평』 78, 2007, 330~332면 참조.
34) 염상섭, 앞의 글, 1924.1, 131면.
35) 당시 『동아일보』의 기사를 참고로 하면 동화극은 1923년 1월 14일 오후 6시에 열릴 예정이었으며 공연될 작품은 『鼈主簿傳』, 『한네레의죽음』, 『마리의奇計』 등이었다고 한다. 여기에 대해서는 『동아일보』, 1923.1.12, 3면 참조.

36) 염상섭, 「나도한마듸 天道敎少年會 童話劇을보고」, 『동명』 2권 4호, 1923.1.21, 18면.
37) 염상섭, 앞의 글, 1924.1, 131면.
38) 이월화 역시 몇 차례에 걸쳐 어머니를 설득한 끝에 겨우 출연 승낙을 받게 되었다고 한다. 이후 당시 진명여학교에 다니던 이정수를 여자 배우로 섭외하게 된다. 여기에 대해서는 김기진, 「片片夜話」(78), 『동아일보』, 1974.6.1, 5면.
39) 손성준은 염상섭 소설의 전개에서 번역이 담당한 역할을 가늠하면서 「『씌오게네쓰』의誘惑」에 주목한 바 있다. 염상섭은 『해바라기』를 쓰기 전 투르게네프의 「밀회」와 「『씌오게네쓰』의誘惑」 등 두 편의 작품을 번역하는데 특히 후자는 희곡의 번역이라는 점에서 염상섭이 구어식 발화가 소설에 적용되는 형태를 다양하게 훈련하는 계기가 되었다는 것이다. 여기에 대해서는 손성준, 「번역이라는 고투(苦鬪)의 시간」, 『한국문학논총』 제67집, 한국문학회, 2014, 220~221면 참조.
40) 월헬 · 슈밋트 · 뽄(作), 廉想涉(譯), 「『씌오게네쓰』의誘惑」, 『개벽』 제37호, 1923.7, 34면.
41) 월헬 · 슈밋트 · 뽄(作), 위의 글, 1923.7, 37면.
42) 이종호 · 박홍규, 『세상을 바꾼 창조자들』, 인물과사상사, 2014, 214~229면 참조.
43) 박헌호도 1923년 1월 1일 같은 『동아일보』 지면에 글을 실은 황석우와 관계 등에 주목해 염상섭이 '문인회' 결성을 추진한 근간에는 아나키즘이라는 사상적 기반이 자리 잡고 있다고 보았다. 이종호 역시 『삼광』, 『폐허』 등의 잡지에 기반을 둔 염상섭의 활동에 주목하고 그것이 아나키즘에 근간을 둔 것임을 밝힌 바 있다. 여기에 대해서는 Jean Préposiet, 이소희 · 이지선 · 김지은 역, 『아나키즘의 역사』, 이룸, 2003, 19~21면; 박헌호, 앞의 글, 2012, 244~253면; 이종호, 「일제시대 아나키즘 문학 형성 연구」 -『近代思潮』, 『三光』, 『廢墟』를 중심으로-, 성균관대학교 석사학위논문, 2005, 60~122면 참조.
44) 「『廢墟以後』발행 조선문인회에서 내용이충실하다」, 『동아일보』, 1923.12.31, 2면.
45) 「同人記」, 『廢墟以後』, 1924.1, 133~137면 참조.
46) 염상섭, 「經過의大略」, 위의 잡지, 1924.1, 132면.
47) 정인보는 『廢墟以後』에 「文章講話」를 썼지만 부록으로 발행되어 원문을 확인할 수는 없다.
48) 염상섭, 「經過의大略」, 앞의 잡지, 1924.1, 131면.
49) 「同人記」, 앞의 잡지, 1924.1, 135~136면.
50) 위의 글, 위의 잡지, 1924.1, 134~135면.
51) 윤병로, 앞의 책, 1992, 58면.
52) 「『廢墟以後』押收」, 『매일신보』, 1924.1.9, 3면; 「廢墟以後筆禍」, 『동아일보』, 1924.1.9, 2면.
53) 「『廢墟以後』臨時號」, 『동아일보』, 1924.2.1, 2면.
54) 실제 『廢墟以後』가 압수 처분을 당했다는 사실 역시 지금까지 제대로 조명 받은 바 없다. 지금 몇몇의 출판사에서 영인한 『廢墟以後』는 압수 처분을 당하기 전에 발행된 판본이다.
55) 『동아일보』, 1924.1.8, 2면; 같은 신문, 1924.2.4, 3면 참조.
56) 김운정, 「汽笛불쌔」, 『廢墟以後』, 1924.1, 25~50면.
57) 「同人記」, 앞의 책, 1924.1, 136면.
58) 「『廢墟以後』臨時號」, 『동아일보』, 1924.2.1, 2면.
59) 「文人會總會」, 『동아일보』, 1924.12.8, 5면; 「文人會總會」, 『조선일보』, 1924.12.8, 2면; 「회

합」, 『시대일보』, 1924.12.8, 1면 참조.

60) 모임의 경과에 대한 소식은 『동아일보』에도 게재되었다. 「革新된文人會 긔간지도 발행 책임임원까지선뎡」, 『조선일보』, 1924.12.11, 2면; 「『文藝復興』復興 조선문인회에서계간」, 『동아일보』, 1924.12.11, 2면 참조.

61) 「學藝消息」, 『조선일보』, 1924.12.22, 4면; 「文壇片信」, 『동아일보』, 1924.12.22, 4면; 「文壇信片」, 『동아일보』, 1924.12.29, 4면.

62) 『동아일보』, 1923.1.1·1923.1.3 참조.

63) 윤병로, 앞의 책, 1992, 3·197면 참조.

64) 박현수, 「1920년대 전반기 미디어에서 나도향 소설의 위치 –『동아일보』, 『개벽』 등을 중심으로」, 『상허학보』 42집, 상허학회, 2014, 253~254면 참조.

65) 이경돈은 미디어로서 『동명』의 전반적인 체제와 민족 담론의 성격에 대해 『개벽』과의 비교를 통해 논구한 바 있다. 여기에 대해서는 이경돈, 「1920년대 초 민족의식의 전환과 미디어의 역할 –『개벽』과 『동명』을 중심으로」, 『사림』 23, 2005, 27~59면; 윤병로, 앞의 책, 1992, 59~61면 참조.

66) 동아일보 사사 편집위원회, 『東亞日報社史』 卷一, 동아일보사사, 1975, 106~107·164~165면 참조.

67) 윤병로, 앞의 책, 1992, 60면.

68) 염상섭, 「文人會組織에關하야」, 앞의 신문, 1923.1.1, 신년호 4호 1면 참조.

69) 박헌호는 '문인회' 설립의 취지가 담긴 염상섭의 「文人會組織에關하야」를 1922년 9월에 『동명』에 발표한 「新潟縣事件에鑑하야 移出勞動者에對한應急策」, 1920년 4월 『동아일보』에 발표한 「勞動運動의傾向과勞動의眞義」 등을 근거로 염상섭의 현실 인식 및 노동관의 연장선상에서 파악했다. 여기에 대해서는 염상섭, 「勞動運動의傾向과勞動의眞義(六)」, 『동아일보』, 1920.4.25, 1면; 박헌호, 앞의 논문, 2012, 250~252면 참조.

70) 여기에 대해서는 염상섭, 「新潟縣事件에鑑하야 移出勞動者에對한應急策」, 『동명』 제1권 제1호, 1922.9.3, 5면; 『동명』 제1권 제2호, 1922.9.10, 4~5면; 박헌호, 위의 논문, 2012, 같은 면 참조.

71) 「同人記」, 앞의 책, 1924.1, 134~135면.

72) 김윤식, 앞의 책, 1987, 253~257면 참조.

73) 염상섭, 「文人會組織에關하야」, 앞의 신문, 1923.1.1, 신년호 4호 1면.

74) 유석환은 『매일신보』, 『조선일보』, 『개벽』 등과 함께 문학시장을 이루는 결절의 하나로 『동아일보』에 주목해 문학의 편중과 흐름을 가늠했다. 여기에 대해서는 유석환, 「근대 문학시장의 형성과 신문·잡지의 역할」, 성균관대학교 박사학위 논문, 2013, 94~106면.

제4부 체험이라는 규약과 미디어의 논리

1장 문인-기자라는 존재

1) 「十年不動한文壇의驍將 再躍劈頭에心血의力作」, 『동아일보』, 1933.12.9., 3면.
2) 현진건의 소설에 대한 문학사적 서술은 조연현, 『한국현대문학사』, 인간사, 1968, 290~291면; 구인환, 『한국근대소설연구』, 삼영사, 1977, 232~258면; 김우종, 『한국현대소설사』, 성문각, 1982, 157~172면; 조동일, 『한국문학통사』5, 1989, 127~133면; 이재선, 「개인과 사회의 갈등」, 『한국현대작가·작품론』, 이우출판사, 1986, 71~75면 참조.
3) 현진건의 전기적 사실에 대한 기존의 논의는 2장에서 상론하겠다.
4) 여기에 대해서는 박정희, 「한국근대소설과 "記者-作家": 현진건을 중심으로」, 『민족문학사연구』 49호, 민족문학사학회, 2012, 156~185면; 「1920年代 近代小說의 形成과 '新聞記事'의 小說化 方法 - 「발(簾)」과 「檢事局待合室」을 中心으로」, 『어문연구』 40호, 한국어문교육연구회, 2012, 347~374면; 박현수, 「1920년대 전반기 『조선일보』와 현진건」, 『대동문화연구』 88집, 성균관대학교 대동문화연구원, 2014, 516~525면 참조.
5) 백기만, 『씨뿌린 사람들』, 사조사, 1959. 여기에서는 이재민, 「새 자료로 본 빙허의 생애」, 『문학사상』, 1973.4, 358~359면 참조.
6) 구인환, 「현진건의 생애와 문학」, 『玄鎭健研究』, 새문사, 1981, Ⅱ-4-16면; 이강언·이주형·조진기·이재춘 편, 『현진건문학전집』1, 국학자료원, 2004, 317~318면; 현길언, 『문학과 사랑과 이데올로기 -현진건 연구』, 태학사, 2000, 34~35면 참조.
7) 白川豊, 「한국근대문학초창기의 일본적 영향」, 동국대학교 석사학위논문, 1981, 45~50면 참조.
8) 현진건, 「貧妻」, 『개벽』 7호, 1921.1, 165면.
9) 현진건, 「술勸하는社會」, 『개벽』 17호, 1921.11, 137면.
10) 현진건, 「墮落者」, 『개벽』 19호, 1922.1, 73~74면.
11) 현진건, 「지새는안개」, 『개벽』 35호, 1923.5, 130면.
12) 현진건, 「曉霧」(20), 『조선일보』, 1921.5.22, 1면.
13) 김영범, 「玄鼎健의 생애와 민족혁명운동」, 『한국민족운동사연구』 70, 한국민족운동사학회, 150면.
14) 「出獄後病苦中이든玄鼎健氏永眠」, 『동아일보』, 1933.1.1, 2면.
15) 「機密第三十二號, 朝鮮人排日運動企劃狀況ニ關スル內報ノ件」(在上海總領事 外務大臣), 1914.3.27., 『不逞團體係雜件 -朝鮮人ノ部 -在上海地方(一)』.
16) 「임시의정원 회의기사록 제6회」, 『대한민국임시정부자료집』2, 41면 참조.
17) 1923년 3월 8일 『동아일보』는 '상해국민회의'에서 "일월 하순부터 이월 초순까지의 의사(議事)를 대강 소개하"는 한편 "각분과 위원을 투표로 선뎡하았"다며 선정된 분과 위원의 이름을 실었다. 거기에 현정건은 呂運亨, 朴應七, 李民昌 등과 함께 외교분과 위원으로 선정되어 있다. 또 1924년 10월 17일 『동아일보』는 "상해에 잇는 청년동맹회(靑年同盟會)에서는 회무를 더욱 확장하며 압길의 사업을 더욱 새롭게 하기 위해" 임시총회를 개최했는데,

현정건은 거기에서 새롭게 선출된 집행위원의 명단에도 있다. 여기에 관해서는 「上海國民會議의議事內容」, 『동아일보』, 1923.3.8, 3면; 「上海靑年同盟會」, 『동아일보』, 1923.10.17, 2면; 김영범, 앞의 논문, 앞의 책, 163~177면 참조.

18) 이현주, 『한국 사회주의 세력의 형성: 1919~1923』, 일조각, 2003, 135~230면 참조.

19) 「略歷」, 『동아일보사 사원록』. 여기에서는 http://dongne.donga.com/2011/09/26/

20) 현진건, 「七年前十一月末日」, 『별건곤』 4호, 1927.2, 50면.

21) 조선일보60년사 편찬위원회, 『朝鮮日報60年史』, 조선일보사, 1980, 127~129·613면 참조.

22) 현진건은 "只今으로부터 약 8, 9年 前에 엇던 新聞社에 잇슬 때에" "엇던 西洋小說을 한아 飜譯하야 『白髮』이란 題로 발표한 일이 잇섯"다고 했다. 여기에 대해서는 현진건, 「갓잔은小說로問題」('小說쓴뒤 小說家가小說쓸때믄에當한 일'), 『별건곤』 18호, 1929.1, 117면 참조.

23) 황정현, 「현진건 장편번역소설 『백발』 연구」, 『한국학연구』 42, 고려대학교 한국학연구소, 2012, 321~323면 참조.

24) 박현수, 앞의 논문, 2014, 516~525면 참조.

25) 현진건, 「지새는안개」(제7회), 『개벽』 38호, 1923.8, 144~145면.

26) 「白髮」, 「發展」, 「處女의자랑」 등은 연재를 시작하기 전 연재될 소설의 성격에 소개한다. 여기에 대해서는 靑黃生, 「白髮」, 『조선일보』, 1921.5.14; 擊空生, 「發展」, 『조선일보』, 1920.12.2; 泡影生, 「處女의자랑」, 『조선일보』, 1921.12.6 참조.

27) 박현수, 「세 개의 텍스트에 각인된 미디어의 논리 – 현진건의 『지새는안개』 판본 연구」, 『대동문화연구』 91집, 성균관대학교 대동문화연구원, 2015, 331~334면 참조.

28) 최덕교, 『한국잡지백년』2, 현암사, 2004, 55~57면 참조.

29) 「文壇風聞」, 『개벽』 31호, 1923.1, 43면.

30) 현진건, 「朦朧한記憶」, 『백조』 2호, 1922.5, 133·134면.

31) 신철, 「所謂八方美人主義인朝鮮日報에對하야」('各種新聞雜誌에對한批判'), 『개벽』 제37호, 1923.7, 47~48면 참조.

32) 1921년 11월 29일자 『매일신문』에는 선우일이 『조선일보』 편집국장으로 발령 받았다는 기사가 실려 있다. 같은 신문 1923년 4월 15일자에는 선우일이 『진동신문』이라는 미디어 발행을 계획하고 있다는 기사가 있다. 이를 고려하면 남궁훈과 선우일의 갈등과 알력은 1921년 12월에서 1923년 4월 사이에 있었음을 알 수 있다. 여기에 관해서는 『매일신문』, 1921.11.29; 같은 신문, 1923.4.15 참조.

33) 염상섭의 「E先生」은 1922년 9월(1권 2호)부터 12월(1권 16호)까지 연재되었다. 「죽음과그 그림자」는 1923년 1월(2권 3호)에 게재되었다. 김동인의 「笞刑」도 작가 사정으로 시간적 거리를 두고 발표된 5회 연재분을 제외하면 1922년 12월(1권 16호)부터 1923년 1월(2권 4호)까지 연재되었다.

34) 박용규, 「일제하 시대·중외·중앙·조선중앙일보에 관한 연구」, 『언론과 정보』 2호, 1996, 111~120면 참조.

35) 현진건, 「발(簾)」, 『시대일보』, 1924.4.2~5. 첫 번째 연재분만 4면에 실렸고 나머지는 3면에 실렸다. 1924년 4월 25일자 연재분에는 '빙허'라는 필명이 부기되어 있지 않다.

36) 『시대일보』에 게재된 『어머니』의 연재시기에 대해서는 박헌호, 「나도향의 『어머니』를 통해

본 모성과 근대적 주체성의 관계 양상」, 『식민지 근대성과 소설의 양식』, 소명출판, 2004, 194~195면 참조.

37) 1925년 11월 2일 1면 하단, 11월 8일 1면 하단, 11월 14일 5면 하단 등 3회에 걸쳐 민태원의 『부평초』, 이상협의 『정부원』 등과 함께 광고 되었다. 광고에는 단행본 『첫날밤』 가격이 80전, 발매소가 박문서관, 신구서림으로 나타나 있다.

38) 『ひと夜の情』의 본문 1면에 '黒岩涙香 譯'이라 되어 있는 것을 보면 이 역시 구로이와 루이코의 번안으로 파악된다. 여기에 대해서는 손성준, 「투르게네프의 식민지적 변용 –『사냥꾼의 수기』와 현진건의 후기 단편소설을 중심으로」, 『민족문학사연구』 54, 민족문학사학회, 2014, 333면 각주 7 참조.

39) 박용규, 앞의 논문, 1996, 111~120면 참조.

40) 박용규, 「일제하 민간지 기자집단의 사회적 특성의 변화과정에 관한 연구」, 서울대학교 박사학위논문, 1994, 159~164면 참조.

41) 1925년 5월 22일 종로경찰서장이 경성지방법원 검사정에게 보낸 「諺文記者盟休에관한 건」에 보면 1925년 5월 20일 나도향은 김성수, 송진우, 류지영, 장희식, 김동진 등과 '철필구락부' 기자 모임에 『시대일보』 기자로 참가했음을 알 수 있다.

42) 「文壇雜談」, 『개벽』 57호, 1925.3, 60면.

43) 최수일, 앞의 책, 13·408면.

44) 여기에 대해서는 박영희, 「신흥문학의 대두와 개벽시대 회고」, 『조광』 32호, 1938. 여기에서는 이동희·노상래 편, 『박영희 전집』(Ⅱ), 영남대학교출판부, 1997, 149면 참조.

45) 현진건, 「갓잔은小說로問題」('小說쓴뒤 小說家가小說쓸때믄에當한 일'), 앞의 잡지, 1929.1, 117면.

46) 현진건은 『白髮』을 동문서림에 "300圓也의 原稿料를 밧고 팔"았는데 "小說을 더러 써 보왓지만은" 『백발』이 "原稿料도 여러 作品 中에 第一 만히 밧고 이리저리로 팔녀가기도 잘하"였다고 했다. 여기에 대해서는 玄鎭健, 위의 글, 1929.1, 117~118면 참조.

47) 「文士消息片片」, 『조선문단』 10호, 1925.7, 215면.

48) 김기진, 「片片夜話」(83), 『東亞日報』, 1974.6.7.

49) 박용규, 「일제하 시대·중외·중앙·조선중앙일보에 관한 연구」, 앞의 책, 1996, 117면 참조.

50) 한국 현대문학 작가의 전기 및 생애를 정확하게 정리한다는 취지로 『문학사상』에 연재된 '한국현대문학의 재정리' 이후 대개의 논의가 이를 따르고 있다. 여기에 관해서는 이재민, 「새 자료로 본 빙허의 생애」, 『문학사상』, 1973.4, 358면 참조.

51) 『현진건문학전집』1에 있는 작가 연보에는 이 시기 '조선일보사'에서 근무한 부분이 아예 빠져 있다. 여기에 대해서는 이강언·이주형·조진기·이재춘 편, 앞의 책, 318~319면 참조.

52) 「略歷」, 『동아일보사 사원록』. 여기에서는 앞의 웹페이지 참조

53) 조선일보50년사 편찬위원회, 『朝鮮日報五十年史』, 1970, 조선일보사, 119~120면 참조.

54) 차상찬, 「朝鮮新聞發達史」, 『개벽』 신간 4호, 1935.3.1, 10면.

55) 조선일보50년사 편찬위원회, 앞의 책, 122~123면 참조.

56) 당시 『동아일보』는 6면으로 발행되었는데, 정치부는 1면, 사회부는 2, 5면, 학예부는 3면, 지방부는 4면, 경제부는 6면을 담당했다. 여기에 관해서는 동아일보사사편집위원회, 『東亞

日報社史』 巻一, 동아일보사, 1975, 275~276·285~287·411~417면 참조.

57) 東亞日報社史編輯委員會, 앞의 책, 1975, 244~255면; 장신, 「1924년 동아일보 개혁운동과 언론계의 재편」, 『역사비평』 75, 역사문제연구소, 2006, 256~264면 참조.

58) 「上海韓人靑年事件 玄鼎健等滿期」, 『동아일보』, 1932.6.10, 2면.

59) 「四名은免訴 六名은공판에」, 『동아일보』, 1928.8.29, 2면.

60) 「上海事件判決」, 『동아일보』, 1928.12.23, 2면.

61) 당시 『동아일보』는 "상해 한인 청년동맹사건으로 평양형무소에서 복역중이든 현정건"은 "十일 아츰 가족과 친지의 출영리에 건강한 몸으로 출옥하얏다"고 소식을 전하고 있다. 여기에 관해서는 「出獄한玄, 邊兩氏」, 『동아일보』, 1932.6.12, 2면.

62) 「出獄後病苦中이든玄鼎健氏永眠」, 『동아일보』, 1933.1.1, 2면.

63) 「海外活動二十年 玄鼎健氏別世」, 『조선일보』, 1933.1.1, 3면.

64) 「結婚二十年에同居는半歲 夫君을뒤따라畢竟飮毒」, 『동아일보』, 1933.2.12, 2면.

65) 장신, 「1930년대 언론의 상업화와 조선·동아일보의 선택」, 『역사비평』, 역사비평사, 2005.2, 176~178면 참조.

66) 실제 일장기를 지운 손기정의 사진을 먼저 게재한 신문은 『조선중앙일보』였다. 『조선중앙일보』는 1936년 8월 13일자 조간 4면에 일장기를 삭제한 손기정의 사진을 게재하였다. 그런데 사진의 상태가 일장기를 삭제했는지를 분간하기가 어려울 정도로 나빴다. 그런데 『동아일보』의 일장기 말소 사건을 계기로 『조선중앙일보』에 실린 사진도 다시 수사의 대상이 되어, 결국 『조선중앙일보』 역시 9월 6일 정간을 당하게 된다.

67) "東亞日報 사회부장으로 있을 때 日章旗 抹消事件에 연루되어 1년간의 선고를 받고 투옥 당했다"고 서술한 『문학사상』의 '한국현대문학의 재정리'를 시작으로, 『현진건문학전집』에도 "일장기 말살사건에 연루되어 피검, 1년의 선고를 받고 복역"한 것으로 되어 있다. 여기에 관해서는 이재민, 앞의 글, 앞의 책, 358면; 이강언·이주형·조진기·이재춘 편, 앞의 책, 320면 참조.

68) 「東亞日報의 發行停止에 관한 件」, 『경찰정보 寫(副本)』, 1936.8.29, 여기에서는 채백, 「『동아일보』의 일장기 말소 사건 연구」, 『한국언론정보학보』, 한국언론정보학회, 2007.8, 26면 참조.

69) 뒤에 이어졌던 다섯 번째, 여섯 번째 항은 지면 쇄신, 요구 사항의 실행 주체 등에 관한 것이었다. 여기에 대해서는 「東亞日報 發行停止處分 解除經緯」, 『思想에 關한 情報綴』, 경성지방법원검사국, 1937. 여기서는 장신, 「1930년대 언론의 상업화와 조선·동아일보의 선택」, 앞의 책, 2005.2, 180면 재인용.

2장 소설에서 체험의 문제

1) 조연현, 『한국현대문학사』, 성문각, 1969, 413·292면.

2) 당시 『개벽』의 문예면을 담당했던 현철은 "小說의 內容이 作者 自己의 自敍傳이나 傳記가티 생각하는 이가 잇스나 그것은 決코 그러치 아니할 뿐 아니라 그가티 誤解하여서는 매우 잘못된 일"이라며 「墮落者」를 체험으로 읽는 데 대한 경계를 나타낸다. 여기에 관해서는 현

철·현진건, 「墮落者 後記」, 『개벽』 22호, 1922.4, 35~36면.

3) 최원식은 현진건의 초기소설을 자전적인 것으로 규정하고 이후 그의 문학이 자기를 벗어나서 현실과 정직하게 대면하고 그 관계를 추구할 수 있었던 것도 그가 자기의 문제를 정직하게 드러내고 응시했기 때문이라고 해, 체험의 문제를 현진건 소설의 전개과정과 연결시켜 파악하고 있다. 두 소설에 대한 문학사적 평가에 관해서는 조연현, 앞의 책, 1969, 290~293면; 김우종, 『한국현대소설사』, 성문각, 1982, 157~172면; 조동일, 『한국문학통사』 5, 지식산업사, 1989, 127~133면; 김재용·이상경 공저, 『한국근대민족문학사』, 한길사, 1993, 302~309면; 최원식, 「빙허 현진건론」, 『한국근대문학을 찾아서』, 인하대학교 출판부, 1999, 82~92면 참조.

4) 현진건 초기 소설에 대한 부정적 평가에 관해서는 임화, 「조선신문학사론서설」, 『조선중앙일보』, 1935.10.23~26; 백철, 『신문학사조사』, 수선사, 1948, 356~369면; 김윤식·김현, 『한국문학사』, 민음사, 1973, 163~165면 참조.

5) 평가의 한편에는 위치한 기교나 기법적의 탁월성에 대한 언급은 앞선 현진건 소설에 대한 평가에 대한 보상과도 같다. 리얼리즘과 관련된 인식론적 틀 속에서 소설을 체험으로 보고 그것을 사실과 연결시킬 때, 논의는 준거에서 벗어나는 여러 가지 양상들을 사상시킨 채 귀결점을 향해 나아간다. 기교나 기법상의 탁월성은 사상에 대한 보상이라고 할 수 있지만, 보상이기 때문에 앞선 평가에 영향을 미칠 수는 없다. 기교나 기법을 통해 현진건 소설을 가늠한 논의에 관해서는 박종화, 「文人印象互記」, 『개벽』 44호, 1924.2, 101~102면. 김동인, 「조선근대소설고」, 『동인전집』, 홍자출판사, 1967, 595~596면; 곽학송, 「현진건과 나빈」, 『월간문학』, 1983.5. 123~127면 참조.

6) Jonathan Cullar, STRUCTURALIST POETICS, Cornell Univ. Press, 1975, p.137.

7) 근래에도 체험은 현진건의 초기소설을 가늠하는 주된 준거로 원용된다. 최수일은 현진건의 초기소설에 나타난 문학적 실감을 체험의 사실적 기록에서 기인한 것으로 보고, 현진건의 소설이 『개벽』의 기록서사 나아가 최서해의 소설과 깊은 연관을 지닌다고 파악한다. 이경돈은 현진건 초기소설의 전개가 체험한 사실을 허구적 구조물로 전환하는 과정으로 보여준다고 하고, 체험을 기록하는 방식이 현진건이 근대소설의 관습을 형성하는 데 중요한 역할을 했다고 평가한다. 여기에 관해서는 최수일, 『『개벽』연구』, 소명출판, 2008, 562~591면; 이경돈, 『문학이후』, 소명출판, 2009, 476~480면 참조.

8) 현진건 소설에 나타난 아이러니 등에 대한 접근은 이재선, 「교차전개의 반어적 구조-〈운수 좋은 날〉의 구조」, 『현진건연구』(신동욱 편), 새문사, 1981, I 장 116~121면; 손정수, 「한국 근대 초기 소설 텍스트의 자율화 과정 연구」, 서울대학교 박사학위 논문, 2001, 75~92 ; 차혜영, 「1920년대 한국소설의 형성과정 연구」, 한양대학교 박사학위 논문, 2001, 161~177면; 정연희, 「근대소설의 형성과 현진건 초기소설의 산문의식에 관한 연구」, 『현대소설연구』 27, 현대소설학회, 2005, 181~203면 참조.

9) G. Lukacs, 반성완 역, 『소설의 이론』, 심설당, 1985, 116~117면 참조.

10) 박종화, 『역사는 흐르는데 청산은 말이 없네』, 삼경출판사, 1979, 431면.

11) 현진건, 「貧妻」, 『개벽』 7호, 1921.1, 166면.

12) 현진건, 「술勸하는社會」, 위의 잡지 17호, 1921.11, 137면.

13) 현진건의 전기적 사실 중 유학 생활에 대한 논의는 두 가지로 나뉜다. 하나는 1912년 일본 '동경'에 가서 1917년까지 '세이조중학교(成城中學)'에서 수학하고 그 이듬해부터 1919년까지 '상해'에 체류했다는 것이다. 다른 하나는 1915년에서 1916년까지 '상해'에서 독일어 공부를 하고 1916년 4월에 일본에 가서 공부를 했다는 것이다. 실증적인 자료를 통해 확인할 수 있는 부분은 1917년 4월 일본 '세이조중학교' 3학년에 편입한 후 1918년 여름 4학년으로 중퇴했다는 것이다. 여기에 관해서는 이재민, 「새 자료로 본 빙허의 생애」, 문학사상, 1973.4, 354~363면; 구인환, 「현진건의 생애와 문학」, 새문사, 1981, II-4-16면; 白川豊, 「한국근대문학초창기의 일본적 영향」, 동국대학교 석사학위 논문, 1981, 45~50면 참조.

14) '朝鮮文壇合評會 -第二回- 三月創作小說總評-', 『조선문단』 7호, 1925.4, 81면.

15) 필립 르죈은 자서전에는 작가, 서술자, 주인공을 단일한 정체성으로 긍정하고 표지에 있는 고유명사로 귀결시키는 자서전적 협정이 존재한다고 한다. 이는 서구문학의 전통에서 허구적인(fictional) 서사와 지시적인(referential) 서사를 구분하는 작가와 독자의 문학 장르에 대한 특정한 가정들에 기반을 둔다. 현진건 소설이 체험으로 받아들여지는 것은 이와는 달리 독자들의 읽는 방식에 의해 만들어진 것으로 보인다. 그리고 읽는 방식이 비평적 규정에 영향을 미친 한편 규정 역시 읽는 방식을 강화해 나갔다. 이는 일본 사소설의 특징이 역사적으로 구축된 읽기와 해석의 지배적인 패러다임에 의해 만들어진 것이라는 스즈키 토미(鈴木登美)의 견해와도 유사한데, 간과할 수 없는 차이는 앞서 「墮落者 後記」 인용에서 확인한 것처럼 현진건은 「貧妻」, 「술勸하는社會」 등을 쓸 때부터 독자들에게 체험이라고 받아들이게 할 의도를 지니고 있었다는 것이다. 여기에 관해서는 Philippe Lejeune, 윤진 역, 『자서전의 규약』, 문학과지성사, 1998, 15~69면; 鈴木登美, 한일문학연구회 역, 『이야기된 자기 -일본 근대성의 형성과 사소설 담론』, 생각의나무, 2004, 21~41면 참조.

16) 현진건, 「貧妻」, 앞의 잡지, 1921.1, 164면.

17) 박종화, 「文壇의一年을 追憶하야 -現狀과作品을槪評하노라」, 『개벽』 31호, 1923.1, 13면.

18) 김기진, 「一月創作界總評」, 『개벽』 56호, 1925.2, 2면.

19) 현진건, 「貧妻」, 앞의 잡지, 1921.1, 167면.

20) 이외에도 「貧妻」에는 "우둑허니", "책장만 뒤적뒤적하다가", "그래도 줄이면 시장한 줄 알아", "입맛을 **쩝쩝** 다시고", "중얼거려 보앗다", "소리를 질럿다", "승리자나 된 듯이 득의양양하엿다" 등 소설 속 인물이 자신을 가리키는 서술로 보기에는 어색한 표현들이 있다. 이는 작중 인물과는 거리를 지닌 또 다른 서술자가 존재함을 드러낸다.

21) 손정수, 앞의 논문, 2001, 80면.

22) 이상섭, 「현진건의 신변소설」, 『언어와 상상 -문학 이론과 실제 비평』, 문학과지성사, 1980, 260면.

23) 슈탄첼은 서술적 자아가 회고담 속에서 자기의 옛 자아, 즉 체험적 자아에 대해서 갖게 되는 독특한 관계가 드러나는 것을 1인칭 서술의 특징으로 파악한다. 여기에 관해서는 Stanzel F. K., 안삼환 역, 『소설형식의 기본유형』, 탐구당, 1982, 32~35·62면 참조.

24) 초점화자는, 소설에서 누가 보느냐와 누가 말하느냐 곧 인식의 주체와 서술의 주체는 반드시 일치하지는 않는다는 전제 아래, 인식의 주체를 가리키는 용어로 제기된 것이다. 여기에 관해서는 Rimmon-Kenan S., , 최상규 역, 『소설의 시학』, 문학과 지성사, 1985,

109~112면 참조.

25) 현진건, 「술勸하는社會」, 앞의 잡지, 1921.11, 141~142면.

26) 李孝德, 박성관 역, 『표상 공간의 근대』, 소명출판, 2002, 68~69면.

27) 실제 이는 등장인물이 초점화자의 역할을 하게 됨에 따라 화자가 소설의 무대를 떠나 버리는 서술방식과 관련된다. 등장인물 서술에 관해서는 Stanzel F. K., 앞의 책, 1982, 99~101면 참조.

28) 柄谷行人, 박유하역, 『일본근대문학의 기원』, 민음사, 1997, 38면.

29) 현진건, 「犧牲花 -處女作發表當時의感想」, 『조선문단』 6호, 1925.3, 70면.

30) 황석우, 「犧牲花와新詩를읽고」, 『개벽』 6호, 1920.12, 88~89면.

31) Jonathan Cullar, 앞의 책, 1975, pp.140~160.

32) 황종연, 「문학이라는 역어」, 『동악어문논집』 제32집, 동악어문학회, 1997, 475~480면.

33) 이광수, 「文學이란何오(五)」, 『매일신보』, 1916.11.17.

34) 이광수, 「文學이란何오(二)」, 『매일신보』, 1916.11.11.

35) 김재영은 이광수의 초기 문학론을 츠보우치 쇼요(坪內逍遙)에서 시마무라 호게츠(島村抱月)로 이어지는 와세다 미사학과의 연관 아래에서 고찰한다. 그 과정에서 이광수의 묘사론이 츠보우치 쇼요의 『小說神髓』에 나타난 인정론과 흡사한 논리를 드러낸다고 하고, 이를 정의 만족이라는 문제를 진리의 문제와 연결시킨 것으로 파악한다. 여기에 관해서는 김재영, 「이광수의 초기문학론의 구조와 와세다 미사학(美辭學)」, 『한국문학연구』 35집, 동국대학교 한국문학연구소, 2008, 398~404면 참조.

36) 소개의 이유와 함께 「小說概要」가 "東京藝術座演劇學校에서 受業한 筆記를 根底하야 曾往에 演藝講習所의 速成敎科書로 가장 簡單히 編述한 바"라고 출처를 부기하고 있다. 여기에 관해서는 현철, 「小說概要」, 『開闢』 1, 1920.6, 131면.

37) "事實을 如何히 列記하얏는지 配置는 엇더케 되엇는지 이에 이르러는 반듯이 組織 卽 마련이라는 問題가 생길 것"이라는 언급을 고려할 때, 소설의 마련은 플롯과 유사한 개념으로 파악된다. 이에 관해서는 현철, 위의 글, 위의 잡지, 1920.6, 133~134면 참조.

38) 현철, 위의 글, 위의 잡지, 1920.6, 133·134·138면.

39) 현철, 「小說概要(續)」, 『개벽』 2호, 1920.7, 125면.

40) 채운, 『재현이란 무엇인가』, 그린비, 2009, 25~41면 참조.

41) 현철, 「小說概要」, 앞의 잡지, 1920.6, 134면.

42) Michel Foucault, 이정우 역, 『담론의 질서』, 서강대학교 출판부, 1998, 26면.

43) 이광수, 「文學이란何오(三)」, 『매일신보』, 1916.11.14.

44) 이광수, 「懸賞小說考選餘言」, 『청춘』 12호, 1918.3, 97~102면.

45) 현철, 「小說概要」, 앞의 잡지, 1920.6, 135면.

46) 현철, 「小說概要(續)」, 앞의 잡지 2호, 1920.7, 123면.

47) Martin W., 김문현 역, 『소설이론의 역사』, 현대소설사, 1991, 88~99면.

48) 김영민은 『대한매일신보』에 게재된 소설들을 소개하면서 편집자들의 소설관에 접근하고 있다. 『대한매일신보』 편집자들은 과거의 소설이나 상업소설을 대부분 음란하거나 허황된 것으로 보고, 소설의 폐해에 대해 비판하거나 스스로 좋은 소설을 발굴하거나 창작하려 했

다고 한다. 시기적으로 앞서 있는데다가 『매일신보』로 바뀌기 전의 성격에 대한 언급이지만, 이전 서사에 대한 편집자들의 태도를 참조할 수 있다. 여기에 관해서는 김영민, 『한국의 근대신문과 근대소설 1』, 소명출판, 2006, 113~120면 참조.

49) 이광수, 「文學이란何오(五)」, 앞의 신문, 1916.11.17.

50) 이광수, 「文學이란何오(二)」, 위의 신문, 1916.11.11.

51) 현철, 「小說槪要」, 앞의 잡지, 1920.6, 134면.

52) 권보드래, 『한국 근대소설의 기원』, 소명출판, 2000, 226면.

53) 손정수, 위의 논문, 2001, 13~23면 참조.

54) 정주아는 현진건이 당대의 현실을 그려야 한다는 강박과 함께 그것을 소설이라는 매개를 통해 표현해야 한다는 생각을 지니고 있었다고 본다. 그 둘의 갈등이 단편소설에서 출발해, 미완의 장편소설을 거쳐, 역사소설로 나아가는 도정이었다는 것이다. 여기에 관해서는 정주아, 「현진건 문학에 나타난 '기교'의 문제 –1920년대 자연주의 사조와 가계의 영향을 중심으로」, 『현대소설연구』 38, 현대소설학회, 2008, 413~433면 참조.

55) 이익상, 「憑虛君의「貧妻」와牧星君의「그날밤」을읽은印象」, 『개벽』 11호, 1921.5, 115·118면.

56) 이익상은 「貧妻」가 지닌 장점에 대해 높이 평가를 하면서도 처가와의 관계, 술을 마시는 장면, K의 처가 예술가의 아내를 자처하는 부분 등에서 사실과 부합되지 않는 점이 있다고 지적한다. 이 역시 평가의 기준이 사실과의 직접적인 일치나 위배에 놓여 있음을 반증한다. 여기에 관해서는 이익상, 위의 글, 위의 잡지, 1921.5, 117·118면 참조.

57) Barthes R., Lavers A.,Smith C. trans., WRITING DEGREE ZERO, HILL AND WANG, 1967, pp.29~40.

58) 이토 세이(伊藤整)는 서구의 문학자가 위선적인 속물들의 집합소에 위치하고 있음을 알면서도 탈출할 수 없어 '가면신사'가 된 반면 일본의 문학자는 빈약한 자원과 악질적 사회제도 속에서 서로 경쟁하면서 사는 현실을 탈출해 '도망노예'가 되었다고 한다. '도망노예'는 굳이 가면을 쓸 필요가 없어 자신의 맨얼굴을 드러내는 사소설을 썼다는 것이다. 하지만 맨얼굴 역시 그가 일본 문학에 부재하다고 했던 서구의 철학적, 이론적 사고와 동일한 발상 체계에 기반하고 있다는 점에서 또 하나의 가면일 수 있다. 또 같은 지점에서 츠보우치 쇼요와 모리 오가이(森鷗外)의 논쟁을 다루면서 다이쇼 시대에 이르러 지배적인 경향인 된 사소설의 성격을 그럴듯한 구성이나 원근법적 배치에 대한 혐오라는 메이지 20년대 문학의 확립에 대한 리액션으로 파악하고 있는 가라타니 고진의 논의가 지니는 한계 역시 비판할 수 있다. 여기에 관해서는 伊藤整, 「逃亡奴隷と假面紳士」, 『新文學』, 1948.8. 여기서는 유은경 역, 『일본 사소설의 이해』, 소화, 1997, 11~24면; 柄谷行人, 박유하역, 「구성력에 대하여」, 앞의 책, 1997, 180~225면 참조.

59) 현진건, 「貧妻」, 앞의 잡지, 1920.1, 167면.

60) 현진건, 「술勸하는社會」, 앞의 잡지, 1920.11, 143면.

61) 坂井直樹, 이득재 역, 『사산되는 일본어, 일본인』, 문화과학사, 2003, 235면 참조.

62) 현진건, 「貧妻」, 앞의 잡지, 1920.1, 173면.

63) 현진건, 「술勸하는社會」, 앞의 잡지, 1920.11, 145~146면.

64) 현진건, 위의 소설, 위의 잡지, 1920.11, 144면.

65) 현진건, 위의 소설, 위의 잡지, 1920.11, 같은 면.

66) 박찬승, 『한국근대정치사상사』, 역사비평사, 1992, 197～217면 참조.

67) 강상중, 이경덕·임성모 역, 『오리엔탈리즘을 넘어서』, 이산, 1997, 89·90면.

68) 尹健次, 하종문·이애숙 역, 「내셔널 아이덴티티의 탐구」, 『일본 그 국가 민족 국민』, 일월총서, 1997, 38～46면 참조.

69) 강상중, 앞의 책, 1997, 89면.

70) 이혜령은 당시 소설에서 신여성에 대한 재현 양상은 지식인 엘리트의 자기 정의와 겹쳐진다고 본다. 신여성이 물질적 욕망과 관련되어 타락한 존재로 그려지는 것은 물질적 풍요라는 지식인 남성의 자기 결핍이 정체를 드러내는 것과 맞물려 있다는 것이다. 지식인 남성은 육체와 물질의 층위를 벗어나서 정신과 도덕을 자기 정체성의 근거로 삼는데, 이는 민족 정체성이 구성되는 과정과 연결된 것으로 파악한다. 여기에 관해서는 이혜령, 「동물원의 미학 –한국 근대소설의 하층민 형상과 섹슈얼리티에 대하여」, 『한국소설과 골상학적 타자들』, 소명출판, 2007, 24～31면 참조.

71) 이마무라 히토시(今村仁司)는 인간은 이미 자신 내부에서 타자의 배제와 차별이라는 사회성의 드라마와 똑같은 드라마를 겪고 있다고 한다. 근대적 자아는 분열되어 있으며 '순수한 자아'가 '불순하고 경험적인 자아'를 '관리한다'고 하는 말하자면 '자아의 계급구조'를 성립 당시부터 안고 있다는 것이다. 이것을 근대인이 안고 있는 '배제의 정신'이자, 근대 세계의 모든 구조가 안게 되는 '배제의 구조'의 기반으로 파악한다. 여기에 대해서는 今村仁司, 이수정 역, 『근대성의 구조』, 민음사, 1999, 172～176면 참조.

72) 이혜령, 「타자의 무덤」, 앞의 책, 2007, 48～51면 참조.

73) 鈴木登美, 앞의 책, 2004, 159면.

74) Paul Ricoeur, 『The Function of Fiction in Shaping Reality』, University of Toronto Press, 1991, p.121 여기서는 鈴木登美, 앞의 책, 2004, 159～160면 재인용.

75) 히라노 켄(平野謙)은 사소설이 생의 위기의식에 모티브를 가지고 있고 그 위기감이 구체적인 것으로 성립된 이상 예술가의 생활과 가정생활의 평온은 일치하지 않는다고 한다. 예술가로서의 진실성을 지켜나가기 위해 비참한 일상생활의 파멸적인 모습을 문학에 드러낼 수밖에 없다는 것이다. 여기에 관해서는 平野謙, 「私小說の二律背反」, 『文學讀本』, 1951.10. 여기서는 유은경 역, 앞의 책, 173～213면 참조.

76) Michel Foucault, 이규현 역, 『성의 역사』 1, 나남출판, 1990, 86～87면.

3장 세 개의 텍스트에 각인된 미디어의 논리

1) 현진건, 「曉霧」(28), 『조선일보』, 1021.5.30, 1면.

2) 현진건, 「지새는안개」 9회, 『개벽』 40호, 1923.10, 160면.

3) 『개벽』에 9회 연재된 「지새는안개」는 중편 정도의 분량에 해당된다. 단행본으로 발행된 『지새는안개』는 장편에 가까운 분량이다. 이를 고려해 『개벽』 연재본은 낫표로, 단행본은 겹낫표로 표시하겠다.

4) 박현수, 「「효무」 해제: 새벽안개, 서광을 가린 혼돈의 세계」, 『민족문학사연구』 45호, 민족문학사학회, 2011, 222~278면; 안서현, 「현진건 〈지새는 안개〉의 개작 과정 고찰 –새 자료 『조선일보』 연재 〈曉霧〉 판본과 기존 판본의 비교를 중심으로」, 『한국현대문학연구』 33, 한국현대문학회, 2011, 135~176면 참조.

5) 비슷한 궤적을 지닌 소설로 염상섭의 「萬歲前」이 있다. 「萬歲前」은 1922년 7월에서 9월까지 「墓地」라는 제목으로 『신생활』에 3회 연재되다가 중단되었다. 이어 「萬歲前」이라는 제목으로 1924년 4월 6일부터 6월 4일까지 『시대일보』에 총 59회 연재되었다. 그리고 1924년 8월 고려공사에서 단행본 「萬歲前」으로 출간된다.

6) 현길언, 『문학과 사랑과 이데올로기 –현진건 연구』, 태학사, 2000, 76~97면; 한상무, 『사랑의 작가 현진건 문학연구』, 북스힐, 2003, 49~65면; 임정연, 「현진건의 『지새는 안개』의 낭만적 정체성 연구」 『한국문화연구』 19호, 이화여자대학교 한국문화연구원, 2010, 7~32면 참조.

7) 박현호, 「식민지적 이중성의 동요 –현진건의 『지새는 안개』」, 『현대문학이론연구』 18, 현대문학이론학회, 2002, 175~197면 참조.

8) 안서현, 앞의 논문, 2011, 135~175면 참조.

9) 『조선일보』는 1920년 3월 5일 창간되었지만 휴간을 거듭하다가 1920년 5월 9일부터 정상적으로 발행이 되었다. 창간 1주년 기념호가 1921년 5월 20일자에 발행된 것은 이 때문으로 보인다.

10) 현진건, 「七年前十一月末日」, 『별건곤』 4호, 1927.2, 50면.

11) 조선일보60년사 편찬위원회, 『朝鮮日報60年史』, 조선일보사, 1980, 127~129·613면 참조.

12) 서사 이론에서는 중심인물이 초점화자의 역할을 한다는 데서 이러한 서술방식을 등장인물서술로 지칭한다. 여기에 대해서는 Stanzel F. K., 안삼환 역, 『소설형식의 기본유형』, 탐구당, 1982, 32~35면 참조.

13) 즈네트는 나중에 일어난 사건이 이야기되고 난 후에 먼저의 스토리–사건이 서술된다는 점에서 회상을 소급제시(analepsis)라고 하며, 또 먼저 일어난 사건이 언급되기 전에 어떤 스토리–사건이 서술된다는 점에서 예견을 사전제시(prolepsis)라고 규정한다. 여기에 대해서는 Genette G., 권택영 역, 『서사담론』, 교보문고, 1992, 38~67면 참조.

14) 이는 소실점과 투시점으로 이루어지는 원근법적 시선의 체계와 연결이 된다. 그림 내부의 소실점과 대칭에 위치하는 그림 바깥의 투시점은 보이지는 않지만 대상을 정확하게 영유할 수 있는 특권적인 위치이다. 여기에 관해서는 Michel Foucault, 이광래 역, 『말과 사물』, 민음사, 1989, 25~40면 참조.

15) '일원묘사(一元描寫)'는 일본의 평론가인 이와노 호메이(岩野泡鳴)가 다야마 가타이(田山花袋)와의 논쟁에서 '평면묘사'에 상대적인 개념으로 사용한 용어다. 여기에 관해서는 岩野泡鳴, 「現代將來の小說的發想を一新すべき僕の描寫論」, 『近代文學評論大系』5, 角川書店, 1972, 85~96面 참조.

16) 김동인, 「小說作法(四)」, 『조선문단』 10호, 1925.7, 70면.

17) 현진건, 「갓잔은小說로問題」('小說쓴뒤 小說家가小說쓸때믄에當한 일'), 『별건곤』 18호, 1929.1, 117면.

18) 현진건, 「지새는안개」(제7회), 『개벽』 38호, 1923.8, 144~145면.
19) 현진건, 「지새는안개」(제7회), 앞의 잡지, 1923.8, 140면.
20) 申澈, 「所謂八方美人主義인朝鮮日報에對하야」('각종 신문잡지에 대한 비판'), 『개벽』 37호, 1923.7, 48면.
21) 당시 『조선일보』가 처했던 열악한 상황에는 단순한 기술적, 재정적 문제가 아니라 그 이념적 좌표, 곧 자치론을 내세우는 친일지에 투신하려는 지식 자원이 거의 없었던 데서 비롯된다는 이유 역시 부분적으로 작용하고 있었던 것으로 보인다.
22) 『백조』 2호가 발행된 것은 1922년 5월이었다. 현진건, 「朦朧한記憶」, 『백조』 2호, 1922.5, 133~134면.
23) 최덕교, 『한국잡지백년』 2, 현암사, 2004, 55~57면 참조
24) 김동인, 「文壇三十年의자최」. 여기에서는 김치홍 편, 『김동인평론전집』, 삼영사, 1984, 455면; 박용규, 「일제하 시대·중외·중앙·조선중앙일보에 관한 연구」, 『언론과 정보』 2호, 1996, 111~120면 참조.
25) 현진건과 같이 『동명』에서 일을 했던 염상섭이 「해바라기」, 『너희들은무엇을어덧느냐』 등 두 소설을 『동아일보』에 연재한 것 역시 『동명』이 종간되고 『시대일보』가 창간되는 즈음까지였다. 두 사람은 1923년 6월 『동명』이 종간되고 1924년 3월 『시대일보』가 창간될 때까지 기자로서 활동할 수 없었다. 아이러니한 것은 『동명』의 종간이 『시대일보』의 창간을 전제로 한 것이었기 때문에 그 기간 동안 다른 일을 하기도 곤란했다는 점이다. 이러한 점은 두 작가가 소설을 연재한 상황에 대한 주요한 이유 하나를 말해준다.
26) 최수일, 『『개벽』 연구』, 소명출판, 2008, 13·408면.
27) 현진건, 「犧牲花」('處女作發表當時의感想'), 『조선문단』 제6호, 1925.3, 69~70면.
28) 1922년 10월 『개벽』에 실린 「편집여언」에는 1922년 7월 31일자로 현희운, 곧 현철이 일신상의 형편으로 학예부 주임을 사임했다는 언급이 있다. 여기에 대해서는 「편집여언」, 『개벽』 28호, 1922.10, 판권간기면 참조.
29) 현진건, 「지새는안개」(제2회), 앞의 잡지 33호, 1923.3, 48면.
30) 『시대일보』, 1925.1.23.
31) 현진건, 「지새는안개」(제5회), 앞의 잡지 36호, 1923.6, 89면.
32) 현진건, 「지새는안개」(제7회), 위의 잡지 38호, 1923.8, 146면.
33) 현진건, 「지새는안개」(제8회), 위의 잡지 39호, 1923.9, 131면.
34) 최수일은 『개벽』의 논조에 큰 변화가 감지되는 시점을 대략 1923년 후반, 37호를 전후한 시기로 보며, 이 시기가 문화운동의 쇠퇴 내지 변절 그리고 그에 대한 비판이 고등되던 시기와 일치한다고 했다. 변화가 확연히 드러나는 것은 1923년 후반이었지만 이미 1922년 중반부터 변화의 맹아들이 감지되기 시작했다. 여기에 대해서는 최수일, 앞의 책, 2008, 461~485면 참조.
35) 선우전, 「農民의都市移轉과農業勞動의不利의諸原因」, 『개벽』 26호, 1922.8, 26~40면; 「物價問題와吾人의生活改善」, 『개벽』 28호, 1922.10, 21~31면; 이성환, 「農村의衰頹를恬然視하는當局」'朝鮮의 農政問題', 『개벽』 29호, 1922.11, 15~25면; 「먼저農民부터解放하자」, 『개벽』 32호, 1923.2, 33~41면; 「朝鮮農民이여團結하라」, 『개벽』 33호, 1923.3,

53~64면 참조.

36) 송민호, 「1920년대 근대 지식 체계와 『개벽』」, 『한국현대문학연구』 24, 한국현대문학회, 2008, 27~29면 참조.

37) 이들 가운데 정백은 '백작(白綽)이라는 필명으로 40호에서 42호까지 '사회주의학설대요' 라는 큰 제목 아래 「社會主義와資本主義의立地」, 「唯物史觀과唯心史觀」 등의 글을 연재했다. 여기에 대해서는 이성태, 「왼편을向하야」, 『개벽』 38호, 1923.8, 20~24면; 주종건, 「國際無産靑年運動과朝鮮」, 『개벽』 39호, 1923.9, 6~10면; 정백, 「唯物史觀과唯心史觀」, 『개벽』 42호, 1923.12, 24~32면 참조.

38) 임정재, 「文士諸位에게與하는一文」, 『개벽』 37호, 1923.7, 36~39면; 『개벽』 39호, 1923.9, 29~34면 참조.

39) 한기형은 전반기 『개벽』 문학의 사상내용이 모호한 데 반해 1923년 중반 즈음을 계기로 하는 후반기의 문학은 볼셰비즘으로 무장한 사회주의자들이 사상운동, 혁명운동 속에서 문학의 새로운 정체성을 확립하도록 요구한 데 대한 적극적 동의와 참여로 나아가기 시작했다고 보았다. 여기에 대해서는 한기형, 「『개벽』의 종교적 이상주의와 근대문학의 사상화」, 『상허학보』 17집, 상허학회, 2006, 60~62면 참조.

40) 임노월, 「社會主義와藝術」, 『개벽』 37호, 1923.7, 21~29면; 김기진, 「Promeneade Sentimental」, 같은 잡지, 같은 호, 82~100면; 「클라르테運動의世界化」, 『개벽』 39호, 1923.9, 11~24면; 「빠르뷰스對로맨로란間의爭論」, 『개벽』 40호, 1923.10, 23~51면; 「쏘다시「클라르테」에대해서 –빠르뷰스硏究의一片」, 『개벽』 41호, 1923.11, 7~55면 참조.

41) 현진건, 「지새는안개」(제5회), 앞의 잡지 36호, 1923.6, 92면.

42) 「社告」, 『개벽』 36호, 1923.6, 표지 뒷면.

43) 신문지법에 의해 발행되었던 출판물도 정치, 시사를 논할 수 있는 것과 학예, 기예, 물가 등만을 다루는 것이 있었다. 정치, 시사를 다루려면 신문지법 제4조에 명시된 보증금 3백 원을 납부해야 했는데, 그 여부는 조선총독부가 결정했다. 여기에 대해서는 장신, 「1922년 잡지 新天地 筆禍事件 연구」, 『역사문제연구』 제13호, 역사문제연구소, 324~326면 참조.

44) 박헌호, 앞의 논문, 앞의 책, 2002, 191면.

45) 현진건, 「지새는안개」(제8회), 앞의 잡지 39호, 1923.9, 130면.

46) 현철 · 현진건, 「墮落者 後記」, 『개벽』 22호, 1922.4, 35~36면.

47) 여기에 대해서는 박영희, 「신흥문학의 대두와 개벽시대 회고」, 『조광』 32호, 1938. 여기에서는 이동희 · 노상래 편, 『박영희 전집』(Ⅱ), 영남대학교출판부, 1997, 149면 참조.

48) 『시대일보』는 창간 무렵부터 경영난을 겪어 '보천교'의 돈을 끌어다 쓰다가 사원들과 여론의 반대를 불러일으키며 정간과 복간을 반복했다. 『시대일보』가 경영상의 안정을 찾은 것은 1925년 4월 홍명희, 한기악, 이승복 등이 『시대일보』를 인수하면서였다. 『시대일보』의 창간과 운영에 대해서는 박용규, 앞의 논문, 1996, 111~120면; 「1920년대 중반(1924~1927)의 신문과 민족운동」, 『언론과학연구』 제9권 4호, 2009.12, 293~295면 참조.

49) 「文藝消息」, 『매일신보』, 1924.11.16, 3면.

50) 현진건, 「지새는안개」(제9회), 앞의 잡지 40호, 1923.10, 160면.

51) 뒤에서 상론하겠지만 『개벽』에 연재된 부분을 전편, 단행본에서 덧붙여진 부분을 후편으로

부를 내용상의 근거는 없다. 다만 현진건의 언급을 고려해 『개벽』에 연재된 1~5장을 전편, 단행본에서 덧붙여진 6~11장을 후편으로 부르겠다.

52) 현진건, 『지새는안개』, 박문서관, 1925, 139~141면.
53) 현진건, 앞의 소설, 1925, 151면.
54) 현진건, 앞의 소설, 1925, 167~168면.
55) 소설에서 과거시제는 과거를 의미하지 않는다. 소설에서 과거시제의 주된 역할은 과거를 지시하는 것이 아니라 스토리를 재단하고, 배치하고, 의미화하는 데 있다. 여기에 대해서는 현진건, 앞의 소설, 1925, 167면; Barthes R., Lavers A.,Smith C. trans., WRITING DEGREE ZERO, HILL AND WANG, 1967, pp.29~40; Ricoeur P., 김한식 · 이경래 역, 『시간과 이야기』 2, 문학과지성사, 2000, 129~135면 참조.
56) 이기훈, 「독서의 근대, 근대의 독서 –1920년대의 책읽기」, 『역사문제연구』7, 역사문제연구소, 2001, 31~32면 참조.
57) 「書店에서본 大邱의讀書熱」, 『동아일보』, 1926.1.23, 4면.
58) 현진건, 「갓잔은小說로問題」(‘小說쓴뒤 小說家가小說쓴때믄에當한 일’), 앞의 잡지, 1929.1, 117면.
59) 손성준, 「투르게네프의 식민지적 변용 –『사냥꾼의 수기』와 현진건의 후기 단편소설을 중심으로」, 『민족문학사연구』 54, 민족문학사학회, 2014, 333면 각주 7 참조.
60) 현진건, 앞의 글, 앞의 잡지, 1929.1, 117~118면.
61) 김동인, 「朝鮮의所謂版權問題」, 『신천지』 22호, 1948.1, 66면.
62) 『동아일보』, 1927.1.10.
63) 김동인, 앞의 글, 1948.1, 67면 참조.
64) 김억, 「나의懺悔」(‘最初의著書’), 『삼천리』 4권 2호, 1932.2, 58면 참조.
65) 정병욱, 「조선식산은행원, 식민지를 살다」, 『역사비평』 78, 2007, 330~332면 참조.

제5부 신문 연재와 결핵이라는 표상

1장 1920년대 전반기 미디어와 나도향의 소설

1) 박영희, 「草創期의 文壇側面史」, 『현대문학』 57호. 여기에서는 이동희·노상래 편, 『박영희 전집』(Ⅱ), 영남대학교출판부, 1997, 295면 재인용.
2) 안석영, 「朝鮮文壇三十年側面史」, 『조광』 38호, 1938.12, 148면. 「朝鮮文壇三十年側面史」는 『조광』에 연재될 때 호수가 표기되지 않았다. 36호부터 연재를 시작해, 38호에 실린 것은 3회 연재분이었다.
3) 최수일, 『『개벽』 연구』, 소명출판, 2008, 13·408면.
4) 『동아일보』, 『개벽』 등의 원고료에 대해서는 박영희, 「신흥문학의 대두와 개벽시대 회고」, 『조광』 32호, 1938. 여기에서는 이동희 · 노상래 편, 앞의 책, 1997, 149면; 윤병로, 『박종화의 삶과 문학 –미공개월탄일기평설』, 성균관대학교 출판부, 1992, 197면 참조.

5) 박종화, 「나도향10년기추억편편」, 『신동아』, 동아일보사, 1935.9, 179~183면; 백철, 『朝鮮新文學思潮史(近代編)』, 수선사, 1948, 369면; 조연현, 『韓國現代文學史』, 성문각, 1969, 582 · 681면; 구인환, 『한국근대소설연구』, 삼영사, 1977, 232~235 · 237~238면; 김우종, 『한국현대소설사』, 성문각, 1982, 188~199면 참조.
6) 여기에 관해서는 박헌호, 「나도향과 욕망의 문제 –식민지 근대의 현실에서 성욕의 존재 증명」, 『식민지 근대성과 소설의 양식』, 소명출판, 153~191면; 이영아, 「나도향 소설에 나타난 '참사랑'의 모색 과정 고찰」, 『한국현대문학연구』 18, 2005, 253~290면; 임정연, 「근대소설의 낭만적 감수성 –나도향과 노자영 소설을 중심으로」, 『현대소설연구』 48, 한국현대소설학회, 321~346면; 박헌호, 「나도향과 반기독교」, 『한국학연구』 제27집, 인하대학교 한국학연구소, 2012, 203~240면 참조.
7) 여기에 관해서는 최수일, 앞의 책, 제3, 4, 5장; 유석환, 「근대 문학시장의 형성과 신문·잡지의 역할」, 성균관대학교 박사학위 논문, 2013, 94~106·125~130면; 김상모, 「1920년대 초기 『동아일보』 소재 장편 연재소설 연구」, 경북대학교 석사학위 논문, 2010, 82~89면 참조.
8) 박종화, 「도향과 『백조』 시절」, 『역사는 흐르는데 청산은 말이 없네』, 삼경출판사, 1979, 421면.
9) 1922년 1월 9일 발간된 『백조』 1호에 실린 글에서 나도향은 장편소설을 마쳐간다고 했고 1922년 1월 20일 박종화의 일기에는 탈고된 장편 원고를 읽었다는 언급이 있다. 여기에 대해서는 박종화, 앞의 책, 1979, 417~418면; 윤병로, 앞의 책, 1992, 33면 참조.
10) 『幻戲』 등 『동아일보』 연재소설과 관련된 삽화에 대해 몇 가지 점을 분명히 하려 한다. 먼저 『동아일보』 연재소설에 삽화가 실린 것은 『幻戲』가 처음이 아니었다. 앞서 연재된 『무쇠탈』, 『女丈夫』 등에도 삽화가 실렸다. 또 안석주가 삽화를 담당한 것은 『幻戲』가 처음이었는데 1923년 1월 18일부터는 삽화가 사라진다. 『幻戲』에 안석주의 그림이 삽입된 것은 연재분의 반 정도이다. 이 부분 역시 안석주의 추천으로 『幻戲』의 연재가 결정되었다고 보기 힘든 부분이다.
11) 동아일보 사사 편집위원회, 『東亞日報社史』 卷一, 동아일보사사, 1975, 106~107면 참조.
12) 주식회사 변모 후의 『동아일보』의 상황에 대해서는 벽아자, 「東亞日報에對한不平」, 『개벽』 37호, 1923.7, 41~44면 참조.
13) 황태욱, 「朝鮮民間新聞界總評」, 『개벽』 신간 4호, 1935.3, 14~15면.
14) 동아일보 사사 편집위원회, 앞의 책, 164~165면 참조.
15) 민규호, 「牛步 閔泰瑗」, 『한국언론인물사화: 8·15前篇』 상, 사단법인 대한언론인회, 1992, 455면.
16) 당시 『동아일보』 연재소설의 양상과 김동성에 의한 『붉은실』의 번역과 그 원작에 대해서는 박진영, 「천리구 김동성과 셜록 홈스 번역의 역사 – 『동아일보』 연재소설 『붉은 실』」, 『상허학보』 27, 상허학회, 2009, 293~301면; 김상모, 앞의 논문, 2010, 39~71면 참조.
17) '문단에 대한 요구'라는 기획은 1월 1일에서 1월 5일까지 시행되었다. 1월 6일에는 기획의 마무리와 함께 「文士는 何在요 –革新鼓를 鳴하라」라는 사설을 싣는다. 또 1월 6일부터 8일까지는 '작가로서의 포부'라는 기획 아래 방정환, 황석우, 현철 등의 글을 게재한다. 기획에 따라 게재된 글은 다음과 같다. 현상윤, 「生活에接觸하고修養에努力하라」, 『동아일보』, 1922.1.1; 민태원, 「自覺,自重,努力과其他의希望」, 같은 신문, 1922.1.2~3; 권덕규, 「『말둑족

제비」의흙을씨스라」, 같은 신문, 1922.1.4; 양건식, 「나는오즉苦言뿐」, 같은 신문, 1922.1.5.

18) 「文士는何在요 –革新鼓를鳴하라」, 같은 신문, 1922.1.6.

19) 권덕규, 「『말둑족제비』의흙을씨스라」, 같은 신문, 1922.1.4.

20) 현상윤, 「生活에接觸하고修養에努力하라」, 같은 신문, 1922.1.1.

21) 현진건은 2차 정간이 해제된 1920년 12월 2일부터 1921년 4월 30일까지 『조선일보』에 투르게네프 원작의 『첫사랑』, 『루딘』 등을 번역해 「初戀」, 「浮雲」 등의 제목으로 연재한 바 있다. 이들 소설의 연재가 마무리되자 자신의 창작 「曉霧」를 연재했다.

22) 「一面小說豫告」, 『조선일보』, 1921.4.27~29.

23) 연파주임(軟派主任)은 사회나 문화 관련 기사를 담당했으며, 경파주임(硬派主任)은 정치나 경제 관련 기사를 담당했다. 『매일신보』에서 이상협의 활동에 대해서는 조용만, 「何夢 李相協」, 『한국언론인물사화: 8·15前篇』 上, 사단법인 대한언론인회, 1992, 436~445면; 정가람, 「1910년대 『매일신보』 소재 하몽 이상협의 창작 소설 연구: 독자·관객과의 소통 양상을 중심으로」, 『현대문학의 연구』 33, 한국문학연구학회, 2007, 335~338면 참조.

24) 이광수가 『매일신보』에 처음 글을 발표한 것은 1916년 9월이었다. 「大邱에서」를 시작으로 「東京雜信」, 「文學이란何오」, 「敎育家諸氏에게」, 「農村開發」, 「朝鮮家庭의改革」, 「早婚의惡習」 등을 발표했다. 『매일신보』의 입장에서 짧은 논설을 게재하는 것과 소설 연재를 결정하는 것은 다른 층위의 문제였다. 여기에 대해서는 하타노 세쓰코(波田野節子)·최주한 역, 『『무정』을 읽는다』, 소명출판, 2008, 77~79면 참조.

25) 이상협이 『幻戱』 연재를 결정하는 데 어떤 역할을 했는지에 대해 실증적인 자료를 확인할 수는 없었다. 그런데 4장에서 다루겠지만 1922년 12월 하순 '동아일보사'가 마련한 문인들의 회합에 이상협이 김형원, 노자영, 안석주 등과 함께 '동아일보사'측을 대표해 참석하는 등 『동아일보』의 문예를 총괄했음을 알 수 있다. 하지만 이 역시 추정에서 벗어나지 못 하는데, 이는 부분적으로 『東亞日報社史』 등 당시 『동아일보』에 대한 자료나 이상협에 대한 연구가 거의 없다는 데 기인한다. 보다 주된 이유는 필자에게 있으며, 이후 연구를 통해 이상협의 활동, 역할 등에 대해을 보완하겠다.

26) 김윤식, 『염상섭연구』, 서울대학교 출판부, 1987, 127~131면 참조.

27) 『幻戱』가 『동아일보』에 연재되는 데는 위의 내용 등 텍스트 내적인 요소 역시 크게 작용했을 것이다. 그런데 지금까지 『幻戱』의 소설사적 평가는 우연성의 남발, 감정의 과장 등의 습작기적 미숙성을 크게 벗어나지 못한 작품이라는 데 집중되어 있다. 온전한 위상을 가늠하기 위해서는 텍스트의 성격과 함께 그것이 미디어에 연재된 상황 역시 고려되어야 할 것이다.

28) 『개벽』 31호에 실린 '개벽사' 직원 명단에는 이돈화, 차상찬, 김기전, 박달성, 방정환 등이 당시 『개벽』의 편집자로 되어 있다. 여기에 관해서는 『개벽』 31호, 1923.1, 일반면과 문예면 간지면 참조.

29) 시간적 간극은 『백조』 3호가 발행 비용 문제로 애초 발행되려던 시점보다 늦게 발행되었기 때문으로 보인다. 방정환을 『백조』 동인으로 추천한 인물과 그 시기에 관해서는 윤병로, 앞의 책, 1992, 75면 참조.

30) 최수일, 앞의 책, 2008, 405~408면; 유석환, 앞의 논문, 2013, 125~126면 참조.

31) 이들 외에 소설을 실은 인물은 해북생(2호), 김동인(9호), 주요섭(10호), 보월생(11호) 등이다. 각각 1편의 소설을 번역하거나 창작해 실었다.

32) 1921년 1월 『개벽』에 실린 「社員名單」 등을 통해 방정환이 당시 '개벽사'에서 일했던 것을 알 수 있다. 여기에 대해서는 「社員名單」, 『개벽』 7호, 1921.1, 목차 앞면.

33) 현진건, 「犧牲花」(‘處女作發表當時의感想’), 『조선문단』 제6호, 1925.3, 69~70면.

34) 「開闢社社友制의設行에關한趣意와規程」, 『개벽』 29호, 1922.11, 별지면 참조.

35) “學藝部 主任 玄僖雲 君이 病으로 여러 날을 고생하엿”다는 언급이 있다. 이외 편집국장은 김기전, 사회부 주임은 박달성, 정경부 주임은 차상찬이 담당했다. 여기에 대해서는 「編輯局消息」, 『개벽』 21호, 1922.3, 판권간기면; 「編輯餘言」, 『개벽』 28호, 1922.10, 판권간기면 참조.

36) 김석송, 「離鄕」, 『개벽』 6호, 1920.12, 116면.

37) 김석송과 함께 창간 초기 시를 담당했던 김억이 『개벽』과 어떤 관계였는지는 확인하기 힘들다. 염상섭은 1921년 8월부터 「標本室의靑개고리」(14~16호), 「暗夜」(19호), 「除夜」(20~24호) 등을 모두 9회에 걸쳐 연재했다. 1924년 3월 『어린이』 2권 3호에 실린 「돌상은方선생님께서 나는「千字文」한자만」을 보면 염상섭 역시 이른 시기부터 방정환과 막역한 사이였던 것으로 파악된다. 염상섭과 방정환의 관계를 추정할 수 있는 글로는 廉想涉, 「돌상은方선생님께서 나는「千字文」한자만」, 『어린이』 2권 3호, 1924.3, 7~9면 참조.

38) 「編輯餘言」, 『개벽』 28호, 1922.10, 판권간기면.

39) 1925년 1월호 『개벽』의 「餘言」에는 “新年號부터 本誌 文藝便은 懷月 朴英熙君과 直接 因緣을 맺게 됨이 讀者와 共히 즐거운 일”이라는 언급이 있다. 여기에 관해서는 「餘言」, 『개벽』 제55호, 1925.1, 판권간기면 참조.

40) 1923년 1월 직원 명단은 『개벽』 31호, 1923.1, 일반면과 문예면 간지면 참조.

41) 대학에서의 수학과 번역 등이 『개벽』에 글을 게재하지 못한 주된 이유로 보기는 힘든데, 이 시기에도 방정환이 글을 발표했기 때문이다. 당시 방정환은 「作家로서의抱負」를 『동아일보』에 발표한 것을 제외하면 다른 글 모두는 『천도교회월보』에 발표했다. 이 시기 방정환의 행적과 문학 활동에 대해서는 박현수, 「문학에 대한 열망과 소년운동에의 관심」, 『민족문학사연구』 28호, 민족문학사학회, 2005, 251~265면 참조.

42) 1922년 7월 『개벽』 22호의 부록이었던 「湖水의女王」을 1922년 9월 발행된 27호의 본문에 다시 수록했다.

43) 나도향, 「幻戱」(‘處女作發表當時의感想’), 『조선문단』 제6호, 1925.3, 71~72면.

44) 『신청년』에서 활동할 때 『조선일보』에 「桂英의우름」과 『청년』 4호에 「나는참으로몰랏다」 등 2편의 소설을 발표하기도 했다. 여기에 대해서는 隱荷, 「桂英의우름」, 『조선일보』, 1921.5.20.; 隱荷, 「나는참으로몰랏다」, 『청년』 4호, 1921.6.

45) 「六號雜記」, 『백조』 2호, 1922.5, 157면.

46) 나도향, 「지난一年의알송달송 繡노은돗자리」, 『동아일보』, 1923.1.3.

47) 현진건, 「갓잔은小說로問題」(‘小說쓴뒤 小說家가小說쓸때믄에當한 일’), 『별건곤』 18호, 1929.1, 117면.

48) 황정현, 「현진건 장편번역소설 『백발』 연구」, 『한국학연구』 42, 고려대학교 한국학연구소,

2012, 321~323면 참조.

49) 구로이와 루이코(黑岩涙香)에 대해서는 박진영, 「1910년대 번안소설과 '정탐소설'의 매혹 -하몽 이상협의 『貞婦怨』」, 『대동문화연구』 52집, 성균관대학교 대동문화연구원, 296~299면 참조.

50) 실제 『조선일보』에는 1922년 12월 15일까지는 '碧霞著'로, 12월 16일부터는 '碧霞'로 부기되어 있다. 박종화의 비판에 대해서는 박종화, 「文壇의 一年을追憶하야現狀과作品을槪評하노라」, 『개벽』 31호, 1923.1, 3~4면 참조.

51) 안석영, 앞의 글, 1938.12, 148면.

52) 여기에 대해서는 박영희, 「新興文學의擡頭와 開闢時代回顧」, 『조광』 32호, 1938. 여기에서는 이동희 · 노상래 편, 앞의 책, 1997, 149면; 윤병로, 앞의 책, 1992, 197면 참조.

53) 나도향, 「지난一年의알송달송 繡노은돗자리」, 앞의 신문, 1923.1.8.

54) 박종화는 1923년 1월 1일 『동아일보』에 「당신이무르시면」, 「幌馬車타고가랴한다」 등 시 2편을 발표하고, 한 편에 5원씩 10원을 받게 된다. 박종화는 이것이 조선에서 원고료가 지급된 시작으로 파악했다. 여기에 대해서는 윤병로, 앞의 책, 1992, 3 · 197면 참조.

55) 이들 가운데 이상협을 비롯한 김석송, 노자영, 안석주, 유광렬 등은 『동아일보』의 기자이거나 『동아일보』와 관계된 사람이었다. 1922년 12월 19일자 박종화의 일기를 직접 확인할 수 없어 정확한 회합 날짜를 알기는 힘들다. 당시 『동아일보』에도 회합에 대한 기사는 없다. 여기에 대해서는 윤병로, 위의 책, 1992, 196~197면 참조.

56) 여기에 관해서는 『동아일보』, 1923.1.1 · 1923.1.3 참조.

57) 「어린職工의死」는 1920년 4월 2일 1회 실렸다. 「그를미든싸닭」은 1920년 5월 28일부터 6월 1일까지, 「籠鳥」는 1920년 8월 4일에서 8월 21일까지 연재되었다. 희곡 「四人의心理: 巴里講和會議의一幕」는 1920년 6월 7일에서 6월 15일까지 게재되었다.

58) 1920년대 『동아일보』 문예면의 실상과 의미에 대해서는 유석환, 앞의 논문, 2013, 94~106면 참조.

59) 염상섭의 「E先生」은 1922년 9월(1권 2호)부터 12월(1권 16호)까지 연재되었다. 「죽음과그그림자」는 1923년 1월(2권 3호)에 게재되었다. 김동인의 「笞刑」도 작가 사정으로 시간적 거리를 두고 발표된 5회 연재분을 제외하면 1922년 12월(1권 16호)부터 1923년 1월(2권 4호)까지 연재되었다.

60) 이 글에서 『개벽』 문예면의 변화와 『동아일보』의 그것이 지니는 관계에 대한 실증적인 자료를 제시하지 못한 것은 아쉬움을 남는다. 다만 직원 중심이었던 『개벽』 문예면에 1922년 중반부터 새롭게 등장한 필진이 동인지 등을 통해 새로운 '문학'을 주장했던 인물들이라는 점, 『동아일보』에서 『幻戲』를 연재하고 1922년 말 문인 회합, 1923년 신년호의 '문예특집' 등을 마련한 것 역시 앞선 '문학'에 대한 관심과 연결되어 있다는 점 등에 주목했다. 하지만 이는 정황에 근거한 것으로, 두 미디어의 관계나 또 다른 근간에 대해서는 후속 논의를 통해 보완할 필요가 있다.

61) 박영희가 『개벽』 문예부 주임이 된 후의 활동에 대해서는 박현수, 「박영희의 초기 행적과 문학 활동」, 『상허학보』 24집, 상허학회, 2008, 179~187면 참조.

62) 나도향, 「뿔르니푸로니할수는업지만」, 『개벽』 56호, 1925.2, 54면.

63) 이상화, 「지난달詩와小說」, 『개벽』 60호, 1925.6, 122~123면.

64) 동아일보 사사 편집위원회, 앞의 책, 1975, 244~255면; 장신, 「1924년 동아일보 개혁운동과 언론계의 재편」, 『역사비평』 75, 역사문제연구소, 2006, 256~264면 참조.

65) 1923년 6월에는 일요일자 신문을 8면으로 발행해, 5면에서 8면을 '일요호'로 꾸몄다. '일요호' 가운데 보통 6, 7면이 문예로 꾸며졌다. 7월부터는 일요일자 신문을 6면으로 발행해, 5, 6면을 '일요호'라고 했다.

66) 1925년 8월 11일부터 『동아일보』는 석간 6면으로 발행되었다. 이때부터 문예는 '부인', '소년동아일보' 등과 같이 대개 3면에 고정적으로 실렸다. 다시 문예가 부인, 소년 등과 같은 면에서 다루어졌지만, 고정란을 확보하게 되었다는 데서는 의미를 지닌다.

2장 식민지 조선에서 결핵의 표상

1) 「羅彬氏永眠」, 『조선일보』, 1926.8.27; 「羅彬氏別世 위장병으로」, 『동아일보』, 1926.8.28.

2) 이태준, 「稻香생각몃가지」, 『현대평론』, 현대평론사, 1927.8, 24~28면 참조.

3) 나도향의 죽음 직후인 1926년 9월, 10월 『신민』에는 나도향의 죽음에 대한 김영진, 양주동, 박종화 등의 글이 실린다. 이들은 나도향의 "痛惜할 만한 早世"가 "긔맥히는 소식", "꿈 같은 일"이며, "가슴에 깁히깁히 품은 그 빗 그 精力의 스러저 업서진 것을 痛哭하지 안을 수 업"다고 했다. 나도향이 젊은 나이로 갑작스럽게 죽은 데 대한 당혹감과 안타까움은 나타나지만 아름다움과 연결되어 낭만화되지는 않았다. 이에 관해서는 김영진, 「羅彬君의죽음」, 『신민』 17호, 1926.9, 104~107면; 양주동, 「文壇襍說」, 『신민』 18호, 1926.10, 128~129면; 박월탄, 「嗚呼稻香」, 앞의 책, 1926.10, 137~141면 참조.

4) 김동인, 「續文壇回顧」, 『매일신보』, 1931.11.11~22.; 김동인, 「寂寞한藝苑」, 같은 신문, 1932.9.21.~10.6. 여기서는 김치홍, 『金東仁評論全集』, 삼영사, 1984, 393 · 538면.

5) 김동인, 「文壇 30年의 자최」(3), 『신천지』, 1948.6. 여기서는 김치홍, 위의 책, 1984, 441~443면 참조.

6) 조연현은 "그 당시에 있어서나, 지금에 있어서나 다 같이 稻香을 天才的인 作家라고 말하고는 있으나 이것은 어디까지나 그 夭折에 대한 哀惜의 表現"이라고 했다. 백철, 『朝鮮新文學思潮史(近代編)』, 수선사, 1948, 395면; 조연현, 『韓國現代文學史』, 성문각, 1969, 422~423면.

7) 정한숙, 「反省과 解明 -羅稻香의 人間과 文學」, 『문학사상』, 1973.6, 274면.

8) 김윤식, 『염상섭연구』, 서울대학교 출판부, 1987, 309면.

9) 김윤식, 「메타포로서의 결핵」, 『90년대 한국소설의 표정』, 서울대학교 출판부, 1994, 137면.

10) 낭만, 낭만성, 낭만주의는 두 개의 개념으로 나누어 접근할 수 있다. 하나는 서구에서 18세기 말에서 19세기 초에 나타난 문예사조로서의 그것이다. 다른 하나는 자본, 소외 등 부정성에 대한 반발로서 '지금, 여기'를 벗어나려는 근대성의 계기적 속성으로서의 그것이다. 그런데 기존의 문학사적 서술에서 '낭만성'이라는 용어로 나도향의 문학을 지칭하는 경우, 낭만성은 감상성, 미숙성 등과 유의어로 사용된다. 이 글의 문제의식을 고려해, 낭만, 낭만성

등을 사용하는 경우 기존의 논의에서 통용되는 의미에 한정한다.

11) 나도향 소설의 전개에서 나타난 변모를 처음 언급한 사람은 박종화였다. 박종화는 나도향이 「女理髮師」를 계기로 문학소년의 애상적인 공상을 버리고 작가로서의 본격적인 원숙의 길을 밟기 시작했다고 한다. 이후 결절이 되는 소설은 「女理髮師」(박종화, 구인환), 「十七圓五十錢」·「自己를찻기前」(백철), 「행랑자식」(김우종) 등 차이를 보이지만 변모를 중심으로 나도향 소설을 파악하는 것은 백철이나 조연현 등을 거쳐 구인환, 김우종에 이르기까지 통설화되었다. 이에 관해서는 박종화, 「羅稻香十年紀追憶片片」, 『신동아』, 동아일보사, 1935.9, 179~183면; 백철, 앞의 책, 1948, 369면; 조연현, 앞의 책, 1969, 582 · 681면; 조연현, 「요절한 천재의 의미」, 『문학춘추』, 1964.12, 238~242면; 구인환, 『한국근대소설연구』, 삼영사, 1977, 232~235 · 237~238면; 김우종, 『한국현대소설사』, 성문각, 1982, 188~199면; 강인숙, 「낭만과 사실에 대한 재비판」, 『문학사상』, 1973.6, 295~297면 참조.

12) 뒤에서 상론하겠지만 나도향 소설에서 실제 변화라는 규정에 걸맞은 움직임은 오히려 병과 죽음의 예견을 계기로 나타난다.

13) 박헌호는 한국 근대문학사에서 낭만주의가 『백조』와 환치되어 치기, 미성숙으로 평가된다고 한다. 그 결과 개인의 비루한 삶과 존재론적 흔들림을 예술적 양식으로 승화시키고자 했던 많은 시도들을 은폐된 주체로 만들었다는 것이다. 감성의 존재인 인간이 감정을 어떻게 정치적, 사회적 판단으로 표출시키고 대응해왔는가를 판단하기 위해서 낭만주의에 대한 정당한 조명이 필요하다고 한다. 이에 관해서는 박헌호, 「'낭만', 한국 근대문학사의 은폐된 주체」, 『한국학연구』 제25집, 인하대학교 한국학연구소, 2011, 231~258면 참조.

14) 유문선, 「데몬과 맞선 영혼의 굴절과 좌절」, 『장편소설로 보는 새로운 민족문학사』, 열음사, 1993, 15~29면; 장수익, 「나도향 소설과 낭만적 사랑의 문제」, 『한국문화』 23, 서울대학교 한국문화연구소, 1999, 361~390면; 이영아, 「나도향 소설에 나타난 '참사랑'의 모색 과정 고찰」, 『한국현대문학연구』 18, 2005, 253~290면; 임정연, 「근대소설의 낭만적 감수성 –나도향과 노자영 소설을 중심으로」, 『현대소설연구』 48, 한국현대소설학회, 321~346면 참조.

15) 박헌호, 「나도향과 욕망의 문제 –식민지 근대의 현실에서 성욕의 존재 증명」, 『식민지 근대성과 소설의 양식』, 소명출판, 153~191면; 임은희, 「'관능'으로 본 나도향의 성과 사랑」, 『한중인문학연구』 25, 2008, 127~153면.

16) 이혜령은 앞선 작품의 궁극적 의도는 매춘의 사회 경제학을 묘파하는 것이 아니라 성적 욕망의 일탈적, 반규범적 성격을 형상화하는 데 있다고 한다. 나아가 이들 하층민 여성의 성적 일탈이나 파멸은 지식인 남성들이 부정적 타자상을 상정하는 것을 통해 자신들의 정체성을 확립하고자 했던 의도를 근간으로 했음을 지적한다. 이에 관해서는 이혜령, 『한국 근대소설과 섹슈얼리티의 서사학』, 소명출판, 2007, 99~115면 참조.

17) 이철호는 나도향의 낭만적 자아를 종교적 자아 담론과 연결시켜 파악한다. 나도향은 지향하던 예술, 사랑 등이 좌절되자 절대적인 자아를 꿈꾸고 부조리한 삶에 저항하기 위해 죽음을 지향하기도 한다. 그 과정에서 반기독교적인 수사를 빌리지만 스스로를 주권자로 입법화하기 위한 수사는 종교적 자아 담론에 기반을 두고 있다는 것이다. 박헌호는 당대의 반기독교적 흐름 속에서 나도향의 반기독교 인식의 위상에 대해 논한 바 있다. 나도향의 기독교에 대한 표상은 생의 유한성과 자기종결성, 공감의 윤리학과 사랑의 종교화 등의 특징

을 지닌다는 것이다. 종교에 한정되지 않는 근대적인 사유라는 측면에서 나도향의 반기독교적 사유에 대한 논증을 통해 한국 근대화의 정신사적 지평에서 기독교가 차지한 위상과 역할에 대해 논구하고 있다. 이에 관해서는 이철호, 「한국 근대문학의 형성과 종교적 자아 담론 -靈, 生命, 新人 담론의 전개 양상을 중심으로」, 동국대학교 박사학위 논문, 146~157면; 박헌호, 「나도향과 반기독교」, 『한국학연구』 제27집, 인하대학교 한국학연구소, 2012, 203~240면 참조.

18) 양주동, 『文酒半生記』, 신태양사, 1960, 71면.

19) 염상섭, 「病中의稻香」, 『현대평론』, 현대평론사, 1927.8, 39면.

20) 「文士消息片片」, 『조선문단』, 1925.7, 215~216면.

21) 『시대일보』는 최남선, 진학문 등의 주도로 1924년 4월 창간되었지만, 곧 경영난 때문에 보천교의 돈을 끌어다 쓴다. 그 과정에서 사원들과 여론의 반대를 불러일으켜 정간과 복간을 반복하게 된다. 1925년 4월 홍명희, 한기악, 이승복 등이 『시대일보』를 인수하여 운영하면서 홍명희와 함께 『동아일보』에서 근무했던 다수의 인물들이 『시대일보』로 옮겨는 등 편집진에 변화가 있었다. 이와 함께 최남선, 진학문 계열의 인물들이 대부분 『시대일보』를 떠나게 되었다. 나도향과 염상섭의 자리를 대신한 사람은 김기진과 현진건이었다. 나도향은 1925년 5월 20일 『시대일보』 기자로 '철필구락부' 기자 모임에 참가한 것으로 봐 그때까지는 근무한 것으로 파악된다. 여기에 관해서는 김윤식, 앞의 책, 1987, 293~296면; 박용규, 「1920년대 중반(1924~1927)의 신문과 민족운동」, 『언론과학연구』 제9권 4호, 2009.12, 293~295면 참조.

22) 「文士消息片片」, 『조선문단』, 1925.9, 122면.

23) 이후의 회고에서 이은상은 나도향이 그해 "여름에 와서 서너 달이나 같이" "馬山의 바닷가를 돌아다녔고, 또 내가 자라난 鷺飛山 松林 속으로도 거닐"다가, "日本 東京으로 바로 갔다"고 했다. '서너 달'이라는 언급은 앞의 글과는 달리 시간이 흐른 후 회고라는 점에서 다소 착오가 있는 것으로 보인다. 여기에 관해서는 이은상, 「孤獨한 散步者 故羅彬君을 憶함」, 『동아일보』, 1926.9.1; 「稻香回想」, 『현대문학』, 1963.1, 246~247면 참조.

24) 편집인, 「文士들의이모양저모양」, 『조선문단』, 1925.4, 128면; 일기자, 「文士들의 얼골(一)」, 『조선문단』, 1926.4, 43면.

25) 이은상, 「稻香回想」, 앞의 잡지, 1963.1, 248면.

26) 염상섭, 앞의 글, 1927.8, 39~40면.

27) 이태준, 「稻香생각몃가지」, 『현대평론』, 현대평론사, 1927.8, 24~25면.

28) 김영진, 「羅彬君의죽음」, 『신민』 17호, 1926.9, 104면.

29) 박종화, 「嗚呼稻香」, 『신민』 18호, 1926.10, 137면.

30) 나도향, 「피묻은 편지 몇쪽」, 『신민』, 1926.3. 여기서는 주종연 · 김상태 · 유남옥 편, 『나도향 전집 (상)』, 집문당, 1988, 300면.

31) 염상섭, 앞의 글, 1927.8, 39면.

32) 이태준, 앞의 글, 1927.8, 26면.

33) '우애학사'에 관해서는 이태준 소설 『思想의 月夜』를 참고로 했다. 『思想의 月夜』에는 송빈이 동경에 가서 패닝호프의 배려로 우애학사에 머물게 되는 부분이 있다. '우애학사'는 "조

도전대학(早稻田大學)의 야소교 청년회 기숙사더랫는데 진재 후에 다른 데다 새로 짓고 나서 비인 것"이었다. 패닝호프는 송빈에게 "아푸로 예수를 미드라고 하면서 방은 사십여 실이나 되는 어느 층 어느 방이든 마음대로 골라 잇되 전기갑만 매달 일원 이내이니 내라고 하엿다"고 한다. 양주동은 염상섭과 동경에 체류할 때 "정기의 학자 송금이 없었고" "數三十 원의 원고료로 살아가"야 했는데, 그 돈은 "값싼 하숙 三層방에 들어 먹고 자"는 숙식비에 불과했다고 한다. 나도향이 '우애학사'에 머물렀던 것 역시 경제적인 이유가 크게 작용했을 것이다. 이에 관해서는 이태준, 『思想의 月夜』, 깊은샘, 1988, 197면; 양주동, 앞의 책, 1960, 72면 참조.

34) 김억, 「羅稻香 君의 遺稿에」, 『현대평론』, 현대평론사, 1927.8, 35면.

35) 「피묻은 편지 몇 쪽」은 1926년 3월 『신민』에 실렸다. 영인된 『신민』에 1926년 3월호가 낙질이 되어 발표 당시 제목을 확인할 수 없었다. 여기에서는 『나도향전집』에 있는 제목 「피묻은 편지 몇 쪽」에 따르겠다.

36) 이태준, 앞의 글, 위의 잡지, 1927.8, 28면.

37) 염상섭, 앞의 글, 위의 잡지, 1927.8, 40면.

38) 염상섭, 위의 글, 위의 잡지, 1927.8, 같은 면.

39) 이태준, 앞의 글, 위의 잡지, 1927.8, 24 · 29면.

40) 앞서 『조선일보』, 『동아일보』 등 나도향의 죽음을 알리던 기사에 나도향의 사망 원인이 결핵이 아니라 위장병으로 되어있었던 것 역시 마찬가지다. 이에 관해서는 염상섭, 앞의 글, 1927.8, 40면; 「羅彬氏永眠」, 앞의 신문, 1926.8.27; 「羅彬氏別世 위장병으로」, 앞의 신문, 1926.8.28.

41) 박종화는 나도향이 돌아온 것을 1926년 4월로 언급하고 김영진은 6월이라고 한다. 1926년 5월 『조선문단』의 「編輯後言」에는 "稻香 君은 東京서 病으로 누웟스나 그리 대단치는 안"다는 언급이 있다. 또 1926년 4월 8일 최서해의 결혼식이 있었는데, 나도향은 『조선문단』에서 부조를 제한 원고료를 받는다. 이를 고려할 때 나도향이 조선에 돌아온 것은 1926년 6월로 파악된다. 이에 관해서는 「編輯後言」, 『조선문단』, 1926.5, 112면 참조.

42) 김영진, 「羅彬君의죽음」, 『신민』 17호, 1926.9, 104면.

43) 김영진, 위의 글, 위의 잡지, 1926.9, 107면.

44) 박종화, 앞의 글, 앞의 잡지, 1926.10, 138면.

45) 염상섭, 앞의 글, 앞의 잡지, 1927.8, 39면.

46) 나도향, 「피묻은 편지 몇쪽」, 앞의 책, 283면.

47) 나도향, 「내가밋는文句멧개」, 『조선문단』 10호, 1925.7, 55면.

48) 나도향, 「하고 십흔 말 두엇」, 앞의 책, 117면.

49) 김영진, 앞의 글, 앞의 잡지, 1926.9, 106~107면.

50) 의학박사 이성용, 「肺結核의 家庭治療法(一) 결코불치의병이아니다」, 『조선일보』, 1928.9.30.

51) 「京畿道內肺病者 一年間二千五百」, 『동아일보』, 1924.3.16.

52) 「情神狀態의影響 悲觀은大罪 肺結核(二)」, 『중외일보』, 1927.11.11.

53) 의학박사 이성용, 앞의 글, 1928.9.30.

54) 정석태, 「肺結核과性慾」, 『三千里』, 1934.11, 176면.

55) 정석태, 위의 글, 1934.11, 같은 면.

56) 1937년 3월 1일 『조광』의 주최로 '결핵예방 좌담회'가 열린다. 모두 21명의 의사가 참석했으며, 『조광』 측에서는 함대훈, 노자영이 참석하였다. 여기에 관해서는 「結核豫防座談會」, 『조광』 18호, 1937.4, 351~352면 참조.

57) 의학박사 이성용, 앞의 글, 1928.9.30.

58) 「사망통계를 통해 본 폐결핵환자(상)」, 『동아일보』, 1938.7.2.

59) 정석태, 앞의 글, 1934.11, 174~177면; 「結核患者의파라다이스 海州療養院」, 『삼천리』, 1935.2, 136~138면 참조.

60) 현상윤, 「絕望에 빠진 肺病으로 新生을 엇기까지」, 『별건곤』 20, 1929.4. 50~51면.

61) '전염병 예방비 공공단체의 의무 부담의 건'은 "전염병 예방 시설 및 구호·치료에 관한 비용을 지방 공공단체가 부담하"도록 했다. 이에 관해서는 제국지방행정학회 편, 『朝鮮地方行政例規』, 1927. 여기서는 조형근, 「근대 의료 속의 몸과 규율」, 『근대성의 경계를 찾아서』 (서울 사회과학 연구소 저), 새길, 1997, 234면.

62) 「可驚할肺結核患者」, 『동아일보』, 1921.4.18; 「京畿道內肺病者 一年間二千五百」, 『동아일보』, 1924.3.16; 「朝鮮內의結核菌者 每年三千名式增加」, 『동아일보』, 1927.4.20. 참조.

63) 결핵요양소가 유력한 대책으로 받아들여졌다는 것과 실제 사망자 수를 감소시키는 등 효과를 지닌 대책이었는지는 다른 문제이다. 서구에서는 19세기 중반부터 결핵 사망률이 급격히 감소하는데, 이는 결핵요양소를 통한 약물 치료가 이루어지기 전이다. 결핵 사망률이 감소한 데는 오히려 19세기 중반 이후 향상된 영양 상태와 위생 개혁 운동 등의 영향이 작용했던 것으로 파악된다. 이 글이 분명히 하려는 부분은 당시 조선에서 요양소가 결핵의 유일한 대책으로 받아들여졌다는 점이다. 여기에 관해서는 조형근, 앞의 글, 1997, 201~204면 참조.

64) 박윤재, 「조선총독부의 결핵 인식과 대책」, 『한국근현대사연구』 47집, 2008, 233면.

65) 「肺結核 豫防規則의 制定」, 『반도시론』 2권 4호, 1918, 30면 참조.

66) 「結核豫防座談會」, 앞의 잡지, 1937.4, 354면.

67) 1920년대에 개원한 세브란스 병원의 결핵 병사는 세브란스 병원의 부속 병사로 설립되었다. 당시 결핵은 고칠 수 없는 병, 가산을 탕진하고 죽는 병, 집을 떠나 산수 좋은 깊은 산골에 들어가 수양이나 해야 하는 병 등으로 받아들여져, 실제 입원 환자는 많지 않았다고 한다. 여기에 관해서는 대한결핵협회, 『한국결핵사』, 1998, 203~205면 참조.

68) 「結核療養所또新設」, 『매일신보』, 1943.1.9.

69) 車均鉉, 「戰時保健과肺結核」, 『삼천리』, 1942.1, 120~125면 참조.

70) 「結核豫防座談會」, 앞의 잡지, 1937.4, 353면.

71) 박윤재, 위의 글, 2008, 228면.

72) 박윤재, 위의 글, 2008, 227면.

73) 박정걸, 「靑年의生命과結核問題」, 『삼천리』, 1941.6, 138~143면 참조.

74) 「結核豫防座談會」, 앞의 잡지, 1937.4, 351~352면; 대한결핵협회, 앞의 책, 1998, 255~257면 참조.

75) 심호섭, 「肺結核과 豫防」, 『조광』 18호, 1937.4, 279면.
76) 「結核豫防座談會」, 앞의 잡지, 1937.4, 255면.
77) 심호섭, 앞의 글, 1937.4, 280면.
78) '폐결핵 예방에 관한 건'은 1918년 1월 15일 조선총독부령 제4호로 제정되었다. 그 주요 내용은 다음과 같다. 학교, 병원, 제조소, 선박발차대합소, 철도정차장, 극장, 기석(寄席), 숙실(宿室), 요리실, 음식점, 대좌부(貸座敷), 이발점, 기타 경무부장이 지시하는 장소에 적당 개수의 타호(唾壺)를 배치할 것. 전조의 타호에는 타담(唾痰)의 건조, 비산(飛散)을 방지하기 위하여 소독약액 또는 물을 넣어둘 것. 병원은 폐결핵환자와 타환자를 동실에 수용하지 말 것. 결핵병동에 오염되거나 오염의 가능성이 있는 물품은 사용자가 바뀔 때마다 소독할 것. 이에 관해서는 조선총독부 관보 제천육백삼십호, 대정칠년 일월 십오일. 여기서는 대한결핵협회, 앞의 책, 1998, 201~202면 재인용
79) 『동아일보』, 1938.6.9.
80) 『동아일보』, 1938.5.20
81) 심호섭, 앞의 글, 1937.4, 279면.
82) 경성부 성북정에서 있었던 주민들의 결핵요양원 설치 반대 운동은 그 대표적인 예라고 할 수 있다. 성북정에 요양원을 설치하려고 하자 주민들은 "성북정 一대 주민의 위생을 위협하는 동시에 경성의 유수한 세탁장인 삼부에 그런 요양원을 둔다는 것은 부민 전체의 위생에도 관계된다는 것을 역설하"며, "대표들이 모여 동 요양원 설치 반대 결의를 하엿다." 이에 관해서는 「城北町 療養院設置 六千町民이反對」, 『동아일보』, 1938.3.3 참조.
83) 박정걸, 앞의 글, 1941.6, 142면.
84) Susan Sontag, 이재원 역, 『은유로서의 질병』, 이후, 2002, 21~31면 참조.
85) Susan Sontag, 앞의 책, 2002, 31~35면 참조.
86) 柄谷行人, 박유하 역, 「병이라는 의미」, 『일본근대문학의 기원』, 민음사, 1997, 149면.
87) 『幻戲』를 비롯한 초기작에서는 나도향 역시 결핵을 은유적인 표상으로 다룬 바 있다. 이수영은 한국 근대문학에서 나타나는 미적 감각의 병리성을 논의하면서 나도향의 『幻戲』에 대해 언급한다. 당시 한국 근대문학에서 사랑의 실패는 번민으로 귀결되었고, 번민은 신경증과 함께 결핵으로 나타났다고 한다. 『幻戲』에서 이혜숙은 배신에 대한 죄의식으로 결핵에 걸리는데, 창백한 수녀의 표상은 낙화암을 매개로 역사의 신성성과 결합된다. 이혜숙의 각혈은 순결한 피의 이미지를 통해 죄에 의한 타락을 정화시킨다는 의미를 지니는 것이다. 『幻戲』에서 이혜숙을 통해 나타나는 결핵의 표상은 앞서 검토한 은유의 성격을 지니고 있다는 점 역시 아이러니하다. 여기에 관해서는 이수영, 「한국 근대문학의 형성과 미적 감각의 병리성」, 『민족문학사연구』 26, 민족문학사학회, 2004, 259~285면.
88) Susan Sontag, 앞의 책, 2002, 124면.
89) Arnold Hauser, 염무웅 · 반성완 역, 『문학과 예술의 사회사』(근세편 하), 창작과비평사, 1981, 200~211면 참조.
90) Susan Sontag, 앞의 책, 2002, 45~49면 참조.
91) 야우스는 미적 현대의 전개에서 세 가지 시대문턱을 언급한 바 있다. 그 첫 번째가 위에서 언급한 18세기 말의 낭만주의이며, 두 번째가 19세기 중반 이후의 흐름, 그리고 마지막 시

대문턱을 1912년을 전후로 한 문학적 발흥으로 파악한다. 손택은 실제 결핵이 앞선 은유로 사용된 것은 낭만주의 시대 이전인 18세기 중엽부터였다고 한다. 이후 열정에 의해 아름답게 소진되어 죽음에 이른다는 은유는 낭만주의적 사랑을 묘사하기 위해 사용되기 시작했다. 18세기 말 낭만주의 시대가 되자 전도가 일어나 결핵이라는 질병은 낭만적 사랑과 연결된 것 혹은 그것의 변형으로 여겨졌다. '낭만적 고뇌'로 알려진 문학적이고 성적인 태도는 대부분 결핵 그 자체, 또는 은유로서 변형된 결핵의 모습에서 연유한는 것이다. 이를 고려하면 야우스가 언급한 미적 현대의 첫 번째 시대문턱은 결핵의 은유와 긴밀하게 연결되어 있다는 것을 알 수 있다. 여기에 관해서는 Hans Robert Jauß, 김경식역, 『미적 현대와 그 이후』, 문학동네, 1999, 85~130면; Susan Sontag, 앞의 책, 2002, 48~50면 참조.

92) Doyal, L., 「The Political Economy of Health」, 『Medicine and Imperialism』, Pluto Press, 1979. 여기서는 조형근, 앞의 글, 1997, 218면 참조.
93) 조형근, 앞의 글, 1997, 233면.
94) Marshall Berman, 윤호병·이만식 역, 『현대성의 경험』, 현대미학사, 1994, 341~346면 참조.
95) Susan Sontag, 앞의 책, 2002, 106~124면 참조.
96) 이태준, 앞의 글, 1927.8, 26 · 28면.
97) 「피묻은 편지 몇 쪽」이 병과 사랑 등 나도향의 체험을 소설화했다는 평가는 이후 「피묻은 편지 몇 쪽」을 통해 작가의 병과 죽음을 다루게 되는 것으로 나아갔다. 또 병과 죽음에 대한 접근은 다시 나도향 문학에 대한 평가로 이어져 하나의 회로를 이루게 된다. 회로를 추동시키는 주된 동인 역시 나도향의 병을 은유로 파악하는 시각이다.
98) 류보선은 「피묻은 편지 몇 쪽」을 나도향 소설의 두 개의 경향, 곧 낭만적 세계와 현실적인 규정성이 가장 적절하게 병존한 형식을 지닌 것으로 파악한다. 그 형식은 타자의 존재방식을 인정하되 자신의 욕망을 죽이지 않으며, 자신의 욕망을 불사르되 현실적인 질서 속에서 그것이 가장 긍정적인 방식으로 구현될 방법을 모색하는 데서 얻어진 것이라고 본다. 이에 관해서는 류보선, 「결핵 · 죽음 · 상호주관성 –〈피묻은 편지 몇 쪽〉에 대한 단상」, 『한국 근대문학의 정치적 (무)의식』, 소명출판, 2005, 25~34면 참조.
99) 이혜령, 『한국 근대소설과 섹슈얼리티의 서사학』, 소명출판, 2007, 99~115면 참조.
100) 나도향, 「池亨根(二)」, 『조선문단』, 1926.4, 5면.

제6부 발굴과 해석

1장 새벽안개, 서광을 가린 혼돈의 세계

1) 앞서 언급한 것처럼 「曉霧」 14회 연재분은 1921년 5월 15일, 5월 16일 반복해서 실렸다. 두 날짜에 다른 연재물들은 순서대로 진행이 되었다.
2) 앞서 해제에서 언급한 것처럼 18회 연재분은 1921년 5월 20일자 부록호의 1면에 실려 있어 『조선일보』 아카이브에서 찾기는 힘들다. 그날 『조선일보』은 창간 1주년을 기념 특집호를 발

간했는데, 기사가 많아서인지 「曉霧」는 부록호에 실리게 된다.

3) '깃버ᄒᆞ얏다'에서 'ᄒᆞ'가 누락된 것으로 보인다

4) '무엇이'에서 '이'가 빠진 것으로 보인다.

5) 1921년 5월 24일자 연재분은 다른 연재와는 달리 21회에 이어진 부분과 22회가 같이 실려 있다. 그 정확한 이유를 파악하기는 힘들다.

2장 '신문지법'과 '필화'의 사이

1) 「編輯을마치고」, 『신생활』 1호, 1922.3.15.,71면.

2) 「兩雜誌發賣禁止」, 『동아일보』, 1922.11.20., 2면.

3) 『신생활』의 경우도 그때까지 1호, 6호가 발매금지, 4호가 압수 처분을 받은 바 있다.

4) 뒤에서 상론하겠지만 『신생활』 4호는 발행된 후 압수 처분을 당했는데 현재 실물을 확인할 수 없다.

5) 「新刊紹介」, 『동아일보』, 1922.11.6, 4면; 광고, 같은 신문, 1922.11.7, 1면 참조.

6) 이 논문의 검토 대상인 『신생활』 10호의 텍스트는 '아단문고'에서 인터넷으로 제공하는 것이다. 이 자리를 빌려 귀중한 자료를 제공해 주는 '아단문고'에 감사를 드린다. 『신생활』 10호 텍스트에 대해서는 http://archive.adanmungo.org/ebook/1463102854.1461/1507679650.0986/ 참조.

7) 광고, 『동아일보』, 1922.10.22., 1면 참조.

8) 당시 '신문지법'에 의해 발행되었던 출판물도 정치, 시사를 논할 수 있는 것과 학예, 기예, 물가 등만을 다루는 것이 있었다. 정치, 시사를 다루려면 '신문지법' 제4조에 명시된 보증금 3백 원을 납부해야 했다. 여기에 관해서는 장신, 「1922년 잡지 新天地 筆禍事件 연구」, 『역사문제연구』 제13호, 역사문제연구소, 2004, 324~326면 참조.

9) 조선총독부의 검열체제와 『신생활』 필화 사건의 전반적인 면모에 관해서는 한기형, 「문화정치기 검열체제와 식민지 미디어」, 『대동문화연구』 제51집, 성균관대학교 대동문화연구원, 2005, 83~92면 참조.

10) 이 글은 『신생활』에 실린 글들의 성격을 크게 식민지 현실에 대한 고발, 자본주의 체제 비판, 계급투쟁의 강조 등으로 구분해서 논의하고 있다. 여기에 관해서는 박종린, 「1920년대 초 사회주의사상의 수용과 『新生活』」, 『사림』, 수선사학회, 2014, 73~105면 참조.

11) 김종현, 「『신생활』의 사회주의 담론과 문예의 특성」, 『인문논총』 제32집, 경남대학교 인문과학연구소, 2013, 199~222면; 김경연, 「1920년대 초 '공통적인 것'의 상상과 문화의 정치 –『신생활』의 사회주의 평민문화운동과 민중문예의 기획–」, 한국문학논총 제17집, 한국문학회, 2015, 343~405면 참조.

12) 이현주, 『한국 사회주의 세력의 형성: 1919~1923』, 일조각, 2003, 135~230면; 박종린, 「'김윤식사회장' 찬반논의와 사회주의세력의 재편」, 『역사와 현실』 38, 2000, 254~273면 참조.

13) 이종호, 「염상섭 문학과 사상의 장소 –초기 단행본 발간과 그 맥락을 중심으로–」, 『한민족

문화연구』 46, 한민족문화학회, 2014, 7~43면 참조.

14) 1922년 1월 15일 '신생활사'의 창립총회가 개최되었으며, 같은 해 2월 21일 이사회가 열렸다. 창립총회에서는 창립 취지서와 함께 이사진이 발표되었으며, 이사회에서는 이사진을 증원했다. 여기에 관해서는 「新生活社創立」, 『동아일보』, 1922.1.19, 2면; 「『新生活』旬間發行」, 같은 신문, 1922.2.22, 2면 참조.

15) 「編輯을마치고」, 『신생활』 1호, 1922.3.15.,71면.

16) 박희도는 필화사건에 따른 1차 공판에서 『신생활』의 창간은 이병조, 김원벽과의 상의를 통해 이루어졌고, 경영은 자신과 김원벽, 이승준, 김명식 등에 의해 운영되었다고 밝힌 바 있다. 여기에 관해서는 「朝鮮初有의社會主義裁判」, 『동아일보』, 1922.12.27., 3면 참조.

17) 이들 외에 『신생활』의 이사진은 김명식, 강매, 이경호, 민관식, 김명식, 백아덕, 원한경, 이강윤 등으로 구성되었다. 김명식은 당시 이사와 함께 주간도 맡고 있어서 기자진을 다루는 데서 상론하겠다. 여기에 관해서는 「新生活社創立」, 『동아일보』, 1922.1.19, 2면; 「『新生活』旬間發行」, 같은 신문, 1922.2.22., 2면; 박종린, 앞의 논문, 2014, 74~77면 참조.

18) 강만길·성대경 엮음, 『한국사회주의운동인명사전』, 창작과비평사, 1996, 68·256·300~301·343~344·431~432면 참조.

19) 「社告」, 『신생활』 7호, 1922.7, 113면.

20) 3월 15일 임시호를 발행한 후 2호와 3호는 각각 3월 21일, 4월 1일 발행되었다. 이어 4호도 4월 11일 발행했지만 압수 처분을 받았으며 5호는 4월 22일 발행되었다.

21) 6월 1일 발행된 6호는 발매금지 처분을 당해 6월 5일 임시호로 발행되었다. 이후 7, 8, 9호는 월간 발행의 원칙에 따라 1922년 7월 5일, 8월 5일, 9월 5일자에 순조롭게 발행되었다.

22) 같은 시기 신문지법에 의한 발행 허가를 받은 『개벽』의 대응과 변화와 대해서는 최수일, 『『개벽』 연구』, 소명출판, 2008, 29~39면 참조.

23) 광고, 『동아일보』, 1922.10.22., 1면 참조.

24) 나경석의 일본 유학, 국내 활동 등에 관해서는 유시현, 「나경석의 생산증식론과 물산장려운동」, 『역사문제연구』 2, 역사문제연구소, 1997, 293~322면 참조.

25) 여기에 대해서는 「新刊紹介」, 『동아일보』, 1922.11.6., 4면; 광고, 같은 신문, 1922.11.7., 1면; 『신생활』 10호, 1922.11.4., 9면 참조.

26) 俞, 「쏄세븨씀에關한一考察」, 『신생활』 10호, 1922.11.4., 11면.

27) 이성태는 번역을 대상을 "은데로라 氏의 『社會主義의 思想과 行動』이란 책자"라고 소개하고 있는데 번역의 저본이 어떤 책인지 정확하게 확인하기는 힘들다. 星泰 번역, 「國際運動小史」, 같은 잡지, 같은 날짜, 9면.

28) 솔뫼, 「民族主義와코쓰모포리타니즘」, 같은 잡지, 같은 날짜, 3면.

29) 이 글이 텍스트로 삼고 있는 책에는 13면으로 표시되어 있는데 실제로는 15면이다. 이는 단순한 인쇄상의 오류로 보인다. 赤咲, 「民衆文豪 쏘-리키-의面影(一)」, 같은 잡지, 같은 날짜, 15면.

30) 고리키 作, 蕪芽 譯, 「信仰과主義」, 같은 잡지, 같은 날짜, 16면.

31) 고리키 作, 蕪芽 譯, 위의 글, 같은 면.

32) 맑쓰 原著, 辛日鎔 譯, 「賃傭勞動과資本」, 같은 잡지, 같은 날짜, 10면.

33) 레-닌 作, 蕪芽 譯, 「革命에對한幻滅」, 같은 잡지, 같은 날짜, 14면.
34) 俞, 「所謂民族一致와活字魔術」, 같은 잡지, 같은 날짜, 2면.
35) 俞, 위의 글, 같은 면.
36) 俞, 위의 글, 같은 면.
37) 이혁로, 「民族主義와 푸로레타리아運動 -「東明」의朝鮮民是論을駁함」, 같은 잡지, 같은 날짜, 4면.
38) 솔뫼, 「民族主義와코쓰모포리타니즘」, 같은 잡지, 같은 날짜, 3면.
39) 염상섭, 「女子의斷髮問題와 그에關聯하야」, 『신생활』 8호, 1922.8.5., 50면.
40) 이정윤은 염상섭이 단발을 한 여성이 명확한 인생관이나 부인관을 지니지 못했다고 비판한 데 대해 실제 그것이 작금의 경제조직, 사회제도, 과학 등에 의한 것임을 환기하고 그녀의 불행에 대해 연민하고 동정할 필요가 있다고 주장한다. 그런데 염상섭은 「女子의斷髮問題와 그에關聯하야」에서 크게 두 가지에 대해 비판하고 있다. 하나는 단발을 한 행위를 진정성이 있는 것으로 보기 힘들다는 점이고 다른 하나는 그것을 대하는 당시 미디어의 태도에 문제가 있다는 점이다. 실제 염상섭이 주되게 비판한 대상은 후자이다. 여기에 대해서는 염상섭, 위의 글, 1922.8.5., 49~52면 참조.
41) 李廷允, 「分明ᄒᆞᆫ事實에對ᄒᆞᆫ 想涉君의誤診」, 『신생활』 10호, 1922.11.4., 12면.
42) 李廷允, 위의 글, 같은 면.
43) 『신생활』 11호, 12호에 대한 「新刊紹介」 등을 확인해 보면 '미완'이라고 부기되어 있는 다른 글들과 달리 「分明ᄒᆞᆫ事實에對ᄒᆞᆫ 想涉君의誤診」은 이후 연재되었다는 흔적을 찾기 힘들다. 그런데 10호에 실려 있는 이정윤의 글을 읽어보면 '미완'이라고 부기되어 있지만 더 이상 논의를 전개하기 힘들었으리라는 사실을 알 수 있다.
44) 여기에 대해서는 「新刊紹介」, 『동아일보』, 1922.11.6., 4면; 광고, 같은 신문, 1922.11.7., 1면; 『신생활』 10호, 1922.11.4., 9면 참조.
45) 유진희, 「生活改善과無産階級」, 같은 잡지, 같은 날짜, 9면.
46) 신일용, 「無産階級의外交」, 같은 잡지, 같은 날짜, 11면.
47) 볼셰비즘과 볼셰비키 혁명에 대해서는 E. H. Carr, 이지원 역, 『볼셰비키혁명사』, 화다, 1985, 13~39면; Orlando Figes, 조준래 역, 『혁명의 러시아 1891~1991』, 어크로스, 2017, 137~160면 참조.
48) 『신생활』 1호에서 9호까지 실린 글들의 사상적 연원에 대해서는 박종린, 「1920년대 초 사회주의사상의 수용과 『新生活』」, 앞의 책, 2014, 88~94면 참조.
49) 신일용, 앞의 글, 앞의 잡지, 같은 면.
50) 이현주, 『한국 사회주의 세력의 형성: 1919~1923』, 일조각, 2003, 135~230면 참조.
51) 박종린, 「'김윤식사회장' 찬반논의와 사회주의세력의 재편」, 앞의 책, 2000, 254~273면; 최선웅, 「1920년대 초 한국공산주의운동의 탈자유주의화 과정 -상해파 고려공산당 국내지부를 중심으로」, 『한국사학보』 26, 고려사학회, 2007, 285~317면 참조.
52) 임경석, 「서울파 공산주의 그룹의 형성」, 『역사와 현실』 28, 1998, 29~59면 참조.
53) '서울청년회'가 1922년 중반부터 자신의 노선을 분명히 하는 것과 맞물려 '조선노동공제회' 역시 '서울청년회'의 영향 아래 놓이게 되었다. 또 1922년 10월 조직된 '고려공산단체'

는 1923년 2월 '고려공산동맹'으로 이어진다. 이후 1924년 10월 '서울청년회'는 조선사회주의운동의 지도체로서 '고려공산동맹'과 '고려공산청년동맹'을 조직하는 데로 나아간다. 여기에 대해서는 임경석, 위의 논문, 1998, 29~59면; 이현주, 앞의 책, 2003, 135~230면 참조.

54) 최선웅, 앞의 논문, 2007, 285~317면 참조.

55) 광고나 「新刊紹介」 등을 통해 접근하면 11호, 12호에도 연재되지 않았음을 확인할 수 있다.

56) 『신생활』에 실린 「墓地」의 양상과 성격에 대해서는 박현수, 「「墓地」에서 「萬歲前」으로의 개작과 그 의미 -「萬歲前」 판본 연구」, 『상허학보』 19, 2007, 381~388면 참조.

57) 최덕교, 『한국잡지백년』 2, 현암사, 2004, 55~57면 참조.

58) 염상섭, 「六堂印象記」, 『조선문단』, 1925.3.

59) 당시 『동명』의 사상적 지향과 미디어적 성격에 대해서는 이경돈, 「1920년대 초 민족의식의 전환과 미디어의 역할 -『개벽』과 『동명』을 중심으로」, 『사림』 23, 2005, 27~59면 참조. 『동명』에 게재된 문학의 성격과 위상에 대해서는 박현수, 「1920년대 전반기 미디어에서 나도향 소설의 위치」, 『상허학보』 42집, 상허학회, 2014, 254~256면 참조.

60) 이정윤의 일본 유학과 사상적 지향에 대해서는 강만길 · 성대경 엮음, 『한국사회주의운동 인명사전』, 창작과비평사, 1996, 368~369면 참조.

61) 이후 재판에서 이들에게는 제령 위반, 신문지법 위반 등의 법령이 적용된다. 제령이란 일본의 법률을 한국에 그대로 적용할 수 없다고 판단된 부분에 대하여 조선총독으로 명령으로 대신할 수 있는 것이었다. 제령에 대해서는 한승연, 「제령을 통해 본 총독정치의 목표와 조선총독의 행정적 권한 연구」, 『정부학연구』 15권 2호, 고려대학교 정부학연구소, 2009, 174~181면 참조.

62) 「四隊에分하야八方으로搜索」, 『동아일보』, 1922.11.26., 3면; 「言論의擁護를決議」, 같은 신문, 1922.11.29., 3면; 「新生活又復押收」, 같은 신문, 1922.12.16, 2면; 「新刊紹介」, 같은 신문, 1922.12.30., 4면 참조.

63) 이들 외에는 1면에 권두언 성격의 「東亞日報를笑함」이 실렸고, 2면에는 이성태가 번역한 「勞動階級에對한政治的 權利의意義」가 게재되었다. 또 6면에는 '꼴데-ㄹ의唯物史觀解說에依함'이라고 부기가 된 「道德의唯物史的解說」이 실렸고, 7면에는 이익상의 「階級意識과文藝(二)」가 게재되었다.

64) 「新生活又押收」, 『조선일보』, 1922.1.6, 3면; 「광고」, 같은 신문, 1922.1.8, 3면. 「新刊紹介」, 『동아일보』, 1922.1.8., 4면; 「『週報新生活』遂히發行禁止」, 같은 신문, 1923.1.10, 3면 참조.

65) 「月刊『新社會』發行」, 『동아일보』, 1923.1.27., 3면; 「新生活을再刊?」, 『조선일보』, 1923.5.7., 3면; 「『신생활』의 신생활」, 같은 신문, 1923.5.29., 3면.

3장 1920년대 전반기 『조선일보』 '문예란'의 발굴과 연구

1) 「文藝欄設置에就ᄒᆞ야」, 『조선일보』, 1921.7.4, 1면. '문예란'을 처음 발굴, 소개하는 글임을 고려해 인용문은 원문의 표기법과 띄어쓰기를 따른다.

2) 문예란, 문예면 등은 각 신문들이 문예에 할애한 지면을 뜻하기도 한다. 이 글에서 '문예란'은 1921년 7월 4일부터 8월 27일까지 『조선일보』 1면에 개설된 지면을 지칭한다.

3) 유석환은 『조선일보』가 2차 정간을 거치고 속간된 후 시도된 기획으로 '일요가뎡란'과 함께 '문예란'을 다루고 있다. 그러나 1921년 7월 4일부터 1면에 설치된 '문예란'이 운용이 원활하지 못해 8월 27일 폐지되었다는 사실을 짧게 언급했다. 여기에 대해서는 유석환, 「근대 문학시장의 형성과 신문·잡지의 역할」, 성균관대학교 박사학위 논문, 2012, 116~117면 참조.

4) 박종화, 「文壇의 一年을追憶하야現狀과作品을槪評하노라」, 『개벽』 31호, 1923.1, 3·4면.

5) 1922년 12월 24일 염상섭, 황석우, 변영로 등이 중심이 되어 '문인회'의 결성을 시도했다. 당시 모임에 참석한 사람이 10여 명이었고 그나마 임의대로 추천한 회원을 합해도 30명 안팎이었다. '문예란'이 개설된 1921년 7월에는 문인의 수가 이보다 더 적었을 것이다. 여기에서도 두 달 가까이 거의 매일 개설된 '문예란'의 이례적인 면모를 가늠할 수 있다. '문인회' 모임에 대해서는 「文藝運動의第一聲」, 『동아일보』, 1922.12.26, 3면 참조.

6) 최성윤은 연재 번역 · 번안 소설을 중심으로 『조선일보』에서 이루어진 현진건의 작품 활동에 주목했으며, 황정현은 『백발』을 대상으로 그 원본과 저본을 밝히고 당시 현진건의 작품 활동이 소설가와 기자라는 이중적 정체성 속에서 이루어졌다는 논의를 개진하였다. 여기에 대해서는 최성윤, 「『조선일보』 초창기 연재 번역, 번안소설과 현진건」, 『어문논집』 제65호, 민족어문학회, 2012, 466~475면; 황정현, 「현진건 장편번역소설 「백발」 연구」, 『한국학연구』 42, 고려대학교 한국학연구소, 2012, 311~335면 참조.

7) 이 시기 『조선일보』의 문학에 대한 드문 논의 중 하나가 앞에서 살펴본 유석환의 연구이다. 유석환은 『매일신보』, 『동아일보』, 『개벽』 등과 함께 문학시장을 이루는 결절의 하나로 『조선일보』에 주목해 문학의 편중과 흐름을 가늠했다. 여기에 대해서는 유석환, 앞의 논문, 2012, 115~121면 참조.

8) 장신은 1920년 3월 창간부터 1924년 9월 혁신 이전까지 『조선일보』에 대한 연구는 답보 상태임을 환기하며, 1920년대 초기 『조선일보』의 운영 상황에 대해 주목한 바 있다. 여기에 대해서는 장신, 「1920년 대정친목회의 조선일보 창간과 운영」, 『역사비평』 제92호, 역사문제연구소, 2010, 310~317면 참조.

9) 신철, 「所謂八方美人主義인朝鮮日報에對하야」(‘各種新聞雜誌에 對한批判'), 『개벽』 37호, 1923.7, 46면.

10) 조선일보60년사 편찬위원회, 『朝鮮日報60年史』, 조선일보사, 1980, 127~129·613면 참조.

11) 여기에 대해서는 장신, 앞의 글, 2010, 292~293면 참조.

12) 「京城雜話」, 『개벽』 52호, 1924.10, 81면.

13) 신철, 앞의 글, 1923.7, 47면.

14) 관상자, 「京城의人物百態」, 『개벽』 48호, 1924.6, 111면.

15) 신철, 앞의 글, 1923.7, 같은 면.

16) 조선일보사 사료연구실 엮음, 『조선일보사람들』, 랜덤하우스중앙, 2004, 54~56면 참조.

17) 『조선일보』 1면의 '사조'란에는 주로 한시, 한문 등이 실렸다. '사조'란은 전통적인 문학에 익숙했던 1면 독자를 고려한 것이겠지만, 들쭉날쭉한 분량으로 비정기적으로 실린 데는 편집상의 이유도 작용했던 것으로 보인다.

18) 「傷한想像의놀기」는 7월 22일자 『조선일보』에 2회가, 24일자에 3회가 실려 있다. 당시 『조선일보』 4면에 연재되던 『白髮』은 7월 22일자에 66회가, 24일자에는 68회가 수록되었다. 이를 고려하면 7월 23일자 『조선일보』는 간행되었으나 낙질이 되었으며 7월 23일자 『조선일보』에 「傷한想像의놀기」는 실리지 않았음을 알 수 있다.

19) 확인이 가능한 것은 1921년 7월 28일(1회), 7월 30일(3회), 8월 1일(4회), 8월 2일(4회의 속편) 등이다. 1921년 7월 29일자 『조선일보』는 낙질이 되었고 7월 31일자 신문은 발행되지 않은 것으로 파악된다.

20) 1921년 8월 6일부터 10일까지의 신문이 없는데 다른 연재물을 통해 추정하더라도 발행 혹은 낙질의 여부 및 날짜를 정확하게 확인하기는 어렵다. 단 「金剛行」 6회, 7회 연재분이 그 사이에 수록되었을 것만은 추정할 수 있다.

21) 변영로, 『朝鮮의마음』, 평문사, 1924.

22) (1) 오기(誤記)는 다음과 같은 예를 들 수 있는데 문맥 자체가 다르게 해석된다는 점에서 주목을 필요로 한다.

① 꿈꾸는 천사의 날개는 날 때에만 현란할 뿐이요(민충환 발굴본) → 꿈꾸난 天使의 날개난 날때에만 燦爛할뿐이요(원본, 강조는 인용자) (「天使의叛逆」)

② 잘못 고안된 예술의 '틀'(形)에 깨우려 함 → 잘못考案된 藝術의 「틀」(型) 에끼우려홈 (「글쓰는벗에게」)

③ 그런 것의 호대표好代表로 자연주의 작가로 '쏘라라' → 그런것의好代表로 自然主義作家로「쏘ㄹ라」(「글쓰는벗에게」)

(2) 누락된 곳은 아래와 같은 문장이다.

자연주의, 탐미주의, 상징주의, 신낭만주의, 표상주의表象主義가 다 그것이다. → 自然主義, 耽美主義, 象徵主義, 神秘主義, 新浪漫主義, 表象主義가 다 그것이다. (「글쓰는벗에게」)

(3) 판독되지 않았던 부분 중 새롭게 판독한 사례는 아래와 같다.

① 붉기 싫은 빛이 붉었고 피우기 싫은 봉오리(?) → 붉기실은 빗이 붉엇고 피우기실은 봉오리(蕾)(「나의生命」)

② 슬플 때의 위안의 말 같이 ○구에 ○○같이 → 슬플때의 慰安의 말갓치 ○□에 響草갓치(「天使의叛逆」)

여기에 관해서는 민충환, 「변영로의 새로운 작품에 대해서–『조선일보』 발표본을 중심으로」, 『부천작가』 8호, 산과들, 2008, 10~19면 참조.

23) 변영로의 「논개」에 대한 평가는 민족의식을 기반으로 한 저항이라 본 박두진의 연구를 기점으로 관념적 대비구조와 후렴구의 형상화를 통한 성공적인 결과물이라는 관점이 주요하다. 이와 달리 오세인은 변영로의 시를 자연 및 심리현상의 경험을 기반으로 감각을 표현한 결과물이라 다른 해석의 방향을 제시한다. 박두진, 「겨레에 바친 시들(3) –수주 변영로의 시」, 『기독교사상』 137호, 대한기독교서회, 1969.10, 109~111면; 김윤식, 「변영로의 문학사적 위치–「논개」의 기념비적 성격」, 『차라리 달 없는 밤이드면』(김영민 편), 정음사, 1983, 215~218면; 김영석, 「수주 변영로의 시세계」, 『어문연구』 42, 43호 합집, 한국어문교육연구회, 1984.11, 406면; 오세인, 「변영로 시 연구」, 『Jounal of Korean Culture』 23

호, 한국어문학국제학술포럼, 2013.6, 17~19면 참조.

24) 『폐허』 창간호에 가나다순으로 소개된 동인들의 이름에 변영로는 빠져 있다. 이종호는 『폐허』가 발간되기 이전인 1920년 4월 '동경'에서 야나기 무네요시(柳宗悅), 남궁벽, 오상순과 변영로가 회합한 일을 근거로 동인 명단에서 변영로가 누락된 것으로 판단했다. 그러나 『폐허』 1호의 동인 명단에 빠져있다는 점, 글을 발표한 것이 『폐허』 2호부터임을 고려하면, 같이 발간 준비를 했더라도 변영로의 동인 참여는 『폐허』 2호부터로 보는 것이 타당할 것이다. 여기에 대해서는 「想餘」, 『폐허』 1호, 1920.7, 122면 ; 이종호, 「일제시대 아나키즘 문학 형성 연구」, 성균관대학교 석사학위 논문, 2005, 169~170면 참조.

25) 변영로의 평론 「主我的生活」은 1920년 7월 『학지광』 20호에 실렸다. 『동아일보』에는 평론 「東洋畵論」이 1920년 7월 7일 발표되었고, 「現代生活의不安」이라는 논설이 9월 20일부터 21일까지 2회에 걸쳐 실렸다.

26) 변영로는 두 사람이 당시 "漢城高等學校와 中央學校사이" "엉성한 木柵하나" "넘어로 같은中學生으로 네니 내니하"며 지냈다고 회고했다. 여기에 대해서는 변영로, 「潔癖의人故南宮璧君」, 『신동아』 47호, 1935.9, 178면 참조.

27) 남궁벽, 「內外兩面의印象」, 『폐허』 2호 , 1921.1, 107면.

28) 윤병로, 『박종화의 삶과 문학 –미공개월탄일기평설』, 성균관대학교 출판부, 1992, 186면.

29) 「同人의말」, 『장미촌』, 1921.5, 22면.

30) 뒤에서 검토하겠지만 당시 박종화에게 원고를 보내줘서 고맙다는 남궁벽의 편지에 있는 "아즉 뵈옵지는 못하였으나 卞榮魯君에게 말슴은 많이 드렀"다는 언급 역시 이를 뒷받침한다. 여기에 대해서는 「南宮璧氏의書翰'文人書翰集'」, 『삼천리』 10권 10호, 1938.10, 79면 참조.

31) 변영로, 「나의生命」, 『조선일보』, 1921.7.4, 1면.

32) 변영로, 「글쓰는벗에게告ᄒᆞ노라(一)」, 『조선일보』, 1921.7.7, 1면.

33) 변영로, 「글쓰는벗에게告ᄒᆞ노라(二)」, 위의 신문, 1921.7.8, 1면.

34) 변영로, 「나의生命」, 앞의 신문, 같은 날짜, 같은 면.

35) 최현희는 『폐허』 2호에 수록된 「메-터링크와예잇스의神秘思想」에서 변영로가 상징주의를 세기말의 퇴폐 문학이자, 신비주의가 발현되는 방식으로만 설명하고 있다고 했는데, 「글쓰는벗에게」에서 나타나는 사조에 대한 이해 역시 엄밀성은 결여되어 있다. 여기에 대해서는 최현희, 「1920년대 초 한국문학과 동인지 폐허의 위상 자아 담론을 중심으로」, 『규장각』 31호, 서울대학교 규장각 한국학연구원, 2007, 294~295면 참조.

36) 변영로, 「芥子몃알」, 『廢墟以後』, 1924.1, 79면.

37) 「南宮璧氏의書翰'文人書翰集'」, 앞의 책, 1938. 10., 같은 면.

38) 최근 『기독신보』를 중심으로 이루어진 남궁벽의 문학 활동에 대해 발굴, 논의한 연구가 개진되었다. 연구는 『기독신보』에 실린 문인들의 작품 목록을 제시하고 남궁벽이 1917년 11월 28일부터 1918년 12월 25일까지 『기독신보』의 '소년문학'란을 담당하는 한편 다른 글들 역시 발표했음을 밝히고 있다. 『기독신보』에 발표된 남궁벽의 번역, 작품들 역시 남궁벽의 문학 세계를 온전히 조망하는 데 도움을 줄 것이라고 생각한다. 여기에 대해서는 최호영, 「『기독신보』에 나타난 문인들의 활동과 '이상향'의 의미」, 『민족문학사연구』 56호, 민족

문학사학회, 2014.12, 335~351면 참조.

39) 남궁벽, 「孤獨は爾の運命である」, 『청춘』 14호, 1918.6, 119~121면 참조.

40) 김윤식, 『염상섭연구』, 서울대학교 출판부, 1987, 102~103면 참조.

41) 남궁벽의 1921년 3월 10일자 일기에는 『폐허』 후속호 원고를 독촉하는 변영로의 편지를 받고 원고를 보냈다는 언급이 있다. 또 3월 11일자 일기는 염상섭에게 『폐허』에 실을 소설을 썼다는 내용을 담은 편지를 받았다는 사실을 밝히고 있다. 여기에 대해서는 고 남궁벽, 「잇기의그림자」, 『신생활』 9호, 1922.9, 119면 참조.

42) 고 남궁벽, 「별의앞음과其他」, 『신생활』 8호, 1922.8, 118~120면 참조.

43) 南宮璧, 「말」, 『조선일보』, 1921.7.9, 1면.

44) 고 남궁벽, 「별의앞음과其他」, 앞의 책, 1922.8, 120면.

45) 고 남궁벽, 위의 글, 1922.8, 119면.

46) 『신생활』에 실린 시를 "日文으로 表記된 것을 卞榮魯, 廉想涉 양씨에 의하여 번역 발표한 것이기 때문에, 이들의 表現技法은 물론 그 내용에 있어서도 作者의 意圖에 얼마나 接近되어 있는가 하는 面에서 많은 問題點을 안고 있는 것들이라 생각한다"는 문제제기 역시 이와 연결된다. 여기에 대해서는 김학동, 『한국근대시인연구』(Ⅰ), 일조각, 1974, 114~115면 참조.

47) 최호영은 앞의 논문에서 『기독신보』에 발표된 남궁벽의 작품들 가운데 「언덕우희잔듸밧헤」라는 창작시도 1편이 있다고 했다. 「언덕우희잔듸밧헤」를 포함한다면 지금까지 남궁벽의 시로 밝혀진 것은 10편이 된다. 여기에 대해서는 최호영, 앞의 논문, 2014.11, 336~337면 참조.

48) 남궁벽, 「神秘의因緣」, 『조선일보』, 1921.7.6, 1면.

49) 변영로, 앞의 글, 1924.1, 78면.

50) 김학동, 앞의 책, 1974, 102~115면 참조.

51) 최현희, 앞의 글, 2007, 290~292면 참조.

52) 조영복, 「근대 초기 시의 미적 개념 인식과 근대시 장르의 체계화 과정 연구」, 『우리말글』 29, 우리말글학회, 2003, 489~526면; 이종호, 앞의 논문, 2005, 141~145면 참조.

53) 『黑房秘曲』 영인본은 판권간기가 누락되어 있어 정확한 발행날짜를 확인하기는 힘들다. 1924년 7월 7일 『동아일보』에는 『黑房秘曲』이 '조선도서주식회사'에서 발행되었다는 광고가 있다. 여기에 대해서는 『동아일보』, 1924.7.7, 2면 참조.

54) 홍현영은 『서광』, 『문우』, 『백조』 등에 실린 시를 중심으로 박종화의 민중에 대한 인식과 문학을 통한 변혁의 시도가 지니는 의미를 논의한 바 있다. 홍현영, 「1920년대 전반기 시문학에서 '민중'의 의미 –박종화와 김형원을 중심으로–」, 성균관대학교 석사학위 논문, 2012, 35~54면 참조.

55) 『문우』, 『신청년』 등의 구성원이 『백조』로 이어지는 양태와 의미에 대해서는 정우택, 「『문우』에서 『백조』까지」, 『국제어문』 47, 국제어문학회, 2009, 47~53면 참조.

56) 박종화, 「廢園에누어셔」, 『조선일보』, 1921.7.14, 1면.

57) 박종화는 자신의 '호'를 지을 때 "月灘이란 두 글字를 마음에 고이 간즉하고 當時의 知己 默笑(鄭栢) 笑啞(洪露雀) 兩君에게 斤正을 淸하엿"다고 했다. 여기에 관해서는 박종화, 「晧

月千里浮光躍金(나의雅號 · 나의異名)」, 『동아일보』, 1934.3.25, 3면 참조.

58) 윤병로, 앞의 책, 1992, 25면.

59) 정우택은 1922년 홍사용, 박종화 등이 『백조』 등에서 활동한 데 반해 정백이 이병조, 김명식, 신일용 등이 주도하는 사회주의 잡지 『신생활』에 합류한 것을 근대 조선에서 문학성과 정치성, 문학과 사상이 분화되는 단초로 파악했다. 홍현영은 잡지 『서광』이 정백이 편집을 담당했던 7호부터 현실비판적인 색채를 분명히 하는 등 이전 호와는 성격을 달리 했다는 점에 주목한 바 있다. 여기에 대해서는 정우택, 앞의 글, 2009, 58~69면; 홍현영, 앞의 글, 2012, 44~48면 참조.

60) 박종화, 『黑房秘曲』, 조선도서주식회사, 1924.7, 1면.

61) 박종화, 앞의 책, 1924.7, 2면.

62) 「同人의말」 『薔薇村』, 1921.5, 22면.

63) 김용직, 『한국근대시사 上』, 학연사, 1994, 201면.

64) 오상순, 『空超 吳相淳 詩選』, 자유문학사, 1963.

65) 구상 편, 『아시아의 마지막 밤 風景: 空超 吳相淳詩全集』, 한국문학사, 1983.

66) 「廢墟雜記」, 『폐허』 2호, 1921.1, 149~152면 참조.

67) 김용직, 앞의 책, 1994, 162~165면 참조.

68) 여기에 대해서는 조은주, 「1920년대 문학에 나타난 허무주의와 '폐허(廢墟)'의 수사학」, 『한국현대문학연구』 25호, 한국현대문학회, 2008, 15~18면 참조.

69) 1920년 11월 『개벽』 5호에는 「疑問」, 「구름」, 「創造(어느靑年彫刻家에게)」 등 5편의 시를 발표했다. 1921년 1월에 발간된 『폐허』 2호에는 평론 「宗敎와 藝術」, 시 「힘의崇拜」, 「神의玉橋?」, 「花의精」을 비롯한 17편의 짧은 시들이 수록되어 있다. 1921년 3월 『아성』 1호에 「夢幻詩」이라는 제목의 시를, 5월 『아성』 2호에는 「어린애의王國을」이라는 시를 싣는다. 그런데 제목의 하단 다섯 글자가 검열로 인해 삭제되어 있음을 고려하면 '어린애의王國을'은 제목의 일부분임을 알 수 있다.

70) 여기에 대한 기사는 『동아일보』에 "종로중앙청년회 소년부 주최로 금이십칠일 하오팔시에 동회관에서 장미촌(薔薇村)이라한 시(詩)잡지를발행하랴는동인들을청하야 서정시독시대회(敍情詩讀詩大會)들열고 시의랑독과각々음악도 연주한다는대 회비는 이십전식이라더라"라고 소개되어 있다. 여기에 대해서는 『동아일보』, 1921.5.27, 3면.

71) 박종화, 『歷史는 흐르는데 靑山은 말이 없네』, 삼경출판사, 1979, 414~415면 참조.

72) 1921년 4월 9일자 『매일신보』에는 조선불교청년회 주관으로 "今九日(土曜)午後八詩에 仁寺洞同會館內에셔" 진행하는 강연의 연사로 오상순을 소개한 기사가 있다. 이 강연회의 일정은 같은 일자 『동아일보』에도 나타나 있다. 여기에 대해서는 『매일신보』, 1921.4.9., 2면; 「조선불교청년회주최로 본회관에서 강연회」, 『동아일보』, 1921.4.9, 3면; 「同人의말」, 앞의 책, 1921.5, 23면 참조.

73) 오상순, 「時代苦와그犧牲」, 『폐허』 1호, 1920.7, 53~60면.

74) 오상순, 「傷한想像의늘기」, 『조선일보』, 1921.7.21, 1면.

75) 오상순, 「어린애의王國을」, 『아성』 2호, 1921.5, 68~70면.

76) 차승기, 「'폐허'의 시간 – 1920년대 초 동인지 문학의 미적 세계관 형성에 대하여」, 『상허학

보』 6호, 상허학회, 2000, 66~75면 참조.

77) 김용직, 앞의 책, 1994, 163면 참조.

78) 박영희, 「草創期의 文壇側面史」, 『現代文學』 58호. 여기에서는 이동희 · 노상래 편, 『박영희 전집』(Ⅱ), 영남대학교출판부, 1997, 301·302면 재인용.

79) 백철, 조연현 등은 일정한 차이를 지니지만 이 시기 문학을 동인지 중심으로 분류한 후 각각의 동인지에 따라 자연주의(사실주의), 퇴폐주의, 낭만주의 등의 경향과 연결시킨다. "近代的인 文藝思潮는 그 初期에 있어 至極히 混亂된 樣相을 띠"고 있었지만 "『創造』의 寫實主義的 傾向이나 『廢墟』나 『白潮』의 浪漫主義的 傾向" 등으로 구분된다는 서술 등이 그 대표적인 것이다. 여기에 대해서는 백철, 『朝鮮新文學思潮史(近代編)』, 수선사, 1948, 135~322면; 조연현, 『한국현대문학사』, 성문각, 1969, 232~233면 참조.

80) 『春夢』은 1920년 3월 9일부터 7월 7일까지 연재되었고, 『박쥐우산』 1920년 7월 14일부터 9월 5일까지 연재되었다가 『조선일보』의 정간으로 완결되지 못한 상태로 끝났다. 『發展』은 1920년 12월 2일부터 1921월 4월 21일까지 연재되었으며, 같은 해 5월 14일부터는 『白髮』이 연재되었다.

81) 이들 중 필자를 확인할 수 있는 이름은 '靑黃生'이다. '靑黃生'이 현진건이었음은 「갓잔은小說로問題」라는 글을 통해 알 수 있다. 하지만 현진건이 『白髮』을 연재한 것 역시 문인으로서가 아니라 『조선일보』의 기자로서였다. 여기에 대해서는 玄鎭健, 「갓잔은小說로問題」('小說쓴뒤 小說家가小說쓴때믄에當한 일'), 『별건곤』 18호, 1929.1, 117~118면 참조.

82) 「白髮」, 「發展」, 「處女의자랑」 등은 연재를 시작하기 전 연재될 소설의 성격에 소개한다. 여기에 대해서는 靑黃生, 「白髮」, 『조선일보』, 1921.5.14; 擊空生, 「發展」, 같은 신문, 1920.12.2; 泡影生, 「處女의자랑」, 같은 신문, 1921.12.6 참조.

83) 「初戀」은 1920년 12월 2일부터 1921년 1월 23일까지, 「浮雲」은 1921년 1월 24일부터 4월 30일까지 연재되었다. 「曉霧」는 1921년 5월 1일 연재를 시작했으며 5월 30일 미완으로 중단되었다.

84) 「初戀」 1회, 『조선일보』, 1920.12.2; 「一面小說豫告」, 같은 신문, 1921.1.17~23.

85) 1920년대 초기 『조선일보』의 문학에 대한 관심, 연재소설의 성격 등에 대해서는 박현수, 「1920년대 전반기 『조선일보』와 현진건」, 『대동문화연구』 88집, 성균관대학교 대동문화연구원, 2014, 516~525면 참조.

86) 「孝뎨忠○ 빅을모아~」 · 「覺醒嘆」(1920.7.3.), 「農夫덜오農夫덜오~」(1920.7.6.) 등의 시조, 「農家月令歌」(1920.7.23~8.6.)등의 시가와 「쌈자리」(1920.7.26.), 「잉잉」(1920.8.17.) 등의 신시가 그것이다.

87) 1920년 12월 16일부터 23일까지 희곡 「어셔어셔」가 8회 연재되었으며, 1921년 1월 24일부터 4월 21일까지는 현철의 「玄堂劇談」이 연재되었다. 1920년 12월 27일에는 방정환의 시 「크리스마스」도 게재되었다. 또 1921년 3월 1일부터 6일까지는 김유방의 글 「갓흔空氣에뭇쳐서 -『樗樹下에서』를읽고」가 연재되었으며, 1921년 3월 26일에는 임노월의 글 「과거와미래(散文詩)」가 게재되었다.

88) 『동아일보』, 1921.2.21, 4면.

89) 1920년 4월 1일 창간과 함께 연재되기 시작한 『浮萍草』는 1920년 4월 1일부터 같은 해 9

월 4일까지 연재되었고, 『엘렌의功』이 1921년 2월 21일부터 7월 2일까지 연재되었다. 『붉은실』은 『조선일보』에 '문예란'이 개설된 것과 비슷한 시기인 1921년 7월 4일부터 연재되기 시작했다.

90) 당시 『동아일보』 연재소설의 양상과 김동성에 의한 『붉은실』의 번역과 그 원작에 대해서는 박진영, 「천리구 김동성과 셜록 홈스 번역의 역사 – 『동아일보』 연재소설 『붉은 실』」, 『상허학보』 27, 상허학회, 2009, 293~301면 참조.

91) 민태원은 창간 당시 『동아일보』의 후원 아래 동경통신원 자격으로 와세다대학 정치경제학부에 다녔다. 여기에 대해서는 민규호, 「牛步 閔泰瑗」, 『한국언론인물사화: 8·15전편』 上, 사단법인 대한언론인회, 1992, 455면 참조.

92) 당시 '매신문단'을 비롯해 『매일신보』에 게재된 시를 다룬 연구로는 김영철, 「'매신문단'의 문학사적 의의」, 『국어국문학』 94호, 1985, 115~138면; 심선옥, 「춘성 노자영 초기 시 연구」, 『반교어문연구』 13호, 반교어문학회, 2001, 241~268면; 권유성, 「1920년대 초기 『매일신보』의 근대시 게재 양상과 의미」, 『한국시학연구』 23호, 한국시학회, 2008, 93~120면 참조.

93) 지면 개편은 "記事 及 廣告의 急速한 膨脹"에도 불구하고 "紙價 極貴의 此時에" "張數를 增價홈은" 힘들어 면수는 그대로 두고 글자의 수를 늘리는 방식으로 이루어졌다. 여기에 관해서는 『매일신보』, 1918.6.28, 1면 참조.

94) 1919년 12월 15일 이후 한 달 정도 쉬었다가 1920년 1월 19일에 다시 개설이 되었지만, 그 날짜를 마지막으로 '매신문단'은 막을 내리게 된다.

95) 1919년 7월 14일자 '매신문단'에 게재된 이익상의 단편소설 「落伍者」에는 주소와 선외가작이라는 부기가 있다. 노자영의 글은 1919년 8월 25일부터 당선되기 시작했는데 모두 1, 2등이라는 부기가 달려 있다. 같은 날짜에 게재된 고범생, 곧 이서구의 서간에도 3등이라는 부기와 주소가 함께하고 있다. 필명 상아탑을 사용했던 황석우는 1919년 9월 22일, 10월 13일, 11월 10일 등에 시론을 게재했는데 여기에도 선외라는 부기가 달려 있다.

96) 『매일신보』, 1919.7.21, 4면; 같은 신문, 1919.10.6, 4면.

97) 유석환에 따르면 이 시기 1면에 실린 한시의 편수는 거의 『매일신보』가 한시 게재에 치중하던 1910년대 중반 수준에 이르렀다고 한다. 1920년대 초반 『매일신보』에 실린 문학의 양태에 대해서는 유석환, 앞의 논문, 2012, 106~111면 참조.

98) 『犧牲』은 1920년 1월 27일부터 6월 25일까지 4면에 연재되었고, 『어듸로가나』는 1920년 3월 20일부터 5월 5일까지 1면에 연재되었다.

99) 김용직, 앞의 책, 1994, 138면.

100) 「文藝欄設置에就ᄒᆞ야」는 '문예란' 개설의 취지를 밝힌 글로 남궁벽이 썼을 가능성이 크다. 하지만 이것은 추정으로 정확한 필자를 확인하기는 힘들다. 「文藝欄設置에就ᄒᆞ야」를 남궁벽의 작품을 소개하는 부분이 아니라 처음에 소개하는 것은 이 때문이다.

101) 원문에는 말줄임표의 마지막 세 점이 가로로 표기되어 있다.

102) 虛無로 추측됨.

색인

ㅇ

ㅈ

ㅊ

ㅋ

ㅌ

ㅍ

ㅎ

논문의 출처

저서의 바탕이 된 논문의 출처를 밝힌다. 새로 자료를 찾거나 문제의식이 심화된 경우, 저서로 엮으면서 논문을 수정한 경우도 있다. 이미지는 대부분 저서로 발간하면서 찾고 보충했다.

제1부

「동일시와 차별화의 지식체계, 문화 그리고 문학」, 『상허학보』 12호, 상허학회, 2004.

「1920년대 전반기 미디어와 문학의 교차 –필화사건, '문예특집', '문인회'를 중심으로」, 『민족문학사연구』 74호, 민족문학사학회, 2020.

제2부

「과거시제와 3인칭대명사의 등장과 그 의미」, 『민족문학사연구』 20호, 민족문학사학회, 2002.

「감자와 고구마의 거리 –김동인의 「감자」 재독」, 『민족문학사연구』 63호, 민족문학사학회, 2017.

제3부

「「묘지」에서 「만세전」으로의 개작과 그 의미」, 『상허학보』 19호, 상허학회, 2007.

「1920년대 전반기 '문인회'의 결성과 그 와해」, 『한민족문화연구』 49호, 한민족문화학회, 2015.

제4부

「문인–기자로서의 현진건」, 『반교어문연구』 42집, 반교어문학회, 2016.

「현진건 소설에서 체험의 문제」, 『대동문화연구』 73집, 성균관대학교 대동문화연구원, 2011.

「세 개의 텍스트에 각인된 미디어의 논리」, 『대동문화연구』 91집, 성균관대학교 대동문화연구원, 2015.

제5부

「1920년대 전반기 미디어에서 나도향 소설의 위치 –『동아일보』, 『개벽』 등을 중심으로」, 『상허학보』 42호, 상허학회, 2014.

「식민지 조선에서 결핵의 표상 –나도향의 경우」, 『반교어문연구』 34집, 반교어문학회, 2013.

제6부

「효무 해제: 새벽안개, 서광을 가린 혼돈의 세계」, 『민족문학사연구』 45호, 민족문학사학회, 2011.

「신문지법과 필화의 사이 –『신생활』 10호의 발굴과 연구」, 『민족문학사연구』 69호, 민족문학사학회, 2019.

「1920년대 초기 『조선일보』 「문예란」 연구 –발굴과 위상의 구명」, 『민족문학사연구』 57호, 민족문학사학회, 2015.

근대 미디어와 문학의 혼종

1판 1쇄 인쇄 2021년 4월 9일
1판 1쇄 발행 2021년 4월 16일

지은이 박현수
펴낸이 신동렬
펴낸곳 성균관대학교 출판부
등록 1975년 5월 21일 제1975-9호

주소 03063 서울특별시 종로구 성균관로 25-2
대표전화 02)760-1253~4
팩시밀리 02)762-7452
홈페이지 press.skku.edu

ISBN 979-11-5550-471-0 94810
ISBN 978-89-7986-275-1 (세트)